El gran Maienar

El gran Maichak

Volumen 1

Maria Rondon-Hanway

Ilustrado por Luis Akai Suarez.
Diseño Gráfico de John A. Bogado Ramírez.

Número de Control de la Biblioteca del Congreso:		2022923438
ISBN:	Tapa Dura	978-1-5065-4926-2
	Tapa Blanda	978-1-5065-4925-5
	Libro Electrónico	978-1-5065-4924-8

Esta es una obra de ficción. Cualquier parecido con la realidad es mera coincidencia. Todos los personajes, nombres, hechos, organizaciones y diálogos en esta novela son o bien producto de la imaginación del autor o han sido utilizados en esta obra de manera ficticia.

Esta es una obra de ficción. Los nombres, personajes, lugares e incidentes son producto de la imaginación del autor o son usados de manera ficticia, y cualquier parecido con personas reales, vivas o muertas, acontecimientos, o lugares es pura coincidencia.

Información de la imprenta disponible en la última página.

Fecha de revisión: 03/03/2023

Para realizar pedidos de este libro, contacte con:
Palibrio
1663 Liberty Drive
Suite 200
Bloomington, IN 47403
Gratis desde EE. UU. al 877.407.5847
Gratis desde México al 01.800.288.2243
Gratis desde España al 900.866.949
Desde otro país al +1.812.671.9757
Fax: 01.812.355.1576
ventas@palibrio.com
847517

DEDICATORIA

1
Esta
obra
ficcional
está dedicada
a las naciones
primigenias cuyos mitos
ancestrales han sido
velados durante siglos.
Las historias que emergen
de las siguientes páginas

2
se
hilvanan
en la red de
mitos como
un humilde tributo
a los héroes culturales
cuya grandeza y valentía
merecen celebrarse.
A todas las naciones
que aún creen en sus raíces.

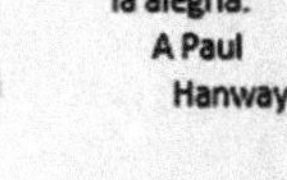

3
A todos aquellos que aun
Se sientan ante las hogueras
Y cuentan historias plenas
De oralidad que colman
el espíritu de altruistas
Sentimientos y
esperanza,
Ilusión
Amor
Y paz.

4
A mi familia artífices
a de mis logros y sueños.
a mis estudiantes y a su
efervescente juventud
que mantiene viva en
mi la creatividad;
el ánimo y
la alegría.
A Paul
Hanway.

APROXIMACION LITERARIA A LA NOVELA EL GRAN MAICHAK

El gran Maichak más que una novela ficcional basada en mitos indígenas latinoamericanos representa una propuesta fresca y audaz que intenta extraer la rica tradición oral del continente americano a un plano tangible y accesible para las nuevas generaciones. En sus líneas nos encontramos con un lenguaje pleno de símbolos y de aforismos arquetípicos de las leyendas y mitos; además de un estilo escritural audaz con el cual Rondon-Hanway magistralmente intenta agitar la estética narrativa catapultándola a los niveles del lenguaje del nuevo milenio.

El Gran Maichak es una novela épica que narra las hazañas de Jacob Miranda una estrella de rock y fundador de la banda Los Profetas, un hombre atormentado con una infancia plagada de los maltratos y vejaciones psicológicas de su padre alcohólico; no obstante lucha por seguir adelante y se aferra a la música su tabla de salvación, pero al llevar una vida desenfrenada aunada a la fama, lo convierten en un hombre egocéntrico y ensimismado. Las circunstancias lo arrastran a un viaje multidimensional en donde deberá ser el protagonista de diferentes historias entramadas con personajes de mitos ancestrales suramericanos y grandes héroes de la resistencia indígena latinoamericana.

Como una suerte de tributo a los cantos homéricos pero al estilo criollo; Rondon-Hanway nos presenta a las deidades mitológicas americanas que se transforman en personajes del texto: Yara, Maria Lionza, Kori Ocllo, Odo Sha, Bochica-Viracocha, Walichú, Supay, Huitaca, Pachamama, Mallku, Inti, Iwarka y muchos más, al igual que rescata a los grandes lideres como: Tupac Katari, Bartolina Sisa, Cori Ocllo (personaje mítico-histórico) Caonabó, Tamanaco, Huatey, Guaicaipuro, Lautaro y Caupolicán entre otros guerreros, protagonizan hazaña en un mundo paralelo en donde la autora utiliza la técnica del hipervínculo de manera efectiva, enlazando las vivencias de estos personajes con la trama que hilvana la historia del Gran Maichak.

El aspecto de la otredad y el desarraigo están presentes en la dualidad Jacob-Maichak; quien emprende ese viaje personal en busca de su identidad y la razón de existir y además para cumplir con las tareas que le han sido comisionadas; junto a este viaje emergen otros viajes, no menos importantes; el viaje individual de cada personaje, quienes a lo largo de la historia enfrentan a sus propios demonios.

Un tercer viaje se inicia simultáneamente y es el viaje geográfico, el que emprenden los personajes a lugares de Suramérica los cuales la autora describe asiéndose de una prosa poética de alto nivel.

> "... *Bartolina se despertó muy temprano y se encontró frente a una inmensa planicie serpenteada de preciosos arbustos. Se conmovió frente a la magnificencia de la fascinante cordillera de los Andes, su amado terruño. Los Andes, mítico dominio donde las condiciones climatológicas y de relieve, daban lugar a la más hermosa e ilimitada vegetación. Macizos montañosos que irrumpen en el asombroso paraje desde las indómitas selvas lluviosas, pasando por las más austeras y extremas tundras, para luego coronar las titánicas cimas arropadas con sábanas blancas. Parajes impregnados de la mística bruma y el perenne canto del viento entre los acantilados. A ese lugar pertenecía Bartolina, una sencilla muchacha, tejedora y mujer del campo; enfrentándose a un reto que definiría su existencia...*"

Paisajes paradisiacos, mesetas y tepuyes del Parque Nacional Canaima, de Venezuela, valles y montañas de Bogotá, el altiplano andino con sus legendarias Puma Punku y Tiahuanaco, las selvas, montañas, desiertos y playas de Perú y Ecuador, La amazonia brasilera, la mítica Yvy Tenonde guaraní y las mágicas laderas de Chile, creando un ambiente mágico, místico y surrealista al mismo tiempo.

La hipertextualidad es otro elemento que fluye como una red que hilvana momentos con escenas fílmicas, letras de canciones, personajes históricos y del espectáculo que aparecen como ráfagas interculturales otorgándole al Gran Maichak un carácter universal.

Podemos encontrar ese vínculo respetuoso con otras lecturas y momentos históricos, razón por la cual podríamos situar al Gran Maichak como una novela que se ciñe al realismo mítico.

Un ejemplo de esa hipertextualidad lo encontramos a través de la música cuando ***Jacob – Maichak*** hace referencia a la canción de los Beatles denominada "Black Bird" luego de escuchar la anécdota de la joven Zuh:

> *"...Recuerdo que mi abuela todas las tardes se sentaba a escucharme en una pequeña loma cercana a nuestra casa. Una tarde ella se acercó a mí y me dijo: "Tu cabello negro flameando al viento te hace lucir como un ave en vuelo. Eres como un pequeño jilguero negro, siempre subyugado y solitario que espera el momento para volar libre"*
>
> *—Esas palabras me recordaron a una hermosa canción de Los Beatles —replicó Jacob emocionado*
>
> *—Los Beatles, ¿Quiénes son?... ¿entidades mágicas? ¿cantan icaros rituales?*
>
> *—Quizás encontraste la verdadera esencia de los Beatles, quizás ellos fueron eso, entidades mágicas que tocaban icaros rituales*
>
> *—¡Seria hermoso poder escuchar su canto!— exclamó Zuh emocionada..."*

Uno de los aspectos que se pueden apreciar en esta obra es la crítica social que de alguna forma es representada por las vivencias previas de los personajes; por un lado, el pasaje de la infancia de Pedro, y la tragedia que se cierne sobre su familia; momento que no se aleja de la realidad de la violencia en las escuelas producto del uso indiscriminado de armas poniendo en riesgo la vida de los niños, adolescentes y maestras de las escuelas, crisis social que en la actualidad ha enlutado a muchas familias.

> *"...—¡Un tiroteo! ¡Un tiroteo!— exclamó ella sollozando.*
>
> *"—¡Dios mío! ¡otro tiroteo más! que mal ya se está haciendo común" —Pensó Pedro; increíblemente ya era común ver en los tabloides las sangrientas reseñas de esos tiroteos masivos donde un asesino perturbado disparaba a sangre fría a decenas y a*

veces cientos de niños y adultos, bajo la ignominia de un Estado que permite el uso de armas sin regulaciones. Caminó desolado cavilando: "¡Qué día tan pesado!"

Asimismo, muestra otra realidad no menos importante como la minería indiscriminada, el tráfico de oro y diamantes por parte de los Garimpeiros en las tierras amazónicas como bien lo dice la autora a los ojos de los entes públicos de la región sin que haya una respuesta efectiva y contundente:

> *"...A los mineros en toda la región se le conocía con el nombre de garimpeiros. Un garimpeiro, es un hombre que arriesga su vida por la ambición de encontrar instantáneas riquezas, su sueño: hallar la piedra preciosa que le librará de la pobreza, para alcanzar su preciada meta, en medio de este pandemónium existencial abandona a su mujer y a sus hijos adentrándose en la selva, en mucho casos para morir de fiebre amarilla o a manos de otro minero. Entre más tiempo transcurre envuelto en el barro oloroso a muerte más se deteriora su esencia desdibujándose y metamorfoseándose en un depredador implacable del medio ambiente y de su vida misma. (...). Los garimpeiros llevados por su propia avaricia son capaces de destruir todo ante sí, ante la indolencia de un estado permisivo y forajido..."*

Esta novela épica es ambiciosa y está compuesta de tres tomos: Suramérica, Centro América y Norteamérica; el Volumen I El Gran Maichak consta de diez capítulos, cada capítulo narra historias inéditas, protagonizadas por personajes de los mitos y leyendas. En estos diez capítulos se narran las aventuras de Maichak y sus compinches: Iwarka el mono, Macao el papagayo-guacamayo y Kuwi el cui. Narraciones dinámicas y llenan de acción que nos conmina a seguir unidos al texto por medio de un discurso interactivo entre el lector y los personajes; un discurso nos pasea por ambientes exuberantes, hermosos, inhóspitos. La lectura del Gran Maichak induce al lector a enfrentar obstáculos que le hacen pensar que está dentro de un video juego como un avatar más involucrado en el reto de salvaguardar los multiversos. Es relevante trastocar la conexión que nos llevan al presente y a ciudades transitadas en nuestra cotidianidad con ciudades milenarias hoy reducidas a ruinas, pero descritas de manera impecable.

Los símbolos presentes en la obra confluyen como arquetipos, algunos surgidos de la inventiva y genialidad de la autora y otros como homenajes a los grandes de la literatura; como el símbolo de las mariposas y flores amarillas en el funeral de Paki; narrativa que coquetea con las mariposas de Mauricio en ***Cien Años de Soledad*** la obra cumbre del Boom y realismo mágico latinoamericano del genial Gabriel García Márquez:

> *"... En ese momento Paki se despegó del cuerpo de su hermana, y se fue evaporando en miles de pétalos de atapillas amarillas que como traviesas mariposas jugueteaban alrededor de los presentes..."*

También se evidencia la alegoría recurrente a la identidad dicotómica de los hermanos gemelos que se repite en muchas mitologías desde Jacob y Esaú hasta los legendarios gemelos amazónicos:

> *"...Todos los domingos, en un extraño ritual, muy en la mañana sus padres le llevaban a la tumba de su hermano gemelo Elisau. No era algo grato para el pequeño Jacob ver la cara de odio de su padre al referirle la historia de como el impidió que su hermano naciera tomándole por el talón, cuando en realidad fue el mismo quien lo asesinó..."*
>
> *"...—¡Tú eres el morocho Omawe, hermano de Yoawe!... ¡tú eres el morocho! —gritó el hombre abriendo su boca forrada de la negra pasta del chimo, sus ojos estaban exorbitados. El hombre estaba evidentemente afectado y era presa de un horror inexplicable para los visitantes los cuales le veían como si fuese un demente fuera de control.*
>
> *—¿Qué te pasa viejo? ¿Qué quieres decir con eso de morocho? —preguntó Pedro al hombre quien sujetó fuertemente el brazo de Jacob. Jamás había escuchado la palabra morocho en el español de México..."*

Muchos de estos elementos alegóricos de la novela se presentan en el sueño de Jacob y van acrecentándose a medida que la historia se desarrolla. Otros tienen que ver con imágenes demandantes que deben ser decodificadas por el lector a medida que establece una relación íntima con la historia y los personajes.

El símbolo del caracol como emblema de perfección y eternidad es recurrente y se puede evidenciar en el escape del Okinuiema cuya escalera tenía forma de caracol, en el pasaje de la adivinanza que Jacob-Maichak resuelve, el pututu o caracol de los mensajeros incas llamados chasquis y en el regalo que Paki le hace a Zion:

> *"…—Te regalo este caracol, es mi caracol de la buena suerte, quiero que lo cuelgues en tu pecho. Dicen las sabias de mi tribu Mundurucu que ese caracol es la perfección.*
>
> *—¿Perfección?—Respondió henchido de amor por la chica — Si la perfección existe eso eres tú. De nuevo el muchacho la besó con intensa ternura …"*

Gracias al Gran Maichak las letras latinoamericanas pagan tributo a la sabiduría atávica de la literatura oral indígena que, si bien no dejó huellas físicas por medio de la escritura en pergamino o piedra, si dejo un discurso rigurosamente establecido bajo la figura del cuentacuentos o relator de la tribu quien tenía a su cargo la responsabilidad de aprender esas historias y de transmitirlas de generación en generación sin alterar la esencia ni el contenido de estas. La oralidad tiene un gran valor en la literatura, aunque se le ha querido desacreditar; muchos conocedores de la materia la han reivindicado, entre ellos Walter Ong quien en su libro Oralidad y escritura Tecnologías de la palabra (1981) establece que el pensamiento cíclico oral característico de las culturas orales primarias es tan valido y riguroso que puede perdurar de generación en generación sin poseer cambios estructurales puede ser aceptado al igual que el pensamiento lineal. histórico o evolutivo, que depende exclusivamente de la escritura.

Como lingüista y profesora de Lengua y Literatura Castellana y como compañera de estudios universitarios de la autora; siento gran emoción por ver el nacimiento de estas páginas la cuales extenderán las fronteras del género ficcional hasta límites impensables; pues la calidad estética aunada a la calidad narrativa de esta obra no tiene parangón. Esta es la narrativa de una escritora que se adentró en los caminos de la poesía antes que en los de la prosa; por tal motivo en cada línea del Gran Maichak podemos ver, sentir, percibir, degustar, captar y hasta oler imágenes y recursos literarios que son utilizados a tal extremo que podemos internarnos en cada pasaje y verlo como si fuese una película. El gran Maichak es la manera genial y divertidamente audaz de entregar las historias primigenias a nuestros jóvenes del nuevo milenio. La generación de los multiversos y de las redes sociales que se ha levantado viendo a los héroes míticos de las lenguas escandinavas e indoeuropeas convertidos en super héroes de historias y de películas de Hollywood; es hora de presentar a los héroes amazónicos, guerreros de la resistencia indígena americana como personajes que esgrimen valores universales.

El Gran Maichak nos deja un exquisito sabor a literatura, pero de esa literatura estética, la de antes; sin dejar de lado el dinamismo de las nuevas tendencias.

A través de la lectura decodificamos los secretos del mundo mítico y del metalenguaje, pero pasándola muy bien porque la narrativa es entretenida y conecta al lector con el hipervínculo e intertextualidad de los Mitos y leyendas Indígenas, historias ficcionales y leyendas urbanas y por qué no los mitos conspirativos de los dioses alienígenas.

Amigos lectores esta es una de esas novelas que una vez que comienzas a leer ya no la puedes soltar, aunque eso implique estar despierto la noche entera. Les invito a leer El Gran Maichak, quisiera contarles más, pero les dejo para que lo descubran por ustedes mismos.

Yliana Duno
Licenciatura en Ciencias de la Educación
Mención Lengua y Literatura Castellana
Universidad de Carabobo, Venezuela
Maestría en Lingüística
Universidad Pedagógica Libertador, Venezuela

Tabla de contenido

CAPITULO I

El Sueño Del Profeta

"Estamos hechos del mismo tejido que nuestros sueños"
William Shakespeare

La densa neblina ocultaba la belleza indómita de aquel recóndito paraje, comarca abandonada e inverosímil donde no se puede medir el tiempo y se forja la nada. Miles de sonidos, nunca antes escuchados, proliferaban en medio de aquel surreal lugar. Corría temeroso a través del espeso y gelatinoso barro como una presa que trataba de escapar de su depredador. Finalmente sus pies se enredaron en las raíces de los árboles que sobresalían como fantasmagóricas manos. ¡Ya no podía más!, no deseaba seguir huyendo. cerró los ojos y respiró fuerte, se entregó a la ráfaga de recuerdos que desde hace tiempo le atormentaban, y así poco a poco se perdió en un laberinto de memorias embadurnadas de arrepentimiento, historias no decodificadas, mil veces robadas. ¡Todo era una farsa! incluso sus recuerdos no le pertenecían, era un fugitivo en medio de la noche eterna del alma, tratando de encontrar lo inencontrable. Su agitada respiración emergía como la única señal de que su cuerpo estaba aún con vida, pues sentía que su humanidad se había extinguido, y ahora solo deseaba estar muerto. Su cabello sucio de sudor y de barro le forraban el rostro como una especie de mascara ritual, esas usadas por guerreros ancestrales, por héroes míticos, pero él podría serlo todo, menos un guerrero. Súbitamente, un aullido espectral retumbó en sus oído; su persecutor ya lo había alcanzado, sintió el desagradable calor de su respiración y su aliento fétido. Y una vez más el miedo se destiló en sus huesos, deseaba escapar pero era imposible esta vez ya lo había alcanzado, este era su destino.

—*¡No!*—Gritó y se sentó en la espléndida cama; su sudoroso pecho se abultó y encogió al ritmo de su cadenciosa respiración. Recogió su cabello empapado, no reconoció nada alrededor; era obvio que estaba en una cama de hotel, uno de los miles de hoteles a los que debía llamar hogar. En la colosal cama un cuerpo femenino se estiró sigilosamente y luego se incorporó inclinándose de medio lado apoyándose en el esponjoso almohadón y con preocupación le murmuró al oído con una vocecilla chillonamente sensual, esa particular voz de las mujeres que se saben regias:

—*¿Qué te sucede? ¿cariño estas bien?*

No hubo respuesta, Jacob apretó sus inmensos ojos, intentaba recapitular. La mujer se levantó de la cama y se sentó en la orilla próxima a él. Se puso una camisa azul de manga larga y la dejó desabotonada, a través de la apertura se exponía su voluptuosa figura. Jacob aun no respondió, con la misma se apertrechó entre las almohadas y cojines mientras que la mujer le tomó de los hombros y agregó esta vez mas frenética:

— *¿Qué pasó?¿Por qué gritaste de esa manera?* — le acarició la pierna y prosiguió con su inquisidor coloquio—*¡Vaya susto que me has propinando! ¿Has tenido una pesadilla?*

Jacob ignoró a la desconocida quien parloteaba frenéticamente, pensó que era hora de decir adiós a su acompañante. No sabía que le molestaba más si la intensa luz del sol matinal o la incontinencia verbal de la mujer. Suspiró y haciendo un gran esfuerzo se incorporó, mientras todo giraba alrededor, se impulsó con las pocas fuerzas que le quedaban y de un tirón su cuerpo emergió del mar de almohadas. finalmente se sentó en el borde de la cama forrada de sábanas que otrora fueron blancas y que ahora mostraba salpicaduras de vino, sudor y otros fluidos. Apretó sus parpados y de ellos brotaron dos atrevidas gotas las cuales se evaporaron con el calor de sus enrojecidas mejillas. Secó con la mano izquierda su frente húmeda; y súbitamente pensó: ¡esa maldita pesadilla! una vez más aparecían esas tenebrosas imágenes de un mundo ajeno, distante, oscuro, mítico, salvaje, un mundo hecho a tirones, tenebroso, pero a la vez fascinante. En la mesa contigua a la cama había un vaso con un líquido transparente. Tenía sed y tomó desesperadamente un sorbo, mientras la mujer arrugaba el rostro, pues sabía que el contenido no era agua sino vodka.

—*¡Aah! ¡Diantres!* —Gimió Jacob mientras se limpiaba los labios con el dorso de la mano.

La luz del sol se filtraba por la gran ventana de cristal de la fastuosa habitación. Atrincheraban el lugar media docena de guitarras, bajos y otros instrumentos. Botellas de whisky y champagne estaban esparcidas sobre la alfombra azul. Indudablemente, la noche anterior había sido una verdadera orgia, al extremo de no recordar el nombre de esa rubia refunfuñona quien saltó semidesnuda de su cama rumbo al baño. Pero esa vida de desenfrenos y locura empezó con la dichosa fama, desde que alcanzó el éxito como estrella del rock, con poco más de veinte años de carrera era considerado uno de los iconos del Rock'nd Roll, casi una leyenda. El, junto a sus cuatro compañeros habían logrado el sueño de cualquier joven: formar una banda de rock y que fuese reconocida a nivel mundial. Jacob y Los Profetas lo habían logrado todo, hasta incluso ser parte del famoso Salón de la Fama, siendo la banda más novel en obtener el inalcanzable galardón. Los boletos de sus conciertos se agotaban en minutos, y sus camisetas y accesorios decoraban los cuerpos y habitaciones de miles de fanáticos quienes tarareaban sus canciones, las cuales a través de los años se convirtieron en verdaderos himnos.

Los Profetas obtuvieron en dos décadas más de lo que ninguna banda de bares de mala muerte hubiese podido lograr en mil años, en torno a esto se especuló con historias fantasiosas sustentadas con teorías conspirativas sobre un supuesto pacto con fuerzas ocultas para alcanzar la popularidad. Pero la fama en realidad no llegó tan fácil y mucho menos había sido un sendero de rosas, pues a intervalos las espinas brotaban haciendo del camino un verdadero vía Crucis. En su accidentada travesía al éxito se enfrentaron a adicciones, persecuciones, prensa amarillista y escándalos; de cierta manera dejaron de ser quienes eran para crear una imagen prefabricada y así encarnar el ideal del Rock Star; trabajar sin descanso y estar siempre disponible a los medios, fingir ser indolente y rebelde jugando a ser toda una celebridad y finalmente; convertirse en el epitome de la sensualidad desmedida una verdadera maquina sexual. No obstante, Jacob siempre supo que su vida era una farsa, él era un reflejo distorsionado de un hombre sin valores, un engreído a quien se le subió la fama a la cabeza. Si, de aquel Jacob Miranda del barrio Lavapiés de Madrid, de aquel chiquillo de gran corazón, fantasioso y de mirada triste, aquel de poco hablar debido a su tartamudez, ya no quedaba nada. Jacob blindó su vida para que nada le hiciera daño. Desde hace mucho había diseñado un holograma de sí mismo y ocultó al Jacob real. Intentó olvidar aquel pasado de tropiezos e infortunios. Pero cuán difícil se le hacía olvidar que su padre, quien para todo el mundo fue un hombre encantador y popular, casi un icono tradicional del barrio, en realidad fue un alcohólico y golpeador de mujeres. Mas difícil era olvidar que su madre sumisa, ligera, casi etérea, complaciente y hasta cierto punto cómplice; nunca fue la esposa feliz que el barrio creyó, en realidad, muy dentro de esa esposa ejemplar y perfecta se escondía una mujer maltratada y forzada a mal parir a sus gemelos después de una paliza que le propinara el marido, pero ¡cómo podía olvidarlo!

Los leñazos de la vida habían llegado desde antes de ver la luz de este mundo, pues Jacob nació a golpes un veintiocho de diciembre, paradójicamente el día de los Santos Inocentes. Esa fría noche de invierno el hermano gemelo murió durante el difícil alumbramiento, por su parte el milagrosamente se salvó, pero fue un niño prematuro y bajo de peso. tan enclenque y débil que fue rechazado por su padre, quien siempre le culpó de la muerte de su hermano, pues el otro vástago pesaba el doble que él. En realidad, nada tuvo que ver con la muerte de su hermano, pues este se ahorcó con el cordón umbilical, el medico refirió que fue muy extraño que Jacob se aferrará al talón de su hermano, quizás intentaba ayudarle para que el pudiese abrirse paso a la luz de la vida. Todos los domingos, en un extraño ritual, muy en la mañana sus padres le llevaban a la tumba de su hermano gemelo Elisau. No era algo grato para el pequeño Jacob ver la cara de odio de su padre al referirle la historia de como el impidió que su hermano naciera tomándole por el talón, cuando en realidad fue el mismo quien lo asesinó. Durante toda su infancia creció como la sombra de un hermano que nunca existió, y con la tragedia de tener a un padre lleno de resentimiento y de odio. Jacob se hizo vegetariano a los nueve años de edad, pues su padre era el carnicero del barrio; esto le valió el apodo del hijo del carnicero, así le llamaban en la escuela, casi no tenía amigos la mayoría de los chicos se burlaban de el por su problema con el habla. Al menos en aquellos días, aunque sufría por el acoso, en realidad de cierta manera era libre en su mundo particular, el mundo según Jacob.

—*¡Jacob!* —De repente escuchó aquella vocecita impertinente nuevamente —*¿Qué te sucedió?*

No podía creer cómo esa muchacha osaba escabullirse en sus pesadillas y pensamientos, si ni siquiera sabía su nombre, ni recordaba su cuerpo, ni sabia de donde había salido.

—*¡Nena, gracias por tu preocupación!* —Dijo mientras soltaba una mueca prefabricada— *¡estoy bien! La fiesta termino… puedes irte a casa* —Apuntó con la mano señalando la puerta y luego explayando una sonrisa agregó enérgico — *¡Gracias!*

La mujer tomó su abrigo de piel sintética de un verde chillón junto a un bolso dorado, el cual esparcía rayos cegadores por doquier, y consternada por lo indelicado de su trato le gritó caminando hacia la puerta:

—*Jacob Miranda, el gran Jacob ¡Mírate!... en la cama eres un verdadero desastre, ¡Crees que eres un dios! Y en realidad tus canciones son una porquería!* —infortunadamente y bajo la ley del karma en medio de la retahíla de defectos tropezó con las botellas y el tacón de su zapatilla se partió.

El hizo una exagerada mueca a manera de remedo y mirándose en el espejo de la pared sentenció con voz irónica y pausada, técnica que le había permitido controlar su tartamudez:

—*Sí, preciosa, tienes razón borracho no hago bien… algunas cosas... ¡Pero, joder con mis canciones no te metas!* —*¿Y te justificas?* —inquirió levantando la voz.

—*No tengo porque justificarme nena, ¿Quién eres tú? en realidad no estoy seguro de donde saliste, Y créeme no quiero llamar a seguridad.*

Jacob, gloriosamente desnudo, abandonó de un brinco la cama; su bien formado cuerpo mostraba una docena de tatuajes bien logrados, como ese colorido Quetzalcóatl una obra maestra de la famosa artista y tatuadora *Katia V D,* pero de igual modo, en sus musculosos brazos había unos cuantos tatuajes callejeros hechos en su época escolar, experimentos fallidos, garabatos que contaban historias de su pasado en Lavapiés, sin embargo, jamás los cubrió, aun seguían allí horriblemente visibles. Se puso una bata de baño blanca y de inmediato se calzó unas pantuflas. Sujetó su larga melena con una elástica. Era inevitable no seguir afectado por su pesadilla, si "su" pesadilla porque para él ya era suya. Aunque intentó que la lobreguez de esa pesadilla no continuara cerniéndose en su vida en realidad era en vano. Contempló a la joven mujer y sintió pena por ella, pues la pobre en medio de su arrebató trataba de reparar su tacón clavándolo furiosamente contra el piso.

—*¡Diablos! ¿de verdad crees que podrás reparar ese zapato? ¿sabes? viéndote bien, eres hermosa* —Jacob exclamó viendo a la chica detenidamente encendió un cigarrillo y añadió— *¡Nena! de algo si estoy seguro y es que deberías comprarte un par de zapatos.*

—*¡Idiota!* —Exclamó la chica lanzándole la zapatilla con tan mala puntería que aterrizó en la cama, Jacob se reía de manera incontrolable.

La chica empezó a llorar, caminó hacia la cama y cogió su zapatilla mientras aun sostenía el tacón roto. —*¡Cariño no te enojes!*

Dijo mientras dio unos pasos hacia el closet y extrajo un fajo de billetes de la caja fuerte, con paso cauteloso, pues temía atacarse con el tacón, avanzó unos pasos hacia ella y alargándole el dinero con cierta desconfianza, casi como un domador que le da de comer a su fiera. La mujer lo ignoró; Jacob supo que había sido un patán y tratando de ser amable agregó esta vez con un tono pausado y algo gentil:

—*¡Anda! ve y cómprate ropa y zapatos* —Sonrió.

La mujer dudó en tomar el dinero, pero pudo más el grosor del manojo que su falso orgullo. salió cojeando de la habitación caminando graciosamente ladeada por la falta del tacón.

—*¡Púdrete! ¡Idiota!* —Azotó con furia la puerta.

Contempló la ciudad a través del balcón, siempre le gustó la lluvia, en especial el sonido relajante de las gotas impactando y jugueteando con el cristal, la densa neblina de Londres a penas le permitía distinguir los oscuros paraguas, que bailoteaban al compás de un forzado baile, ancestral coreografía de londinenses chapoteando e intentando flotar en la cotidiana marea, para no sucumbir al torbellino neoliberal que indolente devora su gravamen. Pensaba en lo autómatas que lucían; similares a avatares en un video juego, sus movimientos podían predecirse como si fuesen guiados por un mando a distancia. Allí estaban los simples mortales, mientras él, la celebridad les observaba, deseando ser uno de ellos, uno más de esos miles de héroes suburbanos que participaban en una especie de frenético ritual matutino de abrigos y chaquetas negras, y quizás algunas grises. Reflexionó sobre cuan similar era esta gente a la de Lavapiés o el barrio de Pijp en Ámsterdam. Millones de historias que se repiten, deja-vu del cotidiano día a día, pues un día londinense no era disímil al de cualquier otro lugar del mundo. Uniformados todos salen a buscar el sustento bajo su negra impermeabilidad arrastrando no solo sus cansados pies sino sus policromados sueños de clase trabajadora; batallones de Quijotes citadinos que se enfrentan a los gigantes del postmodernismos: tecnotrónica y cibernética.

Solo la férrea resaca podía hacer que un rockero necio y despreocupado pudiera verse inmerso en medio de tamaña cavilación digna de un asceta. De repente tocan la puerta, y sin esperar respuesta entran dos hombres, descamisados y usando solo pantalones cortos, o quizás ropa interior. Uno de ellos rubio de cabello rizado y el otro moreno de cabello lacio y negro, sus cuerpos revestidos de tatuajes escasamente dejaban ver el color de la piel. Uno de ellos, el moreno, se llamaba Pedro "el lobo" Méndez, tenía el encanto de un seductor latino, tomó un cigarrillo de la mesa y mientras lo encendía se aproximó a Jacob:

—*¡Tenemos que apresurarnos bro! ¿A poco ya te olvidaste wei? hoy es la entrevista en el show de la mamacita Regina Rex* —Pedro hablaba español con un marcado acento mexicano. Los demás miembros de la banda también hablaban inglés, español, italiano y algo de holandés. Cuando empezaron las giras eran aun jóvenes y sus cerebros también, de este modo el multilingüismo se alcanzó rápidamente debido a la necesidad de comunicarse durante sus presentaciones alrededor de Europa. Jacob estaba aún somnoliento y mientras se lanzaba de clavado en la cama dijo:

—*Ok, pero ahora voy a descansar un poco más.*

—*¡Vamos, hombre prepárate! Recuerda que estamos de regreso, debemos dar lo mejor en esta entrevista* — sugirió Paúl, el baterista del grupo. Se conocieron en Ámsterdam, en el momento más aciago, pues sobrellevaba una fallida relación amorosa.

—*¡Tranquilos muchachos! Tomaré una ducha estaré listo en diez minutos.*

—*¡Mas te vale!* —Sentenció Pedro.

Regina Rex era la súper periodista de moda, su credibilidad era de un cien por ciento, los productos que anunciaba se vendían a granel, su estilo de cabello y vestimenta eran imitados por miles de mujeres en Gran Bretaña, era la artífice de grandes entrevistas matutinas a celebridades, el espectáculo consistía en una entrevista sugestiva que intenta ahondar en los más recónditos secretos del personaje invitado. Esta mañana Jacob y su banda "Los Profetas" estaban invitados, pero era obvio que el centro de la entrevista seria el polémico Jacob Miranda.

Al llegar a la estación televisiva cientos de fanáticos esperaban entusiasmadas poder ver a la banda, tomar fotografías o quizás, con suerte conseguir un autógrafo. La camioneta se estacionó y de inmediato cientos de cámaras se dispararon, Jacob disfrutaba de estos momentos, sentía que había nacido para la fama, a veces pensaba que la música era solo una excusa para poder expresar ese ahogado narcisismo que había tenido tapiado en su conflictiva personalidad. Al bajar de la lujosa camioneta; Jacob y los otros cuatro caminaron unos metros por un boulevard, mientras sus guardaespaldas se aseguraban de que nadie osara bloquear el paso de Los Profetas, sin embargo la marea de gente se bamboleaba salvajemente, cientos de cuerpos se amalgamaban disputándose el privilegio de estar en primera fila y de verlos de cerca. Todo el alboroto pareció detenerse y súbitamente Jacob observó que algo no estaba bien, pero nadie más sino él podía percatarse de que los movimientos se desaceleraron y todo parecía ir en cámara lenta. En un recodo un hombre tirado en el piso gritó, estaba sentado sobre la alfombra roja, y parecía que nadie le importaba. Jacob miró en todas direcciones buscando una mirada coherente, pero nadie se inmutó. El extraño hombre vociferó dirigiendo mirándolo fijamente:

—*¡Arrepiéntete profeta el fin está cerca!* —profirió un horripilante quejido y prosiguió—*Tus pesadillas se ciernen en tu realidad, ¡Arrepiéntete!*— volvió a gritar con una voz lúgubre mirando fijamente a Jacob a los ojos de manera escalofriante, tenía el rostro grasiento bordeado por una asquerosa barba, Jacob intentó en vano evadirlo, pero no pudo evitar contemplar sus desorbitados ojos. Tenía en la mano lo que parecía ser una pata de alguna gran ave, era algo repugnante y bizarro y en la otra blandía una bolsa de tela vieja y sucia, la cual le arrojó con fuerza a Jacob, el extrañamente la agarró sin pensarlo, fue un acto involuntario. Luego Jacob le miró, como si le hubiese conocido de antes; era insólito que ese hombre pudiese estar allí justamente en la entrada del canal de televisión más importante de Gran Bretaña.

—*¡Bienvenidos!* —dijo con un fingido entusiasmo, un hombre que por su apariencia debía ser uno de los ejecutivos del canal que aguardaba la llegada de la famosa banda.

Los profetas habían vuelto a la escena musical y el gran canal de televisión británico no quería perder la oportunidad de ganar rating con la entrevista exclusiva.

—*¡Bueno chicos bienvenidos!* —apareció de repente una exuberante mujer de rojiza cabellera, extremadamente alta, delgada, esgrimía una sensualidad serena e innata, llevaba un traje de diseñador color arena con detalles dorados. Sus vivaces ojos azules reflejaban la luz del estudio esparciendo pequeñas ráfagas lapislázuli.

—*Soy Regina, creo que ya me conocen* —sonrió

—*¡Claro quien no conoce a la mujer más elegante y hermosa de Gran Bretaña!* —Exclamó Jacob.

—*¡Caramba! ¡Qué guapa eres Regina Rex!* —exclamó Pedro quien luego aulló como un lobo, esto provocó la sonrisa de todos los presentes.

La entrevista empezó, en el estudio dos grandes pantallas se elevaban detrás de un gran sofá verde un gran ramo de flores a la izquierda y en frente un auditorio con aproximadamente unos cien afortunados admiradores quienes lograron entrar al show esa mañana. Regina les dio la bienvenida y empezó, como era de esperarse con Jacob el líder de la banda

—*¡Gracias por estar con nosotros esta mañana! Saludos a todos aquellos que nos ven en señal abierta de tv, desde las redes sociales en vivo y en diferido. Hoy Tenemos en exclusiva nada más y nada menos que a una de las bandas de Rock más sensacionales, los mismos que han roto todos los* *récords de venta, los que han llenado los estadios más grandes del mundo, los únicos e incomparables: Los profetas. ¡Demos un cálido aplauso a nuestros invitados!*

Dirigiéndose a los integrantes de la Banda señaló:

—*Bienvenidos a Gran Bretaña Profetas, hoy no ahondaremos en los escándalos de Jacob y su última tormentosa relación con la afamada actriz Cybil Smith, tampoco abordaremos sobre el tan trillado tema de las declaraciones de Jacob en contra de la inmigración no controlada, pues ya se disculpó por el malentendido. En esta entrevista nos enfocaremos en los logros y en el futuro de la banda. sabemos que estuvieron de vacaciones por tres años, largo tiempo para reinventarse; nos informan que tienen dos grandes conciertos pautados este fin de semana en el estadio Wembley ¿Qué nos trae de nuevo Los Profetas en esta nueva producción discográfica?*

Jacob como de costumbre tomó la palabra; trató de hablar pausadamente para que su problema de dicción no se percibiera, había luchado con esto por muchos años y en algunas situaciones extremas solía aparecer, debía ser cauteloso, y no emocionarse demasiado.

—*Gracias Regina, Pues bien si fue un largo receso, debíamos separarnos cada uno tenía un proyecto que cumplir, como todos saben Steve hizo un disco en solitario el cual fue un éxito en algunos países, Iris ha lanzado su línea de ropa deportiva y casual, Pedro se ha dedicado a sus hijos, y*

finalmente... Paul —Jacob sostuvo la respiración— *después de la tragedia Paul y yo simplemente nos fuimos de aventura por Australia, Nueva Zelanda y Madagascar* —Continuó Jacob profundamente emocionado mirando a Paul quien mantenía la compostura— *El nuevo álbum se llama Pacha-Mama el cual es realmente una revelación profética de la música que verdaderamente la banda necesitaba crear. A diferencia de otros discos este contiene temas con letras que exaltan valores de tierras lejanas y de una especie de mitología poco entendida o desconocida por nosotros los europeos, pero que no deja de ser fascinante.*

—*Muy interesante Jacob* —agregó Regina— *¿Podrías explicarnos un poco más acerca de ese tema, suena muy innovador y misterioso? bueno todo lo tuyo suele ser un misterio* —sonrió Regina y la audiencia aplaudió siguiendo la pauta del monitor del estudio.

—*Realmente nuestra música se ha inspirado en grandes bandas como* ***Led Zeppelin*** *y* ***Uriah Heep,*** *bandas a quienes les tenemos un gran respeto y admiración, buscamos las raíces ancestrales de una tradición mítica, pues el folk es la esencia de nuestro trabajo pero orientado hacia lo rudo del rock como expresión del inconformismo del hombre urbano que anhela regresar a sus raíces.*

De nuevo los monitores dispuestos en el set de grabación indicaron a la audiencia presente que debían aplaudir. De nuevo la audiencia estalló en aplausos y Regina tomó de nuevo la palabra y prosiguió con su voz sutil y bien modulada:

—*¡Genial Jacob! Algunos de los temas de su nuevo disco, según ustedes mismos han declarado a la prensa, tratan de Hispanoamérica, como pueden hacer música rock sobre un mundo ajeno a ese género musical, mi pregunta sería para Iris, ¿En qué se inspiraron Los Profetas para crear este material? ¿han visitado Latinoamérica?*

Iris era la única mujer de la banda y una bajista y cantante excepcional; al oír su nombre se sintió algo nerviosa, pues muy poco hablaba en público, al parecer Regina lo sabía e intentaba que la única mujer de la banda tuviese igual participación. Tenía que pensar rápidamente que decir, de ello dependía el éxito del nuevo álbum, tenía que convencer no solo a Regina Rex, de que sus nuevas canciones eran geniales, sino a los millones de fans que observaban ese programa. Respiró fuerte, decidió ser ella misma y dijo con una sonrisa:

—*Pues bien, muchas gracias Regina por invitarnos a tu show esta mañana. Sur América, no es un mundo ajeno para los europeos incluso algunos miembros de la banda como Pedro y Jacob son latinos y conocen muy bien las ricas raíces de Hispano América. ¿Sabes regina cuantos lugares paradisiacos hay en Suramérica?*

—*Si Lo sé yo misma he visitado Bogotá, Santiago y Buenos Aires y son ciudades hermosas* —Respondió la entrevistadora con emoción.

— *Hemos pensado viajar al sur específicamente a Venezuela para realizar un video musical en uno de los monumentos naturales más hermosos del mundo, la catarata del Ángel* —Dijo Iris con autoconfianza.

Jacob quien estaba sentado, casi echado sobre el sofá, se irguió inmediatamente y pensó: —*"!Qué diablos piensa esta tonta, viajar a Latinoamérica, a realizar un video musical en la selva, definitivamente se ha vuelto loca!"* —de repente Paúl interrumpió a Iris y señala:

—*Si Regí, pensamos darles una sorpresa a nuestros fans. En el nuevo video, tanto yo como Jacob practicaremos un poco de Parapente.*

Steve, no se quiere quedar atrás y tomando aire y valor añadió:

—Si, y queremos notificar a nuestros fans que haremos un llamado a la humanidad para generar conciencia sobre la conservación de esos bellos escenarios naturales del Amazonas, y de todos sus habitantes, que están en peligro de ser devastados por la tala y la minería indiscriminada.

La entrevista terminó luego que Los Profetas respondieran a todas las preguntas y como siempre la banda dejo un halo de fascinación en sus férreos fanáticos. Incluso se sortearon algunas entradas para el concierto, además de camisetas y demás ítems coleccionables de la banda. Luego en el hotel, Jacob aun no podía entender lo que había sucedido allí frente a sus narices, aunque se esforzarse no encontraba el motivo para la rebelión y los drásticos cambios de último momento.

Él había sido el líder de la banda, todo se consultaba en privado antes de hacer algún comentario a los medios, todo era calculado, ahora se derrumbaba el bloque de unidad en el equipo, sus compañeros habían improvisado con la agenda de trabajo, creando una fantasía. Jacob exigía ahora una explicación un motivo para viajar a Sur América. Se habían reunido en la suite de Jacob, todos estaban presentes: Paul Steve e Iris sentados en un gran sofá de piel gris, Jacob en un gran sillón frente a ellos y Pedro se abalanzó en la cama.

—Pedro por favor quítate las botas antes de acostarte en mi cama hombre —exigió Jacob encendiendo un cigarrillo.

—Ok, si eso deseas —respondió Pedro empezando a desatar las trenzas de sus botas.

Todos gritaron al unísono:

—¡No!

—¿Estás loco Jacob quieres contaminar tu habitación y desintegrar nuestros pulmones? —dijo Iris tapando su nariz.

—Por el amor de dios chicos no es para tanto —exclamó Pedro sonrojado. al mismo tiempo que esgrimía una lánguida mueca de vergüenza.

—¡Ok! ¡ok! déjate tus botas puestas. ¡No más interrupciones por favor! Ahora, necesito que me expliquen que diantres significa todo eso de veneciel—

—¡Venezuela! —corrigió Pedro.

— *¡Joder! que ignorante, en realidad es un bello país, estuve allí en verano hace tres años* —comentó Steve sosteniendo una taza de café de cerámica negra con el sello de la banda una especie de serpiente con plumas el emblema de los profetas.

— *OK, si claro que lo conozco solo que mi lengua se trabó, en fin* — aclaró Jacob aun enfadado —*¡explíquenme! pero eso si con detalles, ¿qué locura es esa de un viaje a sur América?... ¿qué significa ese motín, acerca de ir al Amazonas, de cataratas, de conservación? ¡Ah y lo más importante! ¿por qué debo hacer un video lanzándome en parapente?*

—*Paúl explícale*— musitó entre los dientes y temerosa Iris tratando de escabullirse del problema

—*¿Por qué yo?... la idea fue tuya querida*— Paúl sabía que Jacob estaba furioso e intentaba escabullirse del problema.

—*Bueno Jacob*— agregó Steve mientras el humo gris del cigarrillo se colaba por sus fosas nasales y las palabras parecían metamorfosearse en una humareda— *es el momento para ganar fans en sur América, haremos una gira por esos países. Malo no es, tenemos muchos fans allá, allí hay dinero, a parte de una gran aventura, ¿Qué te parece?*

—*¡Steve vamos! solo piensas en el dinero* —refutó Paúl— *¿No crees que tenemos suficiente? Nuestra posición debe ser otra, debemos utilizar nuestra fama para salvar al planeta, Jacob toda tu vida has disfrutado de la naturaleza y jamás le has devuelto nada, esta vez debemos recompensar al planeta por regalarnos esos bellos lugares que tanto hemos disfrutado. Hacer una campaña de concientización mundial sobre el rescate del pulmón del mundo: El Amazonas. Debemos involucrarnos más con esas instituciones que luchan por la conservación.*

—*Ok muchachos,* —dijo Steve en tono decidido, lanzando la colilla del cigarrillo en un cenicero— *¿Quiénes están de acuerdo con la gira en Suramérica y lo del video musical?*

—*¡Yo!* —Respondió Iris sonriendo— *Bueno chicos, fue mi idea, pero ustedes la maduraron.*

—*Por supuesto que estoy de acuerdo, no creen que es estúpido votar si todos estamos de acuerdo somos mayoría* —Aclaró Paúl, mientras Steve chocó la mano con Paúl y consiente con su cabeza en señal de aprobación. Aun echado en la cama Pedro dijo conmovido:

—*Genial yo siempre estuve de acuerdo, saben que mi herencia latina está presente en mi sangre y corazón, además las ideas de las letras sobre Latinoamérica fueron mías; este es mi tributo hacia mis raíces, qué más puedo decir la música es para todos, si es primer, segundo o tercer mundo todos somos iguales.*

—*¡Un momento!* —inquirió Jacob— *¿vieron ustedes al extraño loco, un lunático con una pata de ave tirado en la acera del canal de televisión?, Bueno, el que estaba gritando*

—*No* — dijo Iris

—*¿Un hombre gritando?* —Preguntó Steve— *no había ningún hombre tirado en la acera* —*¿Tú lo viste Pedro?* —*No Bro* — respondió Pedro confundido— *no sé de qué hablan*

Finalmente, Steve añadió:

—*No había nadie tirado en la acera Jacob* —tomó una cerveza del minibar— *fue tu imaginación, quizás algo que fumaste, creo que tratas de cambiar el tema, ¿estás de acuerdo con el viaje a Suramérica sí o no?*

Jacob intuyó que algo no andaba bien, estaba alucinando, pues no solo era el viejo con la pata de ave gritándole, sino sus pesadillas recurrentes, y ese miedo a la soledad. Una vez más empezaba a sentir que algo no andaba bien, quizás está sufriendo una enfermedad mental. Era inevitable pensar en lo que le había sucedido cuando tenía ocho años en Lavapie, una noche fría de invierno había ido a despachar un pedido de carne a unos vecinos y aunque conocía perfectamente cada recodo aun así se perdió en las angostas calles. El cielo se encapotó y empezó a lloviznar; sintió que lo seguían fantasmagóricas sombras que se proyectaban en su camino, las calles vacías y algunos perros ladrando aceleraron su corazón. Corrió tratando de encontrar una calle conocida, pero solo regresaba al mismo lugar, ya que su punto de referencia era la puerta azul de un bar abandonado tapizado con viejos carteles de teatro local y propagandas; esa puerta era su conexión con la realidad. Lloró e incluso gritó, no obstante parecía que todos se habían desvanecido, densas gotas impactaban en su rostro como si el cielo lo acompañase en su llanto y súbitamente una sombra se apoderó de él y se vio a sí mismo en un lugar lleno de edificios de piedra, había neblina y la gente vestía extraños ropajes; respirar era difícil y sin más ni más colapsó.

Después de esto no supo más de sí, su madre le buscó por doquier la policía lo encontró en un hospital la mañana siguiente. Abrió sus ojos y allí estaba su madre feliz de que despertase y preocupada por lo que le esperaba al llegar a casa cuando su padre lo confrontara. Había sido un insólito evento, pues al parecer había sido raptado y luego abandonado en Toledo. No se atrevió a contar lo que sucedió esa noche ni siquiera a su madre el único ser que sentía compasión por él; jamás le diría ni una palabra a su padre quien se preocupó más por el dinero de la carne perdida y la cuenta de las medicinas que por su salud e integridad. *"Vaya jilipollas que tengo por hijo! ¡Eres un inepto, jamás cuento contigo, inútil"* esas palabras aun resonaban en su mente.

—*Jacob ¿Estás bien?* —Iris se aproximó a su rostro, notó que Jacob estaba pálido, sus ojos estaban perdidos— *¡Vamos! ¿Qué pasa?*.

Todos lo miraban impactados ya que parecía casi desvanecido como si hubiese perdido contacto con la realidad. Pedro se acercó y colocó la palma de la mano derecha en el hombro:

—*¿Qué sucede carnal? ¿necesitas ayuda? Desde que llegaste a Londres has estado extraño wei; si tienes un problema para eso estamos somos tus amigos.*

En el acto Jacob los contempló a todos como si nada hubiese pasado, lanzó su típica risita fingida y levantándose enérgicamente del sofá exclamó:

—Bueno muchachos ganaron, iremos a Sur América, a Venezuela, así que prepárense para nuestra gran aventura.

Jacob lanzó una recelosa mirada a Iris y aunque esa era su habitación salió de allí azotando la puerta. Los demás intercambiaron miradas de complicidad, por primera vez hubo un toque de democracia en la autocrática gestión de Jacob Miranda.

Esa noche Jacob decidió salir a caminar por ***Picadilly Circus***, el húmedo otoño londinense acentuaba mucho más la melancolía que sentía, una extraña sensación de no pertenecer a ningún lugar, no había un solo lugar en este mundo en el que pudiese encontrar paz, su carrera le había dado fama, solo eso y nada más; en cierta forma estaba cansado de estar en el ojo público, deseaba renunciar a su carrera, pero sin la banda su vida sería mucho más monótona. Encendió otro cigarrillo y no pudo evitar pensar en su padre, tal día como hoy había muerto de un enfisema pulmonar y un año después moriría su madre, no pudo estar con ellos, o quizás no quiso; había sido una tortuosa relación plena de resentimientos, su padre se avergonzó de él y Jacob nunca quiso a su padre, jamás sintió ese afecto que otros chicos profesaban por sus viejos, su padre siempre fue su inquisidor y verdugo y con respecto a su madre ella fue la cómplice silente. Empezó a llover, los charcos de agua de las grises calles reflejaban los antiguos edificios de forma distorsionada, arrojó la colilla de cigarro y encendió otro, las gotas empezaron a hacerse más intensas, no obstante, la gente parecía no importarle, caminaban coqueteando con las gélidas gotas como si ellas les aliviasen de las cargas del arduo día. Decidió bajar al subterráneo de la ***Picadilly Line***[1] era alrededor de las 9 de la noche, tomaría el metro hasta ***Leicester Square***[2], la baranda de la escalera estaba casi congelada, resbaló dos escalones, pero hábilmente alcanzó a sostenerse, se detuvo durante unos segundos y sintió una fuerte respiración, tan próxima a su oído que pudo sentir el cálido aliento en su rostro, volteó pero no había nadie, ni nada detrás de él, se abotonó el abrigo negro y encendió otro cigarrillo.

---

[1] Línea azul del metro de Londres.

[2] Importante Plaza e encuentra dentro de la Ciudad de Westminster, muy cerca de Trafalgar Square y colinda al sur, Piccadilly Circus al oeste, Covent Garden al este y Cambridge Circus al norte.

El subterráneo estaba casi desierto, solo una pareja de amantes adolescentes se distinguía a medias en un rincón sus cuerpos anejados formaban un solo amasijo corporal. Irónicamente allí ante sus ojos se topó con un gran cartel iluminado de la gira de Los Profetas, caminó lentamente aun sorprendido por la ausencia de usuarios a esa hora. Tiró el cigarrillo a medio terminar aun de repente las luces del subterráneo parpadearon. Por su parte los enamorados continuaban besándose, ignorando el apagón. Jacob distinguió una figura femenina, una mujer entrada en años, al parecer una gitana avanzó con paso lento extendiéndole una rama de romero, el conocía las mañas de los gitanos, precipitando el paso se apartó de ella, la extraña mujer le gritó:

—*¿Qué pasa majo? ¿Tienes miedo? Tarde o temprano rendirás cuentas, no escaparas a tu destino y a tu maldición …!Tu estas maldito me oyes!.*

Jacob sintió pánico de aquellas palabras, pero trataba de ignorarlo. La vieja se marchó, pero no sin antes tirarle el romero a los pies. Finalmente Jacob vio como el metro llegaba; se sentó y veía por la ventana como el túnel se tornaba oscuro y las imagines aceleraban sus pupilas como un vertiginoso flashback mientras los miles de ladrillos de las paredes lapidaban sus recuerdos. "Me estaré volviendo loco que será lo que sucede conmigo", se preguntaba; "será acaso la mezcla de las muchas drogas que consumió en sus primeros años en la banda, o quizás solo sea su débil mente que está colapsando". La respuesta no la podía encontrar por más que gastará noches enteras, algo no andaba bien con él desde niño, por eso su padre jamás lo aceptó por ser un niño diferente, ese mocoso al que todo el mundo miraba como a un extraterrestre. Ahora es un hombre y sigue siendo tan débil y miedoso como cuando era un pequeñín, pero sus miedos son mayores, hoy se siente culpable de ser mezquino, egoísta; se siente culpable de vivir.

Arribó al hotel, visiblemente afectado con el rostro pálido y la ropa húmeda. El jefe de seguridad le reprochó que se hubiese ausentado sin comunicar al equipo. En el lobby se encontraba Iris, él se dirigió a la sala donde ella sentada sostenía una tableta conectada a los audífonos puestos Jacob se sentó a su lado, sin mediar palabra solo la contempló con desolación.

—¡Mírate que empapado estas! en cuatro días nos vamos a Suramérica y mañana tenemos ensayo en el Wembley, ¡no es buena época para pescar un resfriado!

Jacob le hizo señas al grandulón de seguridad quien aún le seguía para que se alejase, una de las cosas que siempre le fastidio de ser famoso era el ser perseguido por los guardaespaldas y los evitaba casi siempre. El guardia entendió y asintiendo con la cabeza se alejó a una distancia prudente.

—Iris, ¿Qué piensas de mí?

—¿De qué hablas? Estas muy extraño

—¡Vamos! ¿Qué piensas de mí?

—A ver …¿Qué pienso de ti? —dudó en responder y disimuló quitándose los audífonos y colocando la Tablet sobre su regazo— *¿en verdad quieres saber mi opinión sobre ti?.*

—Sí, ¡pero se honesta por favor!

—Jamás me habías preguntado algo así, ¿Por qué ahora? —Jacob la miró fijamente, entonces ella continuó— *Mi opinión sobre ti ha ido cambiando en los últimos años, al conocerte pensé que eras talentoso, un buen músico de rock, de carácter fuerte y decidido. Luego, cambiaste y te curtiste con resplandor de la fama, pero entendí que detrás de esa fachada se encontraba un hombre sensible, inseguro, que trataba de demostrar a toda costa que estaba hecho de piedra. La fama se te subió a la cabeza Jacob. En los últimos años mi amigo, el tipo real se desvaneció. Ahora eres un hombre lleno de complejos y oscuros secretos. Esta no es la mejor versión del Jacob Mirada que conocí.*—culminó escrutándolo con la mirada de arriba abajo.

Jacob Interrumpió visiblemente afectado:

— ¿Complejos?, ¿Secretos?

—Si, más que un egocéntrico, eres un hombre que tiene un lado secreto y vulnerable, pero creo que ni tú mismo sabes cuál es ese secreto; te escudas de algo.

—¡Joder Iris en lugar de ayudarme me hundes más! —Gritó Jacob levantándose del sillón— *¿Lado Secreto?, ¿Vulnerable? … ¡bla, bla, bla!*

—Jacob yo tampoco te entiendo, por más que trato algunas veces de justificar tu mal carácter, y esos aires de superioridad, no encuentro la

explicación. A veces siento que mi amigo se esfumó; ahora solo sé que eres un ególatra e indolente —Iris se levantó estaba exaltada, pero la redención llegó finalmente, ahora se sentía liberada.

—*Sí, eso me lo han dicho tantas veces que me suena familiar, estoy acostumbrado, pero jamás pensé que tu podrías decirme eso en mi propia cara. ¡Soy tu amigo!*

—*¡Jacob por dios! ¿Querías la verdad o deseabas que te alabara como a un ídolo? ¡Un ser perfecto!, ¡No! Jacob eres el hombre más complicado que he conocido, y mira que soy un imán para los hombres más extraños que hay en este mundo, pero sencillamente se te olvido lo más importante* —interrumpió abruptamente dándole un pañuelo para que se secará su húmedo rostro— *¡mírate estas hecho un desastre hombre, toma una ducha caliente y descansa!*

—*¿Y qué es lo más importante Iris?*

—*El amor* —le dio una palmada en la espalda y se marchó.

Jacob echó un vistazo al fortachón que le contemplaba con lastima y le dijo: —*¿Y tú que miras? ¡márchate ya!*

Se quedó sentado un rato en el lobby. Se hacia inevitable pensar en lo que Iris le dijo sobre el amor, para él el dichoso amor estaba sobrevalorado: Buda, Jesús, San Pablo y el mismísimo John Lennon se habían encargado de popularizar el amor a través de los tiempos. un empleado se acercó con una toalla.

—*Se le ofrece algo al señor* —preguntó con una robótica sonrisa. Jacob contempló la toalla y sujetándola dijo:

—*No muchas gracias...!oh! pensándolo mejor, un whisky doble seco por favor.*

—*De inmediato señor ¿Alguna marca en especial señor?* —agregó el hombre.

—*Solo dieciocho años; cualquier marca está bien.*

No quería regresar a la habitación, tenía miedo de enfrentar su solitud, jamás comprendió porque le fue tan mal con las mujeres, quizás porque siempre buscó ese ideal de la rubia clásica tipo Petrarca, aurea caballera y ojos azules ¿Por qué siempre ese estereotipo? Siempre buscó la copia de su gran amor: Ghia, una afamada modelo, a la cual amo lamentablemente a su manera y la perdió por egoísta. Ahora unos cuantos años después con abultadas cuentas bancarias, un apartamento en Madrid otro en New York, una casa de verano en Mallorca y sin mujer e hijos que lo esperasen sentía que quizás ese ideal no existió, que el amor puede tener distintos rostros. Estaba irremediablemente solo. Sí, era bien cierto que ahora poseía mucho dinero y una vida de lujos y excesos, y también era cierto que podría tener las mujeres más cotizadas de la industria del entretenimiento, pero no el verdadero amor, ese sí que era inalcanzable; a veces pensaba: *"De que sirve tener tanto, si no hay nadie a mi lado con quien compartir las cosas más sencillas de la vida: el atardecer, un paseo por la orilla del mar, la mañana de navidad, un desayuno en la cama"*.

Dispersas en una mesa se encontraban algunas revistas; lo que vio no le impresionaba, revistas con reportajes sobre el regreso de la banda; fue descartando las revistas y decidió ojear una, curiosamente en una de sus páginas encontró un artículo sobre una famosa antropóloga quien lideraba un proyecto en el amazonas de Venezuela, específicamente en las zonas indígenas, le impactó la coincidencia, era exactamente el lugar que visitarían. Cerró la revista y bruscamente la aventó al sofá. El mesero llegó con el whisky.

—*Acá su whiskey señor* —colocó el whiskey sobre la mesa—*Se le ofrece algo más al señor.*

—*No muchas gracias cárguelo a la suite tres uno tres* — dijo Jacob.

—*¿Le puedo hacer una pregunta señor?* —Preguntó el camarero, un hombre de unos treinta años apuesto, de ojos azules y cabello castaño.

—*Si claro* —Jacob intentó ser amable.

—*¿Qué se siente ser tan famoso como usted? Es que soy un fanático suyo desde su primer álbum, es más los tengo todos, y realmente usted vive una vida llena de fama, todos lo admiran señor.*

—*¿Cuál es tu nombre?* —inquirió Jacob.

—*Roberto, señor* —Respondió el mesero.

—*Bien Roberto, por favor no me digas señor; puedes llamarme Jacob. ¡A ver! Siempre he pensado que la fama es como este whiskey intensa, te atrapa, te excita, te hace querer más y olvidar la realidad, pero es efímera, la fama está solo en el escenario es allí donde realmente entiendes porque eres famoso, supongo que para un escritor seria ver su libro publicado, que alguien lo haya leído y le guste, para el pintor o escultor seria su obra maestra en un museo. La fama es eso, lo triste es que se pierde la concepción de por qué eres famoso, creemos equívocamente que somos especiales criaturas superiores, nos volvemos vanidosos egocentristas, creemos que somos famosos por nosotros y no por nuestra creación o performance, sin el producto de nuestro talento no gustase a las masas no tendríamos fama. Pero padecemos, sufrimos, lloramos y tenemos miedos como ustedes, no hay mucha diferencia y quizás somos seres inferiores la fama nos hace vulnerables a la vida misma; más que una persona promedio, porque nos cuesta comprender que no somos dioses y en cierto punto dejamos de ser humanos para transformarnos en eso que ustedes creen que somos, cuando no entiendes que la fama es solo tu arte y no tú, se destruye tu identidad y crees que el famoso eres tú, y no es así es... la fama se la debes a lo que tu talento hace, tú eres solo el catalizador de un resultado que en definitiva es tu arte; en mi caso mi arte es mi música* —Bebió un sorbo de whiskey y preguntó—*¿Casado Roberto?*

—¡*Guau señor!*—suspiró el hombre—*¡qué digo! disculpa Jacob. ¡Qué respuesta tan profunda! No es fácil ser famoso lo sé, pero no deja de ser fascinante, si señor tengo una bellísima esposa Amanda el amor de mi vida, maestra de escuela y dos adorables hijos nueve y siete años. Son mi vida Silvie y Harry.*

—¿Te gusta Londres?

—*Si, nací y crecí acá. Jamás he considerado vivir en otro lugar. Vivimos en* ***Whitechappel***[3] *algo lejos en un pequeño piso, usted sabe no es propio, rentado, pero nos va bien. Soy realmente un hombre muy feliz.*

—*Me alegra que seas feliz Roberto* —respondió Jacob con una genuina sonrisa.

—*Bueno, Si deseas algo más Jacob por favor avísame estaré cerca. Un placer haberte conocido esta noche es especial. Jamás la olvidaré*—Roberto pensó: "*¡Qué afortunado soy!*"

—*Si deseas que firme tus discos tráelos mañana.*

---

[3] Whitechappel: Barrio multirracial de Tower Hamlets, Gran Londres, (Inglaterra). Su popularidad se debe a que es el barrio donde Jack el destripador cometió la mayoría de sus crímenes.

—No nos dejan tener ese tipo de contacto con los huéspedes famosos Jacob.

—Déjalos en la recepción en un sobre con mi nombre y los firmo para ti, debes hacerlo temprano pues salgo a ensayar al Wembley después del desayuno los devolveré a la recepción, tengo una idea, además te obsequiare algunos suvenires de la banda y el nuevo álbum, ah ¿te gustaría ir al concierto mañana en la noche?

—¡No lo puedo creer! ¿De verdad Jacob?

—Si te daré entradas VIP para ti y tu familia. ¿Trabajas mañana en la noche? —Si, mañana sábado tengo este turno nocturno.

—¿Qué me dices del domingo? ¿estas libre? —Si, ¡estoy libre!

—Pues, entonces las entradas serán para el concierto del domingo.

—¡Gracias Jacob! no sé cómo agradecerte. No te molesto más. Ha sido un placer conocerte. La chica de recepción

Rose es mi amiga ella tendrá los discos y podrás dejarme el paquete con ella —Entonces Roberto esbozó una franca sonrisa y pensó: *"¡Mi esposa no va a creer esto!"*

—¡Vamos hombre el placer fue mío! —Jacob se levantó y le dio un abrazo— *mañana deja tus discos no lo olvides.*

En la mañana se despertó muy temprano tomó una ducha, la conversación con Roberto el empleado del hotel le relajó tanto, que pudo conciliar el sueño rápidamente; era como si compartir con una persona real le conectara un cable a tierra, a una realidad desconocida para él. Pensó en cómo le brillaban los ojos al hablar de su familia, llamó por teléfono a Mark el asistente de la banda para pedirle que le trajera los cuatro boletos VIP, el nuevo CD y los suvenires para la familia. Se dispuso a bajar al restaurant para tomar el desayuno mientras conversaba con el mánager de la banda por el celular. Vio a través del ventanal de cristal que afuera muy cerca de la piscina estaban Paul y Steve sentados a unos pasos de la piscina; se formó en la línea para el buffet y se sirvió dos bollos y un revoltillo de espinacas y champiñones, puso una banana en el plato y se sirvió un vaso de zumo de naranja. Decidió acompañar a los dos que amenamente conversaban en la fría terraza. Intentando mantener el equilibrio Caminó lentamente a la mesa.

—*¿Qué tal? ¿cómo terminó tu noche?* —preguntó Paul con una inflexión mordaz.

—*Todo está bien, no me gusta tu tonito de preocupado, pero gracias de todas maneras* —seguía aun de pie mientras colocaba la bandeja con su desayuno en la mesa.

—*Digo porque seguridad no sabía en dónde te habías metido ¡Últimamente estas a la defensiva! Eres un mal agradecido.*

—*¡Uy! Esta frio acá afuera* —refunfuñó Jacob quien solo vestía una camiseta y pantalones cortos.

—*Me dijo Mark que le pediste unos suvenires, Hablando del rey de Roma y el que se asoma, allí viene.*

—*Hola Mark ¿Trajiste lo que te pedí?* —Preguntó Jacob mientras finalmente se sentaba.

—*Si* —asintió Mark entregándole varias bolsas en las manos— *acá esta todo lo que pediste, espero sea suficiente cuatro camisetas y gorras varios llaveros y el nuevo CD, ¡ah! además los* cuatro *tickets para esta noche VIP, ¡cómo me los pediste! ¿Algo más?*

—*¿Y eso?* —interrumpió Steve.

—*¡No seas curioso!* —Vociferó Jacob dándole un manotón en el hombro— *son solo para un amigo de acá de Londres*— y luego dirigiéndose a Mark concluyó— *¡Gracias Mark! nos vemos luego.*

—*Recuerden que nos vamos en 40 minutos* —sentenció Mark siempre tan cabal— *Los vehículos saldrán del estacionamiento del último nivel, seguridad los llevará. Sus pertenencias ya están en las camionetas solo necesitan bajar algo más que ustedes necesiten. ¡Nos vemos!*

—*¡Perfecto! Gracias Mark* —Respondió Jacob.

—*Adiós Markie* —Dijo Steve.

—*¿Tú tienes un amigo en Londres? Y yo no lo conozco, cada día estas más extraño* —balbuceó Paul de forma desagradable, pues tenía la boca llena de comida

—*Si, así estoy, cada día más extraño Paul. ¿Sera posible comer?* —Se sentó a comerse los bollos y los huevos; el mesero le trajo café.

Al terminar de desayunar firmó los CD de Roberto y le dejo los paquetes con Rose la chica de la recepción.

Caminó hacia el elevador cuando escuchó una voz:

—*¡Jacob!* —Era Jeff el productor.

—*Hola Jeff es tarde ya ¡Lo sé! estaré listo en unos minutos.*

—*No es eso, aún hay tiempo, Quiero hablar sobre el intempestivo viaje a Suramérica.*

—*¿Aquí?* – preguntó Jacob al tiempo que apuntaba al lobby. De inmediato pensó: *"¡Lo sabía!, el fulano viaje se cancelará, ¡Lo sabía!"*

—*Ha sido una idea genial ese viaje y la gira en Suramérica, aplaudo ese concepto de expansión a una nueva audiencia. Realmente no encuentro una mejor manera de marcar el regreso de la banda. El mercado latinoamericano es muy condescendiente con el rock. Productores de Chile, Brasil y Argentina nos han contactado ya, quieren a Los Profetas en sus recintos más grandes, esos monstruosos estadios de futbol. Además, lo del video en Venezuela ha*

sido muy intempestivo, ¿no lo crees? los recursos de seguridad están algo limitados. Ustedes tienen la última palabra.

—*Los muchachos votaron y por mayoría quieren que se haga ese video clip antes de la gira mundial. Iremos entonces con recursos limitados. Nada malo puede ocurrir.*

—*¡Uff! Ese viaje se realizará bajo su propia responsabilidad. ¿Entendido?*

—*¿Eso es todo Jeff?* — replicó un poco decepcionado.

—*Si, Jacob eres el mejor*—Jeff sonrió y mientras se marchaba agregó— *jamás se me hubiese ocurrido tan buena idea. ¡Nos vemos en Wembley!*

Al llegar a su suite alistó sus pertenecías para la noche, pensó en Roberto y lo orgulloso que estaba de ser quien es, de aceptar lo poco que posee, sin ni siquiera chistar; Fue maravilloso ver como su rostro simple y diáfano se transmutó en el de un hombre poderoso y seguro con ojos que centelleaban al hablar de su esposa y sus hijos, en realidad para este ser sencillo su familia es la chispa que enciende su madera de hombre y lo hace arder y sentirse vivo. Ahora Jacob no tenía la menor duda que la sumatoria de las cosas simples de la vida tenían un poder especial. Ser feliz no es sencillo, es como un arte ancestral e inalcanzable, reservado para aquellos que tienen el espíritu elevado y que logran hacer un ritual sagrado de las cosas simples de cada día. Al salir, Iris ya estaba esperándolos, y también el equipo había cargado los camiones con los instrumentos y las luces para el concierto. Pedro y Jacob fueron los últimos en llegar; todo estaba bajo control para la presentación de esa noche. Sería una larga jornada de practica y en escasos días estarían partiendo a sur américa a hacer el video clip del segundo sencillo de su nuevo álbum de regreso.

Todo marchaba sobre ruedas para la banda, lo que más ansiaba Jacob era que su vida marchase de la misma manera, que tuviera una razón de existir y por la cual ser un mejor hombre, pero en poco tiempo se cumplirá la profecía

Que develará la razón de su existencia y con la cual por fin podrá encontrar su redención o su condena.

CAPITULO II

Canaima Y El Salto Al Lugar Mas Profundo

"¡Canaima! El maligno, la sombría divinidad..., el dios frenético, principio del mal y causa de todos los males, que le disputa el mundo a Cajuña el bueno. Lo demoníaco sin forma determinada y capaz de adoptar cualquier apariencia..."
***Rómulo Gallegos*[4]**

Docenas de periodistas de todas partes se congregaron en el aeropuerto internacional de Maiquetía, muy cerca de Caracas la capital de Venezuela para recibir a la famosa banda de rock. Un intenso calor se percibía cónsono con el sol del clima caribeño, una suerte de eterno verano venezolano; sin lugar a dudas, era una experiencia intensa y contrastante para quien recién llega del lluvioso otoño londinense. El cielo de un extraordinario azul celeste, jamás pudo ser más azul, las escazas nubes bordeaban el firmamento caraqueño enmarcándolo como el fresco de una catedral barroca esperando, tan solo que los ángeles aparecieran batiendo sus alas. Los Profetas, la banda de rock estaba lista para su inesperada aventura. Jacob fue el primero que salió

del avión, le siguió Iris con una pequeña bandera de Venezuela, y luego el resto de la banda.

Ese día fue extenuante, una larga conferencia donde la prensa nacional e internacional los abordaron con miles de preguntas y fotografías; luego visitaron el principal canal de televisión y ya casi

---

[4] Político y el más relevante novelista venezolano del siglo XX, considerado uno de los más grandes literatos latinoamericanos. Autor de la famosa novela Doña Bárbara (1929)

finalizando la tarde dieron una entrevista en la radio. Por su parte las redes sociales explotaban con la tendencia del día: "*Los Profetas visitan Venezuela*". Ya entrada la noche rumbo al hotel en Caracas, Jacob contempló a lo lejos miles de luces en las colinas. Una agitada ciudad, con arquitectura moderna, tapizada de grafitis y de anuncios, así como de coloridos murales; la realidad era que en las entrañas de esas iluminadas colinas del oeste y el sur se guardaban los deseos reprimidos de los más desposeídos, pero a su vez en las colinas aledañas, las del norte se erigían mansiones en donde la más recalcitrante elite dirigían los destinos de sus vecinos, los menos privilegiados. Así era esta ciudad, llena de contrastes, una montaña rusa de emociones, donde lo suntuoso y lujoso podía comulgar con el escenario marginal de las clases más desfavorecidas. Una ciudad con grandes autopistas y avenidas; bordeada por inmensos edificios, dinámica y pujante, no había duda de que esta tierra prometía muchas aventuras.

Ante un impresionado Jacob se erigía imponente Caracas, llamada por los lugareños la Sucursal del cielo o la sultana del Ávila, súper poblada, coronada por la más hermosa montaña nombrada por los conquistadores españoles Cerro El Ávila, pero ancestralmente conocida en dialecto indígena como ***Waraira Repano***[5], que significa sierra grande, esa montaña cautivante plena de intenso verdor decoraba el panorama caraqueño haciéndolo excepcionalmente majestuoso. Aquí en este escenario popular y citadino confluyen

[5] Waraira Repano: El cerro Ávila es una montaña situada en Caracas Venezuela que forma parte de la Cordillera de la Costa, específicamente, de su cadena litoral, la cual se declaró parque nacional para 1958.

perfectamente las más patentes contrastes, donde lo groseramente lujoso se mezcla con la pobreza más indómita. Paralelismo de arte, arquitectura, tecnología de punta en contraste con una precaria vida y la miseria que se evidencia en las casas de ladrillos rojos de los barrios, casas llamadas por los caraqueños "ranchos" las cuales vencen las leyes de la gravedad, perfectamente colgadas casi por hilos invisibles de las colinas. Los cerros caraqueños ribeteados de escaleras y zigzagueados por las murallas infranqueables que emparedan los anhelos de una vida mejor, murallas que conforman el tristemente conocido cinturón de miseria. Jacob lamentó que no tendría mucho tiempo para conocer Caracas, en la mañana debían abordar una avioneta rumbo a Ciudad Bolívar, la capital de un estado en el interior; donde los esperaba el indómito y sempiterno Amazonas, la selva más indómita, mejor conocida como el pulmón de la tierra.

Ya hospedados en el hotel; Steve y Pedro discutieron con los demás sobre la demora del equipo de seguridad, pues con ellos tan solo habían llegado dos de los guardaespaldas, sin embargo, contarían con la protección de las fuerzas del orden del país. Salieron muy temprano en la madrugada hacia un aeropuerto llamado La Carlota, y tal como se los habían prometido la policía local les custodiaron desde el hotel hasta el aeropuerto. Todos estaban listos para abordar la avioneta, Jeff el productor viajarían el día siguiente, pues aún no habían llegado al país. Todos estaban emocionados por la nueva experiencia; esperaban a un reconocido filmógrafo y director quien estaría a cargo dirigir el video clip, Steve vio a un hombre joven quien parecía ser el organizador.

—Mucho gusto, mi nombre es Steve.

—Me llamo José Linares, pero me conocen como Chepito director de Selvatik, seré su guía durante su visita a nuestros bellos parajes, mi padre es Antonio, él es el piloto

— *¡Qué bien una empresa familiar! ¡Vaya Hablas muy bien inglés¡*— Steve estaba emocionado con el viaje, había sido un explorador toda su vida y amaba la naturaleza.

El guía se llamaba Chepito, un joven en sus treintas, sobrino del dueño de la compañía de turismo Selvatik C.A, una firma que ofrecía paseos a los escenarios naturales de la amazonia venezolana, además fungía de asistente de vuelo. Su rostro juvenil era lozano de tez brillante y su piel de un color casi arena que contrastaba con sus dientes blancos; su cabello tan negro y brillante como la piedra de azabache. Conversando con dos hombres se acercó Mark el asistente de la banda quienes le acompañaban portaban credenciales que les identificaban como parte del equipo técnico, los recién llegados fueron presentados por el silencioso Mark:

—*¡Atención muchachos!, este es Renato Puerta y su asistente Eric.*

—*¡Hola a todos! Mucho gusto mi nombre es Renato Puerta, seré el director del video, al llegar discutiremos algunos aspectos sobre el mismo, creo que no necesitaremos nada más que ustedes y el excepcional paisaje hará el resto, este es mi camarógrafo y asistente Eric.*

—*Encantado de trabajar con ustedes* —dijo el joven de tez blanca, ojos color miel y una sonrisa franca y perlada, su aspecto era atlético y musculoso.

—*Disculpen. Me temo que ustedes deberán volar mañana con el resto del equipo* —dijo Chepito el guía refiriéndose a los dos recién llegados.

—*¡Imposible!* —refutó Renato— *empezaremos a hacer tomas de la banda desde que lleguen al lugar.* —*Los dos puestos disponibles son para los guardaespaldas* —replicó Chepito— *creo que ellos deben ir con la banda, aunque allá tendrán protección, es obvio que la banda necesitara asistencia.*

Steve buscó a Jacob con la mirada, pero este conversaba con Iris y el piloto, así que decidió arbitrariamente que los guardaespaldas salieran en otra avioneta.

—*Tengo una idea* —dijo Steve emocionado— *La solución será que seguridad viaje en otra avioneta, ¿Puedes encargarte de eso?* —le preguntó a Chepito.

—*Si, de inmediato, ellos saldrán en otra avioneta en un par de horas. Al llegar al resort estarán bien y mañana su equipo de seguridad estará con ustedes.*

Todos entraron en la avioneta cuyo motor ya estaba en marcha. Renato estaba sentado al lado de Pedro, y llevaba una sofisticada cámara colgada en el cuello. Era reservado, y poco hablaba tenía una botella de bebida energizante de color rojizo en su mano la cual parecía jamás acabarse pues le daba ligeros sorbos a intervalos. El sonido del motor era intenso y ensordecedor, el director hablaba con su camarógrafo y Pedro estaba en el medio por tal motivo decidió cambiarse dejando a los dos colegas juntos. Jacob estaba sentado en la parte trasera y revisaba el equipo de seguridad obligatorio para practicar el parapente su deporte favorito, cascos y paracaídas de emergencia, además deben contar con diversos instrumentos electrónicos: barómetro, GPS y equipo de radio. Había decidido practicar deportes extremos desde muy pequeño, fue una manera de escapar de sus propios complejos. A los catorce años tuvo un grave accidente escalando la sierra de Guadarrama, tres cirugías en el tobillo y un larga terapia le ofrecieron un forzado descanso durante el cual descubrió su amor por la música, aprendió a tocar guitarra y luego descubrió la flauta y el violín. Durante este tiempo su vida tomó un rumbo reflexivo, casi metacognitivo y también durante esta convalecencia escribió algunas de las canciones más destacadas de su carrera. súbitamente decidió romper el silencio.

—*¿Cómo son los indígenas de la zona?, ¿Se comen a los extranjeros?*— Jacob preguntó a Chepito.

—*¡No, chico!, que va, ellos son amistosos, son los Pemones*[6], *hay tres grandes tribus los Arekunas, Taurepanes y Kamarakotos*[7]. *El sector donde estaremos es exclusivo para los turistas ellos viven mucho más adentro de la jungla, aunque muchos de ellos se han adaptado a la civilización, dedicándose al comercio y al turismo, las tribus más reacias a la transculturización* poco *a poco han sido desplazados del salto de agua porque es un sector protegido por las autoridades, además ellos son temerosos del hombre citadino. ¡Ustedes son privilegiados! Este es uno de los lugares más energéticos del planeta se llama El parque nacional Canaima.*

—*Es la caída de agua más alta del mundo, Esa catarata fue encontrada por un norteamericano, llamado Jimmy Ángel*[8] —Aleccionó Steve

---

[6] Los Pemón o pemones son una nación indígena suramericana que habita la zona sureste del estado Bolívar en Venezuela, cercanos a la frontera con Guyana y Brasil. Son los habitantes de la Gran Sabana.

[7] Tribus de la etnia Pemón.

[8] Jimmy Angel cuyo verdadero nombre fue James Crawford Angel Marshall fue un expedicionario y aviador de origen estadounidense. Es mejor conocido por haber

presumiendo de su conocimiento; esto era algo que solía hacer siempre pretendía ser el más inteligente del grupo.

Pedro interrumpió a Steve y dijo con agudo sarcasmo:

—*¡Oh! miren a Steve ha estado leyendo la Wikipedia una vez más,*— dándole una palmadita en la espalda añadió —*Hombre ¡Qué inteligente eres!*

Todos estallaron en risa, el ambiente estaba súper animado Paul y Jacob conversaban, Pedro miraba por la ventanilla y el camarógrafo Eric con Renato discutían sobre unos documentos que Renato sostenía en sus manos Iris estaba sentada al lado de Chepito, lucia el cabello recogido en una gran cola, su rubia cabellera lucia más hermosa por el reflejo del sol. Tenía los ojos verdes y era una mujer sencilla, sus mejillas tan rojas como manzanas.

Durante años había sido la mediadora de la banda, quizás sin ella Los Profetas ya estuviesen separados. Su historia, fue una de esas improvisadas, de las que se escriben a retazos; Londinense de nacimiento tuvo una dura infancia, su madre era la dependiente de un bar de rock y vivía con un adicto a la morfina. Cada día después de la escuela su mamá la llevaba a la cocina del local donde creó su propio mundo, un mundo de celebraciones interminables en donde sus amigos eran los empleados y músicos de la banda que cada noche tocaban, no era el mejor lugar para criar a una niña, pero todos se esmeraban en ofrecerle algo de candor. A los cinco años, un musico amigo de su madre le enseñó a tocar la guitarra y más tarde el bajo. Le solía decir: *"¡Te será útil algún día!"* y vaya que tenía razón. Ese tiempo sublime de música y alegría terminó cuando su madre fue diagnosticada con un cáncer terminal, siendo una adolescente lidió con la enfermedad y el tortuoso tratamiento de su madre; luego de unos meses de agonía murió y su padrastro la echó de casa, conoció la vida de las calles, no obstante la dureza del inframundo jamás fracturó su alma, se desempeñó en miles de trabajos para poder sobrevivir. Oficios que rayaron en lo retorcido, como maquilladora de cadáveres o donante de sangre, también alguna vez pensó en donar su

---

encontrado el ***Kerepakupai vená*** o Salto Ángel de 979 metros de altura considerada la caída de agua más alta del mundo está localizada en la Gran Sabana, Venezuela.

vientre por diez mil euros, pero pensó que si estaba embarazada no podía tocar en los clubs, así que pudo más su amor por la música que por el dinero, y a final de cuentas fue la mejor elección pues ella sabía que jamás hubiese superado el perder un hijo. El destino la empujó a conocer a Jacob en Londres ¿causalidad? ¿o quizás casualidad? lo cierto es que fue el momento más azaroso de su vida. Él, Steve y Pedro bebían en un pub de moda en Sol, el centro de Madrid; una zona conocida por su vida nocturna y bares de tapas; ella tocaba el bajo y luego de la presentación él le invitó una cerveza, estaba claro que Jacob buscaba acción, pero Iris no sintió conexión alguna con el pretencioso rockero.

Ella solía tocar la guitarra ocasionalmente en bandas improvisadas, pero en el entorno rockero y musical jamás había sido tomada en serio por ser mujer. Un día, de repente se presenta la gran oportunidad, Jacob y Steve habían peleado con el bajista de su banda: Tito, un hombre rudo y vulgar que era más conocido por sus negocios sucios que por su destreza con el bajo, después de la trifulca el bajista abandonó el grupo, el dueño del bar les habló sobre Iris y lo bien que tocaba el bajo, Jacob, ya había escuchado a Iris cantar y tocar la guitarra, sin embargo no sabía que esa frágil chica supiese tocar el bajo; luego de discutirlo con Steve y Pedro decidieron darle una oportunidad, pero solo mientras encontraba al nuevo bajista.

Así fue como Iris se escabulló en Los Profetas y de este modo cambio su propio destino. Al comienzo Steve tenía sus dudas acerca de la presencia de una chica en una banda de rock, pero Jacob sabía que la chica era especial y decidió darle una oportunidad, por su parte Pedro siempre apostó a la hermosa mujer, se enamoró de ella de inmediato, aunque ella siempre le quiso como un amigo.

Iris se aferró a Los Profetas como su tabla de salvación y no tardó mucho en demostrar su talento y su conexión con el público.

De esta manera; su vida cambio, ya no sería más segregada, la solitaria chiquilla de mirada soslayada, esa quien no tenía más que su música para sobrevivir había emergido desde la sombra y ahora brillaba con luz propia como un verdadero rock Star.

La música la había salvado, el legado de su madre y sus amigos quienes siempre le advirtieron: "Algún día te será útil", permanecía latente y vivía en ella. En poco tiempo aquella; aparentemente delicada chica que por poco no fue aceptada en la banda por ser mujer, llegó a ser indispensable para todos los miembros masculinos de la misma; se convirtió en la estilista, asesora de imagen, secretaria y asistente; gracias a Iris la banda adquirió personalidad y tomó un rumbo definido.

—*Entonces Chepito* —Preguntó Iris— *¿Cuál es el verdadero nombre que los nativos le dan a esa catarata?.*

El joven había dicho esto cientos de veces, así que no representaba ninguna proeza.

—*Bueno señorita, El salto Ángel tiene el nombre Pemón de* ***Kerepakupai Vena***[9] *que significa: salto del lugar más profundo*; *es el salto de agua más alto del mundo, con una altura de 979 m*, pero *son en realidad 807 m de caída interrumpida, generada desde el Auyantepuy. Fue declarado señorita Patrimonio de la Humanidad por la Unesco en 1994*

—*Pensé que era algo así como* ***Churun Meru***[10] —acotó Steve

—*Sí, tiene razón, Churun Meru es una voz indígena que significa catarata del trueno, pero según dicen ellos no llamaron así al Kerepakupai Vena.*

—*En la mitología hindú* ***Meru***[11] *es una montaña* —Agregó emocionada Iris quien era una gran seguidora de la cultura asiática en especial de la India— *una montaña de oro que se encuentra en el centro del universo. Es la morada de los dioses, y la conexión con la tierra son los Himalayas; es interesante el nombre es el mismo.*

—*Pero, el pico Meru en realidad existe* —apuntó Steve— *está en la cordillera del Himalaya.*

— *¡Caramba! Todo esto es muy interesante y emocionante en realidad presiento que este viaje cambiara mi vida* —señaló Pedro, quien llevaba

---

[9] Nombre pemón del Salto Ángel. Para los Pemones en la catarata vivía el bien y el mal.

[10] Churun Meru es un término poco usado por los Pemones quienes prefieren: **Kerepakupai Vena**

[11] Meru: El pico Meru es una montaña situada en el Himalaya Garhwal, en el estado de Uttarakhand en la India. El pico de 6.660 metros (21.850 pies) se encuentra entre Thalay Sagar y Shivling,

un sombrero de ala ancha pelo e' guama[12] típico del país que había comprado en el aeropuerto como suvenir.

—*¡Vamos sigan! ¡a ver quién sabe más! Disfruten de su juego de "¿Quién quiere ser millonario?". Yo solo deseo terminar ese video y regresar a Europa, la gira mundial empieza en 20 días* —masculló Jacob— *hay mucho que debemos solucionar. Las luces por ejemplo, no estuvieron nada bien en Wembley.*

—*¡Bueno relájate*! —replicó Paúl— *apenas estamos llegando y ya deseas marcharte, en realidad quería conocer este lugar, siento que acá hay muchas respuestas. La naturaleza y la ecología juntas de la mano ¡qué paz tan grande se puede percibir en todo ese verdor que se contempla allá abajo.*

Paúl estaba realmente emocionado al descubrir tanta magnificencia desde la ventana de la avioneta, esos territorios plenos de natura por doquier.

[12] Un sombrero de fieltro de ala ancha usado por los llaneros, los vaqueros de las llanuras venezolanas. Está hecho de imitación o piel de castor real. Son fabricados por la empresa italiana Borselino; la calidad del sombrero se designa por el número de x en la etiqueta. El sombrero se llama así por las vainas borrosas del árbol de guama.

El piloto era el padre de Chepito, un hombre de escasas palabras, en todo el trayecto no profirió un solo sonido. La avioneta empezó a bambolearse estrepitosamente, parecía una coctelera, súbitamente Iris gritó y todos se miraron con pánico. Maletines y bolsas se desperdigaban en el aire. Pedro se levantó golpeándose de puesto en puesto con cada uno de los pasajeros, con extrema dificultad logró llegar cerca de la pequeña cabina.

—*¡jefe! ¿Qué sucede?* — nervioso Pedro inquirió, dirigiéndose al piloto.

—*Solo una turbulencia* —El hombre respondió de manera apática y con cierto tono de enojo— *¡nada más!* Nadie quedó conforme con la austera respuesta, mientras la frágil avioneta seguía zarandeándose de forma anómala. De repente Steve grita un motor está expulsando humo. Iris empezó a gritar histéricamente, Jacob se levantó de su puesto y se dirigió al piloto,

—*¡Joder! ¿Qué pasa con esta chatarra? Y no me digas que es una turbulencia*

—*Al parecer un motor esta averiado aun así esta avioneta tiene dos motores, nada pasa puedo controlar la situación. Aterrizaremos en una aldea a 50 kilómetros del Taují.*

Chepito se escudó a su padre a manera protectora:

—*¡Tranquilícense por favor! No resolveremos esto si entramos en pánico, debemos descender de inmediato, por ahora lo más importante es aterrizar a salvo necesito su colaboración que sujeten su cinturón y que guarden compostura*

—El mismo se sentó y se abrochó el cinturón de seguridad— *¡Señores de antemano les informo que nos hemos desviado, porque buscamos un lugar seguro y cercano donde aterrizar! ¡el aterrizaje será difícil!*

Todos estaba exaltados, la situación se escapaba de sus manos no había nada que pudieran hacer, lo único que sentían era que la avioneta estaba descendiendo de manera anómala. Iris irrumpió en llanto mientras Chepito la tomó de la mano fuertemente.

—*Todo saldrá bien, por favor tranquilízate, acá estoy contigo, no estás sola —¡Jamás me había pasado esto! ¡no quiero morir así, no aún!*

Pedro veía por la ventanilla y aunque sabía que la avioneta estaba a punto de estrellarse o aterrizar de emergencia no podría evitar maravillarse con el exuberante escenario lleno de árboles y nubes, jurásico paisaje plagado de misterio donde se difuminaban los azules y verdes en degrade. Imponente un rio zigzagueaba cual inmensa serpiente seduciendo con serenidad al indómito Amazonas, los copos de los árboles asemejaban millones de gigantescos brócolis tan esponjosos que parecían invitar a la avioneta a posar sobre ellos como una frondosa alfombra.

Al presenciar tan sublime escenario atrevidas memorias llegaron sin permiso; recuerdos de una promesa que nunca se cumplió. Pedro, un chicano de San Diego California, había crecido atado a sus tradiciones como todo miembro de una familia Mexicoamericana. Las circunstancias le obligaron desde muy pequeño a unir inexorablemente esas culturas y a participar en las tradiciones de sus ancestros. En su tiempo de ***High School***[13]

luchó con todas sus fuerzas para no ser etiquetado como el chico mexicano, pues en realidad el sentía a los Estados Unidos como su país, nunca había ido a México, y el español lo hablaba solo en casa. Aunque era difícil reconocerlo, en esos aciagos días de adolescente sentía vergüenza de ser quien era. Su Padre un gringo resabiado murió de una sobredosis cuando el solo tenía seis años y su madre, una emigrante trabajadora quien siempre enseñó valores a sus siete hijos siendo Pedro el hijo del medio. Sus tíos y primos tenían una banda Tex-Mex llamada "Los Chavos de San Diego"; la cual tocaba en fiestas, bodas, banquetes y eventos especiales; de esta manera el pequeño Pedro aprendió a amar a la música, y solía acompañar a la banda y ayudar recogiendo cables y cargando instrumentos.

Aunque Pedro fue un chico popular en la escuela, jamás tuvo una amistad tan sincera y una conexión tan efectiva como la que tuvo con su primo Antonio, el baterista de la banda familiar. Antonio era una suerte de gurú espiritual para él, le enseñó a tocar la batería, así como también le animaba a disfrutar y aceptar su diversidad cultural,

[13] Secundaria

Antonio no fue solo su primo predilecto y mejor amigo, sino también su cómplice y consejero. Ambos soñaban con ser exploradores al estilo Indiana Jones, viajar a la selva amazónica y encontrar ciudades perdidas, ambos se habían prometido cumplir ese sueño juntos. Por ser unos tres años menor que su primo heredaba la ropa que no le quedaba; definitivamente, nadie marcó ni inspiró más su vida que Antonio. Trágicamente todo cambiaria una mañana de junio; el año escolar estaba a punto de culminar, para ese entonces Pedro, ya era un ***senior***[14] y en pocos días recibiría su diploma de bachillerato. Ese día llevaba puesta una camiseta que Antonio le había obsequiado en su cumpleaños, la cual por vergüenza jamás usó, quizás por evitar alguna posible broma. A todo color, estampada en la camiseta se esbozaba la imagen recia de un charro mexicano con sombrero y bigote chorreado; era ***Pedro Infante***[15]. Antonio se la dio en su cumpleaños, y siempre le explicaba: *"Este es el más grande de la música mexicana" "te llamas Pedro por él, más te vale que cuides esa camiseta con tu vida"*.

Durante la jornada escolar, nadie se percató de la camiseta y mucho menos del folclórico estampado, parecía que nadie le iba a atacar o hacer algún comentario despectivo o xenófobo sobre ella. En el comedor escolar durante el tiempo de almuerzo Pedro no le quitó los ojos de encima a Lindsay Graham, la más hermosa chica de su escuela. El y ella estaban juntos en la clase de música y habían entablado una muy buena amistad. El decidió esa mañana invitarla al **Prom**[16], conversaron y cuando la muchacha se marchó, Brando Park un ex novio de Lindsay siguió a Pedro al baño y allí le atacó, le golpeó y le rompió la camiseta; sin embargo, el atacante no se fue ileso, se llevó un ojo morado, el cual de seguro iba a verse muy mal en las fotografías del baile de la

---

[14] Un estudiante estadounidense que está en su último año de Bachillerato o que se va a graduar

[15] Pedro Infante: (18 -11-1917 / 15 -4- 1957) fue un actor y cantante mexicano. Es considerado como uno de los actores más recordados del cine en México. Por su actuación en la película Tizoc (1956), fue ganador de un Oso de Plata12del Festival Internacional de Cine de Berlín en la categoría a «mejor actor principal», y también obtuvo un premio.

[16] Prom es como se llama al Baile de graduación en Estados Unidos.

escuela. Ambos estudiantes enviados a la dirección y en consecuencia se expulsaron. Esa tarde cuando Pedro iba de vuelta a la casa maquinando cómo iba a explicar la pelea, su camiseta rota y la consecuente expulsión a solo unos días de culminar la secundaria; no pudo evitar ver a la gente en la calle comentando sobre algo que acababa de sucede.

—*¿Qué sucedió?*—preguntó Pedro a una anciana quien lloraba a las afueras de un café conversando con dos hombres.

—*¡Un tiroteo! ¡Un tiroteo!*— exclamó ella sollozando.

—*"¡Dios mío! ¡otro tiroteo más! que mal ya se está haciendo común"* —Pensó

Pedro; increíblemente ya era común ver en los tabloides las sangrientas reseñas de esos tiroteos masivos donde un asesino perturbado disparaba a sangre fría a decenas y a veces cientos de niños y adultos, bajo la ignominia de un Estado que permite el uso de armas sin regulaciones. Caminó desolado cavilando: *"¡Qué día tan pesado!"*, su camiseta destruida; ahora que le diría a su primo, seguramente pensará que la destruyó adrede porque se avergonzaba de ella.

A medida que Pedro avanzaba por las estrechas aceras una galería de rostros desolados se proyectaban en frente de él, luego pudo ver como sus vecinos lloraban más y más a cada paso que daba; con marcha austera se adentraba entre ellos rosando hombro a hombro mientras lo contemplaban con esa mirada que grita en silencio: ¡pobrecito! Finalmente llegó a su casa, en donde difícilmente podía dar un paso, su familia y amigos gritaban y sollozaban, en este punto no quería entender que sucedía, porque había tanto dolor. Le llevó unos minutos asimilar que Antonio, el mejor ser humano que conocía, quien era parte de su vida, ya no estaría más alrededor.

Su primo ahora era parte de las estadísticas que cada año enlutaban a miles de familias en Estados Unidos. Se aproximó a la televisión que estaba encendida y sus hermanas se abalanzaron sobre él. Antonio murió acribillado en un tiroteo en la escuela comunitaria donde perdieron la vida tres profesores y veintitrés estudiantes incluyéndolo.

Su vida nunca más fue la misma, pues en esa diabólica tarde; no solo murió Antonio, también murió su inocencia. Aprendió a puro dolor que era un hombre de dos mundos y que las raíces de su vida eran importantes, aunque la violencia cercenó parte de esos raigones; el árbol de su existencia seguía plantado, más fuerte que nunca. Después de la trágica muerte de su primo, Pedro encontró su destino, se perfeccionó como baterista y lo sustituyó en la banda familiar; luego de un par de años viajó a Europa, conoció a Jacob y Steve y el resto es historia, pues estaba destinado a ser el baterista de Los Profetas.

Ahora, sentado en esta avioneta que quizás se estrellaría en el medio de uno de los lugares más sublimes del planeta no pudo más que escrudiñar en el majestuoso verdor de la selva amazónica ese recuerdo y aquella promesa de visitar el salto de agua más alto del mundo. Sentía que Antonio estaba allí con él. Sabía que donde quiera que su espíritu estuviese estaría orgulloso de él, un hombre que mantenía sus dos etnicidades en perfecto balance se juró así mismo jamás sentirse avergonzado, ni arrodillarse ni tener que pedir perdón por ser quien era y hasta este momento jamás rompió esa promesa.

Un sonido intenso aunado a un estrepitoso batuqueo le llevó de vuelta a la realidad. Se sujetó fuerte al apoyabrazos. Jacob no tenía miedo en absoluto, al practicar un deporte extremo como el parapente siempre estuvo presente la posibilidad de morir en una caída, sin embargo, tragó saliva y volvió a pensar que, si eso ocurría hoy, en este momento no había dejado más que su música, ni un hijo, nada que pudiera perpetuar su paso por este mundo. Rafael el piloto maniobró serenamente la nave que aun expulsaba humo de un motor, el ruido era ensordecedor, el descenso fue estrepitoso; en medio del pandemonio, Iris vomitó todo a su alrededor incluso al desafortunado Chepito, Pedro, Paul y Jacob estaban serenos, mientras Steve sollozaba como un niño. Finalmente, y después de más quince minutos de tensión a bordo el piloto logró controlar de manera encomiable y casi heroicamente al aparato, todos aplaudieron excepto Iris y Chepito quienes estaban limpiándose el vómito mutuamente.

La avioneta aterrizó en un escampado, un aeropuerto improvisado, nada parecido a los lujosos terminales aéreos que ellos estaban acostumbrados a frecuentar. Chepito y su padre se dispusieron a revisar el motor averiado. Al bajar de la avioneta, los cinco caminaron hasta otro destartalado hangar en donde un amplio patio se extendía en el horizonte; de manera despreocupada muchos dejaron la mayoría de sus pertenencias dentro de la aeronave. Chepito ya les había advertido que en ese lugar no funcionaban los celulares y mucho menos internet, así que de nada servía que agotasen las baterías; el único medio de comunicación era la radio de la Guardia Nacional y un par de radios privadas las cuales pertenecían a un hombre de la localidad dedicado a la minería.

El intenso sol del Amazonas parecía derretir el negro asfalto. Las suelas de los zapatos de Jacob estaban a punto de fundirse. La temperatura era de unos treinta y ocho grados, pero la sensación era como de mil, para ellos que venían del otoño londinense el calor era agobiante. Recorrieron un largo trecho de la localidad rural sus callejuela semi asfaltadas carecían de aceras, y la vegetación se desplegaba engalanado el escenario. Entraron a una especie de bodega simple y desarreglada. Del techo de palma y las paredes de bareque pendían miles de cuernos, rabos y pieles de animales casi fantásticos, era imposible reconocer que tipo de animales eran. Expuestos alrededor grandes posters de divas de otrora, una Marilyn posaba eternamente glamorosa aun con los veinte kilos de más que el polvo sobre ella le propinaba, en la pared central un cartel de esos de bebida "Cola" mostraba a un obeso Santa Claus de la jungla, a su lado una exuberante chica en bikini: Lila Morillo la diva de Venezuela de los 60s, 70s, 80s, 90s y...de siempre; mostraba su curvilínea anatomía envuelta en el nostálgico sepia del poster de periódico, miles de muñecos de felpa y plástico desmitificaban a los personajes de los comics norteamericanos y uno que otro japonés, un ratón miguelito enclenque, un Hombre de Hierro sin brazos, un Hombre Araña sucio, y un Mazinger Z lleno de grasa, se apreciaban entre muchos ídolos arrinconados.

El encargado un hombre con aspecto indígena, esgrimía una actitud displicente, cansado de no hacer absolutamente nada, su mirada estaba clavada en el limbo, parecía devorar al tiempo, o acaso el tiempo ya se lo había tragado a él muchas lunas atrás. Su rostro rasgado por miles de arrugas cada una explicaba la profundidad de una vida alejada de artificios, de una simplicidad que solo las criaturas de la selva pueden ostentar, sin convencionalismos ni estereotipos, sin espejos, ni máscaras, solo la condición de ser un elemental más en la inmensidad de la selva. Tenía dos palitos atravesándole los orificios nasales, su cabello parte negro, parte grisáceo estaba cortado en forma circular, parecía una estatua de cera erguido y solemne, como un rey contemplando su reino perdido. Los cinco entraron observando el peculiar lugar; Iris se detuvo en frente de la imagen de Lila y suspiró, El hombre seguía absorto incluso al ver llegar a los forasteros ni siquiera se dignó en levantarse a atenderlos.

—*¡Hola!* —Pedro se dirigió al hombre quien no se inmutó ante la llegada de los clientes; sorprendido por su falta de gentileza y casi en manera desafiante reitera— *¿podría atendernos?.*

—*¿Qué quieren?* —refunfuñó una voz chillona y pausada que parecía un gimoteo o murmullo. Detrás de sus finos labios afloraban unos negruzcos dientes, pues masticaba chimó. El chimó, extracto de tabaco cocido y sal, que se mastica en algunas regiones de ese país suramericano. Es una sustancia de color marrón oscura casi asemejando alquitrán que contiene cierto grado alcohólico. Su boca asemejaba una negra caverna, lo cual le imprimían a su rostro un aspecto descuidado y sucio.

—*¿En qué puedo ayudarles extranjeros?*

—*Queremos cinco sodas, diez cervezas, algunas galletas o snacks para el Camino, repelente para mosquitos y agua potable* —sin pausa agregó— *toda la que tenga.*

El hombre guardó silencio clavando sus diminutos ojos negros en los de Pedro sentenció:

—*Ustedes no pertenecen a este mundo, su* gente *no respeta a la nuestra* —después de unos segundos en silencio el hombre abrió el refrigerador y tomó una a una las sodas colocándolas en el mostrador continuó diciendo— *vienen acá solo destruir y aniquilar la vida. Ustedes no saben que nosotros tenemos nuestros valores, nuestra región natural es un don muy grande que ustedes no aprecian, pues los hermanos árboles alimentan sus pulmones ustedes solo vomitan gases que destruyen al reino verde.*

—*Así es. ¡Estoy totalmente de acuerdo con usted!* —dijo Iris— *Hemos devastado al planeta, ahora las futuras generaciones pagaran las consecuencias.*

—*¡Bla, bla, bla!* —interrumpió Jacob sarcásticamente — *Iris por dios ya está bueno, estoy cansado de tanta ecología y filosofía barata, manos a la obra tenemos mucho que hacer, hay un video que tu decidiste fuese filmado aquí, lo decidiste de manera egoísta y sin consultar! Tu nos trajiste acá a este patético lugar, así que a lo que vinimos ¡trabajemos!* — refutó Jacob sacando una soda del refrigerador, su brazo izquierdo estaba descubierto pues vestía una camiseta negra sin mangas, Jacob tenía un tatuaje, una serpiente con plumas multicolores, era el Quetzalcóatl .

—*¡Tú eres el* ***morocho***[17] ***Omawe, hermano*** de ***Yoawe!***[18]*... ¡tú eres el morocho!* —gritó el hombre abriendo su boca forrada de la negra pasta del chimo, sus ojos estaban exorbitados. El hombre estaba evidentemente afectado y era presa de un horror inexplicable para los visitantes los cuales le veían como si fuese un demente fuera de control.

—*¿Qué te pasa viejo? ¿Qué quieres decir con eso de morocho?* — preguntó Pedro al hombre quien sujetó fuertemente el brazo de Jacob. Jamás había escuchado la palabra morocho en el español de México.

—*Pedro ¿Qué le pasa a este viejo loco?¿Por qué demonios me está tomando el brazo es un demente o qué?* Jacob empujó al viejo indígena contra el refrigerador —*¿Qué le pasa a este infeliz? Es mejor que me lo quites, o no respondo.*

Pedro se lanzó escudando al viejo con su cuerpo, y dijo con autoridad:

—*Jacob tranquilízate hombre ¡por favor! recuerda, es solo un anciano* —apuntó Pedro con voz preocupada y tratando de separar a Jacob del viejo que yacía en empotrado al refrigerador sin aliento por el empujón propinado por Jacob.

El viejo se internó tras la cortina en la oscura trastienda. Los rostros de los cinco, enrojecidos y preocupados por lo inverosímil de la escena siguieron al viejo quien luego de unos segundos regresó con una escultura de una serpiente elaborada en piedra, era la serpiente con plumas multicolores que Jacob tenía tatuada en su brazo.

—*Ese hombre viene de otro mundo tiene la maldición él debe purificar su sangre y la sangre de todos sus ancestros. Ellos Derramaron mucha sangre*

[17] Hermano gemelo en Venezuela

[18] Gemelos de la mitología Yanomami.

devastaron nuestro reino verde ahora se debe cumplir la profecía: ***¡Eaimou! ¡Eaimou!****. Él es el mismísimo* ***Yoawe*** *hermano de* ***Omawe.***

En el acto; Jacob sintió como el temor se apoderaba de él haciéndole 19perder su compostura y equilibrio, un temblor le cautivo, una especie de explosión interior que recorría todo su cuerpo. Ya todos estaban incomodos en esa pequeña bodega el calor era abrazador, el ruido persistente del oxidado ventilador acentuaba la tensión y hacía imposible permanecer un segundo más en este sitio oloroso a hierbas, tabaco y kerosene.

"¿Qué significará Eaimou?" Pensó Jacob ya lo había escuchado quizás en un viaje a algún lugar de África donde algo muy similar le sucedió, era obvio que ese sonido casi primitivo le era familiar. Había algo enigmático en todo esto, Jacob estaba seguro que esa expresión, ese extraño dialecto significaba más que un quejido de un viejo senil y salvaje, pero a la vez sentía que eran supersticiones locales, ese tatuaje se lo había hecho en una gira por México, allí un talentoso tatuador le obsequio ese hermoso trabajo, pero porque ninguno de los otros tatuajes que él tenía en su cuerpo le produjo interés al viejo hombre. Sus compañeros todos portaban tatuajes algunos mejor elaborados que esa serpiente indígena multicolor. La pregunta del millón era ¿Por qué este hombrecillo de frágil apariencia podía hacer que el Jacob la estrella de rock se sintiera incomodo?.

Steve estaba sentado en un tronco bebía una cerveza, invitó a un lugareño a beber con él, luego de un largo rato entre sorbos y silencios el lugareño le dio las gracias y le dio una palmada en la espalda hizo un gesto de agradecimiento y le hizo señas de que se fuese, estiraba sus manos hacia arriba en señal de volar. Luego de esto se marchó y lo dejo solo, Steve se sentó en un tronco seco al lado de un árbol de flores intensamente amarillas, vestía pantalones cortos de color azul y llevaba una mochila inmensa en la espalda, un elegante sombrero le daba un aire aristocrático. Encendió un cigarrillo, y contempló al horizonte perdiéndose en sí mismo; presentía que este viaje no había empezado con buen pie; recordó a su padre quien siempre le dijo que el ser tan bohemio, irresponsable e impulsivo le costaría la vida y le dijo: El día que pienses en mi será el primero de los últimos días de tu vida"; hoy allí sentado en un tronco en el medio de la nada sentía que la muerte estaba muy cerca.

Steve era el más sibarita del grupo, le fascinaba la vida de súper estrella, sabía muy bien cómo gastar su dinero, había sido el que más fortuna había generado reinvirtiendo en la bolsa de valores de Tokio y Nueva York, había luchado con una adicción a la cocaína la cual había felizmente venció, a diferencia de otras súper estrellas y celebridades no hizo un circo de su tragedia, e incluso formó, detrás de los reflectores, un grupo internacional en apoyo a los jóvenes con problemas de adicción. Su vida sentimental era un secreto para la banda, jamás se le veía con chicas, pero siempre mantuvo que si fuese gay muy orgullosamente lo admitiría, y apoyaría a la comunidad LGBTQ, pero siempre declaró ser heterosexual. Nació en Australia pero llegó a Londres desde muy pequeño, hijo de un estricto profesor universitario y de una actriz de teatro, pasó sus primeros años en Queensland y luego su padre fue a enseñar física quántica a Oxford en donde por razones obvias tuvo una educación formal.

A diferencia de los demás miembros de la banda Steve lo tuvo todo, un niño malcriado que se hastió de ser rico; un renegado que buscaba su propia liberación y en cierta manera la logró, pues se reveló con solo diecisiete. Decidió fugarse de casa por no soportar las estrictas reglas de su padre, un intelectual y aristócrata, aunque esa fuga fue una falacia, pues continuó dependiendo de su madre con quien mantenía una relación que rayaba en lo enfermizo; ella encarnaba una especie de alter ego, una suerte de cómplice que alimentaba su espíritu bohemio y liberal, un marcado contraste con su rígido progenitor. En la vida de Steve prevalecía la figura materna, quien le alcahueteaba en todas sus locuras y excentricidades. Carol James una hermosa y reconocida actriz con un excepcional talento para las artes el cual, indiscutiblemente, Steve heredó.

La relación de sus padres hacia recordar a Arthur Miller y Marilyn; su padre un intelectual radical de ultraderecha, quien siempre rechazó el oficio de su esposa; pero irónicamente no podía vivir sin ella; la amaba demasiado, cáusticamente ella jamás lo amó, sobrellevó dieciocho años de matrimonio hasta que se marchó con su amante un afamado actor norteamericano. Como todo catedrático siempre añoró que su único hijo estudiará una carrera formal en la universidad; sin embargo, Steve hacia alarde del adagio: "genio y figura hasta la sepultura" y por natura siempre siguió los pasos de su madre. A diferencia del padre de Jacob, el suyo siempre lo protegió y compartió con él muchos momentos; los cuales aún Steve atesoraba como las mejores vivencias de su vida, no obstante jamás le perdonó a su padre que no lo apoyará en su deseo de ser músico.

La batalla empezó durante los años de su adolescencia para ese entonces su padre se alejó y le etiquetó de "vagabundo sin oficio" luego de descubrirle un paquete de hierba en su recamara. El adagio de Genio y figura seguía latente como un aforismo arquetípico en la vida de Steve quien irónicamente, aunque no quiso ser un catedrático como su padre, sí que tenía el mismo talante para la docencia, era un autodidacta empedernido y un ávido lector; además Steve componía la mayoría de las canciones de la banda, realmente siempre pensó que tenía potencial como escritor o poeta pero jamás decidió ahondar en el camino de las letras formales. El rock era su vida y sentía un gran placer haciendo lo que sabía hacer: componer canciones, tocar la guitarra y el piano.

—*¡Ey! ¿En dónde andas? estarás pensando lo mismo que yo*—dijo Iris al ensimismado Steve que regresó de su ontológico viaje al pasado.

—*¡Ah si claro!* —mintió— *Pienso en ese hombre y sus gritos. No es la primera vez que algo insólito pasa. En muchos viajes he visto cosas realmente extrañas, desde gente que come gusanos hasta que baila con cadáveres... en fin, Jacob esta sugestionándose... ¿Quieres?* —Steve le ofreció cerveza a Iris, ella aceptó un sorbo.

—*Bueno, realmente ese tatuaje es terrible ¡Ah! de verdad a mi jamás me gusto siempre se lo dije* —exclamó ella sentándose en el tronco seco al lado de Steve.

—*Es un buen tatuaje, lo hizo una gran tatuadora.*

—*Si, pero tiene algo extraño ¿No lo crees?* —sentenció Iris.

—*¡Ya! Cállate ¡Allá vienen!* —susurró Steve.

Pedro, Paúl y Jacob se acercaban con los víveres y provisiones, la cara de Jacob era una verdadera oda al desencanto, su tez blanca se enrojeció por penetrante calor. El siempre servicial Pedro cargaba los equipos de parapente con Paúl, el equipo era en realidad lo único que habían bajado de la avioneta.

—*¡Deberías cargar tus cosas Steve!* —gritó alterado por la fatiga Paúl— *Estoy cargando los míos, ¡estos equipos son tuyos... acá están! Tómalos si te da la gana* —Paúl lanzó los equipos al polvoriento suelo levantado un nube de polvo asfixiante.

—¡*Bueno*!, ¡*bueno*! *¿Qué sucede contigo Paúl*? *no es necesario que lances mis cosas así* —exclamó Steve. Iris que estaba sentada se levantó y trató de calmar a Paúl, quien estaba muy molesto por la poca colaboración de Steve. Renato Puerta, y el hombre que le acompañaba se aproximaron a los cinco y les dijo: —*¡Bueno Muchachos! No nos queda más que esperar una pronta solución, mientras iré a hacer algunas tomas fílmicas del lugar, nos encontraremos acá en aproximadamente treinta minutos* —dijo con la botella vacía en sus manos

—*¿Les parece bien?* —Preguntó su acompañante mientras cargaba un maletín verde con su mano derecha, aun sosteniendo la botella plástica en la otra mano.

—*Si por supuesto* —respondió Steve destapando una nueva lata de cerveza—*nos encontramos acá en este mismo lugar.*

Los dos hombres caminaron rumbo a un sendero bordeado de abundante vegetación, Renato aun sostenía con una mano la bebida energizante y con la otra tomaba las fotos descuidadamente; en unos instantes se desaparecieron entre la densa vegetación. Mientras los cinco aún estaban acalorados y visiblemente ofuscados por la extraña reacción del viejo.

—¡*Por dios chicos*! —rompió el silencio Pedro— *¿Qué sucede*? *¿venimos a pasar un buen rato no es así*? *se supone que esto ha de ser agradable, venimos a trabajar. no ha discutir, sabemos que tenemos un video por hacer y que el tiempo es nuestro enemigo.*

—*Si Pedro tienes razón* —refutó Paul— *pero ahora se ha presentado este problema con la avioneta; así que estamos varados; que diantres crees que podemos hacer en el medio de la nada.*

—¡*Busquemos al guía!* —Agregó Iris con excesivo entusiasmo.

—El guía se fue hacia aquella zona —apuntó Paul hacía unos improvisados hangares *—Esta allá con esos dos hombres y su padre reparando la avioneta.*

Caminaron y al acercarse divisaron a Chepito, su padre y dos hombres estaban reparando la avioneta cuando de repente se escuchó una fuerte explosión, los hombres gritaron. Jacob, Paul y Steve corrieron hacia la avioneta, pero en medio del camino se petrificaron al ver una gruesa llamarada esparciéndose y calentando aún más la hostil atmosfera. Todo fue confusión, el humo impedía ver que sucedía.

En el acto, despavoridos y profundamente afectados los cuatro hombres salieron corriendo del humeral. Los gemidos de dolor de uno de los hombres eran Impresionantes. Jacob corrió vertiginosamente

—¡Vamos muchachos están heridos! —Exclamó Pedro.

Todos corrieron, era evidente que uno de los hombres estaba herido, al Acercarse Paul y Jacob vieron la magnitud de las heridas; se trataba de Rafael el piloto, el Infeliz rostro desfigurado casi derretido, se había reducido a una masa desfigurada sus manos y su pecho estaban a carne viva. Chepito sujetaba los hombros de su padre mientras los otros dos hombres su torso y piernas. El joven con rostro confundido y algunas laceraciones dijo mirando a Jacob a los ojos llenos de lágrimas:

— ¡Busquen ayuda por favor!

Jacob Y Paul salieron corriendo con destino incierto. Pedro titubeó al ver al infortunado piloto agonizando, pero al ver a sus compañeros marcharse le dio una palmada de aliento a Chepito y se les unió; avanzaron por un enmontado camino de tierra con espesa vegetación alrededor, y de cuando en cuando alguna que otra casa rural. La gente salía a ver qué había sucedido. Pedro preguntó a un lugareño donde podían encontrar ayuda, el hombre le dijo que solo tenían una enfermera y que el medico venia cada mes, pero los Guardias nacionales tenían un destacamento cerca a unos cuatro kilómetros. Al llegar; se apreciaba dos hombres, ambos sentados con las sillas inclinadas y sus polvorientos zapatos sobre la mesa de metal que hacía las veces de un improvisado escritorio uno uniformado, con atuendo verde de campaña mientras que el otro vestía unos jeans y camiseta. A duras penas apagaron la radio y les atendieron.

—*¿No escucharon la explosión?* —Jacob estaba impresionado por la parsimonia de ambos sujetos, quienes escuchaban un partido de béisbol en la radio.

—*Si, se escuchó. Estábamos esperando que vinieran, ¿Hay heridos?* —Dijo el hombre sin uniforme. —*¿Cómo? ¿Qué esperaban que viniéramos?* —Preguntó Pedro con ironía y sumamente consternado, no pudo entender tanta indiferencia y negligencia, respiró tratando de controlarse y agregó más tranquilo— *Si, uno está seriamente herido y dos están lastimados.*

—*Ok, vamos.*

Se montaron en una camioneta Toyota, la cual desentonaba con todo lo demás a su alrededor por estar en buenas condiciones; al llegar encontraron que el herido no había sido trasladado aun y yacía tendido en una improvisada camilla hecha por Iris con ropa y dos palos. Además, le habían quitado la camisa quemada y con ella se fueron algunos pedazos de la propia piel del pobre hombre. Iris junto con algunas lugareñas le colocaban compresas de agua helada en sus manos. Los dos funcionarios se bajaron y era evidente que conocían al piloto, de inmediato llamaron por radio, pero al parecer deberían trasladarlo a otro pueblo algo retirado de allí, para transportarlo a la capital. De manera sorpresiva reinó el más dramático silencio; vergonzosamente todo sintieron un alivio, pues parecía que el hombre se había desconectado del terrible dolor que sentía. Obviamente había caído en estado de inconciencia. Todo esto complicaba aún mucho más la estadía de los Profetas y retrasaba la realización del tan polémico video musical. El viaje se había tornado tortuoso e insufrible pues inexplicablemente había estado signado por un sinnúmero de eventos desafortunados. Jacob no dejaba de pensar que todo esto era un mal presagio.

Jacob se dirigió a Chepito y le preguntó mientras subían al herido a la camioneta:

—*¿Qué pasará con nosotros?*

Steve sumamente descontrolado le pidió, casi suplicando:

—*¡Por favor!¿Al menos puedes llevarnos al pueblo más cercano para encontrar ayuda?*

Chepito lanzó una mirada de soslayo; se veía profundamente devastado por lo ocurrido; sin embargo, entendía que estas personas quedarían varadas en este lugar y era su responsabilidad facilitar su seguridad.

—*No, ¡lo lamento! no puedo seguir a su lado, mi padre está muy mal, busquen a Mireya ella es una persona de mi completa confianza, entréguenle este papel ella los ayudará* —extendió su ensangrentada mano a Iris quien sujetándole fuertemente sostuvo el papel en la suya—*llamaré a su productor en Caracas para informarle de este accidente, ellos llegan mañana. Les deseo suerte, ¡yo!... volveré en cuanto mi padre este estable, y sepa que está en buenas manos.*

Jacob y los demás estaban paralizados de terror, deberían quedarse en un pueblo aislado en medio de la nada, sin un lugar seguro donde pernoctar y lo peor sin contacto con la civilización pues sus teléfonos celulares no recibían señal. Contrario a lo esperado uno de los guardias interviene:

—*Dudo mucho compadre que alguien vuele mañana por estos lados, nos informaron que habrá una tormenta eléctrica en las próximas setenta y dos horas.*

—*¡Setenta y dos horas!*— hizo un aspaviento Pedro— *¿Qué esto? ¿Es un complot?! todo está en contra nuestra!* —*¡No para nada! ¡A mí me parece completamente normal!* —gritó con tono irónico Jacob— *¡Ah! pero ¿Acaso no eras tú quien hace solo minutos decías que todo saldría bien?*

En ese momento entendieron la magnitud del problema, tenían que llamar a una agencia de viajes, institución de rescate o alguna autoridad de la región que les ayudasen. Sin embargo tanto Steve como Iris sabían que los lugareños no estaban cómodos con su presencia. Jacob con mirada perdida vio con desesperación como ardía la avioneta, el único medio de transporte que podía llevarlos de vuelta a la civilización. Los lugareños arrojaban baldes de agua, pero era inútil. La escena era caricaturesca pues cada valde aventando parecía arreciar al persistente fuego que parecían burlarse de todos y que se incrementaban a cada instante más.

—*¡No!* —*no puede ser ¡Qué estúpida* soy! —Gritó fenética Iris.

—¿Ahora qué?*¿Qué sucede?¿Iris que pasa?*—pregunta Steve.

—*¡Steve! ¡los celulares... y los GPS!* —dijo Iris descontrolada.

—*No puede ser, tranquilízate mujer me vas a matar de un infarto, están en ese bolso rojo de ...allí.* —dice Steve señalando a un bolso que estaba cerca de sus pies.

—*¡Noooo!* —Iris Chilló—*yo los escondí debajo del asiento de la avioneta porque en este pueblo no los podíamos utilizar y según el guía este sector suelen haber bandidos* y ladrones.

—*Maldición Iris, ¿Sabes qué significa esto?* —dijo Pedro enfadado.

—*Sí, ¡lo sé!* —suspiró Iris —*¡estamos en aprietos!*

El pueblito parecía una comarca olvidada en el medio del intenso verdor de la selva, un lugar dibujado a retazos donde algunas casas de paredes de bareque y ladrillos cuarteados se mezclaban con otras elaboradas de maderas y hojas de palma, las cercas de zinc y hoja lata zigzagueaban de manera improvisada los corrales donde las gallinas picoteaban la árida tierra y alguno que otro perro ladraba saludando a los forasteros. Algunas amapolas salvajes salpicaban de bellos tonos amarillos los recodos de la callejuela y le imprimían al paisaje un aire nostálgico, pero a la vez saturado de un misteriosa atmosfera. Las estrechas calles alfombradas entre asfalto y tierra, tenían un asimétrico e irregular aspecto casi lunar, los cinco estaban sentados, no se movían sus mentes estaban desconectadas, la mirada estaba dirigida al horizonte, y miles de interrogantes asomaban con respecto a su destino. Jacob estaba tirado en un sendero verde, una florecillas amarillas le salpicaban el rostro, parecía inmerso en una gran paz. Este lugar era absurdo y paradójico, colmado de incertidumbre, de contrariedades y de sobresaltos. Emociones encontradas insurgentes se rebelaban y mezclaban entre sí: rabia y frustración y a la vez sentía que había deseado estar quizás toda su vida en un lugar como este, jamás vio tanto verdor y belleza, sus miedos y temores se habían quemado con la avioneta y aunque pareciera absurdo estaba disfrutando ese momento.

El viejo de la tienda se había asomado varias veces a verlos, solo se paró en frente y les ametralló con sus ojos de fuego, los lugareños los obviaron como si fuesen invisibles, después de unos minutos el viejo de la tienda desapareció, y el pueblo rápidamente se tornó en un desierto, solo hacía falta la bola de paja seca rodando por las calles para darle un tono más dramático a la soledad. Calles vacías que a lo lejos se distorsionaban por el vapor que remozaba del asfalto caliente; solo unos perros fornicando se apreciaban en la distancia. Iris caminaba calle arriba y calle abajo tratando de encontrar ayuda, pero todos se habían encerrado.

Caminó durante más diez minutos, aunque no lo sabía se había apartado del grupo una considerable distancia, en una esquina bordeada por un inmenso árbol de Samán había una casa antigua, estilo hispánico, curiosamente estaba incrustada en la roca de una pequeña colina, tenía aspecto de que debió ser una misión o una hacienda de la época del caucho, era una casona abandonada desde hacía mucho, y que estaba siendo restaurada pues había andamios y materiales de construcción esparcidos por todo el lugar. Una alfombra de hojas secas forraba el piso, las escaleras estaban casi destruidas por la humedad, no así las barandillas las cuales eran de hierro forjado, caminó con cuidado sujetándose del pasamanos oxidado, intentaba esquivar las grietas, pues algunas secciones del piso de madera estaban podridas. Sorteando hábilmente todos los obstáculos llegó al piso superior, no sabía porque había subido, pero lo más difícil seria bajar de allí. De inmediato un ruido inesperado le causó gran temor, un ave inmensa soltó el vuelo al oír sus paso; suspiró y secó el sudor de su frente, continuó caminando algunas pinturas mostraban rostros aristocráticos que parecían ser de la época colonial, algunas envueltas en plástico y otras con láminas de acrílico, Iris se preguntaba ¿cómo podían estar colgados estos cuadros tan antiguos en las paredes?... se detuvo ante el retrato de un hombre de tés blanca con aire mediterráneo, su parecido con Jacob era impresionante.

—*¡Jacob tiene que ver esto!* —sonrió— *¡es increíble! quizás sea hasta su ancestro, el parecido es extraordinario.*

—*Es una pintura del siglo XVII.*

Iris literalmente brincó del susto al oír una potente voz femenina que continúo diciendo:

—*Ese hombre fue un conquistador, se dice que fue muy cruel.*

Apareció entre ruinas de la casona una mujer de misteriosa belleza y largos cabellos negros, sus pasos hicieron crujir a la madera que retumbaban como tambores rituales que anunciaban la llegada de una diosa, se aproximó a Iris que impresionada la seguía atentamente con la mirada .

—*Mi nombre es Atamaica* —dijo la bella y enigmática mujer— *soy la curadora de esta enigmática casa, que pronto será un museo de la región.*

—*Mi nombre es Iris, ¡Oye hablas muy bien inglés!*

—*Aunque no lo parezca viví y estudié en Londres; soy antropóloga y socióloga. Y tú hablas muy bien español. ¡Vaya que lio lingüístico!*

—*Yo soy músico, vine con la banda Los Profetas, estamos en el pueblo... La avioneta donde llegamos explotó y el piloto y el guía están heridos. Nos hemos quedado varados acá* —de inmediato la interrumpe.

—*Si, se exactamente quienes son, creo que no fue buena idea venir hasta cuando habrá una tormenta eléctrica; su guía debió prepara mejor el itinerario de vuelo...los habitantes son muy amigables pero les toma tiempo adaptarse, sin embargo hay malhechores y mineros, están destruyendo la selva y sus bellezas, por ello los indígenas indefensos no acepta intrusos. Temo por su seguridad, su presencia puede no ser bien vista por los mineros. Mis asistentes están en un pueblo a unas dos horas de acá y no regresan en dos o tres días.*

—*Increíble, que esto nos esté sucediendo, sabes este viaje fue mi idea, una muy mala por cierto*

—*No creo que sea mala idea, es solo cuestión de tiempo en setenta y dos horas las cosas se normalizarán por acá, esto es el paraíso amiga, por favor tranquilízate*

—*¿Eres nativa de este sector?*

—*Si, ¡lo sé! Lo dices por mi aspecto indígena, soy hija de una nativa indígena del amazonas o yanomami y también tengo sangre inglesa; además estudié en Cambridge, y hablo además de español, inglés, alemán algo de francés y otras cinco lenguas indígenas incluyendo Pemon, inca y náhuatl. Como ves los salvajes también somos inteligentes.*

Atamaica tenía ese discurso preparado como mecanismo de defensa.

—*No creí ni por un instante que fueses una salvaje, tu apariencia es regia, solo me impresionó tu belleza ... Ata mmm ... disculpa* —Iris supo que había sido políticamente incorrecta o más que eso, quizás hostil.

—Atamaica… dime Ati, así me dicen mis amigos es más sencillo. Ese nombre se lo debo a mi padre quien tenía fascinación por los antroponímicos, en especial de lenguas indígenas y se le antojo llamarme con una derivación del vocablo Pemon: Tanamaiko que significa: sinceridad.

—¿Podrías ayudarnos? Por favor, necesitamos un teléfono y quizás un lugar donde pasar la noche.

—Si, por supuesto vine porque me avisaron que habían forasteros, lamentablemente mis compañeros como ya te he dicho han ido a la ciudad más cercana a reparar nuestra radio y otros equipos —Interrumpió Atamaica— *causaron un revuelo en el pueblo y quise saber que sucedía, en realidad pensé que era algún arqueólogo o historiador buscando información sobre la casona, pero luego me dijeron que eran ustedes … soy su fan y se mucho de su banda.*

—No puedo creerlo… ¡eres fan! ¡increíble! —exclamó emocionada Iris.

—Bueno ustedes son una de las bandas de rock más populares de mi generación es imposible olvidar sus éxitos… "Canto a mi Ego" "Mendigo", "Mi Cama", y el hit lo "Profecías del Submundo", profunda letra; es mi preferida… es increíble que tenga la oportunidad de conocerte. ¡Qué felicidad cuando ganaron el Oscar por mejor tema de película!.

Iris interrumpió estaba consternada por todo lo que sucedía, la pérdida del equipo, del guía y del medio de transporte la hacían retornar nuevamente a la realidad.

—Este lugar muy extraño parece una cueva, pero en realidad es una casa … aun no sé porque entre, tuve una extraña curiosidad.

—Esto estuvo oculto tras escombros y piedras durante más de cien años. Acá se hospedaban los conquistadores y mucho después los traficantes de caucho quienes durante cientos de años explotaron a los nativos, a un kilómetro de aquí fundaron una misión que sirvió como una especie de cuartel general usado desde la búsqueda del dorado hasta la fiebre del caucho.

—Sé que esta historia es importante para ti —advirtió Iris con mucho tacto, para no herir a la extraña— *pero el sol se ocultará muy pronto y necesitamos urgentemente tu ayuda ¡Por favor!* —agregó Iris casi

implorando, mientras tomaba delicadamente por el brazo a la joven y hermosa mujer de negra cabellera —*¡Ayúdanos!*.

— *Si, por supuesto que los ayudaré, este lugar es tan bello como peligroso cuando no estás en las manos de expertos; así que deben tener cuidado. ¡Vamos! mi camioneta esta estacionada muy cerca de aquí; tengo provisiones y mi equipo, quizás deban acampar en la casa donde me hospedo, es mi amiga Mireya.*

Iris interrumpió emocionada, sacando la nota del bolsillo de su pantalón se la entregó a Atamaica

—*¿Mireya has dicho? Ella es quizás quien nos debe ayudar, basta que nos lleves a su casa Nuestro guía nos dio esta nota para ella.*

—*Caramba su piloto era Rafael y Chepito su guía* —dice mientras lee el papel arrugado y algo lleno de sangre —*los conozco bien son gente buena y trabajadora, lo que no entiendo es porque tanta improvisación, ellos no suelen ser así ¿Entonces están heridos Chepito y Rafa?*

—*No, Chepito solo tiene pequeñas heridas, el grave es su padre, él se marchó acompañándole a urgencias como era de esperarse.*

Mireya es mi amiga, su casa es muy humilde pero limpia y cálida, habrá lugar para no más tres de ustedes los demás pueden acampar en el porche de la casa o alrededor, como ves no hay hoteles en este sector, no puedo entender por qué los trajeron a este punto, lo usual son los centros turísticos

—*Bueno todo ha sido un accidente* —dijo Iris con ánimo desalentador —*Ati, yo no sé incluso el nombre de este pueblo*

—*Se llama El Taují* —luego agregó— *Estamos muy lejos de Santa Elena de Uairén a unos 145 kilómetros de Brasil, este valle es territorio de los indios Pemones, kekuanas y yanomamis son tribus sociables pero tienen sus restricciones con extranjeros.*

—*Si, te aseguro que lo sé muy bien!* —aseguró Iris con una irónica sonrisa en su rostro enrojecido por el calor y el sol intenso. Había sido un arduo día, que aún no terminaba, y que prometía muchas sorpresas más.

Iris caminó al lado de la hermosa mujer, su vehículo era un Jeep Jeepster Comando color verde del año 1969, parecía que el tiempo se había detenido en el clásico, la pintura estaba en perfecto estado, las llantas brillaban parecía como si jamás hubiese tocado el lodo de la selva. Por su parte Atamaica lucía un estrecho pantalón de mezclilla, una camiseta verde intenso y fuertes botas color marrón, su cabello negro carbón contrastaba con su piel bronceada *y* brillante como la arena del mar, sus ojos impresionantemente azules la hacía aún más atípica, una suerte de experimento a lo Joseph Mengele. Iris pensó que era sin duda alguna una mujer sumamente hermosa. De repente salto desde el matorral un animal y se plantó en frente de Iris, su piel parecía de concreto, de textura rugosa, parecía ser una criatura prehistórica ... Iris gritó aterrada

—*¡Jesucristo!.... ¿Qué es esto? ... ah... ¿Dónde estamos... en la era jurásica? ¿Es eso un dinosaurio en miniatura?*

—*No tengas miedo*—sonrió— *¡es solo un armadillo!. Y tienes razón es una especie casi prehistórica, tuvimos suerte.*

—*¿Por qué? ¿pudimos acaso haber encontrado un tigre?* —dijo Iris casi irónicamente.

—*No exactamente tigres, pero si su equivalente* suramericano, *el temible jaguar, ¿Hay mucho alrededor, ellos huelen la comida de los humanos y salen a buscar alimento... la gran anaconda, una serpiente capaz de devorar un humano entero. Atamaica no pudo más que burlarse de la temerosa Iris cuyo rostro de terror era bastante elocuente.*

—*¡No juegues con esto! creo que ya me estoy aterrando.*

—*Es una broma amiga, todo estará bien.*

Iris acostumbrada a las comodidades de la urbe, a los grandes hoteles y lujosas suites sintió un gran desasosiego, no soportaba el sol inclemente sobre su piel y menos el polvo en su rostro, sentía una gran decepción pues ella había creado esta aventura que ahora se escapaba de sus manos.

—*¿Dónde están tus compañeros?* — preguntó Atamaica — *Están en la plaza del pueblo* —respondió Iris

—*Vamos por un atajo, aún tenemos tiempo el sol aún no se ocultará*— asintió Atamaica limpiando el sudor de su frente con un pañuelo azul —*¿Caminaste mucho Iris? son como diez minutos en vehículo.*

—*Si, quizás unos veinte; ni siquiera me di cuenta cuanto me separé del grupo solo caminé y caminé desesperada.* Atamaica sabía que la situación no era fácil. Hasta sus oídos había llegado la noticia de que unos forasteros quedaron varados, los mineros podían secuestrarles y pedir rescate, además los indígenas habían esparcido el rumor de que uno de los forasteros tenía la marca maldita en su brazo. Aun así estaba emocionada porque había sido fan de la banda durante toda su juventud y ahora se presentaba la oportunidad, no solo de conocerlos, sino de ayudarles.

Ambas mujeres se montaron en el todoterreno descapotado. Atravesaron por un estrecho sendero pleno de bananales, a la izquierda el horizonte estaba salpicado de un verdor infinito, miles de mariposas coloreaban el escenario, a lo lejos un maravilloso paisaje casi jurásico se apoderaba del espacio, grandes peñones rojizos y plateados se erigían como una descomunal galería escultórica; arte abstracto e indómito, donde los macizos llamados tepúes[19] se avistaban retadores y altaneros, cubiertos por una naturaleza indómita. La neblina que los coronaba le imprimían un aspecto gloriosamente mítico y enigmático. Jamás un lugar había sido tan húmedo y caliente a la vez, sin embargo el aire jamás fue más inmaculado, pues en este aire se percibía una pureza ancestral, era como si el oxígeno circunvecino no hubiese sido aspirado por ningún ser en absoluto. El sol todavía apuntaba en el horizonte pero con una discreta intensidad, sus rayos se fugaban, retozando con las ramas formando una especie de baile lumínico, a la vez que las sombras recelosas dibujaban figuras caprichosas. Millaradas de pájaros ofrecían sus cantos en improvisado concierto, algunos sonidos más intensos y altos a intervalos en concordancia con otros graves y dulces. Para Atamaica andar por la selva significaba más que una rutina, el encuentro con los arquetipos esenciales, descubrir algo nuevo todos los días. Desde chiquilla su padre le enseñó a sobrevivir en estos parajes hermosos pero inhóspitos para quienes no conocen los secretos de supervivencia. En realidad, pertenecía a este terruño; conocía cada recoveco de su selva, sabia las propiedades curativas y destructivas de cada planta, por qué las ranas con colores más eléctricos y hermosos representaban mayor peligro y tenía el don de decodificar el canto de las aves y los

---

[19] **Los tepuyes** o **Tepúes** son colosales relieves terrestres, conformados por rocas que poseen cuarcita, arenisca y granito. Pueden superar los 2000 metros y se caracterizan por tener superficies planas y grandes paredes verticales las cuales originan acantilados se encuentran en el macizo Guayanés en Venezuela

sonidos de los animales. Su padre fue el explorador y arqueólogo inglés John Ruthman, famoso por haber vivido mayor parte de su vida en el Amazonas, el realizó uno de los más importantes estudios sobre las tribus circunvecinas; no obstante esa expedición antropológica siempre estuvo rodeada del sensacionalismo por parte de los medios de comunicación que querían indagar sobre la increíble historia del investigador de la selva que irrumpió en una tribu y transgredió las reglas del método científico adentrándose en una relación amorosa con uno de los individuos observados. Y en el ojo del huracán, entre especulaciones y juicios de valor creció Atamaica, como la niña de la selva, quien se hizo legendaria por tener los padres más disimiles que nadie jamás tuvo. Empezando por su madre, una mujer Pemon de legendaria belleza, la cual se ofreció como esposa a su padre un explorador forastero y caucásico. De esta manera trascurrieron los primeros años de Atamaica, muy feliz junto a sus padres en la selva, su padre fungió de mentor, entre muchos saberes le enseñó cuatro idiomas, ecología, botánica y algebra. A la edad de nueve años decidió llevar a su esposa e hija a Londres para educarla formalmente, fue una ardua transición para Atamaica pero finalmente logró adaptarse a la vida en una ciudad tan exigente y devoradora como Londres, no así su madre quien colapsó emocionalmente la abrumaban los grandes palacios y catedrales de piedra a los que ella nostálgica contemplaba rememorando a sus tepuyes y la neblina londinense que cubría su ventana cada mañana simulaban a las perennes nubes que coronaban su Churun Meru, esas eran las únicas similitudes de Londres con su amada selva. De esta manera su madre no soportó el frio londinense, y emprendió su viaje de vuelta a la selva decidiendo abandonar su vida citadina para siempre, murió un par de años atrás rodeada de su amada tribu.

Luego de varios minutos se divisó la plaza y en ella los forasteros dispersos. Pedro corrió al encuentro:

—*¡Allí viene!* — Dijo Jacob señalándola— *y no viene sola.*

—*¡Iris por todos los santos!, estábamos preocupados por ti ¿Dónde estabas?* —preguntó Pedro sosteniendo las bolsas y ayudando a las mujeres con la pesada carga.

—Pedrito te presentó a Atamaica, es una fan, pero lo más importante es que es nuestra salvadora, ella nos ayudará esta noche, conoce a la amiga de Chepito y estará con nosotros mientras encontramos la solución para regresar a la civilización.

—¡Mucho gusto! Pedro eres un gran baterista —admitió Atamaica sonriéndole al hombre como si le conociera de toda una vida.

—Gracias ya lo sabía, con toda modestia soy un gran baterista y tú eres una preciosa mujer, el gusto es todo mío —Sonrió de manera picara Pedro Apretando fuertemente la mano de la bella mujer, sin embargo, Ati fue más allá y le propinó un fuerte abrazo.

—Bueno, bueno ¡Qué cariñoso! —sonrió Iris ante la reacción de Pedro *—ven Ati para presentarte al resto del grupo.*

Las mujeres caminaron al encuentro de los otros tres hombres que yacían aun dispersos. Jamás un trayecto se había hecho tan largo para Atamaica quien emocionada esperaba conocer a su ídolo, al cantante de sus sueños, con quien había compartido sus lluviosos días de soledad en Londres, ese tiempo en el que se había perdido y se trataba de encontrar; el tiempo en el que la música fue su válvula de escape y durante el cual se hacía más fuerte engullendo la lírica violenta y critica de Los Profetas. Jacob Miranda su héroe, quien la salvó de esos grisáceos otoños en los que casi muere ahogada en ríos de café. Su único aliciente para continuar con esa transculturización en la que se había convertido su vida era contemplar cada noche y cada amanecer a su amor imposible al rebelde Jacob Miranda, quien fiel la esperaba allí en ese afiche a los pies de su cama.

—¡Chicos atención! llegó nuestra ayuda esta es Atamaica —dijo Iris con un aire de solemnidad *—ella amablemente se ofreció a guiarnos y facilitarnos* su *radio para comunicarnos con la capital después que pase la tormenta; además conoce a Mireya, la amiga de Chepito.*

Atamaica solo sonreía y observaba emocionada a Jacob echado en el verde pasto sin camisa, Steve se dirigió a ella:

—Mucho gusto —levantó su mano en una señal casi tribal— *¡yo soy Steve!* —recitó su nombre casi a la manera de Tarzan. Atamaica alzó la mano imitando el extraño saludo de Steve y sonrió.

Paul estaba sentado en una especie de banco de concreto gris se levantó con una actitud confiada y se mostró amigable y agradecido:

— *Muchas gracias por ayudarnos señorita*— le extendió su mano

Jacob permaneció en el campo tendido sin inmutarse, miraba al cielo despejado, la florecilla amarilla aun jugueteaba con su cara.

—¡*Jacob*! … ¡*Jacob*! —Gritó Iris indignada por la evidente indiferencia— *¿Qué pasa contigo?*

—*¿Qué demonios quieres Iris?, ya he tenido bastante de estos salvajes por hoy, y créeme no estoy de humor para mascullar una conversación con esta India salvaje, realmente me impresionas cada día más, no solo ha sido tu idea este maldito viaje, sino también pierdes el equipo, y luego intentas solucionarlo todo trayendo a una primitiva habitante de estos parajes para que nos ayude… ¡por el amor de dios Iris! ¿Qué pasa contigo?* — gritó Jacob poniéndose de pie.

—¡*No me grites Jacob*! *estoy cansada de tus insultos y de tanta prepotencia* —dijo defensivamente Iris, mientras sus ojos se vidriaban— *Es cierto parte de este mal plan ha sido mi culpa, perdimos el equipo porque pensé que estaba mejor en la avioneta, y si es cierto he cometido errores, pero eso no te da derecho a gritarme, en cuanto a Ati, ella solo quiere ayudarnos. En un par de horas la noche llegará y es necesario que alguien que conozca este lugar nos dirija… acá no hay hoteles, no hay nada y tú lo estás haciendo más difícil.*

—*¿Puedes parar de buscar culpables y empezar a ayudar un poco?… debemos estar unidos* —le reclamó Paul con voz quebrada de la ira; permaneció sentado sosteniendo una lata de cerveza la cual tenía la imagen de un oso polar, algo gracioso teniendo en cuenta que estaban en la selva. Sorbió la última gota con gran satisfacción y arrugó la lata con rabia.

—.*Jacob, bro; debes calmarte* —advirtió Steve siempre tratando de mediar en los conflictos; recostado en un centenario árbol de samán.

—*Muchachos debemos escuchar el plan de nuestra bella Guía… ¡Uff ! ¡necesito un cigarro y un trago!, ¡Urgente!* —dijo Pedro emocionado mirando con respeto a Atamaica quien yacía de pie en medio de la avalancha de acusaciones, aun así permanecía incólume con aire de humildad, pero con una mezcla de decepción— Continuó Pedro— *¡Dios Todopoderoso no ven que estamos fritos!, esta señorita es nuestra salvación.*

Steve contemplaba los toros desde la barrera, continuaba recostado al árbol; al igual que los demás estaba cansado de la actitud egoísta y presumida de Jacob siempre tratando de impresionar. No permitirían un solo insulto más, todos estaban cansados de tanto atropello.

—*Yo creo que le debes una disculpa a la señorita Jacob, te comportas como un fanfarrón* — dijo Steve de manera desafiante aproximándose a Atamaica.

—*¿Disculpas? es mejor que cierres la boca* —vociferó Jacob

Steve se lanzó en contra de Jacob y le rompió la nariz, Jacob lo miró— desafiante, Steve no era un amigo, era su hermano; no levantó la mano, solo bajo la mirada y ambos guardaron silencio.

—*Bueno* —interrumpió Iris— *nuestra amiga Atamaica tiene un GPS, y su radio tiene una frecuencia directa con la Guardia Nacional, también ha traído su teléfono.*

Mientras Iris decía esto, Atamaica buscó en su bolso el teléfono y la radio y extendió su mano dándoselos a Jacob quien los tomó sin ni siquiera mirarla.

—*¡Excelente! esto significa que pronto estaremos lejos de esta podredumbre creo que el video queda suspendido; llama a la guardia nacional le lanzó el teléfono a Pedro* —agregó— *yo me encargo de la agencia de viajes y la avioneta.*

—*La línea con la guardia nacional no funciona* —dijo Pedro— *¡Que tal el celular! Intentemos.*

—*Si, está funcionando. Esperen, ya me respondieron* —señaló Jacob con tono emocionado. Se alejó con el teléfono en mano y conversó largamente con alguien, luego caminó hasta el grupo y dijo:

—*¡Maldición! Los de la agencia de viajes me dicen que no habrán vuelos durante todo el fin de semana, pues una fuerte tormenta se aproxima, ellos lo llaman onda tropical o algo así, eso significa que estaremos anclados acá hasta el lunes, ese es el día cuando nos enviaran un equipo de ayuda y una avioneta. Llegaran a este mismo lugar para llevarnos a la capital.*

—*Bueno sólo tenemos una opción* —dijo Pedro con una cerveza en la mano.

—*Creo saber cuál es compadre* —agregó Steve— *vamos al rio a bañarnos*

—*¡Exacto!* —añadió de nuevo Pedro riéndose — *y disfrutemos este lugar ¡Qué empiece la fiesta!*

—*¿Muchachos a dónde van? ... ¡tengan cuidado con los Jaguares!* —gritó Iris sin ser escuchada— *es imposible, estos dos son unos locos* — agregó resignada.

Iris se dirigió a Atamaica y le rogó casi de modo infantil

—*¡No me dejes sola Atamaica!*

—*No lo haré mujer relájate* —respondió— *no pueden alejarse de esta área internarse en la selva significaría más riesgos no están preparados para este tipo de recorrido. Conozco un bello lugar aún tenemos dos horas antes de las 6 de la tarde cuando cae el sol, pueden bañarse allí un rato.*

Jacob se alejó de todos, no pudo evitar sentir una gran frustración, el lugar era fascinante una belleza casi mítica e impactante, los tepúes y mesetas alrededor eran un escenario sublime y grato, jamás vio algo similar, solo se podía comparar con **Ayers rock** o **Uluru**[20] la montaña sagrada en Australia. Pensó que maravillosa experiencia hubiese sido si todo el itinerario se hubiese cumplido. Caminó hasta un inmenso árbol que tenía las hojas más amarillas jamás vistas en un árbol. Dispersos se distinguían varios troncos cortados los cuales pudieron ser frondosos árboles, ahora talados. Los tocos se extendían a lo largo del campo, se sentó en uno de ellos y encendió un cigarrillo, Pensó en la fascinante mujer, la indígena, era realmente hermosa, aunque no era su tipo de mujer, debía reconocer que era totalmente perfecta, y sus ojos azules eran el rasgo más hermosamente distorsionante de su perfectas facciones morenas, esa mirada tan desolada, tan ávida de atención, aun la tenía clavada en la mente, parecía como un cachorrito necesitado de afecto. Suspiró, y con vergüenza recordó lo mal que la había tratado, pero

[20] El **Uluru** o ***Ayers Rock*** también conocido como Roca de Ayers en español, es una formación rocosa compuesta por arenisca que se encuentra en el centro de Australia. La montaña fue nombrada *Ayers Rock* por William Gosse en 1873, en honor de Sir Henry Ayers un político de la región.

la desesperación de verse varado en el medio de la nada le empujó a perder el control, reconoció que fue muy descortés con la mujer que solo los intentaba ayudar. No había excusas, siempre había sido un malcriado, no tenía control sobre sus actos, pues su personalidad irascible y efervescente solía descomponerse con facilidad, había querido luchar contra eso pero nunca lo logró, y siempre se hacía más daño a el mismo que a los demás. De nuevo empezó a caminar, aun podía divisar a los demás delante de él.

—*Debemos regresar en menos de dos horas chicos* —dijo Atamaica

—*Ati ¿No podemos quedarnos en la casona?* —preguntó Iris

—*No* —advirtió— *no es buena idea, las casas de bahareque*[21] *albergan unos animales llamados popularmente* ***chipo*** *los cuales transmiten el* ***Tripanosoma cruzi***[22]*, son como chinches que pueden contagiarte de una terrible enfermedad.*

—*¡Jesucristo! este lugar es …* es…. *¡salvaje! y disculpa mi sinceridad.*

Atamaica tomó a Iris del hombro y sonriendo dijo:

—*Sí, no hay nada más salvaje que la selva ¡relájate mujer! Creo que podemos tomar un baño en el rio eso es algo seguro, por favor confía en mi todo va a estar bien.*

Ambas mujeres caminaron por el largo sendero les seguían Pedro, Steve y por supuesto Jacob aún estaba rezagado y los miraba de lejos, la vegetación se hacía cada vez más espesa y abrupta, exóticas flores violeta, turquesa, y naranja salpicaban el paisaje de un colorido jamás visto, cientos de mariposas jugueteaban entre los matorrales. inesperadamente Pedro se detuvo e hizo señas; un tucán se avistaba en una rama comiendo de un fruto rojizo, todos se conectaron con la idílica escena y el místico murmullo de la naturaleza. De repente esa sagrada comunión se rompió, se escuchaba los gritos de Steve quien ya estaban zambulléndose en el hermoso riachuelo.

---

[21] Colombia, Ecuador, Honduras. y Venezuela. bajareque pared de palos.

[22] Parásito intracelular es el agente etiológico de la enfermedad de Chagas, o cardiopatía chagásica, enfermedad que produce daños irreparables en los plexos mientéricos del tracto gastrointestinal, haciendo que la persona presente megaesófago, megacolon y que eventualmente muera.

Una cascada de plata se soltaba enloquecida y frenética en frente de sus ojos, las miles de gotas asperjaban los secos y calurosos rostros de las mujeres que no podían dar crédito a tan bello espectáculo, la maleza se movía al compás de la corriente del agua clara y cristalina, Steve se subía a una roca inmensa y se lanzaba en clavado una y otra vez como un niño en su primera excursión de verano.

—*¡Cuidado Steve!* —gritó Iris.

—*Vamos no pasa nada; el agua es muy limpia; veras que te sentirás mejor* —dijo Atamaica.

Ambas mujeres se desvistieron entre los arbustos, Iris se quedó en sujetador y un bikini negro y Atamaica se quedó con un pantalón corto *y* una playera sin mangas cuya transparente tela se ajustaba a sus regios pechos tan firmes como las rocas de los tepúes.

—*Tenemos poco tiempo para disfrutar* —agregó Atamaica con entusiasmo— *¡así que andando*! *disfruta Iris este es mi riachuelo favorito ¿No es realmente hermoso*?

—*Si, sí que lo es* —respondió Iris quitándose el pantalón.

Paul permaneció en el pueblo, estaba tratando de buscar un lugar donde comprar más cervezas, cigarrillo y algo de comer, sin embargo se hacía casi imposible pues el lugar es ciertamente un paraje desolado quizás la gente se ocultó de los forasteros y el incendio. Caminó largo trecho pensando en lo que había sido su vida todo este tiempo sin Sharon y su hijo Chad, la tragedia de su muerte aun no le dejaba vivir plenamente, no había podido recuperarse. Más de cuatro años transcurrieron desde ese funesto día, en el cual su esposa y su pequeño murieron en un trágico accidente de tráfico. Mucho dolor se encapsuló en él, sucumbió a un abismo de desamparo y creyó que no podría continuar con su vida, con la banda y mucho menos con el mundo, su dolor almacenado esperaba para liberarse como el pitido de una olla de presión que estaba a punto de estallar. Las acusaciones del desamor y el abandono aun revoloteaban en sus más oscuros pensamientos, en esas noches en las cuales escuchaba las risas de Sharon y de su hijo. Se adentró en la adicción de las nieves blancas y causticas, que en lugar de aplacar el fuego de sus demonios le alborotaban más. Entonces llegó el maléfico influjo de la autodestrucción: suicidio; lo había intentado varias veces, deseaba redimirse acabar en un segundo con tanto dolor, pero esto se había tornado imposible pues, por extrañas circunstancias cuando ya estaba a punto de consumarse el ritual de manumisión siempre se interrumpió el lóbrego desenlace.

Sabía que él era el culpable, la dejó sola por mucho tiempo, más del que una mujer fiel y enamorada podría soportar. Siempre estuvo allí para él, sin condiciones, hasta esa noche, esa maldita noche. Él debía volar desde Roma hasta Los Ángeles se lo había prometido, celebrarían los diez años de matrimonio juntos, pero de pronto un descuidó, una fotografía indiscreta, y los chismes en internet llegaron hasta Sharon, quien no pudo soportarlo; las infidelidades habían sido muchas, aunque al comienzo intentó voltear la cara y no ver la realidad, los años habían pasado y ella no deseaba más lidiar con los excesos de su marido, la estrella de rock; quería una mejor vida para Chad. Esa noche, la llamó del aeropuerto; le suplicó que lo esperara, sin embargo, ella no quería verle, decidida a dejarle salió a toda velocidad de la casa y su carro impactó contra un camión estacionado en la carretera; ambos murieron instantáneamente.

Un ciclón de desesperanza y desdén retorcía su mente, atrapándolo en un continua espiral de destrucción; no deseaba vivir y muy poco le importaba mantenerse con bien; quería que su cuerpo colapsara, y las adicciones eran la válvula de escape, pues desde esa funesta noche él había dejado de existir.

Llegó a un pequeño restaurant casi destartalado, techo de palma y las sillas de plástico blanco amarillas por el sol, una música tropical sonaba al fondo. Estaba exhausto decidió sentarse, en medio de la mesa con mantel de vichi y una botella de ron vacía coronada con flores plásticas, una puerta insinuaba entrar una cortina de bolas multicolores, que se movía como invitándole a ingresar en esa habitación calurosa y de luz Tiziana. De repente una mujer de castaña y leónica cabellera, senos voluptuosos de esos que contiene muchos centímetros cúbicos de pasión desenfrenada, voz sensual que mascullaba un lenguaje extraño para Paul se acercó y besándole sensualmente en la mejilla musitó:

—*¿Qué andas buscando?*

Paul se sintió avergonzando y la apartó sutilmente, pero a la vez no pudo evitar sentirse algo emocionado ante la presencia de esta bella y exótica mujer. Ella le sonrió y acaricio el cabello de él, entonces Paul no lo pensó mucho y le apretó la cintura fuertemente.

—*Ando buscando una cerveza helada* —respondió.

—*¿Eso nada más bebe?* inquirió la mujer con cierta malicia.

—*Busco muchas otras cosas, ¿la muerte anda por aquí?*

La mujer le tomó por el cuello de la camisa y muy sensualmente lo empujó contra su pecho, Paul se internó; finalmente en la habitación, tras la cortina de coloridas bolas, y su destino seria la tierra del desenfreno.

—*¡No, la muerte no! pero si te puedo mostrar cuan vivo estas.*

Mientras tanto, no muy lejos de allí Jacob observó el hermoso manantial y escuchó a Pedro y Steve gritando, decidió caminar un poco más y de este modo desviarse por una colina para admirar el paisaje, mientras los demás parecían disfrutar del rio, el sendero era estrecho y lleno de polvo, pero las marcas de neumáticos le hacía pensar que era un lugar poblado, o al menos así parecía. Al llegar a lo que parecía un inmenso puerto olvidado, allí en medio de ese abandonado paraje encontró un espectáculo dantesco cientos de máquinas se dispersaban por doquier el escenario no era nada agradable, el rio era de color rojo oxido, y el olor era metálico, si había un lugar parecido a este, solo podría ser el infierno mismo. De repente un sonido de una escopeta craqueó en su oído tan cerca que Jacob sintió el frio del metal en su oreja

—*¿O que voce está procurando?*—preguntaron en un idioma que Jacob no podía comprender era portugués y los hombres apestaban a sudor impregnado a azufre, su piel estaba curtida y profundamente dañada por el intenso sol y sus ropas parecían cartones o cueros disecados llenos de grasa y barro; uno de ellos tenía lentes oscuros y una gorra

—*Disculpe pero no entiendo que me dice … solo estaba caminando por acá soy un turista*

—*¡Hablas español!* —dijo el hombre— *Estas en aprietos, pues esta zona es prohibida* … llévaselo al patrón Dionisio, él sabrá qué hacer con este intruso.

—*Amigo, no pasa nada ya me marcho, no fue una buena idea alejarme de mi grupo.*

—*¡Ah! ¿Andan más intrusos contigo? ¡Búsquenlos Ya!* —Gritó el hombre a los otros sujetos que le acompañaban.

Los hombres tomaron a Jacob por la espalda sosteniendo sus brazos con fuerza, caminaron varios metros hasta una cabaña de madera y zinc, había más de ocho mercenarios alrededor del lugar. Al entrar había un hombre sentado en un sofá de cuero negro que no sincronizaba con la improvisada sala; un inmenso televisor plasma se erguía imponente, así como una laptop plateada con el famoso logo de la fruta, el hombre vestía de blanco desde los zapatos hasta el sombrero, un contraste significativo en comparación con la suciedad reinante y tenía un tabaco en su mano izquierda y un vaso de whisky en la derecha en su dedo índice lucía un inmenso diamante quizás el más grande que Jacob jamás haya visto jamás.

—*¿Qué haces acá quien te envió el gobierno venezolano, brasilero o la CIA?* —dijo en portugués el hombre levantándose de su asiento

— *¡Oh no!* —alcanzó a entenderle— *yo soy un turista europeo y nada tengo que ver con política ... ¿Usted no habla inglés o español por el amor de dios?*

—*Por supuesto...aprendí ingles hace muchos años, trabaje para una compañía norteamericana. Tú debes ser Jacob Miranda, yo soy Dionisio Docanto, encargado de esta mina de oro y diamantes, como veras mis hombres son eficientes ¡bienvenido*! —Apuntó el hombre extendiéndole la mano a Jacob blandiendo el inmenso diamante que refulgía en su dedo índice.

Se dirigió a un pequeño bar y le preparó un escocés a Jacob. Luego dijo:

—*¿Por qué la Gran sabana, Canaima?, ¿Por qué elegir el Amazonas para realizar un clip musical?* —encendió un cigarrillo— *¿No es algo excéntrico de tu parte Jacob?* —Jacob respondió con cierta indiferencia

—*¡Caramba!, cuantas preguntas* —respiró fuerte Jacob asombrado— *¿Cómo lo sabe?*

—*Lo sé todo amigo Jacob ...*

—*Sí, es normal querer retratar esta belleza natural, por eso hacer un video musical en el Amazonas no es algo descabellado, solo puedo decirle que no fue mi idea. Creo que sus hombres fueron muy violentos conmigo; no era necesario.*

—*Mis hombres* —interrumpió Dionisio— *solo hacen su trabajo este es mi imperio y acá mando yo, hay demasiado en juego; no podemos correr ningún riesgo querido Jacob ese es otro tema no muy relevante ahora* —caminó alrededor de Jacob que estaba sorbiendo su whisky con gran ansiedad, prosiguió— *Pero, dígame ¿En qué puedo ayudarle?*

—*Bueno nos quedaremos en el pueblo, el guía dejó todo organizado, pues habrá tormenta en el pueblo no hay hoteles y solo con helicóptero o avioneta se puede llegar al centro turístico más cercano, la orden es que ninguna aeronave despegue en las próximas 72 horas, por una tormenta que se avecina. Es decir debemos pernotar en esta área ... su área, un rato más. ¿Hay algún problema?*

—*No, en lo absoluto. Puede contar con carpas linternas comida y agua potable para estos tres días querido Jacob, mis hombres les mantendrán informados y los protegerán ¿Cuántas personas le acompañan?* —Preguntó Dionisio.

— *Somos siete, pero gracias, ya tenemos un lugar donde hospedarnos además contamos con la ayuda de una chica nativa de acá de nombre Ati*

—*¡Oh! Ella esta con ustedes*—Dijo Dionisio arrojando una bocarada de humo junto con un suspiro.

—*¿Usted la conoce?*—preguntó intrigado Jacob.

—*¡Quien no la conoce! es mi archí enemiga está metida en todo y se cree la dueña de la selva, es increíble la manera que tiene de meterse en problemas, pero aun así sigue obstinada, tan obstinada como hermosa. Sabe Jacob ella quiere sacarme de acá, pero peor aún; quiere mandarme a la cárcel ha hecho de esto una guerra, busca ayuda internacional, se cree la dueña de todo esto, todo ese esfuerzo ¿para* *qué? para ser el animal de circo, eso es lo que es, nadie la mira en serio es solo una india que juega a ser civilizada, prefiere a los turistas tomando fotos dándole propinas a los nativos y que grandes compañías se lleven los tesoros que son nuestros.*

—*Bueno, le agradezco su ayuda, pero ya hemos solucionado* —dijo Jacob cambiando radicalmente el tema

—*No acepto un "no" por respuesta, querido Jacob; mis hombres te escoltaran hasta el lugar en donde se encuentran tus amigos, ¿entendido? —apretó el revolver ceñido a la cintura.*

—*¡Oh, sí por supuesto! nos vemos en la plaza del pueblo, en una hora regresaremos para buscar las carpas y los implementos que nos facilitaras* —Jacob entendió perfectamente que estaba en aprietos.

—*No, mis hombres te acompañaran y buscaran a tus amigos y todas tus pertenencias estarán a salvo acá, de más está decirles que serán bien recibidos* —dijo el hombre de tez blanca y cabello castaño, atractivo, de unos 40 años, alto, una barba de dos días que sombreaba su rostro impartiéndole un descuidado semblante.

—*Bueno, de nuevo gracias por todo . . . y le aseguro que no me interesa su negocio en esta región, ni nada cada uno a su santo, yo a mi música usted a sus diamantes y oro .. honestamente no es de mi incumbencia* —Admitió con seriedad Jacob— *Solo queremos salir de acá en cuanto podamos.*

—*Siga mis instrucciones y le irá bien a usted y a sus compañeros. No cometan estupideces* —sentenció Docanto con voz enérgica y esta vez sin tono amable.

Jacob entendía perfectamente que este hombre era un asesino, un hombre sin escrúpulos que solo quería hacer dinero explotando la región sin embargo esto no le importaba en lo absoluto solo quería salir de ese lugar ileso y lo más rápido posible. Dos hombres lo escoltaron hasta el estrecho camino de tierra. Ambos iban caminando detrás de él observándole andar, Jacob podía percibir por sus convulsivas miradas y su profusa respiración las ganas que ambos tenían de usar sus oxidadas armas . Lo seguían a paso lento y a distancia prudente, lo subieron en una camioneta pick up; Sabía con certeza que esta gente no era de fiar y que debían estar alerta pues en cualquier momento, todo podía cambiar dramáticamente, la atmosfera se tornaba densamente oscura para Jacob y los profetas.

Luego de zambullirse en el rio por más de una hora, Steve, Pedro, Iris y Atamaica decidieron retornar a la plaza. Por el camino los tres forasteros percibieron la magnificencia de la densa vegetación amazónica, quizás como no lo habían captado hasta ahora, por un momento caminaron sin emitir una sola palabra, parecía un ritual milenario al que ellos habían sido invitados, era una orgia sin fin, plena de surrealismo que bombardeaba sus sentidos. un crujido agudo, acompañado de miles de cantos y chillidos de criaturas selváticas, que parecían atrincheradas en la inmensidad de ese mundo impenetrablemente hermoso, ahora comprendían cuan alejados habían estado de la esencia de la vida simple y sencilla, lejos de la contaminación y los excesos de la ciudad. Caminaron varios minutos, Atamaica dirigía al grupo, conocía el lugar perfectamente *y les* comentaba cada peculiaridad del camino con gran habilidad. Iris lucia pantalones cortos y solo un transparente top servía de protección en la parte superior de su torso. De repente Pedro rompió la solemnidad del momento, y dirigiéndose a Atamaica dijo:

—*¿Así que eres investigadora, Atamaica?* —preguntó Pedro con emocionado talante— *debo decir que eres una mujer fascinante, tienes la belleza más serena y natural que jamás haya visto, sé que te lo han dicho mucho* —suspiró tomando su camiseta y su gorra con detalles de tela de camuflaje.

Atamaica estaba mojada, su negra cabellera que alcanzaba su cintura se adhería a su cuerpo, dibujando una sombra alrededor de su cuerpo. Dirigiéndose a Pedro exclama con una sonrisa de soslayo:

—*¡Quizás Pedro! pero en realidad no recuerdo un cumplido con tan bellas palabras, eres muy dulce.*

Steve caminaba observando todo a su alrededor, sentía una fascinación por este verde escenario, cargado de humedad y de vida. Sin emitir palabra alguna le ofreció un cigarrillo a Iris, y luego le extendió la cajetilla a Atamaica, quien hizo un gesto negativo. Continuaron caminando a lo largo de un estrecho atajo. Finalmente divisaron las maltrechas calles de tierra, y las coloridas fachadas de las casas estilo hispánico con rojos tejados salpicados de moho y hollín. Todo estaba desierto, de nuevo aparecieron los dos perros, pero esta vez batallando por un hueso.

A lo lejos vieron a Jacob que venía en la camioneta con los hombres de Dionisio Docanto, el humo de sus cigarrillos parecía señalarles su ubicación. Eran alrededor de las cinco y media de la tarde el día se había hecho interminable, cuantas cosas habían ocurrido pensó Steve sentado al lado de pedro en un improvisado banco de cemento tan ardiente como sus pensamientos.

Una atmosfera tensa se cernió sobre todos, cada uno pendía de los tensos hilos de la incertidumbre, parecía un estado de animación suspendida o un mundo paralelo o quizás un episodio de la dimensión desconocida. Pedro y Steve bebían cerveza caliente y fumaban desaforadamente. La camioneta se estacionó a unos veinte metros y seguidamente los tres hombres con sus armas erguidas se bajaron primero que Jacob; uno de los mercenarios le hizo señas de que se bajase del vehículo. Desde la camioneta alcanzó *a* ver las cuatro figuras que se aproximaban a paso lento, y por primera vez pudo apreciar la belleza de Atamaica, pensó: "*¿Por qué ese extraño hombre, el minero,*

Dionisio Docanto demostró tanto interés por esta mujer?" recapacitó sobre lo descortés que había sido con ella, quien solo deseaba ayudarles. Sintió por un momento que este día cambiaría su vida para siempre, y que ya no sería el mismo Jacob Mirada.

—*¡Ah! Ya llegaron, me estaba empezando a preocupar ¿Disfrutaron el rio?* —Dijo Jacob bajándose de la camioneta.

—*¡Caramba hombre! ¿Dónde habías estado?* —dijo Steve escrutando con la mirada a los mercenarios armados que tenían al frente con aspecto amenazador.

—*Ya ves encontré nuevos amigos mientras* explorab*a la bella región.*

—*¿Amigos?* —Preguntó Pedro con ironía al verlos apuntando a Jacob con las armas.

Steve interrumpió entendiendo que debían de ser gentiles:

— *El rio fue excelso, debiste darte tu buen baño, no dejas de ser el sucio hippie de siempre hermano, te perdiste lo mejor de lo mejor.*

Pedro Intervino de nuevo, esta vez con un tono más enérgico y decidido:

— *Jacob ¿quiénes son estos hombres armados que significa esto?* —luego alegó con tono de indignación —*¡no lo entiendo Bro! te desvías del camino solo para empeorar la situación ahora de donde sacaste estos guardaespaldas o ¿acaso son verdugos?*

—*Bueno, yo también exploré algo más que la belleza del lugar, conocí a un hombre poderoso, al parecer es un empresario minero llamado Dionisio Docanto, dijo que nos podía ayudar, la tormenta es inminente, y estaremos varados acá por los próximos tres o cuatro días, la situación es la siguientes: chicos, no tenemos tarjetas de crédito, ni pasaportes, no tenemos GPS, ni teléfonos celulares; todo como ya saben se perdió en la explosión, aun así este hombre nos ofrecerá su avioneta para viajar a la capital, eso será en tres o cuatro días, cuando la tormenta haya pasado, ahora solo tenemos que aguardar, estar unidos y no separarnos más.*

Atamaica se mostró preocupada e interrumpió diciendo: —*Yo preferiría que no aceptaran la ayuda de Docanto, es uno de los hombres más temidos de la región, Ustedes no saben quién es, pero créanme se por propia experiencia que les digo él no es un hombre de fiar.*

Se aproximó unos pasos hacia Jacob por primera vez lo tuvo frente a frente y su corazón se aceleró, no podía creer que estaba tan cerca a ese hombre quien representó su más platónico amor de adolescente, conocía ese rostro de memoria, pues su imagen reinó en su habitación en los posters y fotografías que coleccionó fervorosamente. Tragó saliva, disimuló volteando la mirada rápidamente al grupo y añadió:

—Deberían acompañarme a la casa de mi amiga Mireya- tengo los implementos necesarios para que nos acomodemos bien allá —Atamaica fue interrumpida por Jacob.

—¡Oh sí! desde luego debes conocer muchas historias de ese tipo, pues al parecer él también te conoce muy bien, sabes algo —sentenció amenazante Jacob caminando en círculos alrededor de Atamaica— *agradezco tu preocupación, pero somos nosotros quienes tomaremos nuestras decisiones, y la decisión es aceptar la ayuda de Docanto, así que si deseas permanecer con nosotros respeta nuestras decisiones.*

—¡Por supuesto que se respetar! A mí me pidieron ayuda. ¡Solo quería advertirles! —Exclamó Atamaica.

—¿Qué haremos ahora? —musitó, casi murmurando Iris algo exhausta por el intenso calor.

—Creo que debemos irnos con Atamaica y buscar a la tal Mireya; quizás Chepito venga por nosotros en otra avioneta —señaló Steve secándose el rostro enrojecido y lleno de sudor, luego añadió— *no creo que sea correcto aceptar la ayuda de estos mineros.*

—Esperen muchachos ¿Qué se ha hecho Paul? no lo he visto desde hace varias horas

—dijo Iris en voz baja con aire de preocupación, no deseaba que los mineros escucharan.

Pedro interrumpió y con voz enfurecida respondió:

—*¡Diantres! Paul de nuevo se desaparece.*

—*Anda buscando cervezas, fue lo último que supe, creo que esta grandecito como para saber que debemos estar unidos ¡Insólito! Se preocupa por buscar cervezas cuando estamos varados en esta selva* —respondió Steve

—*Creo que ya tenemos mucho porque preocuparnos, no solo Paul está desaparecido, sino también el camarógrafo y el director Puerta ¿Dónde estarán?* —agregó indignado Pedro.

—*¡Increíble! ¿Cómo pudimos olvidarnos de ellos?* —Iris exclamó sorprendida.

Jacob se aproximó a Atamaica y le susurro disimuladamente al oído

—*Dejémosle una nota a Paul en ese árbol indicándole que estaremos en el campamento minero* —apuntó Jacob. Atamaica supo que era una buena idea y entonces ingenió un plan para entretener a los hombres de Docanto, buscó una botella de ron en su carro y se las entregó a los hombres, quienes se emocionaron y le propinaron piropos y

Urgente

Por favor busquen a Mireya o Paul.

Los Profetas secuestrados por Docanto.

No vayan solos Busquen ayuda.

agradecimientos, pero al mismo tiempo aprovecho para escribir una nota de ayuda a Paul, pues en su bolso tenía una pluma y notas adhesivas. Se aproximó a Jacob sin emitir palabra alguna y le entregó el pedazo de papel, por su parte el hábilmente lo recibió sin siquiera cruzar mirada con ella; todo esto sucedía mientras los hombres se peleaban por la botella. Rápidamente colocó la nota en el árbol, la cual decía:

Atamaica presentía que los Profetas estaban en apuros, y no podía dejarlos solos. Por su parte Jacob captó que la hábil mujer colocó el mensaje en el árbol. Entendió que sus vidas probablemente estaban en peligro y quizás era buena idea seguir insistiendo en el plan de deslindarse de la antropóloga, ya que de esta manera ella podía pedir ayuda.

No muy lejos de allí, Paul estaba sentado en una cama tratando de ponerse sus pantalones, era una habitación echa de delgadas varas de caña brava, el techo era de zinc y muchas flores de plástico por doquier. En el confortable cuartucho la cama estaba desarreglada, varias velas blancas daban un aire casi místico y ritualista, las luces bailaban al ritmo de las bolitas multicolores de la cortina. Era evidente que esa cama había sido usada minutos antes y miles de horas antes de eso. Una figura voluptuosa, de piel blanca como perla, caminaba con sigilo, casi levitando envuelta en una bata color rosa transparente la cual dejaba ver un cuerpo firme y contorneado; sus cabellos rizados caían como cascadas sobre sus hombros, traía una botella verde en su mano derecha, al parecer una cerveza. Mucho tiempo había trascurrido desde la última vez que se sintió tan hombre; tanta culpa y arrepentimiento lo flagelaban, había declarado que los deseos carnales ya estaban extintos en su ser, y era evidente que luego de este involuntario derroche de emociones; sentía remordimiento, pues no podría amar como amó a Sharon jamás volvería a escuchar la palabra "papá" de labios de su hijo, y nada que hiciese le libraría de su infierno. Les había fallado y por lo tanto no podía ni quería encontrar paz, los recuerdos eran como el cilicio que le mantenía en un estado de pasión enajenada de lo carnal, no le quedaba más que vivir con la mortificación de ser el hombre imperfecto que era. Quedó boquiabierto, no lograba entender que sucedía con él, era como si esa mujer detonara un insaciable impulso; sus sentidos estaban a flor de piel, ella tenía el poder de hacerle olvidar el dolor; jamás había tenido una experiencia tan salvajemente sublime, se había zambullido en un dimensión de placer extremo, sus sentidos mutilados por su luto estaban ávidos de profesar esas sensaciones casi extintas en él. Todo allí era increíblemente sensorial, era la máxima expresión de una delectación corporal nueva, distinta; algo que jamás ni en el sueño más acuoso él pudo experimentar. No entendía si era su suave, ronca y erótica voz con acento portugués, su hermoso cuerpo o el encanto de ese cuartucho; o quizás ¡todo lo anterior! lo que le hacía sucumbir a esté arrebato casi místico. Transpiraba culpabilidad mezclada con cerveza por los dilatados poros de su cuerpo sudoroso, pero extasiado, sentía como si se hubiese liberado del dolor.

—*Hola ¿Cómo te sientes*? — musitó ella mientras le besaba en el oído.

Paul no respondió colocó la cerveza en la improvisada mesita hecha con una caja de refrescos vacía tapizada con un pequeño mantel y empezó a besarla sin control luego de un intenso beso exclamó:

—*¿Quién eres? ¿Acaso una diosa del amor? ¿o tal vez una droga o un espejismo?* — pregunt*ó* mientras intentaba comprender que sucedía con el

—*¡Soy el amor!*

—Respondió— *me he dejado besar por ti* y *eso ¡Créeme!* eso *no está en mis reglas… ¡eres diferente!*.

Mientras; Paul se elevaba a un nivel contemplativo superior con la versión selvática del Cantar de los Cantares; sus amigos junto

Atamaica estaban en aprietos y se disponían abandonar el pueblo del Taují.

—*Bien, chicos recojan las pocas pertenencias que tienen y vamos hacia el campamento minero* — señaló Jacob tomando su bolso— *¡ah! en cuanto a ti* —dijo mirando por primera vez a Atamaica a los ojos— *realmente no es necesario que permanezcas con nosotros te aseguro que estaremos bien… ¡gracias!* —dijo dándole la espalda sin esperar respuesta alguna. Iris protest*ó:*

—*No quiero irme con estos hombres, ¡Jacob no me puedes obligar!*

Pedro con aire desafiante le gritó a Jacob:

—*Es cierto, yo también prefiero marcharme a la casa de la tal Mireya*

—*¡Lo lamento señor engreído!* —Atamaica pensó que si insistía en ir quizás los hombres la dejarían libre y entonces ella buscaría ayuda. corrió y se paró delante de Jacob que se estaba montando en la camioneta pick up, interrumpió su paso y le dijo enérgicamente —*¡No me marcharé!, le he dado mi palabra a Iris y a su lado estaré hasta que se marche sana y salva de acá, así que usted manda en su banda de rock y yo mando en mi selva, le parece bien señor engreído.* —*¡Como Quieras Ataica o cómo demonios te llames! de verdad que no me afecta tu presencia, Pero tú no entiendes que está pasando acá* —dirigiéndose a los demás gritó— *¡Ninguno de ustedes se imaginan lo que está sucediendo aquí!, es mejor que se calmen y vayan con estos hombres que "amablemente"* —hizo con las manos la señal de comillas y mirando a Atamaica le dijo irónicamente— *¡adelante aprendiz de Lara Croft! ¡juega a ser la heroína! pero déjame decirte mujer que no sabes lo que haces.*

Los hombres aun tenían las armas terciadas y veían a los cinco discutiendo, pero curiosamente mantenían la misma postura neutral.

—¡*Para Jacob!, por favor* —suplicó Iris llorando— *no entiendes que su apoyo, es importante; ella ha vivido toda su vida en Canaima, este es su hogar. ¡Vámonos chicos busquemos a Paul! dormiremos en la casa de Mireya.*

Los hombres quienes hasta ese momento estuvieron desconectados y ausentes se abalanzaron sobre Iris, uno de ellos el líder le tomó por el brazo salvajemente, ella gritó:

—*¿Qué hace? ¡Suélteme!*

Pedro se echó sobre el brutal hombre quien le respondió propinándole un fuerte golpe en la frente con la cacha de su arma; Pedro cayó al piso mientras de su frente brotaba sangre de manera profusa, la cual cubrió su rostro de inmediato. El otro hombre apuntaba a los demás con la potente arma.

El minero miró de arriba a abajo a Iris, luego movió negativamente su cabeza chasqueando con su lengua. Avanzó unos pasos hacia donde yacía Pedro y le dio un potente puntapié. En el acto tomó a Iris por el cabello y dijo bamboleando frenéticamente la pistola en su frente:

—*Lo lamento preciosa, pero tengo ordenes de llevarlos a todos* —y mirando a Atamaica— *Y a usted también doctorcita Atamaica. ¡Todos se van ya al campamento! ¡Ya! ¿Me entienden carajo? será por las buenas ¿verdad?* —le dio otro puntapié a Pedro quien aún no reaccionaba —*¿o por las malas?*

CAPITULO III

El Misterio De Los Garimpeiros

"No quiero flores en mi funeral, porque sé que serán arrancadas de la naturaleza"
Chico Mendes[23]

Llegaron a un punto donde ya la camioneta no tenía acceso, y debían caminar unos cuantos minutos hasta el campamento de los Garimpeiros, con paso desanimado transitaron por el constreñido y abrupto atajo, el infinito murmullo de la maleza asemejaban miles de instrumentos musicales los cuales se batían al son de una sinfonía primitiva y llena de misterio. El disco solar ya agotado se encubría, pero tercamente aun filtraba su luz entre las ramas de los árboles, ráfagas color naranja que se proliferan y se permeaban como potentes linternas, antorchas milenarias cuyos intermitentes rayos se negaban a morir con el ocaso. Los ojos de los prisioneros se perdían en el verdor de la selva, a pesar de sus temores era imposible no admirar el luminoso ritual de las diminutas centellas que una y otra vez castigaban sus cansados y soslayados rostros.

Jacob iba adelante su cabello castaño caía sobre sus hombros, y sus ojos claros se hacían más brillantes, su rostro lustrosamente sudado sobresalía de entre la sombra de los árboles que empezaban a dibujar abstractos trazos en el camino. Sentía una extraña sensación, entendía

---

[23] Francisco Alves Mendes Filho nacio en Xapuri, Brasil el 15 de diciembre de 1944 y fue asesinado en Xapuri, 22 de diciembre de 1988)1 fue un recolector de caucho, sindicalista y activista ambiental brasileño. Luchó de manera pacífica contra la extracción de madera y la devastación de la selva amazónica.

que las cosas no estaban nada bien, pero aun así reflexionaba sobre los hechos y concluyó que todo esto debía ocurrir por alguna circunstancia; sentía que él había vivido esto; o quizás todo esto estaba conectado con ese sueño que siempre le atormentó. De nuevo, pensó en Atamaica, sentía hacia ella un extraño sentimiento, una especie de fascinación y a la vez una inexplicable aversión, no podía borrar su mirada de su mente y menos aún su dulce y frágil voz. Todos marchaban separados entre sí, la distancia física proyectaba su inconformidad. Los prófugos rayos cual remanentes señales de un día que agonizaba se hacían cada vez más débiles, y sus rostros ahora se cubrían de un claroscuro, pues así como el día expiraba, para ellos también muchas cosas se estaban extinguiendo. De repente; un sonido extraño, tan intenso y espeluznante, semejaba un aullido de un animal salvaje.

—*¡Deténgase!* —Gritó aterrorizado Jacob levantando las manos en señal de emergencia— *¿Qué demonios es eso?* —preguntó con voz nerviosa abrazando el bolso contra su pecho como un niño apretando a su mamá.

—*Pues bien, señor engreído. ¿usted es el líder? Debería saberlo; miren como tiembla de miedo ante el sonido de una indefensa ave* —Señaló Atamaica sonriendo con gran satisfacción— *No teman chicos es un ave llamada en lengua yanomami* ***ahe ana*** *que significa Cuco su nombre científico es* ***Neumorphos rufinpenis***[24]*, imita el sonido del báquiro una especie de cerdo salvaje que habita en este sector, los indígenas saben que siempre cerca del ave está el báquiro, el báquiro no suele atacar a los humanos, al contrario huye de nosotros. Así que… no corremos peligro muchachos* —dijo mirando irónicamente a Jacob quien estaba rojo de la vergüenza.

Los mercenarios se reían a carcajadas burlándose de Jacob mientras seguían tomando buches de ron de la botella que se arrebataban a intervalos.

---

[24] El cuco hormiguero alirrufo, denominado cuco terrestre alirrufo, báquiro de cabeza azul y pájaro báquiro, es una especie de ave cuculiforme de la familia Cuculidae que vive en Sudamérica.

—*¡Bueno Jacob el hombre lobo* aun *no viene aun por ti!*- — Pedro se burlaba de Jacob y todos empezaron a mofarse de él.

—*Bueno ya, ¡suficiente!*—exclamó enfadado por el evidente ridículo, había mostrado su debilidad, sus temores y su inseguridad, no sólo por el extraño sonido, todo alrededor le era familiarmente atemorizante, ese ruido era similar al aullido en sus recurrentes pesadilla, pensó Jacob—*Sigamos caminando no soy un experto en vida salvaje para saber eso* —reclamó mirando a Atamaica, mientras ella bajó la cabeza en silencio.

Llegaron a una pequeña colina, y desde allí se divisaban las luces del campamento minero. Parecía una especie de escena dantesca, un humo denso se acoplaba siniestramente en el inmenso valle, oxidadas maquinas desdibujaban la hermosura de la selva y la devoraban en un festín de chatarra y destrucción, sucias carpas desplegadas a la vera del rio y todo tipo de basura atrincherada por doquier. Un intenso olor infestaba el ambiente, sus bocas percibían un terrible sabor metálico que hacía imposible tragar la propia saliva. El sonido de un instrumento musical se oía a lo lejos, Iris fue la primera en notar la tonada.

—*¡Oigan eso chicos! Es un acordeón… que bien se escucha!*—apuntó emocionada—*¿Qué tipo de música es esa? suena muy nostálgica.*

—*Es vallenato*[25]*, es un género musical típico de algunas regiones de Colombia, pero se ha ido extendiendo hacia otros territorios* —respondió Pedro quien era un verdadero experto en música latinoamericana— *¡y*

[25] Género musical de la Costa del Caribe colombiana, originario de Valledupar, capital del departamento de Cesar. Los cantos Vallenatos se interpretaron primero con la flauta de caña de millo o carrizo, la caja o/y tambor, luego se incorporaron el acordeón y la voz. El vallenato surge con la necesidad de relatar historias, ese talante narrativo ha ido cambiando con el paso de los años. Francisco el Hombre es considerado uno de los más célebres el juglar del pueblo, ha trascendido como una figura mítica del Vallenato. Grandes exponentes del folclor vallenato han sido Rafael Escalona Emiliano Zuleta, Los hermanos Zuleta, Guillermo Buitrago, Lorenzo Morales, Leandro Díaz, Luis Enrique Martínez, Tobías Enrique Pumarejo, Juancho Polo Valencia, Diomedes Díaz, Abel Antonio Villa, y el que es por demás considerado el Rey del Vallenato: Alejandro Durán. El vallenato se ha extendido a casi toda Latinoamérica, gracias a músicos como Carlos vives quien ha creado una fusión del vallenato con otros géneros musicales como la cumbia, el pop y el rock.

vaya que si es nostálgico! Al inicio era solo de carácter narrativo cantado por juglares. Ahora es más romántico.

—*¡Por dios! Yo realmente lo único que siento es un mal olor, ¿ustedes no lo perciben muchachos? es realmente horrible esta pestilencia* —señaló Steve encendiendo un cigarrillo.

—*Son los químicos que usan los mineros* —Dijo con una evidente indignación Atamaica— *es contaminación, es destrucción, eso es Dionisio Docanto en esta región: la ruina y la miseria a la máxima expresión, la minería es una de las actividades de explotación natural más destructivas. La minería a cielo abierto utiliza, de manera intensiva, grandes cantidades de cianuro esto le permite a los hombres de Docanto recuperar el oro del resto del material removido. Para desarrollar todo este proceso, se requiere que el yacimiento abarque grandes extensiones y que se encuentre cerca de la superficie. Como parte del proceso, se cavan cráteres gigantescos, que pueden llegar a tener más de 150 hectáreas de extensión y más de 500 metros de profundidad; como pueden ver esto no es un juego estamos hablando de una destrucción en masa del patrimonio vegetal más grande de la humanidad, el pulmón de la tierra El Amazonas…*

—*Bien, bien, bien… ¡Bravo!*—acotó burlescamente Jacob mientras aplaudía en la cara de Atamaica— *¡ya aprendimos algo nuevo de la señora heroína! ¡Quien ahora es la maestra de escuela!*

Un minero envalentonado a causa de las mofas que Jacob hacia la mujer le propinó con furia un cachazo por la espalda el cual le envió directo al suelo, mientras vociferaba con furia:

—*¡Cállate mariquita! Mantén la boca cerrada o te la remiendo a punta de plomo.*

Atamaica sentía una gran frustración, había sido fan de Jacob Miranda toda su vida lo había idolatrado, sus letras, su voz y su actitud irreverente había sido una filosofía de vida, no solo para ella, sino para todos los jóvenes de su generación, en un solo día todo se derrumbaba. Entonces pensó: *"¡Jacob Miranda no será mi héroe nunca más!"* toda la fantasía se desvaneció, era solo un bonachón engreído e ignorante, era un mequetrefe con una manera egoísta de ver la vida; alguien que solo buscaba siempre su propia satisfacción.

Llegaron al campamento y los hombres de Docanto los seguían, sin dejar de sostener sus armas. Jacob no tuvo que hablar; los hombres con un gesto le hicieron saber que debían seguirlos. Se dirigieron hasta la inmensa tienda. En el recinto encontraron el origen de la música, el acordeonista y cantante estaba sentado en un banco alto de madera atrincherado en un rincón, era un hombre de tez morena, alto y con apuesto semblante. Vestía jeans y una camiseta sin mangas que una vez fue blanca, reduciéndose ahora a una sucia mezcla de gris y beige; sus morenos brazos eran colosales bolas de músculos logrados por el arduo trabajo, en su cuello un inmenso cordón de oro del cual pendía una cruz tan inmensa como los pecados que el mismo cargaba sobre sí. Tenía una voz suave y serena con un chillido ronco que le hacía parecer sensual, tenía ese "no sé qué" característico de la voz de un cantante de blues.

Docanto salió a su encuentro estaba literalmente sepultado en un inmenso sofá de cuero rojo, estilo almohadón, en su piernas, una muchacha que parecía un proyecto de mujer a medio terminar, tierna mirada, de piel morena oscura y más delgada que la una. Casi la lanzó al suelo cuando vio llegar a sus huéspedes. Se levantó con el vaso de escocés en la mano y el cigarrillo en la boca, alargándole la mano se dirigió a Jacob y le dijo:

—*¡Bienvenidos! Siéntanse como en su casa.*

—*Gracias* —respondió Steve pensando en que eso era una gran mentira.

Iris sonrió, Pedro saludo extendiéndole la mano, Jacob avanzó hasta el improvisado bar y se sirvió un trago, pero Atamaica estaba en la puerta era una férrea enemiga de Docanto desde que regresó y empezó con su campaña en contra de la explotación minera no había cruzado palabra con él; sin embargo, mucho antes de eso habían sido muy cercanos habían mantenido una estrecha relación, desde que eran solo niños inocentes que jugaban a ser grandes chamanes con super poderes, fingían que hablaban con los animales y se bañaban semidesnudos en los arroyuelos, época de fascinación que se disolvió gracias a la amnesia del tiempo y el desprecio de la distancia. Ahora todo era diferente, se declaró su enemiga y entendió que ya no podría existir nada entre ellos, él se había convertido en su adverso, en el devastador de ese reino mágico, sublime e indefenso. Un avaricioso que devoraba la naturaleza solo por ambición y poder. Atamaica era una soñadora, su sueño consistía en que ese santuario natural fuese protegido de delincuentes como Dionisio, a pesar de estar decidida a acabar con él, era inevitable no sentir dolor, una pena más grande que la catástrofe que se cometía en este valle, pues no sabía cómo ese *"Dioni"*, aquel niño ingenuo y lleno de amor por la selva se había convertido en este monstruo que estaba destruyendo el hábitat, sus pensamientos se paralizaron cuando él se aproximó hasta el quicio de la puerta y le murmuró en al oído:

—La princesa Atamaica, se ha dignado visitar a su plebeyo Dionisio Docanto, ¿qué le trae por acá majestad selvática? —dijo casi rosando sus labios con los de ella.

—Solo acompaño a los chicos, pues deben acampar en el sector por la tormenta que se avecina... solo eso — respondió tratando de separarse del hombre que estaba casi a punto de besarla; ella le empujó.

—Pues, ¡bienvenida! Sabes que esta es tu casa Princesa —le dijo sujetándole el brazo con tanta fuerza que Atamaica se quejó y se separó de él violentamente.

—¡Suéltame! Dionisio ... realmente no tengo tiempo para tus estupideces — dirigiéndose a los otros increpó en tono enfurecido— *¡los esperaré afuera muchachos!*

Caminó por un angosto sendero que se encontraba hacia la derecha de la inmensa carpa, un gran árbol de samán se mecía con fuerza. Ungida en la sabiduría de la naturaleza, ella conocía ese viento, solo un viento de tormenta podría mover a un árbol de samán tan grande como ese. Una bandada de pájaros volaron bajo, casi rosando su cabeza, desesperados buscaban refugio ya que anochecía, no obstante el tormentoso céfiro les avisaba que el árbol ya no era seguro; persistentes en las ramas de los árboles más altos se divisaban algunos murciélagos bamboleándose. Dispuesto en frente se encontraba un cerco hecho con piedras y decidió sentarse allí a contemplar hacia el otro lado, ese lado que aun a duras penas sobrevivía al apocalipsis, el lado donde los bordes de los tepuyes se boceteaban con la tenue luz del ocaso; y la existencia de la jungla persistía incólume a los embates de los depredadores furtivos; escenario digno de admirar el cual aguardaba silentemente a la devastación sin freno que se cernía sobre él.

A los mineros en toda la región se le conocía con el nombre de garimpeiros[26]. Un garimpeiro, es un hombre que arriesga su vida por la ambición de encontrar instantáneas riquezas, su sueño: hallar la piedra preciosa que le librará de la pobreza, para alcanzar su preciada meta, en medio de este pandemónium existencial abandona a su mujer y a sus hijos adentrándose en la selva, en mucho casos para morir de fiebre amarilla o a manos de otro minero. Entre más tiempo transcurre envuelto en el barro oloroso a muerte más se deteriora su esencia desdibujándose y metamorfoseándose en un depredador implacable del medio ambiente y de su vida misma. Funesto excavador del inframundo apolillado por la avaricia. Envenena su entorno y a el mismo con el mercurio, sustancia que fusiona al oro, por otro lado la deshumanización autoimpuesta les convierte en una suerte de títeres utilizados vilmente por las grandes empresas transnacionales, las cuales esperan a que éstos consigan la gran veta, para así después comprar acciones en concesiones mineras de dudosa legalidad, la gran parte de esta minas adjudicadas en reservaciones indígenas o santuarios naturales, son manejadas por grandes compañías las cuales se presentan como los salvadores del medio ambiente y se proclaman en contra del daño ambiental; sostienen que debido a su tecnología de punta la explotación minera tendrá menor impacto ecológico, pero en realidad son aniquiladores crueles que destruyen los pulmones naturales. La gran realidad es que en los ecosistemas tropicales pluviosos, en lugar de ayudar este tipo de tecnología genera mayor impacto ambiental, debido al uso de grandes máquinas, que desmantelan montaña enteras en cuestión de horas, dichos aparatos sustituyen a los hombres en la acción de deforestar, moviendo más de una tonelada de tierra y sedimentos para extraer en muchos casos solo cinco gramos de oro. La ecuación maquiavélica no

[26] Un garimpeiro (voz portuguesa) es un buscador de piedras preciosas en la Amazonía. Los garimpeiros son obreros mineros que viven en condiciones infrahumanas, y arriesgan su vida usando máquinas como los monitores hidráulicos en la búsqueda del aluvión y a su vez emplean el mercurio, como sustancia que amalgama el oro, ambos utensilios o herramientas son altamente dañinas para el ambiente y la salud

termina allí, aún falta la variable más funesta: el uso del cianuro que contamina el agua y socava la fauna y la flora. Los garimpeiros llevados por su propia avaricia son capaces de destruir todo ante sí, ante la indolencia de un estado permisivo y forajido.

Cansada y frustrada por no tener el poder para frenar tanta devastación, sentía que la ambición humana construía para destruir. Recogió su hermosa cabellera negra hacia atrás, tarareó una tonada, Intentaba disuadirse a sí misma y no seguir pensando en la tragedia que le rodeaba, pero entraba en un territorio igual de desalentador, pues no daba crédito a lo que había vivido en este extraño día, un día en el que había vuelto su ojos al pasado. Se enteró que Jacob Miranda la estrella de rock que idolatró era solo un pesado; y por si fuese poco se había encontrado con Dionisio; estaba harta de este infierno que atentaba con lo más sagrado que tenía su selva, este mundo ingenuo, pleno de belleza, que cada día se veía minimizado ante el desastre ecológico que enfermos de poder como Dionisio estaban ocasionando.

Recordó esos días en que admiraba a Dionisio, el otro el niño aquel que añoraba ser un explorador junto a ella y encontrar la famosísima ciudad de "El Dorado", la urbe sagrada de oro. Deseaban estar juntos, pero su padre decidió llevarla a Europa a estudiar. Y ahora se preguntaba en qué momento cambio tanto, jamás se dieron la oportunidad de hablar. Al regresar a la selva Atamaica encontró este hombre lleno de ambición, que nada tenía que ver con el joven que ella dejó al marcharse.

Levantó la mirada y contempló la bóveda celeste. La nube que encapotó las estrellas se había corrido y ahora se veían claramente eso indicaba que no llovería, al menos esa noche, luego vio la sombra de los tepúes ya no se podían distinguir en su plenitud, la oscuridad de la noche los había ocultado, ojala pudiese ella ocultar sus pensamientos así de simple, ya empezaba a hacer algo de frio pues curiosamente de noche la selva se cubre con una extraña y fría humedad.

—*Nunca me has dejado explicarte que sucedió, ¿Por qué huyes de mí?* —se escuchó una voz que provenía detrás muy cerca

— *¡Porque no quiero oír mentiras!* —respondió tajante Atamaica— *nada que me digas hará que cambie mi manera de pensar, te has convertido* *en todo lo que odiamos cuando pequeños, eres solo una extensión de la malignidad más grande y de lo más repugnante de este planeta ¿Entiendes?*

—No digas eso Ati, no puedo entender que me odies; sabes que me duele

Intentó tomarla por los hombros, pero ella retrocedió de inmediato dijo tajante:

—No entiendes, te amo, por favor dame la oportunidad de explicarte que sucedió.

—Crees que solo con tu explicaciones, podríamos ser aquellos chiquillos inocentes que corrían por el sendero del rio y jugaban con los tucanes y guacamayas, por favor ya no somos los mismos ¡No entiendes! ¿En qué parte de esta historia nos convertimos en seres tan diferentes? ¡dímelo Dionisio!… dime ¿Cuándo?

Dionisio la abrazó fuerte, sujetándola por la espalda, podía oler su cabello aun húmedo, y sentir sus bien formadas posas junto a sus entrañas, Ella se dejó sujetar y cerró sus ojos. El respiraba fuerte con su boca rosando sus oídos. Muy adentro tenía un palpito, mal presagio de que esta sería la última vez que la abrasaría.

Luego; tiernamente la volteó, y permanecieron frente a frente como aquel medio día en el rio cuando él la hizo suya por primera vez. Dionisio tenía unos años más que ella, los ojos de Atamaica se humedecieron quiso decir algo pero él le tapó la boca y la miró como no lo había hecho incluso en sus años de adolescente, la contempló como un hombre contempla a la mujer que ha amado toda su vida. La besó con un beso tan envenenado de amor, un beso añejo, de esos besos que por haber sido represados se hacen más intensos y perniciosos, como el rio lleno de mercurio que tenían frente. Ese besos paralizó a Atamaica, sintió una extraña alegría mezclada con un profundo dolor que le comía los huesos, era como la ingenua alegría del morfinómano ante una dosis que había estado esperando después de la abstinencia. Sabía que era toxico rosar los cálidos labios de Dionisio, pues le había costado mucho desprenderse del descarrío de sus labios. Hubiese querido gritarle que regresara, solo eso que dejara salir a ese hombre que ella amo.

—*No, no, no y mil veces ¡noooo!*—gritó Atamaica se separó con furia de su pecho— *no vez que no puede ser… ¡solo dime que dejaras esto! ¡dime que abandonas la mina, y que ya no arruinaras más mi selva y te amaré como nadie te ha amado! ¡Dionisio dímelo!*

Atamaica se aproximó y le besó de nuevo; esta vez con la firme convicción de que el beso le haría cambiar de opinión, pero al contrario fue el quien la apartó con un gesto violento. Tras unos arbusto Jacob contemplaba la escena, había seguido a Docanto cuando este abandonó la carpa, escuchó toda la conversación y estaba petrificado, esta mujer era realmente alguien especial, capaz de renunciar al amor que sentía por este hombre solo por proteger su selva, su fuerza moral y lo bien fundado de sus valores sorprendieron a Jacob quien jamás imaginó que alguien pudiese respetar tanto la naturaleza como esta enigmática mujer

—*Ati mi amada, mi bella princesa Atamaica, son solo cinco años más y seré un hombre rico, entiendes rico, podré ir contigo a Europa ya nadie nos separara nunca más.*

—*No regresaré a Europa ¿no entiendes? ¡estoy acá! ¡regresé por ti por la selva por nuestro sueño!*

—*Eso quedó en el pasado, no sabes cuánto daño hace ser pobre, cuánto daño hace no tener dinero para sobrevivir, tu no lo sabes porque tu padre siempre te lo dio todo, pero mi padre fue un minero, un infeliz que se envenenaba trabajando para llevarnos solo un pedazo de pan y granos. Sabes cómo murió mamá* —dijo sujetando fuertemente a Atamaica— *lo sabes Atamaica dímelo ¡vamos dímelo!*

—*No, Dioni, nunca lo supe.*

—*Claro que nunca lo supiste porque estabas estudiando en Inglaterra, nunca me escribiste, jamás te importó lo que sucedía acá, pero ahora sí, ahora eres la salvadora del Amazonas.*

—*No quiero saberlo, amé mucho a tu madre Dionisio.*

—*Apareció muerta en el rio.*

Atamaica interrumpió y esta vez gritó— *¡No, no me digas!* —Intentó huir, pero Dionisio la apretó enérgicamente.

—*Si, fíjate que si te lo diré* —Continuo con voz quebrada— *desapareció una mañana cuando llevaba de comer a mi padre y a otros obreros en la mina ¿sabes que le hicieron a mi madre Atamaica?*

Atamaica estaba llorando, sus lágrimas cubrían sus mejillas y sujetaba a Dionisio por el brazo

—*¡No me digas; no deseo oírlo!* —sollozó— *¡no por dios!*

—*Si lo oirás* —Dionisio la apretó más fuerte aun y vociferó, mientras apretaba sus ojos para no llorar, pues hacía mucho que no derramaba una lagrima. Atamaica Lloraba inconsolablemente y vencida por el dolor se recostó en el pecho de Dionisio; el conteniendo el llanto continuo:

—*La violaron se presume que fueron varios mal nacidos, su cuerpo fue mutilado y lanzado al rio, cuando la encontramos su cadáver estaba amarillo por el cianuro su cabello sin color, mi padre no lo superó murió dos meses después. Juré que nunca más nadie me humillaría… Quedé solo sin nadie, pues todos a los que amé se fueron de mi vida, ¿Entiendes? nadie me va a humillar jamás. ¡Porque seré poderoso! … ¡entiendes poderoso Atamaica!.*

—*¡Pues quédate con tu poder! ¿Crees que destruir la selva resucitará a tu madre? ¿piensas que ser rico te quitara el dolor de haberla perdido? yo no deseo saber nada de esto, y aunque debo confesar que siempre serás mi primer gran amor ¡no puedo!* —su voz se quebró así como su corazón— *¡No puedo entiendes!*

—*Pues somos enemigo, Atamaica* —dijo el hombre secándose las lágrimas

—*Si, así es, enemigos, Dionisio* —apuntó Atamaica casi sin fuerzas tragándose las palabras en una clase de murmullo inteligible —¡*enemigos*!

—*Tu decretaste la guerra. Quiero que sepas que si Dionisio Docanto puede amar como ningún otro amo, también sabe odiar como solo el diablo odio.*

El hombre se marchó se dirigió hacia la gran carpa, Atamaica estaba descompensada, su cuerpo no respondía todo se había paralizado, incluso el viento que movía el árbol de samán había dejado de soplar y las estrellas se habían escondido de tanto dolor que esta noche prodigaba. Jacob contuvo el aliento espero un minuto y empezó a avanzar hacia la mujer que yacía sentada en el muro de piedra con la mirada perdida y las lágrimas aun destilando de sus ojos y emparamando sus mejillas

—*¿Por qué tan sola?* —apareció Jacob, había entendido que había sido hostil con esta mujer que solo trata de ayudarles.

—*¡Por favor ahora no estoy de ánimo para soportarte!* —objetó Atamaica buscando algo en su bolso, extrajo una diminuta cajita plateada, tomó una píldora con algo de agua de su cantimplora —*¿Ya les dijo Docanto donde dormirán?*

—*No, aun no, solo noté tu ausencia y decidí buscarte, pero si te molesto me marcho.*

Atamaica interrumpió:

—*No, no me molestas.*

Jacob se sentó a su lado, permaneció callado solo miraba las estrellas que latían como si tuvieran un pulmón de luz dentro que las inflase y desinflase en un perenne ciclo. El ruido de los insectos era ensordecedoramente hermoso, parecía un himno mítico nunca antes cantando, preparado solo para ellos. Jacob estaba sudando jamás había estado nervioso ante una mujer, pero esta mujer era diferente, tenía que reconocer que ejercía una fuerte atracción sobre él, aunque no era su tipo, era hermosa, era definitivamente una mujer diferente.

—*¿Desde cuándo estabas tras los arbustos?*

—*Acabo de llegar* —encendió un cigarrillo— ¡*Esto es un desastre*!, *¿no?* —dijo el tratando de romper el hielo

—*Sí, es un desastre están destruyendo todo, sabias que existe consenso en todas las investigaciones realizadas sobre este tipo de minería, en el sentido de que ninguna actividad industrial es tan agresiva ambiental, social y culturalmente como la minería a cielo abierto, es simplemente devastadora* —súbitamente se detuvo, recordó cómo se burló de ella cuando ella refirió algún dato curioso de la región.

—*¿Por qué te detienes?*

—*Porque sé que no te interesa.*

—*¡Pues claro que sí! es interesante; ¡ah vamos!*—se levantó plantándose en frente de ella— *lo dices por lo que dije hace rato. ¡Discúlpame! Estaba nervioso* —Luego suplicó— *¡Por favor sigue!*

—*Es triste Jacob. Muy triste. Nadie ni nada* se *escapa, todo el ambiente y los seres vivos que en él pernotan, incluyendo el hombre están siendo exterminados.*

—*Estos hombres realmente están arriesgando su vida* —añadió— *jamás imaginé que esto existiera, el rio está casi destruido, y es un verdadera lástima pues este lugar es fascinante.*

—*Si, los garimpeiros. Muchos mueren sin jamás ver la riqueza que tanto anhelaron, es irónico, aun si encontraran una veta jamás serian ricos el control lo tiene las compañías transnacionales o las mafias locales, como Dionisio Docanto* —Atamaica suspiró— *pero bien, yo he luchado por conservar la selva integra, no ha sido fácil, pero es mi misión.*

—*¿Trabajas para alguna asociación ecológica?* —preguntó Jacob mientras encendía otro cigarrillo —*¡Ey! debes cuidarte, este es el segundo cigarrillo que has fumado en menos de cuatro minutos.*

Jacob caviló y apagó el cigarrillo en la piedra, luego lo arrojó. Atamaica continuó hablando:

—*Sí, soy miembro de la comisión estatal para la preservación del Parque Nacional Canaima como Patrimonio de la humanidad* —Dijo Atamaica— *Sabias que fue declarado por la UNESCO patrimonio de la humanidad. También imparto clases en la escuela local mientras llega la maestra; bueno eso es lo que los niños piensan, la realidad es que no hay ninguna maestra en camino y nadie desea trabajar en este recóndito lugar.*

Jacob estaba escuchando atentamente a Atamaica sin embargo en un matorral contiguo divisó un extraño celaje, que se movía.

—*¿Qué sucede?*— Interrumpió Atamaica

—*Nada… !Oh! bueno, es que he visto algo en ese matorral.*

—*¿Algo?* —inquirió Atamaica— *algo ¿cómo qué?*

—*No sé, quizás era solo una sombra de un animal. O tal vez el hombre lobo que viene por mi como dijo Pedro*— comentó con tono tragicómico aflorando su espléndida sonrisa, esa reservada para sus momentos especiales pero que ahora le dispensaba a Atamaica su versión más sincera. De alguna manera quería congraciarse con la hermosa mujer.

—*¡ja!* —sonrió Atamaica —*me has hecho reír. Vamos a ver que encontramos para comer yo también tengo hambre*.

—*¿Hambre? Yo solo deseo huir de aquí. ¿Hay alguna manera de que escapemos?*

—*Miranda entiende que debemos actuar natural.*

—*Si, entiendo, pero no sé hasta cuando pueda seguir fingiendo.*

—*Tenemos que tratar de seguir sus demandas sin propiciar violencia; él sabe que su integridad física es importante para pedir un rescate.*

Atamaica sintió que tras ese Jacob gritón y soberbio había un hombre amplio, le agradó que la hubiese buscado; aunque pensó que se disculparía por la manera tan descortés como la trató en la tarde, también sabía que para un hombre como Jacob pedir disculpas era algo muy difícil.

A unos cuantos kilómetros del campamento minero; Paul se encontraba dormido, su sudado cuerpo estaba desconectado de toda actividad mortal, pues había sido elevado al escalafón más alto del nirvana; exhausto se había quedado como un lirón. La extraña mujer le susurró al oído y poco a poco fue abriendo los ojos

—*¿Qué hora es?*

—¡No te preocupes por el tiempo! —*mascullό la mujer con acento portugués.*

—*¡Dios santo! es de noche, lo siento, pero debo regresar al pueblo.*

La mujer intentó besarle, pero la detuvo, había decidido que ya estaba bueno de excesos lujuriosos, era hora de encontrar a sus amigos —de nuevo sentenció— *¡debo regresar al pueblo! por favor ayúdame a llegar a la plaza.*

La mujer empezó a besarlo de nuevo y Paul la detuvo acariciándole el rostro con suavidad

—*¡No! Entiende debo encontrar a mis amigos* —trato de ser cortes y sonrió ante la fogosidad de la bella mujer— *¿puedes llevarme?*

La mujer asintió con la cabeza, mientras empezó a vestirse. Paul se puso su camiseta y la mujer se colocó un diminuto vestido floreado, arregló sus senos dentro del pequeño espacio que había para colocarlos, calzó una frágiles sandalias, se sujetó el cabello en una gran cola de caballo que le daba casi a la cintura

Caminó hasta la puerta y le hizo señas con la mano al mismo tiempo que le preguntó:

—*¿Vamos?*

Mireya llevaba una linterna roja en sus manos. Al llegar al pueblo Paul pudo reconocer la plaza a lo lejos, era increíble como el pequeño lugar estaba desprovisto de todo vestigio de civilización, las calles oscuras sin ningún tipo de alumbrado. Las pocas casas parecían deshabitadas.

Notó que sus amigos se habían marchado y entró en pánico; pensó: "*¿Dónde podrán estar?*" se quedó parado en medio de la polvorienta callejuela, suspiró y trago saliva. La mujer caminó hasta la plazoleta y Paul le gritó:

—*¡Espera! ¿A dónde vas?* —empezó a correr detrás de la mujer que estaba parada frente al árbol de la plaza y sostenía la nota en sus manos.

—*¿Qué es esto?*—Dijo sosteniendo la nota y leyéndola rápidamente— *¡Demonios! Como podría ubicar ese campamento minero en medio de esta oscuridad.*

Mireya sabía que sus amigos estaban en peligro, era obvio que leyó el nombre Dionisio Docanto en la nota y trató de persuadirle que no fuese allá

—*No puedes ir solo allá. Es peligroso.*

—*No entiendo ¿por qué?*

—*Pues, porque te atraparan a también. Entiendo que quieras rescatar a tus amigos, pero tu solo no podrás.* En el acto divisaron a un chiquillo quien descalzo corría hacia ellos. Al llegar espetó el mensaje como si se lo hubiese aprendido de memoria:

—*¡Mireya! ¡Mireya! La maestra Atamaica fue secuestrada por los hombres de Don Dionisio*— habiendo dicho esto se disparó, pero luego de haber avanzado unos cuatro metros se devolvió y agregó— *¡Ah! Bueno, a los forasteros también se los llevaron.*

—*Gracias Coquito. Vete pronto a casa* —Luego viró hacia Paul y le agregó— *tenemos que planear ese rescate y necesitaremos a profesionales.*

—*No tengo la menor idea de que sucede. ¡Esto es un desastre!*

—*Pero yo sí. Ahora debemos irnos, mañana te llevaré a hablar con alguien que estoy segura nos ayudará.*

—*Bueno, vamos a tu casa, pero mañana debo encontrar a mi amigos ok. No hay marcha atrás.*

Mientras, en el campamento Jacob encontró a Iris, entusiasmada comiendo una mezcla de arroz con pollo estaba sentada en una silla hecha de plástico verde, su cabello estaba empapado por el sudor y pegado a su cuello, la música seguía. Esta vez el ritmo era más cadencioso, y la diminuta muchacha acompañaba al moreno acordeonista cantando algunas estrofas y bailando con una cerveza en la mano. Pedro estaba sentado en un sillón comiendo lo mismo; Steve había congeniado con Dionisio, conversaba amigablemente con él al tiempo que bebía un whisky. Los músicos culminaron Uno de ellos pidió en voz alta que un tal Emiliano relatase una historia:

—*Vamos* ***camarita*** *Emiliano cuéntese una de esas del lado oscuro.*

—*No, hoy no* ***camara***[27]*, esta noche esta negra y puyuda.*

Jacob había entrado a buscar la comida para Atamaica y se detuvo a escuchar. Los presentes insistieron e incluyendo a Dionisio quien no pudo más que ordenarle que contara su historia:

—*De cuando acá Emiliano Martínez se hace de rogar para echarse un buen cuento. ¡Vamos Hombre!*

Y entonces así fue como Emiliano narró una espléndida historia, de esas que nadie cree cuando se escuchan en grupo, pero a las que todos temen cuando cae la noche y están solos. Una vez que todos los presentes se quedaron callados Emiliano empezó su historia:

Esta es la historia de Florentino, aunque algunos dicen que su nombre en realidad era Francisco. Pero yo sé que esta historia es real porque me la contó mi abuelo que estuvo presente y fue testigo de lo que en esa sombría noche de luna llena sucedió. Florentino o Francisco era un hombre honesto, como los hay pocos; buen hijo y marido, muy dado a ayudar a todo aquel que lo necesitara, pero era más conocido por su gran arte para cantar coplas. Una noche estando en la gallera su mejor amigo, un desgraciado que mentaban Dorian, embravecido porque el gallo de Florentino descuero al suyo, le retó a un contrapunteo; unos dicen que con arpa, cuatro y maracas; pero más allá de las fronteras se dice que fue con acordeón, flauta de caña de millo y caja, el caso es que era tanto el odio y envidia que sentía el tal Dorian por Florentino que antes del reto le vendió su alma al enemigo con tal de asegurar su triunfo.

—*¿Quién es el enemigo?* —Dijo Steve.

[27] Amigo en algunas regiones rurales de Venezuela

—*¡Ay camarita! como se ve que usted no cree en estas cosas, el enemigo es el cachuo... el innombrable* — aleccionó Emiliano.

—*¡Aaaah!* —respondió Steve

Todos miraron a Steve como si fuese un bicho raro. Emiliano continuo:

En la gallera; todos los presentes esa noche no podían de crédito, nadie había intentado retar a Florentino pues no hubo un juglar más hábil y creativo que él. Por todos los confines era bien sabido que él era el más prolífero coplero rimador, a quien nadie pudo jamás ganarle en contrapunteos. Nadie apostó esa noche pues era dinero maldito. El pueblo se cubrió de negras nubes, los lugareños que no estaban en la gallera se refugiaron en sus casas a orar. Cayó un aguacero con centellas y truenos. Llegado el momento del enfrentamiento Florentino rezó un rosario y tres padres nuestros; mientras que Dorian hacia su entrada triunfal vestido completamente de blanco, curiosamente sus botas eran blancas y aunque la tormenta había embarrialado todo el pueblo y a pesar de que los camellones de la gallera estaban inundados, sus botas y pantalón estaban impecables. Detrás de él venia un extraño hombre de no menos de dos metros de alto vestido totalmente de negro con sombrero, botas y sosteniendo una fusta, los ojos le chispeaban como los ojos de los perros en la oscuridad. Parecía no caminar, sino que volaba muy pegadito al piso. Florentino empezó y luego Dorian y así estuvieron toda la noche, hasta que ya estaba por salir el sol. Florentino decidió cantar el credo al revés.

—*¿Qué es el credo?* —Volvió a interrumpir Steve

Esta vez Dionisio respondió supremamente enojado:

— *¡El credo en esto* —dijo Dionisio mostrando su nueve milímetro— *sino te callas te lo voy a enseñar! ¡Cállate ya!*

Jacob pudo ver cuan agresivo era Docanto; Steve guardó silencio. Mientras que Emiliano continuó:

En medio del credo, un torbellino envolvió a todos los presentes. Rayos resplandecían dentro de la gallera y en la pista de la gallera se encendió un aro de fuego, los presentes despavoridos deseaban salir de allí a toda costa. Muchos fueron pisoteados y yacían malheridos mientras todos se aglomeraban en las salidas que por una fuerza sobrenatural permanecían cerradas; mientras eso sucedía Florentino no paró de replicar de manera impecable a su adversario quien presentía que iba a perder. En medio del pandemónium el misterioso hombre de negro y ojos de fuego empezó a contestar con maestría sin igual. Florentino sabía que este rival era el señor de la noche, y que debía armarse de Dios Todopoderoso para poder enfrentar al mal que le deseaba envestir. Cuando llegó de su turno respondió esta vez con el padre nuestro al revés mientras los rayos del sol se filtraban entre las tablas de las paredes. El enemigo con voz rastrera gimió "Florentino, te ha salvado tu fe y tu perseverancia; además de tu talento único. Pero tu Dorian serás condenado a ser un muerto viviente sin alma, pues me la llevo al infierno." El hombre de negro se transformó en el mismísimo cachuo y Dorian gritaba pidiendo perdón a dios; por su parte Florentino invocaba a la santísima trinidad tratando de rescatar el alma de su amigo. En ese momento un rayo cayó en la gallera y ...

Emiliano paró, pues un impresionante estruendo aturdió a todos los presentes. Había sido un rayo que por extraña casualidad cayó a las afueras del campamento. Su potente impacto podía distinguirse como una llamarada que iluminaba la meseta de un tepuy.

Dionisio se levantó y dijo:

—*Que coincidencia lo del rayo Emiliano, tus palabras son fuego puro... muy buena la historia, pero la terminaremos otro día.*

Jacob quedó muy afectado por la historia del pacto, y por el rayo que curiosamente cayó cerca de allí. Mucho se había dicho sobre que el mismo había realizado un ritual para obtener fama y fortuna; pero todo era producto de las leyendas urbanas y de las teorías de conspiración. Cogió un tazón de arroz que un hombre le acercó, se aproximó a una hielera de plástico rojo y tomó una gaseosa y sin decir palabra alguna salió de la tienda, pensó en buscar a Atamaica; estaba parada en frente de una gran máquina que se erguía como un dinosaurio amarillo con el cuello torcido casi tratando de devorarla, el viento de nuevo apareció y su cabello flotaba, lucia como una especie de Venus tropical, selvática y salvaje, pero sin aurea cabellera, Jacob pensó: "*pero ¿quién dijo que la diosa del amor tenía el cabello rubio? ¿Botticelli?*" Cuan equivocado estuvo toda su vida pensando que la mujer ideal debía ser rubia; y aquí estaba sin aliento al frente de una mujer de negra cabellera y sin lugar a duda era la mujer más hermosa que jamás había visto.

Todos continuaron conversando como si nada hubiese pasado, algunos músicos ya se estaban marchando. Una muchacha sobresalía de las otras, era tan solo una niña, hermosa y frágil; su piel canela maltratada por el sol contrastaba con sus dientes perfectos que ribeteaban sus tiernos labios, labios cansados que se desahogaban tras una escéptica sonrisa. Parecía ser una dama de compañía; por la manera en que los hombres le invitaban mostrándole fajos de billetes. En realidad, muchas mujeres arribaban a las minas a hacer dinero como trabajadoras de la noche dado a la alta población varonil era sin lugar a duda un negocio lucrativo, no dejaba de ser arriesgado por la gran cantidad de enfermedades, no solo selváticas sino también de transmisión sexual; aun así, era la única salida para muchas mujeres que no tenían más aspiraciones ni oportunidades para ganarse la vida.

Jacob camino buscando a Atamaica y la encontró contemplando el tepuy incendiado por el rayo. —*¿Viste el rayo al caer?*

—*Si* —respondió monotónica— *Parece que una tormenta eléctrica antecederá a la tormenta lluviosa.*

—*Encontré comida* —dijo mientras le acercaba el plato— *tómala es para ti ¿Quieres algo para beber?* —dijo con una sonrisa

—*¡Oh gracias! ¿Por qué esta repentina amabilidad? ¿No eras tu quien no quería pensar en comida?*

—*He de reconocer que he sido muy descortés contigo.*

—*¿Descortés?* —dijo Atamaica sosteniendo el tazón entres sus manos y soltando una sonrisita irónica— *yo diría que has sido un patán, me has insultado* —suspiró y clavando persecutoramente sus ojos en él prosiguió— *yo no los busqué a ustedes. Iris me buscó a mí, así que en realidad solo desee ayudarla, solo eso. Pronto estarás en tu mundo artificial, lleno de tu vanidad de Rock Star, podrás descansar en tus resorts y hoteles cinco estrellas, y esto será solo una pesadilla para ti.*

Jacob estaba mirando de nuevo la misma figura oscura que le persiguió minutos antes esta vez se había materializado era una inmensa orla que aparecía y desaparecía con gran velocidad.

—*¿Qué sucede Jacob? ¿Te sientes bien? Disculpa si fui brusca* —dijo Atamaica impresionada por la mirada de terror que Jacob afloraba y colocó el tazón de arroz en la escalera de la máquina a su lado —*¡Jacob! ¡Jacob¡*

—*Si, me siento mal; he visto de nuevo esa extraña figura negra, quizás me sugestiono la tonta historia que acabo de escuchar* —dijo con la voz evidentemente cortada— *esta vez bajó por ese sendero rumbo al rio, creo que es un animal, por favor no me hagas caso.*

—*No he visto nada extraño ¡vamos Jacob! ¿estás consumiendo drogas?* —dijo mientras le miraba con seriedad. Jacob la interrumpió:

—*¡Tengo más de cinco años limpio*! —acotó Jacob enérgico y molesto por la insinuación— *ahora voltea lentamente* y *allí esta ¡míralo! ¿lo puedes ver?*

—*Si vi algo…!Vamos!* —gritó Atamaica.

—*No*—exclamó despavorido Jacob — *¡no busquemos lo que no se nos ha perdido!*

Atamaica sonrió y dijo:

—*Pues bien, señor gallina espérame acá solito.*

Caminó lentamente rumbo al angosto sendero atiborrado de vegetación Jacob se sintió inútil al no acompañarla, la vio tan femenina y a la vez decidida que sintió vergüenza de sí mismo y de su cobardía, respiró profundo, se arregló el cabello y camino rápidamente para alcanzarla. En medio del sendero una serpiente apareció, una inmensa de color marrón rojizo, Jacob gritó frenéticamente y Atamaica quien estaba a pocos metros le escuchó y corrió al rescate:

—¡*Ah la viste*! — exclamó Atamaica mirando la serpiente que aun yacía enrollada y sin mostrar alteración alguna por el gritó de Jacob— *la vi al bajar, sabía que vendrías.*

—*¡Dios santo este animal es venenoso!*

—*Sí, lo es; además es el reptil que más muertes causa en la selva se llama mapanare Bothrops atrox.*

—*¡Oh! ¡oh! ¿estás desquiciada? vámonos de acá* —salió corriendo

—*Cuidado por allí vi varias ranas venenosas* —Atamaica disfrutaba verlo indefenso y temeroso.

—*Espérame que yo tengo la linterna.*

Jacob estaba aterrorizado jamás había experimentado un peligro tan inminente temblaba y sus manos sudaban de repente decidió cortar el silencio y dijo:

—*Lo que haya sido que vimos ya se fue, es mejor devolvernos* —dijo Atamaica.

—*Espera quiero ver el daño que han causado en esta parte del rio.*

Nacida y criada en la selva estaba acostumbrada a la oscuridad y a los peligros del monte adentro, para ella esto era una simple y rutinaria caminata.

—*¡Está muy oscuro!*

—*Vamos Jacob no temas estás conmigo nada te pasara recuerda soy Lara Croft*

—*Preferiría estar contigo en las Bahamas tomando el sol y no en este lugar lleno de mosquitos, fieras salvajes y extrañas apariciones.*

Los guardias de Docanto les vigilaban de manera discreta, la idea era hacerles creer que eran huéspedes hasta que llegase el momento de pedir el rescate. Iris y Pedro también salieron a caminar bajaron por una colina de piedras hacia una quebrada.

—*¿Tienes cigarrillos?* —preguntó Pedro

—*No, es nocivo para la salud y además esta pasado de moda, lo que mola es estar sano Pedrito*—respondió sentándose en una roca con forma aplanada— *sabes bien que lo deje hace mucho; solo tengo estas picaduras de mosquito.*

—*Este lugar es fascinante.*

—*Sí, lo es* —respondió Iris hipnotizada por el sonido de la naturaleza—*Es cautivantemente hermoso, pero siento miedo de tanta inmensidad, es como cuando se hace el amor por primera vez tienes un fuerte deseo de hacerlo, pero a la vez el temor surge, porque no sabes cómo será.*

—*Aun pienso ¿cómo estará Paul? además el Director del video no apareció más..*

—*¡Cierto!* —afirmó Iris— *Nos olvidamos de ellos*— añadió —*dijo que iría con el asistente que le acompañaba a tomar fotografías y jamás regresó.*

—*Quizás era parte del complot para robarnos ¿no lo crees?*

—No, él estaba como nosotros, sus pertenencias se quemaron en la avioneta.

—¡Extraño!

—Si muy extraño —concluyó Pedro.

—Esto ha sido culpa mía, por quererme vengar de Jacob. No sabes cuanto me duele.

—No, tú no tienes mayor culpa que los demás todos queríamos contradecir a Jacob, no permitiré que te sigas acusando y atormentando.

Unos perros estaban bajo la cañada parecían pelear entre sí, todo estaba muy oscuro, El viento soplaba fuertemente y los inmensos árboles se batían entre sí como enfrentándose en un combate. Iris sintió un frio inmenso y con lágrimas en los ojos dijo:

—Vámonos Pedro, quiero descansar, me siento agotada —rogó Iris tomándole de la mano con fuerza— *confío en que pronto estaremos en casa de nuevo, creo que me equivoqué, esto no ha sido una buena idea y no importa lo que digas para hacerme sentir bien, la culpa ha sido mía.*

—¡*Oh, querida no digas eso*! —Pedro trató de confortarla abrazándola— *todos decidimos hacer este viaje, las cosas resultaron mal, pero originalmente fue una gran idea. Este lugar es hermoso, el problema ha sido que no hubo organización.*

De repente uno de los perros subió por la colina con lo que parecía ser un accesorio de una cámara fotografía en el hocico

—Demonios eso parece ser la tapa protectora de una cámara —dijo Pedro *—voy a bajar —¡No vayas!* — suplicó Iris

—Si voy a investigar que hacían esos perros en ese matorral ¡ espera acá! ¡no te muevas!

—¡Pedro por amor de dios no bajes! —gritó Iris aterrorizada.

—Ya vengo no te muevas de aquí—respondió bajando la loma lentamente

Pedro bajo, algunas afiladas hojas de maleza cortaban sus brazos como diminutas hojillas; al llegar al fondo del caño encontró unos lentes de corrección, evidentemente eran los lentes de Renato Puerta; la adrenalina invadió a Pedro, pero siempre había sido aventurero y no estaría tranquilo hasta descubrir que sucedió con Renato Puerta, quizás resbaló y yacía inconsciente. Continuó avanzando por un angosto sendero, Se detuvo pues la zona se hacía más difícil de transitar. Decidió cortar camino por una rigurosa y abrupta colina iluminada solo por la luna llena que coronada el cielo plagado de estrellas. Al Llegar al fondo del barranco encontró el cuerpo sin vida de Renato Puerta, a unos pasos se encontraba su cámara había sido destruida, tenía un disparo en la frente y sus ojos casi salían de su órbita, el otro hombre no estaba allí. Irónicamente solo tenía en sus manos la botella vacía. Pedro sabía que estaban en peligro, que Atamaica había tenido razón en advertirles, debía subir rápidamente la colina y advertir a todos sobre el inminente peligro que enfrentaban con estos asesinos. Dio un paso hacia atrás y sintió el borde de un arma en su espalda. Allí ante él, dos hombres y uno de ellos sujetaba a Iris apuntándole con una pistola en la sien y el otro le apuntaba a él.

—*Te lo dije Pedro, te pedí que no bajaras.*

—*Estamos en apuros desde que decidimos venir acá* —respondió Pedro.

Los hombres hablaron entre ellos, uno de ellos hizo señas al otro que se los llevara, fueron trasladados por un angosto sendero, la inmensidad de la jungla se los estaba tragando lentamente, Pedro sabía que se estaban alejando cada vez más, y presentía que esto significaba el final. Iris lloraba tratando de ahogar su yanto sin hacer ruido, pensaba en lo caro que estaba pagando su intrépida y equívoca decisión. Dionisio hablaba con Steve mientras ambos tomaban Whiskey sentados en el inmenso sofá.

—*¿Adónde se habrán ido todos solo quedamos tú, los músicos, las anfitrionas y yo?*

Dionisio no respondió y llamó a unos guardias para que buscasen a los demás. Steve no entendió lo que les había dicho a sus hombres, pues era una especie de código.

—*Quizás estarán charlando afuera la noche esta despejada pareciese que lo de la tormenta es una falsa alarma* – dijo Steve con tono entusiasta.

—*No, acá el clima es así; pareciera que el cielo está claro, pero de repente se llena de nubes* —afirmó Dionisio con la mirada perdida tratando de dilucidar a donde se habían ido sus prisioneros.

—*Bueno esta es una región lluviosa...*

Dionisio se levantó bruscamente obviando a Steve que se quedó con las palabras a media boca. Se dirigió hacia uno de sus hombres, conversó con él y salió del lugar. La música cesó, el acordeonista se marchó, así como las tres mujeres. Steve quedó solo en el sofá, solo un hombre estaba parado allí en la puerta quien obviamente estaba vigilándolo.

Dionisio caminó rápidamente, mientras sus hombres le seguían:

—*Adonde los llevaron* — preguntó.

—*Están en el depósito patrón; José los tiene allá, encontraron a los camarógrafos.*

—*Bueno, esto cambia todo, ¿Están seguros de que ellos vieron el cuerpo de los intrusos?*

—*Sí señor, ¡Positivo! completamente seguros. Aunque creo que vieron solo a uno.*

—*Estúpidos ¿por qué no lo enterraron o desaparecieron? ¡ineptos! ¡no sirven para nada!*

— *Lo lamento señor — dijo el hombre con la mirada caída*

—*Hazte cargo de este* —vociferó mientras señalaba a Steve.

Al bajar la calzada del rio alcanzaron a ver el dantesco espectáculo, Jacob iba a encender un cigarrillo ero desistió arrojándolo al suelo. Atamaica iba adelante todo con paso decidido contemplando la devastación, el espacio que otrora fue un bosque selvático se había convertido en un desierto lleno de rocas y chatarras.

—*¿Podemos huir?* -—Inquirió Jacob

—*No, es casi imposible, Dionisio tiene anillos de protección, creemos que estamos libre pero no es así.*

—*¡Qué destrucción tan grande!*

—*Si, así es Jacob, muy grande, ¿Sabes? lucho día a día para evitar esta devastación*

—*¿y las autoridades locales no hacen nada por defender los espacios naturales?*

—*Ni las locales ni las mundiales, ¿sabías que estas áreas son consideradas el pulmón del planeta? no entiendo por qué las organizaciones mundiales no asumen la responsabilidad de velar y salvaguardar estos espacios naturales. No es solo la minería es también la tala indiscriminada.*

—*Atamaica mira vienen los hombres de Dionisio* —interrumpió Jacob señalando al frente.

Bajando vertiginosamente por una ladera rocosa tres hombres armados se aproximaban hacia ellos:

—*Sígannos* —dijo uno de ellos apuntando a Jacob en la cabeza

Caminaron un largo trecho; iban en silencio, Jacob estaba preocupado pues en este punto no sabía que esperar y mucho menos que podía suceder. Llegaron a un galpón oculto en la maleza. allí Dionisio explayado en una colorida hamaca como un pachá.

—*¡Qué malos huéspedes han sido! Así pagan mi hospitalidad, ¡Es increíble! no creo que sea muy amable hurgar y merodear en las propiedades privadas. Realmente me decepcionaste Jacob. ¿Acaso no dijiste que no te importaba mis actividades mineras? Entonces ¿qué haces chismorreando?*

—*Yo…* —solo alcanzó a decir Jacob, pero fue interrumpido abruptamente por un iracundo Dionisio, muy diferente al amable hombre de minutos atrás.

—*No quiero explicaciones entiendo que te dejaste llevar por Atamaica.*

—*Nosotros solo queríamos caminar un poco* —Fue interrumpido de nuevo por Docanto

—*Traigan al otro, al Steve y llévenlos con los demás* – gritó enfurecido

El hombre seguía apuntando a Jacob a la cabeza y lo empujó dándole un manotón en la espalda. Llegaron a un cuarto oscuro donde los lanzó uno a uno y cerró la puerta violentamente. Atamaica se lanzó al suelo inhaló aire enérgicamente. Un derrotado Jacob seguía parado frente la puerta, cada vez la situación se tornaba más peligrosa y sentía que todo se escapa de sus manos, ahora su suerte y la de sus amigos dependía de este egómano. Unos minutos después trajeron a Steve, se veia golpeado y maltrecho; no pronunció ni una palabra. El silencio invadió el espacio fue cuando Atamaica se percató que alguien respiraba muy cerca de ella, estaba tan oscuro que no podía ver absolutamente nada. De repente sintió un fuerte abrazo, sintió la cálida humedad de las lágrimas en su rostro. Era Iris, Atamaica correspondió al desesperado abrazo. No cruzaron palabra alguna solo se abrazaron.

Pedro estaba sentado en una gavera plástica en un rincón era casi imposible verle, levantándose dijo:

—*Estamos en graves problemas, ¿Qué creen que sucederá con nosotros?*– sentenció Jacob

—*No lo sé, pero Dionisio es un hombre peligroso, nuestras vidas están en grave riesgo tenemos que escapar de acá* – respondió Atamaica.

—*¡Escapar! Eso es imposible* – dijo Jacob

—*Yo opino lo mismo* – asintió pedro

—*Escuchen bien esto, tengo un amigo que trabaja para Dionisio, el…*

Jacob interrumpió violentamente:

—*¿Cómo diantres puedes confiar en alguien que trabaja para Docanto?*

—*Déjala hablar Jacob*- refuto Pedro

—*Él ha sido mi amigo desde que éramos niños y no está de acuerdo con Dionisio, solo lo hace por necesidad, se ve obligado por las circunstancias. ¿Cuántos trabajos creen ustedes que hay en la región? Él es quien me mantiene informada de todo lo que pasa en este campamento.*

—*Ok ¿Crees que él se enterara que estamos acá?* - preguntó intrigado Pedro

—*Es cierto* – interrumpió Pedro – *Un hombre me dijo que nos ayudaría a salir de acá.*

—*Claro, él era uno de los hombres que nos trajo hasta acá, estoy cien por ciento segura que él se manifestará esta noche debemos estar preparados en cualquier momento llegará y hará una señal* —aseguró Atamaica

Iris se tranquilizó al escuchar estas palabras. Los cinco se sentaron unidos en un rincón. Steve colocó la cabeza en sus rodillas y mantuvo silencio. Iris apoyó su cabeza en el hombro de Pedro y le extendió su mano a Atamaica, Jacob estaba al lado de Atamaica podía sentir su hombro rozar el suyo, sin embargo, ella no se movió; luego de un rato de silencio, Jacob dijo en voz alta:

—*Lo siento, de verdad siento mucho todo lo que ha pasado y les prometo que saldremos de esta sanos y salvos* —Atamaica le tomó la mano a Jacob y este la apretó sutilmente.

A la dos de la mañana un silbido despertó a Jacob y luego a Atamaica

Era el amigo de Atamaica no abrió la puerta se comunicó por la rendija, con la voz muy baja

—*Ati, ¿me escuchas?*

—*Sí, Abel*— respondió ella

—*No puedo hablar mucho, la llave la tiene Dionisio, será muy difícil acceder a esa llave, pero hay una ventana de hierro muy pequeña casi a nivel del techo, creo que por allí ustedes puede salir, el plan es hacerlo mañana en la noche, hay dos compañeros más que los van a ayudar.*

—*¿Esto no es peligroso para ti?* — Preguntó Atamaica

—*Sí, pero después de esto huiré a la capital ya ahorré lo suficiente. Tengo que irme por favor estén preparados mañana a esta misma hora.*

Las horas se hicieron interminables, solo el sonido de las respiraciones se percibía acompasados con los salvajes pensamientos de terror e incertidumbre. La mañana llegó gris y fría. Las aves estaban silenciadas solo el fuerte silbido del viento se escuchaba. Un olor a tierra húmeda invadía la atmosfera, Pedro había podido mirar por la pequeña ventana se había subido en los hombros de Jacob. Los cuatro estaban agotados por los inesperados eventos y la mala noche que habían tenido. De repente; el sonido de las llaves chocando con la puerta de hierro hizo a Jacob virar tirando a Pedro al piso, Pedro se tragó el gritó de dolor. Un guardia abrió la puerta y colocó en el piso una jarra de café, dos tazas de plástico y cuatro pedazos de pan. No dijo una sola palabra y se marchó de inmediato.

—*¡Mierda Jacob! Me he lastimado el tobillo.*

—*Disculpa, pero por poco nos pillan* – respondió Jacob – *¿Crees que es grave?*

—*No lo sé, no puedo moverlo.*

Jacob fue el primero en abalanzarse hacia el plato y tomó un pedazo de pan y se sirvió café, Pedro disimulaba el dolor, pero era obvio que se había partido el tobillo, mientras Atamaica se dirigió a Pedro, pero él con la mano la detuvo en señal de que le dejara en paz, entonces ella no quiso molestarle y le preguntó a Iris

—*¿Vas a tomar café?*

—*No* —respondió Iris.

—*Pues yo si tomaré*— agregó Steve.

—*Vamos amiga debes comer algo necesitas energía para poder salir de acá* —respondió Atamaica.

—*Si Iris debes comer* — dijo Steve dándole un pedazo en la boca — *¡a ver la nenita abre la boquita!*

—*Ok, está bien comeré* — dijo Iris con una sonrisa forzada en sus labios secos por el llanto.

En el campamento todos los hombres estaban refugiados en las improvisadastiendas; la lluvia se hacía cada vez más intensa y fuertes vientos movían los pocos árboles que había en esa área. Las gotas de lluvias impactaban con los techos de zinc golpeteando como las enérgicas y rítmicas percusiones de una batería de jazz. El suelo se había vuelto blando y pequeños pozos de agua se distinguían. Todo parecía alarmantemente tranquilo.

Mientras en el pueblo la vida transcurría como siempre, Paul estaba aún confundido por las situaciones inverosímiles que experimento en un solo día. El día se iniciaba con sonidos en la cocina al parecer Mireya preparaba el desayuno. Se dirigió al baño, en lo que parecía ser la ducha se encontraba un barril de plástico azul, entendió que sin no había grifo, la utilidad del recipiente era la de abastecer de agua; tras un baño estilo vaquero se dispuso a buscar a sus amigos, estaba preocupado, pues nada sabía de su paradero. Aún Mireya preparaba el desayuno, Paul se sentó listo frente a ella que muy habilidosa volteaba una tortilla de huevos impulsándola y dándole vuelta en el aire. Le sirvió algo de café.

—*Comeré porque no quiero dejar la comida, pero debo ir a buscar a mis amigos.*

—*Lo sé bien, pero no iras solo.*

—*¿A qué te refieres?*

—*Allá viene la respuesta* —apuntó hacia la ventana de la cocina — *esta es la solución, ¡por favor créeme!*

En eso dos camionetas se estacionaron afuera, cuatro hombres armados se apostaron a los alrededores de la humilde casa de bahareque, aunque llovía a cantaros a estos parecía no importarles; solo dos hombres entraron. El mayor, quien vestía sombrero de paja y una guayabera beige y casi curtida por su largo uso, se sentó en un pequeño muro del porche abarrotado de plantas, a su lado un pilón, una especie de mortero gigante hecho con un tronco seco tallado con un gran mazo que sirve para machacar el grano de maíz. El viejo hombre trató de sacudir las gotas de lluvia de su ropa, pero era inútil estaba casi empapado, encendió un grueso y arcaico tabaco, su semblante duro, denotaba un altruismo ganado con esmero por los años vividos, cabello blanco bigote cerrado, parecía una especie de Pancho Villa de la jungla.

Paul se extrañó de la manera tan familiar con la que el segundo individuo mucho más joven caminó directamente a la cocina, vestía camisa de rayas azules y blancas y un sombrero Borsalino gris plomo, el pantalón salpicado de barro y unas botas puntiagudas casi góticas, lucía una barba desprolija que sombreaba una triunfante y rimbombante sonrisa, el sujeto apretó a Mireya por detrás enganchando su cintura con ambos brazos y estrechando su abdomen con el trasero de la mujer. Paul no entendía este código erótico y mucho menos la elocuencia secreta del bamboleo que se suscitó entre ellos. Ella le dijo algo señalando a Paul y el hombre se acercó extendiéndole su mano y hablando perfecto español le dijo:

—*Mucho gusto hombre, mi nombre es Grimaldi* —le extendió la mano, pero Paul la dejó alargada.

—*Hola* —Paul aprendió español desde muy joven.

—*Me ha contado Mireya que tus amigos están en el campamento de Dionisio Docanto, debo advertirte que ese hombre es muy peligroso, el maneja las mafias que trafican con todo, y cuando digo todo quiero decir desde drogas, órganos humanos, hasta oro y diamantes. Tus amigos están en grave peligro.*

—*Se ve que conoce muy bien a ese hombre.*

—*Si, compadre ese hombre se ha levantado subiendo paso a paso una escalera de ataúdes, ha manoseado la muerte más que un agente funerario.*

—*Llegamos acá con una agencia de viaje llamada Selvatik; un aterrizaje de emergencia y luego el piloto herido en el incendio de la avioneta*

—*Si, se toda la historia, me parece extraño que se hayan desviado tanto de la gran sabana. vine porque Mireya me avisó que sus amigos están allá y que quieres ir a buscarlos, pues déjame decirte que eso en este momento es una idea descabellada, tengo información que sus amigos son prisioneros de Docanto y que están aislados, además empezó la tormenta.*

—*Si me dejaron esta nota* – sacó el papel arrugado

—*Debemos esperar un poco. Yo y mis hombres podemos ayudarlos, pero eso tiene un precio muy alto*

—*¿Cuanto?*

—*Cien mil dólares*

—*¿Cómo? Eso es mucho dinero*

—*Bueno, ¡Uff hermano! no te quiero como aliado, ¡imagínate si te parece mucho dinero 100 mil dólares por la vida de tus amigos!*

—*Me garantiza que mis amigos se rescatarán sanos y salvos.*

—*La operación no es fácil, pero el dinero se pagará al rescatarlos a todos, o a los que podamos, pero si regresamos si ellos igual deberás pagar. Garantizo que la operación será limpia. Tenemos contactos internos, la intención de Docanto es mantenerlos secuestrados, piensa trasladarlos hasta Brasil y allí pedirá el rescate.*

—*¡Desgraciado!¡Todo esto es una pesadilla!* – Exclamó Paul agarrando su cabeza con ambas manos con evidente desesperación.

—*Las mafias militares controlan el escenario y Docanto tiene su ayuda*

—*Bueno 100 mil no tengo idea cómo hacerle llegar ese dinero*

—*¡Ja! ¡ja! ¡ja!* —sonrió fingidamente— *no se preocupe amigo tengo cuentas bancarias en el extranjero, tanto en Estados Unidos como en Europa. Eso es lo de menos. Deberá confiar solo en una persona para realizar la transacción, ni managers o productores y mucho menos las autoridades pueden saber de este trato. ¿Entendido?*

El loco Grimaldi como era conocido era hijo del comandante Grimaldi, su Padre estuvo destacado en el área unos treinta años, luego de su retiro fundó un grupo al que denominó autodefensas armadas, una mezcla de vengadores anónimos al estilo Rambo, al margen de la ley, pero defendiendo causas de terceros, unos simples y mortales cazarrecompensas.

—*Si entendido ¿Cuál será el plan?* — dijo Paul

—*El plan es que tenemos dos de los nuestros en el campamento de Docanto* —dijo tomando un sorbo del café que Mireya le había servido en una taza de peltre azul— *Ellos nos mantienen informados de todo lo que sucede, esta noche la tormenta arreciará, no podemos hacer nada, pero al disiparse la tormenta empezaremos el rescate.*

—*Yo iré con ustedes* —exigió Paul

—*No es buena idea* —sentenció Grimaldi tomando un sorbo.

—*Es mi condición* — Refutó Paul

—*Es un riesgo, pero si así lo quieres. Iras con nosotros.*

Mientras en el campamento el cielo parecía un aguamanil roto, la tierra se hacía cada vez más blanda, el salvaje viento deshojaba los árboles circunvecinos. Los hombres de Docanto estaban resguardados del aguacero, solo unos cinco hombres vigilaban el área caminando en círculos, en la parte oriental del asentamiento se encontraba una garita hecha de metal de unos 6 metros, allí había dos pistoleros vigilando cuan cancerberos.

Mientras en la celda; los cinco no cruzaban palabras, Pedro estaba tirado en el piso, su pie estaba cada vez más hinchado, sentía dolor solo al moverlo, Steve se había tirado en el piso boca arriba mirando el techo. Iris estaba dormida profundamente Atamaica sostenía su cabeza en sus piernas, Jacob golpeaba con su pie el plato de peltre de manera rítmica, tenía unos deseos de fumar y de orinar y de irse allí, pero nada de lo que deseaba lo podía alcanzar.

—*Jacob por favor para* —dijo Atamaica

—*Ok, disculpa sufro de pie nervioso*

—*Creo que el nervioso eres tu*

—*¡Carajo quiero cagar!, maldita sea estos infelices pretenden dejarnos como animales acá* — vociferó Steve casi al borde del colapso.

—*También quiero ir al baño* – dijo Atamaica

—*Y yo ...desde hace rato*

—*¿Qué tal tu pie Pedro?*

—*Peor, no tengo pie nervioso, ¡sino doloroso! Tengo mucho dolor creo que es fractura* —respondió Pedro.

—*Debemos inmovilizarlo, podemos usar mi camisa*— dijo Jacob

—*Necesitamos una tablilla. Creo que podemos pedirla a los guardias* —planteó Atamaica.

—*¡No sean ilusos! una tabla es un arma, ellos no nos darán un arma* —agregó desesperanzado Pedro

—*No aguanto, necesito usar el baño* —dijo esta vez Atamaica desesperada colocó la cabeza de Iris en el suelo con delicadeza, luego se levantó y empezó a tocar la puerta de hierro con el plato.

—*Por favor déjenos ir al baño* —gritaba, pero nadie parecía escucharla.

—*Es inútil no grites más* —dijo Pedro

—*¿Qué pasa?* — Iris se despertó

—*Nada, que queremos ir al baño* —respondió Jacob

—*¡Tengo sed! ¡denme agua por favor!* —suplicó Iris

—*La situación se pondrá más critica a medida que pasan las horas, no entiendo que va a hacer Docanto con nosotros* —murmuró Jacob.

—*Es mejor ni pensar* —dijo Pedro— *quizás nuestro destino sea el mismo que el director Renato Puerta y su asistente.*

—*Ah sí ¿y que paso con ellos?* —preguntó Jacob.

—*Iris y yo encontramos el cadáver de Puerta, por eso nos encarcelaron, porque sabemos demasiado, no son solo mineros, son unos asesinos y delincuentes.*

Atamaica empezó a golpear de nuevo la puerta con el plato, Steve empezó a gritar improperios y finalmente un guardia llegó.

—*¿Qué sucede? ¿Por qué tanto escándalo? Es mejor que se callen o los haré callar a mi manera.*

—*Queremos ir al baño*— respondió Atamaica

—*¡Pues hagan allí mismo!*

—*¿Cómo?* — Gritó Atamaica — *están locos*!

—*No hay privilegios, esa es la orden del jefe.*

—*Tenemos sed, señor, por favor dennos agua* — suplicó Iris levantándose.

—*Ya les traeré agua* — respondió el hombre — *en cuanto al baño en la selva no hay baño háganlo allí mismo.*—El hombre regresó unos minutos más tardes, les arrojó un amarillento y sucio periódico, colocó un balde de agua de lluvia con algunas hojas dentro, el agua estaba turbia y en el fondo se podía observar barro.

—*Acá tienen el agua y papel periódico para que se ingenien como van a cagar*

Todos se quedaron paralizados, Atamaica sabía que no habría privilegios en la selva. Pedro entendió de inmediato el mensaje se quitó la camisa y en el acto dijo enérgico:

—*¡Jacob! ¡Steve! quítense la camisa podemos hacer una cortina.*

Jacob se quitó la camisa y dejo al descubierto su pecho húmedo de sudor, Atamaica lo miró de reojo, tenía la piel bronceada y sus tatuajes le daban un aire sensual.

El resto del día permanecieron callados, Iris se resistió a tomar del agua sucia del balde, el resto tomaron sorbos, el intenso calor mermaba sus fuerzas. Los hombres no aparecieron para traer alimento alguno, ya el sol estaba cayendo y Jacob sentía hambre, Iris decidió beber un sorbo de la turbia agua. Pedro contemplaba su pie inflamado que iba cambiando de color de rojo a morado, el dolor era cada vez más agudo.

—*¿Cómo sigues?* —preguntó Atamaica

—*Mal, el dolor ahora es más intenso.*

—*Creo que es una fractura* —agregó Jacob— *el pie se me muy mal y está muy inflamado.*

—*Sí, eso me temo ¡Bro!* —respondió Pedro con desanimo.

Iris abrazó a Pedro y este se inclinó reposando su cabeza sobre su hombro. Atamaica sabía que sus amigos la ayudarían, no tenía idea del plan de Dionisio, pero presentía que quería secuestrarlos por dinero o quizás para desaparecerlos pues había muchos testigos del asesinato del reconocido director Renato Puerta y su asistente. Lo más probable es que fuesen trasladados a Brasil. En todo caso estaban en serios problemas y la única esperanza que tenia se albergaba en el contacto de Atamaica con esos hombres a los que ella llamaba amigos. Jacob estaba desesperanzado, no podía entender como habían llegado acá, una serie de acontecimientos que desembocaron en este desalentador y peligroso episodio del cual quizás no lograrían salir con vida. Ya había entrado la noche el cuarto estaba en penumbras se escuchaba solo la fuerte respiración de Pedro. De repente la puerta se abrió un rayo de luz iluminó el oscuro aposento, súbitamente entró un hombre con dos platos de comida y una jarra de café. Era Abel, el amigo de Atamaica.

—*Esta madrugada a las 2, deben estar pendientes* —dijo Abel colocando el plato en el piso al frente de Atamaica

—*Tenemos un hombre herido, creo que tiene fracturado un pie* —dijo Atamaica entre murmullos

—*¡Coño! Qué problema, traeré una inyección de morfina se la colocaran antes de salir así podrá moverse un poco más y aliviara el dolor, pero esto cambia el plan, deberán ayudarle cargándole. Ahora debo irme.*

—*¡Gracias!* —respondió ella.

Abel se marchó y el cuarto volvió reducirse en penumbras, Jacob suspiró ahora sabía que si era efectiva la ayuda de los amigos de Atamaica, había una brizna de esperanza en medio del ominoso vendaval plagado de decepciones y calamidades.

—*Seré una carga para ustedes chicos, márchense sin mí* – dijo Pedro

—*¿Qué dices?* — Jacob dijo consternado — *¿estás loco? Somos un equipo, todos estaremos unidos hasta el final*

—*Así es, bien dicho Jacob* – agregó Iris

—*Vamos a comer muchachos nos espera una larga jornada.*

La noche se perfilaba tortuosa, la tormenta empezaba, se oirán los truenos y los rayos iluminaban la habitación a intervalos, la atmosfera se tornó fría y húmeda. Aproximadamente a las once de la noche se abrió la puerta nuevamente, todos se habían quedado dormidos excepto Atamaica, esta vez no era Abel, era Dionisio Docanto.

—*¿Cómo están los espías?*

—*Sabes bien que no son espías*— dijo Atamaica.

—*Para mí lo son, nada tenían que husmear en mi territorio, ahora saben más de la cuenta. Mañana al amanecer después de la tormenta los llevaré a otro lugar.*

Jacob se despertó al oír las voces, se sentó de inmediato

—*Docanto usted sabe que no nos interesa su explotación minera, déjenos ir* – dijo Jacob

—*No es así tan simple ustedes son un gran negocio para mí.*

—*¿Qué … que harás con nosotros Dionisio?* — tartamudeó desesperada Atamaica

—*¡Mm! no tengo por qué darles explicaciones* —Caminó frente a Atamaica y tomándola por los hombros la apretó fuertemente— *¿Por qué tienes que ser mi enemiga?, todo sería más sencillo si …*

—*¡Basta ya! quita tus asquerosas manos de mí, ¡no quiero nada contigo!*

Dionisio la empujó y Atamaica cayó al piso, Jacob se abalanzó hacia Docanto y le golpeó la cara con la cacha del revolver, Steve se lanzó golpeándolo frenéticamente y Docanto cayó al piso, Steve enceguecido le pateó en el abdomen tres veces, y le escupió en la cara Docanto gritaba por ayuda, pues la pistola salió disparada al suelo, pero era difícil de localizar en medio de la oscuridad. En medio de esto un hombre de

Docanto entró con una linterna y encontró el revolver en el piso lo tomó y luego separó a Jacob arrimándole con el rifle, en el acto golpeó con sus pesadas botas a Steve quien ahora yacía en el piso, otro hombre tomó a Jacob por el brazo y le golpeó con la cacha del rifle repetidas veces en el pecho, en medio del ataque, Atamaica ordenó:

—*¡Ya basta!*

—*¡Tráiganlos!* —dijo Dionisio limpiándose la sangre que salía de su nariz— *esto lo* pagar*á*n *bien caro ¡miserables!*

—*¿Adónde los llevan?* —inquirió Iris desesperada.

La situación ahora se tornaba más difícil habían sido separados, Jacob no sabía que iban a hacer con él y Steve. El viento soplaba salvajemente, los árboles se arqueaban, las gotas de lluvia nunca fueron más inmensas, pues golpeaban el rostro de Jacob como si fuesen granos de garbanzo. Su cabello estaba emparamado, y no tenía camisa pues la había dejado como cortina. Steve había perdido el control jamás había sucedido, siempre se caracterizó por ser comedido. Los hombres de Docanto trasladaron a Jacob y a Steve a un cuarto maltrecho con paredes de latas viejas y techo de un oxidado zinc. Docanto entró con ellos, luego de dar unos pasos les gritó a los hombres.

—*¡Déjennos solos!* —Docanto estaba emparamado, su camisa se pegaba a su piel y sus pantalones estaban llenos de fango— Yo *sé qué te gusta Atamaica ¿Cierto? ¡responde!*

Jacob, igualmente mojado, no levantó la cara y permanecía en silencio

—*¡Te ensenaré a ser hombre roquero mariquita!* —Saliendo del pequeño e improvisado cuarto llamó a sus hombres— *denle su merecido a este* —señaló a Jacob— *pero no lo maten lo quiero vivo ¡Entendido!*

—*Docanto eres un cobarde, ¿Por qué no das la cara y peleas como un hombre?*

Los hombres de Docanto golpearon a brutalmente a Jacob, le propinaban patadas por la espalda y las piernas, de su rostro empezó a emanar abundante sangre. Hasta que uno de ellos baladró:

—*¡Basta! el jefe dijo que no lo matemos, lo quiere vivo, colóquenle las cadenas.*

Luego de un rato tendido sobre el fango, le arrastraron hacia el cuartucho donde le esperaba Steve.

—*Jacob ¿estas bien?*

—*Estamos muertos ...*

—*Quizás vengan antes a rescatarnos* —dijo Steve mientras intentaba ingenuamente abrir el candado dándole golpes contra un tubo.

En eso apareció de nuevo Docanto, junto al hombre que le escoltaba. Se sentó en el pequeño banco de madera que traía el hombre para tal fin.

—*Ok, aquí está mi oferta. He notado que tu Steve eres homosexual, y por ser lo que eres, una criatura débil y sumisa; te daré una oportunidad de sobrevivir, porque sé que Jacob es todo un hombre ¿o me equivoco? Entiendo que hay una relación acá no muy clara para el resto del mundo. Pues les regálale cinco minutos para que discutan quien vivirá y quien morirá. Ustedes amigos del alma, deberán decidir quién se sacrificará* —Se levantó del taburete— y apuntando a Jacob sentenció con tono macabro —*Se que protegerás a la damisela en peligro.*

Docanto abandonó el cuartucho dejando en los dos hombres el sabor amargo del azufre que desprende un encuentro cercano con del demonio.

—*No permitiré que ese infeliz dude de mi hombría* —decretó Steve con decisión – Soy yo quien se tiene que ir.

—*Esto es en serio Steve, no creo que Docanto estuviese jugando. ¿De verdad estas tan decidido?* —inquirió con impotencia Jacob

—*¡Si así es! si alguien ha de morir ese seré yo. Gracias por esos años juntos, por ser mi hermano; gracias por la música y por haber sido un buen amigo* — Steve estaba atado a un tubo con unas cadenas, se le quebró la voz cuando dijo— *Se acabó amigo, en cualquier momento vienen por mí, soy hombre muerto.*

—*Steve, ¡hermano!* —Jacob estaba llorando— *esto no puede estar pasando es una pesadilla.*

Steve empezó a cantar una estrofa de una canción que compuso hace más de veinte años y la cual llegó a ser uno de los primeros éxitos.

El amor es el holograma que soy
Reflejo eterno de tu sencilla sonrisa
etéreo y sereno me marcho hoy
A dónde voy yo, tú aun no tienes visa...

—*¡Steve eres mi hermano!*—gimió Jacob profundamente afectado— *hemos compartido tantos años juntos desde que éramos solo unos locos adolescentes, no puedo aceptar que te maten me iré contigo viejo* —Jacob no paró de llorar.

—*No, tu no harás algo así, tienes que luchar por Pedro, Iris y Paul, son tu familia* —Steve no mostraba miedo alguno, esgrimía una dignidad impecable.

—*Te amo amigo* —Jacob se arrastró hacia Steve y empezó a llorar en su regazo— *Maldito viaje, maldito lugar* —empezó a golpear el suelo con sus muñecas atadas a las cadenas haciéndose daño empezó a sangrar pues el candado le estaba lastimando las muñecas.

—*Jacob esa mujer Atamaica Ruthman, ella es la mujer de tu vida. ¡No la dejes escapar lucha por ella! Yo la admiré en silencio y reconozco que me enamoré.*

Dionisio apareció de nuevo con el mismo tipo, y el mismo taburete, pero con mucha más maldad. Se sentó, esta vez tenía un vaso de whiskey consigo.

—*Cinco minutos para entregar una vida entera. A ver ¿quién será el cordero del sacrificio?*

—*¡Yo! por supuesto. Quiero que sepas imbécil homofóbico que no soy gay, y no hay nada malo en serlo, Ni soy homosexual, ni heterosexual soy solo un espécimen sexual, además yo he decidió que me marcho esta noche. Así de simple infeliz.*

—*Bueno, bueno, bueno el mariquita resultó ser otro, creo que me equivoqué contigo Steve, tienes más bolas que el roquerito* —dijo Docanto de manera onerosa sorprendido por el resultado de su experimento.

—*A ver Jacob Miranda ¿dejaras que tu mejor amiguita se sacrifique por ti? ¿no harás nada para librarlo de la muerte?*

Jacob mantuvo abstruso silencio, lloraba incontrolablemente como un niño, recordó que de niño tenía prohibido llorar, su padre decía que llorar era de maricas; su cerebro estaba a punto de explotar de tanto dolor y miedo de morir. Estaba allí como minimizado, anulado. ¿Como podría vivir con la culpa? su mejor amigo se sacrificaría y el solo pensaba en sí mismo, ocultando su rostro en sus rodillas intento no escuchar ni ver más. Mientras que Steve miraba fijamente a un Dionisio supremamente impresionado. Este se levantó del taburete, bebió el vaso de whiskey por completo, y carraspeando las ardientes gotas que quedaban en su garganta sentenció con voz profusa:

—*¡Qué ironía!* —exclamó mientras caminaba alrededor de Jacob— *todos dicen que soy una porquería, el peor de los hombres, pero sabes algo Jacob Miranda tu eres menos que eso. ¡Eres una escoria! Has tenido la oportunidad de defender la vida de tu mejor amigo, al menos de disuadirme de que no lo aniquile; ¡pero no! Has decidido enterrar tu puta cabeza en el piso como un avestruz; en tu mundo obtuso tu eres el gran Jacob Miranda.*

—*¡Apolinar!* —llamó al guardia que estaba a solo unos pasos de el— *Puedes contarle a este patiquín lo que sucedió el día que nos atacaron los ladrones de diamantes.*

—*¡Si patrón!* —el hombre se acercó y mirando a Jacob continuó— *Esa noche nos atacaron los ladrones de diamantes, sabían que teníamos mucho oro y vinieron armados hasta los dientes, el señor Dionisio casi entrega su vida para salvarnos, pues los hombres nos decían entreguen el oro y soltaremos a Dionisio. El patrón gritaba: "no sean estúpidos cuezan a este maldito a tiros, no importa que me maten a mí, pero no le digan donde está escondido el oro". Al final un franco tirador liberó al patrón, Nos enfrentamos; hubo mucho plomo y muertos de bando y bando, pero el patrón estuvo dispuesto a morir con tal de salvar nuestro oro y a nosotros mismos.*

—*Ahora te diré Jacob Miranda cual era la charada acá. Yo estaba seguro de que tú te sacrificarías, mientras que Apolinar esperaba que ambos dijeran que serían los sacrificados; esperaba más camaradería, más sentimiento fraterno, pero no ha sido así. Lamentablemente tu Jacob Miranda mereces morir, sin embargo, tu muerte será mental, y moral* —Dionisio extendió la mano con el vaso vacío y el hombre lo llenó de whiskey de nuevo de inmediato y sin sentido gritó— *¡Apolinar!*

—Dígame patrón.

—Explícale a este infeliz nuestra apuesta.

—¡Ah bueno! el patrón apostó mucha plata veinticinco gramos de oro a que usted seria quien se sacrificaría. Yo por mi parte dije que ambos se sacrificarían, son amigos ¿no? Bueno quedamos en tabla, ¡caramba ninguno acertó!

—así es, ahora el valiente Steve se sacrificará. Y tú Jacob Miranda vivirás toda una vida de tormento.

La madrugada arribó incólume, el alba no despuntaría como de costumbre, pues la tormenta cubría el escenario con una oscuridad absoluta y espeluznantemente mortuoria. Atamaica Pedro e Iris no habían podido dormir, estaban preocupados por Jacob, que habría sucedido con él, todo se había complicado; y ahora el plan de escape se tornaba casi imposible. La tormenta arreció así como incrementaba la adrenalina y el temor, tras las pequeñas grietas de las paredes y la inalcanzable ventanita se podían ver los centelleantes rayos. Sus mentes estaban colapsadas, no había espacio para un pensamiento más. La puerta se abrió y era Abel.

—Llegó el momento —dijo sujetando a Atamaica— *inyéctale esto directo en la pierna a tu amigo, pero ¡ya mismo!*

Atamaica sujetó la jeringuilla plástica con su mano temblorosa, sujetando la pierna de Pedro le dijo

—Amigo resiste esto es por tu bien.

—Estoy listo—respondió Pedro respirando hondo.

Le colocó la inyección casi de manera rápida y automática, luego de esto Pedro se puso la camisa, por su parte Iris estaba lista y Atamaica también; la camisa de Jacob estaba tirada en el piso Atamaica la tomó para entregársela en caso de que lo volviera a encontrar.

—Abel ¿sabes dónde están Jacob y Steve?, no nos podemos ir sin ellos.

—Si, esto se complica más, nos separaremos hay dos grupos uno está en el camellón esperándolos fueron contratados por su amigo.

—¿Amigo? ¿Paul? — dijo Pedro

—Si debe ser Paul — asintió Iris emocionada

—*¡Silencio!, Ustedes se irán con Héctor* – dijo señalando al otro hombre joven de complexión atlética— *yo iré solo a buscar a Jacob.*

—*y Steve también* —aclaró Iris.

—*Yo voy contigo Abel* — exigió Atamaica

—*No, imposible*

—*Si debo ir, ¡por favor!* — Insistió.

—*Sigues tan testaruda Ati como cuando éramos chiquitos. Está bien princesa iras conmigo* —en el acto le ordenó a su compañero— *Bueno ¡Márchense ya! el área esta despejada debido a la tormenta eléctrica no hay reflectores encendidos hay total oscuridad. ¡Suerte!* —dijo extendiéndole la mano a Pedro.

—*¡Gracias, hermano!* —respondió Pedro apretando su mano en señal de agradecimiento.

Salieron corriendo por un estrecho corredor aparte de Abel y Nacho había dos hombres más, apostados cerca del borde del campamento, pero también estaban incluidos en el gran escape. Los cinco perros del campamento se habían sedado, para facilitar la misión. En absoluto silencio Abel y Atamaica se escabulleron por las penumbras de un pasillo de ladrillos rojos. Iris y Pedro seguían al hombre que los guiaba hacia un área densamente selvática. Llovía copiosamente, a intervalos los relámpagos iluminaban el escenario, Pedro no podía mover la pierna y uno de los hombres le servía de muleta sosteniéndole.

Abel y Atamaica había llegado a otra área donde había un pequeño galpón dentro estaba Jacob. Estaban apostado en una especie de trinchera bordeada de maleza, la zanja estaba casi llena de agua, Atamaica tenía sus piernas sumergidas en el lodazal.

—*¿Por qué dijiste que buscaríamos solo a Jacob Steve esta con él?*

—*No, Steve no lo logró. Él fue ejecutado* —Atamaica se tragó el chillido de dolor por la muerte de Steve, sin embargo, un gemido se escuchó al tiempo que las lágrimas brotaron, no pudo pronunciar palabra.

—*¡Silencio! en esta área no tengo contactos ahora nos jugamos la vida misma, guarda silencio espera acá y no te muevas*

Abel sacó un cuchillo de una vaina de cuero que tenía escondida debajo de la pierna derecha del pantalón. Corrió con el torso inclinado empinando el afilado cuchillo en la mano. Atamaica contemplaba desde su incomodo e improvisado escondite que otro de los hombres se acercó a Abel, debía ser uno de sus aliados pues le hizo señas que corrieran en lado contrario bordeando el galpón. Luego, ingresó con sigilo, el otro hombre avanzó por la parte trasera y se adentró por un largo pasillo lleno de motores y maquinas viejas. Abel advirtió la presencia de un hombre dormido sobre una colchoneta en el piso, su mano estaba aferrada a un rifle. Se abalanzó y le tapó la boca con su mano tan fuerte degollándolo tan rápido que el infeliz no pudo emitir sonido alguno. Revisó los bolsillos del hombre y encontró una bolsa con algunos gramos de oro, algunos billetes y tres llaves atadas por un cordón azul. Súbitamente se escuchó un cimbronazo, y un gritó; supo entonces que algo había sucedido. Sacó su pistola y corrió por el intrincado pasillo repleto de máquinas y trastes viejos. Al llegar encontró a su camarada parado ante un hombre con un tiro en la cabeza.

—*¿Tienes las llaves?*

—*Si, acá están* — respondió mientras probaba la primera de las tres llaves, por suerte fue la llave correcta, calzando con la cerradura al primer intento, de inmediato abrió la puerta y Jacob estaba allí parado.

—*Tranquilo venimos a ayudarte* —dijo Abel entregándole otra pistola a Jacob — *¿sabes cómo usarla?*

—*Si ¿y mis amigos?*

—*Están huyendo. Vamos síganme, los demás hombres deben estar llegando acá el tiro los alerto*

Atamaica alcanzó a ver tres figuras corriendo en dirección a su escondite sabía que había sido un éxito el rescate de Jacob, podía distinguir su silueta en medio de la torrencial lluvia. Al llegar Jacob la abrazó fuertemente, ella temblando irrumpió en llanto y se aferró a él con frenesí. Jacob deseó besarla y la besó en la boca, y a pesar del frio de sus húmedos labios sintió el infinito ardor de la pasión que reprimió desde antes del albor de los tiempos, era una sensación de besar a quien siempre quiso besar, y a quien quizás ya no volvería a besar.

—*Bueno, Tortolitos andando estamos en peligro. ¡Síganme!*

—*¡Estarás bien!* —dijo Jacob sujetando fuertemente la mano de Atamaica

Docanto llegó al galpón con dos de sus hombres se quedó un rato contemplando el cadáver del hombre degollado

—*¡Infelices!* — gritó mientras disparaba al aire varias veces *—no puedo creer que este hijo de puta halla bebido tanto ron que lo mataron como un perro mientras dormía, búsquenlos así sea debajo de las piedras.*

—Señor, Abel y Nacho no aparecen, creo que ellos los ayudaron – dijo el servil guardia tratando de congeniar con su amo.

—¡Obvio! Solos no podían haber escapado, eso es imposible, además mataron a los perros. ¡Quiero que los maten a todos! Quiero a Atamaica viva

—Si señor. Los perros respiran señor, los durmieron.

Todos los hombres de Docanto salieron a la búsqueda de los prófugos, Más de cincuenta hombres armados se dispersaron en la densa jungla y en medio del torrencial aguacero. Docanto mismo iba comandando la captura. Ráfagas de viento asolaban la selva, los árboles empezaban a colapsar, las gotas de lluvia se hacían cada vez más grandes. Jacob, Atamaica y los dos hombres seguían corriendo entre la densa maleza

Iris y Pedro con los tres hombres que le escoltaban habían llegado a un claro, la lluvia estaba más intensa y el viento era inclemente, los árboles se bamboleaban ferozmente. En medio del caos dos árboles cayeron en la vera del camino y uno de los dos hombres quedó atrapado entre sus ramas, Iris cayó en el piso, pero no fue alcanzada por el gran tronco. Los truenos parecían cañones que partían el cielo en miles de pedazos. Pedro cayó en el lodazal y se arrastró hasta Iris. Pedro gritó:

—¡Iris! ¿Estás bien?

—Sí, estoy bien

Héctor y un chico intentaban ayudar a su amigo que había quedado debajo del tronco, pero fue inútil había muerto aplastado por el inmenso tronco.

—¿Están bien amigos? — Gritó Pedro a los hombres. Apareció el sobreviviente entre la penumbra alumbrando con la linterna los rostros de Iris y Pedro que se protegían de la luz cubriendo sus rostros con las manos.

—Mi amigo murió aplastado por el árbol debemos detenernos es muy peligroso caminar en la jungla con esta tormenta —Respondió Héctor afectado.

Iris ya no podía llorar más sus lágrimas escasearon, y pensó en que podrían estar muertos en este instante debido al árbol. Ser fuerte era imposible, pues todo esto había sido su responsabilidad, había arrojado a sus amigos a esta desgracia. Respiró profundamente y entendió que Pedro necesitaba su ayuda, pronto la morfina se desvanecería y el dolor de su pierna retornaría. Había una gran roca, caminaron hacia allá y se percataron que era una cueva subterránea, el hombre decidió inspeccionar con el revolver en mano y la linterna solo, el estrecho y oscuro espacio se iluminó súbitamente y unos murciélagos salieron despavoridos por la intromisión.

—Debemos detenernos, podemos guarecernos acá — dijo Héctor.

—Su pierna está mal no puede caminar más — agregó Iris sosteniendo a Pedro en sus hombros.

—No te preocupes por mí, acá lo importante es que ustedes puedan salir de esto. Yo me podría quedar mientras buscan ayuda.

—No te dejare solo, ¡tú lo sabes!

—Yo seguiré, buscare ayuda. Regresare cuanto antes. No se muevan de aquí.

Se apertrecharon en la estrecha cueva, El piso estaba cubierto de húmedas hojas y heces de murciélago, el hedor era intenso aun así era mucho mejor estar allí adentro que en medio de la tormenta.

—¿Cómo te llamas? — preguntó Iris al chico.

—Manuel, pero me llaman Manolo —Respondió con cierta indiferencia el chico; consternado aun por la muerte de su compañero.

—Sé que no es momento para formalismo, pero agradecemos lo que han hecho por nosotros, lamento la muerte de tu amigo.

—Descansen ya, necesitaran fuerzas para continuar — Manifestó Manolo.

Iris se sentó al lado de Pedro y acomodó su cabeza en su regazo y le acarició el cabello, Pedro sintió una inmensa paz, siempre había amado a Iris, pero jamás le había expresado más que amistad, no era sano para la banda involucrarse más allá de lo meramente profesional.

Iris jamás había percibido los sentimientos de Pedro, quizás ningunos de los miembros de la banda lo sabía, era un sentimiento bien guardado, Pedro se había casado con una famosa modelo italiana y tenía dos niños y se había separado luego de cinco años de matrimonio

Atamaica y Jacob seguían corriendo tras Abel y el otro sujeto, llegaron a un pequeño escarpado, con varios niveles a manera de terrazas, era un refugio natural excepcional pues debajo de lo abrupto de los riscos se encontraba un pequeño explanado allí había una improvisada tienda, cerca de seis hombres armados se encontraban apertrechados, Abel los conocía pues saludo a uno muy efusivamente, le mostró una sucia mochila la cual cargo cuidadosamente desde que escaparon, los hombres festejaron pasándose el botín de mano en mano, era casi seguro que habían diamantes y oro en ella. No solo habían escapado, sino también habían robado a Docanto. Abel los invitó a entrar a la carpa, les facilitaron ropa seca y una manta. La tormenta seguía su curso no había parado de llover desde hace más de cinco horas. Atamaica pudo detallar los moretones en el rostro de Jacob, sangraba un poco en su pómulo, además de un ojo morado que casi no podía abrir y con una herida en la sien. Jacob se quitó la camisa, develando otras hematomas y heridas en su abdomen.

—*Mira que te han hecho.*

—*No es nada, estoy preocupado por Iris y Pedro.*

El plan fraguado por Abel consistía en que ambos grupos debían encontrarse en ese lugar, sin embargo, la condición de Pedro con su pierna rota hacia casi imposible la movilización. Los hombres tenían radios y se comunicaban dando su ubicación a otros, Había transcurrido unos cuarenta minutos cuando hubo una alerta entre los hombres, todos salieron de la tienda con sus armas al parecer alguien se aproximaba. Abel dijo:

—*Tranquilos son los hombres de Grimaldi vienen por Ustedes.*

—*¿Por nosotros?* – pregunto angustiada Atamaica.

—*Sí, es la segunda parte de su escape estarán con los hombres del general Grimaldi. ellos los sacarán a la ciudad sanos y salvos.*

—*¿Qué pasará con mis amigos?* — inquirió Jacob con angustia.

—*Ellos deberán ser parte de otra operación de seguro no están muy lejos de la zona de Docanto.*

—*¿Se pueden comunicar con ellos?* – Preguntó Atamaica

—*No imposible, esos hombres no tienen radio, la única manera que logremos llegar hasta su ubicación es que uno de los hombres venga hasta acá y nos indique donde se han quedado, su amigo Pedro no puede caminar la morfina tuvo efecto un par de horas, así que en este momento deben estar guarecidos en algún rincón de la selva.*

Atamaica podía ver que se aproximaban varios hombres armados, no distinguía muy bien, pero sabía que eran amigos de Abel. Al llegar los hombres al explanado Jacob salió de la tienda emocionado su amigo Paul había venido con los rescatistas. Atamaica estaba impresionada porque no entendía la emoción de Jacob, pero pronto comprendería que quien Jacob abrazaba efusivamente era Paul el Guitarrista de la banda Los Profetas, un rostro muy familiar para Atamaica quien había sido fanática de la banda desde que era casi una adolescente.

— *Amigo, Joder ¿en dónde estuviste?*

—*Es una larga historia, no vale la pena contarla ahora. ¿Iris, Steve y Pedro? y ¿Quién es esta chica?* —Paul se estaba quitando el impermeable

—*Ella es Atamaica está con nosotros desde que nos separamos han pasado muchas cosas, los muchachos están con otros hombres que nos han ayudado a escapar, Pedro está lesionado tiene una pierna fracturada, Iris ese encuentra bien, pero esta con el ayudándole, perdimos a Steve hermano* —Jacob se contuvo para no derramar una lagrima

¿Qué dices? No, ¡no puede ser! ¿estas bromeando? Steve debe estar adentro burlándose, es una broma de mal gusto

—*Si, lo mataron esta noche yo oí los disparos.* —Jacob abrazó a Paul y ambos lloraron

—*Lamento su perdida* — era el comandante Grimaldi: Jacob y Paul se separaron.

—*Encantado, soy el comandante Grimaldi* —extendió su mano a Jacob— *lamento que nos conozcamos en estas circunstancias* —dirigiéndose a Jacob agregó— *ahora saben a qué se enfrentan Docanto es un asesino.*

Grimaldi Sabía que no era del agrado de Atamaica, Pues ella atacaba todo tipo de actividad ilegal y que perturbase al ecosistema. Sacando una caja de cigarrillos mojada agregó:

—*A ti te conozco Atamaica Ruthman, tan bella como siempre.*

—*Si Grimaldi, sé muy bien quién eres.*

Mientras la tormenta disminuye su intensidad, el enajenado tiempo de la jungla parece suspenderse haciendo eterna esa húmeda madrugada, las agujas del reloj de sus vidas se había oxidado de tanta agua, solo una trágica noche como esta, tenía el macabro poder de perpetuarse, ese poder de hacer que todo ocurriera en cámara lenta, el poder de hacerte desear desaparecer solo para que el miedo y el dolor se mitiguen. Han transcurrido tres horas desde que escaparon, ya casi va a amanecer. Los hombres de Docanto siguen la búsqueda, mientras que Héctor llegó al campamento base en el explanado para buscar refuerzos y de esta manera movilizar al herido. Aún sigue lloviendo, pero al menos el viento ha cesado, hay tanta humedad penetrante que sus memorias parecen empaparse de nostalgias y arrepentimientos, las manos de Iris están entumecidas y arrugadas, Pedro está bajo un sopor, su mente sucumbió al desmandado dolor.

—*Saldremos de esta Pedro* —dijo Iris besándolo en la frente.

—*Si, cariño, estoy seguro de que todo estará bien. Descansa un poco yo estaré atento no tengo sueño.*

Iris se inclinó en el pecho de su amigo, no quería apagar la linterna, pues los múrcielos entrarían de nuevo a la cueva, apuntó la luz contra una pared, podía sentir los latidos de su corazón, su frio pecho era una cajita de música, su ritmo acompasado le hizo rendirse de inmediato. Pedro no podía dormir pensaba en sus hijos, en el poco tiempo compartido, en los momentos de su vida donde su ausencia le aminoró el honor de llamarse padre, había dejado de ser parte de la vida de sus hijos para ser protagonista de la banda sonora de la vida de sus fans y de su propio ego. El agua de la lluvia iba llenando la parte baja de la cueva, era evidente que pronto deberían salir de allí pues la cueva se transformaría en un pozo de agua.

Entre tanto Atamaica y Jacob habían encontrado un equilibrio en pocas horas emergió entre ellos un extraño vinculo, como si se hubiesen conocido desde siempre, Jacob, aún impactado por la muerte de Steve, no cesaba de pensar ¿existiría una posibilidad de que aun estuviera con vida? Cuan miserable e impotente se descubría en este instante, jamás el gran Jacob Miranda se sintió tan indefenso y desvalido, ni siquiera cuando era solo un niño acosado en su barrio Lavapie. Todo había salido tan mal, era como una maldición, así como el viejo con la pata de ave, la gitana en Picadilly y el indígena en la bodega se lo habían gritado, algo en él no era normal. Atamaica avivaba en él una inexplicable dependencia, un ancestral vinculo como si su cuerpo hubiese sido suyo millones de veces, desnudaba su regio cuerpo de memoria, sentía el sabor de sus labios impregnando los suyos y podía sentir que había un sufrimiento perpetuo que los unía y los separaba a la vez. Ella dormía plácidamente, su cabeza reposaba en su regazo él le acariciaba su hermosa cabellera negra, despeinada y húmeda. De repente se escuchó un gritó

—*¡Despiértense* llegó *Manolo!* – entró gritando uno de los hombres que estaban afuera vigilando

Todos se habían rendido, un grupo de pistoleros vigilaba los alrededores. Abel se enfundo una chaqueta y salió de la tienda, aún estaba lloviendo. Camino rápidamente al encuentro de Héctor, sostenía una taza de peltre verde con flores en la mano, en su rostro pálido por la fría humedad fulguraban dos inmensos ojos perdidos, le notifico que el otro hombre había muerto por el árbol que repentinamente cayó en medio de la tormenta y que Pedro estaba mal de su pierna. Grimaldi y sus hombres estarían a cargo del rescate de Iris y Pedro; Héctor debería regresar pues sabía exactamente el lugar donde los otros dos se encontraban. El hombre se cambió de ropa, le dieron algo de comer, se colocó un impermeable y con la misma salieron a buscar a Iris y Pedro, Grimaldi lideraba la búsqueda, Jacob, Paul y Atamaica recuperaron la esperanza, parecía que al fin algo estaba empezando a funcionar bien, aun así, prevalecía el temor, pues los hombres de Docanto debían estar buscándolos.

—*Debemos movernos de acá. La tormenta ceso por un rato, hay que avanzar* – dijo Abel a los tres que estaba sentados en el húmedo suelo

—*¿y nuestros amigos?* — preguntó Jacob.

—Ellos se encontrarán con nosotros en el lugar planeado, vamos a internarnos en la selva más densa es la única forma de evadir a los hombres de Docanto.

Paul ya estaba listo sostenía una taza de café.

—Quiero a todos mis amigos con vida.

—Hacemos lo que podemos, trataremos de sobrevivir y que las bajas sean nulas, el riesgo es grande —respondió Abel recogiendo la preciada mochila del piso

—Las bajas no serán nulas, perdimos un amigo

—Lo sé, lo sé y lo lamento— dijo Abel con solemnidad

Atamaica se levantó rápidamente tomó una chaqueta que le habían facilitado mirando a Jacob le dijo:

—Sé que estas mal por la muerte de Steve, si quieres podemos hablar – dijo tratando de abrazarlo, pero el rechazo el abrazo y se colocó el impermeable

—No quiero hablar de eso.

—Está bien, ahora lo importante es reunirnos con Pedro e Iris y salir con vida de acá

Jacob no pronunció palabra alguna. Recogieron todo; los hombres cargaron sus pocas pertenencias desarmaron la tienda y se dispusieron a avanzar. La lluvia había cesado levemente, solo escaza gotas parecían desprenderse de los árboles y parecía que la tenue luz de la alborada empezaba a colarse entre las copiosas ramas de la rebelde jungla. Todo era silencio, alguno que otro insecto chillaba a intervalos, las aves estaban inactivamente apertrechadas, un hombre iba de líder con un machete abriendo paso en el improvisado camellón, árboles caídos durante la tormenta yacían por doquier, habían caminado durante más de dos horas y Atamaica estaba exhausta, sucumbió y cayó en el fango.

—¿Estás bien? Dijo Paul sosteniéndola por sus brazos, Jacob se apresuró a auxiliarla.

—No, me duelen las piernas, No puedo mas

—Ok descansemos unos minutos acá, tenemos algo de pan coman y beban agua – gritó con fuerza Abel *—¡Vinicio!—* se dirigió a un hombre, corpulento, pero entrado en años *—sirve el casabe, el pescado seco y el agua para todos.*

—*Si señor* — respondió el hombre tomando una mochila en sus manos

Descansaron unos minutos los suficientes para recuperar fuerzas, ya era de día,

el sol se podía advertir entre las densas nubes, sin embargo, la atmosfera era gris y aguosa. Paul estaba resfriado sentía malestar en todo su cuerpo y había colapsado en una hamaca, Todos incluyendo Atamaica estaban en trance; por su lado Jacob permanecía fuerte y decidido, deseaba que Iris y Pedro se encontraran bien. guardó silencio internándose en sus pensamientos, todo estaba en calma. Las gotas de lluvia aun tintinaban persistentemente y en ese momento él no podía sentirse, se había desprendido de su cuerpo y se profesaba etéreo volátil, despegado de la tierra. Abruptamente dos escurridizas lágrimas afloraron, lágrimas que se encapsularon como pequeñas bolas de cristal en la comisura de sus labios. En ese breve instante sintió que su rostro se envestía de esa máscara ritual de barro amalgamada de lágrimas y sudor, esa máscara que en sueños sentía en su rostro. Conexión secreta con esa otredad que resurgía una y otra vez, cual fénix redimido cada vez que se reconciliaba consigo mismo.

Lo que había vivido en estas últimas horas había sido lo más aciago que jamás hubiese experimentado, incluso en sus más horribles pesadillas. Pudo sentir muy dentro de él, que todo esto cambiaría su existencia para siempre; presentía que algo grande sucedería en su vida, que este arbitrario viaje le empujaría a transitar caminos insospechados, atajos íntimos que le llevaría a inopinadas y mágicas regiones en cuyos rincones se develarán los secretos; y en donde al final y por recompensa se encontrarán las respuestas a los misterios de la vida y de la muerte.

CAPITULO IV

El Gran Shapir Y La Redención De Los Yanomamis

"La civilización es una terrible planta que no vegeta y no florece si no es regada de lágrimas y de sangre"
Arthur Graf

Emprendieron la marcha, recluyéndose cada vez más en la entraña de la selva, a cada paso que daban el misterioso influjo del verde caprichoso los transfiguraba en espíritus originarios, sin ataduras al tiempo, si resabios del rígido estereotipo del hombre urbano, las pretensiones se habían quedado atrás, ahora eran solo ellos, carne y huesos, alma y pensamientos tratando de sobrevivir como lo habían hecho los antepasados; solos contra la naturaleza. Paul tenía fiebre, aun así, continúo caminando, Atamaica avanzó con paso lento y descoordinado, Jacob mantuvo una actitud sorprendentemente dinámica. Llegaron a un sendero despejado en el que un inmenso rio con aguas tumultuosamente turbias irrumpía majestuoso.

En la orilla, dos largas **curiaras** [28], embarcaciones de frágil aspecto elaboradas con la madera de **pendare** [29], árbol de madera fuerte esperaban

---

[28] - [RAE] Embarcación de vela y remo, que usan los indios de América del Sur, menor que la canoa, y más ligera, aunque más larga.

[29] -El Pendare es un árbol que se encuentra habitualmente en el Amazonas y en el Vichada.
Sus frutos son esenciales en la fruticultura natural de los bosques y al igual que el caucho, la leche de Pendare es utilizada en la industria textil. De la corteza de su tronco se fabrican las curiaras, chalanas o canoas.

a ser abordados por ellos. De inmediato se montaron en las aparatosas, pero funcionales embarcaciones. Atamaica y Paul iban aparte con Abel y tres hombres más, en la otra se encontraba Jacob y los otros tres, uno de ellos le dio a Jacob un remo, navegaron en dirección a la corriente, el remo lo utilizaban solo para moverse en la orientación correcta. El sol aún permanecía discreto entre las nubes, aun así, llovía reciamente. La corriente del rio, turbulenta y vertiginosa hizo más rápida la travesía, Atamaica contempló lo regio del paisaje, sin lugar a duda era un mágico lugar, incluso bajo las circunstancias que enfrentaban y la intensa lluvia. Disimiles aves revoloteaban en los picos de los árboles en una danza de policromada fantasía jamás vista; los ruidos de la selva se acentuaban menos durante el día, la neblina cubría el panorama y difuminaba las grises nubes hasta fusionarlas con las turbias aguas del rio.

Los hombres de Abel casi no cruzaban palabras entre ellos acostumbrados a las faenas de la selva cada recoveco de la jungla les era familiar, algunos masticaban chimo, otros tomaban sorbos de aguardiente para mantenerse caliente; cada tanto le pasaban la botella a Jacob quien chupaba directamente del pico, Paul desistió de la cata y Atamaica probó un par de veces para mantenerse caliente.

El viaje en curiara resultaba ser una experiencia ascética, permanecer allí en estado contemplativo con la mirada perdida, sin nada más que hacer, descubriendo que el escenario se repite una y otra vez, pues cada árbol, cada manglar, cada raíz, parecen los mismos, eterno dejavu que hace sucumbir a quien tiene el privilegio de pernoctar en estos parajes henchidos de espiritualidad. Con esa ráfaga de imágenes se construye una película impecable, donde cada cuadro representa las escenas más sublimes jamás vistas por ojo humano. La banda sonora son los sonidos de la vorágine selvática y los clamores de la propia conciencia.

El ritmo de la corriente mueve los cuerpos cadenciosamente y las pupilas se tornan verdes, y no ves más que las hojas de los árboles y la corriente del rio, el ensimismamiento genera un apego por estar allí sentado bajo la lluvia y avanzando a la nada. El temor de moverse porque la frágil embarcación podría virar es casi como un ejercicio místico; así que solo queda la solemnidad del momento de comunión absoluta y total con el dinámico caleidoscopio que ametralla tu vista, tu alma y tu mente.

La música estaba presente en estos lares, desde que emprendieron la travesía un hombre tocaba bucólicas melodías rasgueando magistralmente un instrumento llamado cuatro venezolanos, a intervalos uno de los hombres con voz chillona pero afinada entonaba sentidas melodías. Luego de un largo silencio retomó el canto, esta vez con una triste y ruda tonada de despecho:

Tu indiferencia me mata
me angustia y me desespera
te vez cual prenda barata
que se la pone cualquiera
mas no es asunto de plata
si no que mi alma no muera
Anoche casi me mata
el frio durmiendo en la cera
que queda frente a tu casa
lo hice para que me vieras
y tu pasaste y me vistes
sin condolerte si quiera
como el que ve un perro muerto
porai en la carretera... (30)

Jacob al igual que los otros se desconectó, solo contemplaba ese controversial lugar lleno de belleza fascinante que había cambiado su vida para siempre. Luego de hora y media llegaron a una región mucho más abrupta en donde se divisaba un **shabono** [31] una gigantesca

[30] - Canción escrita por Jorge Guerrero, cantante y compositor de música folclórica venezolana, nacido el 14 de febrero de 1968 en Lechemiel, vecindario de Elorza, municipio Rómulo Gallegos, estado Apure. Se le conoce por el apodo de "El Guerrero del folklore". Es hermano de la fallecida cantante llanera Elisa Guerrero

[31] - Un shabono (también llamado xapono, hapono, o yano), es una cabaña típica de los pueblos yanomamis de la Amazonia venezolana y brasileña que consiste en una estructura o conjunto de estructuras que forman un anillo circular que rodean un espacio central abierto.

choza en forma de herradura que brotaba en medio de un terreno talado, alrededor se apreciaba otras pequeñas chozas. El shabono es la concepción que tienen los nativos de la bóveda celeste, el poste principal del shabono representa el árbol de la vida conectado con el mundo mítico, simbolizando la unión entre el cielo y la tierra. De pie en la orilla estaba la comunidad indígena esperando a los forasteros.

Dos hombres que parecían los líderes se emplazaban solemnemente en una colina, sus distorsionantes vestimentas contrastaban ridículamente, uno de ellos lucia su tradicional plumaje, colorido collar y taparrabos y el otro una desgastada camiseta del Barca con el nombre de Messi en ella. Desembarcaron y todos los miembros de la comunidad salieron a recibirlos, aun llovía y el viento furioso meneaba los árboles vigorosamente. Paul empezó a vomitar un líquido verde baboso, se arrincono en la curiara. Abel conocía a los líderes y a los habitantes muy bien los recibieron muy amigablemente, mujeres, niños y ancianos estaban emocionados con los visitantes y los rodeaban haciendo un gran circulo en torno a ellos. Atamaica tocó la frente de Paul y estaba ardiendo. Por su parte Jacob y las mujeres indígenas ayudaron a Atamaica a trasladarlo hacia un cuarto elaborado de hojas de palma y cana brava, en el Amplio espacio convivían más de cuarenta personas en perfecta armonía no había división alguna entre cada uno de los espacios que se suponía pertenecían a cada familia, allí lo desvistieron y le proporcionaron ropas secas, pero no del todo limpia, le recostaron en una hamaca que guindaba de dos postes de madera.

—*¡kamabisiwe! Amoku yoot frare; tiene enfermedad del mosquito, dolor de estómago y fiebre* —explicó el chamán quien hablaba español

El Chaman preparó una infusión y se la dio a beber, después de unos minutos practicó un ritual de sanación, encendió una pequeña hoguera en el piso de tierra lo sentó colocándole una manta en la cabeza, de esta manera el humo entraría directo a sus pulmones. Acostó al enfermo de nuevo en el lecho y le sopló humo en sus fosas nasales, dicho humo era producto de la quema de polvos y hierbas, Paul se movió espasmódicamente, luego de unos minutos estaba consciente, el jopo o yopo estaba surtiendo efecto. Entonó un canto arrullando al enfermo con tierna voz, está tratando de recuperar el alma del enfermo.

Xaru, xaru, xárura wa! ¡Kreti wa!
Xaru, xaru, xárura wa! ¡Kreti wa!

Un delirante abismo se abre a cada inhalación de jopo, el chamán deambula en el universo de los espíritus atávicos, aquellos que fueron parte de la creación del cosmos, de la tierra y de la vida misma. En su pecho guarda las animas de los guerreros caídos y de los héroes ancestrales que le envisten de un férreo escudo que protegerá a su gente de las entidades demoniacas y destructivas. En cada aspiración un torbellino multicolor recarga sus instintos premonitorios y lo hace encarnar las más fascinantes entidades selváticas espíritus de los dioses animales, divinidades zoomorfas como el **Arariwe,** el dios **guacamayo**, **Haxoriwe** espíritu del mono blanco y al **Hayariwe** el dios venado o ciervo. El chamán emprende el mágico recorrido a la tierra de los Hekura, espíritus chamanicos que conceden el poder sanador, todos los espíritus convergen en el shabono, vienen desde los cerros y tepúes, desde ríos y cascadas, todos corren en tropel, solo **Mokota-riwe**, el sol permanece inmóvil, gobierna en el cielo y envía su avasallante energía para quemar las almas, es por ello que se invoca a los demás Hekuras, para que liberen el alma atormentada por el poderoso torbellino del sol creador y destructor, el fuego que quema el cuerpo del enfermo, es apaciguado por las fuerzas sanadoras, voces que al unísono convergen para liberarlo de su cautiverio, el fresco clamor de las voces de los Hekuras, disipa a los espíritus ladrones de almas y se recupera así al indefenso espíritu que retorna de nuevo a la paz del shabono o centro del universo.

El hombre casi desnudo, era la autoridad religiosa de la tribu, su poder, aparte de mágico-religioso tenía carácter moral y a veces hasta político, puesto que muchas decisiones eran consultadas al chaman, quien por lo general tenía la última palabra. El mágico hombre se dirigió a Atamaica y le dijo en lengua Yanomami:

—*¡Epana hora ihiru— Kike!*

—*¡Warixana!* —respondió ella —*¡Eres gentil amigo!*

—*Este hombre carga el espíritu ¡noporebe!* —dijo el chamán refiriéndose a Paul y señalando a Jacob agregó —*¡Tú eres Yoawe!*

Todos rodearon a Jacob, una vez más era el centro de una superstición, una mujer le colocó un collar de dientes de báquiro y plumas de paují pintadas de colores, otra le entregó una totuma con **yucuta**, bebida hecha con cazabe y agua. Jacob se plegó sonriente a la muestra de amistad. Jacob y Atamaica estaban agotados decidieron sentarse en un rincón, los niños se aproximaron a verlos, siendo quizás la única oportunidad que tendrían de ver gente extraña en su hogar. El shabono era un espacio comunitario se apreciaba un solo fogón y varias vasijas de arcilla dispersas con restos de comida, las moscas revoloteaban en una olla llamada **hapoka** [32]. Atamaica se sentía en casa, este era el pueblo de su madre y por ende sus ancestros, reflexionaba sobre la importancia de los yanomamis, gente feliz, que aun vivían en el paleolítico, su sociedad estaba estructurada de manera simple, el líder un cacique o **tuchaua** [33]**,** el chamán era el médico y líder espiritual, las mujeres unidas en sus labores, los niños jugando entre ellos, no había más por qué preocuparse debían obtener el alimento cada día. El tiempo se había parado en estas tierras, la simplicidad de sus vidas demostraba que la existencia humana es posible sin artilugios ni aparatos, sin codicia ni dinero, una vez más se evidenciaba que el hombre crea para destruir, los máquinas que necesita el hombre para tener mayor poder y dominar al indefenso han devorado la naturaleza, el homo Faber, tan inteligente, tan depredador, tan destructor de su medio ambiente vive el carpem diem sin importar que las nuevas generaciones no tendrán oxígeno para respirar, ni agua para beber. El consumismo y la carrera armamentista habían generado una crisis ecológica sin precedentes, ese era el legado que el hombre civilizado había dejado a su hogar el planeta. La invasión cruel de los espacios de los hogares de las naciones indígenas ha generado una transculturización permanente. El contacto de los yanomamis con la población citadina y la incursión de garimpeiros causó serias modificaciones en la esencia social de la tribu y en la naturaleza en sí misma, está invasión paulatina

---

[32] - Hapoka es una olla hecha por los Yanomamis con forma de campana hecha de arcilla blanca con la técnica de enrollado, tiene un grosor de 2 cm 1 cm en el borde. El diámetro de la boca varía entre 15 y 40 cm. Es muy frágil y no tiene larga duración.

[33] - jefe de la tribu.

y sistemáticamente destructiva violentó el balance vital de los ancestrales pobladores de las comarcas amazónicas.

La lluvia se había disparado esta vez con truenos y relámpagos, ya eran más de las tres de la tarde y no sabían nada aun de sus amigos. Abel los despertó, La cabeza de Atamaica estaba en el regazo de Jacob.

—*¡Despierten!*—dijo tocando a Jacob en el hombro— *deben comer algo.*

—*¡Me quede rendido! ¿sabes algo de mis amigos?*—Indagó Jacob con tono preocupado.

—*No, Jacob, pero deben estar por llegar acamparemos esta noche acá y luego seguiremos rio abajo*

— *Voy a ver cómo sigue Paul*—interrumpió Atamaica

Paul estaba despierto la fiebre había cesado, seco el sudor de su frente y le ayudó a sentarse en la hamaca.

—*Debes beber esto* —apuntó Atamaica dándole una infusión— *luego comerás*

—*Gracias, realmente no recuerdo tu nombre.*

—*Atamaica, pero dime solo Ati, es más fácil.*

Llegó la noche y todos estaban reunidos dentro del shabono aun llovía copiosamente, las mujeres y los hombres hacían un círculo grande y bailaban dando pasos hacia adelante y hacia atrás este baile se llama *hakimou*, todos bebían del agua de cazabe había un ambiente de fiesta, cocieron un jabalí o báquiro cuya carne es apreciada por su intenso sabor similar al cerdo. Atamaica hablaba con Abel en un rincón Jacob se acercó a ellos, el cacique y el chamán se aproximaron.

—***hama-hiri*** *se abrió y su espíritu está contigo Yoawe* —dijo el chamán a Jacob— *acaba de morir y su espíritu los acompaña.*

—*¿Steve?*—preguntó impactado Jacob.

—*Esta acá con ustedes* ***¡pore!, ¡pore!*** —tocando el cabello de Atamaica dijo—*Tokama gusta de ti Yoawe, alrededor tuyo están los* ***Ya ou yamari,*** *espíritus maléficos* — luego prosiguió el chaman— *pero también están hekurawethari el dueño de todos los espíritus para protegerte.*

Dos hombres se aproximaron y susurraron en el oído de Abel, este salió del shabono con ellos, Jacob quería escabullirse del cacique y el chamán, extrañamente se repetía la misma conversación sobre los malos espíritus que lo seguían; Atamaica había notado su incomodidad, le hizo señas que desistiera de abandonar la consulta espiritual del viejo chaman, no era bien visto entre ellos dejar al chaman desatendido. Seguía lloviendo, de súbito entró en el shabono Iris emparamada y con demacrado semblante, como era de esperarse luego de semejante travesía.

Jacob y Atamaica salieron al encuentro, pero no divisaban a Pedro, en unos segundos no pudieron refrenar su alegría, Pedro era alzado en una improvisada camilla, su pierna había sido entablillada y finalmente estaba inmovilizada, Jacob salió corriendo a abrazar a Iris, tuvo que ser fuerte para retener sus lágrimas, luego Atamaica la abrazó fuertemente, algunas mujeres le dieron trapos para secar su rostro y algo de agua para beber en ***taparas o totumas.*** [34] Jacob se dirigió a Pedro:

—*¡Lo lograste lobito!*

—*Si, amigos. Gracias a Héctor, al comandante Grimaldi y sus hombres, de lo contrario estaríamos aun en esa cueva. ¿Y Steve? ¿Saben algo de Paul?*

—*Paul está enfermo en aquella hamaca* —dijo señalando al final del shabono— *pero Steve no lo logró. Lo perdimos.*

—*¡Maldito Dionisio!* —Pedro cerró sus ojos y sintió como la adrenalina corría por todo su cuerpo como lava volcánica, el dolor se adueñó de él, ese eterno luto de perder a alguien tan cercano regresó implacable como aquel día de junio cuando su primo Antonio fue cruelmente asesinado.

Iris irrumpió en llanto, no podía más, había reprimido sus sentimientos durante toda la noche, pero ya no podía seguir fingiendo que era fuerte, Steve su amigo de toda la vida había muerto en esta infernal travesía. La culpa la embargaba, Atamaica trató de consolarle, pero era inútil, debía drenar su aflicción e impotencia. Todo empezó con un sueño, deseó ver las cataratas del Ángel desde que era solo una niña. Su maestra predilecta le había regalado un libro de ciencias naturales donde, entre otras atracciones estaba la famosa caída de agua más alta del mundo. Ella había fraguado el plan del viaje para hacer el video clip y había convencido a los productores de la gira, y a los chicos de no decirle nada sobre el plan a Jacob, sino después del programa de Regina Rex. Un plan maestro, deliberado y producido por ella, todo el peligro enfrentado y la muerte de Steve pesaban sobre su conciencia, ella había sido la culpable, no había más nada que decir.

—*Parte de la misión se ha cumplido* —dijo el comandante Grimaldi a Jacob y Pedro —*están juntos de nuevo, lamento la muerte de su amigo, pero tratándose de Docanto suerte han tenido de estar aún con vida.*

---

[34] - La totuma, tutuma, tapara, " Mate" huacal o morro es una vasija de origen vegetal, fruto del árbol del totumo o taparo (Crescentia cujete) que, en toda Centroamérica, Bolivia, Colombia, Ecuador, Guyana, Venezuela y Panamá utilizan generalmente los pueblos originarios como implemento de cocina. Se usa para contener líquidos y sólidos, beber agua y otras aplicaciones. La palabra totuma viene del chaima.

—*De ahora en adelante Grimaldi estará a cargo de ustedes. Debemos separarnos acá, yo y mis hombres cruzaremos a Brasil.* —Agregó Abel.

—*¡Muchas gracias por todo!* —dijo Jacob.

—*Lo hice por Ati, es mi amiga y lo será por siempre, ahora empezaré una nueva vida me reuniré con mi mujer en Brasil y podre al fin formar un hogar lejos de esta devastación.*

—*Gracias, Abel, me alegro mucho de que hayas decidido dejar de ser garimpeiro* —Atamaica lo abrazó con fuerza y le dio un beso.

Abel y Grimaldi se alejaron a comer un poco del báquiro que las pequeñas y gráciles mujeres le ofrecían. Sus ligeros y sanos cuerpos cuyas pieles tostadas resplandecían por el sol; pululaban alrededor tan impúdicamente inocentes, cuales ángeles renacentistas, con los senos al aire y sendas sonrisas que se irradabiaban en medio de esos rostros ornamentados con pequeños palillos que perforaban su piel semejando antenas de radio que las conectaban con la energía de su universo selvático, todo su atuendo era una obra de arte de miles de años de antigüedad. Las amables anfitrionas trajeron también comida para Iris y Pedro. Los cuatro se sentaron en el piso cerca de la hamaca de Paul, permanecía despierto y había hablado con Iris y Pedro. El comandante Grimaldi y Abel tertuliaban con el cacique que hablaba algo de español. La tribu había cesado de bailar y estaban sentados alrededor del chaman, algunos miembros de la tribu pintaban los rostros de los hombres, estos parecían disfrutar el momento, formaba parte de un ritual de socialización. Deberían abandonar la aldea al despuntar el sol, los hombres de Docanto los perseguirían, ya no tanto por haber liberado a los prisioneros, sino por los diamantes y el oro que Abel se había robado. Jacob miraba a Atamaica con admiración, era una mujer extraordinaria, llena de entereza y de positivismo, sin lugar a duda había sido la heroína y el apoyo de todos. Por su parte Atamaica sentía que Jacob era un hombre de contradicciones que ahogaba sus sentimientos para no parecer vulnerable, pero en el fondo muy en el fondo era un hombre de una honda sensibilidad, hubiese deseado conocerlo en otras circunstancias, ahondar más sobre Jacob el hombre, ya que, a Jacob, el músico lo conocía perfectamente.

En aquel pequeño lugar llamado shabono, que simbolizaba la bóveda celeste y el universo mismo, confluían en ese instante tres existencias pluralistas y divergentes entre sí, los hombres "civilizados", esos quienes dependían de botones y máquinas para vivir, arquetipos de la era digital, del internet y de la tecnología de punta, pertenecientes a un mundo de comida congelada, de computadores y teléfonos celulares que serían la envidia de los enciclopedistas, pues con solo el movimiento de un dedo se puede alcanzar el conocimiento infinito. Por otro lado, esos destructores y malhechores, quienes pululaban al límite, entre el modernismo y la selva, transgresores de la madre tierra, esos que envenenan las aguas y desnudan los bosques por obtener sangrientas riquezas, y por último, los primeros, esos quienes perpetuamente existieron en estas tierras, viviendo con simplicidad y sin afanes en armonía con la deontología de la jungla, serenamente sincronizados en un acompasado ritmo de grillos y pájaros, esos que enseñaban a sus hijos a dibujar con el dedo las estrellas, esos mismos dedos que elaborarían el arco y la flecha y pintarían sus rostros en los sagrados rituales, esos que vivirían cada día como si fuese el primero y el último de sus vidas. Esos seres elementales y sublimemente sencillos, que no transgreden su hábitat y que permanecen conectados a la esencial primigenia de la vida en este planeta.

Era de madrugada y todos estaba en silencio cada uno dormía en una hamaca excepto algunos hombres de Abel y Grimaldi quienes montaban guardia. Atamaica no podía dormir decidió salir a caminar un poco, la lluvia finalmente había cesado y el cielo estaba despejado. Jacob reparó que Atamaica conversaba con los hombres bebiendo café, los perros se le lanzaron y ladraron un poco. Encontró a Atamaica con el rostro iluminado como si fuese una diosa de la selva, un espíritu superior. La vio tan etérea y terrena a la vez con una bondadosa sonrisa tomando café en una totuma.

—*¿Qué pasó? ¿Todo bien por aquí?* —preguntó Jacob

—*Nada, todo está bien; no podía dormir vine afuera a caminar y encontré a los muchachos haciendo café* —respondió Atamaica— *¿Quieres? Preguntó alargándole la humeante tapara.*

—*Si, por favor.*

Luego de beber café Atamaica se despidió de los hombres y tomó a Jacob de la mano y lo guio hacia un camino que daba al rio, Jacob no preguntó a donde iban solo se dejó guiar, no había nada que deseara más que estar a solas con ella, ya era demasiado tarde para frenar u ocultar lo que sentía. Ansiaba besarla como nunca besó en su vida, ella ejercía un mágico poder sobre él, Avergonzado de la onerosa actitud que asumió al conocerla, Jacob tenía miedo de sentir lo que estaba sintiendo, pues se sentía vulnerable. Muy dentro de sí, en un recóndito lugar que ni el mismo sabía que existía había guardado ese amor por ella, La había amado desde siempre sin saberlo, estaba esperando el momento de reencontrarla y ya había llegado, tenía que haber vivido este infierno para encontrarse cara a cara con el verdadero amor.

Se aproximaron hacia un claro del bosque donde unas musgosas lajas bordeaban a una piedra perfectamente rectangular y aplanada, los rayos de la luna se infiltraban sigilosos entre las ramas, allí emergía sorprendentemente un altar natural bordeado por orquídeas salvajes que se aferraban a los húmedos troncos de los árboles. Atamaica no sabía a donde iba solo encontró esta ermita por casualidad. Todo el camino estaba bordeado de helechos que se desparramaban por doquier. Jacob tomó una orquídea violeta y se la colocó a Atamaica en su oreja, luego acarició su pelo, y sujeto su quijada sutilmente,

dibujo sus labios con sus dedos y apretó su cabello en la nuca con delicada pasión aproximándola a su rostro. Ella se rindió ante sus caricias, aproximándose a él le dijo:

—*¡Jacob! ¡ahora eres real!*

—*Tuve que vivir este infierno para conocerte lo volvería a vivir mil y una vez.*

Ella desabotonó su camisa lentamente, sin dejar de besarlo, el hacía lo mismo con su sostén, tomó sus senos firmes y perfectos en sus manos, el estrepito de su acelerada respiración retumbaba en la apacible y misteriosa noche selvática. Sus sudorosos cuerpos estaban cubiertos con pedacitos de pétalos de orquídea como confeti multicolor. Junto a los sonidos de la jungla, sus respiraciones se hicieron una sola, un canto de sublime desafuero, efervescencia de dos almas que perdidas se encontraron en el santuario eterno del Amazonas. Ambos se rindieron a sus deseos reprimidos, la inmensidad de la selva los inmolaba en un instintivo culto, sus gemidos eran un canto sagrado, orgásmica explosión de dos penitentes en medio del sufismo de la jungla implorando a gritos la redención final.

Permanecieron largo rato en silencio; Atamaica rendida sobre el pecho de Jacob podía escuchar los latidos de su corazón, el acariciaba su cabello y a intervalos besaba su frente, ambos pensaban en que sucedería al salir de allí.

—*Siempre te amé Jacob, soy tu fan número uno.*

—*¿Sí? ahora yo soy tu admirador número uno.*

—*Creo que eres el único* —dijo sonriendo.

—*¿Qué me dices de Docanto?*

—*El pasado.*

—*Eres una mujer deseada por muchos ¿lo sabias? Docanto aun te ama, le gustabas a Steve*

—*¿Steve?*

—*Si, Steve siempre nos gustaron las mismas mujeres. Tengo que decirte algo sobre Steve y lo que paso en esa celda...*

—*¡No!* —Atamaica le tapó los labios con la mano— *Se que ha sido muy doloroso para ti, pero ahora no; Lamento su muerte* —dijo soltando algunas lágrimas —*lamento todo esto que han enfrentado, lamento que piensen que este lugar es peligroso cuando miles de turistas viene de todo el mundo cada año, no sé exactamente por qué sucedió todo esto, no tiene sentido.*

—*Ya, no te atormentes, este viaje ha sido un desastre, pero solo agradezco al destino que te ha puesto en mi camino y ahora nada me separará de ti.*

—*Jacob aun debemos salir de acá, Docanto y sus hombres deben estar cerca, el no descasara hasta encontrarnos cree que Abel y su botín robado está con nosotros*

—*Debemos regresar a la choza gigante.*

—*Se llama Shabono* —dijo Atamaica abotonándose el sostén— *poco a poco aprenderás todo lo sobre mi selva, tienes razón; vamos ya casi está amaneciendo.*

—*¡Qué hermosa eres!* —dijo Jacob contemplándola.

Jacob y Atamaica caminaban en silencio, súbitamente la naturaleza se transfiguro, estaba serena, en estado de arrebatamiento, donde la fauna y la flora intimaron en una oración general, una plegaria inédita que solo ellos podían compartir no había espacio para nadie más, el silencio era aterrorizante, incluso los insectos y animales habían cesado su infinitos sonidos. Había un frio inexplicable, Atamaica sabía que algo no andaba bien, nunca antes había notado un cambio como este en la naturaleza, la temperatura había descendido notablemente en solo minutos, y ellos no estaban preparados para un cambio climático de esta magnitud. Jacob estaba preocupado al ver el rostro de Atamaica cambiar repentinamente. Jacob muy serio y casi sin aliento preguntó:

—*¡Qué frio hace! ¿Sucede algo?... ¿verdad?*

—*Si* —dijo cortante Atamaica— *Algo muy extraño sucede, los animales están espantados y la temperatura bajó. Regresemos al shabono de inmediato algo no está bien y no sé cómo explicarlo.*

Atamaica le hizo una señal a Jacob que le siguiera, de inmediato empezó a tronar, eran unos relámpagos gigantescos, una luz similar al Catatumbo[35] o la aurora boreal inundo el inmenso paraje, a intervalos se podían notar cada minúscula hoja en las ramas de los árboles, pues se iluminaba todo como si el cielo se estuviese encendiendo. La displicente eufonía emergía desde el firmamento como miles de tambores desenfrenados que al unisonó estallaban. Los animales empezaron a emitir chillidos pavorosos como nunca antes, Atamaica se sujetó a Jacob pues el viento era cada vez más intenso, su cabello casi era removido de su cabeza, se atrincheraron entre unas rocas a manera de cueva.

—*¿Qué sucede?* —gritó Jacob.

—*No lo sé* — respondió Atamaica— *¡créeme no lo sé!*

Miles de hojas giraban en espiral, formando misteriosas figuras que aparecían ante ellos como gigantescas manos que se aproximaban amenazantes. Los rayos se hacían cada vez más intensos, fue entonces cuando empezó a llover, Jacob sentía la fuerza de las frías gotas que

---

[35] - El relámpago de Catatumbo es un fenómeno meteorológico único que sucede en la cuenca del lago de Maracaibo. y en la cuenca inferior del río Catatumbo en Venezuela. Consiste en un fenómeno donde se concentra la mayor cantidad de descargas eléctricas de forma consecutiva en todo el mundo y se produce con mayor frecuencia desde mayo hasta noviembre. Todavía no existen hipótesis confirmadas acerca de este fenómeno. Quienes han podido presenciarlo lo definen como una sonrisa de la noche, las luces emergen del mar y finalizan en él. La primera mención del rayo del Catatumbo se encuentra en un poema de Lope de Vega, de 1597, que narra la derrota del pirata inglés Francis Drake

se transformaron en granizo. Ni aun en el peor de los inviernos de Europa había sentido tanto frio. Los ruidos de las bestias se hacían cada más intensos, jaguares, jabalíes y toda clase de fauna huía despavorida, pasaban delante de ellos sin siquiera voltear a verles seguían su estampida como si huyeran de algo profundamente amenazador y más peligroso que los simples rayos y la tormenta.

Atamaica le advirtió:

—*Vamos Jacob debemos llegar al shabono ...¡Corre!*

Empezaron a correr cada paso se hacía más difícil, sus botas se hundían en el lodo, Jacob se enredó en unas raíces y cayó precipitándose por una hondonada, gritó:

—*¡Ati!* —continuó cayendo dando tumbos y enrollando su cuerpo en una capa de lodo, que más que dañarle le protegía de los golpes que se propinaba al caer. Atamaica corrió, pero el fuerte viento impedía la avanzada, tomó fuerzas y bajo por el inclinado trayecto, el lodo le llegaba a los tobillos y estaba completamente mojada, no podía ver absolutamente, debido a las miles de hojas que arremolinadas se esparcían en el aire haciendo difícil incluso respirar.

—¡Jacob! *¿dónde estás?* —Gritó.

—Acá *abajo* —replicó con voz decidida— *¡huye! ¡Déjame! ¡yo estaré bien!*

—*¡Jamás te dejaría!* —Respondió.

La testaruda logro bajar con facilidad debido a que le lodo la ayudaba a deslizarse. alcanzó a ver dónde estaba ensartado en un matorral. Con la navaja que llevaba en su koala[36] cortó las ramas que actuaban como sogas, y en el acto Lo sujetó con fuerza estaba completamente lleno de lodo; arrastrado en el fango como en su sueño recurrente; esto lo había soñado cientos de veces, sus temores e inseguridades se sustentaban en ese sueño maléfico y ahora se hacía realidad, podía ver claramente que esto ya lo había vivido, siempre fue una premonición.

—*¿Te encuentras bien?* —Indagó Atamaica sorprendida al verlo ensimismado.

—*Si... solo que esto ya lo había vivido... ¡no sé cómo explicarlo!*

---

[36] - Bolso que se coloca en la cintura, banana, riñonera, inglés: Fanny pack.

—*Ok, ¡vamos! ¡andando!*—ella gritó enérgicamente sujetándolo por el brazo y empujándolo hacia arriba. Corrieron, a lo lejos, se apreciaba el shabono, los hombres avanzaban como enajenados cargando en sus bolsos lo que podían el comandante Grimaldi se acercó hacia ellos. Y les dijo:

—*Docanto ha llegado, se puede ver desde la ladera sur. Debemos irnos cuanto antes, Abel nos avisó por radio, él estaba a salvo antes de este terremoto; acampó en el territorio de la tribu más cercana.*

—*¿Dónde están nuestros amigos?*—preguntó Jacob

—*Están en la curiara* —respondió.

En ese momento; un intenso estruendo resurgía desde las entrañas de la tierra, empezó a temblar y la tierra se cuarteó. Los indígenas inalterados permanecían sentados en círculos guiados por el chamán quien vocalizaba una trova ritual, parecían haber estado esperando este momento, su actitud sorprendentemente apacible contrastaba con la desesperada huida de los visitantes quienes gritaban despavoridos, empujándose los unos a los otros en veloz estampida. Grimaldi observó a su alrededor y decidió correr junto a sus hombres, el viento le arrebató el sombrero. Atamaica volteó a ver a los yanomamis serenos, unidos armoniosamente en el centro del universo de su querido shabono; por su parte las mujeres sentadas abrazando a sus hijos y los hombres con dignidad de pie al lado de los suyos. La tierra se movía estrepitosamente, inmensos surcos afloraban rasgando la tierra, mientras que los árboles se meneaban con estrepito; las colinas se abrían formando grandes precipicios.

Un relámpago seguido de un trueno ensordecedor azotó el cielo; en el acto se rasgaron las nubes y una lluvia torrencial se desparramaba como una catarata que rápidamente inundó todo a su paso. De las grietas de la tierra fracturada afloraban luces como si un volcán subterráneo intentaba emanar desde su interior. No muy lejos de allí Jacob y Atamaica desistieron de correr, atónitos sucumbieron al cataclismo que se cernía sobre ellos y en silencio se sostenían abrazados.

Ambos divisaron a lo lejos como los hombres de Grimaldi y sus amigos intentaban salvarse huyendo en las curiaras, pero los árboles caían en el rio impidiendo que las embarcaciones pudieses navegar.

Iris ayudaba a salir a Pedro del pequeño bote pero no había lugar para escapar todo era un caos, finalmente desaparecieron en una inmensa ola, el rio se precipitó en una gran marejada que traía consigo árboles piedras y animales. Jacob cerró sus ojos y solo ahogo un gritó. La devastación generalizada no daba tiempo para pensar, ni sentir, era como si dios hubiese azotado con un látigo toda la selva. Docanto llegó al shabono, él y sus hombres no desistieron de continuar la cacería llegaron hasta la loma donde estaban Jacob y Atamaica petrificados.

—*¡Así que acá están! Creían que se podían escapar de mi.*

Empezó a disparar, Jacob y Atamaica corrieron tratando de evadirlo, en ese momento la tierra se sacudió nuevamente esta vez con mayor intensidad, un árbol cayó y aplastó a dos de los hombres de Docanto, los otros renunciaron a seguir con la inútil persecución, y corrieron despavoridos para salvar sus propias vidas. En el acto, todo era oscuridad un eclipse se daba lugar en medio del día, y justo en ese momento. Docanto corrió hacia ellos, pero en ese instante se sesgó la tierra y quedó prendido de una raíz de un árbol que estaba a punto de caer. A pesar de haber querido matarle segundos antes Atamaica no podía olvidar que él fue su único y gran amigo de la infancia y su primer amor.

—*¿Qué haces? Ati, ¡no lo hagas! ¡regresa!* —gritó Jacob.

Ella salió corriendo a ayudar a Docanto, la tierra se había fracturado y ahora el pendía en el aire sujetándose de la raíz fuertemente, era obvio que no podría sujetarse por más tiempo. Ella tomó una liana y se la lanzó.

—*Vamos Guíndate de la liana Dionisio.*

—*No puedo* —gritó— *¡está muy lejos!*

— *¡Balancéate por favor! ¡hazlo pronto!* —ordenó enfurecida Atamaica con lágrimas en sus mejillas— *¡tú puedes!... ¡vamos!*

Dionisio intentó sujetarse, pero el árbol cayó y con él se fue al abismo. Atamaica estaba petrificada ni siquiera profirió un solo sonido, secó sus lágrimas y se sujetó con fuerza a Jacob que a su vez lo hacía de la gigantesca liana. La tierra se había elevado, esto era sin lugar a dudas un cataclismo, el siempre mencionado, pero nunca esperado fin del mundo.

El terremoto seguía abriendo la tierra de ella salían nuevas montañas que brotaban cataratas de fuego, la magnificencia de lo que ocurría, era solo explicable con el Armagedón, día del juicio o el apocalipsis, era todo lo que la humanidad siempre había temido reunido en un solo evento catastrófico. Miles de civilizaciones habían pronosticado el final, pero jamás se imaginó algo tan espantoso y sombrío como este dantesco escenario de destrucción.

—*¿Esto es el fin verdad?* —preguntó Jacob— *¡así que esto era todo!*

—*Si Jacob este es el fin, no podremos escapar de esto* —Respondió Atamaica.

Intempestivamente una de esas montañas de fuego en una suerte de torbellino enloquecedor empezó a ascender y los impulsó como si fuese una alfombra voladora elevándolos, Jacob gimió despavorido, sabía que su final estaba cerca: pensó en todo lo que había vivido y lo que había dejado de vivir y abrazó a Atamaica, ella no daba crédito a lo que sucedía trataba de secar su rostro de las inmensas gotas de lluvia, fueron sacudidos por la montaña de fuego que los movía casi de manera irremediable, los envolvía un intenso calor y una extraña energía. Ahora empezaron a caer bolas de lava, que pasaban cerca de sus cuerpos. El calor era insoportable, pero contradictoriamente seguía lloviendo. El viento soplaba con fuerza y la tierra no dejaba de temblar. Sus rostros embadurnados de una mezcla de agua y cenizas les hacía parecer estatuas de grisáceo mármol y sus ojos destacaban desorbitantes, pues no podían creer lo que veían.

Desde la cima de la colina brotó un Apéndice de la tierra misma elevándolos, podían distinguir como desaparecía todo el valle, solo los tepúes se hacían más grandes lo demás era una gran depresión, en el fondo de cada inmenso surco formado por el cataclismo se podían advertir ríos de fuego, era el magma volcánico, el centro mismo de la tierra que despertaba de su milenario sueño y se revelaba con furia y dolor, El núcleo de la madre tierra afloraba, se desnudaba quitándose la máscara de compasión por la humanidad que tanto daño le había prodigado durante milenios y ahora se vengaba fieramente. El misterio de la existencia y de la muerte, del principio y el fin se debatían en un mar de destrucción jamás visto.

Atamaica, estupefacta, pensaba que no había espacio para razonamientos, era el fin y debían afrontarlo, no podía ocultarse, ni hacer nada más que estar allí aferrada a este hombre a quien le había entregado su cuerpo y su amor hace pocos minutos. Atrás quedaba sus verdaderos amigos; todo lo que había sido su vida, su trabajo en la fundación de su padre, su labor como historiadora y antropóloga, la restauración de la casona como museo, sus deseos de tener algún día un hogar, una familia, hijos, un amor. Entonces suspiró ¡el amor! Luchó con todas sus fuerzas por proteger su santuario selvático y había amado a un hombre depredador del ecosistema y su historia termina abruptamente cuando pensó que podía ser feliz y lograrlo todo. Hizo una mueca de resignación; entonces pensó: *"¡Qué irónico! ¡Quise salvar el planeta!... y estoy presenciando su final"*

Jacob enjugó sus lágrimas ya no como aquel niño de Madrid, sino como un hombre que en su última hora sentía que había desperdiciado su vida. Solo fue un bravucón, un egoísta que jamás hizo nada significativo, que no fue capaz de ser feliz, ni hacer feliz a nadie; como Atamaica pensó en que aún era joven para morir, que deseaba tener paz, una mujer hijos y un lugar al cual poder llamar hogar. Había encontrado el amor en esta mujer, pero era tarde; pues el final había llegado.

Un gran explosión surgió en el medio del valle y una onda expansiva arrasó con la vegetación. En el aterrador escenario se advertían escombros volando en todas direcciones. llovía pedazos de granizo los cuales impactaban resonando como campanitas de cristal. Ya el calor se había disipado y las bolas de fuego cesaron, los rayos se fueron apagando y el rugir del cielo gradualmente se disolvió . Un viento fuerte vino de nuevo. Ya no estaban en la pequeña colina, a sus pies estaba una inmensa montaña, más alta que cualquier otro tepuy. De repente todo fue silencio y oscuridad.

El granizo dejó de caer, todo estaba tan oscuro como un sepulcro. Jacob podía escuchar como una poderosa cascada de agua se desbordaba a sus pies, y sorprendentemente podía escuchar la agitada respiración de Atamaica. Lo demás era tinieblas. Por un instante Jacob pensó: " Voy a morir" Rompió el silencio y gritó:

—¡Esta es la muerte! —empezó a carcajearse— *¡Dios! ¿es esta la muerte?*

Atamaica permanecía callada, sentía que muy dentro de ella algo quería estallar era como si quisiera vomitar su corazón y su alma, no tenía fuerzas se había rendido a lo inesperado. Todo era silencio y oscuridad, nada más se veía, ni siquiera alcanzaba a ver el rostro de Jacob. Todo era un misterioso abismo de penumbras. El sigilo sepulcral hacia parecer que estaba en otra dimensión en un lugar sin tiempo, ni espacio. De repente empezó a surgir en frente de ellos un torbellino de luz, una ráfaga como un espiral, un agujero negro que se abrió a la luz más infinitamente brillante, un túnel de gran magnificencia, alrededor empezaron a aparecer millones de estrellas de fulgurante belleza. Su luz relampagueaba con intensidad, era un majestuoso momento. Jacob y Atamaica ahora podían verse el uno al otro con facilidad. Si la devastación fue espeluznante este era el espectáculo más sublime que ojo humano había visto jamás. Una música ancestral empezó a sonar eran miles de flautas de carrizo, que entonaban una dulce melodía. Jacob murmuró en el oído de Atamaica

—*¿Estamos en el cielo o el infierno?*

—*No lo sé Jacob, pero creo que aún estamos vivos porque estas acá a mi lado tú me puedes ver y yo a ti, siento tu respiración* —dijo utilizando un razonamiento simple— *si estuviéramos muertos creo que no podríamos respirar, ni sentir y yo puedo percibir todo.*

—*Tienes razón.*

De inmediato se abrió un gran orifico, como un anillo de luz, Jacob estaba de nuevo preso del pánico, Atamaica solo suspiró esperando lo peor. De repente un inmenso ojo que cambiaba de colores surgió en el firmamento las estrellas seguían allí mostrando su incontenible fulgor. Parecía el ojo de dios.

Un gran figura de piel de oro, de atlética apariencia, se manifestó, era gigantesca, tenía el torso descubierto, se podía apreciar su fortaleza por la definición de la musculatura en su abdomen, su negra cabellera le llegaba a la cintura, tenía una corona de plumas con incrustaciones de piedras preciosas, sus manos eran fuertes con uñas tan largas como garras, las muñecas esgrimían dos brazaletes de oro que brillaban como faroles, sus dientes eran afilados, era inmenso y como el atlas que cargaba la bóveda celeste en sus hombros, el cargaba un remolino llamado el ojo de dios.

La música de flauta cesó y un coro de miles de voces en un idioma inteligible para ellos empezó a cantar. La deidad se posó sobre ellos y les dijo con voz de trueno:

—Soy el cacique de los caciques y el chamán de los Chamanes, el gran ***Shapir***[37]*, siervo de* ***Omame***[38] *y protector de Pachamama la tierra, todo lo que se tenía que decir se ha dicho. No hay grado de sapiencia suficiente para poder descifrar el códice de la madre tierra, solo los que viven en armonía con ella podrán decodificar el mensaje de la vida.*

Los humanos ha destruido su propia humanidad, buscando cada vez más artificios para decorar sus vidas, creyendo que con esos aparatos construirían un mundo mejor. El hombre se olvidó que es un animal, animal de tierra, de follaje y de cueva, la vida surgió por sí misma en las entrañas de Pachamama, solo a ella necesitaba el hombre, pues todo lo que de ella brota es para deleitarle, para su supervivencia, pero cada día insatisfecho y holgazán buscó más, y en su errónea búsqueda encontró destrucción, enfermedades guerras, ambición, desolación, intolerancia, desamor.

Ustedes son parte de la magnificencia de todas las fuerzas de la naturaleza, la energía vital, la luz del sol y las estrellas, el canto de los pájaros al amanecer, la lluvia que seduce a la tierra haciéndola fértil, el murmullo juguetón del viento entre las ramas de un árbol, la ligera existencia de las flores silvestres, el rugir del jaguar, y el colorido pico del tucán.

Los humanos nos han creado y han diseñado este plano, esta dimensión, debido a la energía suprema. Esa energía les ha dotado del entendimiento necesario llamado ciencia la cual ha surgido de su maravilloso ingenio. Toda creación humana: las máquinas y la tecnología constituyen el lado tangible, pero hay un lado más poderoso, la región que ha sido creada con esa energía suprema que llevan en su espíritu y es esa fuerza la que ha construido los reinos místicos y multiversos.

---

[37] - jefe Espiritual Indígena.

[38] - Dios creador Yanomami.

Esta región en la cual se encuentran es el reino de Pachamama, la madre creadora y aquí todos los dioses somos sus alegorías, somos conocimiento y energía que transita por diversos portales interestelares; cada civilización, cada vestigio de razonamiento ha creado una proyección de otro mundo, un mundo sublime donde la imaginación se libera del yugo de la razón, deidades, demonios, entidades todas somos la fuerza cósmica, el aliento divino, el hombre está hecho de polvo de estrellas con luz de luna y fuego de sol, está hecho de hierro de la tierra y de sangre de Dios. No importa que dioses sean, todos existimos, y estamos en armonía en los diferentes universos.

Volteó su mirada hacia Jacob y prosiguió:

—*Tú has sido el elegido* —dijo con voz de trueno, señalando con sus garras de oro a Jacob— *¡tú eres el profeta!*

—*No, ¡esto es un error! Yo solo soy un cantante de rock.*

—*¡Silencio!* —soltó un vozarrón que retumbó junto a una ráfaga de viento, alzando los cabellos de Jacob y Atamaica con el torbellino, acercando su rostro de fuego al de Jacob prosiguió — *debes escuchar con atención, pues de ti profeta Maichak y de Kori Ocllo depende la salvación del reino verde.*

—*Ascenderán al Kerepakupai Vena donde el guerrero Tacupi perdió a su amada, allí el viejo sabio les indicará el camino, la travesía será larga deberán completar los mitos y llegar hasta las ciudades sagradas:* ***Tiahuanaco, Machu Pichu, Tenochtitlan Nakbe y la ciudad perdida de los Anasazi****, pero antes debes encontrar a tu hermano gemelo y volverlo a la vida protegerás los portales multidimensionales de la corte del mal, reconocerás el verdadero amor y lucharás por él. El equilibrio puede ser recuperado, solo si el hombre enmienda su daño protegiendo los portales y encontrando el códice de las profecías del fin, es una ardua tarea, pues tendrás enemigos acechando tu labor.*

Jacob no daba crédito, fin del mundo, cataclismos, manifestaciones sobrenaturales, fuerzas míticas, un todo de alegorías sin significación alguna en su simple y citadino argot. Jacob, un hombre simple, jamás creyó en nada, ni en nadie, creció en Madrid donde la religión era parte de la vida cotidiana, pero el nunca abordó el tema espiritual. Sentía deseo de escapar, de huir de esta fantasía ilógica. No podía entender que sucedía. ¿Por qué tenía que ser él? ¿Sería acaso un error? Esto era una fantasía un sueño o una pesadilla. Por su parte Atamaica pensó: "Esto es solo un shock post traumático, estamos atravesando un momento de crisis y hemos confundimos la realidad con la fantasía"

—*Esto es un sueño* —dijo Atamaica— secándose las lágrimas

—*Sí, pero si es mi sueño ¿qué haces en él?* —Reclamó Jacob

—*Es ¡mi! sueño y tú estás en él y crees que también estas soñando* —respondió Atamaica.

—*¡Silencio Incrédulos! ambos están destinados a cumplir la profecía, proteger los portales y recobrar el balance* —Agregó el gran Shapir— *y ¡no podrán escapar a su destino!*

No había duda algo sucedía, estaban en otro plano, otra dimensión, quizás atrapados para siempre, probablemente, esto explicaría la teoría de Albert Einstein de la relatividad o quizás pensó Atamaica el espiral de luz que vieron fue un agujero negro, estaban cautivos en un mundo ilógico y surrealista. Ella sabía de los mitos indígenas, pero ¿Jacob?, caviló: "*¿Por qué está involucrado si él no pertenece a este mundo?* "De nuevo las estrellas brillaron intensamente, el sol y la luna estaba en el horizonte, el Gran Shapir se posó en medio del sol y la luna, y con voz de trueno dijo:

—*¡Estos son mis señores* ***Xue*** [39] *Y* ***Chia*** [40], *padres del universo!*

Sorpresivamente surgió de la nada un rayo intenso, Jacob y Atamaica ya no se sorprendían, solo esperaban absortos un inverosímil nuevo evento cada vez más fantástico que el anterior, pues todo cuanto ocurría no podía ser explicado con la lógica y razonamiento. Estaban perdidos dentro de un mundo fascinante, lleno de incongruentes y esotéricas manifestaciones.

---

[39] Sué, Xué, Sua, Zuhe o Suhé era el dios del sol en la religión de los muiscas. Estaba casado con la diosa de la Luna Chía. Los Muiscas y su confederación fueron una cultura que se desarrolló en la denominada área intermedia, que comprende desde el norte de Honduras y Costa Rica hasta el centro de Colombia, más específicamente en el Altiplano cundiboyacense y el departamento de Santander.

[40] Venerada como una diosa, era el símbolo de los placeres mundanos, siendo la protectora de la diversión, los bailes y las artes, representándolas con forma de mujer. Era a su vez esposa del sol, Sué (Zhúa), y compartía funciones con el dios Nencatacoa. En otra variante de la mitología de la zona, Bachué, madre generatriz del pueblo muisca, se convirtió en la luna para acompañar a Sué.

Para Jacob esto era ridículamente atemorizante, era una mezcla de sentimientos encontrados. Por un lado él no sabía con exactitud qué significado tenía todo esto, si era una quimérica pesadilla o era una realidad, y por otro percibía como la más ínfima fibra de su mente se abría a las emociones y a un conocimiento infinito, como si esto lo hubiese esperado desde hace mucho tiempo, o como si solo estuvo dormido y ahora, recién ahora, había abierto sus parpados pegados con lagaña de olvido y de ignominia.

Sin embargo; para Atamaica simbolizaba mucho: eran sus raíces, su pasado y su futuro, eran mitos, leyendas y simples historias ya casi olvidadas, murmullos moribundos de una tradición oral ancestral de su gente, ritual de tribus milenarias basados en la cosmogonía infinita e incomprendida para muchos, mezcla de sapiencia e irrealidad para otros. Miles de emociones tapiadas por una fiera transculturización. Sentía que ya no era ella, que era otra mujer, que era la dueña de un conocimiento infinito, sentía que tenía un poder absoluto.

Aparecieron, increíblemente en medio del Churún Meru, o salto Ángel como muchos lo llaman. Alrededor una cortina de nubes enmarcaba el fastuoso escenario, cual teatral telón decorado por roció y escarcha. Al fondo del acantilado se precipita directo el trueno incesante que se desprende desde la cima sagrada como cortinas de cristal.

Allí, ambos temerosos y emocionados contemplaban el Jurásico espectáculo de esta atávica región donde las piedras rugen, pues solo ellas han sido testigo del principio y del final de los tiempos. Rocas metamorfoseadas en figuras espectrales, disipadas por doquier como esculturas de un museo magníficamente perfecto, paraje de otredades y desapegos, donde los hombres jugaban a ser ángeles caídos. Los dos incrédulos flotaban involuntariamente, como si un magnetismo les mantuviera suspendidos en el aire y desde allí, no podían más que admirar la rocosa comarca donde el agua fluye por doquier, como serpientes de cristal hambrientas, desparramándose por la profundidad de los valles. Vigilantes y celosos se despliegan los tepúes, milenarios macizos que asemejan gigantescos y mohosos corchos los cuales amurallan los colosales cañones eternamente húmedos, porque son salpicados por miles de gotas de agua que chorrean como lágrimas divinas y al contacto con la tierra viva se transfiguran en relente de oro.

Hermanados por su proximidades los dos colosos se acompañan: por un lado la caída de agua llamada por los nativos la Montaña del Diablo, enclavada hermética en el territorio donde el bien y el mal confluye en armonía la cual contempla desde tiempos atávicos a su hermano menor el **Auyán-Tepui**, el cual la escolta en sagrada conexión, unión entre la terredad y la divinidad, ambos majestuosos se proyectan como los guardianes de la naturaleza más límpida y se instituyen como la puerta de entrada de la indomable selva Amazónica.

Los tepúes conforman la amurallada mansión de los **Kamarakotos y los Yanomamis** que pernotan al pie de los altozanos, protectores de la inmensidad rocosa, guardianes del arcoíris y del oro mágico de la mítica ciudad del Dorado que se encuentra adentrada y oculta en la mítica Bacatá. Los chamanes vaticinan grandes desgracias a todo aquel que sin permiso intente la ascensión al reino del trueno; o a aquel que se adentren en busca de los tesoros de los dioses y los empujará a los confines del averno donde el demonio de la jungla reina con agua y fuego sobre toda la planicie. Entre todos los tepúes de la Gran Sabana, no hay ninguno que se asemeje al Auyan Tepuy, no es casualidad que el mal resida en él, ningún Tepui supera al Auyan; ni el ***Ptari-Tepuy***[41] ni el ***Angasimá-Tepuy*** [42] aun con su magnificencia logran alzarse al nivel del indómito Auyan.

---

[41] - Ptari-Tepui es un Tepui en el estado Bolívar Venezuela el cual da nombre al macizo de Ptari, que también incluye Carrao-Tepui al noreste y una larga cresta conocida como Sororopán-tepui al sureste. En su conjunto, el macizo tiene un área de cima de alrededor de 2,5 km2 y un área de pendiente estimada de 58 km2 Carrao y Ptari juntos aportan 28 km2 y Sororopán, que es derivado de un sótano separado, otros 30 km2 El macizo se encuentra totalmente dentro de los límites del Parque Nacional Canaima.

[42] - Angasima-Tepui, también conocido como Adanta, Adankasima o Adankachimö, es un Tepui en el estado Bolívar, Venezuela. Un pico relativamente aislado, tanto él como el cercano Upuigma-tepui se encuentran justo al sur del vasto Macizo Chimantá, del cual están separados por el valle del Río Aparurén. Amurí-tepui, el miembro más cercano del Macizo de Chimantá, está a sólo 8 kilómetros de Angasima-tepui.

El viento entona un canto cada vez que roza las terrazas pedregosas y hostiles del tepuyes. Asimétricos acantilados, todos escalonados, cortados por caprichosas grietas y resquebrajaduras. Cuando estalla en rayos el Auyán-Tepuy, todos le muestran respeto para no acrecentar la ira de aquel que causa todos los males. Cuando llueve, se llenan en su cima de cientos de reservorios que revientan en cascadas por todos los costados. Allí se encontraban ellos, puestos como fichas de ajedrez, la razón se había desvanecido y solo había lugar para esta ilusión,

sueño o pesadilla que estaba por comenzar. El paraje era como una pintura de Dalí, un onírico recorrido por la propia conciencia, el sonido del silencio se percibía, la nada y el todo juntos en un espacio atemporal y surrealista. súbitamente; Un trueno se escuchó, y empezó a llover nuevamente, esta vez era granizo, lo podían sentir en su piel. Apareció un viejo indígena en el firmamento, solo usaba un taparrabo un arco y una cesta para cargar las flechas en su espalda, de sus fosas nasales, salían dos grandes palillos que atravesaban la piel, sobre su piel tenía símbolos dibujados con pinturas de colores, su cabello era una melena canosa y larga coronada con plumas. En su mano derecha sostenía una tapara. En la otra mano sostenía la cabeza de una serpiente cuyo cuerpo estaba enrolladlo en su abdomen y pierna derecha.

El viejo hombre se acercó a ellos cantando, era un canto ritual, su voz se proyectaba como un trueno por todo el tepuy, el eco de su canto era sobrecogedor y sublime. Cuando el viejo hombre se aproximó más Jacob pudo reconocerlo, era el viejo indígena de la tienda, el hombre que había tenido el altercado con él en el pueblo. Jacob pensó: ¿qué hace este hombre acá en mi sueño?

El hombre empezó a dar vueltas alrededor de Jacob y Atamaica sin dejar de cantar, se desplazaba levitando como si fuese etéreo. De repente dijo dirigiéndose a Jacob:

—*¡Eres el elegido Maichak¡ El morocho, el gemelo, debes cumplir con la profecía solo tú que rompiste el balance debes recuperarlo, debes revivir a tu hermano y juntos combatir a los Pillanes y entregándole la tapara, un recipiente circular hecho de una cascara hueca y disecada,* agregó:

—*Bebe esto y tendrás el entendimiento y fortaleza de otrora. Debes entregarte al dios de la catarata como Tacupi el guerrero se lanzó tras su amada. Tendrás el poder conlleva la sabiduría infinita, si crees serás, tendrás la protección de los espíritus.*

—*No puedo* —gritó Jacob— *esto debe ser un error, yo no soy guerrero solo soy un músico, un rockero. ¿No lo entiende? ¡no puedo! ...!esto es solo una pesadilla!*

Atamaica inequívoca y tajante se aproximó a Jacob y le dijo:

—*¡Jacob! Esto no es una pesadilla estamos en un mundo paralelo, por alguna razón llegamos acá, como podemos explicar el cataclismo que acabamos de experimentar las muertes de nuestros amigos y los demás hombres, los ríos de fuego, estamos en un mundo donde la irrealidad es real, por favor toma esa poción ¡tómala!*

—*¡Silencio Kori Ocllo!* —vociferó con voz estridente, casi como un rugido—*Maichak, esta es tu obligación, si no lo haces será el fin del equilibrio y la protección de los portales del Reino Verde desaparecerá por toda la eternidad, todo será caos y oscuridad y Pachamama vagará en tinieblas hasta el fin de los tiempos.*

Seguidamente miles de púas cayeron y desgarraron sus cuerpos, Atamaica atemorizada y presa de dolor con su rostro ensangrentado abrazó a Jacob y le suplicó:

—*¡Por favor! ¡tómala! ¡vamos hazlo!*

Jacob sorbió un trago y el chamán rugió como un puma y gritó:

—*¡Bébela toda! ¡incrédulo!*

Luego del último sorbo las púas dejaron de caer. Sus heridas desaparecieron de inmediato; un silencio sepulcral invadió la región una fría neblina se filtró por los macizos y la más tupida oscuridad encapotó el firmamento.

—*Ahora debes cerrar el ciclo Maichak* —apuntó decidido el chamán— debes saltar la catarata y llegar al umbral del reino verde donde los dioses te esperan para iniciar tu peregrinación.

—*¿Saltar? ¡De ningún modo!* —alegó Jacob con gran desenfado, manoteando y sacudiéndose como un niño malcriado —*no me suicidaré solo porque un viejo senil y loco me cree un guerrero o semidiós ¡estás loco lo sabías!* —y dirigiéndose a Atamaica le apuntó con el dedo diciendo:

—*¿Tu saltarás conmigo? ¿Cierto?*

—*Debes saltar Maichak, o de nuevo lloverán las púas* —retumbó el viejo Chaman con ensordecedor baladró, como si fuese un jaguar herido. Atamaica tomó a Jacob fuerte de los hombros, y le miró intensamente con ojos desorbitados, pues en efecto las púas empezaron a caer. Ya no quiso decir nada más. Su ropa se estaba desprendiendo con pedazos de piel, la sangre asomaba por doquier como pequeñas cataratas de ardiente carmesí.

Atamaica sabía que estaban en un mundo paralelo, pero Jacob no quería entender que la única manera de sobrevivir era seguir el inevitable destino, era como un video juego que ya estaba trazado, ahora eran como un holograma de sí mismos en un mundo que simulaba irrealidad, pero que era paradójicamente real. Las punzantes púas continuaban desprendiéndose, el cielo se tornó negro, denso, como si se hubiese pintado con polvo de carbón que se difuminaba con cada relámpago que amenazante iluminaba a intervalos el firmamento.

Jacob suspiró, limpió su sucio rostro, y removió de sus ojos el cabello enmarañado del cual parecían desprenderse miles de convulsivas serpientes; el viento soplaba inclemente y su ropa hecha girones estaba manchada de sangre. Observó a Atamaica frágil, era evidente que esto dolía de verdad, no permitiría que ella sufriera más por su terquedad. Sabía que tenía que seguir adelante.

—*¡Basta!* —vociferó— *¡Lo haré!*

De inmediato, la lluvia de púas cesó. Como por arte de magia no tenían ninguna herida en sus cuerpos. Decidió lo que iba a hacer, lo había hecho ciento de veces, el salto en parapente era su pasión, no obstante, no habían palabras para describir lo que estaba a punto de intentar, el Salto Ángel, se lanzaría desde uno de los lugares más hermosos del planeta un tepuy ancestral, cuarteado por un látigo de agua con casi mil metros de altura. Debía arrojarse dese la caída de agua más alta del mundo. ¿Cómo podía lanzarse sin paracaídas y salir ileso? Lo que por haría no tenía asidero en el razonamiento lógico, pero ya a estas alturas el razonamiento lógico había quedado atrás, no podía continuar pensando lógicamente, pues estaba claro que este era otra dimensión o mundo que no respondía con las leyes de la física. Este era un plano donde la realidad se transmutaba en fantasía. Tomó algo de saliva y se acercó a Atamaica y la besó; sostuvo su mano con fuerza ella le miró decidida y sin cruzar palabra alguna, tomaron impulso y se lanzaron.

Gritó intensamente, sintió que su garganta se desgarró por el terrorífico berrido. En su estrepitosa caída, pensó en todo lo que había hecho en su vida, su soberbia, su ansias de poder, como había tratado de olvidar quien era, el desprecio que sentía hacia sus padres y su origen; lo poco que el amor había significado en su vida, los lujos y vicios, la ociosidad, la indiferencia para con los desposeídos y para con la naturaleza, había desperdiciado sus mejores años su adolescencia su juventud construyendo el hombre que ahora era: un imbécil.

En este momento la mano de Atamaica se desprendió de la de él; un psicodélico espiral se mezcló con nubes, entonces surgió un infinito túnel que parecía arder en fuego; creyó que se encontraba en el mismo infierno. Consternado, gritó a Atamaica, pero fue en vano ella había desaparecido en medio de la feroz vorágine. Indefenso se dejó llevar por el torbellino del espiral que cual tornado arrastraba animales y árboles.

Luego; el terror se disipó y vislumbró un sublime espectáculo, miles de plumas multicolores flotaban por doquier, del espiral se desprendían miles de tonalidades que manaban como liquidas gotas que como blobs dibujaban caprichosas figuras.

Era un espectáculo caleidoscópico de luz y color, el arcoíris apareció ante sus ojos y una poderosa fuerza le empujaba hacia él; como en un tobogán se deslizó. A lo lejos veía torres y templos edificados de oro, plantas de un verdor jamás visto, gigantescas mariposas, aves de brillantes colores y flores de cristal, rubí y ámbar. Los sentidos se alteraron ante la ráfaga de imágenes los cuales le produjeron nauseas a la par de una extraña sensación de letargo. Su mente no pudo asimilar la exposición vertiginosa a tanta información visual. En el acto todo se oscureció evidentemente se había desconectado, y cayó en un profundo sueño.

El sol se colaba entre las húmedas hojas sus ojos pegados con lagaña, sudor y polvo se abrían lentamente, pero el sol imponente los cerraba por su resplandor. Su mente empezó a aclararse, ¿Dónde estaba? ¿había sido esto un sueño? ¿Y dónde estaba Atamaica? ¿Cuánto tiempo había estado inconsciente? La buscó y no había rastro de ella, solo raíces, troncos, musgos y hojas dispersas a su alrededor. Trató de incorporarse pero su cuerpo inerte no respondía sentía un intenso cansancio. Sin embargo; lentamente se incorporó sosteniéndose de unos bejucos dispuesto a su derecha, trataba de asimilar en donde estaba, suspiró y miró a alrededor, todo era maleza verdor y humedad; curiosamente su vestimenta había cambiado, ahora vestía con una especie de falda, tenía plumas de colores en su cabello y collares y portaba una especie de zurrón o bolsa. Introdujo su mano en el bolso y tanteó la bolsa misteriosa que le había entregado el mendigo a las afueras del canal televisivo en Londres, nunca la abrió, pero intuía que contenía algún tipo de vidrio, pues al moverla se percibía el sonido típico de los cristales chocando entre sí. Todo rayaba en lo fantástico, ya no tenía duda alguna lo que enfrentaba no era un sueño, esto era muy real. Caminó pensando en todos los inexplicables eventos que había vivido, luchaba por entender por qué le sucedía esto a él, su terco raciocinio le llevó a pensar y aceptar finalmente que estaba en otro espacio y en otro tiempo, *y* que por algún extraño motivo él se había escogido para esto. Sintió cansancio, había caminado un largo trecho y no parecía haber avanzado; se encontraba perdido en aquel paradisiaco lugar, en medio de la más exuberante naturaleza, vestido con una ridícula falda y completamente solo. Algo había sucedido y ahora estaba extraviado en esta dimensión, muy distante de su vida llena de lujos y confort.

Siguió caminando, súbitamente apareció ante sus ojos el más sublime espectáculo un lago inmenso; casi celestial, un gigantesco espejo que reflejaba el cielo y lo hacía perderse en sus cristalinas aguas. Una intensa exhalación seguida de un sentimiento de sobrecogimiento. Jamás había visto algo tan hermoso y perfecto, era tanta la paz que quedó yerto con su mirada clavada en ese hermoso amasijo de agua.

De repente divisó un celaje que como vendaval se movía alrededor de él y desaparecía. A intervalos se dejaba entrever, tenía una grácil figura andrógina, cuerpo esbelto de hombre vestido con traje ritual. Sus labios encarnados tenían dos palitos atravesando y sus ojos negros fulguraban, en sus hombros llevaba lo que se asemejaba a la piel de un zorro. Jacob aguardaba parado al dado de un árbol, cuyas hermosas hojas amarillas se desplegaban en forma de gigantesca sombrilla. Sentada en la rama del árbol la entidad dijo:

—*¡Así que este es el famoso Jacob!*—dijo para sí mismo—*¿sabes? quería concerté desde hace mucho; tu música no esta tan mal*—sonriendo dio un salto acrobático desde el árbol y se paró enfrente de Jacob— *aunque me gusta más Jagger tiene más carisma en escena que tu* —sonriendo apareció un gran escenario y la entidad se convirtió en el famosísimo Mick Jagger al tiempo que cantaba Enciéndeme[43], El hombrecillo transfigurado en el famoso artista empezó a bailar cadenciosamente. En un santiamén se desvaneció el escenario y quedó guindado boca abajo en la misma rama.

—*¡Interesante!*—dijo Jacob mientras caminaba— *me recuerdas a un personaje de las historietas norteamericanas.*

---

[43] - ***Start me Up!*** canción Es una canción compuesta por Jagger/Richards lideres de la banda de rock inglesa The Rolling Stones de su álbum de 1981 ***Tattoo You.*** Lanzado como el primer sencillo del álbum,

*—¿A cuál? ¡a ver! ¿**Loki? … Mr. Mxyzptlk, Deadpool** ¿o acaso **el Guasón?*** [44].

—Al primero, pero tal vez eres una mezcla endiablada de todos. Es mejor que me dejes en paz; no tengo tiempo para tus truquitos.

— Jacob ¿sabías que estas en aprietos? el Gran Shapir te envió a una misión, pero es casi una Misión Imposible [45]— en el acto se podía escuchar la canción de misión imposible— *¡bueno!, pero tú no eres Ethan Hunt, no, no ¡qué va! Eres un proyecto de héroe, en fin, acá estoy para servirte.*

Jacob guardó silencio, no estaba seguro de lo que allí ocurría, pensó: *"¡Increíble puedes transformarte en una estrella de rock y que sabe más del cotilleo y del negocio del espectáculo que Oprah Winfield* [46] *o Boris Izaguirre!* [47]

—Si, aunque no lo creas, tenemos el conocimiento del pasado y del futuro, solo me alimento de tus pensamientos Jacob, Tu eres quien admira a Mick Jagger y además eres fanático de Misión Imposible y de Tom Cruise, se lo que amas y se a lo que temes, conmigo no puedes guardar secretos. Sé que piensas en este momento

—¡Ah si! sorprendente, ¿qué pienso?

—Piensas que soy un travestido, no estás seguro de si soy hombre o mujer. Pero, soy ambos en uno solo, o cada uno por separado— de inmediato se transfiguró en una hermosa mujer de largas piernas, sus exuberantes pechos de color bronce se insinuaban por el amplio escote *—¿te gusto? ¿Te parezco atractiva?* —la mujer empezó a bailar pole dance, tenía tacones de charol. *O ¿te gustan más los hombres Jacob?* —la voluptuosa mujer se metamorfoseó en un inmenso hombre musculoso de piel reluciente usando solo un diminuto bañador. Jacob caminó si

---

44 -- Personajes pertenecientes a los universos de Marvel y DC Comics. (Derechos Reservados)

45 - Películas de acción y espías estadounidenses basadas en la serie de televisión del mismo nombre creada por Bruce Geller.

46 - Oprah, es una presentadora de programas de entrevistas, productora de televisión, actriz, autora y filántropa estadounidense. Es mejor conocida por su programa de entrevistas, The Oprah Winfrey Espectáculo. Apodada la "Reina de todos los medios"

47 -Boris Rodolfo Izaguirre Lobo (Caracas, 29-09-1965), más conocido como Boris Izaguirre, es un escritor, presentador de televisión, guionista, periodista y showman venezolano.

prestar más atención al camaleónico personaje, sabía que le iba siguiendo pues escuchaba sus pasos aplastando las hojas, luego de varios minutos de silencio, decidió voltear *y* se encontró con Steve.

—*Si Jacob soy yo, Steve quien creyó que eras mi amigo, pero fuiste un cobarde que ni siquiera tuvo las agallas de ofrecerte por mí, Llorabas como una mujercita, te escondites en un oscuro rincón y no te importó mi destino.*

—*No, no fue así, no es lo que piensas ...*

—*¡Ah! ¿no? Entonces ¿qué es?*

—*¡Perdóname!*—Jacob se derrumbó en el piso y no podía controlar el llanto. Luego se lanzó sobre él y lo abrazó— *¡Steve hermano! ¡perdóname!*

—*No soy Steve querido, Soy yo Walichú*[48]—Dijo soltando una macabra carcajada.

—*¡No me importa quien coño eres! ni porque me estas molestando. Espero que todo esto termine, no tengo intención de involucrarme en este lio de la misión...*

—*¿Misión? es una profecía.*

Walichú seguía metamorfoseado con el cuerpo de Steve, marchando muy de cerca de Jacob que continuaba caminando sin rumbo fijo

—*Querido Jacob ¿Te has percatado que estas caminando en círculos?* —preguntó Walichú con tono irónico:

—*Sí, no soy tan estúpido.*

—*Si lo que deseas es estar solo, pues me iré y te dejare acá perdido. Ya caerá la noche y los Suamos saldrán de sus madrigueras, comandados por Odo Sha. Sabes que debes...*

—*¡Lárgate y déjame en paz!* — interrumpió enfurecido Jacob

---

[48] - Gualichú, Walichú, Hualicho o Gualitxo, espíritu o entidad de varias mitologías aborígenes de Sur América; en las etnias Ranquel, Pampa, Mapuche, y Tehuelche. En la mitología Muiscas de Colombia se conoce como Fo, y en los mitos guaraníes aparece como Pombero. Tiene la capacidad hacer daño y de transformarse en cualquier persona o animal.

—Debemos encontrar la ciudad de Oro donde esta ***Bochica***[49] ***Viracocha***[50] *allí deberás probar que eres Maichak.*

—¡Basta!

—Pues bien, así lo has querido solo tienes que decir mi nombre tres veces y apareceré para ayudarte.

—¡Ah! sí tres veces como ***Beetlejuice*** [51] *¡Qué ridículo!*

Sin más, Walichú se desvaneció; Jacob quedó de nuevo en la misma orilla del inmenso lago donde se había aparecido el camaleónico personaje. Se lavó el rostro sudoroso, sus cabellos estaban amelcochados de polvo y sudor. De repente los rayos del sol iban cayendo lentamente, sintió una presencia a su alrededor algo que le observaba, muy cerca de él se hallaba una estaca de madera, rápidamente tomó la tomó, y corrió lo más que pudo y logró escapar de lo que fuese que le amenazara. Decidió buscar un lugar donde pasar la noche, no entendía si estaba muerto y su alma había ido al infierno, pero ya no le importaba, le daba igual donde estaba. Recordaba a los muchachos y a Atamaica, aún tenía el sabor de sus besos en la boca. Caminó por un vasto sendero, jamás las flores fueron tan grandes y hermosas, sus colores pertenecían a una gama jamás vista por ojo humano, se sentó un rato y un turpial empezó a hablarle:

—¡Muchacho insolente debes aceptar la ayuda de Walichú!

—No lo hará, es muy estúpido para entender y aceptar lo que está ocurriendo —agregó un hermoso Tucán, llamado Tuki que revoloteó alrededor de Jacob, con voz femenina y dulce.

---

[49] Bochica conocido también como Nemquetaha, Sadigua es una figura de la religión de los Muisca, Colombia. Al igual que el dios inca Viracocha, el dios azteca Quetzalcóatl y varias otras deidades de los panteones de América Central y del Sur, Bochica se describe en las leyendas como barbudo.

[50] Viracocha, deidad creadora en la mitología pre-inca e inca en la región de los Andes de América del Sur. (Apu Qun Tiqsi Wiraqutra [y Con-Tici), es una de las deidades más importantes en el panteón inca y visto como el creador de todas las cosas, o la sustancia a partir de la cual se crean todas las cosas, e íntimamente asociado con el mar.

[51] - Beetlejuice es una película de comedia de terror y fantasía estadounidense de 1988; dirigida por Tim Burton, escrita por Michael McDowell y Warren Skaaren, producida por The Geffen Company, distribuida por Warner Bros.

Jacob, terco como siempre no respondió, se levantó y empezó a caminar.

—*Yo que tú, no seguiría ese camino* —sentenció el Turpial.

Jacob se estaba dejando guiar por las bellas flores del camino, sin embargo, cada vez se hacía más abrupto y oscuro el sendero. Repentinamente surgieron de los árboles unas entidades demoniacas con figura zoomórficas, cuerpo humano y cara de buitre, poseía brazos humanos cubiertos con plumas grises y sus garras eran afiladas, tenían alas en sus espaldas, eran los Suamos, deidades oscuras que devoraban a los humanos; causantes de los males y exterminio de aldeas enteras. Unos seis de estos horripilantes pajarracos revoloteaban salvajemente alrededor de él. Jacob empezó a correr y a dar bastonazos con el palo que sostenía, pero era inútil se había partido a la mitad.

—*¡Picachu! ¡Picachu! ¡Picachu!* —gritó tres veces— *¡Trucutru! ¡Trucutru! ¡Trucutru!* —pero nada sucedía.

Intentó recordar el nombre del hombrecillo impertinente que dijo ser su aliado, pero no lo recordó. Pensó en lo estúpido que fue; se mofó de él y repitió Beetlejuice, en lugar de memorizar su nombre. Uno de los hombres pájaros sometió a Jacob con sus garras afiladas, y se elevó sobre la inmensidad selvática llevándolo consigo, Jacob gritaba a la par que el Suamo graznaba como un inmenso ganso. Volaron por una gran cordillera hasta llegar a un oscuro valle, en este una gran ciudad de piedra se erigía en una colina, había varios templos, la rapaz entidad descendió graznando incansablemente, Jacob se aferraba a sus garras temiendo se arrojado, la velocidad del vuelo era vertiginosa. Los otros cinco descendieron escoltando al pajarraco que sujetaba a Jacob, volaban rosando el piso. Luego empezaron a caminar rodeándolo. Llegaron a un suntuoso lugar iluminado por dos inmensas antorchas las paredes tenían discos de oro gigantes con grabados sobre ellos, los pajarracos lo dejaron allí en el centro, el recinto estaba totalmente vacío.

—*¡Maichak! cuanto tiempo esperando que regresaras* — avanzó hacia él una mujer de negra cabellera y de indómita belleza, luciendo una túnica larga cuyo fulgor era indescriptible y dejaba entrever su cuerpo perfecto. Habiendo dicho esto agregó con voz dulce y serena, ¿Sabes por qué estas acá?

—No, no sé por qué estoy acá, no te recuerdo para ser franco contigo, y de verdad no esperen que yo sea el héroe en esta historia, ¡solo soy un cantante de rock y deseo regresar a donde pertenezco!

—Eres Maichak, y eres poderoso, solo que tienes el velo del olvido en tus ojos, pero debes encontrarte a ti mismo. Ven acá siéntate a mi lado —lo invitó a una gran mesa llena de frutos y comida— todo estos son los dones *de* ***Sibú*** [52], el dio a los hombres las semillas para alimentarse, él es quien tiene a su cargo de dictar las leyes que rigen la vida humana

Los suamos se apartaron con respeto, aunque mantuvieron la distancia siguieron vigilantes. Jacob se sentó y no medio palabra alguna, empezó a devorar la comida, estaba hambriento.

—Creí que vendrías con Walichú.

—*¡Walichú! ¡Walichú! ¡Walichú!* —gritó Jacob dándole un golpe a la mesa—*¡Qué tonto soy como lo pude olvidar!*

—Si, Walichú él rey de los pillanes. Debes intuir hasta cuando podrás confiar en él. ¡No es de confiar! Mas él debe acompañarte en esta travesía.

En eso apareció Walichú aun lucia como Steve, tomó un mango en sus manos y le dio un mordisco

—¿Hablas de mi querida?

Kori asintió con la cabeza y prosiguió hablando:

—Maichak tienes que cumplir la profecía y proteger los portales. El cataclismo que va a destruir a la Pachamama y a la humanidad puede ser evitado, todo ha sido por culpa del hombre inconforme y egoísta. Tú tienes que recobrar el equilibrio vital del Reino Verde, Usando la sabiduría que se nos fue entregada en tiempos atávicos por nuestros hermanos mayores del cielo. Ellos nos enseñaron a leer las estrellas, a identificar las constelaciones, a saber, cuándo sembrar y cuando cosechar. ¡Ellos nos enseñaron todo! Tú has sido responsable de la apostasía, ahora debes recuperar el báculo de Viracocha- Bochica

—¿De qué hablas? El cataclismo ya sucedió y en el murieron mis amigos. Estoy harto de que se me acuse de algo que no he hecho, esto es

---

[52] - Dios Sibú (en bribri, Sibö̀; en cabécar, Sibö) Principal dios de la mitología talamanqueña. Es llamado Sibú por los bribris y cabécares, Sibö por los Teribe, y Zipoh por las borucas. Es el equivalente a Bochica y Viracocha.

una locura —tenía la boca llena de comida— *No tengo nada que ver con esta catástrofe o el fin del mundo, solo soy un rockero, estoy acá por equivocación* —luego parándose de la mesa agregó con enojo— *¡Exijo regresar a mi mundo!*

En ese momento surgió de la nada un dios zoomorfo, cuerpo de hombre con inmensas alas, cabeza de buitre, garras de oso. Su descomunal organismo era una masa de músculos perfectos, se trataba de Odo Sha, una entidad cuyos poderes fueron dados por la Corte del mal, confinado al reino del mal y su apariencia aterradora le otorgaba el título de "engendro del infierno", sin embargo, cansado de tanta maldad, y queriendo redimirse, lideró una rebelión en el inframundo y pidió una tregua a Amalivaca, quien le otorgó la salida del infierno siempre y cuando se mantuviera ajeno a la maldad que en el residía, tarea nada fácil pues su naturaleza era en esencia maligna. Esto lo hacia una deidad ambigua, para muchos inestable y muchas veces traicionera. Odo Sha comandaba a los Suamos, legión de demonios de la Corte del Mal, devoradores de hombres. Quienes para saciar su deseo de carne humana recibían sacrificios humanos, además los Suamos se encargaban de las almas impuras condenadas por sus malas acciones; sin embargo, al permitírseles salir del reino de la oscuridad a los Suamos se les consintió comer solo cadáveres, convirtiéndose en hombres buitres. Ahora, acá frente a Jacob se encontraba Odo Sha reivindicado e intentando su redención; uniéndose a las fuerzas del Reino Verde, tratando de preservar el balance. Tendría como objetivo apoyar al Gran Maichak. Plantándose enfrente de Jacob Odo dijo con solemnidad:

—*Ha llegado el momento de recobrar el báculo sagrado con el que se podrá proteger los portales, y la flauta* ***Mundurucu*** [53] *que abrirá el cofre donde está tu hermano Maichak. Estos serán los primeros trabajos que deberás cumplir.*

---

[53] - Los Mundurucu, también conocidos como Mundurucu o Wuy Jugu o BMJ, son un pueblo indígena de Brasil que vive en la cuenca del río Amazonas. Algunas comunidades Munduruku son parte de la Tierra Indígena Coatá-Laranjal.

Jacob seguía comiendo, ignorando lo que decía Odo Sha en ese instante el plato lleno de exquisiteces se atestó de diminutas serpientes y toda clase de bichos, Jacob escupió lo que tenía en la boca y gritó:

—*¡Qué asquerosidad!*

Odo Sha lo sujetó con una sola mano por el cuello y plantó su extraño rostro frente a Jacob quien despavorido cerro los ojos. Odo le gritó:

—*¿Crees que esto es un juego? blasfemo* —batuqueó sus inmensas garras amenazante, demostrando su enojo, entonces dijo dirigiéndose a Walichú y a Kori Ocllo con tono decepcionante —*¡en manos de este idiota está el futuro del Reino Verde y del Balance! ¡vaya! Estamos en aprietos.*

Con una zona mano lo alzó por el cuello y luego lo arrojó contra el piso:

—*¡Vamos Maichak! ¡Levántate! ¡llegó tu hora!* —advirtió con voz decidida Kori Ocllo quien no caminaba, pues sus pasos eran tan agiles que volaba. Su manto vaporoso parecía suspenderse en el aire y su fulgor era impresionante. Jacob se incorporó, Sorprendentemente no sentía dolor. Escuchó la voz de esa bella deidad cuyo semblante le parecía tan familiar, decidió seguirla, pues algo le decía que si alguien era bueno allí y digno de confiar era Kori. Ella le indicó que la siguiera. Subieron unas largas escaleras de piedra en forma de caracol todo estaba iluminado con antorchas cubiertas de oro y piedras preciosas allí estaba.

—*¡Maichak!* —se escuchó un vozarrón a lo lejos, se repitió de nuevo—*¡Maichak!*

Caminó buscando el origen de la potente voz, provenía de un templo inmenso de piedras perfectamente unidas como gigantescos ladrillos entre calados que se erigía ante él. Un gran disco de oro se observaba en el centro, más escaleras de piedra se alzaban casi infinitas hacia un atrio bordeado de columnas de piedras multicolor. Sus pisadas asemejaban potentes martilleos que retumbaban en toda la edificación. Odo Sha, Kori y Walichú iban detrás de él. De repente; arribó a un gran salón en donde todo brillaba como oro, dispuesto en el centro un gigantesco trono de coral en el cual se encontraba sentada una estatua, una figura casi horrenda, zoomórfica, su cabeza era de jaguar y su cuerpo era humano, poseía garras de felino y de su boca brotaban inmensos dientes. Al ver la amenazante imagen se sobrecogió, pero en medio de todo sintió un gran alivio al pensar que solo era una estatua inanimada de algún dios tan solo un adorno más del misterioso palacio.

La estatua empezó a moverse sus articulaciones crujían, Jacob empezó a correr pero Oda' Sha lo detuvo de inmediato sujetándolo con sus inmensas manos.

—*¡Cobarde!* —exclamó con furia

In so facto; aparecieron unas entidades, eran guardianes que empuñaban lanzas, sus largos cabellos negros estaban trenzados con plumas y cintas de oro. Cada uno rodeó a Jacob quien quedó indefenso en medio del intimidante recibimiento, sus afiladas lanzas le apuntaban en el rostro.

— *¿Por qué huyes Maichak?* —Era Chavín el dios felino, el guerrero ancestral— *No podrás cambiar lo que está escrito. ¡Eres un cobarde siempre lo has sido! Has de cumplir la profecía, has olvidado quién eres y que daño has causado. Representas el olvido, el cansancio el hastió. El hombre se ha negado a volver a sus orígenes y su indolencia ha intentado destruir a Pachamama haciéndola deambular por el valle de las tinieblas.*

—*¡Yo no tengo nada que ver con esto! Aun no puedo creer que ustedes sean reales ¡Qué este mundo sea real! Si no pertenecen a este mundo ¿De dónde vienen entonces?*

—*Venimos de muchos multiversos, y los ancestros de este espacio nos han recreado en cada leyenda en cada mito, en cada pensamiento que proyecta una tulpa* [54]*, cada dimensión ignorada es un portal abierto que la conecta infinitamente; somos representaciones de la mente del hombre primigenio, de los puros de alma y mente, somos entidades que regimos la imaginación, estamos unidos a la realidad en un plano de energía, existimos más allá de las estrellas, y de ellas estamos hechos. Ya los hermanos mayores lo habían predicho que la hora de Pachamama llegaría, que el balance prevalecería solo con la intervención del gran Maichak el héroe caído, solo tu mezquino*

---

[54] - Tulpa proviene del término tibetano Sprul pa ver Nirmāṇakāya.
Tulpa es un término teosófico, del misticismo y lo paranormal, se refiere a un objeto o ser que se crea a través de poderes espirituales o mentales.

e insolente podrás lograr la salvación, pero será difícil pues en cada mundo que abordes encontraras nuevos retos, y lograrás triunfar solo si en el fondo de tu corazón percibes la pureza que te rodea, tan solo si haces lo justo y abominas la avaricia, solo si en cada plano de existencia logras hacer lo correcto, solo así podrás restaurar el balance en los portales y salvar los distintos multiversos de su destrucción.

En ese momento todo se volvió tinieblas y cayó sobre Jacob el manto de la inocencia que envuelve aquel que lo sabe todo, el espacio era un inmenso universo repleto de estrellas miles de puntitos resplandecientes titilaban incandescentemente. Súbitamente retumbo otra voz más potente.—*Tendrás el conocimiento de los códigos lingüísticos de todos los multiversos, podrás entender y hablar todas las lenguas ancestrales, tan perfectamente que no te percataras de ello. Libraras una gran batalla, pero antes de esta gran batalla en la cual tú serás el líder, deberás encontrar el báculo mágico que se le robó al gran Bochica-Wiracocha. Tendrás la ayuda del dios Mono Iwarka y sus compañeros Macao el Guacamayo y Kuwi el Cuy* —Dijo Chavín señalando a los tres animales que estaba ante Jacob— *Ellos te apoyarán deberás hallar el báculo en la tierra de Bacatá. Bochica-Viracocha te encontrará en el momento oportuno, y él te concederá permiso para utilizarlo, ese báculo será una de las armas que utilizaras en las diversas batallas. Después que hallas demostrado que tienes el conocimiento de quién eres en realidad se te entregara el báculo Sagrado, liberaras a tu hermano y preservaras el balance de los portales y las ciudades sagradas.*

Los tres donosos animales se abalanzaron sobre Jacob, como si lo conocieran de toda la vida, pues ellos habían sido los inseparables camaradas de Maichak. Iwarka el mono era solo eso, un hermoso capuchino de un metro de estatura, su pelaje era pardo, y su simpático rostro era casi humano, tenía el don de la palabra, y podía metamorfosearse en hombre o cualquier animal a su antojo. Kuwi era un cui o conejillo de guinea siempre trepándose, o bien en el hombro de Iwarka o en la espalda de Macao, podía sanar y curar enfermedades, además leía los pensamientos y predecir el futuro, pero no poseía el don de la palabra por tanto era muy difícil comunicar sus predicciones, además de esto podía sacar los malos espíritus y enfermedades del cuerpo de los humanos; sin embargo, después de hacerlo quedaba neutralizado en estado de animación suspendida. La hermosa ave Papagayo, o Macao como le llamaban tenían el don de la palabra y podía imitar la voz o sonido de cualquier humano o animal, además dominaba el viento y podía utilizarlo como un arma, su plumaje sagrado, anhelado por muchos era más que su fortaleza una debilidad porque lo cual era muy buscado para desplumarlo; adicionalmente tenía la potestad de controlar el viento, las nubes y las tormentas. Los inusuales héroes acompañarían a Jacob en su aciago viaje en búsqueda del báculo sagrado.

Después de todo el accidentando viaje a este mundo disímil y de resistirse a participar en la encomiable misión, a Jacob no le quedaba más que aceptar a regañadientes su destino. El egoísta y pendenciero Jacob quien vivió rodeado de comodidades aceptó finalmente el reto al cual se había destinado. paradójicamente; en esta dimensión donde era llamado héroe, todos de alguna forma confiaban en que él era el héroe definitivo; cuando en realidad nunca se enfrentó a nada; ni siquiera pudo salvar a su mejor amigo Steve, era un cobarde a quien jamás le importo nadie, en resumidas cuentas, siempre fue un oportunista, al que la vida le dio más de lo que realmente mereció.

Jacob jamás había estado tan cansado en toda su vida como lo estaba ahora, durmió tres días completos, únicamente se levantaba para comer de las manos de Kori Ocllo, Kuwi Iwarka y Macao continuaron velando su aposento. Luego de la cura de sueño. Odo Sha se encargó de explicarle que debía asumir sus deberes de héroe y debía entrenar y aprender el control de los poderes que apenas en el estaban aflorando. Los días y las noches para Jacob eran un eterno dejavu. Kuwi lo levantaba con el despuntar del alba, y la jornada se repetía, Odo Sha era misteriosamente silencioso, Walichú aún tenía la identidad de Steve, a ratos Jacob olvidaba que en realidad no era Steve, su mente le traicionaba, muy pero muy dentro de su corazón aun anhelaba que en realidad este fuese el Steve de siempre, más que su amigo, su hermano. Kori Ocllo era gentil y dulce con él, le hacia su estancia en este fantástico lugar un poco menos hostil. En las noches pensaba en Atamaica y sus amigos de la banda y aun no podía creer la autenticidad de estos extraordinarios acontecimientos.

En los días sucesivos Jacob fue entrenado por Odo Sha, aprendió dominar el arco y la flecha, la cerbatana, la lanza, y asumió que en realidad no podía escapar a su destino, todo esto encajaba perfectamente con lo inexplicable que le había sucedido durante toda su vida. Kori Ocllo le enseñó como poder elevarse levitando. Walichú, por su parte le instruyó en el arte del combate de sumisión karive. Todos los días realizaban las prácticas en una gran arena a manera de circo, construido en piedra en donde muchos guerreros a manera de gladiadores practicaban para las ferias en honor a Chia, en dicha feria los hombres que habían sido convictos por algún delito eran lanzados al combate con las mujeres Mundurucu, si ganaban la pelea eran liberados otorgándoseles una segunda oportunidad, pero si eran vencidos por las temidas guerreras serian esclavos sexuales de estas hasta su muerte.

La ciudad de ***Xingú*** [55] estaba construida a la ribera del rio homónimo, la densa vegetación enmarcaba la ciudadela de piedra caliza sus habitantes mayoritariamente hombres, Vivian a la sombra de las Mundurucu, poderosas guerreras que habían fundado una civilización donde el androcentrismo había sido sustituido por una casta liderada por mujeres, pero sin la presencia de hombre alguno. Xingú se había convertido en una ciudad con escasas mujeres algunas de ellas esclavas y otras que por voluntad deseaban vivir con varios hombres a la vez, debido a la carestía de féminas en la región, muchas niñas decidían huir con las Mundurucu debido a que allá sus derechos como ciudadanas eran respetados y todas eran consideradas iguales.

La tierra de las legendarias Mundurucu era una mítica isla situada en el medio del rio Marañón, nombrado Amazonas por el explorador Francisco de Orellana, que al descubrir esa tierra de mujeres guerreras rememoró a las amazonas del mito griego. El imponente Amazonas, cordón umbilical que ata a los mortales con la Pachamama, serpiente de agua sagrada que impregna de vida diversa y abundante al enmarañado santuario vegetal, misterioso torbellino de aguas turbulentas que enlaza

---

[55] - Los pueblos Xingu son pueblos indígenas de Brasil que viven cerca del río Xingu. Tienen muchas similitudes culturales a pesar de sus diferentes etnologías. El pueblo Xingu representa quince tribus y los cuatro grupos lingüísticos indígenas de Brasil, pero comparten sistemas de creencias, rituales y ceremonias similares.

junglas y manglares. Pretencioso el rio amazonas se explaya como una oquedad hidrográfica sin parangón cuyas ramificaciones forman ríos, quebradas y lagos que enverdecen y dan vida al Reino Verde entero. En medio de este impetuoso cauce bordado de la más señera vegetación, de árboles y flores jamás vistas por ojo humano, cuna de una suerte de jardín del edén escondido celosamente entre las más peligrosas e indomables malezas; solo allí en ese mágico santuario los elementales de la selva pululan en libertad y se alcanza a percibir el arrebatador genio gárrulo que ruge fiero en las profundas corrientes del agua sagrada del Marañón, agua que da vida y da muerte.

Allí; en ese aguoso escenario de musgos y raíces, regían Las Munducuru en una amurallada ciudadela de finura arquitectónica, desarrollando una vida dedicada al arte de la guerra. La isla era Matenino, que tenía el mismo toponímico de la isla caribeña de la española, a diferencia de la primera esta Matenino estaba celosamente escondida en las entrañas del rio amazonas y era el terruño de las legendarias mujeres guerreras, sociedad matriarcal donde la mujer era el arquetipo de la perfección del género humano.

El festival de Chía se celebraba cada 300 años, era de suma importancia para las siete regiones del reino Verde. La noche antes del gran festival de Chía, Jacob estaba sentado en un gran jardín había gente alrededor, le acompañaban Macao, Iwarka y Kuwi.

—*Maichak ¿En tu mundo que hacías para divertirte?* —preguntó Macao acercándose a Jacob.

—*Muchas cosas, Tantas que es muy difícil decirlas todas, de donde vengo, pierdes el tiempo quizás olvidándote de ti mismo y de lo más simple, te dedicas a consumir drogas y alcohol; buscas: mujeres y fiestas; compras: autos lujosos, ropa, zapatos de diseño, propiedades, yates; pagas por viajes y sexo. Desesperado buscas algo que llene el vacío que tienes en tu vida, pero no lo podrás llenar jamás...*

—*¿Por qué? ¿Por qué no lo pueden llenar?*

—*Porque el vacío está en tu alma.*

—*Nada de lo que mencionas tiene que ver con tu tierra, con la naturaleza y con tu gente mucho menos con las querencias, los apegos o el arraigo, son gente vacía* —acotó Iwarka

—*Si Iwarka, vivimos para consumir y destruir.*

—*Y cuando ya tienes todo eso, todas esas cosas materiales ¿Qué pasa?* — inquirió Macao

—*Pasa que quieres más y más y más, Y eso que no incluí a la tecnología, el internet y además la fama, quizás el peor artilugio humano.*

Kuwi, empezó a moverse graciosamente y Jacob le dijo soltando una carcajada por la manera que contorsionaba su peludo cuerpecito.

—*¿Qué te pasa amiguito?* —Preguntó Jacob con preocupación.

Macao trataba de descifrar sus movimientos, pero era una ardua misión interpretar las señas que Kuwi hacía con su diminuto y peludo cuerpo. Sus rítmicos movimientos eran muy graciosos, era casi imposible contener la risa al verlo en su cadencioso ritual comunicativo.

—*Tardaré un largo rato en descifrar que es lo que quieres decir amigo.*

Un grupo de guerreros se aproximaron a Jacob y ofreciéndole de una tapara con chibcha una bebida fermentada a base de maíz le invitaron a una fogata que estaba cerca de allí. Al llegar todos se levantaron e hicieron un saludo reverencial. Como si fuese su jefe o líder. Jacob empezaba a comprender que en este mundo dimensional había una clase de humanos que compartían con las deidades quienes eran parte de la cotidianidad, ya no había lugar para la negación, debía aceptar lo que estaba sucediendo, no podía escapar a su destino, el mismo que estaba trazado en sus sueños y en los extraordinarios eventos de su vida.

Frente la gran fogata todos los guerreros empezaron a entonar un canto ritual, al ritmo de flauta y tambor, a la par que ejecutaban un baile coreográfico bamboleándose hacia adelante y hacia atrás alrededor del fuego, Jacob e Iwarka se embriagaron con la chibcha, se unieron a la fiesta bailando y cantando Jacob abrazaba a Iwarka y bailaba con él. Walichú estaba sentado sobre la rama de un árbol, observaba la celebración con una misteriosa sonrisa, era una entidad ambigua e impredecible. Kuwi observaba a Walichú desde el hombro de Iwarka, su poder de leer la mente y conocer el futuro representaba más que un don una maldición, era casi imposible expresar con precisión sus pensamientos, había tenido el don de la palabra y lo había perdido por una maldición. Después de un largo rato de desenfrenado baile, trajeron un gran mortero de piedra y empezaron a moler algo dentro, de allí tomaron un polvo grisáceo que mezclaron en una gran tapara con chibcha y se la fueron pasando a cada uno. Jacob bebió todo y luego le preguntó a Iwarka

—Y esto ¿Qué es? Mi querido Primate.

—No me digas primate, soy Iwarka. ¡respétame Maichak soy tu mentor! Esos son solo Cenizas de los guerreros caídos.

—¿Cenizas? —preguntó Jacob electrizado

—Si, esto es el **Reajú** [56]—Respondió Macao— *¡quiero más! ¡Jajaja! estalló en carcajadas.*

En eso llegó Odo Sha con sus Suamos, la música cesó abruptamente y todos se horrorizaron con la presencia de Odo' Sha y los Suamos.

—*¡Holaaaa! Odo ¿cómo te ha ido viejo amigo? ¿quieres chibcha está muy buena y fuerte; tiene el toque especial: dos onzas de guerreros muertos*— Jacob le acariciaba las plumas a Odo Sha

—*Vamos Odo toma un poquitito* —insistió Iwarka quien estaba igualmente ebrio.

—*Basta ya* —gruñó Odo Sha— *¡silencio! Maichak debes escoger a cuál de estos nos llevaremos* —dijo señalando a los guerreros que estaban alrededor

—*¿Qué quieres decir con eso de... cuál me llevo?*

—*Tu deberás escoger a quien nos llevaremos esta noche.*

—¿Yo? —preguntó espantado Jacob ¿por qué yo?

—*Porque tú eres Maichak su líder, y es un pacto ancestral por el festival de Chía los Suamos nos llevamos un guerrero y mañana los muertos también.*

—*No sé si pueda hacer eso ¿Qué opinas Iwarka?*

—*Quien tiene la decisión de hacerlo eres tú Maichak, yo no tengo jurisdicción alguna en tus decisiones. ¡Sigue tus instintos!*

—*¡Es difícil!* —Jacob se alejó hacia un árbol y vio a Walichú allí sonriendo—*¿qué debo hacer?*

—*¡Debes seguir el ritual, nada más! Inmediatamente se desvaneció*

---

[56] - Ritual Sagrado Yanomami donde los huesos de un difunto que se ha incinerado son triturados en un pilón y luego mezclados junto a las cenizas en una vasija. Posterior, realizan un carato o sopa de plátano al que le agregan la mezcla anterior. Debe ser tomado por toda la familia.

Jacob cubrió sus ojos con sus manos y sin ver señaló a su derecha a un guerrero al azar y dijo con pesadumbre:

—*¡Llévense a este!*

El guerrero fue tomado por un Suamo, se podían oír sus gritos desvanecerse a medida que las rapaces entidades desaparecían en la oscuridad de la noche, Los hombres cuervos o Suamos solo comerían carne fresca la noche anterior al festival de Chía, había sido un pacto con Wiracocha. Odo' Sha miró a Jacob con cierto desprecio y se marchó volando detrás de los otros Suamos.

Los demás hombres vieron a Jacob, más que con recelo con lastima. Él se alejó de allí seguido por Iwarka. Kuwi y Macao. Los guerreros continuaron cerca de la fogata murmurando. Macao rompió el silencio:

—*Kuwi trató de decirnos que Odo Sha vendría a pedirte la vida de un guerrero, pero no le entendimos.*

Kuwi asentía con su cabecita dando saltos de alegría.

—*¿Cómo era mi vida en el Reino Verde? Quiero decir ¿cómo eran mis padres de dónde vine?, ¿qué paso con mi hermano?*

—*Muchas preguntas* —dijo Macao mirando a Iwarka que aun parecía afectado por los tragos de chibcha

—*Cuéntale tu Maca; yo no me siento* bien —refutó Iwarka quien en ese momento empezó a vomitar mientras Kuwi le daba palmaditas en la espalda

—*Bueno, haré la larga historia lo más corta que pueda; y este relato se nos fue revelado por Wiracocha, dios Omnisciente y omnipresente: fue hace mucho, mucho tiempo en una de las siete regiones tu padre Maira, uno de los guerreros más valientes cuyo poder era incalculable, gozaba del reconocimiento y admiración de todos los pobladores quienes lo consideraban un gran benefactor. Su mejor amigo Opossum sentía celos de la notoriedad que Maira había obtenido entre todos, incluyendo los dioses. Un día Maira conoció a tu madre Inga, Inga era hermosa la más bella mujer con ojos tan claros como el agua y de cabellos dorados como el sol. Maira la cortejo y la tomó por esposa. Opossum quien también estaba enamorado de tu madre tramó un plan para separar a Maira de Inga. La noche de la boda después de la celebración Opossum ejecutó su malévolo plan para separar a tus padres, estando los recién casados en su lecho nupcial y habiéndose consumado el acto carnal, Inga se durmió profundamente. Opossum había hechizado a tu padre por medio de unos polvos que colocó en su bebida haciéndole sentir un fuego incontrolable en todo su cuerpo, esa noche estaba sediento, al ver que se había acabado el agua del cántaro que tenía en su aposento salió a buscar agua al manantial cercano a la choza, allí Opossum lo interceptó pidiéndole que le ayudara a hallar a su hermana que había sido raptada por hombres de una tribu rival. Maira resolvió ayudar a su amigo, confiando ciegamente en él. Opossum desapareció, y hasta el día de hoy no se sabe dónde está. Tu padre desapareció sin dejar rastro alguno. A la mañana siguiente tu madre desesperada salió en su búsqueda, ya tu semilla estaba dentro de su vientre, le hablaste a tu madre y le pediste que buscara a tu padre, ella no sabía a donde ir, pero tú le prometiste que la guiarías. Tu madre se detuvo a tomar una fruta pues tenía hambre, al hacerlo movió bruscamente la rama y una avispa picoteó a tu madre en el vientre, furioso porque creíste que tu madre te había golpeado a propósito y como siempre has sido un obstinado le dijiste a tu madre que no hablarías más con ella ni le guiarías en la búsqueda de tu padre. Tu madre estaba perdida en la selva, pero Opossum la seguía, Tu madre llegó hasta una improvisada choza donde Opossum sorprendido le dio hospedaje, esa noche mientras llovía fuertemente el abrió un hueco en el techo de palma encima de la hamaca de tu madre, ella se despertó emparamada y Opossum le ofreció espacio en la suya, ella sucumbió a la seducción bajo el hechizo de Opossum. Esa noche se engendró a tu hermano. A la mañana siguiente al verse ultrajada de vergüenza huyó mientras Opossum aun dormía. En medio de su gran tribulación corrió y llegó a la tierra de los Jaguares, donde una vieja mujer Jaguar le dio albergue. La mujer escondió a Inga en una olla de barro para que su hijo no la devorase, sin embargo, el hijo al llegar a casa olfateó a Inga y esta hábilmente se transformó en un ciervo y huyo rápidamente perdiéndose de nuevo en la selva, el maligno Jaguar envió a sus perros a perseguir a Inga, lamentablemente la lograron atrapar devorándola y llevándole otras partes a Jaguar, pero sus hijos, quienes estaban protegidos por los dioses se mantenían con vida en su vientre. El odioso Jaguar quien tenía el poder del fuego quería cocinarte a ti y a tu hermano para comérselos, pero ustedes tenían poderes especiales y lograron comunicarse con la vieja mujer Jaguar quien entendió que ustedes eran criaturas especiales y le pidió a Jaguar que se los dejara criar, la primera mañana la vieja los encontró convertidos en loros, luego en tucanes ya que tenían el poder de encarnar a cualquier criatura de la selva.*

Macao paró de contar la historia y caminó hacia un manantial que estaba cerca tomó agua y revoloteó alrededor de Jacob.

—*Es una larga y complicada historia* —dijo Iwarka aun afectado por la resaca—*continuas con la historia mañana ¿sí?*

Nadie pareció importarle su opinión

—*Si* —afirmó— *caramba es larga y fantástica* —agregó Jacob—*pero quiero saber más, continua ¿Qué pasó después que crecimos?*

—*Pues, así crecieron ustedes en medio de los Jaguares* — empezó de nuevo Macao— *¡Bueno! Continuo … se hicieron fuertes y aprendieron como vivir en la selva. Un día cuando la vieja Jaguar se había marchado a su huerto ustedes se escaparon corriendo por el bosque, allí conocieron un* ***Jacu***[57]*.*

—*¿Qué es un Jacu?* —interrumpió Jacob.

—*Jacu es una especie de pavo que parece más un ave* —explicó Macao— *en cualquier momento lo encontraremos por allí y te lo mostrare… ¡Bueno! pues él Jacu les contó de la manera tan horrorosa que su madre Inga había muerto. Lloraron tanto que sus ojos casi explotan de tanto dolor. Decidieron regresar a casa con la Vieja mujer Jaguar, esta les preguntó que les había sucedido en los ojos y respondieron que las avispas los habían picado. No querían que ella sospechara que ustedes sabían de la sangrienta muerte de su madre Inga. Llenos de odio y sed de venganza, fraguaron un plan para eliminar a todos los Juagares, cortaron delgados tubos de bambú e hicieron una cerbatana, avivaron las brasas del fuego y pusieron pequeños trozos de ascuas en las cerbatanas. Arrojaron en el rio cada una de las diminutas virutas de carbón que al hacer impacto sobre el agua se convirtieron en voraces pirañas. La mañana siguiente cuando todo el pueblo fue a pescar sobre el puente colgante; ustedes colocados estratégicamente en cada lado del puente lo voltearon haciendo que todos los Jaguares cayeran en el agua, y los miles de pirañas los devoraran sin piedad como…*

---

[57] Jacu (Penélope) es una especie de ave galliforme de la selva amazónica, perteneciente a la familia Cracidae conocido también como cuja.

—*¡Suficiente de masacres por esta noche!* —mascculló Jacob levantándose— *mi origen en este mundo no es muy diferente al de mi vida anterior, pero es evidente que siempre he estado rodeado de bestias.*

—*Cierto, vamos a descansar mañana será un día intenso* —agregó Iwarka— *¿Kuwi?*

Kuwi estaba dormido sobre una piedra Jacob lo levantó delicadamente y lo llevó entre sus manos.

CAPITULO V

Los Huitotos, El Código De La Vida Y El Escape De Okinuiema

"Todos los dioses, todos los cielos, todos los infiernos están en ti."
Joseph Campbell

Más allá de las pléyades, la energía creadora se debilitaba por el colapso de la humanidad dentro del plano infinito que el dios supremo, el arquitecto interestelar había creado. Todo era parte de ese holograma o plano perfecto, de esa extraordinaria fuerza, inequívoca y armoniosa que se proyectaba, como una simulación. Decepcionados aguardaban los espíritus superiores, visitantes asiduos de las comarcas extraterrenales, quienes enseñaron al hombre a vivir solo del fruto de la naturaleza, a no desdeñar de la terredad, a vivir como los animales nuestros hermanos mayores, pues fueron diseñados primero que el hombre, por largo tiempo todos disfrutaban de las bondades del holograma sin afectar los espacios de los otros. Los sabios nos protegían y guiaban; estos viajeros interestelares fueron quienes compartieron sus conocimientos con las primeras civilizaciones de la humanidad. después de mucho tiempo el hombre olvido subsistir en armonía con la naturaleza, olvido que debía construir los saberes solo para sustentar su vida y proteger su dimensión espaciotemporal. El hombre se hastió de tanta armonía y perfección y buscó el caos; decidió aceptar el conocimiento ofrendado por el dios Reptil y utilizó ese conocimiento para construir destrucción, el hombre entendió sobre la propiedad privada, el valor de la tierra, sobre el poder, sobre la conquista y sobre como asesinar a otros en guerras sin sentido para tener el control y el poder. El hombre aceptó su autodestrucción, se despojó de su condición divina y se mezcló con los reptiles, creando una nueva estirpe, una que se alimentaba del odio, del miedo y de la maldad. Pocos fueron los hombres que comprendieron el valor de ***Tiamat, Ishtar, Ninsuna, Astarte, Gea, Umai, Anann, Freyja, Coatlicue-Chimalma, Nuke Mapu, Atabey, Yucahu, Guadalupe y Pacha Mama***[58]... ¡La madre Tierra!

Pocos veneraron y protegieron a la tierra y muchos eran los que la ultrajaron. Los mensajeros interestelares estaban cansados del hombre y su erróneo proceder, pero el arquitecto le impidió que siguieran interviniendo. El Código de la existencia estaba grabado en el espiral que conectaba a los hombres con el arquitecto supremo y pronto ese espiral se cerrara para siempre, pues el uso del conocimiento generó tecnología inútil: bombas, ojivas nucleares, satélites, desechos industriales, consumismo en masa, hambruna, genocidios, aniquilación de las selvas y mares y todo ser viviente que en ellos habita; altero el balance. De este modo el Reino Verde debería resurgir, y esto solo ocurriría si se cumpliese la profecía. Y para ello estaban todos acá en este plano infinito; tratando de recomponer el balance y mantener los portales Inter dimensionales protegidos de las fuerzas del mal.

Todos los guerreros se asentaron en un gran territorio conformado por una vasta altiplanicie. Coñori había decidido permanecer en Matenino intentando recuperar algunos códices de gran valía para su tribu, aun así, era muy poco lo que había sobrevivido a la catástrofe. Kori Ocllo, Odo Sha y Yara seguían con Jacob. Walichú se había desvanecido nuevamente, Los tres compinches iban al lado de Jacob, siempre incondicionales. Después de la cura de Cuy y de todo el embrollo místico Macao había perdido el don del habla y Kuwi estaba hablando, curiosamente Kuwi no tenía más el poder de la adivinación, su poder se había desvanecido, al parecer sus poderes se habían intercambiado, Tuki

---

[58] - Los distintos nombres de las deidades femeninas que en diversas culturas y religiones protegen a la humanidad, la tierra, las cosechas, y la fertilidad.

continuaba con ellos. En el enorme campamento aguardaban la llegada de más guerreros de todas las tribus de los siete reinos. Se juntaron para ofrecer su ayuda pues la exterminación estaba muy cerca.

Esa noche, el campamento estaba sereno, las estrellas en su pertinaz titilar decoraban el firmamento como diamantes sobre negro terciopelo, composición perfecta de constelaciones infinitas donde habitaban los dioses regidores de los destinos de la selva. Algunas fogatas se dispersaban a lo largo de la planada. Jacob estaba solitario pensativo, sentía nostalgia del hombre que había sido, o que tal vez nunca fue; su corazón era una bestia, una bestia incontenible que palpitaba y se lo devoraba a cada latido. Una vez más le invadía la duda ¿Qué paso con sus amigos? ¿Atamaica? ¿Por qué tenía que estar acá? ¿Los volvería a ver? En medio de estas interrogantes que laceraban sus pensamientos, apareció Yara

—*¿Qué sucede Maichak porque estas tan ensimismado?* —dijo sentándose a su lado en una colosal piedra blanca y redondeada.

—*Nada* —acomodó sus largos cabellos detrás de sus orejas mientras se le escapaba un suspiro, tan inmenso que inundó de pesar todo alrededor —*me preguntaba si todo esto tenía algún sentido, si lograremos vencer a la Corte del Mal.*

—*Si tiene sentido Maichak, venceremos si cumplimos con nuestra misión. Ya has cumplido el primer mito.*

—*¿El primero?* —dudó Jacob.

—*Si, el primero ha sido el mito de la flauta, a continuación, debemos encontrar el báculo; liberar a tu hermano, no sé cuáles serán las próximas tareas ¡pero sé que las lograrás!*

—*¿De dónde eres Yara?* – preguntó Jacob pues sentía que ya el conocía a Yara, quizás en otro plano. Ella lo tomó de la mano y lo sentó con ella sobre una piedra respondió:

—*Es una larga historia… ¡Te la contaré!*

En ese momento Yara trasladó a Jacob a un limbo, una zona atemporal en la cual flotaban entre nubes desde allí tenían la potestad de ver el firmamento, la bóveda celeste estaba más fulgurante que nunca, las estrellas se veían cercanas como si fuesen bombillas en una feria de carnaval. Yara se había transfigurado, sus ojos centelleaban sus cabellos flotaban y su cuerpo era incandescente y dorado como el sol. En medio de esto empezó a narrarle a Jacob su mítica historia:

Érase una vez cuando las animas de los hombres eran muy puras y sinceras, existía una doncella llamada Yara, quien pertenecía a la tribu Nívar, hija unigénita del poderoso cacique Yaracuy cuyos dominios eran la más fértil región del norte del reino verde en un amplio valle de exuberante belleza llamado Nirgua, a las faldas de la montaña sagrada Sorte, perpetuo santuario donde los dioses de la naturaleza concurren otorgando a este imponente macizo el embrujo de fuerzas sobrenaturales y la belleza de un paraíso sin igual. Se dice que Sorte es la conexión de los dioses con la tierra, la morada donde los espíritus confluyen en armonía con el hábitat, allí en ese macizo misterioso, existe aún un enlace con las entrañas mismas de la tierra y con todas sus riquezas y secretos. Zulay el chamán más poderoso de la región predijo que entre los Nivar habría de nacer una niña de ojos misteriosos color verde como el agua.

Así fue como nació Yara, su madre murió durante el alumbramiento, el cacique Yaracuy se asió con inmensa ternura y protección a su hija. Zulay al saber la noticia de que la niña del cacique tenia los misteriosos y malignos ojos color verde agua, propuso ante todo el pueblo Nivar, que la niña hija del cacique tenía que ser sacrificada y ofrendada al dios del agua: la temible Anaconda, si la niña no era sacrificada cuanto antes una plaga azotaría a toda la región y así los Nivar desaparecerían de la faz de la tierra. Pero su padre Yaracuy no pudo entregar a su propia hija para tal horrorosa inmolación. De este modo decidió esconderla en la montaña de Sorte en una cueva custodiada por veintidós guerreros. Yara vivía cautiva en una cueva teniendo solo contacto con un guerrero que le servía los alimentos. Su vida estaba llenada de tristeza y soledad. Una mañana de sequía, una gigantesca danta o tapir hembra llegó a la cueva a parir, esa noche nació una hermosa cría, pero la danta madre había muerto, así fue como Yara tuvo compañía, poco a poco descubrió que esa pequeña danta era en realidad una deidad enviada por Chía para que ella no estuviera sola. Pasaron los años y la dulce niña se convirtió en una hermosa mujer.

Su padre le había prohibido verse en los espejos de agua de manantiales y ríos. En medio de su cautiverio el guerrero que le custodiaba le enseñó como defenderse, de este modo aprendió a ser una gran guerrera y descubrió que, era portadora de un don el cual portentosamente le otorgaba mágicos poderes. Un día de abril contempló la montaña que estaba engalanada con flores y frutos de todos los colores, sintió curiosidad por ver las flores de cerca, por lo que elaboro un plan, adormeció al guardián y escapó de la cueva, Caminó hasta el lago, y observó por primera vez su propio reflejo en el agua, sintió gran fascinación con su propio reflejo, pues jamás había visto su propia imagen. Sin control empezó a chapolear el agua con frenesí de este modo despertó al Dueño de Agua, al Gran ente Anaconda, quien brotó de las profundidades del inmenso lago, enamorándose de ella y atrayéndola hacia sí. En el lago la joven y la poderosa Anaconda se fusionaron en un ritual místico.

El padre de Yara al descubrir la espiritual unión decidió asesinar a su propia hija para salvar a toda la tribu Nivar. La Anaconda enfurecida creció, se hizo enorme y estalló provocando una gran inundación que arrasó con la aldea y su gente. De este modo se cumplió la profecía de la destrucción de los Nivar. Tiempo de una gran devastación arribó a la región de los valles de Nirgua, luego de las inundaciones los blancos españoles llegaron arrasando todo a su paso y secuestraron a la bella princesa Yara a la cual llamaron Maria Lionza y la hicieron ser la mujer de un hombre blanco muy poderoso. Un día, ella se liberó de su cautiverio, se arrojó desde una cascada y desde ese día Maria Lionza se volvió la Diosa protectora y dueña de las lagunas, ríos y cascadas, madre protectora de la naturaleza, animales silvestres y reina del amor. El mito de la reina de Sorte no desapareció en manos de la conquista española, subsistió en la más estricta y rigurosa de las tradiciones orales. Su leyenda fue un instrumento de adoctrinamiento católico, encarnando a la advocación de Nuestra Señora María de la Onza del Prado de Talavera de Nivar. Pero en el corazón de la selva y en el de los millones de latinoamericanos que creen en sus poderes sobrenaturales seguirá siendo siempre la diosa de la montaña sagrada, siendo la protectora de la naturaleza.

En ese momento Yara y Jacob regresaron de su revelador viaje. La voz de Kori Ocllo los había hecho desconectarse:

—*Veo que estaban ensimismados* —dijo con un a aire de indignación Kori sus ojos chispeaban Kuwi estaba en su hombro izquierdo.

—*¡Kori!* – dijo Jacob bajándose de la inmensa roca

—*¡No te molestes!* —interrumpió abruptamente— *vine a decirte que Odo Sha y los demás están esperando por ti, mañana salimos rumbo a Chaco* —dio la espalda y se marcho

Una alianza de fuerzas benignas surgió, algunas divinidades relacionadas con la guerra habían confluido desde los más ínfimos rincones de todo el Reino Verde, así como los más aguerridos héroes culturales de las tribus más icónicas de la región se habían proyectado en este espacio atemporal a través de los portales multidimensionales. Los Loncos [59], Toquis [60] y los Machis [61] más poderosos de la región del sur y, también los caciques y chamanes del norte.

Odo Sha estaba en primera fila, no había la menor duda que era uno de los dioses y líderes más fuertes, aunque su infortunado destino era sobrevivir de la carroña, poseían una identidad dual que fluctuaba entre el bien y el mal. Tomó la palabra y dijo dirigiéndose a todos los presentes deidades y miles de guerreros:

—*¡Pachamama!, ¡Pengei!, ¡están en peligro! ¡He aquí! estamos todas las fuerzas, la alianza de la Corte del Bien se hace poderosa, uniendo nuestras energías protectoras que emanan desde nuestro santuario, solo con la fuerza vital del reino verde lograremos vencer a la oscuridad y a la destrucción, yo mismo he vivido en oscuridad y destrucción y ahora se me ha otorgado el privilegio de reivindicarme.*

Luego de haber dicho las solemnes palabras, se divisó una figura resplandeciente era ***Wangulén*** [62] conjunción de los espíritus benignos, diosa líder Mapuche que con voz solemne dijo:

---

[59] - Un lonco (en mapuche: longko 'cabeza'), también denominado lonko o cacique, es el jefe o cabeza de una comunidad mapuche. El cargo tiene aspectos políticos, administrativos y religiosos.

[60] - El toqui era elegido en una asamblea de loncos de los distintos clanes aliados en la guerra en cuestión, que se unían para formar una agrupación denominada rehue. No era un puesto vitalicio ni hereditario, sino un mandato que duraba mientras persistía la guerra o la situación excepcional, o mientras se mantuviera el acuerdo.

[61] - Un machi es un curandero tradicional y líder religioso en la cultura mapuche de Chile y Argentina. Los machis juegan papeles importantes en la religión mapuche. En la cultura mapuche contemporánea, las mujeres son más comúnmente machis que los hombres, pero no es una regla.

[62] - La Wangulén es un tipo de espíritu femenino benigno de los mapuches. Las wangulén están relacionadas estrechamente con el ser humano mapuche; ya que una de ellas habría sido elegida la mujer del primer hombre mapuche. Por ello, igualmente la mujer mapuche como conclusión de su vida terrenal puede lograr convertirse en una wangulén; si no en vida siguió las tradiciones y leyes del admapu, y tuvo una gran descendencia que la recuerde y que honre su memoria. (si es hombre puede llegar a convertirse en pillán).

—Hemos venido a unirnos en esta batalla desde la sagrada región Mapuche, los Loncos, Tonquis, la esencia creadora ***Mapu*** [63]*, el sagrado El, el Pillan* [64]*, el Ngen. Todos entregaremos nuestra energía vital para lograr el balance.*

Un musculoso guerrero tomó la palabra era el cacique Upar [65] tenía un tocado de plumas multicolor en el centro de su frente, su cuerpo estaba cubierto por polvo de oro.

—Nosotros también venimos de las regiones del norte mis compañeros de lucha los caciques ***Bitagui*** [66]*,* ***Kalarcá*** [67] *y* ***Petecuy*** [68] *sabemos por el poderoso Sue nos ha revelado que el báculo sagrado de Bochica no se encuentra en la región de Chaco, ustedes deben dirigirse a una ciudad milenaria cuyo nombre no puede develarse aún, pero que ustedes en medio de su recorrido lo conocerán.*

—Yo soy ***Guaicaipuro*** [69] *líder de los guerreros del territorio Caribe y Arawak también hemos venido a luchar contigo Maichak, a mi lado están*

---

[63] - Mapu: país, lugar, tierra. Mapuche: gente de esta tierra.

[64] - El concepto de pillán (mapudungun pillañ) refiere a un tipo de espíritu poderoso e importante presente en la religión mapuche; los cuales son considerados como la representación de los antepasados

[65] - El Cacique Upar fue el jefe de jefes o Gran Cacique legendario de la tribu del país de los Chimilas, rama chibcha de la tribu, pobladora de vasto territorio de la costa norte colombiana

[66] - El Cacique Bitagüí fue un líder indígena, nacido en Itagüí, que habitó el departamento Antioquia en Colombia. Según relatos de la región fue un cacique que trajo mucho progreso a la población, además de estimular un espíritu de lucha y protección.

[67] - Calarcá (originalmente Karlacá; desconocido - 1607) fue un Cacique pijao que resistió la Conquista española del territorio que actualmente es Colombia. En la Pascua de 1607 incursionó contra el fuerte Maíto en compañía de Cocurga, Coyara y otros cuarenta guerreros indígenas formando parte de la resistencia.

[68] - Petecuy fue un cacique de Lilian, comarca indígena localizada en el actual departamento de Valle del Cauca (Colombia). En los cerros de la cruz donde se impuso a otros cinco caciques de la región y llegó a mantener un control unificado en la región por 20 años junto con su esposa. Su esposa también se destacó como gran guerrera. Enfrentó la Conquista española

[69] -Guaicaipuro o Guacaipuro fue un cacique; nació en un asentamiento indígena en la región de Los Teques, Venezuela, alrededor de 1530, y murió en 1568. Lideró a varias tribus caribes, con el título Guapotori, "jefe de jefes", en una lucha por el

los demás caciques: Paramacay, Chacao y un joven que aún no es cacique pero que algún día lo será: Tamanaco

Tamanaco estaba segregado en un rincón e inesperadamente escuchó su nombre, estaba confundido, cerca estaban Macao, Tuki e Iwarka; este último que estaba a su lado le dijo:

—*¡Muchacho te mencionaron! ¡Eres tú!*

—*No te equivocas ¿cómo puedo llegar a ser un cacique, si soy solo un guerrero?* —dijo Tamanaco sumido en una profunda tristeza.

—*Si, Muchacho ¡Eres tú! ¡Tú eres el elegido! Ven con nosotros, este es tú lugar, tienes el poder dentro de ti* —dijo Chacao el brioso y legendario cacique.

Tamanaco se levantó apoyado por Tuki y Macao que le animaron revoloteando alrededor de él. Caminó hacia los guerreros que le esperaban. De repente una hermosa mujer de solemne estampa de largos cabellos, senos perfectos como duraznos tiernos y de piel plagada

control de las minas de oro de Los Teques. Es conocido como el líder de la resistencia indígena.

de tatuajes tribales, se adentró entre los grandes guerreros que estaba formando él semicírculo y dirigiéndose a Tamanaco habló con voz potente y autoritaria:

*—Estas destinado a luchar por la libertad de tu pueblo, Cuando los dioses blancos con cabellos dorados en sus rostros lleguen a nuestras tierras, no serán los dioses amigables que creímos y que esperábamos, tendrán el enojo del rayo en sus ojos, nos trataran de exterminar y solo nosotros podremos resistir y permitir que nuestra cultura sobreviva por las generaciones venideras, pero esa serán las batallas del otro plano, ahora nos corresponde a nosotros los Tainos defender con ustedes al Reino Verde, todos los caciques más aguerridos hemos venido a luchar. ¡Acá están: ¡**Hatuey!*** [70] *de **Quisqueya**!*[71] *¡El aguerrido **Guama**!*[72] *¡**Caonabó***[73] *de los **Cibaos!***[74] *¡**Jumaca**!*[75] *¡**Habaguanex**!* [76] *y esta guerrera y servidora **Anacaona!***[77]

Miles de guerreros estaban agrupados con antorchas, se distinguían a los Suamos. Entre ellos apareció una vieja de largos cabellos grises, vistiendo una elaborada manta multicolor, era la Machi poderosa Mapuche, intermediaria entre el mundo de lo visible y lo invisible caminó seguida de los chamanes hacia una pequeña colina en donde

---

[70] - Hatuey **fue un cacique taíno proveniente** de la isla de Quisqueya que luchó contra los conquistadores **españoles** en esa isla (actual La Española) y en Cuba.

[71] - Isla conformada por Haití and Republica Dominicana.

[72] - Cacique taíno cubano que luchó contra la colonización española entre 1522 y 1532 en pleno apogeo del dominio español.

[73] - Cacique arawak-taíno de la isla La Española, en la región Cibao (actual República Dominicana), a la llegada de Cristóbal Colón. Caonabó era el jefe del cacicazgo arawak-taíno

[74] - El Cibao, generalmente conocido como "El Cibao", es una región de la República Dominicana ubicada en la parte norte del país. A partir de 2009 el Cibao tiene una población de 5.622.378 por lo que es la región más poblada del país.

[75] - Jumacao -Jumaca (nacido c. 1480) fue el Cacique Taíno (jefe) del área en Puerto Rico que lleva su nombre (ahora deletreado Humacao).

[76] - El último de los caciques de la provincia india de la Habana. Regente de la zona antes de la llegada de Colón y de la cual se cree que toma nombre la capital de Cuba.

[77] - Anacaona (en idioma iñeri: Anakaona 'incesable valor' 'Ana, siempre o sin cesar; ka(k)ona, de valor')1 o Anakaona (1474-1503)2 fue una cacique taína de Quisqueya.3 Gobernó el Cacicazgo de Jaragua tras la muerte de su hermano Bohechío y estaba casada con el cacique Caonabó, quien gobernaba el Cacicazgo de Maguana.

estaban los lideres al llegar a lo alto esparció lo que parecían polvos mágicos sobre los guerreros y gritó:

—*¡Todos unidos conseguiremos derrotar a las fuerzas de la corte del mal!, pero Maichak el gemelo, el héroe cultural será quien nos guie en esta empresa. ¡Viva Maichak!*

—*¡Qué viva!* —gritaron todos.

Durante la gran reunión se decidió que Jacob iría rumbo a Bacatá con Odo Sha, sus compinches, Yara, Anacaona su esposo Caonabó, y Tamanaco. Lo lideres no seleccionaron a Kori Ocllo para acompañarlos en esa expedición, debería quedarse en el campamento. Ya todos los guerreros se habían internado en sus improvisadas chozas. Tamanaco se quedó sentado de nuevo en la misma piedra en la que Jacob estuvo un par de horas antes. Jacob suspiró, no podía evitar sentir lastima por él, sabia del sufrimiento del muchacho por la bella Amaya y se aproximó:

—*Cuando tengamos el báculo iremos a liberar a Amaya.*

—*Quizás, ya sea tarde, ni siquiera sé si está viva.*

—*Si, lo está; lo presiento.*

—*Gracias por hacerme sentir bien, pero siento que mi tiempo se acorta y debo encontrar a Amaya cuanto antes. Necesito que me ayudes Maichak tus ojos me dicen que tú mismo sufres por un amor.*

—*Si, es cierto. Una mujer que espere toda mi vida y cuando finalmente llegó, nos tuvimos que separar.*

—*Espero que logres encontrar a esa mujer Maichak, comprendo tus sentimientos. Mañana salimos temprano. Cuenta conmigo, estaré a tu lado en la lucha. Pero quiero que sepas que en cualquier momento que sepa donde esta Amaya abandonaré todo por irla a buscar.*

Jacob le extendió su brazo, se estrecharon las manos cruzando los antebrazos en una suerte de saludo atlético. Tamanaco se marchó. Jacob abstraído miró nuevamente el firmamento.

Mientras tanto en Matenino, Coñori había tenido éxito rescatando documentos y objetos de gran valor ritual para su pueblo y no olvidó la promesa que le había hecho al joven amante. Preocupada por el paradero de Amaya decidió consultar a una poderosa sacerdotisa, una de las pocas que había sobrevivido a la masacre y destrucción.

La choza a penas se mantenía en pie, algunas ramas secas con barro fungían de pared. En el interior se esparcía una espesa humareda, que impedía la visibilidad. En un rincón había leña ardiendo y colgando sobre la misma una cazuela de barro que pendía de una grasienta cuerda y de ella se elevaban ramales de humo que serpenteaban cual espíritus inquietos ascendiendo a su liberación, Todo el recinto estaba impregnado de un extraño olor a hierbas, que sorprendentemente no era desagradable, al contrario, produjo gran sosiego a Coñori quien suspiró serenamente. Miró alrededor, pero no había más que huesos de animales colgando y ramajes secos. Coñori carraspeó para alertar que había llegado, no obstante, el silencio reinó. Suspiró pensando que ya no vería a la hechicera, batió algunos huesos que colgaban los cuales emitieron un sonido semejante a un xilófono, y lanzado una última mirada avanzó dos pasos hacia la salida. Una voz ronca y lejana se escuchó en un oscuro rincón, sigilosa se apreció una vieja cuyo frágil cuerpo se perdía en la oscuridad.

—¿Por qué te marchas? ¿No deseas saber dónde está la mujer que buscas?

Coñori se sorprendió, pero de inmediato contestó relajadamente:

—Si, ¡por supuesto que si deseo saberlo! Necesito saber dónde se encuentra Amaya.

—Bien mujer, lo sabrás ¿Trajiste lo que te pedí?

—Si, acá tengo una cinta que ella sostuvo en sus manos —extrajo de una alforja la cinta que Amaya escogió en el festival. La vieja se incorporó con gran facilidad, parecía tan frágil, pero aun gozaba de gran movilidad extendió su mano y la sujetó. Se arrimó al caldero el cual pendía del techo esparciendo un humo oloroso, mas no desagradable de inmediato echó la cinta dentro y el humo se tornó negro. La vieja usó un trozo de madera, una suerte de paleta y sacó del caldero un pedazo de cuero. Lo extendió en un mesón y recitando algún hechizo lo fue secando lentamente con la cinta que Coñori le acababa de entregar.

Lo que la vieja hechicera le reveló a Coñori era increíble un pergamino donde estaban grabados con gran perfección los siete territorios del reino verde. Coñori había visto mapas parecidos, pero ninguno tan bien elaborado. La vieja sostuvo el cuero entre sus arrugadas y deformes manos; bebió un sorbo de un líquido transparente que estaba en una tapara, debió ser algo fuerte pues arrugó el ceño al tomarlo, y secándose los labios con el antebrazo le dijo a Coñori:

—*Dame tu mano* —agarró la mano de Coñori con fuerza y le hizo un piquete en el dedo índice. Lo presionó con fuerza y una gota roja salpico el cuero.

—*Este mapa, el mapa del hombre rojo.*

—*¿Hombre rojo?*

—*Si, el hombre rojo con sombrero de cuernos fue un visitante de las estrellas que una noche se quedó en esta choza, nunca vi a alguien beber tanta chicha como el, ¡parecía no emborracharse jamás! Erick dijo llamarse o algo así.* —La mujer suspiró— *¡Ah! y me obsequió este mapa mágico. Este mapa te guiará hacia donde esta cautiva la muchacha; debes mantener el cuero vivo. Haz de colocar una gota de sangre todas las noches hasta que encuentres a la muchacha. Luego te será útil para encontrar cualquier lugar, y a cualquier persona, pero siempre debes alimentarlo con tu sangre.*

—*¿Sangre?* —inquirió sorprendida Coñori

—*Si; sangre tuya y de nadie más. Si llegase a caer sangre de otro. Se perderá el rastro de la muchacha.*

Coñori agarró el increíble mapa hecho de piel de sapo con desconfianza, el mapa era interactivo, una suerte de GPS místico de no más de diez centímetros; tenía la capacidad de señalar el lugar donde estaba Amaya, seguidamente la vieja bebió otro buche del trago y con voz frustrada refunfuñó:

—*¡Ah!! ¡Muchacha! ¡un momento! ¿Dónde está mi paga?*

—*Disculpa, lo había olvidaba aquí los tienes, son del templo de* ***Tume Arandu*** [78]*. Espero que los uses por un buen propósito*— La bolsa contenía diamantes que habían pertenecido al tesoro del templo y que ahora yacía destruido.

—*Por darme estos diamantes tan valiosos te daré una pócima que hace invencible a todo aquel que la use*—La vieja buscó en una repisa donde

---

[78] - Tumé Arandú es hijo de Rupave y Sypave, "Padre del pueblo" y "Madre del pueblo". Fue el primero de sus sonidos, el más sabio de los hombres y el gran profeta del pueblo guaraní. Su hermano era Marangatú, padre de Kerana, la madre de los siete monstruos legendarios.

había frascos de bambú y de arcilla, seleccionó un diminuto frasco de arcilla y se lo acomodó con solemnidad en la palma de su mano y con ambas manos le cerró el puño— *Debes tener cuidado, esta pócima hace a una mujer fuerte, pero si la mujer es besada por quien ella ama, y ese amor no fuese correspondido ella irremediablemente morirá. Solo podrá salvarse si ese amor es mutuo y verdadero.*

—*¿Besada por quien se ama?* —Inquirió Coñori evidentemente impresionada

—*Así es muchacha* —respondió la vieja dándole dos palmadas en el hombro —*¡Solo el amor puro y sincero!*

Coñori sabía que eso no significaría ningún problema, respiró profundo, tristemente había amado solo a un hombre, y el jamás la besaría, así que se inclinó en señal de agradecimiento a la vieja.

—*Así que ¡El verdadero amor!* —murmuró incrédula Coñori— *¡Gracias!*

—*¡Cuídate muchacha! El tejido de la vida se está urdiendo a cada instante, a cada paso que damos.*

Salió de allí con entusiasmo, quería recuperar a esa chica y reencontrarla con su gran y único amor; esto era una clase de redención para ella misma. Así que emprendió la travesía junto a dos jóvenes guerreras Paki y Sachi quienes eran tan solo unas adolescentes, y además eran gemelas, ambas habían sido entregadas a Coñori por su madre quien se las entregó antes de morir en una batalla, desde entonces se convirtieron más que protegidas en sus verdaderas hijas.

El lugar donde estaba cautiva Amaya era la región guaraní la tierra que el mapa marcaba con el nombre de ***Yvy Tenonde*** [79]**.** Coñori no temía a los avatares de su travesía. Las razones por la que decidió rescatar a Amaya eran varias; había perdido a su amado pueblo, ahora era agente libre y encontrar a esa chica acabaría con la tradición feminista de las Mundurucu. El amor de Tamanaco había sido algo único y sublime; Coñori jamás pensó que un hombre podría demostrar tanta admiración, entrega y amor por una mujer. Las mujeres Mundurucu

---

[79] - La tierra Primera, morada de los dioses del panteón guaraní. Lugar alterno proyección del plano real.

habían esclavizado a los hombres por cientos de años reduciéndolos solo a un elemento exclusivo del proceso de gestación, pero ese tiempo de poderío femenino había terminado, o al menos en el Reino de Matenino. Coñori sabía que los dos amantes se volverían a encontrar y estaba feliz de contribuir.

Mientras tanto; muy lejos de allí en el campamento, todos pernoctaban en grupos alrededor de fogatas. La noche estaba clara y aún era luna llena, un concierto de grillos se escuchaban persistentemente y combinaba con el titilar de las estrellas. Jacob observaba el firmamento y luego de un rato bajo la mirada; quería localizar a su gente y alcanzó a ver a Kori sentada cerca con los compinches. Bajo por la calzada que bordeaba la pequeña cascada y se aproximó hacia ellos. Llegó saludando a todos:

—*¿Qué hacen?*

—*Conversamos* —respondió Iwarka

—*Si, conversamos sobre los amores mal correspondidos* —explicó Tuki—*por cierto, ya nos íbamos ¿Verdad chicos…?*

—*¡Oh si! Si. ¡Claro!* —Kuwi estaba hablando, tenía una vocecilla aguda y chillona, Macao quien otrora era el lenguaraz, ahora solo podía agitar sus coloridas alas. Los tres se despidieron.

—*¿Por qué estas molesta conmigo?*

—*¿Yo? ¿Molesta? ¿Por qué habría de estarlo?, me debo ir es tarde.*

—*No iras con nosotros, te extrañaré*

—*Tú sabes que no fui elegida, pero sin duda estarás muy bien con Yara y los demás*

Kori se incorporó, pero Jacob la sujetó por el brazo y la sentó en sus piernas, El hermoso cabello de Kori cubrió su rostro, pero Jacob lo descubrió de lado a lado acomodando sus cabellos como si estuviese abriendo una cortina. Besó sus labios con ternura, ella anhelaba ese beso

—*¡Maichak!* —dos lágrimas se desparramaron por sus mejillas.

—*¡Mm! ¡así sabe el beso de una diosa!* —sonrió y la abrazo fuertemente—*Todo estará bien no sé porque, pero siento que tú has estado siempre en mi vida.*

—*Si, y créeme Maichak estaré allí cuando me necesites.*

Al despuntar el alba partieron, solo el pequeño grupo seleccionado. Odo Sha, sus compinches, Yara, Anacaona, Caonabó y Tamanaco. El gran tapir de Yara, Lionza tenía extraordinarios poderes, podía correr muy rápido, en ella harían el recorrido: Upar y Guaicaipuro. Iwarka se había transformado en un inmenso cóndor de dos metros, sobre él, iban sus amigos además de Tamanaco, y Jacob contaba con Alicanto haría la travesía junto con Anacaona y Caonabó. Odo Sha podía volar pues era el Dios Buitre. La vieja Machi se acercó a la expedición con un saco, se aproximó a Jacob

—Gran Maichak estas son los ***Anchimallen*** [80] *seres diminutos que se transforman en brillantes esferas, pueden enceguecer a tus enemigos, así como producir aturdimiento. Ellos serán útiles, llévalos junto a ti.*

Kori estaba a la distancia observaba con soslayo a Jacob, Tuki le hacía compañía desde un árbol, no iría con los tres compinches. Walichú apareció tras ella, y le susurró al oído

—La bella y mística Kori Ocllo se ha enamorado.

—Si, eso crees estas equivocado.

—No lo creo; estoy seguro, te enamoraste de Maichak, pero tú y yo sabemos que ese amor es imposible.

Kori miró a Walichú a los ojos y se marchó en silencio afectada por la triste sentencia que el astuto dios había pronunciado, sin piedad. Walichú sonrió recostado en un rugoso árbol. Jacob echó un vistazo confundido. Buscó a Kori entre la muchedumbre, que había llegado a la planicie para despedirlos, pero fue en vano.

La visión desde las alturas era una experiencia insuperable, los ríos surcaban la jungla como venas hinchadas que brotaban y se ramificaban en medio del espesor del boscaje tropical. La breña indómita lucia como un tapete donde se entretejían los más disimiles y magnificentes verdes. Todas las derivaciones del verde podían apreciarse, desde el más amarilloso, hasta el más azulado y oscuro. El vuelo sobre Alicanto no tenía paragón; romper el viento volando en su contra los hacia presa de una sensación de

---

[80] - **El Anchimallén** es descrito como un ser pequeño que se transforma en una esfera de luz y/o fuego que emite una radiante luminosidad como si se tratara de una centella o foco. Se dice que estos espíritus se dejan ver en el mundo de las personas o Püllü Mapu, por lo general en señal de malos augurios/

libertad, la adrenalina manaba a borbotones. Jacob ya casi no recordaba su vida en el otro plano, estaba muy ocupado fungiendo de héroe, de los días de la estrella de rock, egoísta y prepotente quedaba muy poco. Yara cabalgaba a Lionza a una gran velocidad, el inmenso tapir a pesar de su tosco aspecto esgrimía la plasticidad de una gaviota. Durante las noches descasaban en las riberas de los ríos. El itinerario del viaje era incierto era una mítica ciudad que en medio del recorrido ellos localizarían.

Esa noche estaban sentados al calor de la fogata. Odo Sha estaba distante recostado mirando las estrellas, todos los demás conversaban a la luz de la fogata, Kuwi quien otrora no podía pronunciar palabra alguna, ahora era un desenfrenado orate, y disfrutaba siendo él cuenta cuentos esa noche, todos se reían de las ocurrencias del pequeño roedor, que relataba el martirio que experimento al no poder expresar sus sentimientos y sus predicciones. Tamanaco y Caonabó habían ido al rio a buscar agua. Esa noche estaba regida por una tensa calma, las copas de los árboles no se movían, y los usuales ruidos de la selva estaba extrañamente minimizados. Tamanaco tenía las taparas y cantaros de arcilla casi listos con el agua, Caonabó aprovechó para pescar con su lanza algunos peces que pululaban en una orilla. La atmosfera era cálida y húmeda, Los dos guerreros estaban ensimismados en su labor. Inesperadamente se escucharon unos rugidos, y las ramas de los arbustos crujieron, ambos se colocaron en posición de ataque, pero el ruido se había desvanecido. Caonabó vio a una figura pequeña y siniestras que se deslizo entre los arbustos.

—*¿Viste al duende?* – preguntó

—*No, creo que hay un felino rondando, lo he oído, pero no he visto ese duende que dices.*

El muchacho terminó su faena y cargó con las taparas. Emprendieron el caminó hacia la pequeña colina donde podían avistar el fuego del campamento. El rugido de nuevo, pero esta vez seguido del ataque, varios hombres jaguares se abalanzaron sobre ellos. Tamanaco empezó a luchar con el inmenso hombre Jaguar, Caonabó logró aniquilar a uno de inmediato con la lanza, pero apareció otro. Era evidente, Tamanaco había sido mordido por uno de ellos en el cuello y callo neutralizado. Caonabó gritó para advertir a los demás do el ataque, pero fue en vano ya las bestias habían llegado hasta ellos.

Yara fue tomada por los cabellos por uno de los horribles felinos, pero logró zafarse cortándose el mechón de cabello, saltó detrás y lo sometió por el cuello degollándolo hábilmente, Anaconda no corrió con la misma suerte, había sido capturada por uno de los felinos. Caonabó había ido tras ellos adentrándose en la selva. Al mismo tiempo Jacob había aniquilado a uno, pero sorprendentemente se multiplicaban. Iwarka se había transformado en un fiero Puma logrando abatir a varios. Odo Sha hábilmente logro abatir a una decena de fieras, pero, aun así, aparecían más. Kuwi que ahora podía hablar; chilló con toda la fuerza que le era posible por lo sutil de su vocecilla:

—*¡Macao!*—le lanzó la bolsa de la vieja Machi a Macao, y este voló hacia Jacob entregándosela

Jacob la abrió y los Anchimallen se posaron frente a él esperando instrucciones

—*¿Qué esperas? Maichak ¡vamos! diles que hacer, seguirán tus ordenes* —dijo Kuwi

Jacob con voz autoritaria comando:

—*¡Vaya! ¡vaya! Kuwi empiezo a entender por qué te quitaron el habla* — Respondió irónicamente Jacob, seguidamente ordenó— *¡Neutralicen a los jaguares, ya!*

De manera impresionante las diminutas bolas incandescentes se reprodujeron en miles de chispas que cegaban a los jaguares estos confundidos y sin visibilidad eran franco vulnerable. Los lograron abatir a todos. Luego de haber cumplido con éxito su misión, los Anchimallen se recluyeron en la diminuta bolsa de fique. Todos estaban exhaustos. Yara y Odo bajaron a la vera del rio y cargaron de vuelta a Tamanaco quien estaba gravemente herido, su cuello tenía una enorme raja y la sangre fluía, el color de su piel se hacía cada vez más pálido. Colocaron al guerrero sobre una manta. Yara trataba de detener el sangrado colocando barro y hojas en la herida, pero era inútil. Kuwi se acercó y dijo:

— *Maichak debes dirigir el ritual de la soba, es lo único que puede salvar a Tami, pero hay que hacerlo ya mismo, porque está en el umbral del mundo de los muertos en este momento;*

—*¿Cómo lo haré?* —preguntó preocupado

—Solo sostenme en tus manos y cierra los ojos, el ritual saldrá de tu interior, tú tienes el poder de mil chamanes, aun no sabes cómo administrar tu poder, pero está allí. ¡Amigos! – dijo con solemnidad – *ya no volveré a hablar, quiero decirles que fui muy feliz pudiendo expresar mis sentimientos e ideas con palabras, aunque fuese por poco tiempo. Y algo más cuando mueva mi colita es porque algo va a suceder, por favor presten atención.*

Caminó hacia Jacob, este lo sostuvo en sus manos. Hizo lo que el pequeño cuy le había instruido, cerró sus ojos y se trasladó a una vetusta región, donde un chamán con cabeza de puma le recitaba unas palabras en quechua:

Wañuylla, wañuy wañucha, amaraq aparuwaychu ...

Reinaba el más absoluto silencio, todos estaban alrededor de Tamanaco cuyo rostro lánguido se hacía cada vez más traslucido. Jacob colocó a Kuwi sobre la herida, la sangre enchumbó el cuerpecito del peludo animalito, impávido e inerte. Luego de unos segundos, una luz resplandeciente emanó desde el cuerpo del joven. Nadie pudo observar el portentoso milagro que allí se obraba pues la luz era tan intensa que imposibilitaba la visibilidad. Luego de unos segundos la luz se desvaneció, no podían dar crédito al asombro evento que estaban presenciando. Tamanaco se había incorporado, su piel estaba sana, como si nada hubiese pasado. Jacob, abatido cayó al piso estaba muy débil en una especie trance, sostenía a Kuwi débil en sus manos. Nadie dijo una sola palabra sobre lo que había sucedido. Los demás guerreros curaron sus heridas, Caonabó había regresado en la madrugada sin haber podido encontrar a Anacaona, quien había sido raptada por los Hombres Jaguares.

Esa mañana al despuntar el alba prepararon todo para la partida Yara se acercó a Tamanaco y con voz profunda le susurro

—Lo que sucedió fue algo portentoso, estabas casi en el reino de Zupay

—No sé, si era el reino de Zupay, pero mi alma estuvo en un gran jardín con maravillosos árboles y flores. Un gran Dios dorado me dijo que regresará, que aún no era mi tiempo, yo le dije que no, que quería irme a descansar no quería vivir con el dolor por la pérdida de mi amada Amaya y con una voz que entró en mi conciencia me dijo "Regresa y lucha por ella, ella está viva y te necesita". Y de inmediato tuve la visión de donde ella está, pude ver el lugar oscuro y maligno a donde la han llevado.

—*Bueno, eso significa que ahora más que nunca debemos luchar para recobrar el balance en el reino verde.*

—*Si, así será* —dijo Tamanaco tocando en señal de aprobación el hombro de Yara, notando que su hermoso cabello se había mutilado.

Kuwi seguía débil, ya el don de la palabra se había desvanecido, Macao había recobrado su habla nuevamente. Cada vez que Kuwi realizaba el ritual de la soba, se hacía más débil. Deberían pasar tres plenilunios para que su frágil cuerpo pudiese soportar el ritual nuevamente. Jacob estaba más fuerte y decidido cada vez más se enfundaba en su nueva piel de héroe: El Gran Maichak.

Todos los guerreros que habían llegado desde la otra dimensión para enfrentar a la corte del mal no sabían cómo habían llegado hasta este lado, les había sucedido lo mismo que a Jacob, una suerte de viaje astral, o teletransportación. Por otro lado, todas las lenguas confluían y eran inteligibles para los elementales que había arribado de los diferentes espacios. Increíblemente el ideal de Zamenhof [81] de una lengua única se cumplía en el Reino Verde pues, aunque los conceptos de lenguas bien diferenciadas seguían presentes en este plano la decodificación idiomática era inconsciente.

La región se hacía cada vez más montañosa, y abrupta, asimismo la temperatura cambio drásticamente, bajando hasta el punto de que tuvieron que cubrirse. Durante la travesía habían edificado una gran amistad entre todos. Jacob en especial se unió muy fuertemente a Yara, quien era para él, la hermana que nunca había tenido, sus compinches hacían más ameno el camino con sus ocurrencias. Para Caonabó y Tamanaco los días eran siglos, pues ambos habían sido separados de las mujeres que amaban, Odo' Sha, obscuro como siempre, se mantenía alejado del grupo, en las noches volara a carroñar en los alrededores, su suerte era oscura y pestilente.

Luego de un par de días de ardua travesía selvática y de acampar durante la noche y avanzar durante el día, encontraron una pequeña

---

[81] - **Ludwik Lejzer Zamenhof** o simplemente **L. L. Zamenhof** fue un médico oftalmólogo polaco y creador de la lengua auxiliar planificada esperanto. Se nominó doce veces al Premio Nobel de la Paz.

aldea construida en la falda de una gran montaña, se apreciaba un exuberante valle con jardines y cultivos escalonados, semblanza de los jardines colgantes de babilonia. Todos los pobladores trabajaban arduamente casi de manera mecánica: Hombres, mujeres, ancianos y niños todos se dedicaban a la agricultura. Al pasar por los senderos saludaban con una gran sonrisa, la sombra de Alicanto cubría los campos y los lugareños sabían que el forastero era el gran Maichak, además sentían gran curiosidad y fascinación por el legendario Alicanto. Yara y los demás iban en la inmensa onza, captando la atención de los afanosos agricultores, después de un largo trecho pararon frente a un arroyo para tomar agua y recargar sus vasijas y taparas. Todos se apartaron cuando Alicanto decidió tomar agua del riachuelo, rápidamente mermaba el agua que pronto volvía a fluir. El sonido de su sorbido era insoportable. Mientras los niños emocionados y presurosos se acercaban a los guerreros para saludarlos, en medio de la multitud apareció un hombre fuerte y con aspecto de líder

—Saludos mi nombre es Yonin. Como pueden apreciar El pueblo Huitoto es pacífico; nos dedicamos a la agricultura. Vivimos de lo que sembramos y peleamos si nos obligan a hacerlo. Nuestra tierra ha sido bendecida por los dioses quienes nos han regalado gran variedad de alimentos: ñame ([82] *mafafa*[83]*, ají, coca*[84]*, chontaduro*[85]*, plátano, aguacate,*

---

[82] - tubérculo comestible del género Dioscorea, principalmente Dioscorea alata y Dioscorea esculenta. El ñame es verdaderamente una planta trepadora oriunda a las Zonas cálidas y húmedas.

[83] - Planta ornamental de hojas grandes acorazonadas, con largos pecíolos y tallo muy corto unido a un rizoma del cual nacen varios tubérculos comestibles.

[84] - Los habitantes andinos conocían esta planta y sus efectos desde épocas muy anteriores a la aparición del Imperio incaico. Los colonizadores europeos le dieron diferentes denominaciones, mientras los nativos la conocían como hoja sagrada por su expresa utilización entre los miembros de la casta superior de los nobles.

[85] - El chontaduro es una fruta redonda u ovalada que, dependiendo de la variedad, puede medir entre 4 y 10 centímetros de diámetro. Se asemeja a un durazno en forma de corazón de color naranja intenso.

caimo [86]*, umarí* [87] *y maíz también sembramos tabaco y maní. Nuestra planta sagrada es la Yuca, pues de ella se desprende nuestra descendencia; además tenemos dos variedades de la sagrada yuca: brava y dulce.*

—*Nosotros somos …*

El líder pareció conocer de antemano lo que Jacob iba a decir e interrumpió elevando el tono de su voz, pero sin perder la caricaturesca sonrisa que pendía de su rostro.

—*¡Sabemos quiénes son! Y que van a enfrentar a la corte del mal, protegerán los portales y salvarán al reino verde de la destrucción que se avecina. Los Huitotos les dan las Gracias* —se inclinó en posición de genuflexión ante Jacob y los demás, de igual manera. Todos los pobladores hicieron lo mismo.

Jacob contempló a Yara intentando conectar con la situación, pero ella al igual que los demás estaban conmocionados por tan caluroso recibimiento. Fueron trasladados por un cortejo hacia una Maloca ubicada en lo que aparentaba ser un lugar privilegiado en el centro del complejo socia de la tribu. Los lugareños de concentraron alrededor de la Maloca, de manera organizada, los críos, separados de los adultos, parecían haber sido entrenados para respetar el protocolo.

Oscureció rápidamente, Yara e Iwarka aprendieron a elaborar el casabe se reunieron ante el fuego con las mujeres quienes gentilmente les instruían, criaturas exóticas, plenas de energía, sus rostros eran hermosos abotonados por inmensos ojos ovalados, cabellos oscuros y lacios que caían sobre sus hombros desnudos su cabeza lucia tocados especies de unos refinados sombreros finamente tejidos en un tipo de fique, diseños de líneas perfectas los decoraba. Una vieja de grises cabellos los instruía en el complicado proceso, Yara atendía con solemnidad y respeto la explicación de la vieja mientras Iwarka lavaba las yucas con algunas jóvenes, Los hombres estaban en otro lado de la Maloca, pues

---

[86] - El Caimito es una fruta tropical entre las propiedades del caimito tiene cientos de nutrientes favorables para la salud, sus altas dosis de calcio y fósforo, y uno de los aminoácidos primordiales para el humano, como es la lisina.

[87] - El umarí (Pouraqueiba sericea), es una fruta nativa muy apreciada por los pobladores amazónicos, infaltable en el desayuno, para untar al pan, en lugar de la mantequilla o para preparar jugo y refresco.

es la tradición que los Huitotos se separen por sexo en cierta actividades vespertinas y nocturnas. La elaboración del casabe tomaba tiempo e involucraba a todas las mujeres. Casabe es un tipo de pan hecho con harina de yuca amarga, un proceso ancestral que implica la extracción del cianuro, el venenoso componente que esta verdura posee, lo que la hace diferente de la yuca dulce la cual también posee cianuro, pero en cantidades inertes, las cuales se desprenden al hervirla. Solo la sapiencia de generaciones hace posible que tan preciada fórmula pueda hacer de una verdura venenosa un alimento. Luego de pelada la yuca, procedieron a lavarla, luego la rallaron utilizando un egi o rallador hecho de piedras de cuarzo, las más jóvenes hacían el trabajo más pesado: recolección de las yucas, lavado y rallado, las mayores procedían al colado en un cuadrado de dos a tres metros hecho de hojas de palmas entramadas, luego procedían a colgar las rugumas o coladeras en las vigas del maloca, con el fin de sacar todo el veneno de la fibrosa verdura, después de esto, se procedía a exprimir la pulpa y agitarla para que se airara y los gases tóxicos del cianuro pudiesen salir por completo. Se debe dejar reposar la masa toda la noche, y luego en la mañana se vuelve a pasar por un tamiz bien fino o lienzo, y allí se coloca la harina extendida en una plancha llamada garagu o budare.

En este proceso los pueblos indígenas esgrimen la grandeza cultural, al adaptar una verdura inservible y venenosa a un alimento que garantiza la supervivencia, empleando un proceso químico para depurar la yuca y hacerla apta para el consumo.

Los sosegados Huitotos, testigos y guardianes del impetuoso verdor de valles eternos en donde comulgaban con los espíritus regidores de las cosechas los administradores del balance de los estados del tiempo, aquellos entes bucólicos que en cada temporada condescendían que la tierra pariera los frutos que sostendrían a toda la tribu. Su atávica sapiencia los había llevado a atesorar un complejo sistema ritual, que abarcaba una variedad de ceremonias y rituales que se celebraban alrededor de la Maloca. Cada universo social es una Maloca en ella el **Numaira** [88], emerge como el líder y guía principal de los rituales; quien posee el poder de la palabra, decodificando los milenarios símbolos, dominando las claves que descifran los mensajes y las historias. Se envisten de conocimiento ancestral cual églogas selváticas; rapsodas de las vivencias cotidianas y proezas míticas; el ritual encarna una dualidad donde los invitados se apertrechan a un costado de la maloca, los amos del recinto ceden su espacio y esperan ansiosos al lado contrario.

El dueño de la maloca o anfitrión dirige el canto ceremonial, regido por la más estricta oralidad, el canto es una historia mítica o épica con una coreografía simbólica, encuentro donde el dueño de la estancia reta a sus invitados. Los bailes rituales varían según el tipo de instrumentos: flautas, maracas, tambor, conchas etc. y fundamentalmente sus versos son historias mitológicas del ancestral reino verde. Para los Huitotos la felicidad era el mejor remedio contra las enfermedades, gracias a la sonrisa y la alegría, los espíritus malignos se disipaban del cuerpo, porque estos buscan dolor y oscuridad. Para ellos este momento de felicidad plena mediante el canto y la danza propicia el crecimiento espiritual de la comunidad, los resguardaría contra las enfermedades o favorecería la cosecha o cacería. Todos estaban felices de recibir visitantes y daban lo mejor para serviles, eran una tribu muy sociable. Dispuestos todos en la maloca entonaron un hermoso canto:

---

[88] - Líder o jefe de la Maloca.

Y i-ri i y i-ri
iy i-ri iy i-ri iy i-ri
i Ya-yo-be
je-nu-i uuu uuu
Rui-r -be
je-nu- ii uuu uuu
uuu uuu
Ku-e eu
ji-za ii-no
uuu uuu
Ku-e eu
yu-a ji-za
filh

Cantar era un acto de integración de toda comunidad. Para los Huitotos la alegría es sinónimo de salud y bienestar, una energía vital que inmuniza contra la enfermedad. Sin embargo, estos rituales abren portales, ya que poseen gran profundidad y para ello deben los miembros de la comunidad debe estar en paz con los espíritus y en balance con el entorno. Espíritus y entes retozones se cuelan por los portales abiertos,

como los hay bienhechores también, otros maléficos traen consigo enfermedades que pueden aniquilar a una persona o un grupo de manera instantánea. Por esta razón para los Huitotos este ritual, no solo era una actividad social, sino un momento de comunión con fuerzas prodigiosas y ancestrales.

Jacob estaba en frente de la fogata, pero no perdía de vista a Yara, Iwarka y los demás que estaban en el otro extremo del inmenso lar, Se preguntaba una vez más como toda esta gente podía ser feliz sin teléfonos celulares, sin tecnología alguna.

Sus vidas sencillas eran frugales basadas en el carpe diem, sin más pretensiones que disfrutar el día a día. La escasa y rudimentaria tecnología que utilizaban era para sostener la siembra, la caza y la pesca, pero sin complicados artilugios. No había contaminación ambiental, ni destrucción. Jacob comprendió lo que significaba su misión, salvar el reino verde, no era más que preservar esta inocencia e independencia. Inocencia que se perdió cuando elHomo Faber frotó dos piedras e hizo fuego y posteriormente creó la ruedaLos héroes culturales y liberadores del reino verde representaban para Yonin el dueño de la maloca más que simple invitados y huéspedes, eran enviados de los mismos dioses, y por ello se hacía imperioso dejar un precedente histórico de ese momento, había gastado mucho de su alacena coca, tabaco y la preciada yuca; en realidad para los Huitotos el dar era garantía de recibir, Todos estaban impresionados por la extrema alegría de esta gente que convergían en el Jofómo o Maloca el equivalente del shabono yanomami, la casa comunal donde todos Vivian en armonía espiritual y social.

La maloca representa uno de los elementos más valiosos de la vida social y cultural de los Huitoto, su forma es la de la figura femenina, esto evidencia que para los Huitotos la mujer tiene gran importancia como creadora de vida. Por lo general tiene dos entradas, que se hallan orientadas hacia el este.

En la parte central se encuentra el mambeadero o terreno ceremonial masculino, donde se reúnen los hombres a engullir coca y lamer el ambil. Toda Maloca tiene una leyenda particular, concerniente con el ciclo doméstico y la vida y bagaje ceremonial de su dueño. Su esbozo se supedita al lugar donde se construye o a la tribu que la edifique. Así, pues que el grupo de los Murui presenta una Maloca con un inmenso poste, que asciende desde el mambeadero hasta la cumbrera y que simboliza la capacidad del Numaira, dueño de la Maloca, para sostener a la gente que habita con él.

Los Huitotos emergían como una de las tribus más tribu hospitalaria, organizada y con conciencia social; una comunidad armónica cuya estructura social respetaba los valores y derechos de cada colectivo.

La noche prometía ser especial; cocinaron muchas hortalizas y verduras, además de algunas aves. Odo Sha estaba distante y se había quedado afuera de la casa comunal todos sabían que se alimentaba de la carroña.

Después del ritual del baile, en el que los guerreros fungieron de contraparte y todos se divirtieron y disfrutaron de la ajetreada coreografía, comieron y disfrutaron de bebidas alcohólicas fermentadas, era un gran festín. Yonin invito a Tamanaco, Caonabó y Jacob a unirse con él en el ritual chamanico, el chamán de la tribu era Meni, un viejo hombre de complexión fuerte y de gran estatura, algo que impactaba, pues los Huitotos eran de mediana talla. Se apostaron en el mambeadero con gran solemnidad. El chamán mezclo con solemnidad las hierbas mágicas entre ellas la coca, la sagrada hoja, la hoja divina, que abre el intelecto y que inspira al hombre, otorgándole el poder de la resistencia contra la fatiga y el cansancio. Árbol de coca adorado por los pobladores de la cordillera andina, compilación de mil historias símiles entre sí, insistente dejavu que revive en cada región del reino como un códice sagrado de la estricta oralidad, porque cada hoja es un mensaje divino. Esta planta sagrada simbolizaba la lengua, poseía el don de dominar la lengua y de memorizar todo lo dicho en el mambeadero.

Los Huitotos eran custodios de esta mágica tradición. El chamán continuaba la preparación, además de la sagrada coca añadía tabaco con otro tanto de hierbas desconocidas en un tazón de arcilla, cada uno aspiro. En el brazo de Jacob se podía apreciar el tatuaje de la serpiente emplumada Quetzalcóatl, tatuaje que se había elaborado en Los Ángeles, el mismo que había causado la hiperbólica exaltación del viejo de la tiendilla en el desolado pueblo de las amazonas venezolano.

La ceremonia había llegado al clímax, todos los asistentes estaban bajo el influjo mágico del chamán en medio del trance veía como la serpiente salía del brazo de Jacob, pero no solo era el Chaman todos los que estaban allí advertían que el tatuaje tomaba vida, Jacob sentía un gran dolor y el Quetzalcóatl salía de su brazo. Cuando la serpiente emplumada salió por completo, revoloteó sobre sus cabezas y sus vaporosas plumas se transformaron en dos espirales o hélices multicolores que centellaban incesantemente, luego se hizo una enorme escalera la cual emergió vertiginosamente, destruyendo incluso el techo de la Maloca. En la otra dimensión, las mujeres enfocadas en su actividad no observaban estos fenómenos, era como si los demás hubiesen desaparecido. Sus cuerpos estaban en estado de hibernación, Yara solo distinguía a los hombres con sus ojos cerrados y sus cuerpos inertes, como si estuviesen meditando, sin embargo, ella sabía que algo muy significativo sucedía. Mientras en la dimensión chamanica, Jacob y los demás no daban crédito a este portento. Una de las hélices se enterró en el piso de la maloca y abrió un túnel por el que salían gritos y lamentos; un sonido espectral, comparado a gritos de auxilio en medio del torbellino de un huracán.

—¡Tú eres el gemelo!, ¡el guerrero dual!, el que tiene el poder sobre el bien y el mal, quien preserva el balance ¡Tú traicionaste a tu hermano! —gritó el chamán Meni—*¡tú tienes el poder de detener lo que vendrá!*

En medio de esto salió una criatura del fondo, una especie de serpiente con plumas incandescentes, similar a la que tenía tatuada en su brazo, pero con ojos que chispeaban fuego, la temible entidad vociferó:

—¡Maichak! el Axis Mundi espera por ti…

Seguidamente; el inmenso monstruo rugió con estrepito y se abalanzó a Jacob por el cuello quien estaba en estado de trance; aunque veía todo no podía moverse, era incapaz de mover un solo musculo de su cuerpo. Pero su espíritu si había sido capturado por la serpiente. Lo tomó desesperadamente, como si ansiase esto desde antes de los tiempos, y de inmediato se internó con él a cuestas a través de la hélice subterránea que no era más que una inmensa escalera de fotones que esparcían rayos luminiscentes de gran energía. Todos estaban reducidos a la mínima expresión de la existencia y la vida, eran menos que organismos eran moléculas acopladas al ritmo de los rayos que emanaban de estas dos elipses. Una vez la elipse inferior se desplazó ascendentemente y se trenzó con la otra conformando magistralmente un espiral que se disipó lentamente, así como lo hizo la noche que agónicamente cedió al día su aliento de vida. Todos estaba tirados alrededor en pequeñas esterillas de paja la primera en despertarse fue Yara, vio a Odo Sha afuera y decidió salir

—¿Qué sucedió? me quede dormida bajo los efectos de esa deliciosa bebida fermentada

—Maichak no regresó, está en el reino de Zupay se lo llevó Okima – dijo Odo Sha

—¿Qué podemos hacer?

—No mucho dijo Odo Sha, es su misión salir de allí y no será nada fácil.

Todos trataban de despertar a Jacob, pero este yacía lánguido, se podía percibir su respiración muy leve, aun así, estaba vivo. El chamán colocó una pluma de ave en sus fosas nasales. Y con mucha seriedad dijo a Caonabó:

—¡Maichak está en el reino de las tinieblas!

Yara observó con preocupación que el tatuaje de Quetzalcóatl se había difuminado desapareciendo por completo de su brazo.

Mientras sus compañeros en el mundo de arriba intentaban despertar a Jacob; su alma se encontraba atada en un catre debajo de un árbol de granito negro llamado janaba o janai, custodiado por inmensos murciélagos con forma humana. Estaba inconsciente. La impresionante caverna era la morada de Okinuiema, conocido como Zupay por algunas tribus, dios de la muerte y de la vida, abundaban las animas de difuntos y de aquellos que aún no habían nacido pues siendo dios de la muerte y de la vida allí pernotaban las almas de fallecidos y los espíritus de quienes aún no habían nacido al otro mundo. Jacob se despertó trato de reincorporarse, pero estaba atado. De inmediato Oki el temible dios de la vida y la muerte se dirigió a el:

—*Has regresado Maichak sabía que volverías, ¡Desátenlo!* – Los hombres murciélagos obedecieron. Jacob mantuvo silencio solo se puso de pie – *Acá te quedarás por toda la eternidad; no hay manera que logres escapar esta vez. Puedes vagar por todo el reino y podrás convivir con los janai, pero no lograrás salir del inframundo.*

Recorrió impresionado el lúgubre lugar, no era más que una inmensa cueva, donde pululaban las almas o Jeedos. Los hombres murciélagos le colocaron una sonajera en la rodilla llamada jioya, la cual sonaría a manera de alarma si Jacob intentaba escapar. Camino por un extenso corredor que dio a una cámara donde había guerreros. No parecía el infierno que le habían descrito en las clases de religión de la escuela católica de Lavapiés, donde solía ir de pequeño. No había fuego eterno ni torturas. El tiempo no existía en este lugar todo iba en cámara lenta. Soledad y silencio. Se sentó en una piedra, de inmediato una vieja mujer se acercó y le dijo:

—*¡Muchacho! has cambiado!*—dijo la anciana tocando con ternura el rostro de Jacob

—*¿Usted me conoce?*

—*Si, desde siempre, pero eso no es importante ahora, no comas ni bebas nada acá si lo haces quedarás condenado a vivir eternamente …*

—Pero, es imposible salir de acá

—¡No! es mentira. Confía en mí. Si hay una manera de salir del inframundo

—¿Cómo?

—Sígueme

La anciana condujo a Jacob a través de múltiples galerías todas repetían la misma imagen una y mil veces la escena reaparecía

—¿Caminamos en círculos? esto no nos lleva a ningún lugar.

—No, créeme es lo que quieren que pienses, así nunca intentaras avanzar o salir de este lugar … ¡debes confiar en mí!

Jacob, descorazonado, no tenía nada que perder, resolvió que debía seguir a la insistente vieja en silencio, parecía no saber hacia dónde iba. Después de un tiempo irrealmente largo, llegaron a una cámara más profunda. Jacob pudo observar que en efecto era un antro por el cual no habían pasado.

La vieja entró decidida; allí estaban docenas de guerreros, al ver a Jacob se inclinaron con solemnidad. Uno de ellos se acercó y le dijo:

—Estamos planeando fugarnos, no hemos comido ni bebido nada en siglos, aunque tenemos hambre, los alimentos no nos dan la vida, ha sido el precio que debemos pagar tener la oportunidad de regresar.

—¿Y cómo piensan hacerlo? si tienen este cascabel atado a su rodilla.

—Para que entiendas el plan; es necesario que escuches la historia de Itagibá y Potira …

—No sé si quiera escuchar esa historia solo quiero salir de acá… ¡cuanto antes!

Jacob trató de huir, pero un gran guerrero de unos dos metros de altura y de músculos macizos como rocas le sostuvo de ambos hombros levantándolo unos centímetros del suelo.

— ¿A dónde vas? Escucha la historia que Arandu contará.

Jacob tragó saliva, esa mole humana podía triturarlo en un santiamén. La semblanza del titan le recordaba a aquel digno indígena de la película cuyo nombre no recordó, pero que protagonizaba Jack Nicholson; en realidad se trataba de la película **"Alguien voló sobre**

el nido del cuco"[89] largometraje que le impactó profundamente de adolescente. El guerrero contempló a Jacob fijamente y con sus inmensos ojos hizo un gesto afirmativo; Jacob supo que no podía jugar con él. A diferencia del grandulón **Chief Bromdem** [90] de la película, quien aparentaba no hablar, Arandu sí que deseaba que le escuchasen entonces empezó su relato:

"Érase una vez una bella princesa de nombre Potira, cuyo padre la protegía enormemente. En las mañanas la princesa era llevada a la ribera del rio, para que jugará con los demás niños; siempre bajo la estricta custodia de sus protectores. Potira conoció a Itagibá una mañana en el rio mientras él jugaba con canoas hechas por gigantescas hojas de coccoloba [91]*. Desde entonces, los pequeños amigos encontraron manera de encontrarse en el mismo rio. Al pasar los años Potira y Itagibá crecieron siendo los mejores amigos; el amor llegaría un tiempo después. Sin embargo, nunca fueron completamente felices, pues ambos amantes temían lo peor sabían que su unión no sería aprobada. Itagibá, no se rindió y se esforzó en ganar múltiples batallas; gracias a su valentía obtuvo la condición de guerrero, por tanto, los lideres de la tribu proclamaron a Itagibá jefe supremo de las tropas.*

La belleza de Potira se hizo legendaria en toda la región y aunque muchos guerreros se disputaban el amor de la bella doncella. El consejo de sabios convocó a importantes jefes y los más valientes guerreros para que la princesa eligiera a su futuro esposo entre ellos. Finalmente; la doncella eligió a su amado Itagibá, con la consecuente aprobación de su padre y del consejo de la tribu. Vivieron una vida plena de felicidad, aunque a veces se separaban por poco tiempo durante las cacerías. Un día la tribu fue

---

[89] Ganadora de numerosos premios internacionales, One Flew Over the Cuckoo's Nest fue la segunda película en obtener los cinco principales premios de la Academia: mejor película, mejor director, mejor actor, mejor actriz y mejor guion. Protagonizada por Jack Nocholson

[90] , es un indio norteamericano que finge ser sordo mudo; representa el personaje central que simboliza el cambio en toda la historia y quien al final logra encontrar la libertad.

[91] - Coccoloba gigantifolia, una especie de árbol de la Amazonía brasileña con hojas gigantes que pueden alcanzar los 2.5 metros (8 pies) de longitud.

amenazada por vecinos hostiles que querían asolar su región y adueñarse de sus riquezas. Fue así como Itagibá partió con sus guerreros para salvaguardar a su pueblo. Potira contempló con melancolía a las canoas que partían río abajo, sintió un gran dolor, pero no lloró todas las demás esposas de la tribu lloraron por sus hombres y sus hijos. Al atardecer Potira bajó al valle muy cerca del rio, Allí, en la verde inmensidad pernotaba largas horas mirando al infinito horizonte y pensando en su amado, pero nunca afloró una lagrima. La bella Potira jamás había llorado siempre había sido feliz, por ello mantenía siempre presente la imagen de Itagibá. Bajaba todas las tardes a ver el atardecer que la reconfortaba y le hacía pensar que su amado pronto volvería a ella, Pero una infortunada tarde la doncella escuchó el sublime y triste canto del araponga, canto íntimo y bucólico que la llenó de una inmensa tristeza, de un desconsuelo que jamás había sentido. El araponga solo canta cuando muere un ser querido de quien oye sus tristes trinos, y Potira entendió que giba, su amado esposo había muerto. Y por primera vez lloró y lloró con tanto dolor que su alma se desprendió, nadie del pueblo podía hacerla regresar, su espíritu había viajado a la tierra de Oki. Como no podía llorar se le concedió el privilegio de que sus ojos brotasen lágrimas que perduraran, entonces portentosamente sus lágrimas se transformaron en resplandecientes diamantes, de este modo Potira emprendió su viaje al inframundo esparciendo sus brillantes lágrimas solidificadas y hermosamente brillantes. De cada lagrima salían rayos multicolores"

—*Potira está acá Maichak*—dijo la vieja con entusiasmo

—*¿Y cómo podría ayudarnos a escapar Potira y sus lágrimas de cristal?*

—*¡Te mostraremos!* —dijo Arandu

Llegaron a una vítrea caverna iluminada con luces multicolores, paredes y suelo totalmente forrados de cristal de un resplandor enceguecedor. Allí estaba Potira la legendaria amante se apreciaba sus largos cabellos platinados tan largo que el manojo daba varias vueltas en el piso, su rostro era difícil distinguirlo pues sus cabellos caían sobre él. Pashak, el guerrero se aproximó a la misteriosa mujer y le susurró al oído:

—*El gran Maichak ha regresado y necesita tu ayuda para poder vengar la muerte de tu amado Itagibá y salvar al reino verde y a tu pueblo de la aniquilación.*

En ese instante la mujer levantó su rostro, sus ojos era grises como la amatista y brillantes, de ellos brotaban lágrimas que se convertían al caer en piedras de cristal, en realidad eran diamantes. La bella Potira se levantó, sus ojos no cesaban de drenar las lágrimas que sonaban al caer al cristalino piso y dijo con la voz más triste que jamás nadie escuchó:

—*Si, los ayudaré…*

De esta manera Arandu y Jacob planearon lo que nunca ninguna anima había logrado escapar del inframundo. Para ello necesitaban de todo el apoyo de Potira, pues Oki siempre la había amado y quería que fuese su compañera en el reino de las animas y almas. Durante siglos había cortejado infructuosamente a la bella Potira

Mientras en la choza comunal de los Huitotos, Yara, Iwarka Macao y Kuwi no se movía ni por un instante del aposento de Jacob a intervalos le colocaba compresas de hierbas para refrescar su frente pues su temperatura era muy alta, confiaban en la habilidad del gran Maichak para salir del mundo de los espíritus, sus compinches no se habían separado de su lado, velaban fielmente el fúnebre sueño de Jacob. Los Huitotos realizaron sus actividades rutinarias en el campo, como todos los días. Todos sin excepción: mujeres, ancianos, niños y hombres estaban en los campos cultivando, su vida transcurría en los campos, sólo regresaban a la maloca a descansar, Yara se había adormitado, despertó súbitamente y pregunto:

—*¿Han visto a Odo Sha, Tamanaco y Caonabó?* —preguntó Yara

—*No, esos chicos han estado algo misteriosos* —respondió Iwarka

—*Ya regresó; ¡por favor no lo dejen solo!*

Yara avanzó hacia un claro en la colina donde estaba Lionza pastando se aproximó acariciándola le susurro a la oreja. Yara tenía el poder de comunicarse con el inmenso tapir. Esta le hizo una señal negativa. Resolvió bajar al rio, no había visto al gran Alicanto, entonces produjo diversos sonidos que no eran más que lenguaje animal, la gran Yara tenía el poder de comunicarse con todos animales, un inmenso armadillo se acercó a ella y le dijo por medio de unos chillidos inteligibles para el oído humano:

—*Ellos se han marchado volando en el Alicanto*

Yara halló a Lionza la cual por medio de conexión telepática le informó que algo muy grave iba a suceder. Los animales empezaron a actuar extrañamente, emitían sonidos jamás escuchados por Yara. Se montó en su fiel tapira y salió a buscarlos, en una ladera del rio encontró a Odo Sha que estaba carroñando, le notificó del escape de los guerreros y este emprendió el vuelo por el valle; no podían de estar muy lejos, pues Odo Sha había estado con ellos unos minutos atrás. Yara seguía cabalgando sobre Lionza. Súbitamente la tierra se sacudió vigorosamente. Los Huitotos estaba en sus labores cotidianas al sentir el gran estruendo se arrodillaron, para ellos era una manifestación del mal, la Madre Tierra estaba molesta algo o alguien había resentido su paz. Las rocas caían de lo alto de las verdes colinas, a la par de grandes cantidades de tierra que se deslizaba. El agua del rio oscilaba impetuosamente formando inmensas olas que arrasaron con los habitantes que pescaban o lavaban sus ropas. Un gran estrepito anunciaba que la tragedia se cernía sobre los Huitotos, mientras en las colinas una docena de mujeres y hombres fueron tapiados por avalanchas de rocas. Aunque en realidad el terremoto tardó solo unos segundos para ellos pareció una eternidad. Mientras la desgracia revoloteaba por la región, Yara y Odo Sha trataban de alcanzar a los fugitivos. Después de unos cuantos minutos de vuelo Odo Sha los divisó, raudo y veloz se enrumbo hasta ellos y les ordenó:

— *¡Regresen no pueden llevarse al Alicanto!, ¡pagaran por esto!*

—*¡Tu no entiendes porque nunca has amado! debemos encontrar a Amaya y Anacaona y esta es la oportunidad*

—*Si quisiera los aniquilaría de inmediato ¡regresen!* —gritó con gran enfado y desconsuelo, por primera vez le habían hecho sentir que era una aberración, un ser sin sentimientos y muy en el fondo no era así.

Odo Sha produjo un extraño chillido a manera de una señal y cientos de Suamos y con ellos buitres llegaron al valle y atacaron al Alicanto. En medio de la calamidad del terremoto las inmensas bandadas de feroces buitres devastaron las cosechas de los Huitotos Odo Sha trataba de alcanzar al alicanto, pero la única forma de detenerlo era matándolo, el Alicanto era una bestia colosal, que sería fiel a quien lo montara, en este caso le era fiel a Tamanaco quien había acompañado a Jacob sobre la fantástica bestia durante toda la travesía, pero matar al alicanto no era una opción, lo necesitaban para su viaje. Los buitres atacaban a Caonabó y Tamanaco que los repelían con destreza aniquilándolos con facilidad Así que la única forma de someterlo era mostrarle oro, Odo Sha aterrizó y pidió a Yara que le prestará su corona, Yara tenía una hermosa corona de oro que llevaba siempre atada al lomo de Lionza el alicanto comía oro por eso era dorado lo único que lo haría aterrizar era el apetecible metal dorado. Odo Sha zarandeaba la corona, casi automáticamente y como si tuviese una conexión total con la enorme bestia lo siguió hasta la rivera del rio, Yara fue siguiendo al Alicanto y al aterrizar sometió a Tamanaco, por su parte Odo Sha hizo lo propio con Caonabó, de inmediato llegó Yonin con una decena de guerreros:

—La madre tierra ha hablado, por su culpa se ha enfadado con nuestro pueblo. Han abusado de nuestra hospitalidad... así como somos muy amables con nuestros visitantes del mismo modo somos crueles con nuestros enemigos, ¡Llévenselos!

Mientras en el lóbrego Okinuiema un plan de escape empezaba a gestarse, Potira accedió a la petición de Pashak, quien le ofreció a cambio encontrar a su amado Itagibá; la vieja que conocía todas las oscuras galerías iría por él, así podría escapar junto a la bella princesa de las lágrimas de cristal Potira Empapó con sus lágrimas las sonajas que todos los guerreros tenían en sus piernas y estas se hicieron macizas, no emitían sonido alguno; facilitando así al escapar, pues la sonaja impedía poner un pie fuera del inframundo, además sin la sonaja se hacía imposible para Zupay el encontrar las almas perdida. Presurosa, la misteriosa anciana salió a la búsqueda de Itagibá, le había prometido a Potira que ella lo hallaría y de este modo escaparían juntos. El gran escape se encaminaba con éxito; Oki pernotaba en la caverna principal, era un monstruo tremebundo, con cuerpo humano pespunteado de espina, cuernos que se extendía como tentáculos y rostro de murciélago, sus custodios, los hombres murciélagos, criaturas zoomorfas torturaban a aquellos que intentaban escapar.

El portal se abría cada vez que un alma llegaba o salía del Okinuiema, pues las almas no nacidas esperaban acá para poder nacer en el nuevo plano. Potira se desplazó a través de la oscura caverna, animas deambulaban por doquier en infinita agonía, extraviadas en la enormidad de las galeras, ese era el infierno del Reino Verde, solo las animas con sus conciencias, los pensamientos pululaban atormentando por las malas acciones y el pasado que no volverá. No hay mayor tortura que la conciencia misma, las voces del arrepentimiento, el infinito dejavu que carcome la paz del alma.

Potira avanzó hasta centro de la gran caverna allí el árbol se distinguía con su infinita altura y profundidad. Una peana de rocas se avistaba con dificultad, las infinitas escaleras, y más alto estaba Oki, se percibió una voz retumbar en todo el recinto:

—*¡Potira! al fin has decidido ser la señora del Okinuiema.*

El oscuro y malévolo Oki siempre estuvo detrás de la separación de Potira e Itagibá, fue el quien se lo arrebató y fue el quien hizo que Potira muriera de dolor solo para tenerla junto a él en el infierno. Oki quería que el inframundo, el reino de las entrañas de la tierra, el mismísimo Okinuiema tuviera los destellos de las lágrimas de Potira. Por eso los diamantes están en la profundidad de la tierra. Potira se aproximó a Oki subió las escaleras lentamente no había otro trono dispuesto y señalando el lugar vacío y dijo:

—*¡Seguro! me esperabas mi señor? pues no veo mi lugar.*

—*¡Helo aquí!*—súbitamente desde las entrañas de la tierra broto un trono de piedra y se eligió justo al lado del trono de Oki.

—*¡Acá lo tienes! ¡lo que desees lo tendrás! todo esto es tuyo … ¡Ya no estaré solo!* —se carcajeó de manera horripilante. Los hombres murciélagos se alborotaron alrededor de él y este gritó:

— *¡Fuera!* — y todos se esparcieron.

Potira se adosó a Oki bamboleándose de manera sensual, en ese momento este lamió asquerosamente su traslúcido rostro, ella lo acarició, pero realmente buscaba quitarle un caracol que tenía el poder de abrir las puertas del inframundo para poder escapar. Oki la besó intensa y repulsivamente, en ese momento ella empuñó el caracol, el notó de inmediato que Potira no correspondía a su beso y sintió su mano retirando el caracol de un talego que colgaba de su cintura, la miró fijamente y gritó sujetándola por el cuello.

—*¡Maldita! ¡me has engañado!*

Potira consiguió liberarse de las peludas garras y empezó a llorar como nunca, de sus ojos ya no emergían lágrimas, sino brotaban chorros, con una fuerza increíble alcanzó a neutralizar a Oki que no alcanzó llegar a ella, ya que se endurecía con las lágrimas, en pocos instantes se había convertido en una estatua de cristal. Jacob, Arandu y los guerreros se aproximaron, ella les lanzó el caracol, pero ya no tenía más fuerzas había caído al piso sumamente débil. De inmediato Arandu lo levantó sobre su cabeza y se abrió de nuevo la hélice multicolor como una escalera iluminada por miles de neones que ascendía. Los hombres murciélagos se abalanzaron sobre ellos fieramente. Lucharon con unas dagas de cristal hechas por las mágicas lágrimas de Potira no lograban llegar a las escaleras para huir; sin embargo, unos cuantos lograron escapar por la maravillosa escalera, en medio del enfrentamiento llegó la vieja y con ella apareció Itagibá. Potira no podía creer que su amado Itagibá estaba allí frente a ella. Él se aproximó y la tomó en sus brazos:

—*¡No sabes cuánto te había buscado! pero me extravié mil veces en el infinito laberinto del Okinuiema, gracias a esta buena anciana he logrado encontrarte mi amor*—le acarició sus largos y platinados cabellos y la besó con desesperación.

—*Debemos irnos de acá la escalera se cerrará* —dijo Potira aún muy débil.

—*¿Irnos? Yo no puedo salir del Okinuiema. He comido pero tú debes escapar.*

—*No, ¡no te dejaré nuevamente!*

Se abrazaron con fuerza, un abrazo que duraría por toda una eternidad, el inframundo era un caos porque las animas desesperadas intentaban subir todas por las escaleras, en tropel se empujaban. Pero no lograban alcanzar la salida pues tenían la sonaja atada en las piernas que les impedía salir Arandu y los demás guerreros lograron salir, no así Jacob que estaba parado en una esquina esperando por Potira, Itagibá y la vieja que lo había ayudado.

—*Vamos ¡Potira! ¡Itagibá! debemos salir de acá pronto la escalera se cerrará*

—*¡No! ¡vete Maichak! ... nos quedaremos Itagibá no puede salir del Okinuiema* – en ese momento se levantaron ambos y se abrazaron

Potira empezó a llorar y se formaron juntos una estatua de cristal la más sublime estatua esculpida con lágrimas de un eterno amor, se inmortalizaron unidos en un beso.

Jacob corrió hacia la vieja y le dijo:

—*¡Tenemos que salir! Pronto se va a cerrar la escalera* —le agarró de la mano, pero la anciana dándole una palmada le dijo:

—*No, Maichak, Jacob, Jacobo… no me marcharé… este es mi lugar, me preguntaste quien era y ahora te respondo: ¡Soy tu madre!*

Jacob no creía lo que sus ojos veían. El rostro de esa vieja desconocida era el rostro de su madre. Era su madre, quien por temor nunca le resguardó y protegió de los atropellos de su padre, pero sí estuvo en las noches de fiebres, en sus fracasos y aciertos. Ráfagas de memorias fulguraban por su mente; recuerdo de su tiempo en Lavapiés, cuanto se avergonzó de ese Jacob que fue, ahora sentía lo

miserable que había sido siempre, recordó lo mal hijo que resultó, no estuvo en sus últimos días, y jamás le dijo adiós.

—*¡Corre!, ¡debes irte ya!* —lo abrazó con fuerza sus ojos estaban abnegados, aun así, con fortaleza le dijo— *No nos volveremos a ver por un largo tiempo ¡vete!*

Jacob estaba llorando besó su mano y susurrándole al oído le dijo:

—*Adiós mamá … ¡Te amo!*—Jamás le dijo a su madre que la amaba y tampoco le dio el último adiós. Huyó de casa muy joven y luego que se hizo famoso, solo enviaba dinero, pero ese dinero jamás ocultó la gran verdad: que era un mal hijo, eso había sido, un desagradecido. En esos tiempos de locura sus obligaciones con la música lo mantenían muy ocupado. Jugó a ser famoso y se negó la felicidad de decirle a su propia madre cuanto la amó. Ahora el destino le había dado la oportunidad de decírselo. Secó sus lágrimas y pensó "esto en verdad es el infierno"

Salió corriendo, pero había tantas animas y hombres murciélagos amontonadas que era imposible avanzar; empujó para hacerse camino, con gran esfuerzo logro llegar a la luz de la escalera, la cual se hacía cada vez más débil. Desde arriba Arandu gritaba.

—*¡Maichak! Apúrate se va a cerrar el portal.*

La estatua de cristal en la que se había convertido Oki se estaba agrietando y por las grietas se filtraba un humo negro, el resplandor del diamante se oscurecía. Jacob no tenía más tiempo, recordó lo que Kori Ocllo le enseñó, entre tantas cosas que podía hacer con su mente, a levitar, se le había hecho muy difícil, pero alcanzó cierto nivel. Cerró sus ojos y súbitamente su cuerpo se elevó, pero no más de unos pocos centímetros. Mientras Jacob lidiaba por alcanzar la escalera que se distanciaba más y más, Oki estaba tomando vida,

el cristal se cuarteó mucho más. Del precioso y refulgente cristal ya no quedaba nada se había transformado en una piedra negra opaca. Oki rompió la bóveda que lo encapsulada y logró salir con furia, asumió la forma de un gran cuervo y empezó a engullir a las almas que estaban atiborradas.

La luz de la escalera elíptica se estaba apagando, Jacob contempló como Oki devoraba todo a su paso y cerrando sus ojos pensó en Kori y logró salir disparado, el inmenso cuervo intentó picotearle, pero ya Jacob había alcanzado el peldaño de la escalera y emprendió la marcha a toda velocidad por la intrincada hélice multicolor.

En la choza, dos mujeres Huitotos veían como Jacob convulsionaba. Sabían que algo grave sucedía y llamaron a Meni el chamán, empezó el ritual de inmediato pues sabía que el espíritu del gran Maichak estaba arribando a su cuerpo.

Tamanaco y Caonabó habían sido apresados y serian sacrificados en un ritual en dos días. Yara y Odo Sha poco pudieron hacer para ayudarles. El haber tomado al Alicanto fue un acto de desobediencia, dejaron de lado la misión encomendada por sus intereses personales. Acompañaron a ambos prisioneros a una cueva custodiada por una docena de guerreros, Yonin no se separó de Odo Sha y Yara

Yara se batió su cabello y lo arregló detrás de sus orejas, caminó unos pasos, suspiró fuertemente, tragó saliva y llegó hasta los prisioneros, Yonin la seguía con una mirada conspicua.

—Deberán enfrentar su destino; nada puedo hacer para ayudarles.

—Entendemos, no tenemos miedo de enfrentar la muerte —dijo con solemnidad Tamanaco *—yo he estado muerto desde que perdí a Amaya—* Caonabó guardaba silencio.

Yara tomó sus manos entre en enramado de madera:

—Adiós, amigos jamás los olvidaré.

Odo Sha y Yara regresaron a la maloca. La mitad había sido derribada por el terremoto, varios cadáveres estaban alineados a la derecha, que habían muerto ahogados o lapidados. Debian aguardar fuera, no les permitieron ver a Jacob, allí estaban todas las mujeres afuera y solo Meni el Chaman estaba adentro junto con Yonin entro al ritual frente a ellos Jacob estaba ardiendo en fiebre y convulsionaba. La gran espiral emergió desde la tierra misma como un ciclón multicolor.

—*¡He regresado!* —dijo Jacob con voz apesadumbrada y sus ojos entreabiertos

—*Si Maichak, lograste escapar de donde nadie lo había logrado. Muchos eventos desafortunados han sucedido mientras estabas ausente. La madre Tierra se ha enfadado, ha sacudido sus entrañas para recordarnos lo vulnerables que somos y que dependemos de ella. Muchos Huitotos se han marchado a la otra vida. Alguien ha desobedecido o profanado la sagrada presencia de Pachamama. Tus amigos no son tales, robaron tu Alicanto, querían huir olvidando su misión. ¡Ahora descansa!*

—*¡Eso fue el verdadero infierno! Respondió sujetando al Chaman por el brazo y* cayó *nuevamente rendido.*

La mañana se perfilaba exacta, implacablemente soleada. Una docena de gallinetas deambulaban picoteando la tierra y las hojas de los árboles esparcidas por doquier. La tribu se preparaba para iniciar la jornada. Iwarka jugueteaba con los pequeñines que trataban de halar su cola mientras Macao revoloteaba alrededor y Kuwi iba en su lomo. Jacob aun dormía, Yara llegó a su lecho y le susurró al oído

—*Maichak … ¿estas allí? … despierta.*

Yara preocupada inclinó su rostro entre sus manos

—*Acá estoy* —Respondió abriendo los ojos.

—*¡Oh Maichak!… que alegría* —lo abrazó fuertemente— mientras *no estabas sucedió algo.*

—*Si* —interrumpió— *Ya Yonin me adelantó anoche. Debo hablar con ellos.*

Se incorporó tocándose la cabeza. Se miró el tatuaje de Quetzalcóatl y tenía otra posición, sorprendentemente la serpiente había crecido sus alas se habían extendido por su brazo. Los colores eran tan reales como nunca un tatuaje pudo ser, había una tridimensionalidad en él, un holograma, una pintura viviente dentro de los tejidos de su piel. Ambos miraron sorprendidos el fenómeno que acontecía con el tatuaje, Jacob se levantó tocando aun su brazo

—*¿Dónde están?* —inquirió Jacob

—*Están en prisión*

—*¿Cómo? ¿Por qué?*

Maichak, ellos no solo robaron el Alicanto, para los Huitotos el haber robado es una es una profanación, ellos están convencidos, que este hecho desato la furia de la Madre Tierra, y su furia causo el terremoto y podría causar más catástrofes. Los van a sacrificar esta tarde en un ritual.

—*Hablaré con Yonin él les indultará*

—*No Maichak, esto no funciona de esa manera*

—*¿Qué podemos hacer?*

—*¡Huir! Odo Sha y yo tenemos un plan.*

—*¿Huir? ¿Estamos prisioneros?*

Me temo que sí, me han estado siguiendo toda la noche. Debemos hablar con Iwarka para que le lleve un mensaje a Tamanaco y Caonabó. Jacob salió al inmenso patio central donde Iwarka y los otros dos jugueteaban con los niños, no muy lejos de allí estaban los cadáveres aun en línea, esperando inhumarse. Algunas mujeres cuidaban de los infantes más pequeños, amamantándolos o solo arrullándolos en su regazo, otras preparaban la masa para el pan de casabe, las más ancianas elaboraban cestas de chamizos mientras entonaban cantos jornaleros:

dama kue raaini
eu sentado sozinho
dama kue kue kue kue
eu sozinho
jai jai jai iii
jiyene jiyene jai jai

Iwarka salió al encuentro de Jacob que bajo al riachuelo a bañarse, descendió por una calzada con arbustos alrededor, a la derecha se veía un claro y a lo lejos un grupo de lavanderas colaban la ropa dándole golpes con un palo entonaban cantos de trabajo, los niños jugueteaban en el riachuelo golpeteando el agua aspergiendo gotitas se esparcían en sus acalorados rostros. Al parecer los Huitotos no celebraban el luto a los difuntos, las actividades matutinas seguían como de costumbre. No muy lejos algunas garzas parecían posar cerca de un hermoso vergel de flores silvestres. La escena no podía ser más idílica, Jacob sentía una gran paz en especial después de haberse despedido de su madre y escapado literalmente del mismo infierno. Él estaba a una considerable distancia del grupo de mujeres. Sin pensarlo más se dio un chapuzón. Al zambullirse llegaron a su memoria los recuerdos de Atamaica, no podía olvidar esa noche de pasión en ese santuario de orquídeas y musgos. En medio de su idílico momento un inmenso morrocoy llegó hasta él. Jacob salió rápidamente a la superficie, el inmenso morrocoy lo había asustado, pero era Iwarka.

—¿No me digas que te he asustado gran Maichak?

—No, por supuesto que no. Busca a Yara ella te entregará algo, luego llévalo a Tamanaco y Caonabó, debe ser cuando nadie este viendo ¡ten cuidado!

—Dile a Kuwi y Macao que estén preparados nos marcharemos hoy mismo—Entendido Maichak

Esa tarde Yara y Odo había organizado la huida. Iwarka arribó a una colina muy cerca de la cueva el armadillo amigo de Yara le ayudo excavando un profundo túnel y logró llegar donde estaban y entregó una bolsa que contenía lo que Yara le había enviado. Le dio las instrucciones a seguir, en pocas horas serian inmolados. Los Huitotos eran un pueblo pacifico, pero las circunstancias eran excepcionales.

El sol se estaba ocultando ya las tumbas habían sido excavadas y los cuerpos preparados con tocados de plumas, en los hoyos estaban las pertenencias de los difuntos y los cuerpos se habían acomodado en posición fetal atados con cordeles para que conservaran la forma. En la colina aledaña a la cueva donde estaban los dos condenados había una piedra de sacrificio de unos dos metros de largo por un metro de altura, así facilitaba la actuación del verdugo en este caso sería uno de los sacerdotes o chamanes. Yonin, Jacob junto a Iwarka y todos los demás incluyendo a los pobladores de la región subieron a la colina, se distinguía las luces de las antorchas en hileras por el sendero, mientras caminaban hacia la colina Yonin dijo a Jacob con voz grave

—¡Gran Maichak! Tú has sido un héroe cultural de generaciones, lo que ha sucedido con tu visita nos tiene consternados tanto a los chamanes como los Numaira de las demás tribus. Por eso sacrificaremos a esos dos profanadores que abusaron de nuestra buena fe...

—*Entiendo que deban cumplir con el ritual, pero yo debo cumplir con una misión y mañana al despuntar el sol saldremos rumbo a la …* —Yonin interrumpió y dijo tajante:

—*¡No se podrán marchar aún! Los Numaira y chamanes hemos decidido que deben permanecer con nosotros, hasta estar seguros de que los malos espíritus se aplacaron.*

Jacob lo miró asintiendo, pero con una mueca de descontento. Yara tenía razón sus sospechas no eran infundadas, No sería fácil la partida de la tierra de los Huitotos. La procesión continua hasta llegar a la colina arriba estaban los demás chamanes que ya habían preparado la roca para el ritual, una inmensa daga de oro en forma de ídolo con largas piernas las cuales eran la hoja afilada con la que le extraerían el corazón. Para el primer sacrificado la crueldad sería menor que para aquel quien le secunda porque este último tendrá que presenciar el violento y atroz descuartizamiento de su compañero. Yara había bajado hacia la ribera del rio Odo, Macao y Kuwi iban con ella, al llegar al lugar donde Lionza solía pastar, no la encontró. Emitió un sonido y el armadillo llegó a su encuentro. Intercambiaron información mediante ese lenguaje casi imperceptible para el oído humano. Odo se adelantó aún más buscando al Alicanto, pero al no verlo regresó a Yara y le dijo:

—*El Alicanto no está, alguien lo ha capturado*

—*Si, Lionza está prisionera con el alicanto el armadillo sabe dónde están, se los han llevado a una mina de oro* —Yara miró alrededor sentía como si alguien los observaba desde la maleza, susurro a Macao que fuese a informar del contratiempo a Jacob y a los dos guerreros. El armadillo se quedaría para avisar que Lionza y Alicanto habían sido secuestrados. Macao emprendió vuelo con Kuwi en su lomo. Los sonidos de los arbustos se intensificaron. Yara y Odo disimularon, y trataron de caminar hacia el rio, pero al tratar de avanzar dos guerreros armados con lanzas los interceptaron.

—*No queremos hacerles daño, tenemos ordenes de custodiarlos.*

—*Nosotros tampoco queremos hacerles daño, pero esto es necesario* —sentenció Yara a la par que cerró sus ojos e hizo que las raíces de los árboles adyacentes se formaran aterradoras manos que sujetaron a los guerreros por los tobillos tumbándolos al suelo. Dirigiéndose a Odo vociferó —*¡Vamos!*

En ese momento Jacob, Iwarka y la muchedumbre habían alcanzado la cima de la colina donde el sacrificio se llevaría a cabo. Macao estaba aún algo alejado de Jacob. Kuwi debía encargarse de advertirle a Jacob sobre el cambio del plan y el secuestro de Alicanto y Lionza. El problema consistía en que Kuwi no podía hablar mientras Macao informaría a los guerreros. El pequeño animalito se desplazó entre los pies de la muchedumbre tratando de no percibirse, Iwarka lo advirtió y se sorprendió al verle, pero disimulo Kuwi se aproximó hasta Jacob y le tocó la pierna Jacob lo vio y de inmediato supo que algo andaba mal, pues Kuwi debería estar con Yara buscando el Alicanto y a Lionza para escapar. Se trepó en el hombro de Jacob.

Llegada la hora menguada, cuando el sacrificio de los dos profanadores era inevitable todos estaban a la expectativa. Cuatro vigilantes abrieron la celda, pero no estaban allí los dos prisioneros. Consternados dos de ellos salieron raudos a informar sobre el escape a Yonin quien estaba en pleno ritual de sacrificio. Al abrir la celda, Tamanaco y Caonabó se escabulleron usando la hamaca mágica, se hicieron invisibles, y se dirigieron rumbo a la calzada del rio. Era imposible para Macao distinguirlos, decidió regresar al rio y esperarlos allá.

Los chamanes estaban dispuestos en hilera frente al altar de sacrificio, el chamán Meni portaba un tocado especial con plumas y una manta tejida de hermosos colores y plumas adheridas simulando las alas de un ave. Los guardianes se acercaron a Yonin y le notificaron el escape de los prisioneros. Explotando en ira, se dirigió a los chamanes y sacerdotes. Jacob intentó huir, pero dos guardianes a cada lado interrumpían. Yonin se dirigió a la multitud y les dijo contundente:

—Los cautivos han huido de la celda, las fuerzas malignan están impidiendo el sacrificio. La Madre Tierra seguirá enojada con nuestro pueblo y las tragedias y calamidades continuaran, Debemos esperar que los sacerdotes se comuniquen con los lémures ancestrales y nos informaran que debemos hacer.

Odo emprendió el vuelo siguiendo las coordenadas que el armadillo le había dado a Yara, ella iba abrazada a la espalda de Odo. Llegaron a la mina de oro de los Huitotos era una montaña rocosa donde se avistaban cientos de cuevas, sería sumamente difícil adivinar en cuál de ellas estarían el Alicanto y Lionza. Sin embargo, Yara pensó que Alicanto brillaba y que seguramente la cueva donde estaría oculto estaría iluminada.

—*Odo debes volar y trata de encontrar un rayo de luz en esas cuevas de la colina* —ordenó Yara,

Las impactantes alas de Odo cuando estaban desplegadas tenían más de dos metros cada una, su estatura era también impresionante era por demás cómodo volar en su espalda. Tras un lento recorrido no vieron nada anormal en las cavernas.

—*No hay nada en esas cavernas si estuviese allí el alicanto se verían los destellos de luz* —gritó Yara al oído de Odo.

Sin decir una palabra Odo dio la vuelta y regresó, se posó en una caverna que tenía algo muy particular troncos ramas frescas; aterrizó en el borde de la cueva mientras que Yara se aferró a él, pues estaban al filo de un inmenso precipicio. Odo empezó a despejar la cueva lanzando las ramas al vacío, despejó la entrada de la cueva y Yara dijo con gran emoción:

—*¡Si! Allí están*

Odo continuaba abriendo la entrada cuando de repente fue impulsado con tanta fuerza que no pudo volar de inmediato, Yara también salió disparada por algo que había empujado los escombros, logró sostenerse de una rama que quedó atorada en una roca. Yara exclamó:

—*¡Odo! Ayúdame.*

Odo aún estaba descendiendo, pero pudo remontarse, Yara estaba deslizándose de la rama ya no podía sostenerse más. Odo arribó a tiempo y la atrapó.

—*Justo a tiempo mi héroe* —dijo Yara mirando a Odo con admiración

Odo hizo como si no la hubiese escuchado, Termino de sacar los escombros, ambos se espantaron a ver lo que allí estaba una inmensa Araña negra, dos grandes colmillos sobresalían de un orificio que parecía ser su boca, su piel cubierta de pelusa y sus patas estaba empujando el resto de los troncos y ramas. Había una inmensa telaraña detrás de ella y en el fondo el Alicanto y Lionza, prisioneros enredados con enmarañada red. Odo se dispuso a matar a la gigantesca tarántula, pero Yara exclamó decidida a darle una oportunidad a la fantástica bestia:

—*No, ¡Déjame a mí!*

—*¡Es peligrosa! no ves los colmillos que tiene* —Odo estaba ya preparado con su lanza para aniquilar a la monstruosidad arácnida.

—*Ella es una deidad, entreteje el ritmo de la existencia misma, su telaraña es el intrincado laberinto de la vida, no podemos cortar esa telaraña o alicanto y Lionza morirán. Conozco su lenguaje y sé que me entenderá.*

De inmediato, Yara, la portentosa diosa de la naturaleza y los animales, cerró sus ojos y respiró gesticulaba su boca como si articulase palabras, emitía unos chillidos de baja frecuencia que no podían ser percibidos por el oído humano, la araña poseía el don de la premonición y ya había entendido que tanto Yara como Odo Sha eran deidades como ella. En medio de la silenciosa comunicación la Araña decidió ayudar a Yara, llamó a un descomunal alacrán o escorpión, el descomunal arácnido era su gran compañero; este se deslizó desde el techo de la cueva y emitió un chillido súbitamente intentó aprensar a Odo con sus gigantescas tenazas; Odo retrocedió y le apuntó con su lanza, pero no le ataco; El feroz bicho retrocedió de inmediato. Yara seguía con los ojos cerrados, pero emitiendo el imperceptible código, que parecía ser escuchado también por el escorpión. Ambos monstruos parecían estar comunicándose mutuamente, Luego de unos segundos; el gigantesco escorpión cortó las redes que sujetaban a los dos cautivos. La inmensa araña lleno tres taparas con veneno que sacaba de debajo de sus colmillos. Odo al no entender que sucedía le pregunto a Yara

—*¿Qué hace?*

—*Está siendo amable conmigo y desea que lleve esas taparas con veneno para impregnar las flechas de los arqueros, será un arma infalible* —La monumental entidad arácnida colocó los chorros de veneno en cada una de las taparas y las cubrió con telaraña.

—*¿Y ahora qué?* —Volvió a indagar Odo abrumado por no saber que sucedía.

—*Tranquilo Odo, ahora nos está obsequiando tres piezas de telaraña que hacen decir la verdad a todo aquel que sea atado con ella, es resistente y nada la puede cortar, tan solo las tenazas de un Alacrán.*

La araña puso tres diminutos huevos los cubrió con telaraña y los pateo hacia Yara; Odo Sha estaba impresionado al ver que Yara se comunicaba perfectamente con la araña de telepática. Yara tomó en sus manos diminutos huevos y le conto a Odo lo que la araña había dicho:

—*Estos huevecillos tienen miles de arañas cada uno; ella dice que nos pueden ayudar a destruir a cualquier enemigo en combate por más poderoso que sea, además si se come uno de ellos se adquiere el poder de la diosa arácnida* —Odo Sha observaba con temor a los diminutos huevos que yacían cerca de sus pies.

—*Tómalos no te harán daño alguno* —le dijo Yara a Odo que estaba aún abrumado por la increíble capacidad comunicacional de Yara.

Ella agradeció a ambos dioses por su ayuda, Al salir de la cueva Odo Sha con un extraño aire de preocupación le preguntó a Yara:

—Yara *¿puedo hacerte una pregunta?*

—*Si, dime*

— *¿Ese poder que tienes de leer el pensamiento funciona con todos nosotros?*

Yara estalló en risa y le dio un manotón al grandulón en el pecho.

—*¿Insinúas que puedo leer tu mente?* —agregó encogiendo sus hombros— *¡No, Odo! ¡no puedo leer la mente de la gente! Yo puedo comunicarme y entiendo cualquier tipo de lenguaje, el lenguaje de la araña es telepático, yo no leía su mente solo podía descifrar su lenguaje.*

Odo respiró profundo y profirió una sonrisa; algo que jamás había hecho.

—*Odo Sha Sabias que te sienta bien sonreír.*

Odo Sha cambio su semblante y retomó su gesto feroz y sombrío, bajo la mirada y vio varias tenazas de Alacrán en el piso, tomó una para sí y la otra para Yara. Yara no pudo evitar preguntar.

—*¿Y esto para qué?*

—*Me dijiste que esa telaraña solo se corta con tenazas de Alacrán, pues deberíamos tenerlas con nosotros para cortar la red de la tapara del veneno y de los huevos*

—*Muy ingenioso mi grandulón, me impresionas.* —Corriendo hacia fuera de la cueva le gritó a su amigo —*vámonos.*

Lionza se trepó en Alicanto junto a Yara y emprendieron el vuelo al encuentro de Tamanaco, Caonabó y Jacob.

El acto de meditación sacerdotal conectó a la muchedumbre con los líderes espirituales, un silencio petrificante se adueñó del lugar al mismo tiempo que el firmamento se untó de una infinita lobreguez. En el firmamento se divisaban unas cuantas estrellas, señal de lluvia. Jacob, Kuwi e Iwarka eran los únicos que no parecían comulgar con el ritual, no obstante, mantenían la solemnidad del silencio. Meni rompió el silencio:

—*Ya los espíritus han hablado, debemos sacrificar al Maichak.*

Automáticamente Jacob fue capturado por dos guardias, no podía creer lo que sucedía. Kuwi se aferró a su hombro Iwarka lo seguía de cerca. Se aproximaron al altar y Yonin dirigiéndose al pueblo exclamó:

—*¡Los lémures ancestrales han revelado que debemos sacrificarte Maichak! pues eres un farsante.*

En realidad, era Oki quien contacto a los Chamanes deseaba así vengarse del gran Maichak y su escape del Okinuiema. Los Guerreros retiraron al pequeño Kuwi del hombro de Jacob, este trato de forcejear siendo dominado con violencia. Iwarka se aferró a la pierna de su amigo, pero fue separado. Le ataron y lo colocaron en la piedra inmoladora, Jacob estaba atónito, así que este sería su final, morir asesinado en un sacrificio en un ritual ancestral. Del recoveco más ínfimo de su hombría brotó un valor inesperado, se dejó manipular. Los sacerdotes le colocaron un collar de huesos y plumas, escupieron en él una especie de líquido y le dieron de beber una sustancia que le adormeció de inmediato. Iwarka le gritó:

—*¡Maichak no te rindas! ¡Invoca a Walichú!*

Afortunadamente Jacob percibió solo el nombre de Walichú. Estaba ya cayendo en la inconciencia aun así murmuró casi sin fuerza:

—*¡Walichú! ¡Walichú!... ¡Walichú!*

La tierra empezó a temblar nuevamente esta vez con más fuerza. Irónicamente el chamán arrojó la daga ceremonial y espantado huyó con los otros sacerdotes. La mayoría de la multitud solo se arrodillaban rogando a los dioses que se calmaran. Inmensas rocas se desprendían de la colina y caían sobre la multitud, Jacob se mantenía inerte tendido en la roca, Kuwi logró subirse a su rostro e intentaba desapestarle, Iwarka reaccionó rápidamente y se convirtió en una gigantesca águila y lo tomó en sus garras y justo en el momento que lo sujetó con las inmensas garras el altar se cuarteó en dos, asimismo la tierra se abrió de par en par formando una inmensa zanja. Iwarka se elevó desde su perspectiva se podía ver la devastación. En la copa de un árbol Walichú observaba todo el desastre, había sido el quien causo el temblor, era la única manera de ayudar a Maichak, El sombrío e impredecible Walichú persistentemente fungía de protector de Jacob. Los Huitotos eran un pueblo bravío, que se sobrepondría a esta catástrofe. Sus arraigadas creencias y el respeto a las fuerzas de la naturaleza trascendían al plano tangible y los enaltecía como un pueblo de gran bagaje espiritual. Los maravillosos Huitotos se dedicaban y Consagraban a la tierra, respetaban la naturaleza en base a la armonía del hombre con su entorno, amar la tierra era el valor primigenio la razón que motivaba la existencia de sus vidas simples, Verdor perenne que tapizaba sus sueños, sin pretensiones de almacenar riquezas para un mañana, pues el día a día era la razón de ser del pueblo Huitoto. Lejos quedaban esas hermosas colinas, ahora abarrancadas; con dolor contemplaban como la naturaleza se volvía en contra de ellos, sin embargo, sabían que las fortalezas de sus manos cosecharían y reconstruirían de nuevo su terruño. Todos lograron reunirse, Iwarka logró encontrar al resto, previamente Yara y Odo habían hallado a Tamanaco y Caonabó.

Durante la travesía Caonabó, cavilaba sobre su amada Anacaona; deseaba que estuviera con bien; también recordó a su pueblo y el sufrimiento que los forasteros le habían impuesto; fue un trece de enero de 1493 cuando, abruptamente cruzó el umbral que lo trasladó a este plano todo sucedió mientras Cristóbal Colón desembarcaba en la costa norte de La Española y el junto con otros compañeros de la resistencia los atacaron con flechas, impidiendo la invasión; sin embargo no sabía que había sucedido con sus compañeros allá en la hermosa playa de Punta Flecha.

—¡Caonabó! ¡Caonabó! Amigo ¿qué sucede? ¿Estas bien?

—Si estoy bien solo son los recuerdos que me asaltan implacables.

—Todo esto pasará, pronto las encontraremos. —¿Y después? Cuando regresaremos a nuestro mundo.

—No, lo sé; pero no nos queda más que obedecer los designios de nuestro destino.

Emprendieron el vuelo rumbo a la legendaria Ciudad de oro el codiciado territorio de "El Dorado".

Mientras tanto Coñori y las gemelas Paki y Sachi seguían la intrincada ruta rumbo a Yvy Tenonde que se encontraba en la región guaraní, el mapa mágico era infalible había sido sumamente útil, además Coñori seguía las recomendaciones de la vieja chamana que le había ordenado impregnar de sangre el pergamino, pues solo así el mapa funcionaria. Habían avanzado hacia el sureste atravesando la unión entre los Andes y el Amazonas, iban bordeando un impresionante rio llamado Apurímac el cual es uno de los principales afluentes del poderoso Marañón, mejor conocido en el otro mundo como el rio Amazonas, se trata del rio Apurímac. Sin lugar a duda, Coñori acertó en llevar a las gemelas con ella, pues a pesar de ser solo unas adolescentes eran hábiles cazadoras e imbatibles guerreras, siendo sus hazañas reconocidas en los más distantes parajes del Reino Verde. Decidieron parar en una población, famosa por la longevidad de sus habitantes. Esta paradisiaca aldea estaba enclavada en el borde de las colinas andinas y la intrincada jungla. En esta comarca todos era ancianos, pero gozaban de excelente salud y su condición física correspondía a la de una persona de entre treinta y cuarenta años caminaron por las estrechas callejuelas y todos los habitantes se asomaban a saludarlas. Coñori decidió acercarse a unos ancianos que estaban cultivando un hermoso huerto debajo de un inmenso árbol.

—¡Saludos! – dijo Coñori saludando con la mano – *Soy Coñori líder de las Mundurucu, y estas son mis protegidas Paki y Sachi, vamos rumbo a* ***Yvy Tenonde.***

—Bienvenidas al Valle Sagrado ***Vilcabamba*** [92] —la anciana dejó su tarea y se aproximó a las forasteras—*Yo soy Palla* —y señalando al hombre junto a ella agregó— *y este es mi esposo Yupanqui.*

---

[92] - Según la leyenda los habitantes de la ciudad de Vilcabamba poseían el secreto de la eterna juventud. Vilcabamba que en quichua significa "Valle Sagrado", en la

El hombre meneó la cabeza en señal de reverencia. Ambos estaban ataviados con poncho de hermosos diseños florales. La mujer ostentaba cabellos platinados de los cuales colgaban de dos perfectas trenzas, llevaba una falda plisada de color café, mientras que el hombre tenía el cabello negro con algunos destellos plateados, llevaba un sombrero con orejeras colgando en cuyo borde sobresalían dos hermosas borlas de hilo; también usaba un poncho y unos calzones negros anchos y sucios de barro.

—*Pueden descansar esta noche, estamos felices de recibirlas en nuestro poblado* – dijo el hombre cuyos esbeltos cuerpos y movimientos no eran para nada los de un anciano, sin embargo, se podía percibir la longevidad en su rostro surcado de arrugas.

—*Gracias, no deseamos molestarles, podemos acampar a las afueras del pueblo* ——dijo con voz cálida y tratando de no sonar ofensiva.

—*¡No molestan! ¡insistimos! Por favor quédense en nuestra casa, son bienvenidas* – repitió la enérgica anciana.

Coñori no quiso entrar en discusión, y pensó que quizás era una buena idea descansar bien antes de iniciar el viaje el cual sería, sin lugar a duda, más difícil debido a lo abrupto del relieve. Los viejos dejaron sus herramientas de trabajo apostadas en una gran roca, y guiaron a sus huéspedes hacia su casa. Los vecinos, quienes eran ancianos rejuvenecidos también se asomaban por las ventanas para saludarles. Al llegar a una hermosa Cabana, Palla le dijo a Coñori:

—*Aquí vive mi hijo* —dijo entrando a la cabaña

Un anciano salió y abrazo a Palla y luego abrazó a Yupanqui

— *¡Papá!* ¡mamá! *no los había visto hoy ¿dónde andaban?*

—*¡Hijo lo has olvidado! Estábamos en el huerto,*

—*¡Cierto!* — dijo el viejo mirando a Coñori y las gemelas— *Y ellas ¿quiénes son?*

Yupanqui interrumpió y lanzó una pregunta:

—*Hijo ¿desde cuándo no la has tomado?*

—*Desde que Ñusta se marchó.*

---

actualidad acoge a un alto porcentaje de longevos que superan con facilidad los 100 años.

—*Hijo, ¡por favor!* —suplicó Palla con voz quebrada.

—*No quiero discutir sobre esto padres míos.*

—*Él es mi hijo Iki* — lo presentó a las recién llegadas mientras le daba palmadas en el hombro — *Iki, Estas son nuestras invitadas Coñori, Paki y Sachi, Se quedarán esta noche con nosotros.*

—*Bienvenidas a la tierra de la vida eterna… ¿quién quiere vivir para siempre?* – sentenció el hombre con decepción.

—*Seguro que muchos querrían vivir para siempre.*

—*¿Vivir para siempre? ¡Vaya quimera! …eternidad siempre ha sido una palabra negada a los humanos. La verdadera vida eterna es aceptar el momento que viene, pero también en aceptar que ese momento es irrepetible y que inevitablemente se va.*

Coñori sintió un profundo dolor, era como si el sufrimiento de ese hombre se hubiese esparcido dentro de ella, su desolación era infinita. Miró a las gemelas, quienes estaban confundidas y dos lágrimas asomaron de sus profundos ojos.

—*Debemos marcharnos* —Palla trató retomar la calma, y prefirió retirarse— Adiós hijo mío.

—*Adiós* — dijo mirándolos a todos.

Llegaron a la casa de Palla y Yupanqui, era una hermosa cabaña, con un hermoso jardín interior. Había una construcción central que servía de cocina con un inmenso fogón de piedra. En diversas cestas colocadas en un mesón se encontraban vegetales y sobre todo papas de diversos colores.

—*¿Les gustan los vegetales?* —preguntó Paki

—*Si, es lo único que comemos, además de quinua*—respondió Yupanqui

—*Es decir que no consumen carne* —argumentó Sachi

—*La carne no es buena para nosotros* —dijo Palla con una sonrisa fingida —*¿hay algún problema con eso? Ustedes pueden comerla si desean*

—*No, en absoluto* —respondió Coñori tratando de ser amable— *nos gustan los vegetales.*

Yupanqui decidió buscar leña, y Coñori intentó iniciar una animada conversación para tratar de superar el extraño encuentro con el hijo de Palla, pero no fue posible; Palla necesitaba hablar:

—Los pobladores de Vilcabamba descubrimos el secreto de la eterna juventud hace cientos de Años, El dios sol, el andariego de los caminos; nos enseñó como preparar la pócima del árbol sagrado. Tomando la pócima una vez durante cada primera luna llena, se puede vivir por siempre, quien la tome seguirá envejeciendo hasta llegar a los noventa y nueve años. Una vez se llegue a esa edad ya no envejecerás más.

—Entiendo, es quizás la razón por la cual tu hijo se ve de tu misma edad ¿cierto?

—¡Si, así es!

—Esa generación que se levantó podía hacer una vida fuera de la aldea, y luego regresar, pero muchos fueron los hijos que jamás regresaron. Es contradictorio, ¿Saben? El hombre añora vivir eternamente; no obstante, la idea de vivir perpetuamente y sin enfermedades, no es fácil de aceptar para algunos. Mi hijo se marchó a buscar una vida real, con quebrantos, dolores y cansancio. Decidió vivir a su manera, despertar cada mañana con la incertidumbre de no saber si ese será el último día de su vida. Cuando los hijos del pueblo tuvieron edad de tomar esposa, algunos la encontraron acá mismo en la aldea, pero otros se marcharon. Iki cómo la mayoría de los jóvenes decidieron ir más allá de este utópico lugar, a varias leguas de camino encontró el amor y nunca más regreso. Pero un día su hijo enfermó y decidió regresar a la aldea. Llegó con la mujer que tomó por esposa, ella le prometió a Iki que tanto su hijo como ella tomaría el elixir de la eterna juventud. Ella nos engañó a todos, accedió a que el muchacho bebiera el brebaje, pero ella nunca lo bebió. Ya para mi nieto era muy tarde, había sido tocado por la muerte. El mal que le arremetió estaba arraigado en su interior y no pudimos arrebatárselo a la muerte. Hicimos todo lo que pudimos, pero fue inútil un día el muchacho murió. Ese fue el fin de la felicidad de mi hijo. El intentó recuperar su vida y se aferró a su mujer, pero el dolor por la muerte de su hijito nunca más los dejo ser felices.

—¿Y qué sucedió? —dijo Sachi

—¿...Con ella? —completó Paki.

—Ella murió hace poco, no quiso tomar el elixir, murió quizás del mismo mal del niño, jamás vimos su cadáver. Iki la enterró en medio de la jungla; ahora... ahora mi hijo se quiere marchar con ellos, no quiere vivir —La mujer estalló en llanto y su marido se aproximó a consolarla.

—*¡Querida Palla! Quizás, muy por el contrario, vivir fue lo que él siempre deseo desde que se marchó de la aldea* —Sentenció Coñori— *disfrutar de una vida real, experimentar el dolor y el sufrimiento forma parte de la dinámica de sentirse vivo. Las Mundurucu jamás le temimos a fallecer, ni a las enfermedades, enfrentamos la muerte con orgullo y valentía, porque la muerte es la consecución de la vida; desde muy pequeñas se nos enseñó que la vida podía ser larga y que también podía ser muy corta, Y que a veces podía ser incluso entregada a nuestros dioses como ofrenda, y en cierto modo nos sentíamos afortunadas de ser elegidas. Así que tu hijo tiene el derecho de decidir si desea reencontrarse con sus amados más allá de la Pachamama, en el mundo de las estrellas.*

—*Tienes razón muchacha, debo dejar que Iki sea quien quiere ser y que elija como terminara su existencia* — replicó Palla avivando el fuego con algunos palos secos.

Al llegar el esposo terminaron de cocinar, comieron y conversaron largamente sobre los motivos que los habían llevado a querer vivir para siempre. En medio de la animada y existencialista sobremesa el esposo mencionó la amenaza que se cernía sobre la aldea. Recientemente, habían sido atacados por extrañas entidades que asechaban a su aldea.

—*Hemos sido atacados por unas criaturas que succionan la sangre de sus víctimas* — dijo el esposo — *nos hemos defendido con los poderosos dardos envenenados, pero hemos perdido a seis de los nuestros en solo dos ataques.*

—*¿Cuál es la apariencia ...*— dijo Sachi

—*... de estas criaturas?*— Completó Pachi

—*Algunos son de la selva, pero otros muy extraños lucen muy diferentes, son humanos, pero extremadamente altos, de cabellos de sol y ojos transparentes.*

—*¡Qué extraño! Lucen como Bochica, quien se dice porta larga barba dorada y ojos de color de agua* —explicó Coñori.

—*Si, pero Bochica es un benefactor, y estas criaturas solo quieren saciar su sed de sangre.*

—*¡Deben cuidarse!* —advirtió Palla levantándose de la mesa — *aunque ustedes son audaces, ellos tienen poderes sobrenaturales.*

—*Pues yo también tengo poderes sobrenaturales* —encogió los hombros Coñori—*no les tengo miedo.*

Todos se fueron a dormir, la noche prometía ser cálida. Alrededor, todo era silencio, solo los grillos y las ranas del pantano presentaban su nocturnal concierto, en medio de esa placida quietud un estruendo se percibió; Coñori fue la primera que escuchó el algarabío, y advirtió a las gemelas. Palla y Yupanqui ya se había levantado y estaban en guardia. Coñori salió al patio junto con las hermanas y pudo ver el celaje de dos criaturas saltando de rama en rama entre los árboles cuyos rápidos movimientos la desconcertaron.

—Yo iré tras eso que vimos, mientras ustedes traten de proteger la aldea —dijo Coñori lanzándose hacia la boscosa área.

Coñori se adentró el matorral, la visibilidad era casi nula, pero había desarrollado un gran sentido de la audición. De repente escuchó una voz imperceptible. se puso en guardia y cuándo casi iba a envestir con su afilada daga una voz enérgica le dijo:

—*¡Detente! No temas soy Iki, el hijo de Palla y Yupanqui.*

—*Se quién eres, ¿qué haces aquí?*

—*¡Debes ayudarme! Por favor.*

—*¿Ayudarte?* —preguntó con tono altanero— *no entiendo, habla rápido; estamos en la mitad de la jungla casi al borde de ser devorados por criaturas malignas… no tenemos tiempo para acertijos.*

—*Por favor ayúdame, mi esposa y mi hijo son muertos vivientes, los llamados* ***Jencham o vampiros.***

—*¿Vampiros?*

—*Si, vampiros. Mi esposa al ver que la pócima no surtía efecto alguno sobre mi hijo hizo un pacto con los no muertos a mis espaldas, ella sabía que yo no aceptaría ese disparate.*

—*Y ¿Cómo supiste esto?*

—*Porque ellos me visitan, y han estado en contacto conmigo*

—*¿Por qué tu mujer decidió convertirse en vampiro?*

—*Porque era la única forma que nuestro hijo pudiese vivir. Su cuerpo estaba corrupto al momento de empezar con la pócima, así que la única alternativa era convertirlo en un no-muerto.*

—*¿Y son ellos quienes atacan al pueblo?*

—Si, todo se originó cuando mi mujer buscó a los engendros en las cuevas de las montañas malditas; muy al sur. En medio de su desesperación pacto con ellos, de esta manera convirtieron a mi hijo en un ser de la oscuridad. Esa noche de su transformación ellos tomaron varias vidas de la aldea.

—¿Esos lugareños son vampiros ahora?

—No, ellos no convierten a todas sus víctimas. Solo unos pocos afortunadamente se convierten en vampiros.

—¿Los que acechan y atacan a la aldea son los vampiros o es tu familia?

Mi familia no quiere hacer daño a nadie, se han estado alimentando de venados y otros animales, son los ***Jencham*** *quienes están atacando y buscando más víctimas para alimentarse.*

—Será muy difícil que los aldeanos crean tu versión.

—¡Lo sé!

—Ahora debo proteger la aldea. Después veremos en que terminará todo. Por favor regresa con tus padres.

Iki se perdió en la oscuridad y Coñori salió en busca de las criaturas, se internó en un área tupida de árboles. Escuchó voces y decidió avanzar hasta encontrarlas. Al llegar a un claro frente al imponente rio Apurímac; vio a las criaturas, esgrimían tez clara, translucida, gran estatura y cabellos dorados como bien los habían descrito Palla y Yupanqui.

La intrépida guerrera estaba impresionada, pues eran una docena de ellos, vestidos con ropajes de telas multicolores y decorados con piedras y encajes similar a los dioses que llegaban del mar. No podía distinguir cuales de ellos eran hembras y cuales eran machos, pues todos llevaban cabellos largos y sus rasgos eran finos y delicados. Se resguardó retrocediendo unos pasos, sin embargo, fue tarde a su espalda apareció un no-muerto, esgrimía una perturbadora juventud y fortaleza que contrastaba con sus ojos azules de triste mirada y rostro diáfano. Coñori estaba en guardia, aunque decidió esperar prudentemente que el engendro iniciará el combate, este no la atacó; al contrario, con suma destreza apareció delante de ella y la apretó por los hombros con sus frías y huesudas manos. Acto seguido la olfateó.

—Vaya, vaya mira lo que tenemos aquí, sangre fresca.

—*No, te equivocas es sangre bien caliente, candela que quemaría tu horrorosa boca* —dijo Coñori zafándose, empujándole de una patada que le sirvió al mismo tiempo para impulsarse girando en un doble salto mortal.

Los demás engendros se percataron de lo que sucedía y se amontonaron a observar la encarnizada pelea. Coñori luchó como nunca; por otro lado, el vampiro era ágil. Él y sus camaradas estaban impresionados por la habilidad de Coñori, los engendros conocían quien era Coñori y cuál era la misión que la había empujado hasta este lugar. Después de estar durante varios minutos luchando, la criatura se detuvo y gritó:

—*¡Basta! Coñori, reina de las amazonas.*

—*¿Cómo sabes mi nombre? ¿Y qué es eso de Amazonas?*

—*¡Lo sé todo!*

—*¿Amazonas?*

Se carcajeó el vampiro:

—*¡ja! ¡ja! ¡ja! Eso, eso es griego antiguo para ti querida*

—*Deben irse de acá. ¡Ya!* — sentenció *Coñori*

—*Ah, si ¿por qué? Porque tú lo dices*— el raro hombre. la retó con ironía

— *Esta gente vive en paz; han luchado por vivir una vida longeva y ustedes los están aniquilando.*

—*En cierto modo ellos son iguales que nosotros, pero ellos pueden ver la luz del sol, cosa que se nos ha negado a nosotros y es debido a su pócima mágica.*

—*¿Pócima?* — inquirió Coñori.

—*Si, una pócima que preparan. ¡mágica!* —remedó la voz de la guerrera a manera de burla— *Creo que podemos llegar a un acuerdo con tus amigos* —sentenció extendiendo una fingida sonrisa.

— *No entiendo ¿de qué acuerdo hablas?*

—*Ellos nos dan la pócima y nosotros nos marcharemos.*

En realidad, ese había sido el motivo por el cual los no-muertos habían llegado a Vilcabamba buscaban el elixir de la eterna juventud, y de este modo romper el hechizo que les impedía ver la luz del sol. Coñori quedó impactada por lo que acababa de escuchar. No sabía si los lugareños accederían. No obstante, estaba completamente segura de que esto resolvería el problema de los ataques nocturnos y quizás beneficiaria a los no-muertos.

—*Pido una tregua, y mañana a esta misma hora en este mismo lugar te traeré una respuesta.*

La criatura lanzó una austera sonrisa

—*Soy Billy Shears no lo olvides*

—*Un nombre tan tonto, no se puede olvidar.*

—*Bien, Mañana estaré acá.*

Las criaturas se dispersaron y Coñori se marchó pensando aun en la respuesta del enigmático Billy. Llegó a la cabaña de Palla con más preguntas que respuestas; al momento de ingresar en el pequeño jardín una voz se escuchó, era Iki:

—*Necesito hablar contigo*

Coñori se detuvo y volteó su cabeza tratando de ubicar de donde provenía la voz

—*¡Tranquila! Soy yo Iki ¡Aquí!*

—*Los no-muertos quieren pactar, desean obtener la receta de la pócima de los Xiroas* —dijo Coñori.

—*Eso no será posible la pócima es solo para los habitantes de Vilcabamba* —alegó Iki.

—*Pues no hay escapatoria, ellos saben de la pócima por tu mujer.*

En ese momento la mujer de Iki, Ñusta salió de un matorral y detrás de ella, su hijo Ikima

—*Si, es cierto. Ellos no descansaran hasta encontrar la pócima,*

aseguran que esta los hará vivir más intensamente, pues podrán exponerse a la luz del sol —dijo la mujer de tez pálida y aspecto fantasmal— *Acabarán con la aldea entera, y al final conseguirán la pócima, es necesario evitar la carnicería que se avecina.*

—*Debemos enfrentar a Palla y Yupanqui; estoy segura de que ellos sabrán que hacer.*

—*No, no puedo revelar esta verdad a mis padres* —suplicó Iki.

El jovencito que estaba a un lado de la madre se acercó al padre y le suplicó:

—*Padre, es tiempo de que los abuelos conozcan lo que ha sucedido*

—*No lo entenderán* — respondió.

—*Pero debemos enfrentarles, es necesario que sepan que sucede* — sentenció Ñusta.

La guerrera quedó en silencio por un instante mirando fijamente a los tres que frente a ella la contemplaban congelados por la incertidumbre.

—*¡Esperen aquí!*

Coñori entró a la cabaña, alrededor de la fogata se encontraban Palla, Yupanqui y las hermanas. Sus rostros impávidos mostraban preocupación, no obstante, ninguno oso romper el silencio.

—*Ha sucedido algo que cambia todo. Los no-muertos desean la pócima de la eterna juventud*

—*¿Cómo?* —Yupanqui saltó indignado— *¡eso es imposible!*

—*No entiendo ¿has hablado con ellos?* —inquirió Palla

—*Si, si le entregan a la pócima ellos se marcharán de aquí pacíficamente.*

—*¡No! ellos no pueden tomar ese elixir pues morirán, su condición de No-Muertos les impiden tomar el brebaje.*

—*Pues es lo que desean, además…* —Coñori respiró profundo pues sabía que lo que les diría a continuación sería muy doloroso y difícil para ambos—*además hay algo muy importante que deben saber*

—*¿A qué te refieres con algo importante?* —preguntó Palla

—*La mujer de tu hijo, Ñusta y su nieto Ikima; no fallecieron…* — Coñori vaciló — *ellos son no-muertos.*

—*¿Qué dices muchacha? ¿Estás loca? eso no es posible* —entró en pánico Palla —*Por el sagrado Inti ¡esto no es posible!*

—*Si es posible, ¡Vamos Palla tienes que calmarte!* —le acarició el hombro a la anciana — *ellos están afuera y desean hablar con ustedes*— la vieja arrancó con rabia la mano de Coñori de su hombro.

—*¿Esta Iki con ellos? ¿Es uno de ellos? ¿Ustedes son…?*

Coñori interrumpió:

—*No, ¡Te equivocas nosotras no somos jenchams! tu hijo Iki se ha encontrado con ellos, pero no se ha convertido aún.*

—*No deseo hablar con ellos. Ellos no son mi familia, No quiero saber nada de ellos. ¡Son Jencham!* —Dijo Yupanqui.

—*Lo lamento Coñori, pero deben irse de inmediato, no quiero saber nada de los vampiros, y para ser honesta ahora desconfió de ustedes.*

—*Entiendo* —Coñori agarró sus cosas y haciendo una seña a las gemelas agregó—*Gracias por su hospitalidad. ¡Palla y Yupanqui! Solo quiero que entiendan que Iki ha sido una víctima* —y agregó una última reflexión con tono sarcástico— *Ustedes no son muy diferentes a esos depredadores. Hay una pequeña brecha entre ustedes y los no-muertos, jenchams, vampiros o como se llamen. Ambos buscan la vida eterna, no son tan abominables como ustedes creen, los jenchams y ustedes comparten un objetivo común: engañar a la muerte.*

La anciana rompió en llanto y Yupanqui la consoló, mientras las gemelas se despidieron con respeto. Las mujeres entendían que Palla y Yupanqui estuviesen confundidos y decepcionados. Decidieron ir a la cabaña de Iki en donde también se encontraban Ñusta e Ikima; luego de explicarles que sus padres no querían tener contacto con ellos, y mucho menos entregar la pócima mágica a los no-muertos. Iki lucia preocupado absorto en sus pensamientos, por su lado Ikima estaba totalmente confundida. Parecía que su decisión de ser eternamente depredadores no había sido la mejor elección.

La inquietante noche estaba a punto de terminar, Ikima temblaba y su mirada estaba desorbitada agarró a su madre del brazo y le dijo:

—*¡Debemos irnos ya!*

—*Si, vamos a la cueva con los otros.*

Iki bajo la mirada y continuó su paso sin despedirse. Coñori y las gemelas se detuvieron

—*Adiós Ikima mañana será un día decisivo para ustedes* —sentenció Coñori con voz triste.

—*Adiós Coñori, por favor trata de solucionar este desastre.*

—*Yo trataré de mediar, pero son ustedes quienes deben decidir si desean esta extraña y oscura existencia.*

La mujer y su hijo desaparecieron, disparados como si fuesen saetas. Obviamente tenían poderes sobrenaturales propios de los no-muertos. Durante el camino ninguno cruzó palabra, Iki estaba devastado, no podía aceptar que su familia era literalmente una quimera, para colmo de males no sabía qué hacer para salvar la aldea, si no se entregaba la pócima mañana en la noche Vilcabamba seria arrasada.

Al llegar a la cabaña Coñori no descaso de inmediato abordó a Iki:

—Iki, ¿Sabes cómo hacer la pócima sagrada?

—Si, lo sé pues yo acompañe al chaman durante años y conozco como hacer el bebedizo. Pero no es solo la bebida también hay un ritual mágico-religioso. Debes estar envestido del poder para guiar el ritual.

—¿De qué está hecho? —curioseó Coñori

—Tiene una difícil preparación, pero lo esencial es ***Huilco*** [93].

—¿Wilco?

—Si. El árbol sagrado, que se ha usado para el ritual de la vida eterna, purificación del alma, curaciones físicas y espirituales. El Wilco también es el detonante para abrir los sentidos y poder entender el pasado, obrar sobre el presente y visualizar el futuro.

—Complejo… ¿Crees que el chaman nos ayude?

—Creo que el Chaman ya sabe lo que está sucediendo. ¡Vamos!

—¿A dónde?

—A visitar al Chaman de la región, quien tiene la potestad sobre la pócima mágica.

—Esperemos que nos ayude— sentenció Coñori con aire

Después de caminar por calles empedradas completamente desoladas, arribaron a un pequeño templo, incrustado en lo que antiguamente fue una caverna. Iki iba adelante, caminaba con paso enérgico, Coñori le seguía y tras ella las gemelas. El templo tenía grandes ídolos tallados en las paredes, semblanzas de la luna el sol y las estrellas transfiguraban la piedra rojiza en una galería interestelar.

Al llegar al área más oscura de la caverna templo, emergía imponente un árbol cuyas raíces sobresalían y se hacían tan pronunciadas que formaban una red de brazos entrelazados que brotaban desde la tierra misma.

—Coñori reina de la naturaleza, la princesa de ojos de agua ¡Bienvenida!

Coñori no podía creer que el chaman supiese su nombre.

---

[93] - Anadenanthera colubrina (nombre común: vilca, huilco, kurupa'y, curupáy, wilco, cebil, angico, anguo) es una especie botánica de árbol de Sudamérica estrechamente relacionado con el yopo Anadenanthera peregrina.

—*¡Ik! ¡Iki!... en que tormenta te encuentras!* —un hombre viejo de cuerpo musculoso que tenía una vestimenta ceremonial multicolor, con sombrero de punta se aproximó a los visitantes.

—*Maestro Rumi* —Hizo una reverencia Iki a su maestro.

—*¿En qué lio estas metido Iki? Se a que vienes, pero quiero oírlo de tus labios.*

—*Mi esposa y mi hijo se convirtieron en Jencham y estos quieren la pócima de la eterna juventud...* — el chaman le interrumpió:

—*¡Aja! y si no lo sé lo damos ¿Qué?*

—*Bueno, ellos dicen que arrasaran toda Vilcabamba. ¿Qué podemos hacer? Ellos desean el elixir de la eterna juventud, pues eso le daremos*

Iki y Coñori no podían creer que el chaman hubiese accedido tan rápido y con tanta facilidad.

—*¿Cuándo se encontrarán con los engendros?*

—*Esta noche* —respondió Coñori

—*Debemos preparar el ritual. Deben dejar todo en mis manos. Coñori, te revelaré el ritual sagrado. El secreto de la ayahuasca eterna estará seguro en tus manos. Las jóvenes deben salir de la cueva, ella no podrá participar.*

De inmediato las gemelas se marcharon sin mediar palabra, mientras el Chaman los invitó a adentrarse en un recóndito lugar del templo alumbrado por antorchas. En una de las áreas más extensas se encontraban otros seis curanderos que aguardaban a Rumi Chaman quien era el sacerdote mayor. Todo estaba dispuesto dentro del círculo formado por tapices de colores, un despliegue de elementos rituales se divisaba dentro este anillo, algunos instrumentos musicales llamados ***waqachina*** entre los que se apreciaban: coloridas maracas, ***wankaras*** [94], ***tinya*** [95]**,** ***anatas*** [96] y las sonoras ***sikus*** [97]

---

[94] - El wankara o wankar es un gran membranófono cilíndrico de dos cabezas de los pueblos de habla quechua y aymara de los Andes bolivianos.

[95] - La tinya, también denominada roncadora o caja, es un instrumento andino de percusión similar a un tambor, cuyo uso es extendido en la zona andina americana:

[96] - Es una flauta de pico construida con un trozo de madera blanda, liviana y de color claro. Oriunda de Suramérica.

[97] - del aimara 'tubo que da sonido') es un instrumento musical formado generalmente por dos hileras de tubos de caña de diferentes longitudes

o ***zampoñas*** [98] una suerte de flauta andina; además de hojas, raíces y retorcidos tallos junto con varios jarros de barro cocido que contenían elixires preparados con las plantas sagradas ***ayahuasca*** [99] y ***chactuna*** [100], todo listo para ser usado.

Rumi caminó hacia el centro y los demás chamanes se prepararon con solemnidad, algunos aun cocinaban en calderos. Las antorchas titilaban al ritmo de los corazones de Iki y Coñori, quienes aún estaban impactados por la inesperada actitud del chaman. Antes de empezar el ritual de la eterna juventud con los no-muertos, era necesario que Coñori e Iki se purificaran por medio de un ancestral ritual y se iniciaran en el chamanismo. La Ayahuasca; que en lengua quechua significa soga de los espíritus o lazo de la muerte consistía en una conciliación entre la Triada: cuerpo, espíritu y mente; practicada desde el norte del Reino Verde hasta el sur, la Ayahuasca comprendía una conexión vital donde el plano material se desdobla y permite que el alma se encuentre con la esencia universal y la propia existencia. En el devenir del proceso místico el lazo mantiene al espíritu conectado con el cuerpo, pero solo los puros de alma pueden emprender este surreal viaje. El ritual conecta las partes bloqueadas del inconsciente con el mundo sagrado, el proceso enteógeno de la ayahuasca está inspirado por los dioses y los espíritus sabios.

Los demás curanderos actuaban como mediadores; la música brotaba como una cascada que iba salpicando los sentidos, y ambos iniciados sentían que se desprendían de las ataduras del mundo físico, al delicado y casi imperceptible compas de las maracas el tambor y la flauta

Ese momento no pudo ser más solemne y místico, Iki y Coñori estaban en los umbrales de la transmutación del cuerpo y el espíritu; mágica conexión que les permitirá que sus animas salgan del cuerpo sin que este muera. La portentosa ayahuasca permitirá a ambos iniciados alcanzar la sapiencia primigenia sanando de esta manera el cuerpo y

---

[98] - La zampoña es un instrumento de viento de la familia de las flautas de Pan

[99] - a ayahuasca es una bebida elaborada psicoactiva y enteogénica sudamericana tradicionalmente utilizada socialmente y como medicina espiritual ceremonial entre los pueblos indígenas de la cuenca del Amazonas.

[100] - Chacruna es un arbusto o planta de hoja perenne. Su nombre botánico es Psychotria viridis y pertenece a la familia Rubiaceae.

el alma, ahondando en una catarsis y purificación que les permitirá fortalecerse y de este modo enfrentar la dimensión espiritual.

Rumi seguía en un trance de silencio en el cual musitaba mantras llamados ***Icaros.*** A lo largo de la ceremonia los chamanes desarrollaron una dinámica conexión con los iniciados, quienes a su vez ya se habían desconectado del mundo material. La música formaba parte esencial y mientras esta se hacía más intensa, eran más los aliados espirituales, guardianes de la selva que acudían al ceremonial.

Los Icaros son melodías únicas, cantos del espíritu que podrían ser imperceptibles para todo aquel que no estuviese totalmente purificado. Iki y Coñori repitieron el icaro, que sorprendentemente escuchaban en su cabeza, lo hicieron hasta que cada fibra de su ser se fundió con las notas y cada letra del cantico. Rumi, rompió el silencio, su voz cambio de tono:

—¡*Coñori e Iki! les presento la felicidad, ella quiere que abran su corazón y su entendimiento para que puedan comprender los misterios de la vida y la muerte. También les presento a sus miedos; ellos están allí, esperando para debilitarlos, deben enfrentarlos y superarlos, pero jamás olvidarlos, la única manera de poder enfrentarle es conociendo de dónde vienen.*

Uno de los curanderos le entregó la ayahuasca a Coñori e Iki, quienes la tomaron lentamente. El chaman logró conectarse con los iniciados de manera telepática en la lengua sagrada quechua:

Pachamama uywawayku
Wiñay muna kuyniykuwan
hamushayku mamay
Wiñay muna kuyniykuwan
hamushayku mamay
sutikita aysarispa
chayamuyku mamay
Tayta inti k'anchawayku
amapuni ch'inkapuychu
Chay sumaq k'anchaynikiwan
t'ikas phallcharinca
chay sumaq k'anchaynikiwan
sach'as wiñarinca
chay sumaq k'anchaynikiwan
sumaq kausay kanqa
Aha aha ([101])

[101] - Rezo Tradicional Andino a Pachamama - Wiñay llaqta lyrics

Cada uno de los iniciados experimento un viaje disímil y único, donde sus miedos y apegos se desvanecieron dando paso a un ser fortalecido y purificado. El tiempo transcurrió de manera imperceptible. Los chamanes totalmente ataviados para la ceremonia se acercaron a Coñori y le dieron otro vaso de color rojizo. Ella bebió todo el contenido algunas gotas se dispersaron por su mejilla; de inmediato empezó a llorar, se acurrucó en el suelo sobre un tapiz; seguidamente vomitó. Maravillosamente, pudo sentir que su cuerpo se desfragmentaba en miles de partículas, partículas diminutas que brillaban con una luz única y enceguecedora como si fuesen millones de cocuyos.

Su espíritu se elevó y alcanzó las estrellas; ahora ella era parte del cosmos y su cuerpo estaba ligero porque su alma se había desprendido, sin embargo, seguía conectada a la esencia vital. En medio del trance visualizó a la Coñori ruda, la enérgica; junto a esta se encontraba su alter ego, la mujer débil, delicada, esa que deseaba ser amada y protegida. Entendió que ambas Coñori conformaban una dualidad indivisible y que ambas debían cohabitar en armonía. Este viaje no tenía retorno; en el Coñori se reencontró consigo misma. Entendió el conocimiento del universo y las leyes que lo rigen, aprendió a ser tolerante y compasiva. se sentía renovada y con gran fortaleza, su cuerpo estaba cargado de energía. Sus pensamientos eran más claros y su mente estaba liberada, limpia y con la comprensión necesaria para entender y discernir todo el conocimiento.

Luego de varias horas Coñori despertó, a su lado yacía Iki dormía plácidamente dormido y su rostro lucio resplandeciente. Coñori respiró profundo y supo que había nacido de nuevo. Podía percibir los olores de las hierbas que estaban en los tiestos, podía ver los colores más nítidamente y su audición era tan aguda que escuchaba a las gemelas hablando fuera del templo, tenía la capacidad de percibir lo imperceptible. Los chamanes estaban en posición de meditación y Coñori continúo meditando por largo rato. Iki despertó, habían dormido por más de siete horas. El ritual continuó hasta que Rumi se dirigió a ellos y les dijo:

—*Los jenchams desean el elixir de la eterna juventud, pues se les dará. Para beber el elixir se debe estar puro de mente y cuerpo, pero los jenchams están corruptos. Son depredadores que poco les importa arrasar con ladeas enteras, ninos mujeres y ancianos son degollados y desangrados por estas maléficas criaturas.*

—Pero mi esposa y mi hijo estarán allí ¿deberán tomar el elixir?

—Ellos son jenchams merecen el mismo destino de los otros —Rumi contestó con dureza.

—Pero ellos no son depredadores como los otros, se alimentan de animales

—Se les llevará el elixir a todos, ellos decidirán su destino; lo que si es cierto es que solo podrán ver un solo amanecer, sobrevivirán a ese amanecer y después de un breve tiempo se desvanecerán.

Iki guardó silencio aceptaba el destino de su familia, no era posible que vivieran una existencia tan oscura, por eso decidió que el partiría con su familia. Se dirigió al chaman y con tono decidido le dijo;

—Tiene razón. Ellos merecen morir por ser depredadores, pero no son diferentes a los pobladores de Vilcabamba, quienes también decidieron vivir por siempre.

—Los pobladores de Vilcabamba viven del lado de la luz, los jenchams son seres de la oscuridad.

—¡Moriré con mi familia!, necesito un veneno rápido y poco doloroso, deseo acabar con su sufrimiento y el mío —Exclamó Iki.

—Aquí tienes —dijo Rumi dándole una pequeña botella— *caerás en un letargo y tu vida se desvanecerá poco a poco, no sentirás dolor alguno. Tu familia al tomar el elixir podrá ver su ultimo amanecer, podrás despedirte de ellos y luego tomar el veneno.*

—Ahora debemos ir al encuentro de los vampiros

—¡Vamos! —ordenó Rumi, seguidamente tomó una gran botella de arcilla que contenía bebedizo suficiente para la camada de vampiros.

Al salir del templo se encontraron con Sachi y Paki que esperaban ansiosas. El chaman se dirigió a Paki y le dijo:

— Veo en ti un espíritu fuerte indómito… y… ¡Oh… tu misión no es aquí..

Rumi paró de hablar y cerrando sus ojos le toco la cabeza, luego gimió y dijo con voz débil:

— Es mejor dejar quieto al caprichoso destino… a veces es mejor no saber.

Las gemelas se quedaron atónitas y ni siquiera sintieron ganas de saber a qué se refería el viejo chaman.

Iki y Las mujeres se internaron en la selva. Luego de caminar por un largo trecho llegaron a la ribera del rio Apurímac. Se detuvieron en el lugar exacto donde Coñori había encontrado a los jenchams la noche anterior. Pero no habían llegado, decidieron hacer una fogata y esperar que los engendros aparecieran en cualquier momento. A pesar del pacto, decidieron estar en guardia, las gemelas estaban fascinadas por el rejuvenecimiento de Coñori quien lucía ahora mucho más joven, su piel era tersa y sus ojos tenían un especial brillo.

El Chaman guardaba silencio al igual que Iki, solo Coñori y las gemelas rompían la abrumante quietud que imperaba.

—*¿Eres ahora …* —preguntó Paki

—*…una chamana?* —agregó Sachi

—*Realmente no lo sé* —contestó Coñori incrédula.

—*Si, lo eres* —aclaró Rumi—*debes tener cuidado porque tu destino tiene una línea negra que lo cruza, esa línea hará difícil cada paso en tu camino.*

—*¿Qué significa esa línea negra?* —indagó Coñori.

Súbitamente fue interrumpida por una estampida de jenchams que se apersonaron en frente de la fogata y alrededor.

Billy era el líder o al menos fue quien fungió de mediador; y esto no había cambiado él se dirigió a Coñori:

—*Veo que no has venido sola, ¿Tienes miedo?*

—*No, solo el chaman puede darte la pócima a ti y a los tuyos.*

—*Eso quiere decir que…*

Rumi interrumpió abruptamente:

—*Quiere decir que los habitantes de Vilcamba les darán el elixir de la eterna juventud, pero piden a cambio que se marchen y nunca más vuelvan a este territorio*— Apretando la botella del elixir en frente de Billy —agregó— *¿están de acuerdo?*

Billy miró directamente a uno de sus secuaces y luego a los demás vampiros buscando su aprobación:

—*¿Están de acuerdo?*

Todos gritaron al unisonó:

—*¡si!*

—*Yo soy el líder, mi nombre es Dorian. No se hable más, nos marcharemos de aquí con la promesa de no volver jamás, y mejor que no sea una trampa porque no quedara un alma en Vilcabamba* —sentenció un vampiro de cabellos negros y ojos verdes:

— *¿Qué esperamos para beberla?*

—*Hay que esperar la medianoche, cuando la luna este en todo su esplendor, entonces allí yo le daré el elixir a cada uno. Esta noche podrán ver el amanecer y la luz del sol como no la habían visto desde hace mucho tiempo.*

Los vampiros aullaron y se carcajearon de alegría, muchos se abrazaban entre ellos, exceptuando Ñusta e Ikima que se mantenían absortos en su pensamiento y no mostraban ninguna emoción, como si sospechasen el destino que les deparaba,

Al llegar la hora pautada Rumi le dijo:

—*¡Muertos vivientes! ¡Hijos de la oscuridad! Pachamama les dará la oportunidad de descansar de su sufrimiento eterno. ¡Vengan y beban de esta pócima que les liberara!*

—*¡Un momento!* — gritó Dorian—*no beberemos eso hasta estar seguros de que es el elixir correcto, y de que podremos ver la luz del sol de nuevo sin sucumbir.*

—*¿Y qué pretendes?* — dijo Coñori

—*Pretendo saber que contiene ese elixir, primero lo beberá Ikima, cuyo padre está presente, si todo marcha bien con él, los demás incluyéndome lo beberemos de inmediato.*

—*Para ello hay que esperar que rompa la alborada y aún faltan un par de horas* —Aseguró Billy.

—*Esperaremos* —decretó Dorian—*hemos esperado por siglos, que puede significar unas horas más.*

Los vampiros desaparecieron solo Ikima, Ñusta y Billy quedaron alrededor. Coñori vio a Billy y sintió pena por qué esta sería su última noche; no obstante, ya su existencia diabólica terminaría y su alma descansaría por siempre.

Coñori caminó hacia él y le dijo:

—*¿Por qué no te marchaste con ellos?*

—Porque me gustaría saber que pasara

—¿Qué pasará? ¿De qué hablas?

—Vamos, no soy estúpido tengo una gran intuición y siento que algo se traen entre manos.

—No, estas equivocado. El elixir es completamente efectivo y sin trampas.

—No te gustan los hombres mujer amazona.

—Te repito que no soy amazona, y sobre los hombres, pienso que son solo sirvientes, seres inferiores que nacieron para servirnos como procreadores.

—Interesante, eso es lo que piensan la mayoría de los hombres sobre las mujeres en lugar de cual originalmente vengo.

—¿Cuál es ese lugar?

—Londres 1897, por un accidente llegue acá. Jamás pude regresar a mi mundo.

—Al igual que Maichak.

—¿Maichak? ¿Quién es él? ¿tu amante?

—Olvídalo, es una larga historia que no tendrá sentido para ti

—¿y a dónde vas? ¿a quien vas a buscar en Yvy Tenonde?

—Voy a buscar a una chica

—¡Entiendo!

—No, no es lo que piensas Amaya es una chica raptada durante una batalla, y quiero ayudarle a reencontrarse con su verdadero amor Tamanaco un valiente guerrero.

—¿Y por qué el caballero no rescató a su damisela?

—Porque el guerrero tenía que cumplir su misión junto al gran Maichak

—Vaya, es una historia compleja e interesante…

—No tan compleja como la tuya Billy… ¿Por qué te volviste vampiro?

—Por vanidad, deseaba vivir para siempre, pero luego comprendí que esta vida es abominable, nunca seré amado, nunca vere la luz del sol y nunca seré feliz.

—¿Por qué dices que nunca veras la luz del sol?

—Porque tú y yo sabemos que no vere un solo amanecer, tú y yo sabemos que ese elixir no funcionará en nosotros.

Billy miró a Coñori que no podía disimular su rostro se enrojeció, y bajo la mirada

—*¡Vamos guerrera amazona, dime la verdad!*

—*No hay otra verdad, tu si veras la luz del sol*

—*¿Cuál será el costo?*

Cuando Coñori estuvo a punto de responder el chaman los interrumpió abruptamente y dijo con voz seria:

—*¡Debemos preparar el ritual!*

—*Si, señor* —respondió Coñori

Coñori observó a Billy con complicidad, estuvo a punto de decirle la verdad, pero fue mejor así. Siguió al chaman que se había alejado rápidamente

Iki había hablado con su familia y les advirtió que el elixir sería el fin que tendrían una hora para ver el amanecer juntos y poder despedirse, pero que luego morirían; también les explicó su decisión de acabar su vida junto con ellos. Los tres se abrazaron y decidieron terminar con sus vidas y con la ambiciosa locura de la vida eterna de una vez.

El tiempo transcurrió muy rápido, y los demás jenchams aparecieron de nuevo. Dorian se plantó frente Rumi y le dijo:

—*¡Acá estamos amigos! Falta muy poco para que salga el sol. Detrás de esa colina se encuentra nuestra caverna, allí aguardaremos el amanecer. Llenaremos los vasos y estaremos listos. Cuando Ikima beba la pócima y nos percatemos que no sea destruido por los rayos del sol, solo entonces procederemos a beber el elixir de nuestra liberación; luego saldremos cuando estemos totalmente seguros de que el sol no nos destruirá.*

Avanzaron por un estrecho sendero, rodearon la pequeña colina y llegaron a la puerta de la caverna. Rumi hizo un breve ritual, canto un icaro mientras iba sirviendo la bebida a cada uno de los vampiros que aguardaban con ansiosa mirada. Ya los primeros destellos de claridad se empezaban a dispersar. Los cuellos de las criaturas estaban enervados y sus ojos brillaban más que nunca. Sentían un profundo éxtasis y emoción ante el tan esperado momento. Iki estaba decidido y no mostraba ninguna señal de debilidad, era como si esto fuese lo que siempre había esperado.

—*Ikima beberás el elixir primer que el resto* —Dijo Dorian.

Ikima suspiró mirando a su madre, luego se trasladó hasta el chaman que le aguardaba con la taza en su mano; Ñusta vino después. Ambos tomaron el bebedizo con determinación. Los vampiros se adentraron en la cueva cada uno con su jarro del elixir místico. Desde un rincón podían contemplar a la madre y el hijo de frente al amanecer junto a ellos se encontraba Iki, empuñando el frasco de veneno estaba al lado de los suyos con dignidad. Coñori estaba conmovida por el triste destino de Iki y los suyos. Coñori se aproximó al chaman y le susurró al oído:

—*Estamos mintiéndoles.*

—*No, ellos quieren ver la luz del sol, pero nunca dijeron cuanto tiempo* —respondió el chaman.

—*Eso que quiere decir…*

—*Quiere decir que la dosis adecuada si los hará sobrevivir más de una hora.*

Coñori pensó en Iki y su familia, quienes no deseaban seguir siendo vampiros, así que su suerte estaba echada. No obstante, recordó a Billy quien dijo que, si deseaba vivir por siempre, pero no quería vivir en la oscuridad.

Cuando el sol se asomó tímidamente en el horizonte los vampiros pudieron divisar que Ikima y Ñusta aun seguían de pie tomados de la mano como si nada les perturbase.

—*¡Funciona! ¡Funciona!* — gritó uno de ellos.

—*Beban la pócima* — ordenó Dorian

—*¿Toda?* – preguntó una vampira de apariencia joven, quien lucía una exuberante cabellera peinada con negras trenzas —*¿Qué pasa si solo bebo un sorbo?* — preguntó soltando una carcajada desesperada.

—*¡Bébanlo Todo!* —Dictaminó Dorian.

Billy estaba separado de la demás; sostenía con emoción la taza en la mano y esperaba el momento para beber. Intentó buscar a Coñori con la mirada, pero no alcanzaba a verla. Al menos una docena de vampiros salieron de la cueva y frenéticamente bebieron el elixir; y luego de eso gritaron de alegría, corrieron desaforados hacia el rio. Mientras Billy seguía en la oscuridad de la caverna con la taza en sus labios, pero sin beber.

—*No la bebas toda, por favor* —dijo Coñori acercándose y sosteniendo la taza con sus manos— *debes beber solo la mitad*

—*¿Qué haces aquí? ¿Por qué la mitad?*

—*¡Es una trampa!* —advirtió Coñori.

—*¡Lo sabía!* —Billy intentó salir de la cueva, pero Coñori lo detuvo

—*¡Me mentiste!* —él la rechazó

—*No, ¡Billy detente! Entiéndelo, no hay nada que puedas hacer. Ya los vampiros tomaron la pócima es irremediable.*

Billy con ira apretó la taza con las dos manos, mientras contemplaba la silueta de Coñori a penas imperceptible en medio de la oscuridad de la cueva.

Los ojos de Billy se iluminaron y abrió su boca mostrando sus afilados colmillos, Coñori pudo ver su rabia.

—*Para mí Coñori ellos no son vampiros, ellos son mis amigos, son los míos, quienes corrieron con mi misma suerte. ¿Es acaso tan monstruoso querer vivir para siempre?* —suspiró fuertemente viendo a los vampiros— *Es cierto, ya la han tomado* —guardó silencio y se calmó— *Haré lo que me dices, no tengo nada que perder. Gracias por advertirme. Y ¿sabes? ¡No se porque no te destruyo ya mismo!*

Sorbió solo un poco de la pócima y de inmediato sintió como un fuego recorrió su cuerpo, sus ojos se iluminaron a tal extremo que su rostro también

se resplandeció; Coñori pudo ver su hermoso semblante en medio de la oscuridad. Billy sin cruzar palabra con Coñori salió disparado de la cueva. Luego con lágrimas en sus ojos observó el amanecer; era el primer amanecer que había podido ver desde hace mucho tiempo. Los demás estaban felices se abrazaban y celebraban cantando y bailando, chapaleteando en la orilla del rio.

Iki y los suyos se habían internado en la maleza, buscando un lugar donde terminar juntos los últimos momentos de su existencia. De repente escucharon a los aldeanos venían en tropel, portaban todo tipo de armas, arcos flechas, lanzas mazos, machetes. Andaban buscando a los no-muertos. Iki observó por última vez a sus padres a lo lejos, suspiró y tomó el veneno; ya era la hora de marcharse.

—*Estamos juntos como siempre y por siempre lo estaremos* —dijo Iki con lágrimas en sus ojos.

—*Amado Iki, gracias por darme la felicidad de ser madre, y por estos años juntos* —musitó Ñusta

—*Lo que vivimos juntos fue tan bueno que no necesitamos vivir una vida* eterna —exclamó Iki acariciando el hermoso cabello negro de su mujer.

—*¡Padres! no tengo miedo a irme. ¡Los amo!* —musitó el muchacho con voz débil— *Papá no llores porque termino, Sonríe porque sucedió...*

Ikima estaba quedándose dormido, y su mujer también se notaba débil. Iki se recostó abrazando a su mujer y sujetando la mano de su hijo. De inmediato cayó en trance. Ikima se fue descomponiendo aceleradamente así mismo Ñusta, Iki ya estaba inconsciente y no podía ver el horrible desenlace.

Mientras tanto en las márgenes del rio Billy y los demás vampiros veían el sol y celebraban que podían contemplar al astro rey una vez más, pero lo que no sabían es que sería por última vez.

Los lugareños arribaron a las márgenes del rio y fueron interceptados por Rumi:

—*¡Todo está resuelto!*

—*¿Resuelto?* —dijo el jefe de la aldea— *se les ha entregado a estas abominaciones nuestro más sagrado secreto.*

—*Era necesario, de lo contrario nuestra aldea seria destruida.*

—*¡No tenemos miedo lucharemos contra ellos!*

Todos los lugareños se abalanzaron empuñando todo tipo de armas sobre los no- muertos que estaban sorprendidos en la orilla del rio y espantados por lo que sucedía. Sin embargo, no fue necesario pelear, cada uno de ellos fue cayendo inconsciente. Los no-muertos se miraban unos a otros incrédulos Dorian miraba a Coñori y a Rumi, sabía que había sido estafado y ahora estaba sucumbiendo al elixir. Las gemelas pasmadas observaban el terrorífico final de los jenchams.

Rumi, el chaman gritó:

—*¡Jenchams! Pidieron ver la luz del sol y se les ha concedido, ahora deben descansar e ir hacia la luz y purificar su espíritu.*

Todos los lugareños observaban con horror como los cuerpos de los vampiros se descomponían vertiginosamente. Palla y Yupanqui buscaban a su hijo. Palla encontró a las gemelas y les preguntó:

—*¿Han visto a mi hijo Iki?*

—*Iki se internó en la jungla* — respondió Sachi.

—*Con su esposa e hijo* —Agregó Paki.

Coñori corrió hacia ellos y les contó sobre la decisión que Iki había tomado. Los padres se abrazaron y entendieron que ese final había sido el mejor para su hijo quien nunca estuvo de acuerdo con alterar las leyes de la naturaleza ahora descansaba con su familia.

Coñori buscó desesperadamente a Billy, pero fue en vano se había desvanecido como el resto de sus congéneres. Fue embargada por una extraña y profunda tristeza, sentía que le había fallado, y que de alguna forma cargaría esa culpa con ella por el resto de su vida.

Coñori se despidió de Rumi, el chaman y de los lugareños, debía seguir su camino a Yvy Tenonde junto con sus protegidas:

—*Iki y su familia están ahora en el reino de los espíritus, ellos ahora son parte del universo, deben sentirse orgullosos de Iki, Ñusta y su hijo Ikima, pues ellos han sido quienes los liberaron de los no-muertos, fueron ellos quienes se inmolaron. Sin su ayuda jamás se hubiese podido vencer a las criaturas. La inmortalidad es algo exclusivo de los dioses, los humanos somos perfectamente imperfectos para lidiar con la eternidad. ¡Adiós!*

Reinó el silencio, incluso el chaman reconoció el profundo aforismo en las palabras de Coñori. Todos los lugareños bajaron la cabeza y mantuvieron esta postura hasta que Coñori y las gemelas se perdieron de vista.

Las tres emprendieron la travesía sin mirar atrás, iban en silencio sin comentar nada de los eventos que habían presenciado; solo tenían una misión que cumplir y eso harían; sin importar cuán difícil fuese o cuanto tiempo les tomase. Caminaron por horas hasta que decidieron descansar en un lugar paradisiaco al borde de un acantilado. Coñori se sentó a contemplar el hermoso escenario mientras las gemelas estaban cazando alguna ave o serpiente para cocinar. Pensó en lo que le había sucedido a Billy, el chaman le había mentido a ella también. Sintió cierta paz porque ella no le mintió a Billy solo le comunico lo que sabia.

Meditó sobre lo que había sucedido; la vida eterna traspasaba los umbrales de su compresión, era salvajemente humana como para coquetear con la muerte y evadirla por siempre. La muerte estaba grabada a fuego en su existencia.

Siempre pensó que en cada amanecer y anochecer se nacía y se moría, de este modo despertar simbolizaba un minúsculo nacimiento y dormir un pequeño fallecimiento. Contemplando la nobleza del paisaje distinguió algunos frondosos árboles que perdían sus hojas y algunos otros con sus troncos secos a punto de morir, reconsideró sobre cuan ambiciosos algunos humanos eran al ambicionar vida eterna, si por el contrario la naturaleza acobijaba a la muerte como parte del ciclo vital. Intempestivamente vio una sombra reflejarse en la grama, quedó impávida.

—*¡Qué bello se ve el reflejo del sol en esa montana! ¿no lo crees?*

Coñori volteó y con gran alegría vio a Billy detrás de ella.

— *¿Billy?* —Jamás había sentido tanta felicidad de ver a un hombre, sus ojos negros se desbordaron por las lágrimas, se levantó y exclamó con gran emoción tirándose en sus brazos:

— *¡Billy eres tú!*

CAPITULO VI

Bacatá Y El Secreto De Los Muiscas

"Pero a pesar de su inmensa sabiduría y de su ámbito misterioso, tenía un peso humano, una condición terrestre que lo mantenía enredado en los minúsculos problemas de la vida cotidiana"
Gabriel García Márquez.

Volaron sin descanso y después de la larga travesía, arribaron a un área semi boscosa enclavada en un paradisiaco valle, donde se apreciaba un hermoso manantial. Jacob seguía bajo los efectos del sedante que le habían obligado a beber. Yacía inerte en un improvisado catre que habían elaborado para tal fin. Iwarka, Macao y Kuwi no se separaban de su lado, humedecían sus labios con agua cada cierto tiempo y le procuraban el mejor cobijo posible. Acamparon en el bucólico paraje, pues había agua y densos arbustos que los resguardarían del frio nocturno; pernoctarían allí toda la noche y reanudarían el viaje en cuanto Jacob reaccionara.

Yara se echó en el pasto; soltó su negra melena y se relajó con el sonido de la cascada cuyo chorro retumbaba contras las rocas esparciendo diminutas chispas que refrescaba su rostro. Lionza estaba a su lado, el Alicanto estaba apostado a un lado del manadero. Tamanaco y Canoabo se aproximaron a ella, ninguna palabra se había proferido desde que salieron de la región Huitoto. Se hacía imperante romper el hielo que cubría el primer encuentro del grupo tras la huida y el robo del Alicato.

—*Yara queremos hablar contigo.*

—*¡Vaya! ¡vaya! los dos fugitivo*s —lanzó una lánguida e irónica sonrisa— *¿hablar? ¿ahora? debieron expresar sus dudas y emociones antes de* *desencadenar toda esa calamidad, Lionza fue secuestrada, el pueblo Huitoto perdió su cosecha, desconfiaron de nosotros, Maichak casi es sacrificado, todo porque ustedes olvidaron que fueron escogidos por los dioses para ser instrumento de la profecía más grande de todo el Reino Verde.*

—*Sentimos haber causado todo ese daño. Fuimos irresponsables. Lo sabemos* —explicó Tamanaco.

—*¡Irresponsables!*—interrumpió Odo que se unió a la conversación—*Han sido un par de cobardes, esperaremos que Maichak despierte para saber qué haremos con ustedes*

— *Esperemos la decisión de Maichak* —asintió Yara— él sabrá qué será lo mejor para ustedes. *Lo que hicieron, lo hicieron por amor, Yo misma, hace mucho tiempo atrás, fui presa de un arrebato de amor que costó la destrucción de toda mi tierra. No soy quién para acusarles.*

—*No es cuestión de amor, es cuestión del deber* —agregó Odo Sha.

—*¡Odo! Por favor ¿Qué sabes tú de amor?*—le dijo insensiblemente al gigantón—*solo amas tu rapiña, ojalá todos tuviésemos tu corazón de piedra*

—*Si, tienes razón no sé qué es el amor* —Odo aleteó reciamente y se elevó con fuerza.

—*¡Vaya! ¡Qué ruda has sido muchacha!* — parloteó Macao.

Yara lamentó lo que había dicho, todos la miraron con tristeza. Ellos sentían afecto por el dios pájaro. Era obvio que Odo era un ente ambiguo, su dualidad lo hacía ser temido por quienes le rodeaban y su rudeza impedía ver el lado humano de la zoomorfa deidad. Pero todos advertían que no era feliz siendo quien era, la mirada de desolación del oscuro Odo tenía impreso un dolor íntimo, una pena que cargó consigo desde que fue condenado. Yara propuso ir a cazar para la cena y los dos guerreros junto con Macao se internaron con ella en el tupido bosque.

Iwarka y Kuwi se habían dormido cuando se suponía que debían cuidar a Jacob. Luego de un rato este despertó renovado y notablemente enérgico, la región de los Huitotos había sido para él, literalmente una experiencia onírica, sin lugar a duda este Jacob era uno muy distinto al que empezó la aventura. El movimiento de Jacob despertó a Kiwi quien yacía en su pecho, rápidamente el pequeño roedor alertó a Iwarka, quien dormitaba a un costado.

—*Maichak lo logramos* —dijo el noble mico abrazando a su amigo

—*Ya veo mi peludo compinche … ¿y los demás?*

—*Están buscando algo para comer, Macao esta con ellos.*

Súbitamente, se percibió un sonido entre los arbustos. Kuwi se puso nervioso, alertó a Jacob, Guardaron silencio y escucharon sonidos en la maleza. Se notaba que algo se movía entre los arbustos. De inmediato salió una híspida figura, llena de pelos, con paso bamboleante un pequeño oso se aproximó a Jacob quien se quedó paralizado al ver al peludo personaje:

—*Hola, amigos* —era un oso frontino[102], con un hermoso pelaje negro y un antifaz blanco en su rostro.

Jacob estaba atónito, pues no solo le impresionaba que fuera un oso tan pequeño, sino también que fuera tan amable. Iwarka al verlo tan amistoso fue el primero en hablar.

—*Yo soy Iwarka el dios mono, y estos son mis amigos Kuwi, el cui, y el gran Maichak.*

—*Gran Maichak, no lo creer. Gran Maichak la leyenda decir que ser mucho fuerte y alto* —dijo el hermoso personaje con una sonrisa. Hablaba de una manera peculiar elidiendo algunas palabras, casi como si fuese un bebe.

—*¡Bienvenidos a tierra de osos! Yo Mashirama. Soy frontino* — Volteándose hacia los arbustos silbó de manera peculiar y una manada de osos salieron de los arbustos. Todos era hermosas criaturas peludas, eran una docena de ellos, todos tenían cubiertas sus caritas con pelaje blanco. Una suerte de mascara que lo hacían lucir gracioso.

—*Somos más, los demás están buscando comida* —explicó Jacob impresionado ante la presencia de los maravillosos personajes.

—*Yo invito, venir a tierra de osos comer con nosotros, noche de fiesta. disfrutaran*

—*¡Gracias ¡Nos gustaría, pero debemos esperar a nuestros amigos e informarles*—agregó Iwarka!

---

102 - El Oso Frontino, oso de Anteojos, ucumari, oso andino, oso sudamericano y jukumari, es un mamífero de la familia Ursidae, única especie de su género. Se considera el oso grizzli suramericano. Tiene una máscara blanca o gris en el rostro.

—*¡No!, no se molesten Kimi quedar acá y esperar amigos. ¡Vamos!* —dijo con talante de alegría el animado y bonachón osito.

Iwarka propinó una mirada de asentimiento a Jacob, en este momento de su aventura no sabía ya en quien confiar. Desengancho una sonrisa, movió sus hombros en señal de resignación y se dispuso a seguir a la docena de osos que parecían muy amistosos. Avanzaron por una amplia galería de rocosas paredes tapizadas con enredaderas y multicolores flores de un tamaño increíble, cada flor tenía vida propia y realizaban movimientos, como si bailasen o saludasen a los recién llegados. Bajaron una pequeña colina desde donde se avistaban cientos de osos bailando al ritmo de la flauta de pan y tambores. Era una verdadera tierra de osos, allí pernotaban en armonía, criaturas mansas que socializaban muy bien con los humanos. Las osas tenían coronas de flores en su cabeza, así se distinguían. Los osos por su lado eran más altos y corpulentos, los oseznos jugueteaban alrededor de la fogata. Un mundo de ensoñación donde estas criaturas eran más que bestias, eran parte de la selva y de toda su magnificencia. Al llegar al campamento Mashirama les dijo:

—*¡Esta ser esposa bella Kati! y dos hijitos Mashiri y Kata* —y mirando a su familia les presentó a los forasteros —*Este ser … ser… ¡Bueno!* —Sonrió con ironía— *el decir que ser gran Maichak, pero aún no estar seguro y ellos son sus amigos Iwarka y Kuwi.*

Jacob se inclinó a manera de reverencia, no le afectaba en lo más mínimo que el simpático oso no reconociera que él era el Gran Maichak, para el mismo había sido muy difícil reconocerlo, aun por instantes se olvidaba de quien era.

Los demás llegaron al encampado, pero no vieron a Jacob ni a los otros dos, de inmediato sacaron sus dagas y miraron cuidadosamente alrededor. El oso Kimi los veía desde los matorrales, y les gritó:

—*¡Paz!... ¡Paz! amigos estar en tierra de osos no hacer daño a Kimi, soy amigo.*

Yara caminó sigilosamente hacia el matorral aun sosteniendo su daga, al llegar cerca de donde había salido la extraña voz emitió un sonido rasposo gutural. De inmediato se escuchó una cacofonía similar. Yara aclaró a los demás:

—*Son amigos, estamos en la legendaria tierra de los Osos Frontinos* —los demás aun en posición de ataque no se movían— *¡Vamos cobardes! Le tiene miedo; es solo un tierno osito.*

Tamanaco caminaba aun con cautela, no dejaba de ver al osito. El oso volteó y le mostró unos horripilantes y afilados dientes mientras dijo:

—*Kimi tierno cuando no hacer daño a Kimi, pero Kimi es fiero cuando atacan a Kimi.*

El guerrero sonrió en señal de amistad y le sobó el suave pelaje de la cabeza. Todos siguieron a Kimi, el oso por el mismo rocoso corredor de las míticas flores con movimiento. Al llegar al campamento vieron a Iwarka bailando con una osa y Kuwi jugando con los oseznos. Jacob estaba muerto de risa sentado en un tronco con cuatro osos, tomando y comiendo.

Esa noche fue una de las noches más divertidas y fascinantes que los guerreros habían disfrutado en mucho tiempo. Los frontinos, los osos del reino verde de las tierras del sur, eran nobles animales cuya existencia simple y frugal no representaba una amenaza para el equilibrio de la selva tropical. Sin embargo, en el otro plano estarían condenados a desaparecer para siempre, la ignominia del hombre civilizado, que no respetaba los espacios generaría una cruenta masacre donde no solo los frontinos serian amenazados, sino todos los habitantes de la indomable y prodigiosa selva. Yara no había visto a Odo desde que lo ridiculizó. Intentó buscarlo infructuosamente, por alguna razón no se sentía bien sabiendo que el gigantón estaría solo por allí. Bajo la loma rumbo al manantial y baladró varias veces:

—*¡Odo estas allí!, perdóname, amigo…*

Lo buscó entre la maleza aledaña, pero no le halló, se sentó al lado de Lionza, y miró las estrellas, no pudo evitar. dos lágrimas afloraron, no sabía porque una inmensa tristeza la invadía, ni por que la afectaba tanto. Desde el copo de un árbol de samán Odo la observaba en silencio

La mágica velada llegó a su fin y todos ebrios y felices se fueron a dormir. Iwarka se fue de paseo con la osita que coqueteó con la toda la noche. Jacob se sintió pleno y feliz por haber tenido el privilegio de conocer esta manada de gentiles amigos, eran como una gran y peluda familia hippie. En la mañana Jacob bajo al manantial a darse un chapuzón y allí estaban Tamanaco y Caonabó. Jacob se acercó a ambos y les dijo en tono amigable:

—*Si se quieren marchar, háganlo ya, no quiero pedirles ningún sacrificio* —de inmediato se zambulló en las cristalinas aguas del manantial.

Ambos guerreros se vieron a la cara y entendieron que esto era más que seguir al Gran Maichak era una profecía, ellos eran parte de ella. Huir no era una alternativa altruista. Ambos se lanzaron al agua. Tamanaco le gritó

—*¿Cuándo salimos a buscar el báculo?*

—*¡Ya mismo!*—respondió Jacob lanzando agua en la cara de los dos.

Los forasteros se despidieron de los gentiles Frontinos, no querían que sus amigos se marchasen, eran entrañablemente amorosos y hospitalarios, todos sacaron taparas de miel, y frutas para que los viajeros llevaran consigo. Odo pasó muy cerca de Yara que lo contempló sorprendida por la indiferencia que su amigo le prodigaba, se emplazó ante Jacob y le dijo con autoridad:

—*¿Qué has decidido sobre el destino de los traidores?*

—*Nada, dijo trepándose en el Alicanto* —ellos han decidido su propio destino

—*Pero, Maichak ...*—Jacob le interrumpió con autoridad.

—*No, Odo Sha el fallo recae sobre mí, y ya he decidido. No se hable mas*

—Si Maichak, como ordenes—dijo Odo Sha entre dientes.

Pasó de nuevo frente a Yara ignorándola. Ella le interceptó y le dijo

—*Me parece que no quieres hablarme ¿me equivoco?*

—*No había notado que estabas allí*— dijo evadiéndola de nuevo.

Yara quedó impactada por la indiferencia del gigante alado. Después de despedirse de los pequeños seres. Emprendieron el viaje en busca del legendario báculo. Los parajes se hacían cada vez más abruptos y montañosos, la vegetación se tonaba menos densa, mientras avanzaban se distinguía la tierra surcada y veteada de manantiales y ríos que reventaban de la profundidad de la tierra como si fuesen gigantes venas. Después de una jornada extenuante decidieron acampar a una distancia considerable de una pequeña aldea que parecía apacible. Cayó la noche y lograron servir algunos alimentos. Luego todos, excepto Odo se sentaron alrededor de la fogata, Iwarka contaba algunas historias, de entre la densa jungla se distinguió una figura que se acercaba lentamente hacia ellos. Todos se pusieron en posición de ataque. La figura desapareció de su rango visual y reapareció al lado de Jacob

—*¡El hombre bueno no teme a lo bueno! No les hare daño* —dijo soltando una carcajada pues todos se habían quedado absortos y supremamente impresionados— *Soy Bochica y vengo a ayudarles.*

—*Nosotros somos...* —Jacob fue interrumpido por el misterioso personaje.

—*Se perfectamente quienes son* —dijo mientras se sentaba en una piedra, su porte era imponente; un hombre fuerte, supremamente alto y de ojos azules como dos pozos de agua en verano, de largos cabellos grises, ni su rostro, ni su cuerpo mostraban signos de envejecimiento, lucia muy activo y de piel tersa, brazos musculosos. Continúo hablándoles a los impresionados viajeros:

—*Deben escuchar con atención lo que les diré de esto dependerá que logren encontrar el báculo. Falta poco para que encuentren la tierra de los Muiscas*[103]*; está a solo tres jornadas de acá. Ustedes deberán llegar a la gran ciudad de Bacata, la sede misma de la sagrada ciudad de El Dorado. Pero ni el tapir de Yara, ni el Alicanto podrán ir con ustedes, los deberán dejar en un lugar secreto donde estarán a salvo. Deberán fingir que son solo forasteros. Odo Sha estará oculto para ayudarles en caso de que algo imprevisto sucediese. Llegaran justo en el momento decisivo para los Muiscas y en general para todo el Reino Verde, las catástrofes que se avecinan son señales de que el tiempo se agota, las fuerzas del mal están apoderándose de los portales y el hombre se está alejando de la luz. El pueblo Muisca es gentil, pero sabe cómo aniquilar a sus enemigos así que deben pasar desapercibidos. Acá tienen mantas tejidas con hilos de oro.*

Repentinamente Hizo aparecer sobre una gran piedra las mantas que deberían lucir a su llegada a la región— *esto les dará un nivel social*

---

[103] - Los muiscas, pueblo indígena andino que ha habitado el altiplano cundiboyacense y el sur del departamento de Santander, en el centro de la actual República de Colombia, desde aproximadamente el siglo VI a. C.

elevado y podrán acceder a ellos, deben mezclarse con el pueblo y no levantar ninguna sospecha.

—*¿Dónde está el báculo? ¿Quién te lo quito? …* —el hombre le dio una palmada en el hombro a Jacob.

—*¡Pronto tendrás respuestas querido Jacob!* —interrumpió Bochica llamándolo por su nombre del plano alterno. Jacob se asombró de la sabiduría de este enigmático hombre. Recordó la canción de Uriah Heep "The Wizard"[104] Bochica era el mago de miles de reyes.

—*¿Qué sucederá con nosotros Gran Bochica?*

—*Pues bien, sabio Iwarka los tres amigos de Maichak deberán aguardar con Alicanto y Lionza. No podrá llegar con ellos a Bacata, todos en el Reino Verde saben que siempre va acompañado de sus tres camaradas. Sigan el sendero que estará marcado. Al llegar a cada punto, recibirán una señal. Dejarán a los amigos en la cueva que les dije y seguirán por la calzada hasta encontrar una montaña allí ya sabrán que hacer.*

En un instante se desvaneció. Todos quedaron pensativos, se miraron tratando de encontrar las palabras, pero lo mejor era descansar el siguiente día prometía ser uno muy ajetreado y de grandes sucesos. La temperatura descendió drásticamente y la neblina difuminaba el panorama desdibujándolo bucólicamente, la fogata seguía encendida, y permitía ver con dificultad solo un par de metros a la redonda. La vegetación a su vez se había hecho algo escasa, una gran cantidad de hermosos arbustos se desperdigaban, eran los magníficos ***encenillos*** [105], de cuya madera los nativos de la región andina hacían muebles y utilizaban sus troncos como cercas vivas. Jacob se acostó reposando su cabeza en una piedra apropiadamente plana, los recuerdos llegaban a su mente como un vendaval que socavaba su paz. Inevitable, pensar en Atamaica. ¿Qué habría sucedido con ella? Y ¿qué pasaría con Iris, con Pedro y Paul? ¿Los volvería a ver? ¿Habrían sobrevivido al cataclismo?

---

[104] - The Wizard" El Mago es una canción de la banda británica de rock Uriah Heep, de su álbum de 1972 Demons and Wizards. Fue el primer sencillo en extraerse del álbum. Fue compuesta por Mark Clarke y Ken Hensley. La letra trata de un vagabundo que se encuentra con "el Mago de los mil reyes".

[105] - Es un árbol de la familia Cunoniaceae, también llamado encenillo. Se distribuye en Los Andes de Colombia y Venezuela en alturas de 2400 a 3700 msnm.

Ansiaba devolver el tiempo y poder ser el mismo Jacob de sus épocas en Ámsterdam junto Steve, con los cabellos despeinados y las barbas chorreadas de grasa, cantando en los canales solo para sobrevivir. Esa etapa fue la más genuina, dedicado en cuerpo y alma a su gran pasión: La música; no había discusión alguna disfrutó ser musico solo en sus inicios, en su loca temporada en Ámsterdam; luego todo se hizo monótono, la fama trajo consigo el hastió, ya la música no fue divertida, en esa época oscura se vio forzado a crear hits, música carente de la honestidad, desprovista de esa efervescencia de sus primeros pinitos. Suspiró fuerte, tan fuerte que toda la montaña escuchó sus anhelos, había sido un hombre atado a una dualidad. Otredad de ser una reinvención de sí mismo, jamás sintió satisfacción de ser Jacob, fingió en todos los roles de su vida. La imagen de Iris en el hotel de Londres. Esa desafiante Iris que le dijo la verdad de frente, ese recuerdo llegó sofocante le había dicho lo egoísta que él siempre fue, y solo la ignoró; paradójicamente ahora quisiera verla una vez más y darle un abrazo, pero quizás ya no la volvería a ver nunca más.

El frio de las colinas intentaba acrecentar el sentimiento de solitud enésima, sentimiento recurrente; el cual lo encarcelaba en el recoveco más oscuro de su alma; muchas veces pensó en acabar con su vida, pero la música le aplacó. En esta noche estrellada y fría, ese recalcitrante sentimiento luchaba por regresar. En medio de este torbellino existencial recordó a ***Kurt Cobain***[106], uno de sus grandes héroes y las sentidas palabras que profirió en su manifestó suicida "*Se me ha acabado la pasión. Y recuerden que es mejor quemarse que apagarse lentamente.*" Para Kurt no hubo segunda oportunidad, el no tuvo tiempo de este flashback emocional. Pero ahora emergía como un hombre nuevo; la pasión había regresado, quería vivir, quería cumplir su misión; cualquier reto que se le presentase lo enfrentaría. Era dueño de su destino por primera vez en toda su vida. Ya no era el egoísta rockero ese pusilánime pleno de vanidad.

---

[106] - Kurt Donald Cobain (20 de febrero de 1967 — c. 5 de abril de 1994) fue un músico estadounidense, mejor conocido como el vocalista principal, guitarrista y compositor principal de la banda de rock Nirvana. Es considerado uno de los músicos modernos más influentes del siglo 20.

Al escrudiñar en la austera, pero feliz vida de este mundo entendió que el hombre, desviado de su esencia primitiva y en medio de ese mundo de artilugios había abandonado de la esencia de ser humano; había construido más que tecnología, destrucción. Todos sus temores, pesadillas y alucinaciones de otrora se revelaron en una realidad paralela y aprendió a enfrentarlos. En este momento pensaba en los demás y en un mundo mejor, se había convertido sin saber en ese héroe cultural, un héroe inusual, que iba creciendo a medida que el viaje de su historia evolucionaba.

En la mañana; vistieron los magníficos trajes y tocados de oro, Yara lucia regia; Odo no dejaba de verle, aunque había decidido no socializar con ella, aún seguía protegiéndola. Por su parte Yara intentaba infructuosamente el acercamiento. Iwarka se transfiguro en un gran halcón, sobre el irían Yara y la inmensa Lionza Remontaron el vuelo, aunque no muy elevado, pues debían ver las señales que los guiarían hasta la cueva.

El sendero que debían seguir desde las alturas se tornaba de color amarillo mientras avanzaban, los copos de los árboles se entretejían de manera asombrosa creando un enramado que fungía de techo. Después de una larga jornada de vuelo, los árboles dejaron de mostrar la ruta; y entonces decidieron descender. No había nada alrededor, era una especie de descampado, rocoso y abrupto. No se distinguía manantiales de agua cerca, era un área hostil. Era casi imposible dejar a sus amigos allí.

—*¿Este es el lugar?* —Dijo Macao impresionado.

—*¿dónde está la supuesta cueva*? —agregó Iwarka.

—*No dejaré a Lionza en este inhóspito paraje* — Rezongó Yara.

— *¿Por qué antes no investigamos a ver si hay alguna señal?* —infirió Caonabó acertadamente.

—*Bien* —dijo Jacob.

Jacob caminó por una loma y divisó una colosal pared de rocas rojas. Le llamó la atención ver unos petroglifos inscriptos sobre ella. Fue presa de la curiosidad y quiso saber que decían los complicados grabados. Macao llegó hasta el con Kuwi en el lomo.

—*¿Qué hermosos grabados? Deben tener miles de años acá ¿Qué dirán?*

—Dicen que este será el lugar donde Bochica liberará el agua ¿no entiendo? Estamos en el lugar equivocado buscamos una Cueva.

—¿Y desde cuando sabes leer jeroglíficos? —preguntó en tono sarcástico Macao.

—No sé, puedo leerlo; no sé cómo puedo decodificarlos... habla de Cucha ... Cuchaviva ...—habiendo dicho esto la roca empezó a moverse y el rostro del ídolo que en ella estaba esculpido tomó vida y dijo:

—¿Quién eres? ¿Qué deseas?

—Soy Jacob —rectificó— *¡eh! Digo... Soy Maichak. Bochica me ha enviado.*

La roca tomó vida y se abrió una entrada en su boca; y allí tal como Bochica lo había dicho se encontraba un paraje de ensueño, sorprendentemente no había oscuridad era un lugar iluminado por pequeños soles que parecían faroles en el firmamento color rosa. Había cataratas y un inmenso lago, grandes jardines desperdigados por doquier y una fauna fabulosa. Mariposas gigantes con policromados diseños destacaban en un costado. En el centro se avistaba un inmenso arcoíris, simulaba ser un puente que conectaba la entrada de la cueva con el hermoso edén. Jacob se frenó pues dudaba si el translucido puente arcoíris podía sostenerlos.

—Bienvenido Jacob, yo soy Zocamana el pasado.

—Bienvenido Maichak, yo soy Zocamata el futuro.

Ambas deidades eran siameses atados en la cintura lucían ambas deidades al unísono dijeron:

—¡Maichak! No temas. Tú y tus amigos pueden caminar sobre el Cuchaviva. Esperábamos tu llegada.

Todos habían encontrado a Jacob en el mágico lugar y traían al Alicanto y Lionza. El líder volteó y seguidamente les arrojó una mirada aprobatoria para que avanzasen desde la entrada de la cueva. Avanzaron sobre el espectacular puente, su paso provocaba sublimes sonidos, notas musicales jamás escuchadas por oído humano.

Zocamana dijo:

—Cuchavira, el arco iris les da la bienvenida, y les dice que ella es la esperanza, que después de toda negra tormenta, vendrá un nuevo tiempo de luz y color, si la perseverancia y el anhelo de victoria están en

sus corazones, se dibujará un horizonte multicolor donde Cuchaviva, la esperanza prevalecerá.

Zocamata agregó:

—*Los muiscas han caído en la más grande destrucción, orgias y vicios. Se han entregado a los placeres desenfrenados. Han perdido el balance olvidaron las enseñanzas de Sadigua, el gran Bochica. El viajero de tes blanca y ojos de cielo* — luego prosiguó —*Han abandonado los campos y sacrifican a las jóvenes moxas.*

—*¿Por qué han abandonado las enseñanzas de Bochica?* —inquirió Jacob

—*Ha sido culpa de Huitaca, mejor conocida como Xubchasguagua-Chia* [107]*. Ella ha venido a corromper y destruir a la civilización muisca. Los muiscas, otrora un pueblo trabajador ahora son holgazanes, que toman licor y abandonan los campos.*

Respondieron Zocamata y Zocamana al unísono.

—*Debemos ir a buscar el báculo Sagrado, dejaremos a nuestros amigos acá, regresaremos por ellos* —dijo con voz segura Jacob:

—*Tus deseos son ordenes Maichak* —dijeron ambos al mismo tiempo.

Todos se despidieron. Salieron de ese mágico lugar felices porque sus amigos quedaron en un paraíso sanos y salvos. Yara se despidió de su fantástica amiga el tapir, por su parte Alicanto se alejó hacia un recodo haciendo un particular sonido que retumbaba en todo el lugar. Los tres compinches estaban afectados, no querían separarse de su entrañable amigo Maichak. Macao revoloteó a su alrededor y le musito al oído:

—*¡Cuídate Maichak! te queremos de vuelta con el báculo...! confiamos en ti campeón!*

Celoso Iwarka interrumpió:

—*¡Basta! Macao ... esto es más importante que tus chillidos de pajarraco bobo* —trató de recobrar la atención de Jacob— *Recuerda llevar los Anchimallen y la hamaca mágica.*

—*Oh, ¡gracias, amigo!, casi lo olvido* —dijo mientras los buscaba en el lomo del alicanto. Tomó la hamaca y la bolsa de las diminutas bolas de fuego.

---

[107] - La diosa de la Luna para la cultura Muisca.

Kuwi con ternura se trepo en su hombro y abrazó su cuello, el afecto por el tierno roedor cada día era más genuino. En la distancia se distinguían con sus rostros tristes, despidiéndose, moviendo con el increíble jardín y el Cuchaviva de escenario.

Aún faltaban algunas leguas de distancia para llegar al área más densamente poblada de los muiscas, dentro de poco deberían buscar un lugar donde pasar la noche. Implacable el frio adormecía sus músculos. Desde la acuosa maleza se filtraba una densa neblina, que le imprimía al escenario un halo contemplativo. Llegaron a un pueblo minero, Zipaquirá, donde los pobladores se dedicaban a la extracción de esmeraldas y sal. Caminaron con seguridad por la calle empedrada, la arquitectura era más sofisticada que la de los Huitotos, Postes de madera, paredes de bahareque y caña brava, las casas a manera de chozas eran completamente herméticas, debido al inclemente clima a diferencia de los shabono y las malocas, donde la comunidad en pleno vivía en un solo lugar sin divisiones ni paredes alrededor. Las chozas de los Muiscas eran casas individuales en las cuales habitaban núcleos familiares. Llegaron a un recodo y acamparon debajo de un techo de paja de una vivienda. Odo Sha decidió irse al bosque, pero estaría al tanto de lo que sucediese. Una joven mujer salió de la humilde vivienda y con una sonrisa explayada les dijo:

—*Saludos mis señores les esperábamos ¿Si desean podrían pasar la noche en mi humilde morada?*

Jacob respondió con una sonrisa:

—*¡No quisiéramos importunarle!*

—*Los sacerdotes de la sagrada Chía y el magnánimo Sua son bienvenidos en nuestros hogares* —dijo la mujer braceando una reverencia

—*¿Sacerdotes?*

Jacob estaba confundido la mujer los identificaba como sacerdotes, lo que indicaba que la vestimenta que Bochica les entregó pertenecía a la casta de sacerdotes. Además, como había sido decretado al inicio de este mítico viaje todos tendrían la capacidad de decodificar cualquier lengua, por tal motivo Jacob y los demás hablaban fluidamente en chibcha, la lengua de los Muiscas, su entendimiento se había abierto infinitamente. Miró a sus amigos y levantó los hombros y tras una mirada de aceptación asintió:

—*Nos quedaremos esta noche. Muy agradecidos.*

La choza era un espacio sencillo, de paredes de bahareque [108], decorada con lo que parecía láminas de oro, y huesos tallados con imágenes de dioses. Había una pequeña chimenea que fungía de estufa y a la vez proporcionaba calor. La olla de barro estaba dispuesta sobre una roca, había dos espacios separados por paredes de cana brava y las puertas estaban más que protegidas decoradas con cortinas con brillantes piedras, trozos de madera y huesos de animales. La joven mujer estaba ataviada una manta de hilo tejida, con mangas largas y un paño rojo cubría sus hombros a manera de ruana, la vestimenta evolucionó drásticamente desde la ligera ropa de las amazonas hasta el ropaje finamente elaborado y casi totalmente cubierto de los muiscas. Los invitó a sentarse en unos troncos cortados. Les sirvió unas tortas de maíz con vegetales y unas vasijas de chicha la bebida sagrada de los muiscas.

—*Mi nombre es Guachata. Mi esposo Ubaque murió, y sola he quedado con nuestro hijo Zion señaló a un muchacho de unos 17 años que estaba forjando una lámina de un metal que parecía ser oro.*

—*Lo lamento* —dijo Yara con una mirada de compasión – *nosotros somos Tami, Cana, Ja y mi nombre es Lionza* —hábilmente cambio sus nombres, no quería que fuesen reconocidos.

—*Deben acompañarme a la ceremonia de culminación de la momificación de mi esposo.*

No había otra elección. Guachata había sido definitiva con su invitación, salieron de la choza. A fuera aguardaban rígidos y solemnes seis hombres altos y de tez blanca, Portaban gorros coronados con plumas y ribetes dorados, así como brazaletes de oro puro y esmeraldas.

---

[108] - Bahareque, también escrito bareque, es una técnica de construcción tradicional utilizada en regiones como Caldas, que es uno de los 32 departamentos de Colombia. Bahareque, que proviene de la palabra bajareque, es un antiguo término español para paredes hechas de bambú (guadua en español) y tierra. La guadua es una hierba leñosa.

Aunque llovía copiosamente esperaban a la viuda a las afueras de la choza.

—*Estos son mis huéspedes, los sacerdotes de Sua y Chia* —Hizo una reverencia hacia los cuatro guardianes quienes atónitos entendieron que eran sacerdotes del dios sol. Los hombres se inclinaron de manera protocolar, demostrando el respeto que su investidura infería.

Avanzaron por las estrechas callejuelas con piedras de canto. Una leve garua caía persistentemente, la humedad era abrumadora. Las estrechas callejuelas afloraban lo organizados que eran los Muiscas. Para ellos la comunidad estaba distribuida por los estratos sociales, y todos los miembros tenían garantizada la alimentación.

Al llegar al borde de una pequeña laguna tomaron una canoa para cruzar la otra orilla, aun el sol muy débil resplandecía sobre la colina. A pesar de la fría llovizna se avistaban una decena de muiscas completamente desnudos; tomando un baño en medio de la densa neblina. Los muiscas se duchaban varias veces al día. Los estereotipos púdicos, eran inexistentes, para ellos el cuerpo representaba un santuario de energía, vinculo sempiterno de los hombres y los dioses, quienes les entregaron su legado civilizador, pues todos los muiscas habían sido creados por Bachue, la poderosa deidad que vino del cielo junto con un niño, cuando el niño se hizo hombre, la poderosa Bachue engendró con él al pueblo muisca. Por haber salido de las aguas de la sagrada laguna Iguaque, los muiscas veneraban el agua. La ablución era más que simple higiene. Entre los más significativos rituales están: Baño ceremoniales para la recién parida y su crio, para las jóvenes en la llegada del primer menstruo, en el rito de iniciación masculino todos estos actos rituales se conmemoraban en las diversas lagunas y lagos de la región entre los más representativos se encontraba el lago en el que navegaba Jacob en este momento y el más sagrado de todos Guatavita el legendario lago, en cuyas aguas se ocultaban grandes secretos y que servía de escenario para diversos rituales entre los más prominentes la ceremonia de coronación de cada nuevo líder llamado por los Muiscas Zipa.

El paso por la laguna fue rápido, las dos canoas llegaron a la otra orilla y se desplazaron por un área semi boscosa; ya el sol había caído. Emplazado en una pequeña colina se erigía un gigantesco templo, una inmensa choza circular que tenía algunas paredes de piedra y otras de bahareque. De ambos lados emergían dos grandes antorchas que iluminaban el lugar, entraron por una larga galería. Una atmosfera mística envolvía el áureo recinto atiborrado de oro con paredes de exquisitos grabados en bajo relieve y piedras preciosas. La mujer y su hijo entraron en la amplia sala donde un espectáculo dantesco se observaba, un cuerpo humano, atado con cuerdas sobre una piscina de carbón ardiente mezclado con hierbas que expelía un aromático humo. El cuerpo estaba siendo ahumado, complicado y milenario proceso de momificación que los Muiscas realizaban a líderes de la comunidad, es decir que solo las castas más elevadas de la sociedad tenían el privilegio de momificarse. Una decena de sacerdotes Chyquys [109] y embalsamadores estaba efectuando el ritual, al llegar la viuda se colocó en frente del cadáver. Le pusieron una manta de hilo rojo, con bordes dorados, así como una corona e inmensos aretes. Tanto Jacob como los demás se quedaron a un lado del salón y fueron recibidos con seria reverencia.

El hijo del difunto se vistió con una manta roja y un collar y brazaletes de oro macizo, lo dispusieron a un lado del cadáver de su padre. El pequeño veía con mucha aflicción el cuerpo tostado y reseco, le costaba entender que esa costra gigante había sido su padre. La ceremonia estaba en apogeo, unos músicos arrinconados tocaban melodías que desprendían una profunda solemnidad. Súbitamente, la música cesó y entraron otras dos mujeres con dos niñas, estas se colocaron en una fila detrás de Guacheta; eran las otras dos mujeres de Ubarque el cacique. Los muiscas eran un pueblo que practicaba la poligamia y estas dos mujeres era parte de la familia del difunto. Al culminar desamarraron el cuerpo, colocaron esmeraldas en sus reducidas cavidades y lo envolvieron en finos paños de algodón pintados en vivos colores. Luego de la complicada preparación mortuoria, colocaron el cuerpo en una camilla de oro. El cortejo se organizó en una sincronizada coreografía. Algunos sacerdotes cargaban las pertenencias del difunto: Armas, herramientas, vasijas con provisiones y su ropa. La procesión tomó una calzada que bajaba a una zona rocosa. Jacob y los demás iban

[109] - Sacerdotes Muiscas.

casi de ultimo, pero seguían al grupo de manera autómata. Al llegar a la boca de una pequeña cueva. Entonaron cantos para despedir al cacique Ubaque. Jacob y Yara compartían miradas cómplices. Todo tomaba sentido a medida que la ceremonia avanzaba se hacía menos incierto el desenlace. El líder de los sacerdotes tomando un tazón elaborado prolijamente de oro y esmeraldas, le dio de beber a Guacheta, después de tomar un sorbo, el sacerdote le paso el tazón a las otras dos concubinas y por último cuando iba a darle de beber a los niños, Yara miró a Tamanaco y Jacob con las orbitas desorbitadas intuía cuál sería su destino. Le murmuró al oído:

—*¡Maichak haz algo ya!*

Jacob no tuvo tiempo para razonar ni planear algo complicado, solo avanzó hasta los sacerdotes y les dijo:

—*El divino Sua dador de vida, ha decidido que estos niños les sean ofrendados, por tal motivo no deben beber el brebaje, deben venir con nosotros a nuestro templo, es por ellos que hemos venido hasta acá.* —Alzó los brazos en señal de invocación y agregó con voz grave —*¡Sua ha hablado hay que respetar su palabra!*

El sacerdote líder miró con respeto a Jacob y aun sosteniendo la copa en la boca de la niña le dijo:

—*Solo uno se podrá ir con ustedes en honor al magnificente Sua, y será el macho, las hembras se irán con su padre al más allá.*

Jacob entendió que no podía insistir y dando un paso atrás sujetó al muchacho por la mano y lo sacó del campo ceremonial. La madre vio con tristeza por última vez a su hijo, Asintió con los ojos a manera de agradecimiento a Jacob por haber salvado su vida. No arrojó ni una sola lágrima, una paz infinita se percibía en las tres mujeres y las dos chiquillas, quienes fueron las primeras en desfallecer. Las mujeres después de un breve ritual fueron cayendo en inconciencia las ubicaron dispuestas por jerarquía la esposa al lado del difunto y las concubinas algo más alejadas de la tumba central dentro de la cueva, una vez allí acomodadas en sus lugares, se procedió a cortarles las venas, con una daga de oro se le perforo la vena del cuello y la de las muñecas. Colocaron unas marmitas para recoger la sangre luego que las desangraron y murieron dormidas, procedieron a envolverlas en pliegos de algodón pintado.

Las mujeres no serían momificadas, debían acompañar a su marido a la tierra del ***Tynaquyca***[110] al mundo de los muertos. Terminada la ceremonia mortuoria, salieron de la cueva con antorchas, cruzaron de nuevo la laguna y llegaron a la orilla. Los sacerdotes se despidieron formalmente y los hombres que los habían escoltado desde la choza de Guacheta seguían aun con el grupo. Odo Sha cauteloso los seguía desde los arbustos. Caminaron sin mediar palabra alguna, el niño parecía estar confundido sobre el cambio repentino de su destino. Al llegar frente la Choza, uno de ellos dijo:

—*Descansen, mañana estaremos cerca para lo que necesiten. La choza del cacique Ubaque se quemará.*

Jacob hizo una reverencia de aceptación y agradeció con voz serena:

—*Agradecidos por su hospitalidad.*

Los hombres se despidieron marchándose entre las empedradas callejuelas cargadas de una densa neblina y tras ellos la luminosidad se desvanecía a cada paso que daban, pues se llevaron las antorchas. Entraron a la Choza. La soledad se colaba por cada grieta de las rugosas paredes de bahareque. El muchacho se sentó en un rincón, no había duda, que estaba impresionado por la serie de inevitables y descontrolados eventos, aunque a su corta edad, ya se había instruido en la importancia de la obediencia y aceptación de los rituales. No había manera de sublevarse ante el destino. El destino no solo se debía aceptar, sino también se debía sentir orgullo de las tradiciones, pues los dioses estarían satisfechos por la consecución de las ceremonias en su honor. Yara se aproximó al pequeño con un aire dulzón y melodramático.

—*¡Lamentamos la perdida de tu madre!. Sabemos cómo te sientes* —le colocó la mano sobre su hombro como gesto de apoyo, el joven no familiarizado con el contacto físico erupcionó y en medio del arrebato gritó:

—*¿Quiénes son ustedes para cambiar mi destino?... ¡Se suponía que yo debía irme con mis padres!* —sus ojos desbordados e impávidos expresaban el resentimiento. Luego retiró con fuerza la mano de Yara de su hombro, se levantó del tronco abruptamente y salió disparado.

---

110 - Tierra sagrada de los muiscas.

Jacob y los demás no tenían la menor idea de lo que habían hecho, el chico siempre creyó que su final estaría con su familia por ser hijo del cacique había grandes posibilidades de irse con él, todo dependía del sacerdote, pues el cacicazgo serio heredado por el sobrino de Ubaque, según la acérrima tradición. Su destino había sido cambiado y ahora confundido y desolado ya no sabría qué sería de él.

En la mañana siguiente los cuatros decidieron emprender el viaje, el niño iría con ellos hasta que decidieran que hacer con él. Caminaron por las callejuelas donde se encontraban mercaderes ambulantes, y una gran cantidad de gente dispersa. Alguien importante visitaba el poblado, pues todos vestían ropas ceremoniales y se dispusieron músicos por doquier. Llegaron a la amplia plaza y la muchedumbre estaba dispuesta de manera ordenada en dos hileras, a lo lejos se distinguía la plaza central y en lo alto un gran templo frente de él, un grupo de niños dispuestos en fila, de inmediato arribó una caravana ceremonial con una veintena de hombres, La litera estaba hecha de oro macizo con esmeraldas incrustadas en ella iba altivo el gran Zipa Saguamanchica, semi divinidad, adorado por su pueblo quien representaba el estrato social más alto de la estructura Muisca. Era el rey "El Zipa de Bacata", llamado así, pues el epicentro de poder se localizaba en la fascinante localidad de Funza, capital del territorio del Zybyn de Bacata, ciudad que sería llamada por el hombre blanco como Bogotá. El poderoso Zipa era adorado por su pueblo como descendiente directo de la diosa Chie o conocida también como Chia (la Luna), de la misma manera que el Zaque era considerado descendiente de Sua (el Sol). Como líder supremo del Zipazgo.

El Zipa ostentaba un carácter plenipotenciario, siendo el administrador de todos los poderes y ámbitos de la sociedad Muisca: economía y recursos, conformación y control de ejército, la creación, reforma y aplicación de las leyes, y presidio de rituales religiosos. El gran Zipa tenía a su cargo la elección de los sacerdotes Chyquys. Había un único poder que superaba y controlaba al Zipa: el Chyquy-Zibyntyba de Iraca, la encarnación de Bochica. Además, el Zaque poseía un poder paralelo al del Zipa.

A su paso por la ciudadela Jacob observó que la gente le propinaba reverencias, Yara también lo había advertido. Odo seguía a lo lejos al cortejo, no deseaba verse. Entraron a una gran plaza y todos se apartaban al verle y abrían paso para que caminase. Jacob pensó si Bochica le había dado estas vestimentas para pasar inadvertidos como es que la muchedumbre les brindaba pleitesía, como si los conociesen. La muchedumbre les abrió el camino, y sin querer eran dirigidos a la entrada del gran templo, donde ya se había instalado el cortejo frente a los niños. Allí imponente y altanero; se distinguía a Saguamanchica, tenía poco tiempo como líder, había llegado al poder a la muerte de su tío, pues el Zipazgo no era de padre a hijo, sino de tío a sobrino. Cuando el jefe de los Muisca moría, se iniciaba un proceso de sucesión para escoger al "líder dorado" o "El Dorado". Saguamanchica fue objeto de una larga ceremonia de iniciación, que se dio inicio desde su nacimiento y culmino con el acto de coronación en sí mismo.

La coronación era un momento inigualable. Todas las cortes de nobles muiscas navegaban a través de la laguna de Guatavita. El iniciado esgrimía su desnudez, pero cubierta de polvo de oro. Custodiado de cuatro sacerdotes de alto rango adornados con plumas; coronas de oro y brazaletes incrustados de piedras preciosas, entre las más importantes, las esmeraldas. En medio de la laguna sagrada el líder novicio hacía una ofrenda de un botín de oro y esmeraldas y otros materiales preciosos a los dioses, que lanzaba a Guatavita. La orilla de la mística laguna de forma perfectamente circular se abarrotaba de la muchedumbre, quienes ricamente acicalados tocaban instrumentos musicales, pues la música para los Muiscas era de vital importancia como conexión del espíritu y la divinidad; cientos de fogatas se encendían para iluminar la laguna. La canoa ceremonial adornada con oro y otros metales preciosos tenía cuatro grandes antorchas que dispersaban de incienso en honor a los dioses y entidades misticas. La ceremonia llegaba a su clímax cuando el sumo sacerdote dispuesta en el centro de la laguna y mostrando una bandera exigía silencio y en ese momento en pleno la confederación muisca juraba lealtad y aprobación al nuevo líder supremo el Zipa.

Inevitablemente llegaron a pie de las escaleras Saguamanchica estaba sentado en un trono de madera forrada con láminas de oro al verlos aproximarse se levantó en señal de reverencia. Los cuatro se miraron confundidos. Pero seguían manteniendo el talante solemne el niño les seguía.

—*Bienvenido gran Chyquy-Zibyntyba de Iraca estábamos esperando por ti* — el Zipa avanzó unos cuantos pasos, estaba totalmente ataviado con plumas, ornamentos de oro y piedras preciosas. Jacob resolvió continuar con la treta y mantuvo la compostura.

—*¡Gracias gran Zipa de Bacata!* —hizo una reverencia, se sorprendía de los conocimientos infinitos que afloraban de su mente, sin el menor rastro de esfuerzo, era como si él, en realidad fuese el gran sacerdote Chyquy

—*Me alegro de que tú el gran Chyquy Zybyn delegado de Bochica en la tierra hayas venido a la elección del joven para el sacrificio a Chia, he allí a los afortunados uno de ellos será el elegido, y tú lo escogerás* —dijo Saguamanchica con alegría.

—*Gracias Gran Zipa de Bacata, será un honor* —Jacob estaba aterrado de su oscura misión. Una vez más debía elegir a quien sería sacrificado, no pudo más que recordar a Steve en esa bodega de la selva cuando los mineros lo asesinaron y recordó al guerrero de Xingú. No había salida debía hacerlo para proseguir con la misión que se le había encomendado.

Jacob avanzó y observó a los niños que ya estaban en transición hacia la adolescencia, sus cuerpos ya descubrían algunos músculos y vellos. En sus ojos se filtraba un aire de inocencia y valentía. Se habían preparado para este momento desde su nacimiento, habían sido elegidos para este momento, solo uno de ellos sería inmolado. Para los muiscas no había nada de sanguinario en los sacrificios, el ser elegido para un sacrificio era el más alto honor, pues creían fehacientemente en la vida en el más allá, no había duda de que el joven sacrificado tendría un sitio de honor y sería considerado como una divinidad.

El pueblo Muisca no era dado a los sacrificios humanos, solo los permitían si el sacrificado fuera un prisionero de guerra; o una moxa, o ***moja***. Todos los caciques de las confines más remotos de la confederación muisca tenían una moxa, y algunos más poderosos podían tener hasta un máximo de dos. "Casa del Sol" era el lugar donde se podían comprar estos Moxas; que no era más que niños con edades comprendidas entre siete y catorce años; a precios muy altos, estos eran la encarnación del sol en la tierra, muchos de ellos eran rubios de ojos claros. Los muiscas reverenciaban a las moxas y les tenían en gran estima. Una moxa jamás tocaba el piso era llevado en hombros, por ser considerado una deidad. Pero ahora estos jovencitos habían llegado a la pubertad, y debían ser sacrificados y su sangre ofrecida a los dioses, pero si habían tenido una conexión carnal, ya no eran considerados dignos de ser Moxas; pues se consideraba que esta profanación había dejado al muchacho sin su divinidad y su sangre había perdido el influjo celestial.

Casi siempre el sacrificio era antes de despuntar el alba, se transportaba al Moxa al lugar más alto del territorio, siempre en dirección al nacimiento del sol: Oriente. La solemne ceremonia estaba plena canticos y pregones de los Quychy. Por su parte los párvulos mostraban una extraña resiliencia casi gallarda ante su cruel destino.

El Moxa debía acostarse sobre una manta en pleno suelo, y allí se le sacaba el corazón o era degollado con un cuchillo de caña. La sangre, considerada sagrada era acopiada en una totuma y luego untada en unas extrañas piedras sagradas, que los muiscas aseguraban que habían sido lanzadas por los dioses a la tierra. Estas piedras misticas debían recibir los primeros rayos del Sol. Los despojos eran frecuentemente enterrados; algunas veces en grutas u osarios, pero otras veces eran expuestos a la intemperie para que se secase por el sol, el dios Sua a quien se ofrendaba el cadáver mismo. Los sacrificios ensalzarían a los dioses y harían que la cosecha fuese abundante, además alejaría las malas energías de toda la tierra.

Jacob se aproximó con paso lento hacia donde estaban los siete niños, fue mirándolos uno a uno, cada mirada era una ráfaga, sus ojos proyectaba una luz reveladora, se conectó con cada uno y descubría sus miedos y sentimientos. Así paso a paso se paraba frente a ellos y captó como el primero sentía tristeza, el segundo chico mostraba angustia, la tercera confusión, el cuarto desesperación, el quinto resignación, el sexto miedo y finalmente el séptimo valentía.

—*¡Este!... es el elegido* —dijo Jacob tocando la cabeza del séptimo muchacho. Un semblante de regocijo se desprendió del pálido rostro y Jacob le miró con admiración y complicidad. El sin lugar a duda era el elegido, creía firmemente en su misión.

La muchedumbre le arrojó flores al muchacho. Y fue llevado frente al Zipa. Frente al líder, el joven se arrodillo en señal de reverencia y este le dijo con gran regocijo:

—*Has sido escogido, tu destino está marcado por las estrellas y a ella regresaras como un servidor de los dioses, tu existirá en la otra vida donde gozaras de las mejores dadivas y privilegios.*

Los sacerdotes entonaron cantos rituales. El Zipa no dejaba de mirar a Yara, su hermosura era extraordinaria. Luego del largo ritual en el que el joven serio preparado para el sacrificio que muy pronto se celebraría, el Zipa invitó a los cuatro a un banquete en su gran palacio construido de piedra. Los dos jóvenes, se custodiaron a un recinto alejado. Durante toda la velada Saguamanchica no hizo sino alagar a Yara:

—Eres muy hermosa para ser solo una sacerdotisa, Jamás tuve el placer de conocerte.

—Había estado dedicada al templo de Sue muy al norte, casi en el borde de las montañas, Mi vida está dedicada al Gran Sue.

—Pues, no supe de ti, pero ahora que sé que existes, no te dejare ir de mi lado— dijo esto levantado la copa de oro llena de chicha sin dejar de mirar a Yara.

Jacob sabía que esto complicaría todo, nadie podía contradecir al Zipa. Tamanaco miró a Caonabó y este dijo con cierta autoridad.

—De seguro el todopoderoso Sue se sentiría muy enfadado si una sacerdotisa es apartada de su templo — dijo mirándolo y agregó— Ella es la suma sacerdotisa encargada de las ofrendas al gran Sue, con todo respeto Zipa no es una buena idea.

El Zipa se enfadó y lanzo la copa contra la pared, se levantó y tomó con fuerza a Yara por el brazo le acaricio sensualmente los pechos y dijo gritando a Caonabó:

—Soy el Zipa, sobre mí no hay nadie soy un dios viviente y quiero a esta mujer para mi ¿algún problema con eso?

—No señor, no hay problema.

—Mañana partiremos, la boda se celebrará al día siguiente de nuestra llegada a la gran Bacatá — dirigiéndose a los guardias llamados güechas*—Mientras, lleven a mi futura esposa a un lugar donde esté bien cuidada quiero para ella los mejores baños y las mejores joyas, digna mujer del El Dorado.*

Jacob siguió sentado ignorando lo que pasaba no quería levantar ninguna sospecha, el intento de Caonabó había sido muy osado y pudo haberle costado la vida. Saguanchica volvió a su lugar en la mesa. Con un aire de desconfianza le pregunto a Jacob

—¿Qué hace el Quychy por estos lados? —alargó la copa para que fuese llenada de nuevo por el sirviente que estaba detrás de el

—Vinimos al funeral del cacique Ubaque —Jacob tuvo una revelación y de inmediato justifico su llegada al pueblo con la muerte del cacique— *Nos llevamos a su hijo, será sacerdote. Ahora vamos de regreso al norte* —dijo con aire confiado y sereno.

—*¡Oh! Cierto Ubaque murió* —el Zipa había despeado su duda y retomó la confianza en los forasteros— *Entiendo que deban irse a su templo cuanto antes, pero sentiría muy honrado si ustedes vienen a mi boda en Bacata.*

—*Será un honor mi señor Zipa* —Respondió Jacob y los otros dos solo afirmaron moviendo su cabeza.

Odo Sha seguía de cerca a Yara y los Guechas sin sospechar lo que estaba ocurriendo se mantuvo cauteloso detrás de los guerreros y Yara. La custodiaron hasta a una suerte de bello jardín rodeado por manantiales termales que emanaban de la montaña y de la tierra misma, el área era una región boscosa, con arbusto de hermosas flores de gran tamaño, allí se avistaba una choza, de ella salieron tres mujeres que la recibieron muy afectuosamente.

Odo Sha no entendía, o no deseaba entender lo que sucedía, pero vigilaría a Yara toda la noche luego de unos minutos Odo escuchó voces, eran las mujeres sosteniendo antorchas y mantas que la conducían a una piscina termal natural que se encontraba a unos metros de la choza, Yara se desvistió sigilosamente quería evitar el contacto abrupto con el frio ambiente, esto le imprimía una irreflexiva sensualidad con la punta del pie jugueteaba con el agua caliente, aclimatándose paulatinamente.

Odo Sha no pudo evitar verla, con sus gráciles senos a penas cubiertos por su hermosa cabellera, sus muslos blancos y perfectos. Aunque deseaba luchar contra lo que sentía, esa noche Odo Sha el dios carroñero, ambiguo que fluctuaba entre el bien y el mal; forzosamente entendió que se había enamorado irremediablemente de Yara la diosa de la naturaleza.

En la mañana se prepararon las literas para el Zipa, siempre acompañado de tres sirvientes principales, entre los que figuraba uno quien por sus ornamentos e indumentaria debería ser más que un sirviente su hombre de confianza y consejero, su nombre Sagipa. Otras literas se habían dispuesto para los sacerdotes, deberían buscar a Yara. La procesión paró en el extraordinario paraje donde la humareda de las aguas termales y los repolludos arbustos de formas y colores nunca vistos, así como las fantásticas flores, hacían del panorama un lugar alucinante. En medio de la alaraca sobresalía un cortejo de más de cien personas que gritaban vítores al gran Zipa, en el acto apareció Yara con una diadema de oro y esmeraldas, llevaba un vestido de fino bordado en oro con un hombro al aire y un cinto de hilo de oro que le sujetaba el talle, sus sandalias incrustadas tenían cuerdas y dos hebillas de oro y además de los ornamentos de oro en sus brazos muñecas y cuello. Se veía regia, sus negros cabellos se desparramaban por sus hombros hasta caer más debajo de la cintura y sus ojos jamás fueron más claros.

—*Eres la más hermosa de mis mujeres, y serás mi esposa principal, no quiero que seas una simple concubina* —tomó su mano y la sentó con él en su amplia litera.

—*Gracias, mi señor* —respondió con resignación y una falsa sonrisa.

Jacob, Tamanaco y Caonabó no podían dar crédito a lo hermosa que lucía Yara, siempre lo había sido, pero con el traje y las joyas parecía una diosa tallada en oro. Desde la cima de un árbol de roble el solitario Odo Sha la contemplaba en todo su esplendor, y finalmente entendió que lo que estaba sucediendo. El aparatoso cortejo inicio la fragosa travesía a Bataca a través de los montañosos andes, la temperatura descendía, y la vegetación se hacía cada vez menos densa. Había avanzado durante horas y pararían a descansar. Llegaron a un caserío de calles empedradas, se bajaron de las literas y los condujeron a un gran edificio. Mientras el sol agonizaba, una fuerte lluvia se desato. Casi en el mismo instante que abandonaron las literas, los atentos sirvientes les cubrieron con cueros de animales apergaminados a manera de paraguas. Entraron al recinto donde había comida y bebidas dispuestas.

Odo Sha aguardaba en un jardín aledaño, pero sin perder de vista a sus compañeros. Saguamanchica custodiaba a Yara y no dejaba de contemplarla ni un instante se sentó en el amplio mesón con Jacob y los demás. Comieron y bebieron, Luego de la comida el Zipa ordenó que Yara fuese llevada a descansar e invito a los demás a una dependencia del gran edificio donde había un inmenso salón con dos inmensos hornos hechos de piedra. El calor que generaban los inmensos hornos hacía muy cálido y acogedor el recinto. A la izquierda se avistaban unas sudorosas mujeres, con sus cabellos recogidos trabajando la alfarería y las ropas sucias de arcilla. Hacia la derecha había una mesa y sobre ella una cesta llena de guijarros de oro y demás piedras preciosas. Los muiscas eran hábiles mineros y portentosos alfareros. Las mujeres elaboraban vasijas de cocina además de esmerados vasos o múcuras en las que bebían la chicha. Tamanaco tomó en sus manos una peculiar vasija con forma de cuerpo masculino, la cual tenía un orificio a manera de ombligo y en él pudo observar que había un espacio. Saguanchica tomó la jarra y explicó

—*¿Curioso verdad?* —miró con una sonrisa a Tamanaco— *Este compartimiento secreto es para guardar esmeraldas o los tunjos. Estas vasijas están dedicadas a los dioses. Este es uno de los talleres más importante del Zipazgo, acá mis alfareros fabrican ruecas de hilandería, moldes para los relieves, pulidores, vasijas y matrices para la fundición del oro sagrado: Tumbaga con la que elaboramos ocarinas, flautas y otros instrumentos musicales.*

—*¡Maravilloso!* —respondió Tamanaco.

Para los grandes orfebres Muiscas, el arte tenía un doble significado: expresión estética y simbolismo religioso. Los Muiscas, heredaron de sus ancestros, finas técnicas fueron magníficos orfebres; fabricaban

estatuillas y objetos de decorativos, como: diademas collares, narigueras, tiaras, pulseras, pectorales, máscaras y los famosos tunjos [111] decorados con hilos de oro y, en general, figuras antropomorfas y zoomorfas planas.

Jacob avanzó hacia donde estaban los orfebres y observó que trabajaban en una pieza muy peculiar una especie de balsa con figurillas, en el centro un sacerdote o el mismísimo Zipa presidia la embarcación. Alrededor de once personajes estaban en la balsa. Conformaban el cortejo del Zipazgo.

—*Esta es la balsa ritual que conmemora las ofrendas en la sagrada laguna de Guatavita se ira conmigo, he venido a buscarla* —Saguamanchica se dirigió a los tres orfebres que trabajaron en la magnífica escultura en tercera dimensión— *Hicieron buen trabajo; granos y alimentos jamás les faltaran a ustedes y a sus familias. Sonriendo exclamó ¡Estoy complacido!*

De los cansados ojos de los artesanos se desprendió una mirada de satisfacción, ser orfebre en el pueblo muisca era uno de los más altos privilegios y eran considerados los artífices de los dioses mismos, por el carácter religioso que las piezas recreaban. Hicieron una reverencia, el Zipa estaba observando con detalle cada una de elaboradas esculturas. La balsa media unos diez centímetros de ancho por unos veinte de largo, en el tope más alto de la misma alcanzaba unos once centímetros.

Jacob, Caonabó y Tamanaco estaban fascinados por la belleza y delicado acabado del trabajo. La pieza que era algo jamás visto, la delicadeza de los detalles decía mucho de los muiscas como civilización. El Zipa ordenó que los llevaran al lugar donde descansarían. En la mañana deberían partir en la noche llegarían a la gran ciudad de Bacata, donde debería encontrar el báculo.

Mientras en la austera recamara se encontraba Yara sentada mirando por una ventana que daba al jardín.

—*¿Qué es lo que sucede con el Zipa?*

Yara se sobresaltó pues no esperaba que Odo Sha apareciera súbitamente.

---

[111] -Un tunjo (de Muysccubun: chunso) es una pequeña figura antropomorfa o zoomorfa elaborada por los Muisca como parte de su arte. Los Tunjos estaban hechos de oro o tumbaga; una aleación de oro-plata-cobre. Los muiscas usaron sus tunjos en varios casos en su religión.

—*¡Me asustaste! Odo.*

—*Lo sé, yo sé muy bien que te asusto ...*

—*¡Oh vamos! no comiences* —Dijo Yara dándole una palmadita a Odo en su musculoso hombro —*Escucha bien: El Zipa quiere casarse conmigo, esto hace que el plan se complique.*

—*O quizás favorezca que estés cerca de él, así podrías obtener información sobre el báculo.*

—*¡Mm! bueno pensándolo bien; Tienes razón ...*

—*¡Silencio!* —Odo le tapó la boca a Yara— *¡me debo ir alguien viene!* —le susurró Estaré muy cerca, vigilante.

Yara trató de disimular sentándose en el catre. Entró una mujer muy joven y de serena belleza, llevaba en sus manos unas mantas.

—*¿Todo bien por acá, escuche un ruido como de un pájaro revoloteando? ¿La señora está bien? ¿Desea calentar su aposento?* —la mujer se detuvo esperando ser autorizada a entrar a la recamara

—*Si, gracias. ¡adelante! ¿Desde cuando trabajas para el Zipa?*

—*Desde que nací he sido una sirviente del Zipa.*

—*Te quiero a mi lado, quiero que estés conmigo como mi ayudante personal*

—*Gracias, mi Señora.*

—*¿Tienes pensado casarte tener tus propios hijos?*

—*Nunca me casaré, eso está vetado para las sirvientes del Zipa.*

—*Nunca has pensado en huir a un lugar donde puedas encontrar el amor y tener tu propia familia*

—*No podré huir nunca mi señora seria condenada por los dioses*

—*Los dioses no se molestarían, estoy segura de ello, si tú quieres ser libre, Los dioses lo aprobarían.*

—*No deberíamos hablar de esto mi señora, disculpe* —hizo una reverencia— *¡debo irme!*

—*¿Cuál es tu nombre?*

—*Zuh* —respondió mientras hábilmente frotaba un palo de madera contra otros dos atados a manera de horqueta sobre carbón en una gran pila de arcilla que fungía de estufilla.

—*¡Zuh!* —dijo Yara—*No le digas a nadie de esta conversación.*

—*Descanse mí señora, no diré nada* —había encendido el carbón, la joven le lanzó una mirada de complicidad. Apagó la antorcha que iluminaba el recinto y Salió de la habitación. Yara se arropó con la colorida manta de hilo, sus pies estaban congelados y los frotó uno con el otro, pensó en Odo, era un gran protector y amigo, además sintió pena por él, por cargar con la maldición de ser un carroñero. Cerro los ojos e intento dormir. Fuera de la gran edificación estaba Odo custodiándola.

Tamanaco esa noche no podía dormir pensaba en Amaya, de nuevo revoloteaban en su angustiada cabeza los recuerdos de esos momentos compartidos en su andariega y feliz infancia ¿Estaría bien? Daria todo por estar con ella, si había decidido seguir viviendo, tan solo era por la promesa de encontrarla de nuevo. Caonabó escuchó su suspiró en la oscuridad.

—*¿Estas despierto?*

—*Si, no puedo dormir* — respondió Tamanaco sentándose en el camastro

—*Presiento que ellas están bien, y estoy seguro de que pronto estaremos juntos*

—*Se que Amaya está pensando en mi en este momento.*

—*Trata de dormir amigo*—dijo Caonabó volteándose.

—*Si, tienes razón, ellas están bien*

El joven guerrero se cubrió con la tupida manta, respiró profundamente, cerró sus ojos, proyectando el rostro sereno de Amaya y su sonrisa, la sola evocación de su imagen le propinaba la paz necesaria para conciliar el sueño.

Iniciaron una vez más la travesía cuando aún el sol no había remontado, solo unos tenues rayos rosados y purpura se bosquejaban en la lejanía. La vegetación parecía de cristal, la escarcha de la madrugada petrificaba las hojas. Los chispeantes destellos hacían distinguir la niebla como nubes rastreras, un olor de humedad se descubría a cada respiro y penetraba hasta los huesos. Los caminos estaban bien delimitados y señalizados con montones de piedras pintadas o grabadas, según la dirección a seguir, los muiscas conocían la astronomía y la posición de las estrellas, por medio de ellas se guiaban con increíble exactitud No había caballos en el nuevo continente, estos llegaron con los españoles y el medio de transporte convencional era las literas cargadas por sirvientes que debían rotarse en distancias largas.

Lo abrupto de la región montañosa de los andes hacía de los viajes un evento aparatoso, en especial cuando era el Zipa y su gigantesco cortejo era trasladado. Zion empezaba a olvidar a su familia y eventualmente conversaba muy jovial con Tamanaco y Caonabó, su corta edad le hacía más fácil la adaptación a esta nueva vida sin sus padres, una mente fresca esperando impregnarse de nuevas aventuras y experiencias.

Yara iba en la litera del Zipa, y este frente a ella la contemplaba con pasión y deseo, Odo desde las ramas de los árboles veía lo que sucedía, pero no permitiría que tocara a Yara. Llegaron a la gran Bacata, desde una colina se podía distinguir entre la neblina las líneas de las callejuelas, algunas magistralmente adoquinadas. Era una ciudad ordenada y bien distribuida, epicentro económico del Zipazgo, Bacata era la más importante de las cinco ciudades Zybyn, o bien conocidas como la confederación muisca. La organización social de los muiscas estaba distribuida por el poder político, religioso y económico.

Descendieron por la empinada montaña, todos los labradores al paso de la litera hacían reverencias a la caravana, Una leve garua chispeaba levemente, pero acostumbrados al frio y la humedad, no detenían sus actividades ante los embates del variable e intenso clima andino. La litera del Zipa bamboleo en un peñasco, un cansado sirviente había colapsado, pero fue asistido por otros dos sirvientes que impidieron que la litera del Gran Zipa callera por el barranco. Al extenuado sirviente le esperaba un castigo por haber sucumbido al cansancio y casi asesinar a su gran líder

Al llegar al centro del poblado había un complejo de construcciones de mayor envergadura, Entre las perfectas construcciones de piedra y paja se apreciaban, imponentes algunos templos: los *Tchunsua,* de naturaleza solar, *Qusmhuy,* de esencia lunar, y el templo *Cuca,* donde se enseñaban a los futuros Chyquy. Hacia una pequeña altiplanicie se observaba un gran templo de piedra y lateral a este, un gran palacio custodiado por Guechas. Allí vivía el Zipa. Al arribar al espectacular palacio con innumerables estatuas de oro; todos fueron llevados a una sala, allí estaba el trono del Zipa, una espectacular silla de madera forrada de láminas de oro martillado con piedras preciosas incrustadas. El Zipa se sentó en su sillón y sentó a Yara a su lado en una silla de madera con adornos de oro, detrás de ella estaba Zuh la hermosa muchacha. Jacob, Tamanaco, Caonabó y Zion estaban dispuestos al otro lado enfrente a ellos. De inmediato un gran banquete se sirvió para todos. Unos veinte músicos con flautas, ocarinas, metales y tambores tocaban animadas melodías. Para los muiscas la música era un elemento esencial en su vida, la utilizaban durante la labranza, en rituales mortuorios y en casi todos los momentos cruciales. Luego del gran convite, el Zipa cesó la música y dijo a su sirviente principal en voz alta para que todos escucharan

—*¡Quiero a mis esposas y concubinas acá de inmediato hay algo que deseo comunicarles!* —le dijo a Sagipa.

Luego de unos minutos seis mujeres se apersonaron frente al poderoso líder. Todas estaban ataviadas con joyas de oro puro. Entre las mujeres había una que destacaba tenía un hermoso tocado de oro y decoración de plumas.

—Yo, el gran Zipa he decidido tener una nueva esposa, la cual será la esposa principal —dijo esto señalando a Yara, que permanecía sentada en su lugar — *quería que supieran de mi decisión, ustedes y mis vástagos seguirán en mi palacio y contaran con mi protección —¡se pueden retirar*!

Las mujeres sin pronunciar palabra alguna bajaron la cabeza en señal de obediencia y se marcharon una detrás de la otra. Yara suspiró mirando a los tres que estaba en frente de ella, les propinó una mirada de esas que se lanzan con ojos bien abiertos, exigiendo ayuda, era obvio que los eventos se aceleraban, Zuh siempre estaba detrás de ella, más que una ayudante fungía de vigilante, su presencia intimidaba a Yara; no obstante la muchacha, no tenía la más mínima intensión de espiar a Yara, había clavado sus ojos en Jacob; jamás había visto a un hombre como él; en realidad Jacob aun mantenía ese aire cautivante y seductor de un rock Star.

Luego del banquete de recibimiento, los tres sacerdotes y Yara se dirigieron a sus aposentos, localizados en el ala norte del palacio. Los pasillos iluminados por antorchas mostraban la bella decoración de oro en cada rincón. Yara fue separada del grupo, cruzaron en un inmenso pasillo abierto que daba a un vasto jardín. Jacob y los otros dos eran llevados por un *Guecha* hacia otra área un poco más alejada.

Al llegar a la gran habitación aun el Guecha continuaba haciendo guardia. No quedaba claro si era una prisionera, o si el guardia quedaba fuera para ayudarles en algo que necesitasen. Zion se recostó de inmediato, estaba extenuado por el largo viaje. Los tres observaban la habitación que no poseía ventanas solo una antorcha. Y las camas separadas un par de metros entre sí.

—*Debemos encontrar el báculo y marcharnos cuanto antes* —dijo Jacob tirándose en el catre con colchón de plumas.

—Uno de nosotros debería salir a investigar. Debemos encontrar alguna pista sobre el báculo Sagrado.

—*¡Yo!* —dijo Tamanaco

—*No, es mejor que vaya yo* —dijo Jacob— *usaré la hamaca de invisibilidad* —dijo Jacob tomando el pedazo de tela en sus manos y colocándola sobre si, casi instantáneamente se hizo invisible

—*Ten cuidado Maichak* —murmuró Caonabó.

Tamanaco abrió la puerta y el guardia estaba sentado en un tronco que fungía de silla, su cabeza inclinada hacia pensar que estaba dormido sostenía una lanza, por tanto, decidió no despertarle y le indicó a Jacob que podía avanzar sin problema alguno. Jacob transitó por las amplias galerías y fue memorizando cuidadosamente detalles de las paredes para poder regresar de nuevo a su habitación. Al cruzar el jardín tuvo un sobresalto. Alguien le sostuvo aun envuelto en la hamaca mágica se había detectado, tenía una daga guardada bajo la túnica, pero muy rápido se percató que era Odo, tenía el poder de ver tras la tela mágica de la hamaca

—*¿Qué haces Odo? casi me matas del susto.*

—*El báculo debería estar en un templo donde se encuentran los tesoros del Zipa. Allí llevaron la balsa de oro. Está fuertemente custodiado y queda lejos de acá. Yo seguí al cortejo que llevaba la canoa ritual y pude observar lo majestuoso de los tesoros que allí se encuentran.*

—*¿Escuchas?* —dijo Jacob interrumpiendo a Odo

—*¿Queeé?* —masculló el grandulón

—*¡Se escuchan Voces! iré a ver qué sucede*

Odo Sha se elevó hacia el árbol más alto que había en el jardín. Jacob avanzó por una columna de arbustos apodados como cercas que delimitaban hermosamente los pasillos. Detrás de unos arbustos en un rincón vio una mujer envuelta en una manta, aun en medio de la oscuridad Jacob pudo distinguir su rostro era la esposa principal del Zipa, Majori, era difícil olvidar ese rostro tan hermoso, La mujer lloraba Jacob decidió escuchar quizás podría ser útil la conversación

—*¡No puedo dejarte, prefiero morir que seguir esta falsa!* —Majori lloraba inconsolablemente— *¡Entiéndelo! el ya escogió una nueva esposa, quizás me déje libre* —el hombre la sostenía por los hombros.

—*No, te equivocas, él nos matará a ambos si descubre que le hemos engañado y que la hija que cree suya es realmente mi hija* —dijo el hombre abrazándola la besó como si nunca más volvería a hacerlo.

Jacob no podía dar crédito a lo que veía. El mismísimo hombre de confianza del Zipa y su esposa le engañaban. En medio de su confusión advirtió que el espacio se iluminó por completo. Era el Zipa con una decena de hombres armados y con antorchas. Con la voz notablemente quebrada dijo:

—*¡Así quería encontrar a estos dos traidores! Ya, desde hace tiempo sabía que ambos me engañaban. Llévense a esta infiel que deberá pagar por su traición.*

El Zipa ordenó que sostuvieran a Sagipa y le golpeó con fuerza en la cara con una manopla hecha de tumbaga. Entonces un chorro de sangre salpicó el propio rostro del Zipa, además algunos dientes salieron con el impacto. Sagipa mantuvo la compostura, el Zipa al ver que no le doblegó; ordenó le propinaran dos palazos en las piernas partiéndoselas de inmediato.

—*Llévense a este infeliz de mi presencia, he decidido que se sacrificará a los dioses en Guatavita en dos días, díganles a los sacerdotes de Sogamoso que preparen la balsa que deberá estar muy pronto junto al báculo sagrado de Bochica.*

El Zipa, se volteó, no quería que le vieran llorar. Nunca tuvo un mejor amigo que Sagipa, juntos habían combatido contra algunas rebeliones al sur de la confederación, y le salvó la vida en muchas ocasiones, siempre estuvo allí para apoyarle. Había considerado a Sagipa un hermano, pero no podía perdonarle, la afrenta trascendía a la infidelidad, quebrantó el nexo más sagrado: la hermandad, El infeliz hombre fue arrastrado por dos guardias y la sangre de su rostro seguía chorreando, dejando el rastro a su paso. Jacob salió rápidamente del lugar, impactado, ahora conocía el paradero del báculo estaba en el templo sagrado de Sogamoso. Pasó inadvertido delante del guardia quien aún seguía dormido, abrió la puerta y entró a la habitación sus amigos le esperaban despiertos:

—*Trago una noticia buena y una noticia mala*

—*¿Cuál es la mala?*—dijo Tamanaco incorporándose emocionado.

—*Una tragedia ha sucedido, Sagipa y su mujer traicionaban al Zipa, los ha descubierto y ahora él y Majori su esposa favorita son sus prisioneros y se sacrificarán en la laguna sagrada*

—*Y ¿cuál es la buena?*— replicó Caonabó

—Ya sé dónde está el báculo sagrado Los tres sonrieron levemente.

En la mañana toda Bacatá amaneció alterada por la noticia, La reseña, no solo ya se había regado como pólvora en gran parte de la región de la unión muisca, sino que ya se había enviado a tierras lejanas, al mismísimo imperio inca. Los emisarios y rapsodas oficiales de la confederación eran los Chasquis, viajantes entrenados desde la más temprana edad, constituían la base del sistema de correos del Tahuantinsuyo. Su capacitación física era primordial para vencer lo abrupto de los empinados caminos de la zona andina. Sus áreas estaban delimitadas, relevados cada cierta distancia, de esta manera conformaban una intrincada red de conexiones, lo cual hacia a los chasquis un eficaz sistema de postas a intervalos llamados ***tampus*** de dos a tres kilómetros de esta manera podían recorrer en corto tiempo largos trechos, lo cual representaba trescientos kilómetros por día. Los eficientes chasquis [112] eran utilizados para entregar, desde mensajes simples, hasta objetos de valor personal o ritual. La llegada del chasqui era anhelada por los caseríos, los pobladores solían calcular los días y las horas de su llegada y se congregaban en las plazas centrales a esperar sus noticias; su vestimenta era característica, portaba un tocado de plumas blancas,

---

[112] - Los chasquis (también chaskis) fueron los mensajeros del imperio inca. Ágiles, altamente entrenados y en buena forma física, se encargaron de llevar los quipus, mensajes y regalos, hasta 240 km por día a través del sistema de relevos chasquis. [1] Los chasquis no eran solo mensajeros (esos eran muchachos jóvenes que solo estaban acostumbrados a transmitir información básica).

ceñida a la cintura una *huaraca,* un tipo de mazo que fungía de arma, y los mensajes iban en el ***quipu*** [113]. Al estar próximo a los poblados tocaba su pututu, una suerte de caracol que sonaba como flauta. Además, el chasqui paulatinamente se convirtió en el recibidor del saber primigenio ancestral de los ilustrados, astrónomos y sacerdotes, pues no solo era un mensajero, también era un erudito quien había heredado grandes dotes, que a su vez él debía ensenar a las generaciones futuras.

Saguamanchica, ordeno buscar a sus invitados, los llevaría a las piscinas que tenía provistas en sus jardines, eran ríos embaulados donde grandes fogatas calentaban las piedras aledañas a los estanques de agua. El día era esplendoroso, el sol calentaba tenuemente el ambiente y permitía ver el paisaje con mayor intensidad, pues los colores eran más vividos. Había cestas y vasijas con toda clase de comida y frutas, muy cerca de allí, se avistaba una docena de músicos tocando alegres melodías. El Zipa, empezó a hacer ejercicio levantando rocas y corriendo alrededor, era un guerrero fornido. Los muiscas, grandes cultores de la salud física, eran musculosos y de mediana estatura y Saguamanchica no era la excepción. Tamanaco y Jacob entraron en el agua, no así Caonabó que prefirió comer algunas frutas antes. Las mujeres del Zipa con sus hijos estaban allí en albercas contiguas. Jacob pensó en Yara; debía comunicarle que ya sabían dónde estaba el báculo. Esa tarde saldrían a Guatavita, pues se celebrarían los sacrificios, del elegido y los dos infieles. Luego de la recreativa reunión matutina llegaron de nuevo a la sede del Zipazgo.

En una fría celda Majori tenía el rostro hinchado de llorar, estaba sentada mirando al vacío, dentro de poco la vendrían a buscar. Había sido la esposa predilecta del Zipa, pero nunca le amo. Las doncellas Muiscas se iniciaban en el sexo después de la llegada de la primera menstruación, no era bien visto que llegaran al matrimonio siendo aún vírgenes, así que el sexo a temprana edad era plenamente aceptado entre

[113] Quipu (también deletreado khipu) son dispositivos de grabación hechos de cuerdas históricamente utilizadas por varias culturas en la región de América del Sur andina. Un quipu generalmente consistía en cuerdas de fibra de algodón o camélido. El pueblo inca los usaba para recopilar datos y mantener registros, monitorear las obligaciones fiscales.

los muiscas como una necesidad básica más de la vida. Paradójicamente la infidelidad luego del matrimonio no era aceptada. Conoció a Sagipa cuando era aún una niña; una tarde al aire libre. Ella, al igual que otras muchachas de su edad, había ido al rio buscando ser desflorada y encontró el amor de su vida, la pasión surgió entre los dos jóvenes que desde ese momento decidieron no separase jamás. Su belleza era impresionante y legendaria, poseía ojos inusualmente azules como el mar y cabellos negros como el carbón. Fue considerada una elegida y por ello fue concedida al Zipa quien la nombro su esposa principal, por su parte Sagipa era un joven apuesto y de gran musculatura.

Majori le suplicó a un poderoso Jeque, el astrónomo personal del Zipa que recomendara como consejero al joven Sagipa. Al correr de los años Saguamanchica confió ciegamente en Sagipa haciéndolo, más que un funcionario, su mejor amigo y mano derecha. Cuando el Zipa salía a batallas, o a visitar sus minas alrededor de las cinco comarcas de la confederación Muisca; Sagipa quedaba como líder del Zybyn de Bacata. Pero era inevitable que la relación dejase de ser un secreto y los rumores de los amoríos de la bella Majori y el poderoso Sagipa llegaron a Saguamanchica.

La puerta de la celda se abrió y una sirvienta traía a una pequeña en brazos, era su hija con Sagipa. Su destino estaba marcado, también seria sacrificada con la madre. Majori la abrazo fuertemente y entre lágrimas la amamanto.

Yara estaba siendo ataviada por Zuh y otras dos sirvientes, estaba algo confundida pues no sabía que había sucedido, ni por que se aceleraba la ceremonia de matrimonio.

—*¿Has ido a la ceremonia de la laguna de Guatavita anteriormente?*

—*Si, mi señora.*

—*¿Sabes por qué se ha adelantado la ceremonia?*

—*Si, mi señora. Una sombra negra ha cubierto a nuestro pueblo, la señora Majori ha sido adultera. Se dice que mantuvo un romance con el señor Sagipa consejero de mi poderoso señor Zipa.*

—*¡Oh!*—dijo Yara impresionada—*pensé que tu pueblo no condenaba la infidelidad, que el sexo libre era bien visto*

—*Lo es, pero antes del matrimonio, solo el hombre puede tener más de una*

esposa. La mujer se debe a él y a sus hijos —explicó Zuh— *Usted es una sacerdotisa, mi señora ¿Cómo es qué usted no sabe nuestras tradiciones muiscas?*

—dijo desconfiada.

—*Crecí en un templo y recién he salido* —dijo Yara apartándose bruscamente de la joven, quería que la chica estuviera segura de que era una verdadera sacerdotisa —*¿Qué insolente eres?*

—*¡Discúlpeme, mi señora!* —bajo la cabeza pidiendo disculpas.

—*¡Está bien Zuh!* —respondió sentándose en una silla—*y ahora ¿qué sucederá con ellos?*

—*Los sacrificarán incluyendo a la cría de ambos.*

—*¿La cría? Te refieres a un hijo.*

—*Si, señora la hija, el poderoso Zipa dice que no es suya.*

—*Es una niña ¡Qué tragedia!*

—*Si mi señora; una triste y lamentable tragedia.*

De vuelta en la habitación Jacob, Tamanaco, Caonabó y el muchacho se preparaban para salir, cuando una pequeña ave de fastuoso plumaje amarillo y gris entró por una muy pequeña rendija de la pared de la habitación. Era un Toche de Pantano, de unos dieciséis centímetros, revoloteó juguetón por toda la habitación y luego de esto se posó en la mano de Jacob dijo con voz humana.

—*Mi amigo Odo Sha, me ha enviado a advertirles que el templo de Sogamoso no se encuentra ni en Bacata, ni en ningún otro lugar sobre la tierra, ese templo se encuentra sumergido en la profundidad del lago Guatavita, allí es donde se encuentra la ciudad sagrada de El Dorado.*

—*¿El Dorado?* —he oído las leyendas de ese lugar desde que era niño

—*¡Calla y escucha muchacho!* —dijo con aire de disgusto el ave— *esta piedra está hecha de un polvo mágico que viene del cielo, de donde vino Bachue- lanzo la piedra a la palma de la mano de Jacob- deben moler esta piedra y poner su polvo en sus lenguas, ese polvo es* ***ormus*** [114] *el oro*

---

114 - ORMUS es el nombre que se ha dado a una enigmática y legendaria materia, relacionada al parecer con metales preciosos, a la que se le atribuyen excepcionales

de los dioses, quien lo tome se hará más sabio, más fuerte, podrá enfrentar cualquier reto. La conciencia de quien lo tome no será la misma nunca más. Solo, quien ponga de ese polvo debajo de su lengua puede vencer los avatares del cuerpo humano. Podrá ejecutar las más formidables hazañas, permanecer debajo del agua, sanar sus heridas por más profundas que sean, y ser inmortal durante dos lunas llenas; con la ayuda de este polvo mágico podrán encontrar el báculo Sagrado de Viracocha en El Dorado. Pero deben tener cuidado, pues la ambición del oro hará que quien robase, aunque sea la más diminuta pieza de El Dorado, no podrá salir jamás de allí.

—Si no conseguimos tomar nada del Dorado, ¿cómo podremos rescatar el báculo?

—Ese báculo poderoso no pertenece a El Dorado, es de Bochica-Viracocha, Ustedes lo devolverán a su verdadero dueño; Solo espíritus puros sin ambición podrán entrar al Dorado y no enloquecer por sus riquezas.

—¿Qué sucederá con nuestra amiga Yara? —inquirió Jacob con tono de preocupación.

—Mi amigo Odo Sha dice que él se encargará de la Princesa Yara, que luego de escapar de El Dorado se encontraran en la cueva sagrada de Zocamana y Zocamata.

—Debemos buscar a mis amigos en la cueva de Cuchavira —argumentó Jacob.

— Odo Sha, no me ha dicho nada de tus amigos, pero el gran Bochica dará las señales necesarias. —luego de decir esto, revoloteó alrededor y se escabulló nuevamente por el mismo orificio de la pared.

Tamanaco cortó un pedazo de su traje con su daga y sobre el machaco la piedra y entrego el polvo a Jacob envuelto en el pedazo de tejido. Jacob lo apretó en su puño.

La densidad de la boscosa área de la cordillera hacia la travesía más ardua, arbustos cargados de hermosas flores bordeaban los despejados caminos de tierra, tierra húmeda y blanda por las constantes lluvias. Los muiscas tenían una impresionante y efectiva red de caminos que

---

propiedades vitalizantes, regenerantes y curativas, y que se ha querido asimilar a la Piedra Filosofal, al Elixir de Larga Vida, y hasta al Santo Grial. La leyenda reza que quien tome el ormus no puede destruirse.

comunicaba todas las ciudades de la confederación. Había llovido toda la noche, sin embargo, a intervalos el sol reaparecía a través de las ramas de los pequeños árboles. Los Guechas iban adelante lideraban el grupo verificando que todo el sendero este seguro, por lo inclemente del clima eran frecuentes derrumbes y desbarrancadas a lo largo de la vía de unas catorce horas a paso constante, luego de los Guechas seguían los sirvientes cargando los tesoros y suministros.

El cortejo del Zipa llevaba unos quince sirvientes. Cerca del Zipa iban los Quychy y Jeques, y detrás de estos una litera con Yara custodiada por fuertes guerrero, en un armatoste iban Jacob y Zion y en otro Caonabó y Tamanaco. Sagipa no podía caminar y era arrastrado en una camilla hecha de cuero por dos hombres, sus piernas estaban inflamadas y moradas, su rostro aún conservaba la dignidad, pero afloraban un profundo dolor. Majori, por su parte llevaba los cabellos sueltos y sudorosos, su rostro estaba empapado en lágrimas, llevaba a su hija en brazos. Caminaba con dificultad, no llevaba sandalias y sus pies estaban maltratados por la irregularidad del camino. Jacob no podía dejar de verla, sentía pena por la hermosa mujer, cuya vida estaba a punto de ser fragosamente cercenada. La noche estaba cayendo y dentro de poco acamparían, en la mañana llegarían a Guatavita y empezaría la ceremonia.

Los sirvientes encendieron antorchas, esperaban llegar a un campamento base a poca distancia de donde se encontraban. Luego de un par de millas Majori sucumbió al cansancio y cayó rodando por una pequeña loma, por suerte fangosa. Jacob saltó de la litera y bajo hábilmente por la pequeña calzada hasta alcanzarla, En medio de la oscuridad de la hondonada yacía Majori, a escasa distancia su hija lloraba acunada por las ramas de unos arbustos. Tomó el improvisado saco con la piedra molida y abriéndole la boca le dijo:

—*Esta es tu salvación y la de Sagipa, es un polvo poderoso* —explicó murmurando mientras le mostraba la pequeña bolsa —*ya no sentirás más dolor, ni cansancio, pero debes fingir que aun esta débil*— le colocó el polvo en la lengua y ella con una mirada de agradeciendo desengancho una leve sonrisa, seguidamente añadió —*Le daré de este polvo mágico a Sagipa y a tu hija, cuando sea el momento oportuno podrán escapar.*

hacia las profundidades del lago. Tamanaco recuperó de entre la maleza a la niña que lloraba, con suma dificultad la tomó en brazos, siempre se había dado a la fuerza bruta y jamás había tenido algo tan diminuto y delicado en su regazo, ni siquiera a su adorada Amaya. Rescataron a la mujer y a la pequeña del barranco, rápidamente Jacob colocó una pizca de polvo en la diminuta boca de la chiquilla. Su rostro estaba sucio de barro y era obvio que ya no podría caminar, le cedieron la litera. El cortejo había parado y el Zipa se aproximó hasta Jacob e indagó:

—*¿Qué ha sucedido acá? ¿Acaso La infiel ha intentado huir?* —se notaba que su voz temblaba, parecía que Majori todavía le importaba. Una mezcla de rabia, celos y venganza se distinguía en el tono de su potente, pero quebrada voz.

—*No, Gran Zipa, La mujer ha caído, su debilidad y el dolor no le permite estar en pie, decidimos dejarle terminar el trayecto en nuestras literas.*

—*¡Misericordioso gran Quychy!* —Exclamó Saguamanchica—*¡falta poco para el sacrificio!*

Miró a Majori con un aire de nostalgia, cerro sus ojos y fingió ser fuerte.

—*Te pido ¡oh poderosa Huitaca! Reina de la noche; que el cuerpo de esta infeliz sucumba rápido a la muerte y no sienta dolor.*

Luego de un par de horas pernoctaron en un área donde había chozas dispuestas en línea, un lugar estratégico donde el Zipa descansaba en sus largos viajes, una especie de hostal. Los muiscas eran precavidos y sumamente organizados, preveían diversas situaciones, asimismo eran amantes de la comodidad, en la estancia había sirvientes con alimentos ya listos, esperando por ellos. La prisionera fue llevada a una diminuta jaula con su hijita, frente a ella en otra jaula, a escasa distancia colocaron a Sagipa, quien le lanzó una mirada de esas preñadas de añoranza y desolación, Majori por su parte ya no tenía más lágrimas, solo suspiró protegiendo a la pequeñita del intenso viento, acobijándola en su pecho. Yara fue custodiada por Zuh y otras dos sirvientas hacia una choza, una muchacha preparó el fuego, y la otra acomodaba la cama. Luego de unos minutos Zuh había quitado parte de la ropa de Yara y conversaban sobre la ceremonia cuando intempestivamente, llegó Saguamanchica, intentó cubrirse, pues tenía sus hombros expuestos y sus pechos apenas estaba tapados por sus largos cabellos. El poderoso hombre influía temor en las sirvientas que se inclinaron en reverencia y salieron del lugar de inmediato. Yara miró a Zuh con mirada de resignación.'

—*Salgan de inmediato* —dijo levantando su mano— *¡Qué hermosa piel tienes mi hermosa señora!* —el Zipa se acercó a Yara y le musitó al oído, mientras acariciaba sus hombros sensualmente— *¡Mañana serás mía!*

Yara no profirió ninguna palabra, sonrió de manera lasciva demostrando aceptación. Él le tomó ambos pechos con delicadeza y la besó. Yara se dejó llevar; no podía despertar sospechas a estas alturas, después del intenso beso, con una mano acaricio su cabello y con la otra apretó sutilmente su barbilla le dijo:

—*Te haré feliz, pero debes prometerme que me amarás solo a mí, no soportaría otra traición. ¿Lo prometes?* —le apretó el cuello bruscamente.

—*Si, mi señor lo prometo.*

El Zipa la olfateó intensamente como una bestia huele a su presa, rastreo cada pliegue de pecho lentamente hasta llegar a su cuello y le susurró al oído una vez más ahora en tono amenazante:

—*Mañana a esta hora serás mía por completo, descansa.*

—*Si mi señor* — Yara dijo bajando la mirada.

El Zipa con aire triunfal salió del recinto y se detuvo en el quicio de la puerta nuevamente y sentenció:

—*¡Mañana brillaras como Sue!*

Salió de la choza y caminó con dos guerreros que le custodiaban día y noche. Yara no pudo evitar excitarse, no había duda de que el Zipa era un hombre seductor. Desde lo alto de un árbol Odo Sha observaba airado, pero debía contener su arrebato, no podía destruir el plan.

Condujeron a Jacob y los otros tres a otra choza aledaña. Hacia un frio intenso, que congelaba hasta el alma, el viento producía una misteriosa resonancia al hacer contacto con las ramas de los árboles, la persistente llovizna y el lúgubre sonido envolvía la atmosfera en una e infringía en todo un sentimiento de gran desolación. Los sirvientes le prodigaron mantas, alimentos y encendieron fogatas. Zuh se había escabullido, intentaba llevar algo de comida y una manta para Majori, ella había sido muy buena ama, y sentía dolor por su pequeña niña. Jacob se envolvió en la hamaca mágica tomó dos mantas y se dispuso a salir. Caminó con sigilo por la orilla de las chozas tratando de no llamar la atención, llegó ante la jaula donde estaba Majori, descubrió su cabeza y ella pudo distinguir que era el, le extendió una cobija.

—Tomen este polvo, se sentirán mejor. Gracias a este polvo no morirán, en el momento indicado deberán arrojarse al lago. Serán libres y empezarán una nueva vida.

Una sonrisa se perdió entre el hinchado rostro de la desafortunada mujer. Luego, Jacob avanzó hasta Sagipa, sostuvo un poco del polvo mágico en sus dedos y le despertó del estupor en el que estaba sumido:

—¡Sagipa! Soy yo el Quychy —dijo colocándole una pisca de polvo en su boca – *este polvo te hará sanar y les permitirá huir, deberás lanzarte a las aguas de la laguna. Majori y tu hija ya lo tomaron.*

—Gracias —murmuró malherido y casi sin aliento le agarro la mano con fuerza *—tú no eres un Quychy… ¿Cierto?*

—No… soy un guerrero, mi nombre es Maichak.

—Siempre lo supe, ahora vete si te ven conmigo estarías en peligro —le apretó de nuevo la mano— *¡Gracias!*

Jacob le alcanzó la manta y sigiloso se desplazó por entre los matorrales, detrás de él estaba Zuh que observó lo que el enigmático Quychy había hecho por Majori y Sagipa; había quedado deslumbrada por el acto heroico del Maichak. Intento alcanzarle, pero vio que unos guardias se aproximaban, ella corrió y le susurró al oído:

—¡Mi señor cuidado viene unos guardias!

Sigilosamente Zuh se ocultó en unos matorrales, Jacob apresuró el paso, pero al llegar al corredor que daba hacía de la choza se quitó la hamaca que le cubría, avanzo unos cuantos metros y entonces fue interceptado por dos guardias.

—Síganos. el Zipa quiere verlo —dijo uno de ellos

Jacob pensó que lo habían visto, pero si cruzar palabra siguió a los hombres. Avanzaron por medio del patio. Había empezado a lloviznar levemente y el viento aun soplaba con fuerza. Llegó al cálido e iluminado aposento; Saguamanchica estaba sentado y un sirviente le desenredaba los largos cabellos, Sin voltear la cabeza en dirección a Jacob le dijo:

—*Mañana deseo que dirijas el ritual de sacrificios en la sagrada laguna de Guatavita y luego mi boda* —aplaudió con fuerza y un sirviente salto con los trajes ceremoniales—*acá están los trajes ceremoniales para ti y los otros dos sacerdotes, luego del ritual un cortejo te escoltara rumbo a la frontera para que emprendas tu viaje al norte.*

Jacob hizo una reverencia; el sirviente sostenía el traje de Jacob y otros dos cargaban los otros dos trajes con tocados y accesorios

—*¡Muchas gracias Gran Zipa!, será un honor* —Jacob palpó la tela del manto y era de una calidad extraordinaria, los hilos eran finos y delicados, el bordado de oro y piedras en el peto, eran de un acabado exquisito.

—*Puedes retírate. Descansa gran Quychy ahora me dispongo a acostarme el viaje, fue extenuante* —Jacob se disponía a salir de la recamara cuando el Zipa le gritó:

—*¡Un momento!*

—*Si mi señor.*

—*¡Ah algo más! Casi lo olvidaba, Mañana serás tú quien sacrifique a los tres ofrendados.*

Jacob asintió de manera afirmativa; se inclinó en señal de obediencia y de inmediato salió del lugar seguido de los tres hombres, estaba desmoronado, una vez más debía ser él, quien decidiera la muerte de otros, no quería cargar con eso en su conciencia, al menos los amantes y la pequeñita se salvarían, pero ese joven debería morir o quizás él podía hacer algo por salvarle. Regreso al recinto y observó a Zion dormido. Caonabó y Tamanaco elaborando improvisadas dagas utilizando los brazaletes.

—*¿Tardaste mucho?* — dijo Caonabó.

—*Si, pensé que me habían pillado, el Zipa pidió hablar conmigo, mañana debo dirigir el ritual y deberé inmolar al chico. El Zipa nos dio estas vestimentas ceremoniales para los tres* —Contempló a los tres sirvientes indicándoles con la mirada que dejaran los vestidos sobre la cama.

—*No, Maichak tengo un plan* —dijo Tamanaco— *mañana lo sabrán. Confíen en mi nadie se sacrificará mañana*

—Ustedes olvidan que el sacrificio humano forma parte de la tradición Muisca, no hay nada malo en su ritual, ellos han mantenido su tradición por generaciones ¿Quiénes somos nosotros para cambiar el curso de su destino y su legado? —Refutó Caonabó.

—No, había pensado en ello — dijo Jacob.

—Pues, deberías—replicó Caonabó.

—Pero es un niño que merece vivir la vida, disfrutarla, ¿Por qué cercenar su vida abruptamente? —Jacob se detuvo frente a la litera donde yacía profundamente dormido, lo miraba con compasión, como si se viera a el mismo reflejado en ese jovencito, cuya vida cesaría abruptamente, así como el sintió que su vida se extinguía cada vez que su padre lo castigaba encerrándolo en el sótano de la carnicería. Después de gritar infructuosamente en medio de la oscuridad, se quedaba dormido percibiendo el olor a sangre mezclado, con ese asqueroso sabor terroso que se incrustaba en su lengua. Luego de unas horas de oscura soledad. Cuando su padre llegaba a la casa su madre le preguntaba:

—¿Dónde está mi muchacho?

El atormentado hombre solo encogía sus hombros en señal de indiferencia. La madre salía corriendo a la bodega donde estaba el depósito de la carnicería. Allí se escuchaban los sollozos de Jacob, ella le llevaba de nuevo a casa. Si, él se había sacrificado muchas veces, a diferencia de este niño, él fue una ofrenda de sacrificio continua y constante. Jacob regresó de su oscuro ensimismamiento cuando escuchó la voz del chiquillo:

—¿Por qué no le preguntan a él que es lo que quiere? —dijo Zion desde el catre

—¡Ey! ¿tú no estabas dormido? — dijo Caonabó

—No, yo he escuchado a Jacob, deberían preguntarle, he hablado con él y siento que no está seguro de que quiera morir —el jovencito se levantó y transitó entre ellos

— Yo mismo estuve confundido, pero ahora quiero vivir, deseo ser uno de ustedes, un guerrero, un héroe, quiero vivir. Al morir mi padre entendí que mi destino estaba decidido, pero ahora siento que hay más acción y aventuras —Luego viendo a él impávido Jacob vociferó *—¡Ey! Y tú Maichak ¡Maichak! ¿estás bien?*

—*Si, solo tuvo un mal recuerdo* —Jacob se acercó al muchacho— *Bien dicho Zion* — dijo Jacob dándole una palmada en la espalda— *estoy seguro de que tu madre estaría feliz por esta decisión.*

—*Mañana hablaré con el chico* —dijo Caonabó.

El gran día daba inicio, el sol parecía saber que debía remontarse para la conmemoración en su honor, Todos trabajaban con azaro, cargaban flores en grandes cestas, todo tipo de alimentos, y más y más muiscas iban llegando desde todos los caseríos de la confederación. A las afueras de la gran edificación del Zipazgo, el cortejo estaba casi preparado solo esperaban a Zipa y Yara que aún no portaban cara. Caonabó aprovecho el intermezzo, para acercarse al jovencito.

—*Si quieres puedes salvarte del sacrificio, y puedes vivir una vida en otro lugar*

—*Eso es imposible nací para ese sacrificio ¡No puedo escapar de mi destino!*

—*¡Por favor!* —insistió Jacob tomándole por el brazo—*solo responde si pudieses vivir y romper con el ritual ¿lo harías?*

—*¡Si!, si pudiese decidir… quisiera vivir* —los ojos del joven brillaron aflorando una chispa de emoción.

—*Bien, debes estar preparado algo grande va a pasar, mete este polvo en tu boca y chúpalo; necesito que te dejes llevar por lo que va a suceder ¿Cómo te llamas?*

—*Me llamo Makana.*

Jacob, Tamanaco, Caonabó y el pequeño Zion ya habían tomado el polvo; estaban preparados para una jornada que prometía grandes cosas, pero sobre todo peligro y quizás muerte.

El Zipa hizo su aparición, observó a Jacob hablando con el jovencito y se dirigió hacia él, Caonabó se aproximó a Jacob.

—*¿Sucede algo con el elegido Quychy?*

—*No, en lo absoluto; Gran Zipa, solo nos cerciorábamos de que todo estuviese bien con él.*

—*¡Ya nos marchamos!* —gritó enfadado— *pronto estaremos en la sagrada Laguna de Guatavita y el sacrificio se llevará acabo.*

Era notable que al Zipa no le había agradado que el Quychy estuviese cerca del elegido, En medio del incomodo momento, apareció Yara, diseminaba a su paso áureos destellos, centellas luminiscentes disparadas por los ornamentos que portaba. Su belleza no tenía parangón. Las miradas de todos hombres y mujeres se dirigieron hacia ella, de su cuerpo se desprendían olores de almizcle y rosas, su rostro serio y sereno exponía su templanza de reina, pues nacida princesa, por una profecía se convirtió en diosa de la naturaleza, siempre había estado envestida de esa solemnidad, aunque en esencia era una deidad salvaje, guerrera y protectora de las montañas y los animales, ahora ataviada de reina lucia sencillamente deslumbrante.

La caravana inició su solemne avanzada hacia el fascinante paraje de Guatavita. El esplendor del místico paraje era, sin lugar a duda, cautivante. Se desplazaron en literas a través de una zona boscosa con amorfos acantilados; desde donde se podía visualizar todo el valle; la laguna estaba en lo alto de una colina, como un inmenso botón, bordeada de una musgosa alfombra que fungía de marco acolchado, tenía una asombrosa forma, casi perfectamente circular. Parecía un cráter hecho por un meteorito, o quizás la boca de un gigantesco volcán; sus aguas azules formaban un inmenso espejo divino que refleja el cielo infinito de la gran Bacatá. El sol imponente se hacía sentir, todos los lugareños cargaban piezas de diversas formas y con piedras incrustadas: ranas, estatuillas e instrumentos musicales; todos estos aparatajes serian ofrendas para el ritual.

Al llegar al lugar ya había cientos de lugareños apostados alrededor de la laguna, todos con sus ofrendas en mano y luciendo sus mejores galas para el máximo ritual de toda la confederación Muisca. El regio cortejo comprendía una decena de doncellas entre las que se encontraba Zuh la chica con quien había compartido más tiempo; esta se dirigió a su señora y le dijo con suma discreción mascullándole al oído;

—*Mi señora le pido humildemente que ahora que usted será la consorte principal del gran Zipa, me elija su sierva principal.*

—*Si, pero escúchame bien*—dijo Yara sujetándole el rostro con ambas manos— *no olvides lo que hablamos sobre la libertad.*

—*Debo irme mi señora la ceremonia va a empezar; acá tengo su bolsa con sus pertenecías.*

Zuh le enseñó a Yara la bolsa con los huevos mágicos y la telaraña que le habían sido obsequiados por la Diosa Arácnida.

—*¿Qué es esto mi señora?* —Dijo Zuh.

—*¡Esto es fantástico!* —Yara sonrió sabía que esos artilugios podían ser útiles en su misión —*¡Zuh escucha bien! si me ves en peligro dame esa bolsa. Y si ya no hay manera de dármela o de sobrevivir come un huevo y serás tan poderosa como la diosa arácnida, pero prométeme que eso lo harás si sabes que un peligro inminente te acecha, un peligro tan maligno del cual estas segura de que no sobrevivirás.*

—*No entiendo mi señora ¿Peligro? ¿sobrevivir?...*

En eso fueron interrumpidas por un Guecha el cual ordenó a Zuh buscar su lugar en el cortejo. El muelle estaba ornamentado con flores de inverosímiles colores, se adentraba hacia una especie de muelle decorado con piezas de oro y flores. Allí, en la orilla de la laguna, imponente, una Maloca decorada con flores; enfrente se distinguían cuatro canoas recubiertas de oro puro. Los músicos estaban dispuestos en una plataforma y los miles de lugareños estaba eufóricos.

Las ofrendas de sacrificio no consistían solo en los elegidos, sino también animales, piezas de oro, piedras preciosas y todo tipo de objeto de valor. Majori y su hija habían sido llevadas a lo alto de una roca donde se realizaría el sacrificio ritual. Gracias al polvo Mágico ya no se sentía exhausta, ni sufría ningún dolor. Por su parte Sagipa fingía no poder caminar siguiendo las instrucciones de Jacob el gran Quychy. En una de las delegaciones, escoltada solemnemente iba la barca de oro, y quizás el báculo de Viracocha el cual era necesaria para cumplir con su tarea. Jacob, Tamanaco y Caonabó presidian la procesión con la barca de oro, el Zipa iba detrás en una litera de oro, y precediéndole se distinguían sus esposas e hijos le acompañaban en otra caravana ceremonial rodeada de flores, banquetes, bebidas y un extenso cortejo de músicos.

La procesión paró y los sacerdotes que iban con el Zipa portando cuencos con aceite y oro empezaron el gran ritual del Dorado. EL Zipa extendió sus brazos y abrió sus piernas, los sacerdotes le envolvieron el cuerpo con la mezcla de oro, ahora su cuerpo era dorado, tan dorado como el oro mismo.

Odo Sha estaba cerca esperaba el momento preciso para actuar; se había ocultado entre las ramas de un árbol grande de samán. La gran muchedumbre se desparramo por todo el alrededor de la laguna, los más afortunados podían presenciar en primera fila el ritual, otros se trepaban en las ramas de los árboles, los menos afortunados solo les quedaba quedarse apretujados en medio del gentío que anhelaba ser testigo del tan esperado ritual. Los músicos pararon por un instante. Jacob estaba sereno, sabía todo lo que tenía que hacer, un extraño llamado de su yo interior le hacía sentirse seguro, aguerrido, invencible; la confianza en sí mismo no fue una de sus cualidades, pero ahora se sentía pleno; era como si siempre hubiese estado predestinado a cumplir con esta proscribe misión.

Yara había sido llevada a una especie de muelle decorado con oro y flores. Allí estaba rodeada de doncellas. Su cuerpo se había cubierto con polvo

de oro y brillaba como si fuese una aurea estatua perfectamente esculpida. De repente una ventolera se aproximó al medio de la laguna. El fuerte torbellino mezclado de hojas y flores producía una gran espiral hizo que las tranquilas aguas se volvieran una inmensa onda. Del medio del lago apareció una deidad, una mujer hermosa de luminiscente cabellera negra, con ella un niño de ojos gatunos y cabello rubio. Todos los que allí estaban se arrodillaron y gritaban alabanzas, era la mismísima Bachue. El Zipa la esperaba, no se inmuto, seguía erguidoPues el Zipa era de su misma estirpe, una deidad encarnada. Bachue era la diosa madre, ella y su hijo fueron los primeros habitantes de la tierra, era la mismísima madre tierra, ella representaba la feminidad, la naturaleza y la reproducción, ella prodigaba con alimentos a los muiscas. Se elevo en una colosal ola, y se dirigió hacia donde el Zipa aguardaba inerte. Su voz se proyectaba, potente, pero contrariamente dulce y armoniosa:

—*¡Oh Gran Zipa de Bacatá! Amo y señor de los Muiscas, protector de El Dorado y de la sagrada laguna de Guatavita, acá esta Bachue enviada de los hermanos mayores de aquellos que desde las estrellas los guían y protegen, para recibir las ofrendas de sus hijos. No hay nadie más poderoso que tu Gran Zipa eres proyección infinita de la cadena que une al hombre con la estirpe original, tu llevas en tu sangre el Código sempiterno. Ahora Gran Zipa, por brindar estas ofrendas a mí y a mi lago, te recompensaré con prosperidad y abundantes cosechas, los campos se llenarán de verdor. Los frutos de los árboles serán los más jugosos y tan numerosos como estrellas hay en el firmamento.*

El viento empezó a soplar fuerte y las flores que decoraban el muelle se esparcieron por toda la superficie del agua. Bachue permaneció suspendida en el aire, sus cabellos ondeaban como si fuesen hechos del viento, próximo a ella la enigmática criatura de rubios cabellos e inmensos ojos gatunos que brillaban intensamente.

—*¡Acá esta tu siervo o gloriosa Bachue! Te traje oro y sangre para ofrendarte. ¡Queremos agradecerte Oh! poderosa Bachue, madre original por tu infinita bondad y brindarnos la sabiduría suficiente para vivir en consonancia con la tierra.* —gritó el Zipa apuntado hacia las ofrendas que estaba del otro lado del muelle.

Un grupo de Quychys se aproximaban al Zipa con unos cantaros llenos de oro en polvo y aceites aromáticos; los tambores sonaban con un ritmo acompasado con una mecánica precisión…

Ton- ton- tonton- ton- ton- ton- tonton- ton

Todos los presentes bailaban con Solemnidad, cada movimiento estaba acompasado con los mitos ancestrales. Los muiscas, pueblo atado a la música y la danza, representaban en cada paso y cada verso una legendaria historia. Ya no eran individuos, eran una totalidad, sumidos en el ascetismo de un realismo impregnado de magia. Cantar y bailar las reglas de vida; las normas de la cotidianidad, la ontología de la comuna, las leyes que rigen a la confederación a lo largo de sus confines; significaba un compromiso sistémico, que se extendía, incluso hacia el derecho de vivir o morir. Era la máxima sincronización de la mente, espíritu y cuerpo. En esta gente había una conexión inexorable con la originalidad del pensamiento humano. El muisca es un hombre que agradece a la naturaleza por las dadivas de cada día.

En la colina, al ras de la colosal piedra Jacob, Caonabó y Tamanaco aguardaban el decisivo momento los prisioneros fingían desolación, pero era obvio que estaban bajo una gran tensión. En lo alto del explanado se erigía una colosal ***Maloca***, estaban. Era la maloca un lugar místico, un centro ceremonial, cada poste de la casa ceremonial debía construirse de una danza, de un canto, de un ritual. La Maloca era el centro del universo Muisca, donde convergían con absoluta sincronicidad: la cosmogonía y la humanidad, lo divino y lo profano. La comunidad crecía entorno a su Maloca como una constelación alrededor del sol; era un lugar sagrado donde se congregaba el pensamiento y el espíritu muisca. La humanidad debía su conocimiento a los hermanos mayores, a los seres que estaba muy arriba observándoles y rigiendo su destino. El sol empezó a brillar intensamente y un aro de luz lo bordeaba, las nubes se rasgaron y se abrieron de par en par. De la nada surgió un gran escudo ovalado que esparcía luces multicolores, se abrió una compuerta del insólito objeto y salió una luz azul que generaba un inmenso calor. Todo se paralizó, el espacio y el tiempo se alinearon, y el todo se unifico.

En ese momento la concepción del universo sufrió una distorsión. Lo que sucedía no tenía parangón alguno para la mente humana; todos los presentes se habían convertido en hologramas, parecían girar en un caleidoscopio gigantesco. El espacio de la laguna sufría ante los ojos incrédulos de Jacob una curvatura, y todo a su alrededor se estiraba y se contraía. Un inmenso estruendo metálico, sonó como una potente trompeta, la onda expansiva del sonido provocó una compresión y expansión de todo lo presente, bien sea animado o inanimado. Era una suerte de ilusión óptica que había trasladado Guatavita a un plano tempo-espacial paralelo. Acá, todo era dorado, parecía que Midas lo había tocado todo. Sobre la Maloca salió una ráfaga de viento, todos continuaba danzando al ritmo de los tambores, pero ahora sus cuerpos eran de oro. Los músicos cantaban al ritmo de la flauta y el tambor:

Ba gua e y chi b aba
el héroe viene a salvarnos
yimi ni ga gua
la tierra cura y la tierra sana
el mundo se origina por un estornudo
ashumiii aaaaaashumiiiii shiiii

Bachue permanecía suspendida sobre el lago. Todos estaba inmóviles, aun se apreciaba la distorsión, incluso las aguas del lago eran de oro fundido. Del escudo que emanaba rayos bajo una entidad en forma de serpiente que se enrollo en el muslo de Bachue era mitad serpiente mitad hombre. La serpiente se enrollo eróticamente en la entrepierna de Bachue, con su lengua bífida lambio a su lozano rostro, Bachue sonrió con terrorífica sensualidad.

Luego dijo:

— *¡Habitantes de* **Quyca***!*[115] *Les he entregado el conocimiento y la verdad. Esa verdad que Bochica quiso controlar. Ahora son aptos para guiar sus propios destinos. Y así como aparecieron se desvanecieron dentro de la luz azul que emanaba de la gran espiral en el cielo.*

Todos hicieron reverencias, Aun estaban sumergidos en ese misterioso plano. Odo Sha aguardaba en la copa de un inmenso Samán, nada le parecía afectar pues él era un semidios, de esta manera estaba consciente de todo lo que estaba sucediendo y sus poderes aún estaban habilitados.

---

[115] - La palabra QUYCA viene de la lengua Muisca que significa **tierra, pueblo**.

Los sacerdotes tomaron a Makana, Sagipa y a Majori con su hija y los llevaron a la cima del risco donde estaba el lugar ceremonial para el sacrificio. Los corpulentos hombres tomaron a Majori, sin duda alguna sería la primera en presentarse para el sacrificio. Una doncella le arrebató la niña y se la llevó al Zipa quien la vio de reojo como deseando que fuese su hija, este hizo señas de que no la sacrificasen. Le entregaron una daga de esmeralda a Jacob, debía sacarle el corazón. Majori resistió y batalló con los hombres que le sujetaban con rudeza; ella no esperaba que la separasen de su hija. Le gritaba al Zipa:

—*¡Por favor Devuélveme a mi hija! ¡Por favor!*

Uno de los hombres le dio por la cara con una manopla de oro, evidentemente le había partido la frente; de la herida emanaba profusamente sangre, pero de manera sorprendente la herida se cerró el hombre contemplo el portento y sorprendido murmuró al otro sacerdote que estaba a su lado:

—*¡Mm! ¿Ormus?*

Su compañero asintió con una mirada maliciosa. Jacob estaba algo confundido, esto no estaba dentro de los planes; miró a Sagipa en señal de advertencia. El Zipa miraba a Majori con soslayo, aun la amaba, jamás había sentido algo similar por ninguna mujer; ella había sido la mujer de su vida, su gran amor; pero lo había engañado con su mejor amigo. Sus ojos estaban vidriosos sentía ganas de correr y abrazarla, pero no podía se debía consumar el ritual

Zion temblaba de miedo y estaba al lado de Caonabó, por su parte Tamanaco y Makana estaban a escasos tres metros de Majori. Detrás de la piedra ceremonial cubierta por musgo yacía Sagipa en la camilla de cuero. Makana temblaba de miedo. Se podían sentir la respiración de la multitud, y la tensión se acrecentaba por la distorsión en la que se había sumido todo el lugar. Jacob estaba delante de ellos esperaba el momento. La música se intensificó. Los Quychys le entregaron a Jacob la daga de esmeralda para que iniciase el sacrificio; él debía acertarle la primera puñalada a la condenada y luego se le sacaría el corazón. Los sacrificios humanos no habían sido parte del ritual muisca, pero fue solo después de la llegada de Huitaca, mejor conocida como Xubchasguagua, que los muiscas cambiaron sus costumbres y se dedicaron a los placeres de la carne, olvidándose de los valores infundidos por Bochica y de las antiguas tradiciones de hermandad y vida comunitaria.

Odo Sha estaba oculto entre las frondosas ramas del inmenso samán, cuando se apareció Walichú a su lado.

—*¿Qué hace mi pajarraco preferido? ¡Ah! a ver si adivino ... Conspirando como siempre ¿no?* —el excéntrico dios portaba una camiseta rojinegra del Manchester United y tomaba gaseosa de un vaso de cartón con el famoso logo de los dos arcos dorados.

—*No te incumbe* — respondió Odo Sha— *algo te traes entre manos. ¿A qué has venido?*

— *Mi lindo pajarito no deberías ser hostil con tu amigo Walichú, he venido a ayudarles. Me perdí la última parte de la final por venir a sacarte las patas, ¡Mm! Bueno, las garras del barro...*

—*¿Ayudarnos?* —interrumpió.

Odo Sha meneó la cabeza en señal de negación.

—*Me marcho grandulón estaré cerca ... muy cerca* — apuntó sus propios ojos con los dedos índice y medio y los proyecto hacia los ojos de Odo —*¡Te estaré vigilando!* — hizo una seña llevando sus dedos índice y medio a los ojos y desplegó su habitual risita burlona.

En ese momento Jacob levanto la daga de esmeralda y gritó:

—*¡Ahora! Todos al agua* — Jacob cortó la soga que ataban las Muñecas de Majori, ella se detuvo y en tono suplicante exclamó:

—*¡Mi hija! no me iré sin mi hija.*

Jacob le gritó a Tamanaco que estaba cerca de las doncellas que tenían a la niña

—*Cuidado ¡La niña!*

Jacob, sin mediar, tomó a Majori por el hombro y la empujó abruptamente desde el Peñasco; de inmediato se quitó toda la parafernalia ritual que llevaba encima; y que le restaba movilidad. La muchedumbre impactada no podía dar crédito a lo que sucedía; algunos huyeron del sitio temerosos porque el ritual de la madre Bachué había sido profanado y la deidad podría tomar represarías contra los presentes. Jacob trato de correr hacia Zion, pero un guerrero se abalanzó sobre él, ambos rodaron por la colina; el hombre quedó encima de su cuerpo; había perdido la daga de esmeralda en la caída, pero el guerrero si tenía un inmenso cuchillo y empezaron a forcejear. El musculoso guerrero estaba asfixiando a Jacob con el ápice del codo y trataba de clavarle el cuchillo. Jacob resistió y volteó al guerrero que quedó en desventaja bajo su cuerpo. En eso el guerrero metió sus dedos en los ojos de Jacob, pensó en el ormus; ¿no era acaso ahora más fuerte? Entonces respiró profundo y desarrollando una fuerza bestial clavó el cuchillo contra el cuerpo del infeliz hombre hasta matarle.

Tamanaco arrebató la niña de los brazos de la doncella y tomó a Makana del brazo y se clavó presuroso en la laguna. Mientras Caonabó cortaba la soga que imposibilitaba a Sagipa, este observó que la niña ya estaba a salvo, y se lanzó tratando de alcanzar a Majori que ya se había sumergido en las aguas de Guatavita; Todos se había arrojado al agua; excepto Zion que tenía miedo de hacerlo.

Una vez sumergidos en las cálidas aguas de la laguna, todos tenían la capacidad de poder mantenerse sin respirar bajo el agua. El ormus les había dado el don de ser anfibios, incluso la visibilidad era total, sus cuerpos no pesaban, la sensación era como si estuviesen en otra dimensión, un poco más densa. Caonabó secundado por Makana, iban adelante nadando con soltura y facilidad, iban bordeando la pared de la laguna, ya habían pasado el nivel de la arenisca suave del escaño, la estrategia era mantenerse a nivel del talud o borde solido del lago. Sagipa recuperó a su hija y nadaba al lado de Majori, Tamanaco iba a la retaguardia vigilando que nadie los siguiera, pero advirtió que una decena de Guechas se habían arrojado al lago, Lo increíble era que tenían el mismo poder que ellos de permanecer en el lago. Tamanaco se adelantó y comunicó a Caonabó sobre la persecución haciendo señas, pero Makana habló:

—*¿Por qué hablas con señas?, con el ormus puedes hablar debajo del agua. El ormus te da no solo poderes de sanación. ¡Ah! ¡también tenemos super poderes!*

Makana hablaba arrebatadamente como si nunca lo hubiesen dejado hablar. Caonabó lo interrumpió:

—*¡Calla muchacho!, ya entendimos.*

Tamanaco había distinguido una cueva, y se disponía a llegar hasta allá, pero antes Debian detener a los Guechas. Se dirigió a Sagipa:

—*Debes llevar a Majori, la niña y Makana a esa cueva, ocúltense allí sin importar que suceda. Si no nos vemos ya más… que tengan buena suerte.*

— *Yo le dije a Maichak que me quedaría con ustedes que yo sería un guerrero más, para que me libraron del sacrificio. yo no tengo lugar a donde ir, no tengo a nadie ¿entiendes?… ¿por qué me apartan de su lado ahora?*

—*¡Bien muchacho!* —dijo con voz entusiasta Caonabó— *vendrás con nosotros.*

Sagipa le dio un abrazo a Caonabó y Tamanaco. Le froto el cabello a Makana. Majori lloro de emoción y abrazo a los dos grandulones y le dio un beso a Makana.

—*¡Ya márchense por favor!* —Gritó Tamanaco cuando los vio partir—*¡Cuídalas!*

—Sagipa abrazando a Majori y su hija respondió —*¡Si, las cuidaré como a mi vida!*

Los Guechas ya estaban casi próximos, Ambos guerreros pensaron en inmolarse con tal de facilitar el escape de Sagipa y Majori. Se habían ocultado en una roca; Tamanaco le dio una daga a Makana e *Indagó*:

—*¿Sabes cómo utilizarla?*

—*Si, claro jugábamos con dagas de palo, yo sobreviví al ataque de un enorme puma y lo herí.*

—*¡Silencio!* —susurro Caonabó al oído del chiquillo que era un ávido parlanchín— *Ya se acercan, debemos darle tiempo a Sagipa para que logre resguardarse.*

—*Yo tengo un tinte que puede neutralizar la visibilidad de los Guechas*—interrumpió nuevamente Makana mientras sacaba un frasco de un pequeño talego que llevaba en la cintura —*Es muy efectiva y así los podremos atacar más fácilmente…*

—*¡Silencio!* —replicó de nuevo Caonabó.

—*¡Eh! Un momento. Pensándolo bien Makana tiene razón. Esto puede ser una gran idea* —agregó Tamanaco— *nos daría tiempo de atacarles por sorpresa mientras estén confundidos.*

Al aproximarse los Guechas, Makana arrojo el tinte que de inmediato se disolvió pintarrajeando el agua de un añil oscuro. Los tres se abalanzaron en contra de los Guechas. El combate fue cuerpo a cuerpo, sin embargo, ambos bandos estaban protegidos por el Ormus, de esta manera era una pelea pareja, en la cual ninguno se agotaría o demostraría señales de debilidad. Aunque Makana era hábil con la daga, prefería huir, estableció una suerte de juego de "Atrápame si puedes" tratando de huir se escabulló por entre unas raíces y plantas acuáticas, el Guecha que le seguía quedó atrapado entre las raíces y trataba de cortar las ramas, pero Makana muy hábilmente le arrebató la daga. Caonabó observó la estratagema de Makana y decidió imitarla, Tamanaco también se unió a la táctica. Los Guechas quedaron atados a las fuertes raíces y enredaderas del lecho lacustre; de este modo lograron escapar rumbo a la cueva donde esperarían a los demás.

Mientras tanto en la superficie, Odo Sha había distinguido al desvalido chico, pero debía rescatar a Yara que estaba en el muelle rodeada de guardias. Al tratar de remontar el vuelo fue interceptado por una entidad de aspecto temible cuyo rostro eran una osamenta con múltiples cuernos, de sus ojos salían llamaradas de fuego, su apariencia era espeluznante, no así su cuerpo humano que asomaba grandes músculos, su espinazo estaba coronado de afiladas puntas.

—Odo-Sha el dios buitre ¿Qué haces ayudando a estos que te condenaron a vivir de la carroña?

—*¡Guahaioque, amigo!* —Exclamó Odo sorprendido.

—Si soy yo, quizás tu único amigo… Vamos a destruir el Reino Verde. Restablezcamos el caos, ese caos que vivimos en nuestros infiernos día a día. Tú y yo somos despreciados, por ser como somos… vamos regresa a la Corte del Mal.

—No puedo, yo no quiero más destrucción. No me importa si me desprecian por ser un vil carroñero… y ya no me importa ser quien soy. Ahora estamos en bandos diferentes, no te interpongas Guahaioque.

Odo Sha dio la espalda y quiso remontar el vuelo para rescatar a Yara, quien se enfrentaba al Zipa y sus hombres, pero fue imposible pues Guahaioque lo intercepto, propinándole un golpe que lo hizo desplomarse, no obstante Odo alcanzó a interrumpir el impacto de su enorme amasijo corporal contra el suelo agitando sus inmensas alas negras. Se suspendió en el aire y se puso en guardia. Guahaioque se clavó en dirección a Odo y con sus ojos de fuego le lanzo rayos que le inutilizaron y le hicieron caer de nuevo esta vez inconsciente, el corpulento Odo-Sha yacía indefenso entre el matorral totalmente paralizado, pero consciente de todo, solo podía pensar en Yara.

Mientras, Yara actuaba con sorna haciéndoles creer que estaba confundida, pero era indudable que ya se habían descubierto. EL Zipa gritó:

—*¡Malditos mentirosos! ¡no eran Quychys! Vayan y mantenlos a todos no dejen a nadie con vida.*

Algunos Guechas se lanzaron al agua detrás de los fugitivos. El Zipa corrió hacia donde estaba Yara. Mientras, el Zipa había logrado llegar a donde Yara que aun aparentaba estar confundida, pensaba que solo así podría ganar tiempo.

—*¡Infelices mujeres! ¡Hechiceras que encantan a los hombres!* —vociferó con el rostro enrojecido y húmedo de sudor; le infringió una cachetada— *¡todas son iguales! Dime ¿quién eres y cuál es tu plan?*

Yara decidió revelar su identidad y dijo con dignidad:

—*Soy Yara hija del cacique Yaracuy, protectora de naturaleza, de las montañas, de los ríos y los lagos y he venido a recuperar algo que tu pueblo se ha robado… y que pertenece a su benefactor, el gran Bochica a quien ustedes ahora desconocen.*

Dos Guechas intentaron sujetarla, no obstante, ella era una hábil guerrera, y se enfrentó a los tres hombres hizo una pirueta y desvío el zarpazo que unos de los guardias le iban a asestar con una afilada daga, el otro Guecha, intento sujetarla; Yara le quitó la daga y se la clavó inutilizando al hombre quien se desplomó sangrando al suelo. Saguamanchica dijo en tono sarcástico:

—*¡Vaya, vaya!… para ser una mujerzuela mentirosa sabes pelear muy bien.*

—*Las mujeres no somos un juguete de los hombres Saguamanchica. Yo soy una guerrera y no tengo miedo.* —habiendo dicho esto rasgo su vestido acortándolo.

—*Pensándolo bien te capturaré con vida y te haré mi esclava sexual.*

— *¡Bueno Inténtalo! Buena suerte Gran Zipa de* Bacatá —Yara le regaló una cáustica sonrisa.

Ambos forcejearon, Yara le propinó una zancadilla a Saguamanchica quien cayó al suelo indefenso, su daga se disparó el aire y cayó *a unos metros de él. Yara se sentó en el pecho del corpulento hombre atenazándolo con sus hermosas piernas; le* colocó *la daga en el cuello.*

—¿En dónde está el báculo sagrado de Bochica?

—Y tú tan ilusa crees que te lo diré.

Yara apretó los labios en señal de frustración no podía matarlo; pero pensó que era mejor capturarle. Y lo levantó aun apuntándole con la afilada daga, se plantó detrás de él y le cruzó el cuello con el brazo manteniendo aun la daga en su cuello.

—Eres tan cobarde que no puedes matarme… a que le temes ... ¿a tu conciencia?

Yara le presionó con su dedo pulgar la vena del cuello y el gran Zipa de Bacatá cayó inconsciente. La valiente Yara estaba impaciente, pues Odo-Sha no aparecía; giraba su cabeza tratando de divisarlo, pero solo podía observar que todo entorno a ella estaba fuera de control. Decidió atar a Saguamanchica al tronco de un árbol.

Mientras algunos de los lugareños hurtaron tunjos y piezas de oro que debían ser ofrendadas a los dioses, otros tantos eran tapiados por el gentío que se abalanzaba cuesta abajo desde la colina. Todos huían despavoridos del lugar, la música que precedió al evento se había tornado en frenéticos gritos. En Guatavita reinaba un verdadero caos. Súbitamente miles de pequeños tunjos de oro afloraban de la tierra, de las raíces de los árboles y desde los pliegues de los inmensos peñascos. Las pequeñas estatuillas habían cobrado vida de manera portentosamente, como si los espíritus a quienes representaban se hubiesen apoderado de ellos. Los tunjos que los pobladores llevaban en sus manos también habían cobrado vida. Al parecer estaban enojados porque el ritual se había interrumpido, o estaban del lado de Huitaca y querían impedir que se rescatase el báculo de Bochica. Las demoniacas figurillas se abalanzaron furiosamente sobre todos alrededor. Ahora el pánico era mayor las estatuillas afiladas se clavaban en las manos, brazos y piernas de todos los presentes, y mientras infringían su horripilante ataque emitían un sonido chillón:

—*¡Shi, shi, shi!*

Jacob subió a la colina y observó el caos; distinguió que Zion aún estaba en la orilla del muelle asustando y confundido y del otro extremo vio a Yara atando al Zipa al tronco del árbol. En ese momento apareció Huitaca detrás de Yara.

—*Estas muy lejos de tus dominios Yara ¿A qué has venido?*

—*He venido a restituir el orden en el Reino Verde, tú has llevado a mis hermanos*

muiscas a una vida alejada de los preceptos sagrados del maestro Bochica...

—*¿Preceptos Sagrados?* – Huitaca atacó a Yara con un machete de oro y continúo vociferando, Yara igualmente se defendía y forcejeaba con esta, manejando hábilmente la daga.

—*Llamas tus preceptos sagrados a vivir una vida sin conocimiento, temiendo que todo es protervo, que los placeres de la carne y el deseo son sentimientos maléficos. No, no, no, mi querida Yara. No hay nada malo en el lado oscuro, el egoísmo es la supervivencia del más apto. Es ponerme primero yo antes que cualquier otro. Los poderosos pueden jugar con las vidas de los débiles infelices y hacerlos sumisos. Esos sumisos son quienes construirán el nuevo orden de las cosas para que los elegidos puedan disfrutar de un renacer, un mundo purificado y reestructurado donde el caos traerá un equilibrio. El imaginario del hombre nuevo construirá grandes ciudades, impresionante tecnología y con esto una civilización avanzada.*

—No creo que tu "nuevo mundo" sea el mejor mundo para todos. ¿Crees que generando caos puedes instituir un nuevo plano de existencia donde unos pocos tengan privilegios? Ese plano donde todo es caos y destrucción debe detenerse, o de otra forma la madre tierra desaparecerá.

—¿Y serás tú quien nos detengas?

Raudo, llegó Jacob gritándole a Huitaca:

— ¡No! ella no, pero yo si seré quien los detenga

—¿Maichak? —inquirió extremadamente impresionada Huitaca

Jacob le gritó a Yara:

—¡Ve con los demás!

—No, esta pelea es mía.

—No es momento para discutir, ve y ayuda a Zion.

Yara encogió los hombros, visualizó a los tunjos de oro y salió corriendo a una velocidad inverosímil para un ser humano, tratando de evadir el ataque de las malvadas estatuillas vivientes al llegar al muelle Zion estaba petrificado, sus ojos perdidos y sus piernas húmedas. Yara se aproximó y notó algunos tunjos alrededor, pero estos increíblemente no atacaban al muchacho. El muchacho se había orinado del miedo. Yara entendió que los tunjos tenían cierta aversión a la orina humana. Le gritó al muchacho:

—¡Zion! ¡Vamos!

—El chiquillo volteó regocijado al ver que se había recatado. Yara se acercó y abrazándole le dijo:

—¡Tranquilo, ya estas a salvo! —alzó la mirada y en el firmamento reparó una caterva de entidades voladoras que se aproximaban a Guatavita, y no eran los Suamos a quienes estaba esperando— *Sígueme Zion y no te apartes de mí.*

—No me pasará nada a tu lado ¿me lo prometes? — dijo el muchacho

—Te lo prometo Zion ... pero, no te apartes de mí. — respondió Yara

En el muelle estaba un hombre tratando de proteger a su familia de los tunjos, ya estaba casi perdiendo la batalla cuando Yara le gritó:

—*¡Orínales!*

—*¿Cómo?* —inquirió el hombre incrédulo

—*Que los tunjos se neutralizan con la orina humana. ¡Láncenles orina y verán como recobran su forma inanimada!*

—*El hombre encogió los hombros, pero no tenía nada que perder y le pidió a su familia que orinaran en sus piernas para protegerse.*

El hombre observó que en realidad la orina paralizaba a los mortíferos tunjos. Y corrió junto a su familia cuesta abajo de la colina gritándoles a todos a su paso:

—*¡Orinen en sus piernas! y cubran su cuerpo de orina es la forma de protegerse de esas alimañas malditas.*

—*¡Vamos! ¡Orinen en sus piernas!* —gritaban al unísono todos los miembros de la familia a los demás aldeanos que estaban luchando por salvar sus vidas.

Todos empezaron a orinar y notaron que portentosamente los tunjos no se acercaban a ellos; pero de nada servía, pues ya estaban sobre ellos las entidades voladoras. Eran una mezcla de cabeza de ave y cuerpo de reptil con alas inmensas. De sus horripilantes cabezas brotaban cuernos y feroces dientes afilados y largas lenguas colgando de sus picos.

Los pobladores le llamaban los ***Pollo del Diablo***[116] y donde aparecían traían consigo destrucción y muerte. Los habitantes de Bacatá y sus alrededores no podían dar crédito a tanta desgracia, parecía que el mal se había cernido sobre ellos; si bien los principios del pueblo muisca habían sido siempre basados en la armonía y el respeto por la naturaleza; se habían alejado de las enseñanzas del gran Bochica. El legado de los dioses primigenios que habían sido los preceptos básicos de su civilización; todo había quedado en el pasado. Y los muiscas se entregaron a una vida plena de desafueros.

Jacob seguía luchando con Huitaca, la pelea se hacía interminable, pero la diosa parecía tener el control sobre Jacob que daba señales de agotamiento.

[116] - Leyenda popular colombiana.

—*Así que eres el mismísimo Maichak. Tú has sido uno de los nuestros, y ahora vienes con esto a querer redimirte… créeme no lo conseguirás…*

Huitaca cortó la soga que ataba a Saguamanchica del árbol y lo liberó, y este mirando a Jacob le gritó:

—*¡Ya arreglaremos cuentas Maichak!… ¡te buscaré y me las pagarás!*

—*Te estaré esperando Gran Zipa* —Respondió Jacob con una irónica sonrisa.

Jacob aprovechó un vejuco que sobresalía de un árbol, tomó impulso y dio un salto y sorpresivamente golpeó a Huitaca quien no cayó si no que se impulsó hábilmente con el mismo vejuco; al hacer esta maniobra su machete de oro cayó a un lado; no obstante, ella tomó una daga en forma de cuarto menguante que tenía en la cintura y le cortó el rostro a Jacob; quien con gran agilidad la enrolló con el largo vejuco y la derribó de nuevo, pero esta vez cayendo juntos al suelo. Jacob se abalanzó sobre ella y cuando estaba a punto de someterla Huitaca gritó:

—*¡Ya basta!*

Entonces su rostro se transfiguró, su piel ya no era humana poseía el destello de la luna misma, sus ojos eran dos inmensos discos plateados y sus senos se mostraban redondeados y grandiosos. Jacob no podía evitar mirarla, pues su rostro era algo jamás visto, así que lo hechizo con su mirada. Jacob quedó congelado. Huitaca se incorporó, caminó unos pasos para recoger el machete; en eso apareció Walichú y piso el machete impidiendo a Huitaca tomarlo.

—Walichú declamó [117]:

La luna vino a la fragua
con su polisón de nardos.
El niño la mira, mira.
El niño la está mirando.
En el aire conmovido
mueve la luna sus brazos
y enseña, lúbrica y pura,
sus senos de duro estaño.

---

117 - Fragmento del poema Romance de la Luna, luna contenida en El ***Romancero gitano*** una obra poética de Federico García Lorca, publicada en 1928. Está compuesta por dieciocho romances con temas como la noche, la muerte, el cielo, la luna. Todos los poemas tienen algo en común, tratan de la cultura gitana.

El disparatado Walichú se engalanó transfigurándose en el gran ***Federico García Lorca*** [118], estaba ataviado con un elegante traje de chaqueta y corbata. Llevaba el cabello engominado con el semblante imponente, pero sutil.

[118] - **Federico García Lorca** (Fuente Vaqueros, Granada, 5 de junio de 1898 - camino de Víznar a Alfacar, Granada, 18 de agosto de 1936) fue un poeta, dramaturgo y prosista español. Adscrito a la generación del 27, fue el poeta de mayor influencia y popularidad de la literatura española del siglo XX y como dramaturgo se le considera una de las cimas del teatro español del siglo XX.

—*¿Qué haces tú acá? No tengo tiempos para tus tontos juegos Fo.*

Huitaca había nombrado a Walichú como Fo, el dios Muisca de la embriaguez, la irreverencia y la música; sin duda alguna, el facineroso dios era un ser transmutado, envestido de otredades. ¿Quién podía creer en él? Era demasiado inconsistente y volátil como para ser autentico. Encarnaba una entidad surreal, era solo el reflejo infinito de miles de sueños inconclusos. observó a Jacob y se transfiguró nuevamente en sí mismo y le dijo a Huitaca:

—*Este crio está bajo mi protección preciosa lunita, así que es mejor que lo dejes en paz. No quiero lastimarte.*

—*¡Imposible!*—Exclamó Huitaca lanzándose sobre el insolente que con gran habilidad la había desarmado y sostenía su machete de oro en la mano; ella le golpeó con fuerza y este salió disparado y cayó sobre una roca. Se incorporó aun con su eterna y pandeada sonrisa, sacudió el polvo del cuerpo, acicaló sus largos cabellos y se fue a toda máquina contra Huitaca.

Mientras ambos dioses peleaban encarnizadamente, Yara tuvo una visión de Jacob tendido en medio de la batalla entre Walichú y Huitaca, de alguna manera su mente podía ver el lugar donde estaba ubicado su amigo. Agarró a Zion de la mano y corrió rumbo a la colina. Al llegar a la falda de la colina observó que los Sumos de Odo—Sha venían a contra atacar. Los feroces *Pollos del Diablo* seguían arremetiendo contra los lugareños que habían logrado sobrevivir al ataque de los Tunjos.

Los Sumos lanzaban unas redes y capturaban a los Pollos del Diablo. La gravedad cumplía su misión y los amorfos pajarracos caían al no poder aletear para mantenerse volando; al caer eran capturados por los Sumos.

Walichú seguía luchando escarnecidamente con Huitaca, Yara aprovechó que estaban cuerpo a cuerpo para rescatar a Jacob.

—*Quédate acá y no te muevas ya regreso debo rescatar a Maichak.*

El chico asintió con el rostro y se escondió detrás de un árbol. Yara corrió en dirección a Jacob quien yacía tendido e inmóvil. Se acercó y le susurró al oído:

— *Maichak, Soy Yara, he venido a rescatarte.*

Súbitamente fue atacada por la espalada por un *Pollo del Diablo*, que intentaba tomarla con sus garras para llevarla consigo. Yara luchaba por zafarse, pero el animal era más fuerte que ella. De repente apareció Zuh de entre los matorrales; por temor se había escondido, pero se armó de valor pues recordó su promesa de servir a Yara y venía a cumplir su palabra.

—*¡Mi señora!* —advirtió Zuh— *acá estoy que hago con la bolsa*

Yara estaba impresionada pensó unos instantes y luego gritó:

—*Zuh abre la bolsa y corta los amarres de los huevos con la tenaza de alacrán y lánzamelos.*

Yara se sostenía de las raíces que sobresalían de la tierra, pero el inmenso pajarraco era igualmente fuerte. Hábilmente la muchacha extrajo los huevos envueltos en la red de telaraña y cortó con el pedazo de las tenazas, Zion miraba perplejo como Zuh era útil, pero seguía paralizado era tan solo un niño, entendió entonces que había llegado el tiempo de madurar, no podía permitir que una mujer fuese más aguerrida y valiente que él. Zuh presurosa lanzó los huevos, Yara sujetó el manojo de huevos y rompió solo uno de ellos. Destellos incandescentes emanaban del diminuto huevecillo y millones de arañas diminutas salían de él, Yara las comandaba telepáticamente y les ordenó neutralizar a la siniestra ave que la estaba atacando. Las intrépidas arañitas se transformaron en inmensas tarántulas venenosas, una decena de ellas atacaron al ente volador aniquilándolo en un segundo. Yara tomó a Jacob quien seguía ensimismado y se aproximó a Zuh y la abrazo. La muchacha sonriendo le dijo:

—*Recordé lo que mi señora me dijo.*

—*¿Sobre mi bolsa?* —Preguntó Yara.

—*No, sobre mi libertad* —dos lágrimas brillaron en sus ojos.

—*Pues, luchemos por tu libertad. ¡Ahora sígueme!*

Walichú seguía en la lucha con Huitaca, al parecer este enfrentamiento no tendría ganador, ambos dioses eran igual de poderosos.

—*Mira lunita lunera, es mejor que paremos de luchar.*

—*¡No!* —gritó con portentosa voz Huitaca.

Todo se iluminó y una entidad dorada apareció ante Huitaca y Walichú, era Sue, sus ojos esparcían fuego y sus manos eran dos grandes antorchas, portaba una inmensa corona dorada en zigzag. Ante su presencia Huitaca se debilito.

—*¡Basta Huitaca!*—Dijo el musculoso dios— *No podemos interferir en la evolución y destino de nuestros hermanos, ellos deben encontrar el balance. Deben aprender a vivir en armonía con la naturaleza y respetar el equilibrio vital. Solo cuando en esta dimensión el caos termine, se retomará el tiempo verdadero, ese tiempo que tú has querido eliminar y separar de las tres dimensiones y que ha producido ese cataclismo en el universo paralelo. Bochica ha tratado de enseñar al hombre a respetar esa armonía, pero tú lo has destruido todo ahora vete a tus dominios, sigue vigilante de las olas del mar, del aullar de las bestias y de la fertilidad. No interfieras más con estos seres imperfectamente perfectos.*

—*¡Eso jamás! ¡Regresaré…! ¡Regresaré!*—Huitaca se abatió ante estas palabras y se desplomó al suelo de su cuerpo salieron rayos plateados que se disiparon hacia el horizonte y se disipo convirtiéndose en una vaga luz con millones de partículas de polvo bailando.

Sue caminó alrededor de Walichú y sentenció:

—*Te estamos observando Fo.*

Walichú desprendió su sínica sonrisa y desapareció.

De inmediato Jacob volvió en sí y comprendió que Yara lo había rescatado.

—*¡Gracias, amiga!*—Juntaron palmas en señal de camaradería, no había duda de que Yara era una guerrera más, a la altura de los guerreros masculinos Yara contaba con astucia y audacia y con una intuición femenina que le permitía ver más allá de lo elemental.

—*Vámonos Maichak debemos encontrar a Odo y a los demás dentro de la laguna*

Empezaron a bajar por la colina, la densa vegetación impedía el tránsito. Jacob iba adelante limpiando el caminó. Desde arriba algunos Pollos Del Diablo aún atacaban, Jacob aniquilo a dos de ellos, pero aun habían más de estos monstruos voladores destruyendo a todo ser viviente. El contra ataque de los Suamos había sido efectivo, aunque habían arribado más tarde de lo acordado. Yara iba en guardia, les había dado a Zuh y Zion unas dagas para que se defendieran; Estaba preocupada por Odo, intento concentrarse a ver si podía tener una conexión mental con Odo. En eso Zion gritó

—*¡Yara! ¡Maichak! ¡miren!* —apuntó hacia arriba—*¡Nos atacan!*

—*No, Zion, son nuestros aliados. Ese es mi amigo Odo... Dijo Yara con voz entrecortada.*

Un Suamo traía el cuerpo de Odo Sha hacia ellos. Zion se mantuvo cauteloso al lado de Zuh,

—*¿Qué sucedió?* — inquirió Yara con suma preocupación.

—*Acá esta mi señor Odo-Sha, amo de los Suamos; ayúdenle por favor.*

La horripilante criatura mostraba una profunda tristeza no había la menor duda que los Suamos querían y respetaban Odo. Yara se abalanzó sobre Odo y lo abrazó, no pudo evitar mostrar su apego hacia el grandulón quien yacía irreconociblemente minimizado.

—*¡Odo!, amigo mío ¿qué te han hecho?*

Jacob se acercó a Odo preocupado, sabía que algo muy poderoso le había atacado, algo superior a el mismo, la capacidad combativa de Odo, aunada a su carácter de deidad le hacía casi invencible. Jacob contempló la destrucción alrededor, y pensó que su misión estaba al borde del fracaso, cargar con Odo hacia las profundas aguas de la laguna no facilitaría el rescate del báculo, al contrario, lo entorpecería. Jacob separó a Yara de Odo y le dijo al Suamo con voz grávida:

—*Lleva a Odo a la Cueva de Cuchaviva, allí sabrán que hacer para salvarle.*

—*Si, Gran Maichak.*

De inmediato emprendió el vuelo rumbo a Cuchaviva acompañado de una decena de Suamos que escoltaban a su líder y señor. Jacob miró con determinación a Yara, Zuh y Zion. Y les dijo:

—*Llegó la hora de la verdad, quien no esté preparado para enfrentar la muerte puede marcharse ya. No sé a qué peligros nos desafiaremos y no quiero, ni puedo darme el lujo de fracasar. Esta misión es importante, así que tu muchacha y Zion hasta aquí llegan con nosotros. Son libres para decidir cómo quieren vivir. Les espera una larga vida; ¡márchense!* — dio la espalda de inmediato y dijo con voz triste pero decidida — *adiós*

Yara contemplaba incrédula a Jacob, este dio la vuelta y mantuvo el paso. Zion corrió hacia Jacob:

—*¡Maichak! ¡Maichak!* —gritó llorando de desesperación— *¿para esto me has salvado? Para dejarme abandonado en la vera del camino, sin un lugar donde ir, sin destino, sin nadie a quien le importe…*

—*¡Lo lamento muchacho!* —interrumpió Jacob— *pero has demostrado que no tienes el empuje y el coraje para ser un guerrero, mira a Odo una entidad poderosa, un guerrero y fue atacado y posiblemente aniquilado, esto no es un juego, acá no solo nos jugamos nuestras vidas, estamos combatiendo con fuerzas tan poderosas que pueden destruir el orden de nuestro planeta y quizás del cosmos. ¡No tengo tiempo para esto!*

En eso un pollo del diablo embistió a Jacob por la espalda, Zion lanzó hábilmente la daga, clavándosela acertadamente en medio de la frente al horrendo monstruo el cual cayó a los pies de un muy sorprendido Jacob. El chico se aproximó en silencio hacia el cuerpo de la bestia y le sacó la daga de la frente. Contempló de arriba abajo a Jacob con indiferencia, limpió la daga con las hojas de un arbusto, y cuando iba a partir Jacob sonriendo le gritó:

—*Pues bien, muchacho como te había dicho necesitamos muchos como tu … ¿Bienvenido?*

Zion sonrió y se fue detrás de Jacob. Yara le aclaró:

—*¡Maichak! Zuh ira conmigo ella salvó mi vida.*

Jacob no pronunció palabra, encogió los hombros, continúo caminando y agito la mano invitándolos a seguir. Al llegar al borde de la laguna se observaban los cuerpos de los Guechas y Suamos caídos durante el enfrentamiento.

Desde la colina Bochica, Walichú y Sue observaban la destrucción.

—*¡Esto es lo que tanto deleita y satisface a la Corte del Mal, destrucción, sangre, oscuridad!* —dijo Bochica con voz potente, pero melancólica.

—*Maichak está haciendo su labor; pronto se restablecerá el orden y el mundo por simulación retomará su perfecto balance. Todo el sistema de cosas volverá a ser como siempre ha sido* —agregó Sue.

Walichú guardaba silencio, contempló a los dos dioses, hizo una reverencia y se desvaneció. Sue se dirigió a Bochica y marcó un mecánico sí subiendo y bajando la cabeza.

El muelle que otrora se mostraba solemne, repleto de flores y de celebración, era ahora un campo de muerte y destrucción. Cuerpos mutilados se esparcían por doquier. A un costado del muelle junto a una musgosa roca, yacía un viejo Quychy. El moribundo gritó pidiendo ayuda, Jacob corrió a su encuentro. El viejo mostraba una herida mortal en el abdomen, en sus manos sostenía una vasija de barro rojo con tapa, estaba metida en una bolsa tejida que tenía una gran tira para cargar al hombro. Extendió sus manos hacia Jacob y le dijo con voz apacible:

—*¡Oh gran Maichak! Por favor toma la Chicha sagrada* —Las manos del anciano temblaban, tragó saliva y casi balbuceando añadió— *Solo un sorbo de esta bebida puede hacerte más fuerte y rápido como el rayo además poseerás el don de interpretar los sueños. No tomes más de un trago Maichak porque puedes enloquecer. ¡Qué Bochica guie tus pasos!*

Jacob sostuvo la vasija y no tuvo tiempo de decir nada, el viejo murió en sus brazos. Se incorporó y vio que Saguamanchica estaba atacando a Yara, al mismo tiempo que en una loma tres Guechas luchaban con Zion y Zuh. Jacob corrió y empezó a combatir. Yara le gritó a Jacob

—*Este es mío … tengo una deuda con él.*

—*¡Como quieras!* —Respondió Jacob saltando sobre un Guecha que estaba ahorcando a Zuh, de un solo tirón le cortó el cuello tirando su cuerpo que rodó por la profunda calzada. Zuh estaba bien y se incorporó a ayudar a Zion.

Jacob había desarrollado una fuerza extraordinaria era capaz de saltar y hacer acrobacias imposibles para cualquier humano, poco a poco se transfiguraba en ese héroe, al cual estaba indisolublemente atado y de quien, cada vez menos quería huir.

Mientras el muchacho intentaba demostrar que era un guerrero más, no quería ser ignorado y mucho menos considerado una carga, este era el momento de dejar de ser un niño destinado a ser sacrificado y empezar a ser un hombre de verdad; no le temía a la muerte pues desde que tuvo uso de razón aprendió que la muerte por sacrificio seria su destino. Luchó cuerpo a cuerpo con ambos Guechas y logró controlar la situación, pero respiró profundo cuando Jacob llegó a apoyarle.

Yara seguía luchando con Saguamanchica, estaban ya en suelo, ambos habían perdido las armas y ahora la lucha era cuerpo a cuerpo. Jacob. Zuh y Zion se acercaron a ver el encarnizado combate, más que una pelea parecía que ambos se fundían en un gran abrazo.

El rostro atiborrado de sudor y sangre de Jacob enmarcado por sus largos cabellos petrificados por el barro le hacían lucir espectral, casi como una especie de entidad chamánica, observaba a Saguamanchica, un líder que había liderado aun pueblo noble y de gran apego y tradición, pero que poco a poco se fue deslindando de las enseñanzas primigenias. El gran Zipa era solo un hombre enamorado, despechado y furibundo, su dignidad y virilidad se había amancillado dos veces en muy poco tiempo.

—*¿Cuánto tiempo más durara este ridículo espectáculo?* —Vociferó Yara.

—*Durará hasta que acabe contigo mujerzuela con mis propias manos* —gritó el quien tenía a Yara encima y sujetando sus manos.

El Zipa elevó su pierna derecha y la empujó contra un risco, ella rodó violentamente precipitándose al lago, de inmediato él se lanzó detrás.

Jacob divisó a Zion y Zuh y les gritó:

—*Llegó el momento de separarnos, es importante que encuentren a nuestros amigos en Cuchaviva. Vayan por el camino mayor de vuelta al sur buscando la cueva de Cuchaviva, traten de pasar desapercibidos. Al llegar a la cueva sagrada digan que Maichak los envía. Zion cuida a Zuh y ten mucho cuidado.* — Jacob le dio una palmada en el hombro.

—*Si señor* —respondió el muchacho decidido.

—*Maichak mi señor, yo seré tu sierva, y sé que te encontrare de nuevo. Gracias por confiar en nosotros, no te defraudaremos.*

Les lanzó una mirada afirmativa y raudo se clavó al lago, nadó muy rápido y divisó a Yara desesperada tratando de deshacerse del Zipa. Al ver que ella se estaba ahogando recordó que ella no había tomado el polvo de Ormus. Y presuroso se abalanzó sobre el hombre tomándole por su larga cabellera. Yara se desprendió y se escabullo a la superficie. Chapaleteó el agua con su mano, como si quisiera apoyarse en ella, desesperada respiró muy fuerte; sus pulmones casi explotaban por la falta de aire. Inhaló todo el aire que pudo, mientras su voluminoso pecho se dilataba frenéticamente. Tomó de nuevo aire y se zambulló; Jacob combatía encarnizadamente con Saguamanchica, obviamente el Zipa era conocedor y consumidor del Ormus, así que esta contienda podía ser eterna. Yara tenía dos de los diminutos huevecillos arácnidos que Zuh le había entregado. Los sacó de la faja de oro que sujetaba su cintura lanzó un huevo a Saguamanchica en el rostro las arañas se aferraron a su rostro del cual empezó a emanar sangre y desesperado se sumergió en el fondo del lago. Jacob se liberó, nadó hacia Yara y le dio el Ormus; ésta desesperada vaciló un poco antes de empezar a respirar debajo de agua, pero Jacob le explicó:

—*¡Vamos Yara respira! Ya estas bajo la influencia del maravilloso Ormus*

—*¡Lo sé!*

—*¿Qué paso con el Zipa? ¿Está fuera de juego?* — indagó Jacob

—*No, debe estar bien* —respondió Yara aun con la respiración alterada— *el ormus lo ayudará, en un rato estará activo; debemos encontrar a* Caonabó *y Tamanaco.*

—*Si, y lo más importante encontrar el báculo.*

—*Maichak que pasó con Zion y Zuh?* — Indagó con un aire de tristeza —*Están bien* — Le dio una palmada y le frotó afectuosamente el hombro — *los envíe a Cuchaviva; si logramos recuperar el báculo con éxito es probable que los encontremos por el camino.*

Yara sonrió satisfecha había establecido una gran conexión con Zuh y Zion y no deseaba que más vidas se perdieran innecesariamente.

Ambos nadaron hasta divisar la cueva submarina, la misteriosa profundidad del lago estaba tranquila, muy ajena a todo el caos e infierno que se vivió en la superficie de Guatavita. La ceremonia había sido una carnicería, muchos crédulos fueron ese día a presenciar un solemne ritual y encontraron la muerte, como bien habían dicho los dioses, la corte del mal se alimenta del terror, de cada lagrima, de cada clamor, del sufrimiento que se derrama en los sacrificios. Al llegar a la gran caverna subacuática, Jacob pensó que tanta paz podía ser una emboscada.

Jacob le hizo señas a Yara para que guardara silencio, había percibido la presencia de alguien o algo. Un extraño sonido se escabullo desde un estrecho orificio que sobresalía del techo de la cueva, algunas efervescentes burbujas se asomaron por el oscuro hueco. Jacob hizo señas a Yara y sujeto su daga con fuerza, Yara se ocultó en una gran y mohosa estalagmita, mientras Jacob se apertrechaba contra la pared de la cueva en posición de ataque. Inesperadamente algo salto desde el orificio. Jacob se arrojó contra una gran mole de músculos.

—*¡Soy yo Jacob! ¡Tamanaco!*

—*¡Demonios!... ¡Tamanaco casi te mato!*

Los dos amigos habían caído al piso de la cueva, se levantaron y se apretujaron en un gran abrazo, Yara corrió y sonriendo abrazó a Tamanaco; después salieron los demás camaradas del escondite, uno a uno: Makana, Canoabo, Sagipa, pero Majori no podía bajar con la pequeñita en brazos y se la entregó a Sagipa y luego Makana la ayudo a bajar.

—*¡Están Vivos!* —exclamó Yara corriendo hacia Majori y Sagipa.

—*Si, gracias a estos valientes guerreros que han protegido a mi mujer y mi hija les estoy eternamente agradecido.*

—*No hay tiempo para agradecimientos* —Dijo Jacob— *el Zipa y sus Guechas están bajo el efecto del ormus y aun nos están buscando, es mejor que se marchen de inmediato. Váyanse lejos y hagan una nueva vida.*

—*Si márchense ya su vida corre peligro* —Dijo Yara acariciando el delicado rostro de la niña que dormía plácidamente desconociendo la voraz lucha que se libraba a su alrededor. Majori dirigiéndose a todos dijo conmovida;

—Gracias amigos, sin ustedes no lo hubiésemos logrado, nuestro delito fue amarnos... súbitamente cayó tendida, había sido atravesada por una flecha la niña cayó en el fondo del lago, en ese instante el caos reinó; todo era confuso, pues no sabían de donde salían las flechas. Canoabo detectó quien era quien estaba atacándolos era un Guecha que lanzaba unas extrañas flechas de oro. Makana y Tamanaco fueron heridos en brazo y pierna, mientras que los otros permanecían a salvo Jacob rescató a la pequeñita del fondo, yacía a un par de metros de su madre agonizante. Sagipa tomó a Majori en sus brazos y lloró como un niño con su mujer en brazos

—*¡No te vayas amor mío! ¡No me dejes ahora!* —y casi como si hubiese sido su voluntad una flecha le atravesó el corazón a ambos Sagipa sucumbió al lado de Majori, pero aun con los ojos abiertos seguía mirándola y con una sonrisa, la más sentida de todas las sonrisas que disipó en su vida dijo:

—*Ahora si estaremos juntos mi dulce señora*—. Volteó y vio a Jacob con la pequeña y haciendo un gran esfuerzo balbució ya sin fuerzas —*¡Maichak cuida a mi hija!*— soltó un último suspiro y murió abrazado a Majori.

En medio de la confusión no sabían de donde salían las flechas, Jacob le entregó la pequeña a Yara. Canoabo le gritó a Jacob:

—*¡Maichak El maldito está detrás de esa grieta a tu derecha! es solo uno.*

—*Ya lo vi* —aseguró Jacob—*¡Vamos!*

Todos se desplazaron de manera desordenada en zigzag para confundir al arquero, fue Makana el primero que llegó y lo hizo por una grieta que daba a las espaldas del atacante, sin premeditación lanzo su afilado cuchillo y se lo hundió en la nuca. El infeliz se desplomo soltando el arco de oro. Jacob alcanzó al hombre y le dijo;

—*¿Por qué los mataste?*

—*Cumplía* —dijo con voz apagada— *¡la orden de mi Zipa!*

—*Maldito desgraciado* —dijo Tamanaco— *Hay más Guechas … responde.*

Tamanaco lo golpeaba con fuerza y Canoabo lo separó del hombre que ya estaba muerto. Jacob se arrimó a Makana y balbuceó con voz entrecortada, pues aún no había salido del asombro:

—*Gracias Makana, has sido muy valiente, eres un gran guerrero, pero para la próxima debes esperar, eres muy joven para tomar estas decisiones que pueden costarte a la vida.*

— *¿La vida? La vida sin honor no significa nada, no podía cruzarme de brazos y ver como asesinaba a mis amigos. No olvides Maichak que yo estoy preparado para morir* — y sin ninguna compasión le saco el cuchillo al hombre de la nuca.

Yara se arrodilló ante los cuerpos de Sagipa y Majori y elevando a la criatura le susurro emocionada al oído

—*Eres el más tierno destello que surgió de un gran amor, tus padres se amaron como pocos y murieron luchando por su libertad. Te llamaras Qispi Kay*

Makana le pregunta curioso:

—*¿Qué significa?*

—*Libertad en la lengua sagrada quechua.*

Jacob miró a la pequeña Qispi Kay y suspiró profundamente, pues podía predecir las dificultades que tendrían durante el resto de su misión, ahora que tenían la responsabilidad de cuidar a una recién nacida, contempló a sus compañeros cuyas miradas de soslayo evidenciaban que compartían la misma preocupación. Tamanaco conocía de primera mano el valor de un amor imposible, toda su vida había luchado para poder encontrar la felicidad al lado de su amada Amaya, por tal motivo decidió sepultar a los enamorados dentro de una pequeña cueva, colocaron primero el cuerpo de Sagipa recostada sobre el su amada Majori. Todos contribuyeron buscando piedras para tapiar el acceso. Una vez terminado con el funeral de los infortunados amantes; Jacob dijo con voz grave y llena de tristeza:

—*Ahora debemos seguir hacia el centro del lago y encontrar el santuario donde está el báculo de Bochica.*

—*Necesito la hamaca mágica para ocultar a la niña en mis espaldas* —dijo Yara dirigiéndose a Jacob quien portaba el artilugio atado a su cintura; se lo cedió a Yara quien diestramente creo una mochila para acunar a la pequeñita.

—*La niña no sentirá hambre mientras dure el efecto del Ormus* — apuntó Canoabo

—*Al menos no nos preocuparemos por eso* — añadió Tamanaco.

— *Bueno continuemos muchachos; quizás aun nos espera lo peor.*

Makana avanzó queriendo ser el primero, sin lugar a duda era muy competitivo y quería sobresalir, deseaba ser finalmente tomado en serio, como un gran guerrero; sin embargo, Jacob tenía desconfianza, el muchacho era muy joven e inexperto. No había discusión de que Makana era muy valiente su arrogancia y desacato podían hacerlos vulnerables en cualquier acontecimiento o ataque imprevisto. Los cinco estaban muy callados, jamás imaginaron que las frías aguas de Guatavita fueran tan profundas, algunos peces juguetones se interponían en su paso. Aun Yara sentía una sensación de ahogo, pero era solo miedo a poder respirar en el agua, era increíble la capacidad de visibilidad que el Ormus les otorgaba debajo de las oscuras aguas del lago, así como el poder de sanación. Pero todos coincidieron en que El ormus no los hacia inmortales, la infortunada muerte de Sagipa y Majori les había dejado muy claro que flechas de oro disparadas al corazón podían acabar con la vida de alguien bajo los efectos del poderoso y enigmático Ormus.

—*¡Muchachos! Esto es una trampa* —rompió el silencio Canoabo

—*¿Por qué lo dices?* —Inquirió Yara

—*Porque no hay nada en el fondo de esta laguna es que no lo ven llevamos horas nadando y nada…*

—*No lo creo, estoy seguro de que acá se encuentra el santuario donde han guardado el cayado de Bochica y lo vamos a encontrar* —refutó enérgico Jacob

—*Alguien nos sigue* —susurró Makana— *todo está más oscuro y puedo sentir una corriente sobre nosotros.*

— *¿Será un pez?* —respondió con una pregunta Tamanaco

—*No hace rato que no hemos visto peces* —analizó Yara

—*¡Shi!* —resonó Makana.

De repente un inmenso pez se arrojó sobre ellos produciendo una onda expansiva que los disparó envueltos en un inmensa espiral de agua. Era un monstruoso bagre, de cuyo rostro afloraban grandes antenas a manera de púas, tenía cuatro en la boca y dos más grande casi en el centro de la nariz, su piel era lisa y brillante y poseía un estampado de líneas plateadas y negras casi perfectamente geométricas. El pez abrió la boca y gritó:

—*¿Quiénes son y que desean? ¿Por qué osan profanar las aguas sagradas de la laguna del reino de Oro?*

Sopló fuerte generando un imponente remolino de burbujas que los encegueció a todos. Con dos de sus antenas agarro a Makana y Tamanaco; enrolló la gruesa guaya inmovilizándoles los brazos. Con la misma volvió a abrir la espantosa boca y vociferó con más fuerza:

—*¡Respondan infelices o me los comeré a todos!*

—*Somos enviados de Bochica y venimos a buscar su báculo sagrado*— dijo enérgico Jacob sin saber si su respuesta más que beneficiarles les delataría.

El inmenso pez giró estrepitosamente y se convirtió en un fornido guerrero de larga cabellera

—*¿Bochica?* — dudó emocionado— *ahora díganme intrusos ¿quién es su líder y mentor?*

Jacob se encontraba en una encrucijada, pero ya el daño estaba hecho había revelado su misión, ya no había marcha atrás, lo cierto era que si esta entidad era enemiga ya les hubiese aniquilado. Decidió decir la verdad. Yara tenia a la pequeña segura apretada a su pecho, a su lado estaba Canoabo con su largo cuchillo preparado.

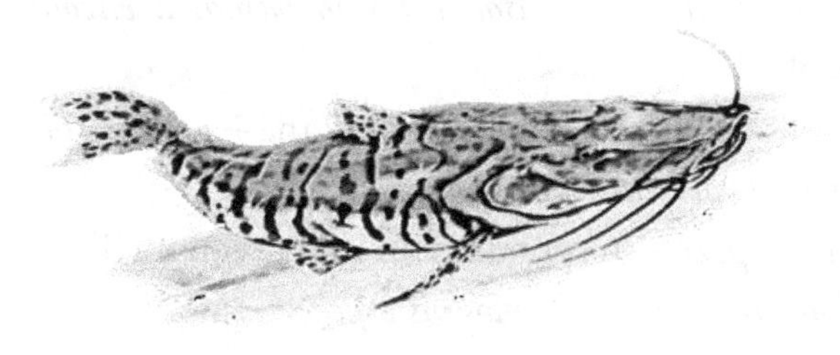

—*Yo soy Maichak* —dijo con aire de orgullo, pero con cierto recelo y agregó— *el enviado de Bochica*

—*Yo soy Chaquén*[119]*, el varón que tiene poder, espíritu guardián de este y todos los lagos. Soy el guerrero encargado del orden del territorio, amo de todos los espíritus guardianes de los ríos y montañas, y defensor de los campos de cultivo ¡Te estaba esperando Maichak! ¡Bienvenido! ¡Síganme!*

De inmediato soltó a Tamanaco y Makana y estos le siguieron, aun con cierta desconfianza. Los condujo hacia una gran muralla de piedra, un macizo que parecía ser el fin del recorrido. Todos estaban impactados, pues no tenía sentido que los hubiesen traído hasta allí. De entre un cumulo de rocas, emergió un gigante de largos cabellos negros, cuerpo agreste y torpe caminar. A cada paso suyo movía el subsuelo lacustre, y peñascos se desprendía del macizo de piedra.

---

119 - Chaquén era el dios del deporte, en especial El Tejo y la fertilidad en la religión de los Muisca. Además, era el protector de la confederación Muisca, el dorado y entrenaba a los guerreros para las batallas.

—*Bienvenido mi señor Chaquén* — y mirando a Yara se lambió los labios de manera grotesca — *Mi señor déjame a esta sierva para que me satisfaga en las noches … ¡por favor te lo pido!*

—*¡Basta ya,* ***Mohan****!*[120] *Tienes el* ***Zasca***[121] *entero para buscar mujeres a las orillas de las aguas y ¿es que no te sacias?*

El Mohan, terrorífica entidad nocturna que aparece a las riberas de ríos y lagos suele fumar tabaco o chicote, está condenado a no saciar su ímpetu sexual y por esto es por tal motivo se roba a las mujeres solitarias que pernoctan en solitarios parajes rodeados de agua, se dice que es el azote de toda mujer que lava ropa en la quebrada o río, siendo la única protección la presencia de un hombre. Su ruda fisonomía y fiera expresión, además de espeluznantes alaridos, hacen del mohán el terror de las orillas de ríos y lagos.

El gigante bajo la cabeza, y se dispuso a meter sus manos entre la roca, como si esta fuese de una endeble plastilina, sin mayor esfuerzo logró abrir el macizo rocoso. Una imponente columna de agua se mantenía rígida como si fuese una vitrina traslucida sostuviera el agua de la laguna que permanecía perfectamente estática, paralizada, retando a las leyes de la física y de la realidad. La gran pared de agua delimitaba el umbral de una nueva región, la cual se mostraba imponente ante los muy confundidos espectadores; Chaquen fue el primero en avanzar al otro lado, sus cabellos se secaron de inmediato al igual que su escasa ropa, hizo señas a los demás para que traspasaran la columna de agua.

Makana se lanzó de primero, Jacob estaba observando a Makana muy detenidamente, su ímpetu juvenil le impulsaba a sobresalir, quizás esto sería ventajoso para el grupo, pero podría traer nefastas consecuencias. Jacob paso de segundo quería cerciorarse de que todo estuviera bien, le hizo señas a los demás de que era seguro. Tamanaco condujo a Yara y Canoabo fue el último, miró tras de sí y se cercioró que nadie los seguía.

---

[120] El Mohán o El Poira monstruo de las leyendas populares colombianas quien se dice atacaba a los expedicionarios españoles para hacerles pagar sus crímenes y también raptaba a las mujeres quienes lavan a las orillas de los ríos.

[121] tiempo en el que se convino la alternancia entre la luz y la sombra Zasca: la primera mitad de la noche.

Ya no flotaban en el agua, había entrado a una galería de cuevas en el lecho de la laguna. Al entrar a la cueva principal presenciaron un espectáculo excepcional, las paredes de la caverna eran doradas y de una altura increíble, en estas inmensas paredes había muchas cavernas interconectadas por enmarañadas escaleras.

El nivel medio lugar fascinante, donde se conectan los sueños y deseos

de los humanos que invocan a los sabios y dioses y brindan ofrendas y sacrificios. En el refulgente escenario, aun se podían distinguir a Los Chuquen [122], intermediarios entre la laguna, los dioses y los hombres; todos eran traslucidos. Un batallón de guerreros los condujo a una gran ermita.

Allí Chaquen fue recibido por un sequito que al igual que los demás parecían un holograma. Alrededor todo era de oro con incrustaciones de esmeraldas, en el atrio del templo había una gigantesca estatua de Bochica, las mesas, sillas y demás parafernalia. Todos estaba estupefactos por la magnificencia del lugar.

Hacia la derecha se distinguía lo que parecía ser una pista larga y en ella se encontraban algunos Chuquenes lanzando una pieza metálica, la cual asemejaba un disco e intentaban atinar a una apertura ubicada en cada extremo del largo pasillo o caminería.

—*¿Qué están haciendo?* —Preguntó Makana

Jacob le lanzó al muchacho una mirada de desaprobación por su falta de discreción. Sin embargo, Chaquen respondió con gran entusiasmo y orgullo:

—*Eso es el juego sagrado El turmequé o Tejo*[123] *en el cual se enfrentan jugadores en solitario o en compañía. Consiste en introducir el tejo o zepguagoscua de oro dentro de un círculo metálico llamado tejín o bosín en los bordes del círculo se colocan cuatro mechas* —les hizo señas que le siguieran hacia la cancha— *¡Saben el tejo para los Muiscas es más que un juego es un entrenamiento, nuestros guerreros aprenden precisión y auto control durante las partidas de tejo!*

---

[122] - Entidades conocidas como sacerdotes y protectores de la ciudad del Dorado.

[123] -Deporte nacional de Colombia

—*¿Y cuál es la finalidad?* — Makana ávido de saber; inquirió de nuevo.

—*La finalidad es hacer estallar una mecha que se encuentra ubicada dentro de la caja de greda en el borde superior interno del bocín y de este modo ir sumando tantos.*

—*¿Deseas jugar muchacho*? —Ofreció amablemente Chaquén.

—*Si, claro que si* — asintió Makana emocionado.

De inmediato abrieron una cacha para ellos, pero ni Jacob ni los demás quisieron jugar; no obstante, Makana empezó una partida con los Chuquenes quienes estaban más que felices de jugar con él. Chaquén avanzo por un amplio corredor y de repente arribaron a un templo. Jacob y los demás no daban crédito a lo que veían. El fantástico lugar poseía una iluminación potente, casi como si mil reflectores de un estadio de futbol estuviesen encendidos a la vez. Jacob rompió el tenso mutismo:

—*Buscamos el báculo de Bochica ¿Puede ayudarnos?*

—*Te estaba esperando Maichak, desde hace mucho tiempo. El báculo de Bochica esta custodiado por la serpiente en El Dorado.*

—*¡El Dorado!*

—*Si, la famosa ciudad de El Dorado es la ciudad de oro, es una dimensión protegida de todos los ambiciosos y ladrones, muchos incautos han tratado de llegar allí, pero han pagado con su vida. El dorado fue la perdición de los conquistadores, saqueadores y genocidas. El Dorado es la base operacional de los grandes maestros. Nosotros vivíamos allí, pero fuimos expulsados cuando la serpiente se adueñó de nuestros dominios en lo profundo de Guatavita. El oro que allí se encuentra almacenado es el tributo a nuestros maestros. En el principio el mundo estaba desolado, la tierra no producía frutos, no había variedad de plantas y el equilibrio de la vida estaba en riesgo, es por ello por lo que el sol decidió crear a las abejas, ya que sin su miel y su cera el mundo de los humanos carecía de medios de germinación e inevitablemente morirían de hambre. Desde siempre los humanos tuvieron mucho oro, pero el oro, aunque precioso no servía para alimentarlos. Por tal motivo el oro era la ofrenda que recibía El Sol por dejar que habiten en este mundo las abejas. Las abejas son criaturas sagradas, cuando ellas dejen de existir el mundo se terminará, estas se orientan con el sol y ajustan su brújula interna a los movimientos solares. Desde entonces todas las culturas y pueblos han ofrendado el oro a los maestros y El Dorado es el corazón de los sabios maestros en la tierra quienes necesitan del oro para poder regresar a las estrellas después de visitar a los humanos. Bochica ha sido el intermediario entre los siete sabios y los humanos. Él ha sido el héroe unificador y regularizador de la vida en el nivel medio. Sus enseñanzas han sido ignoradas y la consecuencia será la destrucción de esta civilización. Su poderoso báculo esta secuestrado por la serpiente.*

Chaquén caminó alrededor de todos quienes permanecían formados frente a él; paró frente a Jacob dijo con solemnidad mirándole a los ojos:

—*¡Solo tú puedes enfrentar a la serpiente! ¡solo tú puedes recuperar el báculo!*

—*¿Qué debo hacer?* —preguntó Jacob

—*Debes bajar solo a la zona limite, los dominios de Suativa protector de Guahaioque*

—*Eso es imposible; Debemos ir contigo Maichak* —Canoabo reviró altivamente

—*No es momento para indisciplina, tenemos que seguir las instrucciones de Chaquen, yo estaré bien regresaré pronto con el báculo* —apoyó su mano sobre el hombro de Canoabo.

—*Así será Maichak* — asintió Canoabo.

—*La serpiente de Guatavita anida un secreto, esta serpiente ama los sonidos armónicos. Al llegar al límite, el Chuquen te entregará una esmeralda en forma de corazón la cual debe ser tragada por la serpiente. Es la única forma de derrotar al monstruo y recuperar el báculo.*

—*¿Con que arma aniquilaré a esa serpiente?*

—*El Chuquen te conferirá cualquier arma o instrumentos que desees para vencer al monstruo. ¡él tiene el poder de materializarlo todo!, ¡eso sí!* — enfatizó Chaquen— *no podrás arrepentirte o dar marcha atrás a tu elección, así que debes escoger muy bien tu arma* — El extraño guerrero dijo mirando con seriedad a Jacob— *¡Ah! Se me olvidaba, si no eres el elegido no podrás tomar el báculo de Bochica, su gran energía te aniquilará de inmediato.*

Jacob miró con determinación a sus amigos, estaba decidido a completar esta misión, una más entre las tareas que liberarían al reino verde de las fuerzas de la oscuridad y la destrucción y dijo animado:

—*Ok, suena bien… ¿algo más que deba saber?*

—*No, ¡nada más!*

El Chaquen mostró la esmeralda a Chuquen, acto seguido la colocó en un zurrón, que llevaba bien atado. El trayecto era largo, e implicaba salir de nuevo por el portal donde el Mohan fungía de centinela. Después de un largo trecho en completo silencio el Chuquen sorprendió a Jacob:

—*Falta poco para llegar al punto de encuentro con Mohan*

—*Si, falta poco, después de allí ¿cuánto tiempo se toma el llegar al Dorado?*

—*Aproximadamente una Cagüi.*

—*¿Una Cagüi?*

—*Si, una Cagüi significa desde la medianoche, hasta la nueva salida del Sol.*

—*¡Ah bien!*

Llegaron a la barrera de roca, región del Mohan, imponente montículo de roca maciza que dividía las dos regiones de Guatavita el Reino medio y El Dorado. El Mohan, insaciable como siempre gimoteó por sus mujeres, y ejecuto milimétricamente cada paso de su rutina de portero. El grandulón movía las columnas de piedra con suma facilidad y parecía sentirse afortunado de ser el cuidador oficial de ese portal Inter dimensional.

A partir de ese momento empezó la travesía, se encontraban de nuevo en el lecho lacustre, Jacob había perdido la noción de día y noche, incluso la ingesta de alimentos era nula, ya no tenía sensación de hambre o sed; el ormus era muy potente, pero aun así presentaba a un punto débil, no era infalible.

El fondo de la laguna se oscurecía cada vez más, el silencio sepulcral era intimidante, ya no había más peces, todo asemejaba a un gran abismo y el agua en si misma se hacía cada vez más espesa. El Chuquen, una versión mejorada del monstruo de la laguna negra encendió su traslucido cuerpo, sin mediar palabra siguió nadando. En este punto de la travesía Jacob ya se había transmutado definitivamente en su alter ego, las memorias de Jacob Miranda seguían intactas, no obstante, estaban almacenadas en una bóveda blindada la cual prefería mantener cerrada. Sentía que este era el hombre que quería ser, o quizás él siempre fue este y el otro solo fue un fallido holograma. Arribaron a un punto donde ya no había más sino el fondo de Guatavita. Jacob miró al Chuquen y este le condujo por una grieta que les permitía entrar estrechamente.

Jacob no podía dar crédito a lo que sus ojos veían, Una ciudad edificada completamente de oro, palacios, templos, edificios con esculturas de dioses que asemejaban a deidades sumerias, caldeas y egipcias. Toda la urbe estaba construida en forma circular y en el centro había un abismal foso. Jacob entendió que había llegado por fin a la mítica ciudad del Dorado, pero no estaba habitada, era una ciudad desértica.

Todo el lugar era como una dimensión paralela, ahora el espacio y tiempo eran similares a la superficie, ya no podía nadar ni desplazarse en el agua con facilidad. Su cuerpo pesaba lo mismo de siempre y las leyes de la física volvieron a ser la de antes; o al menos, eso era lo que Jacob podía percibir.

Recordó lo que había leído en la escuela cuando estudió la conquista de América, y el Dorado energía como una fascinante leyenda, comparables con el mítico rey Midas. El dorado era esa clásica historia que no dejaba de atrapar a todo aquel que la escuchase, incluyéndolo a él Jacob Miranda. Siempre le fascinó esa leyenda ¡Qué ironía! ahora era parte de esta y enfrentándose a lo desconocido, en una batalla, que no era suya... o ¿acaso sí lo era?

No había duda de que la leyenda de la ciudad de oro era más que un ritual de Zipas que se embadurnaban con savia pegajosa antes de cubrirse con polvo de oro, más que un ardid de los lugareños para deshacerse de los conquistadores y más que la invención de españoles borrachos tratando de impresionar con sus supuestas hazañas en el nuevo mundo. El dorado era el epicentro o epitome de la riqueza de estas tierras, demostración definitiva de cuan rico era el territorio erróneamente llamado "nuevo mundo" y es que pensar que la historia de la ciudad de oro es solo un mito es, en sí mismo un gran insulto, pues la ciudad de oro si existió y fue saqueada, existió en cada gramo de oro profanado de los templos, de los tunjos, de los entierros, y de las leyendas de los pueblos primigenios americanos cuyos relatos orales fueron ahogados por la férrea transculturización.

Allí estaba en frente de la portentosa ciudad de oro, había presenciado el festiva de la laguna Guatavita, él era parte del mito, quizás una parte fundamental y decisiva. El Chuquen guio a Jacob hasta una cueva en el centro de la plaza cuyo piso estaba totalmente recubierto de oro. Se plantó frente al inmenso hoyo y le entregó la inmensa esmeralda con forma de corazón:

—*Ahora deberás descender tu solo, hacia la madriguera y hacer que la gran serpiente salga de su nido, que abra su boca para poder lanzarle el corazón esmeralda. Y luego que este neutralizada podrás tomar el báculo de Bochica que esta debajo de ella. No es tarea fácil… ¿Qué arma utilizarás para mover a la serpiente?*

Jacob inhaló y exhaló intensamente, pensó cual sería el arma que podía obligar a la serpiente a moverse, quizás un arco y una flecha azuzaría al reptil a desplazarse liberando el nido, pero tal vez podría generar su ira. Jacob rompió el silencio y dijo entusiasmado.

—*¿Puede ser cualquier cosa? ¿o tiene que ser un arma especifica?*

—*Puedo materializar cualquier elemento, artilugio, arma, cosa, vegetal, mineral, animal o humano que me pidas Maichak.*

—*Pues quiero una guitarra eléctrica … una Fender Stratocaster y lo más importante que pueda sonar muy fuerte acá en el agua sin amplificador* —Intentó aclarar su pedido— *¡es decir que funcione!*

—*¡Maichak! Pase lo que pase no podré ayudarte, tu solo debes cumplir esta tarea, pero acá estaré a tu regreso. Y si por algún motivo llegases a ver un líquido verde en el fondo del foso, recoge algo en este frasco es uno de los venenos más poderosos que existen y de seguro te será útil.*

—*Bien, así que un líquido verde Uf*—extendió la mano y tomó el frasco—*Ahora por favor necesito la guitarra.*

Un remolino burbujeante y colorido envolvió a Jacob y de repente tenía en sus manos la guitarra, pero no era cualquier guitarra, era nada más y nada menos que la primera guitarra que compró en Madrid, la misma Stratocaster blanca que su padre le lanzó al piso, reconoció las magulladuras en los bordes del mástil, las desteñidas calcomanías de bandas de rock, punk y new wave, entre las que se encontraban la de *AC/ DC, Miguel Ríos, Bon Jovi, Alaska y Dinarama, Pink Floyd, B 52 y Barón Rojo*, entre otras ya algo desteñidas, pero que aún se observaban en su golpeador. Jacob la empuñó con fuerza, y deseo con toda su alma que su guitarra, su leal compañera le ayudase a completar esta difícil tarea.

Jacob se aproximó al gran hoyo, llevando la guitarra Stratocaster blanca colgada a su espalda y el corazón esmeralda en su cinto. Mientras se acercaba al imponente y gigantesco muro circular que bordeaba la madriguera de la serpiente, pensó en las palabras del Chuquen, y si no fuese el elegido para esta misión, podría ser este su final; De repente salió un inmenso chorro de agua densa, de pestilente olor, Jacob fue impulsado por el poderoso chorro y la guitarra aterrizó a unos metros de donde el yacía, la esmeralda afortunadamente estaba aún en su poder.

Un monstruoso ofidio, de piel dorada afloraba de la boca de la guarida, su cuerpo estaba enrollado formando múltiples anillos que le daban el aspecto de un resorte, no obstante, la parte superior se contorsionaba, pero sin dejar de estar anclada al nido. Jacob intentó alcanzar la guitarra, pero la serpiente le siguió con la mirada blandiendo su lengua bífida. Jacob tocó el cinto y advirtió que aun llevaba la pequeña tapara con el brebaje que el anciano moribundo le entregó, solo un sorbo le haría muy rápido, tan rápido como el rayo. Abrió el tapón del peculiar recipiente y tomó un sorbo de esa increíble Chicha Mágica, pensó que no sabía mal, y quiso tomar otro sorbo, pero recordó que el viejo le recomendó no excederse.

Raudo y veloz se abalanzó a la guitarra, y la tomó con fuerza, se sintió inspirado, completo, como si volviese a ser el Jacob Miranda, la estrella de rock. La serpiente confundida aun fijaba la mirada en dirección donde él se encontraba segundos atrás. Sin esperar, suspiró y empezó a tocar con la guitarra algunos acordes de una canción de sus bandas favoritas ***The Doors***, cuyo vocalista y líder Jim Morrison era uno de sus héroes personales, quien en su lirica siempre ahondó en una simbología implícita en la vida misma, un auténtico maestro de lo místico. Era sorprendente como la vida de Jacob se parecía a la de su héroe personal. Cuando Morrison era solo un niño se llamó a sí mismo el Rey Lagarto, porque amaba ir al desierto a observar a los reptiles arrastrándose, el mismo Jacob había tenido un lagartijo pequeño llamado *Stranger,* era un ocelado hermoso. Lo tenía a escondidas de su padre, había sido su confesor, aunque era obvio que el lagartijo no emitía ninguna palabra, él se desahogaba tan solo hablándole y cantándole en su eterna soledad.

Jacob al igual que Jim Morrison se encontraba consigo mismo esos momentos de solitud, era un ritual de liberación de sus demonios personales. Es bien sabido que Jim no había sido siempre ese sensual y bello espécimen, en su infancia había sido objeto de intimidación y acoso de sus compañeros de escuela y vecinos debido a su obesidad. El pequeño Jim, al igual que Jacob, se había refugiado en un mundo fantástico; pues el Rey Lagarto refería que había sido poseído por un indio en el desierto. Ahora, Jacob recordaba a ese ídolo que le había inspirado, para seguir adelante y enfrentar su tartamudez y todos sus complejos. No tenía la menor duda de cual canción tocaría para derrotar a esta serpiente, el encarnaría al rey lagarto y seduciría a la serpiente [124]:

Bueno, soy el Rey Serpiente que se arrastra
Soy la serpiente rey reptante
Y yo gobierno mi guarida
Sí, no te metas con mi compañera
Voy a usarla para mi

Y yo gobierno mi guarida
Vamos dame lo que quiero
No voy a gatear mas
Vamos, gatea
Sal ahí fuera sobre tus manos y rodillas, bebé
Gatea sobre mi
Como la araña en la pared ¡Oh!, vamos a gatear, uno más... (135)

---

124 - "Crawling King Snake" El Rey Serpiente Arrastrándose (alternativamente "Crawlin' King Snake" o "Crawling/Crawlin' Kingsnake") es una canción de blues que ha sido grabada por numerosos artistas de blues y otros. Se cree que se originó como un Delta blues en la década de 1920 y está relacionado con canciones anteriores, como "Black Snake Blues" de Victoria Spiveyy "Black Snake Moan" de Blind Lemon Jefferson. Jim Morrison decidió grabar esta canción en su álbum #11 LA Woman.

La serpiente se dejó guiar por la cadenciosa música, Jacob bailaba al mismo tiempo manoseaba diestramente el traste de su guitarra y cantaba; parecía que un orgásmico ritual había empezado; cual encantador de serpiente que tocando su ***pungi*** [125] juguetea con el ofidio. Al ritmo del simbólico lirismo inmerso en las líneas de esa canción mítica y repujada de misterio. Jacob sentía que esa letra se había escrito para él, para ese preciso momento. La serpiente inocente seguía bamboleándose, su boca estaba cerrada, pero con la larga lengua bailoteando de medio lado. Mientras que la melodía se acrecentaba, Jacob se arrimaba sigilosamente, la serpiente no podía más que seguir el ritmo, poco a poco fue dejando la guarida y se fue desplazando, siguiendo a Jacob, como la consorte que se deja llevar en brazos de su amado en un vals. Jacob comprendía que este era el momento ya la guarida esta despejada y la serpiente había salido y estaba haciendo un inmenso anillo alrededor suyo. Jacob intensificó el ritmo y en ese momento gritó:

Vamos, ¡gateaaaaaa!
Sal ahí fuera sobre tus manos y rodillas, bebé.
¡Beeeeeebeeeeeeaaaaah!

El confundido reptil imitó el gritó de Jacob y abrió su inmensa boca descollando dos magníficos colmillos, emitiendo un escalofriante aullido. En este momento le lanzó el corazón esmeralda. Mágicamente la serpiente se fue petrificando, su escamosa piel se fue trasmutando en un verdoso cristal; la serpiente era ahora una gigantesca estatua de esmeralda; y la guarida se había liberado, ya que se había desplazado fuera de ella. Jacob se encaramó sobre el gran amuro que lo circundaba y se dirigió a la madriguera que se encontraba en lo alto de una fortaleza. Observó unas escaleras en forma de caracol, en el centro se erigía el báculo, un simple palo seco en forma de jota invertida, sin mayor ostentación. Jacob pensó incrédulo: *"¡Así que este es el poderoso báculo sagrado de Bochica!" encogió los hombros y*

---

[125] - Instrumento musical tiene su origen en el subcontinente indio. El instrumento consta de un depósito en el que se sopla aire y luego se canaliza hacia dos tubos de láminas. Se juega sin pausas, ya que el jugador emplea la respiración circular.

descendió decididamente, pero con cierta incredulidad, pues hasta el momento todo había sido sospechosamente fácil. Al llegar al fondo del foso donde estaba el báculo, escuchó una voz femenina dulce y casi perceptible:

—*¡Te estaba esperando!* —La mujer de sensual estampa salió de una gruta dispuesta el lado del foso— *¡Tú debes ser el Gran Maichak!*

—*Si, así me llaman por estos lados* —Jacob impresionado caminó hacia la dorada piedra de la cual sobresalía el báculo; no esperaba ver a una mujer allí, avanzó lentamente sin quitarle los ojos de encima.

La mujer le seguía con su enigmática mirada, Jacob presentía que algo iba a suceder no confiaba en la mujer. Ella se acercó y dijo con voz potente:

—*¡Si eres un impostor morirás de inmediato! pues el cayado de Bochica no podrá ser tocado por mano humana ¡Solo el elegido podrá blandir el báculo sagrado!*

Jacob estaba totalmente seguro de que él era el elegido, ya nada le importaba él era una pieza en esta rompecabeza, era parte de la historia y cumpliría la profecía, en realidad ya nada le detendría. De este modo se aproximó al báculo y tomándolo con ambas manos lo sacó de la roca con suma facilidad, ahora Jacob Miranda estaba a la par del mítico Rey Arturo y el báculo era una suerte de Excalibur. En el mismo instante que lo sostuvo en sus manos el báculo las escaleras se retrajeron incrustándose en las paredes del foso. Todo el profundo hoyo quedó como un tubo, no había manera de subir por las lisas paredes de oro. La mujer se aproximó a Jacob y le dijo:

—*¿Por qué no preguntaste quien soy yo?*

—*Porque yo ya lo sé… Tu nombre es Problema*

— *Mi nombre es Noga… pero tu Llámame venganza. Maldito tú has matado a mi Serpiente, ¡ahora pagarás!*

La mujer se convirtió en una suerte de zoomorfa entidad con rostro reptiliano y cuerpo de mujer. Su lengua bífida era dos grandes látigos que blandía tratando de alcanzarle, mientras éste sagazmente los esquivaba; impulsándose de pared a pared buscando la forma de poder escalar los resbaladizos muros. En una de esas la babosa lengua se enrollo en el báculo y Jacob, sin chistar la cortó con su puñal, de la herida lengua emanaba un líquido verde. Noga prorrumpió estrepitosamente en dolor y salto a la piedra donde el báculo estuvo incrustado, y con su puño presionó una protuberancia; esto funcionó a manera de palanca o mando que activó algún sistema. De inmediato aparecieron cientos de afiladas picas que sobresalían de las paredes. El brazo izquierdo de Jacob fue traspasado por una de estas cuchillas, pero por suerte el efecto del ormus aún le resguardaba, aun así, si las cuchillas tocaban su corazón sería el final. Jacob cayó de nuevo al fondo del foso, había colocado el báculo en su espada cual samurái y sin mediar más empezó a atacar a la monstruosa entidad. La inquieta lengua sujetó a Jacob por el cuello, de esta manera le había inmovilizado; la bestia subió hábilmente por entre las afiladas picas de la pared y se posó en el borde del foso.

—*¡Tu ingenuo Maichak!*—vociferaba aun ahorcando a Jacob con la mitad de la lengua que le quedaba —*creías que podías salir de la guarida con el báculo. Ahora veras quien tiene más poder en esta laguna.*

Las paredes del foso se estaban cerrando y pronto las cuchillas traspasarían el corazón de Jacob. Después de hacer un gran esfuerzo, sujetó la lengua que le asfixiaba con una mano y con la mano herida alcanzó el báculo; lo colocó diametralmente entre las paredes, deteniendo el cierre inminente del foso, las cuchillas se detuvieron a solo unos centímetros de su pecho. Aun la lengua de Noga estaba amarrada a la garganta de Jacob en el fondo del foso. Jacob tuvo una genial idea; con suma habilidad empezó a moverse y logró cortar la lengua con una de las cuchillas, pero sin cortarse a sí mismo. Noga soltó por reflejo el cuello de Jacob, quien tomó la punta de la lengua y la amarró al báculo, al cual giró como si fuese la manilla de una polea. El báculo tomó impulso por sí mismo y genero una fuerza extraordinaria que atrajo a Noga hacia las afiladas picas quedando ensartada en ellas. Todo paso tan rápido que Jacob apenas podía asimilar lo que ocurrió. Pero de algo estaba seguro de que el báculo de Bochica era muy poderoso.

Del cuerpo de Noga destilaba un líquido verde Jacob entendió que ese era el veneno. Llenó el frasquito con el viscoso líquido. De una, apretó el botón en la piedra y de inmediato el foso se expandió el báculo cayó al piso, notó sorprendido que aún estaban las afiladas cuchillas en la pared. recogió el báculo con delicadeza. Impávido, analizaba como podía salir de allí. Contemplo hacia arriba y divisó que Noga estaba enganchada en las puas, pero su lengua aun colgaba, sonrio ironicamente esa lengua era la soga perfecta para escalar.

Jacob sujetó el cayado a su espalda y empezó la escalada, en algunos intervalos el bamboleo le impulsaba hacia las filosas puntas. Al llegar frente a la monstruosa cara de Noga se paró y dijo con sarcasmo simulando la voz de Noga:

—*¡Ahora veamos pequeña culebrita quien tiene más poder en esta lagunita! ¡Ooops eso te pasa por lengua larga!*

Mientras Jacob bromeaba los ojos de la abominable criatura se abrieron desorbitadamente y Jacob se espantó.

Al salir del foso el Chuquen estaba esperándole. Jacob se lanzó al piso y suspiró.

—*Vaya que fue muy difícil...*

EL Chuquen se arrodilló ante Jacob y dijo con solemnidad exclamó:

—*¡Oh Maichak enviado de Bochica!* —Jacob lo interrumpió y dijo mirándole a los ojos:

—*No es necesaria tanta solemnidad, tranquilo soy solo un siervo como tu... ¿sabes? Me gustaría llevar mi guitarra conmigo, pero sé que es imposible.*

Se levantó y lanzó una última mirada a su vieja y amada guitarra, caminó hacia ella y la empuñó mientras pensaba, cuantas horas había compartido con esa guitarra, ella había sido el hada mágica que cambio su vida por completo. Al sufrir ese aparatoso accidente cuando niño descubrió su apego por la música y de alguna manera fue una liberación; la había comprado con gran sacrificio juntando las propinas que ganaba por repartir carne entre los vecinos, su madre secretamente le había regalado el faltante, pues su padre no podía saber que dedicaría tiempo a la música. Era una guitarra hermosa, pero de segunda mano. En medio de su evolución como guitarrista descubrió que tenía una excelente voz y que además no tartamudeaba cuando cantaba. De inmediato todos en la escuela querían ser sus amigos, y las estudiantes y vecinas hacían fila para salir con él. En esa época, rondaba los 17 y estaba enamorado de la muchacha más hermosa del instituto: Maria del Mar, así se llamaba. Al principio él había sido invisible para Maria, se conformaba tan solo con verla en la clase sonriendo con esa cara llena de pecas y su rubia cabellera brillante como el sol, pero en el último año, ya cuando finalmente se había envestido con sus superpoderes como rockero, no había chica que se resistiera a los encantos del J. M, como se hacía llamar y por supuesto la náyade Maria del Mar no fue la excepción. Finalmente; Jacob hizo su sueño realidad una noche de verano en Guadarrama a las afueras de Madrid, después de una fiesta donde tocó con una improvisada banda conformada por él y dos colegas se atrevió a hablarle. Al terminar de tocar se fue con Maria hacia un tupido jardín de madreselvas; y después de algunos besos y furtivas caricias ¡sucedió! Jacob estaba sobre la chica y aun lado de ella estaba la Stratocaster. Jacob apretó el mástil de la guitarra para no gritar, y entre las gloriosas contracciones pensó jamás me separare de mi Hada madrina, mi cómplice, mi hermosa: ¡guitarra!

Emprendieron el viaje de regreso, durante el camino Jacob y El Chaquen no cruzaron palabra alguna. Pensaba en Atamaica, en Iris ¿dónde estarían todos? ¿Qué había sucedido? ya no quería pensar más, pues no había respuestas ni explicaciones para lo que él estaba enfrentando. Solo deseaba que algún día los volviese a ver.

Regresaron nuevamente a la barrera de roca del umbral y allí, en su eterno deja-vu, aguardaba el Mohan ante el imponente montículo de roca maciza; movió las columnas de piedra de manera sistemática, profiriendo los mismos requerimientos de otrora y de siempre. Al abrirse el umbral, había una gran muchedumbre aguardando por ellos. En medio de todos salieron sus amigos ataviados con hermosos atuendos y en el centro estaba Chaquen vestido con ropa ceremonial.

—*¡Bienvenido gran Maichak! Has demostrado ser el enviando de Bochica y el Héroe liberador*

—*¡Hoy se inicia una nueva era!* —levantando sus brazos y enarboló un gritó— *¡Viva el Gran Maichak!*

Toda la muchedumbre vitoreó al unísono:

—*¡Viva el Gran Maichak!*

Makana fue el primero que corrió hacia Jacob y le abrazó emocionado. Yara llevaba a la pequeña Qispi Kay consigo. Tamanaco y Canoabo también se acercaron emocionados y le abrazaron.

—*Tienes que contarnos todo Maichak* —dijo entusiasmado Makana

—*No hay mucho que contar* —dijo Jacob dándole una palmada en el hombro al muchacho.

—*Este es el báculo de Bochica* —sentenció Tamanaco

—*¿Qué hacemos?* —preguntó Canoabo

—*Partiremos ya mismo, no olviden que Iwarka, Macao y Kuwi están en Cuchaviva.*

Yara agregó:

—*Si, Odo- Sha fue llevado allá y está herido, además Zion y Zuh deben aun ir por el camino a Cuchaviva.*

Jacob avanzó hacia Chaquen, volteó y dijo a sus amigos:

—*Encontraremos a Bochica en el mismo lugar donde él nos contactó.*

— *Celebramos tu heroísmo Gran Maichak. Has completado tu cometido. Se ha iniciado la restauración. Te pedimos que nos acompañes a celebrar la instauración de la nueva ordenanza. Hemos esperado por esto largo tiempo… ¡Oh tiempo! ¡padre tiempo! el tiempo que Bochica nos enseñó a medir, desde ese pasado que no existe, y que, sin embargo, se puede recordar y en el que se puede ubicar la causalidad, y luego el inexistente futuro que es donde suceden los efectos. En el medio, en el centro… entre ambos se encuentra el efímero presente. Si el maleable presente, en él nos encontramos ahora Gran Maichak y tú eres nuestro presente que construye un inestable e impredecible futuro en este sistema de cosas.*

Chuquen hizo una seña a Jacob con la mano invitándole a seguirle. Jacob asintió con la cabeza y siguió a Chaquen, decidió cambiar de planes y aplacar un poco los ánimos, de este modo podrían emprender la travesía hacia Cuchaviva.

La celebración fue inolvidable, la ciudadela de oro era un verdadero derroche de alegría, las entidades resplandecían de manera especial, era el medio por el cual expresaban felicidad.

Había una gran mesa con grandes platillos, frutas y bebidas, el brillo del oro del recinto era sobrecogedor. Jacob aun no podía creer que se encontrase en la mismísima ciudad de oro el mítico Dorado. Cuantos conquistadores españoles dieron su vida por estar aquí. En un imponente atrio algunas entidades tocaban extraños instrumentos que reflectaban una fulgurante luz y una música jamás oída por oído humano. Todos se sentían satisfechos porque el objetivo había sido alcanzando, sin embargo, aún quedaba mucho trecho que recorrer y muchas más aventuras que enfrentar.

Jacob observó a Makana entretenido conversando con Chaquen sentados en un muro, Tamanaco melancólico como siempre, Canoabo conversaba con Yara quien sostenía la pequeña Qispi Kay —Se aproximó lentamente.

—*Yara, estas consciente que no podemos llegar muy lejos con la pequeña Qispi.*

— *¿A qué te refieres?* —dijo esquivando la mirada y apretando a la niña contra su pecho.

—*Por favor, Yara, es lo mejor para ella y para nosotros.*

—*No, ¡no lo hare!*—intentó irse, pero Canoabo la detuvo suavemente.

—*Si, si lo harás porque es lo mejor para ella. Eres una guerrera y tu deber es culminar lo que has empezado. Te necesitamos… ¡entiéndelo!*

—*¿Y dónde la dejaremos?*

—*La llevaremos hasta Cuchaviva, allí decidiremos que será lo mejor para la pequeña.*

Yara irrumpió en llanto:

—*La vida ha sido injusta con ella. Sus padres murieron tratando de brindarle un futuro mejor.*

—*Vamos Yara, eres fuerte. Se que podrás con esto* —la consoló Canoabo.

—*No tenemos tiempo para debilidades. Mañana salimos temprano. Lo lamento.*

Jacob suspiró, entendía a Yara; habían sido muchas las separaciones que enfrentó durante su vida, y aunque no era inmune al dolor de dejar algo que se amaba, sabía muy bien que todo se superaba gracias al implacable tiempo. El tiempo, si ese tiempo que Chuquen definió magistralmente, no era del todo el villano, quizás era el redentor, el liberador de los recuerdos. Yara entendería que a veces es mejor resignarse y olvidar, que mantener ideales y memorias que nos hacen vulnerables y débiles.

Mientras tanto Zion y Zuh iban rumbo a Cuchaviva, una estrecha amistad emergió de entre los dos jóvenes, que se veían casi como hermanos. Iban caminando cuando Zuh pregunto:

—*¿Cuál es tu sueño?*

—*Sabes, cuando era pequeño mi padre me solía llevar a la plaza a recibir a los Chasquis, quienes traían las noticias de los reinos del sur. Ellos siempre hablaban de los carruajes de fuego que llegaban a una tierra de ensueño, esa tierra era marcada para que los visitantes de las estrellas pudieran encontrar el camino.*

Los chasquis narraban increíbles historias de grandes héroes y de ciudades impactantes donde el sol reinaba y las cosechas eran abundantes. Mi sueño es ir a una ciudad que los chasquis decían que era hermosa, se llama Machu Pichu. Ese es mi sueño. ¿Cuál es el tuyo?

—*En realidad, tengo dos sueños.*

—*Ah, eres avara ¿no?* —dijo Zion dándole un manotazo en el hombro.

Zuh mostró su perlada sonrisa.

—*Deseo encontrar el verdadero amor, y también deseo ser libre de decidir, no tener nunca más miedo. Ser valiente como mi señora Yara.*

—*Bueno, Vamos rumbo a nuestros sueños.*

—*¡Si!* —Zuh se detuvo y le dijo con voz placida— *Prométeme que alcanzaras tu sueño, no importa cuán difícil sea, logra tu objetivo.*

—*Hum, si lo haremos juntos* —dijo el chico cambiando el semblante— *Porque los dos alcanzaremos nuestros sueños; juntos, o ¿no?*

CAPITULO VII

La Maldicion del Dorado

"Andábamos sin buscarnos, pero sabiendo
que andábamos para encontrarnos"
Julio Cortázar

Chuquén se despidió de los guerreros, aparte de darles instrucciones sobre la ruta a seguir, le dio una daga a cada uno como, incluso le dio una daga a Makana, quien estuvo muy feliz de ser considerado ya un guerrero más. Las dagas eran todas idénticas, tenían una serpiente enrollada en el mango con dos esmeraldas incrustadas en los ojos, quizás conmemorando la liberación del báculo.

—*He aquí un obsequio por su visita a Guatavita, tomen una daga cada uno*—dijo esparciendo chispas de sus ojos y entonces apuntando a una caja de oro donde estaban las cinco armas acomodadas sentenció —*¡sé que tienen a la hija de los infieles! Majori y Sagipa.*

—*¡Ellos fueron asesinados en los umbrales de la laguna!* —respondió Jacob

—*¡Los ilusos llegaron a mi territorio, donde los infieles son condenados!* — *replicó Chaquen.*

—*Nosotros no somos jueces ni verdugos, somo solo guerreros cumpliendo una misión. La niña no tiene por qué cargar con los pecados de sus padres* — Jacob apartó con el brazo a Yara e interpuso su cuerpo a manera protectora—*¡Exijo que se deje en paz a esta criatura!*

Chaquen, el dios que castigaba las infidelidades estaba clamando por justicia, pero Jacob dio por sentado el límite, finalmente los dejó ir diciendo:

—*¡Tengan un feliz viaje!*

Makana fue el primero que tomó la daga, los demás se miraron a los ojos; esperando una mirada aprobatoria por parte de Jacob. Este contempló a Chaquen y aceptó una daga, enseguida los demás tomaron la suya. Un silencio imperó en todo el Dorado. Las entidades holográficas estaban escondidas y nadie más sino

Chuquen estaba allí para despedirles, se quedó estático en el centro de la majestuosa plaza de oro, Jacob volteaba a verlo y lo noto misterioso y diferente. Luego de un largo trecho llegaron nuevamente al umbral donde al otro lado del macizo rocoso se encontraba el monstruoso Mohan, Jacob empuñó la daga que le había dado Chaquen antes de salir por entre las dos colosales piedras; había algo oscuro sobre esa daga con forma de serpiente, algo que no acababa de entender y que le llevó a tomar una drástica decisión.

—*¡Un momento!* —Rompió el silencio— *¡Escuchen con atención! debemos tirar las dagas ahora mismo.*

—*¿Cuáles dagas?* — increpó Makana con un tono recriminatorio

—*¿Las que nos acaban de dar Chaquen?* Pregunto Yara

—*¡Si! ¡si! esas dagas*

Jacob fue el primero, Tamanaco arrojó su daga de inmediato sin mediar palabra, seguido de Canoabo, Yara le echó una mirada por última vez y la tiró con fuerza.

—*¡Makana deja la daga!* —gritó Jacob.

—*Pero ... ¿por qué?*

— *¡Es una orden!*

El impetuoso muchacho arrojó con fuerza la daga. Jacob lo miró con recelo, no estaba seguro de que había lanzado, pero confiaba en que había obedecido. Cruzaron con éxito el umbral continuaron la trayectoria, no obstante, al llegar al borde todo el escenario cambio drásticamente; ahora si estaban en el medio acuático, en la laguna misma. No había la menor duda de que el ormus había sido definitorio del éxito de esta misión. Nadaron hacia la superficie, Yara iba de ultima. Pensaba en que Jacob tenía razón era imposible continuar con la pequeña Qispi Kay.

Al llegar a la superficie, no podían creer lo que tenían ante sus ojos. La circular orilla de la laguna estaba bordeado por pequeños arbustos pespunteados con flores, como estrellas con cinco puntas y botones cobrizos en el centro. No había vestigio de la batalla, ni cuerpos, ni sangre, mucho menos rastro de Saguamanchica y sus Guechas. El espejo de las aguas sagradas reflejaba el infinito resplandor del sol y el cielo azul. Todos se quedaron estáticos contemplando esta apacible laguna cuyas aguas misteriosas serian testigos de las más cruel cacería y genocidio producto de la ambición y codicia humana, pero esto sucedería en otro espacio y en otro tiempo.

Desde los tupidos arbustos salió una vieja de largos cabellos blancos, vestía una manta de algodón blanco y su silueta era fulgurante. Se desplazó casi levitando hacia la planta que tenía las dos inmensas flores y le dijo a Yara con voz fuerte:

—*Estos son Sagipa y Majori, y en el centro esta su pequeña Qispi* —Las flores se movían como si tuviesen vida propia— *vinieron a despedir a su pequeña hija. Yo soy Bague y cuidaré de la pequeña Qispi Kay.*

Yara suspiró contemplando esas fantásticas flores amarillas que parecían tener vida propia, eran las más grandes de todas, en medio de ambas había una pequeña florecita. Sacó a la pequeña Qispi de su mochila y la apretó junto a su pecho. Todos se acercaron a ver las dos hermosas flores de excepcional tamaño juntas.

—*¡Y tú eres el gran Maichak!* — exclamó la vieja extendiendo sus brazos para recibir a la pequeñita. Yara suspiró fuertemente y la entregó con gran tristeza. Jacob solo asintió con su mirada.

—*Recuperaste el báculo de Bochica, pero algo se debe quedar acá en Guatavita. Uno de ustedes ha robado el sagrado oro de Guatavita y ese ladrón se fundirá con el oro por la eternidad.*

Jacob le respondió con voz potente:

—*Ninguno de nosotros ha robado nada del Dorado; respetamos los preceptos de Bochica, quien nos instruyó sobre no tomar oro alguno del fondo de la laguna.*

El cielo se oscureció, súbitamente el escenario primaveral desapareció junto al intenso sol casi como si un eclipse lo hubiese ocultado. Relámpagos y truenos irrumpieron en el firmamento y el escenario no podía ser más desolado y dramático. Con gran estruendo apareció

Chibchachum y a su lado Huitaca sobre una gran roca que estaba en la orilla de la laguna.

—*Te equivocas Maichak, la madre Bague tiene razón* —apuntó Chibchachum — *Uno de ustedes sacó oro sagrado de Guatavita.*

—*¡No! Imposible... Sabía que Chuquen nos estaba probando, por eso ordené a mis compañeros lanzar las dagas antes de Salir del umbral del Dorado.*

—*Pero hubo uno que no te obedeció y ahora deberá quedarse para siempre en el fondo de Guatavita* — Agregó Huitaca.

Jacob los miró con horror sus rostros sabía que todos habían obedecido, pero al mirar a Makana entendió que había una persona que se caracterizaba por no obedecer; y ese era, precisamente el, Makana. Jacob corrió hacia el muchacho; lo tomó por los hombres empujándole contra sí.

— *¿Qué hiciste muchacho idiota?*

— *Acá esta mi daga, no quería deshacerme de ella* —mostró la maléfica daga a Jacob y empezó a llorar mientras sacaba la daga de su entrepierna —*Es tan hermosa... y era mía, me la regaló, yo no la robe... me la dio Chaquen.*

—*¿Por qué Makana?* —gritó Yara—*¡vamos lanza ese maldito cuchillo al agua!*

—*De nada servirá, ya el oro se sacó de Guatavita y su destino este trazado*— sentenció Huitaca

Tamanaco se aproximó al chico. Le aprisionó el rostro con sus inmensas manos y clavando sus ojos negros en los ojos claros de Makana le dijo

—*¡Vamos ya! entrega esa daga al lago.*

El asustado muchacho lo abrazó fuertemente y dijo desesperado:

—*Quiero ir con ustedes; ¡no quiero morir! No sabía que ... ¡Maichak no me dijo!...*

—*¡No quiero morir! ¡no quiero morir!* — Makana empezó a llorar y aun sostenía la daga.

—*¡Arrójala!* —gritó Canoabo quien había estado callado.

En el momento que Makana iba a lanzar la daga su tez se transfiguró emanando una luz intensa, sus hermosos cabellos ya no flotaban con el viento, se solidificaban mechón por mechón. Sus ojos aun veían a sus compañeros. Las últimas lágrimas que brotaron de sus ojos se solidificaron. Ante los atónitos ojos de sus compañeros. Makana se convirtió en una estatua de oro puro; su brazo quedó elevado y su mano estática aun empuñaba la daga que no quiso dejar. La efervescencia de su juventud se desvaneció con la acrimonia del noble metal, tras las ondas de agua su juvenil cuerpo se hundió lentamente en el lago.

Makana había sido un alma acorralada por el infortunio, su destino estaba ceñido a la muerte, su ímpetu, rebeldía y desafuero decretaron su final. Yara apretó los ojos para no ver el triste desenlace del desafortunado muchacho. Jacob estaba afectado por lo que había sucedido, pero no había tiempo para arrepentimientos; ahora debía enfrentar Chibchachum junto a Huitac.

—*¡Nadie roba el oro de los viajeros del tiempo!* —vociferó Huitaca

—*Todos en los Territorios del Zipazgo y del Zacazgo Prefirieron a Bochica, ese farsante que les ha conducido por el camino de la perdición, Ese*

farsante decía ser justo y recto. Yo soy un dios celoso. Ahora todos verán lo que es la furia de Chibchachum — gritó mientras se generaba un remolino a su alrededor — *ahora todo será destrucción y esta vez será el agua; tú y yo nos volveremos a ver y entonces ya no tendrás el báculo para protegerte.*

Huitaca parecía disfrutar con la devastación, soltó una carcajada mientras sus ojos chispeantes se desorbitaban. Una descomunal tormenta eléctrica se desató, y empezó a llover con gotas grandes, como si el cielo se hubiese inundado y se desbordará hacia la tierra. El viento deshojó los arbustos y los pétalos de las flores amarillas se esparcieron en medio de remolinos de viento. La vieja había desaparecido con la pequeña Qispi Kay y las flores amarillas se habían desvanecido también.

La laguna se desbordaba vertiginosamente, el agua se deslizaba como pequeñas cataratas desde las colinas circundantes de Guatavita mientras el oscuro firmamento se iluminaba con los potentes rayos. Todo era catastrófico alrededor, el sonido de las gotas de agua era intenso y formaban al impacto con el agua inmensa coronas. Los cuatro decidieron avanzar, pero el agua ya le llegaba hasta las rodillas. Llegaron a una empinada colina, era imposible ver el camino de descenso, pues el agua y el fango había arrasado con todo. Intentaron bajar, pero se desbarrancaron cuesta abajo y en el fondo del barranco ya el agua formaba un enorme rio. Todos fueron arrastrados por la corriente, no había manera de sostenerse.

Era inevitable que las turbulentas aguas los separara, los había empujado en diversas direcciones. Todos mantenían la calma, aun el ormus les protegía y le hacía invulnerables. Yara le gritó a Jacob quien era el único que aún estaba cerca de ella:

—*¡Nos encontramos en Cuchaviva!*

—*¡Si, nos veremos en el camino!*

Súbitamente Yara exclamó:

—*¡Jacob mira!*—apuntó hacia lo alto, donde se encontraban Iwarka y Alicanto.

Jacob sonrió al ver a su querido Iwarka y al servil Alicanto.

—*¡Iwarka! Mi compinche…*

Alicanto se aproximó a Yara; seguidamente Iwarka le tendió la mano a la mojada y bella chica quien se encaramó en el imponente Alicanto.

—*¡Yara!* —sonrió el peludo Iwarka emocionado de ver de nuevo sana y salva a su valiente compañera.

—*Iwarka mi héroe* — Yara le abrazó y le estampó un beso en la frente. De inmediato viraron y se dirigieron hacia Jacob quien impulsado vertiginosamente por la corriente no perdía contacto visual con sus compañeros.

— *¡Maichak! Mi muchacho* — Iwarka lanzó un vistazo al báculo que Jacob tenía muy seguro consigo — *¡Lo lograron! ¡Rescataron el báculo de Bochica!* — gritó con emoción Iwarka acercándose a Jacob, quien intrépidamente se trepó al Alicanto y abrazó con fuerza a su peludo compañero.

Los cielos se habían rasgado y parecía que una gran cascada se había desbordado, ya el agua cubría toda la región. Iwarka se transformó en cóndor y sobrevoló el negro firmamento buscando a Tamanaco y Canoabo quienes se habían perdido de vista hacia mucho. Jacob y Yara se desplazaban sobre Alicanto. En medio de la oscuridad era imposible distinguir algo, la lluvia era implacable y los estrepitosos relámpagos impedían escuchar cualquier señal de contacto tanto de los compañeros perdidos como de los que los buscaban. A intervalos los rayos permitían divisar desde el Alicanto hacia abajo con claridad. En una zona donde se divisaban las copas de algunos árboles Jacob distinguió a Tamanaco sentado en una rama. Descendieron rápidamente y le rescataron.

—*¿Dónde está Canoabo?* —inquirió Jacob

—*Yo le grité insistentemente, pero él no debe estar cerca de acá*— respondió con aire desanimado Tamanaco.

—*Debemos continuar, no podemos parar hay que llegar a Cuchaviva antes del amanecer* — sentenció Jacob preocupado.

El viento les pegaba fuerte en sus empapados rostros, los truenos seguían iluminando a intervalos el firmamento. Todos enfocaban sus miradas hacia abajo con la esperanza de avistar a Canoabo.

Jacob estaba ensimismado, había logrado su cometido sin haber diseñado un plan. Poco a poco se había convertido en un hombre distinto al que otrora fue. Ahora tenía el poder de definir las vidas y cambiar los destinos de otros a su alrededor, era el protagonista de una historia fantástica, una historia tan inverosímil que él había llegado a pensar que estaba muerto y estos dominios eran una dimensión donde deambulaban las almas en pena.

Seguía lloviendo intensamente; displicente la alborada se asomó en el firmamento, no obstante, la lluvia continuaba con la misma intensidad. Los tres estaban callados recibiendo los pequeños latigazos de las enormes gotas sobre sus rostros. Iwarka volaba aun transfigurado en cóndor muy cerca de Alicanto y planeaba al ras de las copas de los árboles intentando ubicar a Canoabo; sin embargo, el viento que viene del sur al norte, a intervalos le impidió el vuelo. Entre las azoláceas ramas de un eucalipto muy alto se encontraban Zuh y Zion emparamados. Zion lucia fuerte y atento, sosteniendo a Zuh que yacía en sus brazos. Iwarka y el Alicanto se acercaron hasta donde estaban apertrechados. Jacob le preguntó a Zion:

—*Zion ¿están bien? ¿qué le pasa a Zuh?*

—*Yo estoy bien, pero Zuh está muy débil*— respondió

—*¡Vamos! Ya pronto llegaremos a Cuchaviva.*

Tamanaco saltó sobre Iwarka quien permanencia transformado en Condor; de esta forma facilitaría el traslado de Zuh en el lomo de Alicanto que; obviamente, era más grande. Yara sostuvo en sus brazos a Zuh compasivamente. Jacob igual se encaramó en Iwarka y remontaron el vuelo.

El escenario andino se había desdibujado, ya no se distinguía tierra firme todo era una gran masa de agua, solo se podía divisar algunas ramas de árboles sumamente altos; la lluvia aun persistía y los viajeros se sentían tristes al contemplar tanta desolación.

Volaron sin descansar hasta llegar muy cerca de Guatavita. Todos estaban ensimismados; a pesar del ormus sentían un extraño cansancio. Contradictoriamente, reinaba una atmosfera de desencanto; habían logrado su cometido, pero cierta nostalgia empañaba el triunfo. Jacob estaba abarrotado de recuerdos, sentía melancolía por Atamaica y Corey, por la trágica historia de Sagipa y Majori, y por todos los que habían caído, pero especialmente por Makana. Su historia había sido una muy corta, sentía que él había sido el creador de este final, ¿por qué alteró su destino? ¿Por qué no dejó que muriera según sus costumbres al lado de su familia? Y lo más doloroso ¿Por qué no le explicó al muchacho la razón de dejar las dagas en las aguas de la laguna? No pudo evitar recordar a su padre diciéndole miles de "nos": ¡No hagas esto! ¡no hagas lo otro! pero jamás hubo una respuesta a los por qué. Sin querer había emulado a su padre. Jacob se reflejó en Makana, el cómo el chico había sido un adolescente rebelde, terco, que quería encontrarse a sí mismo, explotando su potencial agresivamente, queriendo ser, pero adoleciendo de apoyo, compasión y amor.

La lluvia indetenible había desdibujado el paisaje, ya los caminos y veredas estaba sumergidos en el fondo del agua. Los árboles más altos aun manaban sus copas sobre el nivel de las aguas, sobre las altas ramas miles de aves buscaban refugio, los pobladores de las pequeñas aldeas y los animales no habían tenido la misma suerte algunos buscaron refugio en las altas colinas no alcanzadas aun por la inundación; otros menos afortunados yacían flotando inertes. El potente Alicanto no paraba su vuelo, seguía decidido, y seguro del camino. Zuh, inconsciente tenía fiebre, ya la habían arropado con la mágica hamaca de Jacob, Zion permanecía alerta al igual que los demás.

Arribaron a una rocosa montaña, Iwarka y Alicanto empezaron el descenso. Jacob preguntó a su amigo:

—*¿Por qué descendemos?*

—*Llegamos a Cuchaviva Maichak* —respondió Iwarka

El árido lugar se esbozaba totalmente diferente a lo que otrora fue Cuchaviva, todo el valle estaba ahogado en las fangosas aguas, solo algunos riscos se apreciaban; era evidente que la entrada a la cueva estaba en el fondo del agua.

—*Yara debes permanecer acá con Zuh* — ordenó Jacob

—*Entiendo Maichak. Estoy preocupada por ella la fiebre no sede y se ha mojado mucho. No sé si sobrevivirá.*

Zion se aproximó a Yara y dijo con voz quebrada:

—*¡Ella sobrevivirá! ¡Es fuerte y podrá salir de esta Maichak!* —Dijo mirando a Jacob fijamente— *¿Puedo quedarme con Yara y Zuh?*

Jacob se sorprendió al ver que Zion había pedido permiso, si tan solo Makana no hubiese sido tan prepotente; respiró profundo y le respondió al chico sosteniéndole por el hombro en señal de aprobación.

—*Si muchacho, por supuesto así permaneces alerta.*

Alicanto y Zion se quedaron con las mujeres; los demás se zambulleron en las turbulentas aguas Iwarka guiaba al grupo, se había convertido en una tonina rosada y nadaba diestramente. Los demás seguían al impresionante cetáceo cuyo esplendido color los guiaba a través de las densas aguas. Llegaron a la roca donde se encontraba grabada la inscripción Tamanaco leyó los jeroglíficos con una increíble facilidad; como si siempre hubiese conocido esos símbolos. Las rocas se abrieron y el agua se mantuvo como una columna vertical, dentro de la cueva todo estaba seco y se apreciaba el mágico espectáculo multicolor Cuchaviva. Bochica presidia la comitiva de recepción junto con los siameses *Zocamana el pasado* y *Zocamata el futuro.*

Lionza se disparó en una estampida hacia Jacob e inquieta movía su enorme cabeza buscando a Yara. En su lomo estaban Tuki y Kuwi. Jacob le sobó el lomo y le susurro en el oído:

—*¡Tranquila pequeña! Yara está a salvo, nos espera afuera.*

Miró a sus compinches que estaban sobre Lionza. Ambos estabas dando brincos de emoción al ver a su amado amigo. Lionza retrocedió gentilmente y se puso en segundo plano. Bochica levitó lentamente y se plantó enfrente de Jacob; toda la cueva de Cuchaviva resplandeció, el arcoíris se proyectó como una ráfaga alrededor. Jacob con solemnidad tomó el báculo y lo extendió de manera horizontal entregándoselo a Bochica, quien sostuvo el báculo en sus viejas manos y bajo la cabeza en señal de reverencia a los guerreros.

—*¡Oh valientes guerreros! Han logrado recuperar el báculo. Una difícil misión para cualquiera; todos son valientes; pero Maichak has demostrado ser el héroe civilizador, el salvador y pacificador del Reino Verde, solo tu podías cumplir la profecía. Tu hazaña en El dorado de Guatavita se contará de generación en generación. Tú, con tu ingenio y sagacidad lograste vencer a la serpiente que tenía secuestrado el sagrado báculo. El báculo que es la energía sempiterna, la fuerza que mueve los cambios y produce la transmutación del espacio y el tiempo.*

—*Pero algo grave ha sucedido Maestro Bochica; Huitaca y Chibchachum, encolerizados porque he rescatado el Báculo, han decidió castigar a los muiscas con una gran inundación* —Agregó Jacob.

—*Chibchabchum cree que yo he llevado a los chibchas a la perdición, que ellos han abandonado los preceptos sagrados por mí. ¡No!* —gritó

Bochica —*no he sido yo, ha sido Huitaca, ella se ha encargado de alejarlos de la verdad. Ahora por celos y venganza él quiere destruirlos. Pero yo no lo permitiré.*

Bochica abrió el umbral de Cuchaviva:

—*¡Síganme guerreros!* —ordenó.

Todos siguieron al viejo sabio, ese misterioso predicador que impartió conocimiento y cuya existencia se convirtió en una de las más transcendentales leyendas de la humanidad. Al llegar a la superficie, Yara sostenía a Zuh, la pobre muchacha lucia translucida, sus labios violáceos y arrugados; parecía que ya había perdido la batalla y había sucumbido al frio y la humedad. Bochica y los demás se aproximaron a las dos mujeres. El viejo hizo un gesto a Yara para que dejara a Zuh, ella la soltó con cuidado; El hermoso cuerpo se desplomó sobre el Alicanto; Bochica mágicamente flotó hacia la pobre muchacha; de inmediato situó ambas manos sobre su húmeda frente. De sus manos salió un fulgurante rayo blanco que inundo el desencajado rostro de Zuh y poco a poco fue recobrando color. Su negra cabellera se iba secando, así como sus ropas y todo su cuerpo. Todos se quedaron atónitos ante el portentoso milagro que presenciaban. La imposición o sanación con las manos que aquel viejo místico había practicado había sido practicado durante siglos por múltiples culturas, la energía que emanaba de sus manos otorgaba la sanación y la trasmisión de poder.

Zuh despertó aturdida, apuntó su mirada hacia el solemne barbudo y le regalo una cálida sonrisa; el agua de la lluvia ya no la mojaba, estaba recubierta de energía que la protegía como un escudo protector. Yara corrió hacia ella y la abrazo, Zuh se incorporó de inmediato e hizo una reverencia a quien la había salvado le dijo:

—*¡Gracias, mi señor!, gracias por arrancarme de los brazos de Guahaioque*

—*Tienes aún mucho que hacer, tú ayudaras a liberar el Reino Verde. Tu eres una elegida Zuh.*

—*¿Yo?* —dudó la muchacha

—*Si, tu; y todos ustedes valientes guerreros. Ustedes son mensajeros*— exclamó mirándolos a todos con orgullo —*ustedes tienen el poder de parar la destrucción de este plano. De esta dimensión. ¡Ahora síganme!*

Jacob, Tamanaco y Canoabo se treparon sobre el inmenso Alicanto, Bochica volaba con el báculo en su mano. Los guerreros no sabían a donde iban, pero obedientes le seguían. increíblemente la lluvia no cesaba; y ya casi no había sobrevivientes, ni animales ni humanos. La inundación era total, era un diluvio, un diluvio destructivo que podía extinguir a toda la civilización muisca.

Alcanzaron una cima muy alta, allí Bochica se posó; de inmediato grandes rayos impactaron contra él, pero hábilmente con su báculo los repelió. Jacob, Tamanaco y Canoabo corrieron a auxiliarle, sin embargo, esto no fue posible porque Huitaca los intercepto.

—*¿Adónde creen que van?* —gritó desafiante la brillante deidad

—*Tú has causado toda esta destrucción*—Dijo Canoabo

—*¿Yo? Estas equivocado guapetón. Ha sido Bochica*

—*¡No mientas!* —agregó Jacob—*¡has sido tú! Deseabas que todos te adoraran a ti, la reina de la noche, la reina del derroche. Porque en la oscuridad de la noche, tú y solo tu brillas, y es en esa oscuridad nocturnal cuando los instintos, temores y desafueros se acrecientan y brotan desde el interior del ser humano.*

En eso apareció Chibchabchum con un aro de luminiscentes a su alrededor; estaba suspendido en el aire. Bochica se aproximó al Chibchabchum y le dijo con tono grave:

—*No, he sido yo, Chibchabchum, quien ha llevado a los humanos hacia la perdición, no he sido yo quien los ha separado de tu enseñanza... debes creerme. Ha sido Huitaca, Chia, Selena...Luna o como bien quieras llamarle.*

—*¡Mientes Bochica! tú has sido el maestro quien ha instruido a las diversas civilizaciones, pero solo ha sido una farsa, tú les ha guiado por el camino de la desobediencia.*

Inesperadamente, apareció Guahaioque, cuyo nombre significa en Muisca "la figura de la muerte" emergió de la nada con su aspecto terrorífico: cuatro ojos de fuegos cuernos y tres metros de una imponente musculatura, junto a él se encontraba Suativa el dios del mal y las desgracias, de su cuerpo se proyectaba horripilantes imagines de espectros gritando y retorciéndose. Ambas deidades se plantaron uno a cada lado de Huitaca, así como pandilleros protegiendo a su líder, la problemática Huitaca había decidió revelar la verdad. Ya era hora de declarar la guerra y de definir su posición con respecto al destino de los humanos en la dimensión del Reino verde.

—Si, Chibchachum, lamento informarte que Bochica tiene razón, He sido yo quien les ha entregado la libertad a los Muiscas, yo soy quien ha liberado a esta gente del control y esclavismo al que ustedes los ha sumido. Que equivocados están ustedes y quienes los han enviado. Se llaman a ustedes mismo los salvadores del Reino verde, pues déjenme decirles los humanos son libre. Yo les he otorgado la libertad de disfrutar de saciar sus apetitos, libertad de elegir como vivir, no son parte de un experimento cósmico controlado con sus estúpidas reglas. El libre albedrío realmente existe, y es la libertad que defendemos. La libertad es un efecto sin causa.

—Los humanos no pueden vivir sin reglas ni leyes —respondió Chibchabchum— *porque la anarquía genera el desconcierto y el caos. El conocimiento sin honestidad y moral conlleva a la destrucción.*

—¡Basta! Mejor cierra la bocotá —vociferó Guahaioque *—Hablas mucho, porque sabes que tienes a Bochica ahora de tu lado, tienen el báculo…*

Bochica interrumpió y con voz solemne dijo:

—Nosotros somos los hermanos mayores, protectores del balance del Reino Verde. La naturaleza no es más que una cadena inmensa de causas y efectos. Todas las acciones que se efectúan en esta dimensión siguen leyes constantes y necesarias. La voluntad de los humanos es movida o determinada secretamente por causas exteriores que producen un cambio en él; así que no existe tal libre albedrío, no existe. La libertad que tú; equivocadamente, crees autónoma es controlada por sí misma porque la causa que la determina no puede verse.

Bochica remontó el vuelo con su báculo en mano le disparó un rayo a Huitaca

—¡Profana Huitaca, debes pagar por tu inconciencia y desobediencia! — y asombrosamente Huitaca; la poderosa diosa de la luna, de los placeres y la noche; se transformó en una lechuza, la cual se revolcó arrancándose algunas plumas. Guahaioque miró estupefacto lo que Bochica había hecho a la poderosa Huitaca, y obviamente pensó que era muy difícil enfrentar a los poderosos Bochica y Chibchabchum,

por su parte, Suativa no pensaba en rendirse tan fácilmente y soltó a los espectros, los cuales se abalanzaron hacia Jacob, Canoabo y Tamanaco y les inmovilizaron. Chibchabchum enfrentó a Suativa en una encarnizada pelea.

Mientras que Guahaioque se dispuso a atacar a Bochica quien usando su báculo mágico logró abatirle de inmediato. Era indiscutible que el báculo era poderoso; y mientras Bochica tuviese el báculo cualquier acción seria neutralizada. Guahaioque se repuso del ataque; Huitaca. Ahora una lechuza voló y se detuvo en su gigantesco hombro.

El dios de la muerte y el infierno se elevó en medio de un torbellino de viento y sentenció:

—Has ganado una batalla Bochica, pero no la guerra… volverás a saber de nosotros pronto vendrán refuerzos muy poderosos desde las tres estrellas. Y en ese momento nos enfrentaremos como iguales.

Suativa desapareció de inmediato, Bochica corrió hacia los tres que yacían debilitados en el suelo acechados por los espectros que Suativa había dejado. Bochica logró liberar a los guerreros de estas entidades y las dejo paralizadas en una especie bóveda energética. Chibchabchum se aproximó a Bochica y le dijo:

—Soy un dios celoso, y lo que he visto no me gusta, tu sigues ejerciendo control sobre los Muiscas, y yo no compartiré su adoración con nadie más… así que tú y yo Bochica seguimos siendo enemigos.

—¡Eres terco Chibcha! Has creado a los muiscas, deberías ser un dios misericordioso con ellos, pero estas lleno de celos y rencillas

—Si soy un dios único, y no deseo que se postren ante ti, que eres un viajante, un vagabundo que predica amor; y desvía a mi pueblo de sus preceptos. Nos volveremos a ver… Bochica ¿o prefieres que te llame con tu nombre judío o, mejor con tu nombre quechua Viracocha?

—¿Están bien? — Bochica ignoró a Chibchabchum y se dispuso a auxiliar a los tres que aun yacían tendidos.

—Si, Maestro estamos bien … fue una experiencia abominable, esos engendros nos atormentaron psíquicamente – respondió Jacob

—Utilizaré el cayado para salvar a esta civilización de esta inundación —sentenció Bochica sosteniendo el báculo con sus manos.

Jacob había conservado los registros de su memoria, esa memoria del Jacob Miranda que vivió en Madrid y que se convirtió en un héroe del Rock'nd Roll, y al ver a Bochica erguido, con su larga melena y barba blanca batuqueando el báculo con su brazo. Jacob pensó que era increíble la similitud de este momento con el célebre pasaje bíblico que de pequeño había visto una semana santa en la Película ***"Los Diez Mandamientos"***[126] donde ***Charlton Heston***[127] personificó a Moisés, el jamás leyó la biblia, en realidad jamás leyó un libro entero, pero este momento era similar al de la película. o

Bochica había recorrido toda la región de la confederación muisca, había sido más que un mensajero un maestro, les enseñó las técnicas del hilado, el manejo del fuego, el entendimiento de los astros y las estrellas, y las reglas fundamentales de la vida. No iba a permitir que este pueblo fuera arrasado y su legado olvidado. Los Muiscas eran una civilización única, que dominaron las ciencias y que alcanzaron un manejo del bronce y oro y la orfebrería a nivel de los egipcios. Para el mítico Bochica, esta civilización merecía una segunda oportunidad.

Tamanaco, Canoabo y Jacob observaban estupefactos el gran portento que iba a suceder; aun continuaba lloviendo, y ya el diluvio había inundado todo a su alrededor; a tal extremo que el agua estaba al nivel de la cima en donde se encontraban. Bochica se ubicó en medio de la roca maciza en la cima de la montaña. Allí con el acompasado movimiento del báculo logró disipar las nubes alejándolas; el cielo se despejó y se pudo ver de nuevo el sol. El agua estaba a punto desbordarse, y con esto vendría la devastación total de Bacatá y el pueblo chibcha. El viejo sabio tomó el báculo usando ambas manos y con

---

[126] -Película: Los Diez Mandamientos (1956) Drama bíblico ambientado en el Antiguo Egipto que narra la historia de Moisés, favorito de la familia del faraón, que decide renunciar a su vida de privilegios para conducir a su pueblo, los hebreos esclavizados en Egipto, hacia la libertad. Director: Cecil B. DeMille Reparto: Charlton Heston, Yul Brynner, Anne Baxter, Edward G. Robinson, Yvonne De Carlo

[127] - Charlton Heston (nacido John Charles Carter; 4 de octubre de 1923 — 5 de abril de 2008) fue un actor y activista político estadounidense. Apareció en casi 100 películas en el transcurso de 60 años. Interpretó a Moisés en la película épica Los Diez Mandamientos (1956).

sobrenatural fuerza lo incrustó entre la roca; de inmediato la montaña se abrió de par en par, y el agua que estaba del otro lado de la montaña represada se liberó. El nivel del agua que inundaba las poblaciones circunvecinas bajó vertiginosamente. Lo que fuese la cumbre rocosa de un cerro se convirtió en una impresionante catarata, el nivel del agua fue descendiendo, así como la desesperanza y la agonía de los pobladores quienes habían logrado sobrevivir a la furia del poderoso Chibchabchum. Los sobrevivientes aun trepados en las copas de los árboles lloraban de alegría al ver a Sue el dios sol, el dador de vida, el benefactor.

Los espíritus que Suativa había abandonado a su suerte seguían atrapados en el campo energético; Bochica se aproximó a ellos y los liberó; intempestivamente, estos se lanzaron desesperados a las turbulentas aguas de la catarata. Tamanaco que estaba parado al borde del caudal fue empujado por una de estas entidades. Jacob llamó a Alicanto, que raudo se aproximó Jacob se encaramó en él, pero no logró divisar a su compañero. Canoabo le gritó a Jacob:

—Maichak, ¡Mira!¡Tamanaco está en la roca!

Jacob lo vio, el muchacho escasamente podía sostenerse agarrado a las mohosas raíces que de un árbol que sobresalía de las paredes de la montaña. Jacob se aproximó y le extendió el brazo. Tamanaco hábilmente se balanceo y se logró trepar en el Alicanto.

Jacob y sus compañeros se acercaron al viejo sabio, no podían dar crédito de lo que acababan de presenciar.

—Esas animas del averno que Suativa desprendió para atormentarles, son almas desgraciadas y malignas —dijo con preocupación Bochica— *se han ido al fondo de la cascada, y desde allí se alimentaran de las animas de los infelices que en el futuro se lanzaran para acabar con sus vidas. Este salto se llamará Tequendama que significa en lengua Chibcha* ***"El que se precipitó hacia abajo"*** *pues ese será el precio que pagaran por haberse liberado del diluvio.*

Sue apareció resplandeciente, él era un dios benevolente que ofrecía su calor para generar vida, el diluvio de Chibchabchum lo había debilitado. Ahora que había recobrado su poder, quería dar las gracias a Bochica por liberarle.

—¡Gracias! ¡Oh, bondadoso Bochica! gracias por haber apaciguado el ímpetu de la lluvia y por liberarme de la oscuridad.

—Jamás el agua amenazará la existencia de los muiscas —Dijo Bochica dirigiéndose al resplandeciente Sue *—Debemos partir hacia la cueva de Cuchavira. Su misión aún no termina mis guerreros, han deben marcharse mar adentro a la isla sagrada, una isla que es más que un pedazo de tierra, es el ombligo del mundo.*

Cuchavira el arcoíris apareció emanando su portentosa luz multicolor. Jacob no podía disimular su asombro, los hechos que había presenciado le hicieron pensar en el diluvio bíblico. Hasta incluso el arcoíris que apareció como señal de la alianza, era ahora un símbolo recurrente del cese de la lluvia. En toda la región de Bacata las aguas fueron descendiendo rápidamente y los campos y senderos se podían divisar ahora desde la altura del recién bautizado Tequendama.

Los guerreros volaron hacia Cuchaviva, el ormus aún estaba haciendo efecto, sus cuerpos no se cansaban, ni cedían a los estragos de la fantástica y difícil misión que habían emprendido, pero solo faltaban unos pocos días para que el asombroso poder del ormus desapareciera de sus cuerpos.

Al llegar a Cuchaviva, Ni Yara, ni los demás estaban en la cima donde les habían dejado, las aguas habían desaparecido completamente, y extrañamente no habías rastros de humedad; era como si todo hubiese vuelto a la normalidad. Llegaron al gran monolito que fungía de entrada a la cueva. Bochica levantó su cayado y se abrió la descomunal loza donde estaba la inscripción.

Al entrar estaban todos esperando a sus compañeros. Jacob pudo ver a Odo-Sha aun inconsciente, y al resto de sus compañeros, incluyendo al tierno Kuwi y al parlanchín Macao voló hacia Jacob, ambos mostraron gran emoción.

Zocamana el pasado y Zocamata el futuro junto a Yara e Iwarka se aproximaron también, Yara corrió a abrazar a sus amigos. Bochica les dijo:

—*¡Han liberado a los muiscas de la seducción de Huitaca, han restituido el balance en esta región!* —Luego prosiguió— Ustedes *han avanzado un paso más hacia la restauración del Reino Verde. Por eso hemos decidido, que se elevarán a un rango superior. Ahora tendrán la capacidad de desarrollar extraordinarios poderes.*

Se miraron con gran alegría, Yara abrazó a Iwarka. Tamanaco y Canoabo estaban uno a cada lado de Jacob se daban palmadas. Bochica levitó hacia Yara y con una sonrisa de beneplácito le dijo:

—*¡Yara!, gran guerrera y protectora de los animales y la naturaleza. Tú has demostrado ser defensora del Reino Verde y por eso tu poder será mayor. La naturaleza se fundirá con tu ser.*

Bochica avanzó hacia los otros dos guerreros y con voz solemne sentenció:

—*¡Tu! Caonabó* —le apuntó— *Eres un valiente y feroz guerrero. Tú el señor de la casa de oro, lideraras la resistencia, y pasarás a la historia como el primer libertador de las nuevas tierras. Serás un líder justo y estricto. Desarrollarás una fuerza extraordinaria. Y de seguro te digo que te reunirás con tu amada Anacaona, muy pronto.*

—*¡Tamanaco!* —le dio una palmada en su corpulento brazo— *Eres el símbolo de la resistencia. Generaciones futuras mencionaran tu nombre con orgullo; edificios y plazas te recordaran. Serás el símbolo de la independencia y la libertad. Eres, sin lugar a duda, un valiente guerrero que conoció el amor desde muy joven. El destino ha probado que tu amor es genuino, y pronto serás recompensado. Encontrarás a la bella Amaya.*

Bochica giró y se posó delante de Jacob:

—*¡Jacob Miranda! ¡El gran Maichak! el elegido; empezaste este reto a duras penas, y ahora te has reinventado. Te has convertido en un auténtico* *guía. Por eso te daré el báculo. Tú serás quien lo use de ahora en adelante. Debes ir a la isla que te he mencionado.*

Zion estaba arrinconado; su mirada de soslayo era elocuente. Bochica se acercó a él, y le preguntó:

—*¿Qué le pasa al jovencito?*

—*Yo también quiero tener un poder especial* —dijo el muchacho haciendo caritas— *quisiera poder ser un guerrero, y de alguna manera no ser una carga.*

—*Zion, tú tienes el poder más grande que un humano pueda tener: Juventud. La juventud es ese efímero instante en el cual tienes el poder de decidir tu destino, eres un ente creador, un orfebre que va repujando la joya preciada que será tu vida. Todo vendrá, tu tiempo llegará, por ahora tu poder será aprender, aprender a vivir. Ahora celebremos, que el báculo regreso a la luz. Por favor sean felices esta noche, que Cuchaviva brille como nunca.*

Jacob interrumpió a Bochica.

—*No podremos celebrar. Aún hay algo que debe repararse. Mi amigo Odo Sha sigue inconsciente.*

Bochica soltó una carcajada y dijo:

—*Maichak tú tienes el báculo, no hay nada más que decir, solo toca a Odo Sha.*

De inmediato Jacob se dirigió a la gran piedra donde yacía su amigo. Le miró con afecto, había desarrollado una gran amistad con el grandulón Odo Sha. No sabía cómo usar el báculo. Le daba vueltas como si fuera un bastonero de desfile. Iwarka, Kiwi y Macao estaba detrás de él. Macao revoloteó alrededor y le dijo con voz irónica:

—*Demasiada tecnología para ti Maichak, ¡me defraudas! Vamos muchacho… si puedes tocar una guitarra eléctrica seguramente podrás manejar un báculo mágico*

—*¡Bueno ya!*— déjenme concentrarme

Bochica lo contempló, pero no quería enseñarle; sabía que el báculo se volvería un apéndice del elegido, y que su manipulación sería algo orgánicamente innato, sin embargo, se aproximó a Jacob y le advirtió:

— *El báculo sagrado únicamente puede ser poseído o manipulado por los siete sabios, por entes superiores, o por ti Maichak. El báculo posee poderes sobrenaturales, y es un arma efectiva, podía aniquilar a alguien en segundos, ni siquiera tus compañeros lograrán sostenerlo en sus manos, pues morirían de inmediato.*

Jacob escuchó con atención la advertencia y miró con rigidez a sus compinches; deberían acatar esta restricción. La posesión del báculo sagrado conllevaba una gran responsabilidad. Su rostro se enserio y con teatral solemnidad levantó el enigmático bastón. Cerro los ojos y sintió como de su interior afloraba una intensa energía. Visualizó a Odo Sha recuperado. De manera prodigiosa el grandulón se despertó como si se hubiese estado tomando una siesta. Se levantó presurosamente y de inmediato buscó a Yara con la mirada, cuando se cercioró que estaba allí, tan hermosa y radiante como siempre, miró a Jacob y le dijo:

—*¿Así, que me perdí la acción?*

—*Vamos, pajarraco holgazán, no me das las gracias* — Jacob lo intentó abrazar, pero las inmensas alas impedían que sus brazos le bordearan.

Yara corrió hacia Odo-Sha, quería abrazarle, pero se detuvo unos centímetros frente a él; sonrió con gran emoción le expresó:

—*¡Odo! ¡Qué bueno que estas de vuelta te he … te hemos extrañado!* —Se corrigió, extrañamente reprimió sus sentimientos hacia Odo, quizás porque era tan duro y brutal.

—*Bueno es hora de que se diviertan, ya mañana deben partir al Ombligo del Mundo.*

Todos sintieron una suerte de liberación, percibían que habían alcanzado un nivel de conexión entre ellos. Habían pasado de ser una caterva de guerreros, a ser una fraternidad sincretizada, amalgamada y con lazos de amistad firmes. Juntos eran infalibles; cada uno tenía su destreza particular que se complementaba con la habilidad del otro. Ahora los Defensores del Reino Verde eran una férrea falange defensiva, unidos eran más fuertes.

Esta noche era de fiesta, se había cumplido la misión y desde luego Jacob había entendido y aceptado que él era parte de esta historia. Cuchaviva estaba encendida, las luces de Cuchavira el dios arco iris jamás fueron más intensos. Los tres compinches: Iwarka, Macao y Kiwi no se separaban de su querido amigo Maichak. Yara Tamanaco y

Caonabó conversaban animadamente, sin embargo, Odo-Sha se había apartado y desde lejos anhelaba que Yara fuese feliz, aunque él sabía que jamás seria a su lado. Cuando Cuchaviva se apagó, Jacob cerró sus ojos por primera vez en largo tiempo, inevitablemente, pensó en Atamaica, Kori Ocllo, pensó también en Iris… en sus amigos, era un torbellino de preguntas sin respuestas. Este inverosímil viaje le había despertado un sentimiento de nostalgia y dependencia emocional, que jamás Jacob Miranda sintió. Siempre quiso destruir apegos y arraigos; ahora era un hombre complejo, como una estrella moribunda que busca reflejar la luz de las demás estrellas de su constelación para no extinguirse totalmente.

En medio de la oscuridad, los inseparables Zocamana el pasado y Zocamata el futuro aparecieron a un costado de su lecho y le susurraron al unísono:

—*El pasado y el futuro de tu vida se están debatiendo en este momento, y pronto deberás decidir a cuál de los dos pertenecerás…*

CAPITULO VIII

Tiahuanaco, La Piedra de Medio

"El sentimiento de soledad, nostalgia de un cuerpo del que fuimos arrancados, es nostalgia de espacio, ese espacio no es otro que el centro del mundo, el ombligo del universo"
Octavio Paz

Al amanecer partieron presurosos de Cuchavira deberían encontrar un lugar denominado el ombligo del mundo. El viaje aéreo era más rápido y seguro debido a lo irregular del relieve de esta región. Yara, Zuh y Lionza junto con los compinches iban sobre alicanto. Iwarka transmutado en un inmenso cóndor llevaba a Jacob, Caonabó, Zion y Tamanaco, mientras que Odo-Sha volaba en la retaguardia.

Atravesaban la más extensa formación montañosa de la tierra, los imponentes Andes. Majestuosa y sempiterna cordillera que funge de muralla rocosa bordeando a toda sur América, comenzando en Venezuela y llegando hasta Chile. El impresionante paisaje les ofrecía una gran mezcla de contrastes, desde los valles más verdes y frondosos circunvalados de cumbres nevadas con fuertes ventiscas, hasta áridos desiertos sin nada de vegetación.

Luego de varios días de vuelo con breves descansos llegaron a una paradisiaca región, en la cual un inmenso lago se imponía en el paisaje como un gigantesco espejo que reflejaba el cielo infinitamente. Acamparon en una planicie llena de frondosos arbustos y hermosas flores silvestres. Jacob reconoció este lugar de inmediato; había sido aquí donde llegó después del cataclismo, era indudablemente un lugar mágico y lleno de misticismo.

Todos estaban maravillados por el infinito reflejo de la gigantesca masa de agua, el cual hacía imposible distinguir donde estaba el cielo y donde estaba el lago, jamás habían visto un espectáculo similar; era el imponente Titicaca, ubicado en la meseta del Collao en los Andes centrales, es el lago navegable más alto del mundo, imponente territorio acuífero que se erige entre los territorios de Perú y Bolivia, conformado por dos cuerpos de agua, hermanados entre sí; el más extenso: El lago Chucuito que se ubica al norte y al sur el lago Huiñamarca; parcialmente separados por el estrecho de Tiquina.

El mítico Titicaca, espejo mágico incrustado en una cuenca que corona la cordillera de los Andes, en donde el cielo se proyectó en el resplandor de sus aguas, conexión milenaria con el mundo de arriba, con las estrellas y los dioses. En esta cautivante región florecía la tribu Aymara[128], cuya genialidad y avanzados conocimientos sobre astronomía, arquitectura, agricultura, medicina y ecología les sitúan entre las civilizaciones más avanzadas de la humanidad.

En las cristalinas aguas del lago sagrado se apreciaban coloridas embarcaciones llamados botes de Totora, algunos tenían camarotes en el centro con techos de una pajilla llamada coirón, los extremos de la embarcación se elevaban en forma puntiaguda a manera de pico o cuerno. En las aguas del lago Los lugareños construían pequeños islotes llamados Uros, donde residían familias completas. Estos Uros eran construidos con múltiples bloques de aproximadamente un metro unido entre si alcanzando una extensión de hasta 40 metros de largo por 20 de ancho. La materia prima que los Aymara utilizaban era la resistente raíz de una planta llamada Totora, la cual poseía una fibra que tenía capacidad impermeable y de flotabilidad. Las viviendas de estos islotes

---

[128] - Pueblos indígenas en las regiones de los Andes y el Altiplano de América del Sur; alrededor de 2,3 millones viven en el noroeste de Argentina, Bolivia, Chile y Perú. Sus antepasados vivieron en la región durante muchos siglos antes de convertirse en un pueblo súbdito de los Incas a finales del siglo 15 o principios del siglo 16. Desarrollaron una vasta civilización.

artificiales eran hermosas y sencillas, construidas de paja de coirón y decoradas con gran maestría.

La vida en esta región era notablemente apacible, se podía visualizar a algunos habitantes trabajando en la obra de apertura de los canales de desagüe, otros se dedicaban a la agricultura, textilería, tallado y traslado de piedra hacia la región de Tiwanaco o Tiahuanaco, así como también hacia la misteriosa terraza de Puma Punku.

Los guerreros decidieron acampar en las márgenes del lago. Era claro que no habían pasado desapercibido para los aimaras que se encontraban en el sector; sin embargo, esta gente se caracterizaba por ser amigable y recibían con buenos ojos a forasteros. Una familia vivía en un Uros en frente del lugar donde decidieron acampar, y desde lejos hicieron señas a manera de saludo y los

guerreros emocionados se sintieron bien recibidos y confiados. Era increíble, pero ninguno tenía hambre o cansancio, aunque Zuh no había tomado el Ormus; tampoco tenía hambre quizás por el hechizo que Bochica le había ofrecido. Jacob reflexionó sobre el rol del Ormus en toda su aventura en El Dorado, sin este mágico artilugio jamás hubiesen podido rescatar el báculo. El Ormus estaría activo en sus cuerpos durante un tiempo más; así que sería útil, sin embargo, Bochica decretó que sus destrezas se habían magnificado y ahora poseían extraordinarios poderes.

Todos se dispersaron libremente, Yara estaba conversando con Zuh, mientras que Zion y Tamanaco se echaron en la hierba, mientras Caonabó y los compinches se zambulleron en las cristalinas aguas del lago. Hacia frio, pero los rayos del sol hacían el ambiente agradable. Jacob se había echado en la hierba al lado de Tamanaco.

—*¿Estás feliz?* —preguntó Jacob

—*Si, Bochica me dio esperanza, pronto la encontraré. Y también Caonabó hallará a Anacaona*— dijo soltando una sonrisa llena de esperanza.

En eso llegó una joven mujer acompañada de dos pequeñines, una hembra de unos seis años y un varón de unos tres. Cada uno llevaba en sus pequeñas manitas cestas repletas de comida.

Jacob se levantó boquiabierto al ver a esta bella gente ofreciéndoles alimentos y sus serenas sonrisas.

—*Mi nombre es Ama Panqara, y estos son mis hijos* ***Apasi*** *dijo señalando a la niña y* ***Qala Chuymani*** — aseguró frotándole al niño su hermosa cabellera negra.

—*Muchas gracias Ama Panqara, te agradecemos tu hospitalidad. Esta comida se ve deliciosa, estoy seguro de que a todos les gustará.*

—*Si mi señor acá tiene todas las variedades de papa que cosechamos los Aymara: ch'iyar imilla qhumpi, luk'i ch'uqi, ch'uqi pitu.*

La joven mujer estaba emocionada y estaba muy orgullosa de explicar la variedad de papas que se cosechaban en la región.

—*Además, les traje el delicioso qhati y también La waja que es la papa cocinada con terrones calientes, les traje ch'aqu o queso.*

Mientras la madre continuaba explicando el platillo, el pequeño Qala Chuymani se acercó al callado de Bochica, que Jacob había dejado tirado en el pasto. De improviso un alarido resonó, el pequeñín había sido fulminado por un destello del báculo. Jacob se lanzó a socorrerlo, pero fue inútil el niño yacía inmóvil con el báculo aferrado en su manita. La madre se abalanzó sobre el cuerpito del niño, y gritaba frenéticamente. Jacob no sabía que hacer; había sido una irresponsabilidad dejar el báculo al alcance del pequeño y ahora el inocente debía pagar con su vida por tocar el báculo sagrado de Bochica. Inmediatamente Yara y Zuh corriendo hacia la descontrolada mujer, pero esta seguía aferrada al cuerpo del niño. Obviamente nadie podía decir nada. La atmosfera se tornó tensa, sólo se escuchaba el llanto inconsolable de la madre.

Kiwi valiente como siempre se arrimó a Jacob, Iwarka intentó detener a su pequeño amigo. Jacob lo cargo en sus brazos y miró con ternura a Kiwi, quien tenía el poder de la sanación, pero era obvio que el pequeño roedor estaba débil y no quería exponer su vida. Suspiró profundo, ubicó a Kiwi en los brazos de Yara y se aproximó separando a la mujer del niño. No estaba seguro de lo que resultaría de lo que a continuación haría, pero estaba decidido a resucitar al niño. Levantó el báculo y se concentró en el niño que sonreía hacía unos pocos minutos, canalizó esa energía y lo visualizó vivo, deseó con todas sus fuerzas que esa energía vital regresará a su cuerpo de nuevo; luego, levantó el báculo y dijo:

—*Regresa acá de nuevo, aun no es tu tiempo… ¡Regresa!*

Increíblemente un halo de luz envolvió su cuerpo y el pequeño empezó a moverse, así como quien se despierta en la mañana y estira su cuerpo, incluso hasta bostezo. La madre saltó de nuevo hacia la criatura y le abrazó, con lágrimas chorreando por su rostro casi murmuró:

—*Gracias* — la niña corrió hacia su mamá y los tres se abrazaron.

Todos los presentes no podían dar crédito a lo que habían visto, Los lugareños empezaron a gritar alabanzas a Jacob, habían sido testigos de un evento sobrenatural, que solo un dios podría ejecutar, y para los aimaras la religión era parte esencial de su vida. Los lugareños que estaban alrededor pararon sus labores y se acercaron, querían presenciar el portentoso evento de primera mano. En menos de unos minutos se aglomeraron más de cincuenta personas todas tratando de tocar al pequeño niño. Muchos dudaban que se hubiese obrado el milagroso evento, otros creían que en realidad el niño murió y volvió a la vida.

Yara y los demás rodearon a Jacob, a manera de protegerlo. No sabían cómo iban a reaccionar los habitantes ante el inesperado evento. Ya algunos hombres de la tribu habían cambiado la expresión de agrado por su presencia, y ahora sus rostros se tornaron agrestes, mostraban sin disimulo un aire de disgusto. Jacob trataba de hablar con la madre del niño para explicarle que el niño estaría bien; que todo estaría bien, mientras la madre no le prestaba la más mínima atención solo miraba incrédula a su hijo, como dudando que este renacido fuese su verdadero hijo.

—El niño estará bien, nada ha pasado …

Tamanaco le hizo señas a Jacob que guardará silencio.

De inmediato llegaron tres hombres vestidos elegantemente, en sus calvas cabezas tenían unos sombreros forrados de piel de puma y de sus cuellos colgaban hermosos collares de oro con incrustaciones de piedras preciosas, su piel era oscura y brillante y sus ojos eran profundos y negros. Detrás de ellos, pero a considerable distancia había una decena de hombres quienes median más de dos metros de altura eran tan altos que Tamanaco debía levantar la barbilla para verlos. Estos hombres curiosamente eran de tez rubia y ojos claros. Caonabó

Todos los hombres altos se formaron de manera ordenada detrás, entonces el anciano con el tocado más prominente tomó la palabra:

—Bienvenidos Mensajeros de Huiracocha o Viracocha. Nosotros somos los Karai o sacerdotes Achachilas; mi nombre es Mboiresai que significa Ojos de serpiente el que todo lo ve… Y estos son: Ndaivi el que siempre está listo y Ch'uya, claro como el agua. Somos sabios que custodiamos el centro astronómico. Tú debes ser Maichak, ¿cierto?

—*¿Viracocha?* —Jacob se sorprendió al escuchar por primera vez el nombre de Bochica en quechua.

—Así es Gran Maichak; Viracocha o Huiracocha es el mismísimo Bochica, y sabemos que ustedes son sus mensajeros.

—Si soy Maichak; y estos mis compañeros. Somos enviados de Bochica.

—Este niño ha tocado el báculo sagrado de Bochica, y aun está vivo, por tanto, el deberá ser un sacerdote del templo de Thunupa.

La madre empezó a llorar de nuevo, no quería separarse de su pequeño. En medio del arrebato la mujer se abalanzó hacia su hija y la tomó por el brazo y se la presentó a los sacerdotes

—Esta es mi hija, ella es más grande y estoy segura de que será una buena sierva…

El sacerdote de más viejo la interrumpió

—¡Silencio mujer!, el elegido debe ser tu hijo, él ha estado en el Uku Pacha; el mundo de los muertos, el tendrá poderes sobrenaturales —habiendo dicho esto tomó al niño de la mano y lo arrimó a su lado.

La pobre mujer empezó a llorar; devastada se lanzó al piso. Yara intentó consolarla, pero la mujer la rechazó con violencia. El sacerdote mayor le indicó a Yara que la dejará en paz, y se dirigió a la multitud y les gritó:

—*¡Márchense! Nada más pueden hacer acá, llévense a la mujer y a la niña es lo mejor para ambas.*

La gente empezó a dispersarse en silencio, era obvio que los sacerdotes poseían un poder no solo religioso, sino también social. Un hombre se acercó a la mujer y le susurro algo al oído, y luego se aproximó al niño que estaba aún abrumado por los acontecimientos y por ver a su madre llorando, con voz fuerte le dijo:

—*No llores Qala. Prométeme ser valiente y obedecer a los sacerdotes. Estoy orgulloso de ti. Nos veremos algún día en la otra vida.*

El sacerdote Ndaivi asintió con la cabeza, y le dio una palmada al hombre en el hombro a señal de consuelo, no había duda de que ese hombre era el padre del niño. El sacerdote Mboiresai, quien fungía de líder trató de ignorar la dramática escena de la madre siendo arrancada de su hijo y dando la espalda a la triste escena de despedida dijo:

—*Sígannos a la ciudad sagrada de Tiahuanaco, debemos caminar durante un día y medio. Allá los están esperando* —dijo el otro sacerdote que tenía el sombrero en forma de campana con bolitas colgando en el borde.

—*¿Dónde nos encontramos?* —Preguntó Yara,

—*Este lugar es **Coa collo***[129]— respondió el sacerdote más viejo.

Todos salieron en caravana; Odo-Sha volaba, siempre vigilante; las mujeres, Kiwi y Macao iban sobre Lionza; por su parte el Alicanto iba caminando y sobre el iban Zion; Tamanaco y Caonabó. Rezagado, Jacob iba aferrado al cuello de una llama que era nada más y nada menos que Iwarka que se había transmutado en el camélido y llevaba al pequeño Qala con él. Las llamas eran los únicos animales ungulados que se habían domesticado en toda la altiplanicie del Imperio Inca. Fungían en labores cotidianas, como animal de carga. Las llamas también eran apreciadas por su carne y por su útil lana. Estos gentiles camélidos eran esenciales en las civilizaciones andinas, debido a que el caballo, el buey, la cabra y otros mamíferos eran originarios del Viejo Mundo. Las llamas eran delicados animales que no podían cargar grandes pesos, sin embargo, las llamas se usaron en todos los pueblos andinos desde el sur de Colombia hasta el archipiélago de Chiloé, en el sur de Chile.

Ahora Jacob estaba encaramado en una llama, que para colmo era su amigo; un primate, Iwarka un dios; ¿podría algo ser más disparatado? Pero ya Jacob Miranda, ni siquiera se detenía a analizar la irracionalidad de los eventos que acaecían en su nueva vida.

La niebla empezaba a tupir el ambiente, el paisaje se mostraba nublado y gris, pero aun la luz del sol se colaba imprudentemente por entre el húmedo telón que se extendía frente a ellos. Mientras andaban, todos los guerreros pudieron sentir una extraña remembranza en el horizonte,

—*¡Miren!* —exclamó Zion asombrado.

---

[129] - Coa collo (del aymara Q'uwa Qullu) es un pequeño pueblo de Bolivia. En 2009 tenía una población estimada de 736.

—*¡Es el maestro Bochica! Sigue con nosotros* —respondió Caonabó

Sus rostros se inundaron de alegría, era el espíritu del gentil viejo, si era Bochica, el misterioso misionero de piel blanca que les había alentado a creer en ellos mismos. Se miraron con complicidad, sabían que él les seguía a cada paso, divisaron su sombra impactante, pudieron distinguir su larga barba y su paso seguro pero lento. Los hombres que le guiaban guardaron solemne silencio, y asintieron con el rostro.

El sacerdote Ch'uya, quien era el más callado de los tres dijo con tono nostálgico:

—*Es el **Ch'iwi.***

—*¿Ch'iwi?* —cuestionó Jacob con gran interés.

—*¡Si!* —explicó el sacerdote— *Tiqsi Huiracocha Ch'iwi umamp jan ch'arant' ayasiri, ninamp jan nakhantiri, wayramp jan apayasiripacha.*

Iwarka tradujo el verso:

—*Ch'iwi es la sombra de Bochica, que es su alma misma, esa sombra infinita que no se moja con el agua, no se quema con el fuego y no se mueve con el viento*

Jacob prestó mucha atención a esas palabras, las que como un mantra se habían quedado grabadas en su memoria, la sombra significaba algo muy diferente para él. Él había sido siempre la sombra de su hermano quien murió a escasos instantes de nacer, él había sido anulado por un niño que ni siquiera existió. Pero la sombra acá era el símbolo de lo intocable de lo etéreo y de lo eterno. Bochica era una sombra que se reflejaba en los más inhóspitos parajes de la cordillera andina recordándoles que siempre estaría allí y que todo saldría bien.

—*Así que Ch'iwi* —dijo Jacob sonriendo— *suena como **Chewey** de **Stars Wars**, suena bien esa palabra Ch'iwi, Ch'iwi escribiré una canción sobre esto algún día. Fijo la mirada en la increíble imagen que les seguía y repitió de nuevo Ch'iwi.*

Según la leyenda Bochica, Viracocha o Huiracocha vive en las cumbres y caminos de los andes. La tradición dice que cuando un caminante se pierde en la montaña puede distinguir la silueta de Bochica proyectada en la inmensidad de las montañas y los senderos, este efecto es conocido con el nombre de espectro de ***Brocken***[130], pero para los lugareños fue, es y seguirá siendo el espíritu de Bochica vigilando y protegiendo la región andina.

Ya estaba cayendo la noche, el horizonte desprendía un tenue resplandor, era el sol que moribundo lanzaba su último suspiro del día. El camino se tornaba más prolijo y ancho, las piedras estaban mucho mejor unidas entre sí, y se podía distinguir una red de caminerías y senderos que se conectaban al camino central. Llegaron a una gran planicie, donde la vegetación era casi escasa. allí en una suerte de acantilado se divisaban antorchas que chisporroteaban en medio de la oscuridad. Imponente se veía una montaña, agujereada por cavernas que servían de vivienda, algunas casas estaban hechas de piedras armadas a modo de ladrillo. La disposición escalonada de las viviendas proporcionaba un espectáculo futurístico, parecían edificios de apartamento; una suerte de complejo de viviendas de alguna ciudad moderna.

—Acá pernoctaremos. Mañana continuaremos muy temprano. Nos quedaremos en el templo de Thunupa —dijo el Sacerdote a los guerreros.

Se acercó a la llama y le pidió a Jacob que le diera al pequeño Qala. Jacob miró al niño a los ojos y observó que el pequeño no tenía la mirada tierna de un niño, su mirada era la mirada más intensa y mística que había visto. El pequeño se entregó voluntariamente al sacerdote, como si de antemano supiese que ese sería su destino.

La ciudadela estaba bordeada por un canal, en el cual se podían distinguir algunos imponentes edificios. Había palacios construidos con intricados diseños arquitectónicos, estatuas de reptiles incrustadas en las paredes. La piedra, de color rojizo; era increíblemente bien trabajada, como si los aimaras tuviesen sofisticadas herramientas del futuro, era casi imposible que se pudiese pulir una piedra con tanta finura, y las dimensiones y los ángulos tenían perfección geométrica. El acabado de los gigantescos ladrillos era algo que impresionó a Jacob más que

---

[130] Un **espectro de Brocken** (alemán *Brockengespenst*), también llamado **espectro de montaña** es la sombra aparentemente enorme y magnificada de un observador, proyectada sobre las superficies superiores de las nubes al otro lado del sol en la región andina de Suramérica se cree que es la figura de Viracocha que acompaña a los viajantes.

a ningún otro del grupo, pues el mantenía la memoria de ese mundo avanzado, lleno de tecnología que en esta historia era sólo una referencia surreal.

Los guerreros fueron guiados a los aposentos en el interior del templo, las antorchas proporcionaban luz y calor, pero imprimían al ambiente un aire de solemnidad; Las mujeres fueron guiadas hacia un área cercana a unas grandes piscinas o estanques; mientras que los hombres fueron trasladados a unas habitaciones más allá de los estanques y los impresionantes jardines con caminerías de piedra iluminados por cientos de antorchas.

Los guardias que le habían acompañado eran sospechosamente silenciosos, uno les dijo con voz acompasada:

—Esta noche nuestro señor Ayllus ofrecerá una recepción y desea que ustedes, mis señores le acompañen.

El hombre entró al aposento y encendió una antorcha larga que tenía unos anillos a manera de intervalos para medir el tiempo en la noche.

—Cuando se hayan quemado cuatro niveles o anillos deberán ir al salón principal del templo, allí les estarán esperando.

—¿Dónde nos encontramos? —pregunto Caonabó

—Este lugar sagrado es Khonkho Wankane mi señor

Khonkho Wakane [131] era un centro ceremonial una especie de oráculo de Delfos andino, a donde peregrinos de toda la región panandina peregrinaban para conocer el futuro de sus cosechas, saber sobre sus vidas y sobre sus muertes. Pero no todo era religiosidad para ellos, los aimaras eran, además un pueblo fiestero; celebraban los nacimientos y las bodas con gran suntuosidad. La música, para los Aymaras al igual que para los muiscas formaba parte fundamental de la vida social aimara. Una de las conmemoraciones más importantes para este pueblo era el carnaval, justamente era la festividad que se

---

[131] - **Khonkho Wankane** o **Qhunqhu Wankani**, es un sitio arqueológico preincaico de Bolivia del periodo
preincaico se presume que fue un sitio político y ritual de la cultura Tiahuanaco. Se ubica cerca del cerro Quimsachata a 30 kilómetros al sur de Tiwanaku, en el municipio de Jesús de Machaca de la provincia de Ingavi en el departamento de la Paz.

celebraba en este momento. El carnaval consistía en grandes banquetes y se compartían entre las diversas comunidades. La música era tocada por grupos musicales y se escuchaba durante cuatro y días y cuatro noches sin parar. Durante esta conmemoración, la festividad preferida de los aimaras; se hacían competencias de coplas, y se elegia al cantante que gritara más; así que, extrañamente ganaría el festival el cantante más escandaloso entre ellos.

Los tres guerreros contaron a Iwarka, Macao y Kiwi fascinante aventura en el Zipazgo de Bacatá. Jacob estaba feliz de haberse reunido con sus tres compinches, quienes estaban sorprendidos al oír la historia de los eventos de Guatavita y cómo Jacob logró vencer a la serpiente y recobrar el codiciado báculo. Iwarka se aproximó a Jacob y le abrazo, los demás compinches hicieron lo mismo.

—*Estábamos preocupados por ti Maichak*— dijo Macao.

—*Si, pero sabíamos que lo lograrías; muchacho has madurado* —Dijo conmovido Iwarka— *Ya no eres ese muchacho estúpido y superficial. Ahora tienes la luz en tu interior. Has entendido tu misión, el por qué eres el elegido. Estamos orgullosos de ti; el Gran Maichak.*

—*Si amigos, pero esto no lo hubiese logrado sin la ayuda de Tamanaco, Caonabó, Yara, Zuh y Zion. Además, perdimos a Majori, Sagipa y Makana.*

—*Ahora debemos estar unidos, lo que viene no será fácil* —Sentenció Tamanaco

—*Deben estar cansados muchachos* —dijo Iwarka.

—*No, estamos perfectamente* —respondió Jacob— tomamos un polvo mágico.

—*¿Polvo mágico?* —Cuestionó Iwarka— *¡me lo perdí!* — hizo pucheros.

Era extraordinariamente inverosímil que no sentían cansancio alguno, pero si querían tomar un baño y cambiarse de ropa pues en realidad estaban muy sucios. Las vestimentas que usaban eran las mismas del día del ceremonial de Guatavita. Tamanaco le tiró a Zion su manta sucia en el rostro

—*¡Ah! ¿Qué haces? ¿Quieres asfixiarme?* —dijo el muchacho lanzándole los harapos a Caonabó

—*¡Basta!* —dijo Caonabó molesto, pues no le gustaban esa clase de juegos.

— *Bueno, supongo que esas vestimentas ceremoniales serán para nosotros* — explicó Jacob apuntando a la mesa donde se encontraban las prendas de vestir dobladas de manera minuciosa.

—*Si, debe ser así, pues me pondré esta que creo que me quedará bien* —mostró un ropaje que se veía en realidad pequeño, tan pequeño que parecía haber sido diseñado especialmente para Kiwi.

—*¡Miren hay algo para Kiwi e Iwarka!*—dijo Zion bandereando las vestimentas— *¡lo lamento Maca no hay nada para ti!*

—*¿Qué dices? Insolente. No necesito ropa mi hermoso plumaje me protege.*

—*Cierto Macao, además tienes un plumaje único.*

—*Dejen de discutir y vamos a ver si hay agua alrededor para bañarnos* — señaló contundentemente Tamanaco.

—*¡Buena idea!* —agregó Caonabó y salió del recinto, se desplazó unos diez metros entre arbustos De inmediato se desplazó por un pequeño corredor ribeteado de helechos, en la zona despejada encontró a dos doncellas paradas una a cada lado de la entrada de una gruta, y frente a sus ojos vio un panorama paradisiaco, una terma de la cual colgaban plantas y flores. Sobre una piedra perfectamente rectangular se encontraba toda clase de frutas; curiosamente la piedra estaba tan pulida que parecía espejo. Canoabo no medio palabra alguna con las mujeres solo camino de vuelta a la habitación y notificó a los otros.

—*Síganme... ¡se sorprenderán!*

Los primeros en seguirlos fueron los compinches y Zion. Luego llegaron los demás y todos se zambulleron en el espléndido manantial termal, por unos instantes se perdieron de ellos mismos y de su turbulenta historia épica. Tamanaco y Zion jugaron a golpearse y poco a poco se fue intensificando la pelea hasta que Iwarka les dijo:

—*¡Paren! Juego de manos es juego de villanos, van a pelear de veraz.*

Luego de eso ambos se separaron, pero aun pensando quien hubiese ganado, era obvio que Tamanaco, pero Zion estaba ansioso de acción. Jacob solo esperaba el momento para advertir al muchacho sobre las consecuencias de no controlar el ímpetu. Al llegar al dormitorio cada uno fue tomando los atuendos y vistiéndose, jugaron un poco con algunas bufandas o cintos colocándoselos como lazos femeninos en la cabeza, pues no sabían que función cumplía o donde debía usarse. La vestimenta tradicional masculina Aymara está compuesta por pantalón y camisa tejida, concluyendo el vestuario con un poncho de lana de alpaca o llama de color natural o en el caso de las altas esferas de la sociedad la lana era tenida de marrón o de otros colores. El Poncho es una de las vestimentas más importantes de los andes, como los aimaras son agricultores y el poncho los protegía; y aun los sigue protegiendo del viento y la lluvia Todo el atuendo era delicado, pero a la vez resistente para resguardarlos de las bajas temperatura y fuertes vientos.

Aun los guerreros no sabían en qué consistía esta misión, Bochica o Viracocha como se le llamaba en la región andina no les había dicho más que buscaran el lugar que se llamaba el ombligo del mundo, tendrían que esperar los acontecimientos que vendrían y que instrucciones recibirían de los sacerdotes y lideres aimaras, quienes por demás parecían estar del lado suyo.

Tocaron la puerta, los siete se miraron mostrando con preocupación. Jacob dijo susurrando:

—*Deben ser Yara y Zuh* —y se dispuso a abrir la puerta no sin antes advertir a los demás que estuvieran prevenidos y preparados detrás.

—*Tranquilos, es Odo* —Dijo Jacob.

—*Maichak, mis Suamos han llegado con noticias, La corte del mal piensa atacar Tiahuanaco y destruir la base de Puma Punku. Debemos encontrar a los líderes guerreros de los aimaras. La batalla se acerca.*

—*Odo, ¿Los lideres aimaras son de confiar?*

—*Si, por supuesto, pero ten cuidado porque quizás la Corte del Mal tiene infiltrados. Así, que todo es posible.*

Tocaron a la puerta de nuevo, pero esta vez eran Yara y Zuh, ahora ataviadas con la tupida vestimenta aimara. Yara no pudo disimular su alegría al ver a su grandulón favorito, su gran amigo Odo Sha. Corrió hacia él y Odo Sha la abrazó, pero no expresó emoción alguna.

Yara lo miró fijamente y le dijo:

—*Veo que ya estas bien, sigues igual de insufrible y necio* —le golpeó fuerte en el pecho con una mano, le dio la espalda batiendo su hermosa cabellera negra alcanzando a pegarle a Odo en el rostro con las puntas.

Jacob interrumpió:

—*Tengo una gran curiosidad ¿Quién será el líder aimara?*

—*¿El líder?* — increpó Yara — *¿por qué no puede ser una líder?*

Observaron la antorcha y notaron que se habían consumido los cuatro anillos

quedando solo un pequeño tramo por quemarse.

—*Ahora debemos irnos a la recepción del Ayllus* —Dijo Jacob levantándose de la mesa.

Todos estaban ataviados con esos imponentes trajes ceremoniales tejidos con lana de llama y alpaca. Salieron todos de la habitación y de inmediato de la nada aparecieron unos hombres que llevaban antorchas. Odo Sha salió por la puerta trasera, no quería dejarse ver.

Siguieron a los guías que alumbraban el camino empedrado. La arquitectura era de una perfección sin parangón; cada detalle de los frontones, así como las columnas, esculturas y ornamentos de un refinamiento geométrico jamás visto. Al llegar a las adyacencias del templo se divisaba la gente dispersa a manera de feria, formando pequeños grupos en donde los lugareños practicaban diversas actividades de danza y música.

Llegaron a consejo del Ayllus[132], presidido por el Curaca[133] estaba acompañado de numerosos sacerdotes y de los hombres altos de tez blanca que jamás decían una solo palabra. El líder estaba en una suerte de trono, elevado en una gradería, se levantó y bajo las escaleras hasta acercase a ellos.

---

[132] - El ayllu, un clan familiar, es la forma tradicional de comunidad en los Andes, especialmente entre quechuas y aimaras. Son un modelo de gobierno local indígena en toda la región de los Andes de América del Sur, particularmente en Bolivia y Perú.

[133] - un Curaca "el que es mayor", éste durante el Tahuantinsuyo era el nexo entre el estado Inca y el pueblo (hatunrunas); según los historiadores en el imperio incaico hubo más de dos mil ayllus, los cuales se dividían en dos mitades o sayas (hurín-hanan).

—*¡Bienvenidos!* —extendió sus brazos a manera de bienvenida— *es un privilegio conocer al Gran Maichak.*

—*Gracias, venimos en nombre de Bochica; ¡eh! bueno* —Macao estaba en su hombro y le susurró al oído corrigiéndole— *quise decir de Viracocha.*

—*Lo sabemos, como también sabemos que están acompañados de la entidad oscura Odo Sha y de que estamos a punto de ser invadidos por la corte del mal y ustedes ayudaran a proteger Puma Punku* — afirmó el Curaca.

—*Así es* —Asintió Jacob— *venimos a proteger la ciudad de Tiahuanaco y el portal de Puma Punku. En cuanto a Odo Sha, él se ha redimido, y es uno de los nuestros.*

—*¿Sabes Gran Maichak porque son tan importante Tiahuanaco y Puma Punku?* —preguntó Mboiresai.

—*No, realmente sigo ordenes de Viracocha, pero la defenderé con mi vida si es necesario.*

De inmediato el firmamento se envolvió en un entechado multicolor, el cual reflejaba sus luces, sobre todo, en una suerte de aurora austral, los presentes quedaron maravillados ante tan hermosa visión. Kiwi, notablemente asustado saltó del hombro de Zion a los brazos de Yara. Entonces Mboiresai se remontó en un aro de luz y declaró:

—*Tiahuanaco y Puma Punku son portales, que Viracocha y otros mensajeros han utilizado para entrar a nuestro mundo, ellos son nuestros benefactores, nos enseñaron a vivir en armonía con la Pachamama. Y ahora este lugar sagrado son puertas interestelares van a ser destruidas por la corte del mal, que se nutre del dolor y el sufrimiento. No desean que vivamos en armonía, desean que impere el caos pues solo la lujuria, la destrucción y el mal les hacen ser fuertes. Debemos enfrentarlos en una gran batalla, no será fácil.*

—*¿Quién es el líder que unificará a los aimaras?* — inquirió Jacob

—*No será uno, sino tres grandes líderes que ayudarán en esta misión, y esos líderes al igual que tu vendrán del otro plano, ellos son los héroes revolucionarios, son la representación de la lucha por la libertad del pueblo aimara. Pronto los encontraras. Los sabios les darán la oportunidad de librar una nueva batalla en este plano.*

La aurora austral desapareció y Ndaivi sentenció con voz apasionada y palmoteando

—*Bueno por ahora diviértanse esta noche, disfruten de la celebración del carnaval.*

Jacob y los demás se apartaron no tenían ni idea de que debian hacer.

—*Es curioso no tengo hambre* — dijo Zion.

—*Yo tampoco tengo hambre* —agregó Tamanaco— *Debe ser el polvo mágico, pero disfrutemos de la música y la danza.*

—*¡Pero ni Macao, Kiwi y yo hemos comido* —refunfuñó Iwarka— *y vaya que nosotros no hemos probado ni una pizca de ese fulano polvo mágico del que hablas!*

Caonabó asintiendo con el rostro declaró:

—*Recuerden que tenemos que encontrar a los líderes guerreros.*

—*Así es, pero estoy seguro de que ellos vendrán a nosotros* —aseguró Jacob con la mirada perdida como si estuviese dudando de lo que vendría a continuación— *nos encontraremos en la habitación.*

—*Entendido Maichak* —dijeron al unísono los tres, marchándose de inmediato

Iwarka y Macao decidieron ir con ellos:

—*Nosotros vamos con ustedes* —dijo Iwarka

—*Yara y Zuh se quedarán conmigo* —Sentenció Jacob.

— *No necesito una nana Maichak, yo me sé cuidar sola* —mascullló Yara soltando una sarcástica carcajada.

—*¡Como quieras Yara! ¡como quieras!*

Kiwi se escabulló de los brazos de Yara y trepó por las piernas de Jacob y se echó en su hombro. Jacob empezó a caminar pensando en Atamaica y en Kori Ocllo. Esta noche en particular no quería estar solo, sentía una apabullante nostalgia. Hacía mucho frio, pero un frio seco y cortante, sin viento. Las estrechas calles estaban abarrotadas de gente por doquier y se escuchaba música y algarabía, aun así; era como si estuviese aislado de todo. De repente sintió que una mano le apretaba con fuerza el hombro, era Zuh.

—*Yo si quiero acompañarle mi señor.*

—*¡Qué bien! Tú no eres una feminista empedernida como Yara.*

—*¿Feminista?*— inquirió sorprendida Zuh.

—*Si, feminista. Una mujer que defiende sus derechos ... o algo así* —dijo Jacob sonriendo.

—*Entiendo mi señor, entonces yo soy feminista en mi corazón. Yo siempre he querido ser libre y defender mis derechos; fui una doncella al servicio del Zipazgo, ese era mi trabajo; pero quiero ser como mi señora Yara, fuerte, valiente, decidida. Siempre he sido dirigida por los hombres y he estado sumida en las sombras, y es solo ahora cuando siento que hombres y mujeres somos diferentes pero complementarios, ambos tenemos el mismo valor.*

—*Lo primero, por favor no me digas señor. Lo segundo, tú eres fuerte y muy valiente... sin ti no hubiésemos logrado nuestro objetivo allá en Guatavita, y lo último te necesitamos, no olvides que eres importante y eres libre de hacer lo que desees. Vamos, caminemos mientras disfrutamos de la música*

El carnaval y las demás festividades eran tributos a los dioses. La música era un elemento ritual y esencial en la tradición aimara. Las letras de las canciones siempre eran dedicadas a las deidades, quienes estaban presente en todos los aspectos de la vida. Para los aimaras las canciones eran oraciones cantadas para sus dioses.

Jacob y Zuh caminaron uno al lado del otro en medio de la desenfrenada alegría. Zuh no dejaba de mirar a Jacob. El trato con hombres no el era familiar a la muchacha aunque había estado durante un tiempo en compañía de Zion, el sólo era un mocoso, pero ella jamás había estado tan cerca de un hombre de verdad como Jacob. Sentía una extraña emoción. Mientras seguían su caminata se apreciaban músicos en cada rincón con zampoñas y los charangos; un instrumento similar a la mandolina, además de la flauta tarca o anata. Zuh rompió el silencio:

—*¿Le gusta la música mi señor?*

—*La música es la razón de mi vida; solía ser un musico, o al menos eso intentaba ser; ahora soy un guerrero o al menos eso intento ser.*

—*Cuando pequeña mi padre me enseñó a tocar la flauta*—recordó Zuh con nostalgia—*fue lo único que aprendí en mi hogar antes de que fuese entregada como esclava al Zipa. Recuerdo que mi abuela todas las tardes se sentaba a escucharme en una pequeña loma cercana a nuestra casa. Una tarde ella se acercó a mí y me dijo: "Tu cabello negro flameando al viento te hace lucir como un ave en vuelo. Eres como un pequeño jilguero negro, siempre subyugado y solitario que espera el momento para volar libre"*

—¿Sabes? Esas palabras me recordaron a una hermosa canción de Los Beatles…

—Los Beatles, ¿Quiénes son?… ¿chamanes? ¿entidades mágicas? ¿cantan icaros rituales?

—Quizás encontraste la verdadera esencia de los Beatles, quizás ellos fueron eso: ¡Entidades mágicas, chamanes que tocaban icaros rituales!

—¡Seria hermoso poder escuchar ese canto! — exclamó Zuh emocionada Inesperadamente Jacob le cantó a Zuh una estrofa de ***"Black Bird"***[134] de Los Beatles:

Mirlo que cantas en el silencio de la noche

Toma estos ojos cansados y aprende a ver

¡Toda la vida!

Has esperado este momento para ser libre

¡Toda la vida!

Has esperado este momento para alzar el vuelo

¡Pajarito vuela!

Lennon-McCartney

---

134 - "Blackbird" es una canción de la banda de rock inglesa The Beatles de su álbum doble de 1968 The Beatles (también conocido como "The White Album"). Fue escrita por Paul McCartney y acreditada a Lennon-McCartney, e interpretada como una pieza solista por McCartney. Al hablar de la canción, McCartney ha dicho que la letra fue inspirada por escuchar la llamada de un mirlo en Rishikesh, India, y alternativamente por la tensión racial en los Estados Unidos.

—*¡Que hermosa voz tienes mi señor!*

La muchacha quedó extasiada. Un silencio asíncrono reinó por un instante; ambos se habían conectado con el entendimiento más sublime que alguien pudiese alcanzar, el entendimiento del ser. Luego Jacob emocionado reflexionó:

—*¡Querida Zuh! a veces las palabras aparecen y se unen de la forma correcta, pareciera que ellas conocieran el momento preciso para descifrar los mensajes secretos del alma; ¿sabes? increíblemente; los mensajes son universales. Aunque mi mundo es caótico, también hay mucha belleza allá* —Jacob caminó hacia un arbusto y tomó una flor violeta y se la entregó *a la muchacha.*

—*¿Y cómo es ese mundo de donde viene señor?*— inquirió la muchacha sosteniendo la flor con una espléndida sonrisa.

—*¡Te dije que no me digas más señor, dime Jacob!* — la increpó frustrado

—*¿Jacob?*— Preguntó la muchacha asombrada

—*Ese es mi nombre real. Maichak es mi alter ego, mi nombre de super héroe. Ese mundo de dónde vengo a veces suele ser hermoso y fascinante, pero a la vez cruel, bizarro, y quizás más fantástico que este, pero eso es otra historia, prefiero dejarla para otra ocasión. ¡Vamos Zuh debemos irnos!*

Mientras Jacob, Kiwi y Zuh caminaban por el caserío, Yara se dirigió hacia la margen del rio donde había algunas celebraciones. Contempló las estrellas y detalló que las constelaciones estaban particularmente más brillantes, quizás era el cielo despejado que permitía contemplar la bóveda celeste con mayor nitidez. Una cruz de estrellas destacaba como un inmenso dije de diamantes que se suspendía en el terciopelo infinito del espacio. Sentía una melancolía que decantaba su ánimo y energía. Se sentó en un tronco, a lo lejos se escuchaba la música. Escuchó una rama romperse y se puso en guardia blandiendo su daga y girando a la defensiva.

—*Siempre pensando que los enemigos te acechan* —dijo el grandulón conservando la distancia.

—*¡Odo! ¡Qué susto me has dado! ¿Qué haces acá? ¿Estás bien?*

—*Si estoy bien, vine acá porque quería estar solo. Y te he encontrado, por casualidad.*

—*Casualidad o ¿causalidad?*

—*Como quieras Yara, siempre como tú dices…*

—*Me asustaste cuando estuviste inconsciente, pensé que te perdería.*

—*¿Me perderías? Alguna vez me tuviste.*

—*Eres mi amigo.*

—*No soy amigo de nadie, olvidas que soy un rapiñador. Un ente maligno. Que busca su salvación.*

—*Tu eres Odo Sha. Mi amigo.*

—*Si; así es, Soy tu amigo* —Odo-Sha no pudo controlarse y la abrazó— *Debo alejarme de ti Yara; me haces débil.*

—*Odo no me mientas no estás bien* —le dijo susurrándole al oído mientras el dios pájaro la abrazaba con sus brazos y la cubría con sus inmensas alas arqueadas como un escudo— *¡cuéntame! ¿qué te pasa?*

—*Estoy bien, jamás estuve tan bien* — respondió con una voz calmada y con tono de satisfacción.

Con la misma, la soltó abruptamente y desapareció. Yara no tuvo tiempo de asimilar lo que había sucedido, pero extrañamente había experimentado una emoción única mezclada con una gran paz. Hubiese deseado que la abrazará por siempre; volvió sus ojos de nuevo al firmamento y una estrella fugaz rasgó la quietud del concierto lumínico, suspiró y deseó algo con todo su corazón, algo que ni ella misma se atrevía a reconocer.

—*Sabias que hay una estrella para cada alma*

—*¿Quién está allí?*

—*Soy yo, Walichú*—el camaleónico Walichú estaba metamorfoseado como el Señor Spock; la saludo con la palma de su mano abierta, dedos juntos, pero formando una "V" con los dedos cordial y anular.

—*No estoy segura de que seas Walichú. No luces como el… creo que eres más guapo*— Yara sonrío.

—*En momentos críticos los hombres siempre ven lo que desean ver* —Walichú retornó a su forma original.

—*Y que es lo que yo deseo ver.*

—*El amor quieres conocer el verdadero amor, pero eso no es lo que me trajo acá*— dijo— *necesito de tu ayuda, solo tú puedes ayudarme*

—*¿Yo?*

—Si tu bella Yara, debes colocarles estos collares a Maichak, Tamanaco y Caonabó— añadió sosteniendo unos collares con dientes filosos *—Pero no deben saber que yo te los di.*

—¿Y por qué haría eso? ¿por qué les mentiría a mis amigos?

—¿Por qué? Buena pregunta, para que los collares surtan efecto ellos no deben saber que portan poderosos amuletos que le ayudaran en su nueva misión, debes decirles que es tan solo un regalo tuyo. Esta batalla es decisiva y deben tener todo el apoyo necesario.

—No se realmente si pueda; no soy la más indicada.

—Si que lo eres. Entiendo que tengas dudas, pero debes pensar en que yo estoy de su lado y que todo esto es para ayudarles

—Bueno solo los dejaré en esta roca y tu piensa... piensa si es lo correcto o no.

Walichú se desapareció y Yara observó a los inofensivos colgandejos; que mal les podría hacer. Además, Walichú era su aliado. Los tomó en su mano parecía inertes y simplones, seguidamente los colocó en su zurrón. Decidió regresar a la aldea y buscar a los demás. Odo, ocultó sobre un gran árbol la observaba. El férreo fortachón se fundía y maleaba ante el inmisericorde fuego de tanta pasión reprimida, la amaba como jamás amó, y ese amor era una penitencia, un amor ascético, sin recompensas, ni promesas, ni siquiera un tal vez. Si había sido una maldición ser un carroñero mayor tortura era amar a Yara, pues siendo lo que era, una entidad zoomórfica, era imposible consumar su amor. No le agradaba Walichú, desde Guatavita sentía que algo traía entre manos, tenía dudas sobre la autenticidad del camaleónico dios, debía advertirle a Yara después.

Los compinches, Tamanaco, Caonabó y Zion estaban con un grupo de jóvenes alrededor de una inmensa hoguera. Parecía gente muy jovial y alegre; tomaban bebidas, tocaban instrumentos y cantaban canciones. En grandes mesones había grandes bandejas de madera y barro llenas de papas, quinua y otros granos. Algunos estaban aún cocinando, colocaban los vegetales y tubérculos en una suerte de horno enterrado en el suelo entre piedras. Iwarka y Macao comían desaforadamente. Notaron que los lugareños tenían sus mejillas infladas. Tamanaco le preguntó a un joven:

—*¡Amigo! ¿qué es lo que todos tiene en sus cachetes?*

—*Son* ***Akhullitas***[135].

—*¿Akhullita?* — preguntó Caonabó con gran interés

—*Si; Akhullita la hoja sagrada que nos permite conservar la fuerza. Esta hoja nos fue entregada por los dioses para que pudiésemos sobrevivir en los andes*

El hombre metió su mano en un bolso tejido con hermoso estampado y bolas de colores colgando en el borde inferior y dijo:

— *Tomen* — les dio un puñado de hojas frescas.

Caonabó agarró el puñado de hojas en sus manos asintió moviendo la cabeza en forma de agradecimiento, pero no la masticó, prefirió guardarla en su pequeño bolso. En ese momento se escuchaban unos extraños alaridos y pudieron ver como se formaba una muchedumbre que cargaban antorchas. Todos decidieron ir al lugar para ver que sucedía. Al llegar era imposible saber que sucedía, la muchedumbre se amontonó impidiendo el acceso. Tamanaco y Canoabo fueron abriendo paso utilizando sus inmensos cuerpos, de este modo el gentío se fue apartando. Al llegar casi al centro vieron a un hombre que lucía confundido, pero curiosamente; tenía los mismos rasgos físicos que los demás habitantes, no obstante, su vestimenta era diferente. Dos hombres estaban interrogándolo y el hombre realmente estaba confundido

—¡Laikga! ¡Laikga!

—*¡No sé qué pasa!' solo aparecí acá, y no sé cómo sucedió. No sé dónde estoy.*

Iwarka se aproximó y le preguntó a uno de los hombres

—*¿Qué sucede? ¿Quién es este hombre?*

—*Es un anima, Mi señor una entidad maléfica que llegó de la nada.*

—*No, ¡pues claro que no!* —dijo enérgico, pero con voz quebrada— *Yo no soy una entidad maléfica; soy un simple mortal. Mi nombre es* ***Julián***

[135] - Palabra aymara que se refiere a la hoja de coca o a una masa hecha con la hoja de dicha planta.

Apaza[136]*, y vengo de* ***Ayo Ayo***[137]*. Estaba trabajando como peón en la mina de San Cristóbal, de Oruro y súbitamente vi un gran destello en la cueva y la luz me consumió y aparecí acá.*

—*Él dice la verdad*— dijo con un aire de autoridad el dios mono— *es uno de los guerreros que nos guiará en la batalla que se aproxima. ¡suéltenlo! Él debe acompañarnos.*

Los hombres se apartaron aun recelosos. Canoabo invitó al hombre a que les siguiera.

—*No entiendo... estoy confundido*— señaló el joven con profunda preocupación

—*Estas acá por ser un elegido*—aclaró Macao revoloteando alrededor de él.

—*¿Elegido? Soy solo un minero.*

Los hombres hicieron una reverencia a Iwarka y bajaron la mirada ante el joven; poco a poco se dispersaron llevándose las antorchas que iluminaban el espacio, de inmediato quedó totalmente oscuro. Caminaron unos metros y Canoabo retomó la palabra del muchacho.

—*Si Julián; eres un elegido, como lo somos nosotros...mi nombre es Canoabo y estos son mis amigos Tamanaco y Zion* —Caonabó paró en medio del camino— *Yo mismo no sé cómo he llegado acá, pero créeme esto que está sucediendo, es real... estamos en un espacio recóndito de nuestra alma y mente, quizás estamos en un sueño. Esta experiencia sentará las bases de nuestra vida, de quienes seremos y que capítulos escribiremos en las historias de nuestros pueblos.*

—*Ahora entiendo, mi madre siempre me dijo que yo era un elegido* —refirió Julián— *siendo yo muy pequeño, Ella me contaba que al nacer dos formidables* ***mallkus***[138] *sobrevolaron* ***Sica-Sica***[139] *y luego descendieron*

[136] - Conocido como Túpac Catari, Julián Apaza nació 1750 y murió el 14 de noviembre de 1781 líder la una insurrección aymara en 1781, que sitió La Paz durante seis meses. Es un héroe nacional de Bolivia y de Suramérica.

[137] - Localidad ubicada en el Departamento La Paz en Bolivia, perteneciente a la municipalidad de Ayo Ayo, Provincia de Aroma

[138] - Cóndor

[139] - El Municipio de Sica Sica (en aymara: Sika Sika) es la primera sección municipal de la Provincia de Aroma en el Departamento de La Paz, Bolivia.

a Sullkawi, y que luego los sagrados cóndores se anidaron en las montañas. El primer cóndor personificaba a la Nación aimara y el otro a la Nación Quechua. Un día cuando mi madre me llevaba en brazos para celebrar el ritual de mi presentación a la Pachamama una serpiente colosal se atravesó en su camino, pero no la atacó, sino que levantó la cabeza para mirarme. Mis padres estaban sorprendidos al ver que la serpiente me saludaba, mi madre siempre me dijo que yo un humilde campesino sería un líder importante para los pueblos aimara y quechua, yo jamás creí que eso sería real, hoy recuerdo a mi madre ... ¡cuán sabia era!

—Bueno, debemos buscar a Maichak, él tiene que saber que tu estas acá.

—¿Maichak?

—Si, nuestro líder.

Yara caminaba por un sendero aledaño al pueblo desde cuya cima visualizaba las antorchas de los diversos campamentos. Sin embargo, el sendero estaba desolado, aun pensaba en Odo, no entendía porque le afectaba tanto el saber de su soledad, cuando de una inmensa roca monolítica salió un rayo resplandeciente, y con el apareció una hermosa muchacha de unos dieciocho años, esbelta de brillante mirada de largas trenzas negras.

—¿Dónde estoy? ¿Qué ha sucedido? —dijo la muchacha asustada, abrazándose así misma

—¡Tranquila! Estamos en Thunupa— Respondió *Yara*

—¿Quién eres tú? ¿Tú me has traído acá?

—Soy Yara, no temas y, no he sido yo quien te trajo aquí, pero si sé por qué estas acá. Tu eres una guerrera.

—¡No entiendo! yo no soy una guerrera... esto no tiene sentido. ¡No quiero oír más! —cubrió sus oídos con sus manos —el nivel de afectación de la muchacha era evidente, pues su rostro palidecido anunciaba que estaba a punto de desfallecer— *¡Necesito regresar!*

—No creo que sea posible que regreses de donde quiera que vengas, pero si te sirve de consuelo; yo misma he llegado acá de la misma manera.

—Lo siento, pero debo irme — la chica empezó a caminar sin rumbo y Yara le seguía— no me sigas pues no deseo ser una guerrera ... solo quiero que todo vuelva a la normalidad.

—Después que cumplas tu misión regresaras a donde perteneces. No tienes opción.

La muchacha se cruzó de brazo, y encogió los hombros, su desesperado semblante aun alteraba la serena hermosura de su rostro. Se quedó pensativa por un rato y dijo:

—No sé qué está sucediendo, solo siento que mi vida nunca más será la misma.

—Ven conmigo, debemos encontrar a los demás.

Al llegar al centro del pueblo, Yara trataba de encontrar la calzada que las llevaría al templo. Las callejuelas perfectamente alineadas recubiertas de lajas de piedra engranadas facilitaban el recorrido. El festejo se tornaba más enérgico y aún seguían la música y la algarabía. De pronto en un recodo se tropezaron con Tamanaco, Caonabó, Zion y el joven Julián.

—*¡Muchachos!* — dijo con alegría Yara— *He encontrado a esta muchacha ¡hum!* —Yara pensó que no sabía el nombre de la joven— *¿Cuál es tu nombre?*

—Soy Bartolina.

—Bien, es la líder que nos guiará …

—No soy una guerrera, ni mucho menos una líder y no guiaré a nadie… no sé de qué hablas

Julián contempló a la hermosa joven y de inmediato percibió una conexión. Quedó impresionado por el bello y colorido aguayo y decidió preguntarle de donde venia.

—Mi nombre es Julián vengo de Oruro, año de los españoles de 1771

La muchacha avanzó hasta él y con los ojos llenos de emoción le dijo:

—Soy Bartolina, y también vengo de tu tiempo de **Q'ra Qhatu** *¡No lo puedo creer! ¿Qué nos ha pasado? ¿Cómo podemos regresar?*

—No podemos regresar aun, esto es real. Lamento decir que debemos cumplir nuestra misión —Respondió Julián— *Confía en ellos y confía en mí.*

Era evidente que había una fuerte conexión entre los dos jóvenes, aunque este encuentro quedaría cubierto por el velo de la inconsciencia, una vez regresarán a su espacio y a su tiempo no recordarían que una vez cruzaron palabra alguna. Los demás guardaron silencio, estaba claro que esas dos vidas estaba destinadas a juntarse en este o en otro plano. Continuaron el camino al encuentro de Jacob y Zuh. Durante la accidentada caminata Bartolina conversaba amenamente con Julián y los demás iban delante. Después de un breve trecho encontraron a Jacob junto con Zuh.

—*Este es Maichak* — dijo Iwarka colocando su peluda mano sobre el hombro de Jacob— *y estos son Bartolina y Julián. Ellos llegaron a nosotros como estaba predestinado.*

— *Les daría la bienvenida, pero esto no es un resort vacacional. Estamos acá para cumplir una misión, por alguna razón nos escogieron y no podemos eludir nuestra responsabilidad*— Jacob mascculló con agridulce ironía.

— *¿Resort?* — inquirió Julián

—*Olvídalo; él está un poco loco a veces no sabe lo que dice* —dijo Macao revoloteando alrededor de Julián.

Esa noche pernotaron en el templo, Bartolina se hospedó con Yara y Zuh, y Julián se unió a los hombres al otro lado del complejo edificio. Deberían esperar a la mañana siguiente para poder recibir órdenes de Ayllus o de los sacerdotes. La aparición de ambos jovencitos le había dado a Jacob mayor entendimiento sobre lo que estaba sucediendo. Si, definitivamente Bartolina y Julián a pesar de ser tan jóvenes se habían predestinado para guiar al pueblo Aymara en defensa de Puma Punku, deberían ser fuertes y dar más de ellos mismo para culminar con éxito esta aventura.

En la mañana llegaron los protectores del templo se acercaron a avisarles que deberían estar preparados pues los Achachilas llegarían en cualquier momento para emprender el viaje a las ciudades sagradas de Tiwanaco y Puma Punku.

Bartolina se despertó muy temprano y se encontró frente a una inmensa planicie serpenteada de preciosos arbustos. Se conmovió frente a la magnificencia de la fascinante cordillera de los Andes, su amado terruño. Los Andes, mítico dominio donde las condiciones climatológicas y de relieve, daban lugar a la más hermosa e ilimitada vegetación. Macizos montañosos que irrumpen en el asombroso paraje desde las indómitas selvas lluviosas, pasando por las más austeras y extremas tundras, para luego coronar las titánicas cimas arropadas con sábanas blancas. Parajes impregnados de la mística bruma y el perenne canto del viento entre los acantilados. A ese lugar pertenecía Bartolina, una sencilla muchacha, tejedora y mujer del campo; enfrentándose a un reto que definiría su existencia.

—*Hermosa nuestra tierra ¿verdad?* —Julián interrumpió el contemplativo momento de Bartolina quien estaba unos pasos delante de él.

—*Si, lo más hermoso de este mundo.*

—*Debemos protegerla, por eso debes confiar en ti misma. Eres la elegida Bartolina.*

—*Yo no sé si realmente soy la elegida o la líder que ellos dicen, solo quiero que esto siga siendo así, hermoso.*

—*¿Sabes? Siento que te conozco desde antes del pasado de los tiempos.*

—*Yo también Julián. Puedo sentir que entre nosotros hay una gran conexión*— empezó a caminar de vuelta al templo— *¡Vamos! Creo que es hora de que empiece la acción.*

Julián se quedó impávido contemplando el escenario y Bartolina se devolvió le tomó de la mano y le dijo;

—*Vamos ya no hay más tiempo que perder, es tiempo de actuar*

Julián encogió los hombros y suspiró pensando en que esa mujer era de armas tomar.

—*¡Uff! ¡Mujer! y después dices que no eres una líder…*

Al llegar ya estaban todos agrupados y los sacerdotes estaban llegando. Mboiresai, Ndaivi y Ch'uya venían con un solemne cortejo, y cientos de guerreros le seguían formados perfectamente.

—*Debemos partir a Tiahuanaco de inmediato* —dijo Mboiresai

Odo Sha había descendido, siempre imponente y se plantó a un lado de Jacob.

—*¡Oh gran dios pájaro!* —dijeron al unísono todos los Karai, hicieron una reverencia —*¡Protégenos! que tu canto no llegue a nuestros oídos.*

Los aimaras temían a un extraño dios llamado pájaro ***Silbaco***, pensaban que Odo Sha era esta entidad, mitad hombre mitad pájaro, cuyo canto detenía el corazón de quien lo oyese.

Todos estaban perplejos al mirar que los sacerdotes y soldados reverenciaban a Odo Sha. Yara estaba impresionada por la devoción que manifestaban a Odo, siempre pensó que era una deidad despreciada, pero acá todo cambiaba; evidentemente era muy venerado.

—*Poderoso señor Odo Sha, Gran Maichak, Bartolina y Julián... y todos los grandes guerreros y héroes culturales, que, unidos hoy, se preparan para la batalla más importante y definitiva, para mantener el equilibrio de este plano dimensional* – Dijo Ndaivi con autoridad

—*Debemos ir a La gran ciudad sagrada de Tiahuanaco donde encontraremos al gran guerrero. Debemos estar alerta, pues en cualquier momento nos acecharan.* —añadió Ch'uya.

Emprendieron el viaje con cierto entusiasmo, El día prometía solearse, y cálido algo muy poco usual debido a la gran rigurosidad del clima mayormente frio y con mucho viento. El peculiar paisaje andino se moldeaba con el rose del intenso viento generando arbustos bajos que lucían como cojines verdes con botones de flores multicolores sobre ellos.

Iwarka se convirtió en un inmenso cóndor y sobre el hacían la travesía Canoabo, Bartolina y Julián. Yara haría el trayecto sobre su amada Lionza por tierra y con ella Zion y Tamanaco, por su lado Zuh quiso irse con Jacob sobre el Alicanto junto con Kuwi y Macao. Los miles de guerreros irían por los caminos empedrados. Los sacerdotes iban sobre llamas guiadas por sirvientes en medio del cortejo.

Luego de varias horas de apacible recorrido, empezaron a observar grandes socavones en el territorio, acá la tierra se apreciaba como una gigantesca sabana con franjas multicolor, sin embargo, lo hermoso del colorido y artístico diseño, se empanaba con la perturbadora presencia de los socavones. Jacob recortó altura y le gritó a Yara:

—*¡Cuidado, Yara!, desde lo alto se ven más socavones en el sendero.*

—*Si, Lionza es muy hábil y los esquiva con facilidad, ¿Qué serán?*

Odo Sha sentenció:

—*Tengan cuidado, presiento que algo maléfico se acerca.*

De inmediato la tierra empezó a temblar y múltiples socavones literalmente se tragaban a los guerreros que iban detrás del cortejo. La tierra se desgarró alrededor de los achachilas y Ndaivi se desbarrancó con todo y la llama. El indefenso animal cayó al fondo, pero el sacerdote logró asirse de unas gruesas raíces, aun así, no resistiría mucho. Odo Sha fue a su rescate, justo cuando ya, el sacerdote había perdido la fuerza y caía vertiginosamente cuando le capturó llevándole a una colina que parecía segura. Iwarka llevaba a Bartolina y Julián encima, y decidió colocarles a salvo en el mismo lugar donde estaba Ndaivi y regresar a auxiliar a los demás.

Lionza iba esquivando los inmensos hoyos que brotaban desde las profundidades de la tierra, Jacob y los demás no daban crédito a tanta destrucción; era como si un taladro perforase la tierra desde sus entrañas. Estaban desconcertados, cada segundo más y más guerreros eran devorados por los socavones que brotaban por centenares. Jacob también había dejado a Zuh en una zona que parecía segura y luego junto con Canoabo rescató a cientos de guerreros, pero esto no era suficiente, eran muchos más lo que se enterraban vivos. Yara intrépidamente dejó a Zion junto a Zuh y regresó a toda velocidad a ayudar a más guerreros, Lionza tenía una extraordinaria agilidad, hizo varios viajes y rescató muchos más. Odo Sha la encontró y le advirtió:

—*Yara ¡para ya!, es imposible no lograremos salvarlos a todos... te quiero... a salvo ¿entiendes?*

—*Odo ¿Qué pasa? ¿Qué es esto?* —gritó Yara a Odo que continuaba auxiliando a más guerreros.

—*Son los Tíos*

—*¿Tíos? ¿Qué demonios son los Tíos?*

—*Eso mismo Yara son demonios, entidades de las minas.*

Súbitamente cientos de espíritus malignos brotaban de los agujeros, eran los tíos entidades que Vivian en las minas de plata. El color de su cuerpo era plateado y tenían aspecto aterrador con filosos colmillos y garras inmensas con las que cavaban la tierra y provocaban los socavones. Se alimentaban de las almas de sus víctimas. Arrasaban con todo lo que podían, cada segundo las bajas se daban por centenares. Bartolina y Julián estaban a salvo, pero le rogaron a Iwarka que les permitiese ayudar, Iwarka accedió y así rescataron a más guerreros dándole la mano y subiéndolos sobre Iwarka.

Los demoniacos Tíos, seguían alimentándose de las almas de sus víctimas. Mboiresai y Ch'uya tenían el poder de repeler a los enérgicos

Tíos, pero solo los neutralizaban por medio de una luz. Canoabo alcanzó a Mboiresai y lo puso a resguardo, este le dio las gracias con voz temblorosa:

—*Maichak debe utilizar el báculo sagrado de Viracocha… ¡Ya!* —gritó el sacerdote.

Jacob escuchó lo que el sacerdote le había advertido. Pensó que era cierto; el báculo de Bochica—Viracocha era una poderosa arma que podía exterminar a estos voraces espíritus. Tenía la oportunidad de probarlo ya que frente a sus ojos el sacerdote Ch'uya aún seguía luchando por sobrevivir; de este modo levantó el cayado y apuntó al monstruo que iba a devorar el alma de Ch'uya. El potente rayo alcanzó a la argenta entidad que de inmediato se derritió como si fuese de metal. La colada de plata en la que se había convertido el engendro se mezcló con la tierra y cayó al fondo del inmenso agujero. De inmediato Jacob disparó el rayo contra todos los blancos enemigos, intentaba hacerlo lo más rápido que podía, pero debía ser preciso pues podía desintegrar a gente de su bando. La batalla se encarnizó, pues los furiosos espíritus devoraban más rápidamente a los guerreros que no tenían ninguna manera de defenderse. Canoabo dirigía al Alicanto mientras que Jacob intentaba aniquilar la mayor cantidad de tíos.

Sorprendentemente, toda la inmensa colina se envolvió con una amalgama de plata fundida, mientras que los socavones se cerraban devorándose a los otrora espíritus, quienes ya no eran más que pedazos de metal. De este modo la montaña se apropiaba de las almas de los caídos convertida ahora un argento metal. El silencio imperaba; solo el canto de Waira el dios del viento, benefactor de los cultivos y la vegetación, se podía percibir. Waira les proveyó paz y sosiego a todos en este momento de tribulación, su canto casi imperceptible favorece la cosecha alejando el granizo y trayendo la lluvia. Ya estaba cayendo el sol y todos estaban exhaustos. Llegaron a la colina donde los sobrevivientes dispersos trataban de asimilar lo que había sucedido. Mas de la mitad de los guerreros perdieron la vida en las profundidades de los socavones.

Mboiresai realizó el ritual de La ***Q'owa***[140], con los otros dos sacerdotes. Prepararon hierbas que luego encendieron, intempestivamente la montaña empezó a temblar surgiendo una avalancha que se transformó en un gigante de nieves era *Mallku-Kunturi,* mejor conocido como Khunutura, que significa hermano de la nieve.

Mboiresai con suma solemnidad invocó:

—*¡Oh poderoso Mallku—Kunturi mensajero de los Achachilas; dios de las alturas! ¡Tu señor que pronosticas a los aimaras el presente y el futuro, concédenos el privilegio de conocer que sucederá en la batalla definitiva en Puma Punku!*

El coloso de nieve se estremeció y blancos copos empezaron a caer, el cielo se iluminó y gigantescos cristales de hielo forraron el firmamento a manera de cúpula o domo.

Muchas nevadas han pasado desde la última vez que fui despertado por mis fieles Achachilas. Puma Punku corre grave peligro. Veo traición, veo destrucción y veo que la conexión de este mundo con el origen se cerrara. El portal sagrado corre gran peligro. Pues las huestes del mal intentarán invadir este plano y destruir el balance, creando un nuevo plano guiado por sus preceptos de malignidad y caos.

—*¡Oh, señor de las nieves eternas, protege a tus siervos y a los ejércitos de la corte del bien! ¡Guíanos en la batalla decisiva!*

—*¡No teman! Les protegeré durante su travesía.*

Y de la misma manera que llegó se marchó, la montaña retomó su forma y cesó de nevar. Mboiresai se acercó a Jacob y le dijo:

—*¡Gracias Gran Maichak! enviado de Viracocha, nos has salvado de ser devorados por las entrañas de la tierra. Los tíos son engendros del Tiyabulu, estamos en la montaña negra donde se inician los* **Layqas** [141] *oscuros en el arte de la hechicería.*

—*¿Layqas Oscuros?*

---

140 - El ritual de Q'owa es una ceremonia ancestral aymara en donde se utilizan una serie de hierbas. La finalidad de la q'owa es el de presentar una ofrenda que sea agradable a los espíritus milenarios.

141 -Termino referido a los médicos y sabios andinos usado por los pueblos quechuas y aimaras. el término layqa también se relaciona con hechicero o bruja.

—Si, hay algunos que se dedican a la magia negra; la mayoría de ellos hacen el bien. Una vez más gracias.

—Gracias a usted que me guio y me alentó a usar el báculo sagrado. Muchos han muerto hoy, debemos salir de esta montana de inmediato.

—El paso por esta montana nos enseña en las artes de la magia negra, acá hemos recibido esa energía demoniaca y hemos aprendido a contrarrestar la maldad— dijo Ndaivi.

Yara y los demás no estaban agotados, pero si afectados por la reciente mortandad, aun el Ormus hacia efecto, pero el ormus no curaba las heridas del alma. La guerrera recordó los collares con poderes que Walichú le había encomendado y pensó que sería una buena idea entregárselos a sus amigos. Tomó el primero apretándolo fuertemente caminó unos pasos y se lo colocó a Caonabó en el cuello.

—¿Y esto? ¿Qué es esto Yara? — dijo Caonabó mientras tocaba el extraño collar y lo presentaba ante sus ojos detallando las cuentas, semillas y dientes de animales que lo decoraban.

—Nada, solo un obsequio. Hiciste un buen trabajo y quiero que lleves esto para recordar este día.

—Bueno, si eso te hace feliz ¡Gracias! — respondió con una sonrisa

—A ver, a ver obsequio para Canoabo y ¿no hay uno para mí? — recriminó Zion mientras se plantaba en medio de Yara Y Caonabó.

*—Si acá tienes el tuyo—*Yara buscó otro y se lo entregó a Zion

*—¡Caramba! ¿Y qué significado tienen estos collares? —*preguntó el muchacho.

—Ninguno; solo agradecimiento. Son amuletos que tenía en mi zurrón, me los dio un Chaman en Yaracuy. Yo quiero darles estos colgantes para conmemorar este momento.

*—¿Tendrás uno para Tami? —*insistió.

*—¡Vamos muchacho deja de molestar a Yara! —*ordenó Caonabó

*—No, no es ninguna molestia toma —*le entregó uno al muchacho *— llévale este a Tamanaco; tengo para todos.*

Yara pensó que el muchacho le había facilitado la faena de tener que ponerle el collar a Tamanaco; ahora faltaba Maichak, y ese sí que sería difícil de convencer. Yara vigilaba al inocente mientras corría hacia su compañero este estaba ensimismado afilando una daga, el grandulón no lo quiso recibir, pero el muchacho insistió. Yara había logrado colocarles el collar si despertar sospecha; excepto a Jacob, pero con él debía esperar un poco más. Zuh estaba siempre a su lado y no le daba espacio para poder conversar y ofrecerle el collar. Zuh se había enamorado de Jacob; la admiración que sentía por él había escalado a un nivel de sublime devoción, pero sin lugar a duda sentía amor y pasión por ese hombre que la trataba diferente a todos los demás, a todos aquellos que la vieron como un objeto, como una proveedora, una sirvienta, no había la menor duda de que el conocer a Maichak había cambiado su vida. Mientras la amistad entre Bartolina y Julián avanzaba a pasos agigantados, y ambos estaban diseñando hondas para defenderse. Bartolina haba sido criada en el campo y era una muy hábil tiradora de honda u orqueta y enseñaba a Julián y otros guerreros como fabricarlas.

Esa noche salieron del cerro negro Ch'iyar Qullu, rumbo al cerro blanco. Se desplazaron en medio de una profunda oscuridad, la luna perezosa estaba adormecida, cubierta por un edredón de nubes y junto a ella, las estrellas exhaustas cobijaron su titilar.

Al llegar al cerro blanco, se dispusieron a pasar la noche allí. El intenso frio hacia mengua en las tropas, pero Jacob y sus guerreros, no sentía hambre gracias al Ormus, tampoco cansancio ni frio. Sin embargo; Zuh y Zion estaban congelándose. Jacob observó que Zuh estaba tiritando y recordó que el guardaba algo en el Alicanto que la protegería del inclemente clima andino. Regresó al lado de la muchacha y gentilmente la arropó con la hamaca mágica.

—*¿Mucho mejor?* — preguntó Jacob

—*Si, mucho mejor mi seño*—dijo la muchacha sonriendo

—*¿Mi Señor?* — volvió a preguntar Jacob fingiendo cara de enojo

—*Maichak... gracias por ser tan bueno conmigo*

—*Tu no has tomado el Ormus y eres vulnerable a este inclemente clima.*

—*¡Zion!* —dijo Jacob

—*Si mi señor*— Respondió el joven nerviosamente

—*Cuida la hamaca mágica, quedará ahora bajo tu protección. Úsala sabiamente*

El chico asintió con gran emoción, ya que había sido elegido para custodiar la hamaca de invisibilidad. Tamanaco y Odo Sha llegaron hasta donde se encontraban, traían noticias:

—*Maichak encontramos una cueva en la que las mujeres y los sacerdotes pueden pernoctar, así como algunos guerreros heridos*—dijo Odo Sha.

—*Asegúrese de que Bartolina, Zuh y el muchacho estén a salvo dentro de la cueva. Saldremos a Tiahuanaco antes de que salga el sol nosotros montaremos guardia esta noche con los guerreros que estén en mejor condición física.*

—*¡Entendido Maichak!*— asintió animado.

—*Asegúrate de que las mujeres estén a salvo* dijo Odo Sha a Tamanaco— *incluyendo a la testaruda de Yara*

—*¡Buena suerte hombre!*—Exclamó Jacob dándole una palmada a Tamanaco en el hombre.

—*¡Muy Gracioso!*—dijo Yara—*Te traigo este hermoso collar Maichak*

—*¿Collar?*

—*Si, un obsequio.*

—*Yo ya tengo mis collares, pero lo tendré de amuleto.*

—*Pero debes usarlo…*

—*Gracias Yara, pero ya llevo suficientes collares de huesos y dientes de animales.*

Yara se dirigió hacia la cueva, sentía que algo extraño rodeaba a esos collares, pues ella misma no podía colocarse el suyo, una voz interior le frenaba. Jacob sin saber se había liberado del siniestro influjo del maligno Walichú.

Había caído la noche y la luna se veía más grande que nunca. Ya todos estaban apostados en sus lugares de descanso, las mujeres y los heridos protegidos en la cueva, a excepción de Yara que estaba de guardia sobre una roca al lado suyo la fiel Lionza.

—*Ordené a Tamanaco que te protegiera en la cueva.*

—*¡Ah sí! Y tú creías que yo le haría caso a Tami.*

—*A él no, pero a mí sí. Fue una orden Yara.*

—*Tu no me das ordenes, nadie me da órdenes.*

—*¿Siempre has sido así de testaruda?*

—*¡Siempre!*

—¿Cuál es el juego de los collares Yara?

—No hay juego, son solo unos obsequios para conmemorar la victoria de El Dorado.

—¿Debo creerte? — inquirió.

—No me importa si me crees... Te necesito Odo...

—¡Yara! —Gritó el grandulón.

Luego guardó silencio y ya se disponía a emprender el vuelo cuando Yara se arrojó en sus brazos.

—¿Por qué me haces esto Yara? —dijo acariciando la bella cabellera negra con sus inmensas garras.

—Nos lo hacemos los dos... Me importas Odo, es que no te has dado cuenta, es que no ves que te necesito...

—¡Es imposible! —Odo la apartó bruscamente y se elevó perdiéndose en el firmamento.

Yara lloró como jamás había llorado, sentía que le amaba, que lo había amado desde el primer día que lo conoció, aun siendo un ente despreciable a la vista, aun teniendo ese olor nauseabundo al cual ya se había acostumbrado, a pesar de ser una divinidad mitad pájaro mitad hombre, contra toda lógica lo amaba y le dolía que fuese despreciado y temido. No podía aceptar que el fuese un paria segregado y solitario.

—¡No llores recuerda que eres una guerrera! ¿y qué es lo que una guerrera sabe hacer? —Dijo Jacob

—Tienes razón, no debo llorar. Debo pelear por mi amor.

—¡Correcto!¡Esa es la actitud! Lucha por Odo, debes encontrar la forma de derrumbar esos muros que los separan y hacerle entender que el amor de ustedes es el amor según Yara y Odo, un amor único. Vamos a la fogata

Yara se secó las lágrimas y retomó la férrea compostura que la caracterizaba.

—Si, vamos. ¿Maichak?

—Y desde cuando te has convertido en un consejero del amor.

—Desde que me arrepentí de haber perdido mi verdadero amor.

La mañana llegó iluminada por un sol intenso casi veraniego, pero el frio aún permanecía intacto. Las tropas se organizaron al igual que las caravanas de los sacerdotes, si mantenía el ritmo estarían en Tiahuanaco en aproximadamente catorce horas, bien podían descansar y pernotar a mitad del camino, o continuar la marcha sin parar. Debian bordear las montañas de ***Chuqi Q'awa, Chuqi Ch'iwani y Wanq'uni.*** La accidentada zona montañosa hacía imposible el sedero en línea recta desde donde se encontraban, pero el excelente sistema de carreteras que se extendía por toda la cordillera andina hacia más fácil la travesía. Todos decidieron caminar para así, de este modo acompañar y apoyar a los guerreros, excepto Odo que los custodiaba desde las alturas y los sacerdotes quienes remontaron el vuelo sobre el lomo del Alicanto.

Luego de avanzar sin parar durante más de ocho horas decidieron acampar a nivel de ***Guaqui*** [142]. Esa noche transcurrió en paz, todo estaba en silencio la temperatura no había descendido tanto como la noche anterior. Incluso las estrellas resplandecían y la luna se veía imponente y llena de luz. Todos descansaron, incluso aquellos que estaban bajo el influjo mágico del Ormus, ignoraban los peligros que aún les esperaban en su ruta a las míticas ciudades de Tiahuanaco y Puma Punku, pues no muy lejos una amenaza los acechaba en medio de la sempiterna oscuridad de la indómita meseta andina.

Emprendieron el trayecto final, todos estaban sumamente emocionados pues Tiahuanaco era famosa por su extraordinaria arquitectura. Iwarka adelantó el paso y alcanzó a Jacob y preocupado le dijo:

—*Algo extraño le sucede a Zion, Tamanaco y Caonabó*

—*¿Algo extraño dices? ¿Cómo qué?*

—*Han discutido durante todo el trayecto*

—*¡Ja! ¡ja! ¡ja!* —se carcajeó Jacob— *¡por favor Iwarka! Esos tres siempre están discutiendo.*

—*Si, lo sé, pero esta vez veo algo muy oscuro en sus ojos.*

—*Tranquilo amigo, ellos están bien.*

—*Bueno, si tú lo dices Maichak, pero no olvides que te lo advertí.*

Los caminos empedrados seguían guiándolos de manera casi automática, pues estaban tan bien construidos que se interconectaban

---

[142] - Guaqui es una localidad y municipio boliviano en la provincia de Ingavi dentro del Departamento de La Paz. Se encuentra ubicado a orillas del lago Titicaca a 92 km de la ciudad de La Paz.

a través del abrupto relieve del paisaje andino haciendo fácil el acceso a las más transitables calzadas y evadiendo precipicios y peligrosos acantilados.

Llegaron a un pequeño poblado donde descansaron por un rato. Los lugareños se caracterizaban por ser amables, les gustaba que los visitaran y les ofrecieron comida a los guerreros, Zuh y Bartolina ayudaron las mujeres locales, mientras los hombres estaban descansando frente a una gran fogata que calentaba e iluminaba el área. Tamanaco, Caonabó y Zion estaban sentados muy cerca el uno del otro. Zion arrojó una concha de papa y el viento la desvió y quedó pegada al rostro de Caonabó; este se incorporó furioso y tomó al muchacho por el cuello levantándolo del suelo.

—*Desgraciado! me has ensuciado la cara... no te soporto* —lo aventó contra el piso como si el muchacho fuese solo una pluma.

—*No lo hice adrede... disculpa* —Canoabo se abalanzó sobre él.

Empezaron a pelear, era evidente que el fortachón Caonabó dominaría el combate y el endeble muchacho seria quien llevaría la peor parte. Zion desviaba hábilmente los golpes de Canoabo pues tenía gran movilidad. Finalmente, Canoabo sometió al jovencito, se encaramó sobre su frágil cuerpo y lo estaba estrangulando. Tamanaco no parecía importarle lo que sucedía y seguía comiendo como si nada pasara, Julián saltó a separarles, pero fue lanzado como un alfeñique por Canoabo que estaba fuera de control. Yara e Iwarka se percataron de lo que sucedía e intentaron separarlos. Iwarka gritó pidiendo ayuda varios guerreros quienes intentaron separarlos, pero salieron volando como plumas.

Finalmente, Jacob se abalanzó sobre el musculoso Caonabó y lo logró someter.

—*¿Qué pasa Canoabo? ¿Te has vuelto loco?*

—*¿Loco? ¡si! quizás estoy loco por seguir a un idiota como tu...*

—*¡Basta!* — gritó Iwarka — *algo extraño sucede... te lo advertí Maichak y no me creíste*

—*Lo que pasa es que se está perdiendo el norte acá. ¡Tú eres importante para la misión, pero si lo deseas puedes marcharte ya!* —gritó furioso Jacob.

Kuwi se trepó en el hombro de Caonabó, y tomó el collar entre sus pequeñas garras. El fortachón guardó silencio y se reincorporó dándole la mano al muchacho.

—*Lo lamento, no sé qué me paso* —se disculpó Caonabó avergonzado.

—*No volverá a pasar Maichak* —dijo Zion con el rostro notablemente enrojecido y algo de sangre en su labio inferior.

Jacob estaba desconcertado, no entendía cómo se podían pelear entre ellos, se suponía que eran un equipo, que deberían estar unidos. Se alejó hacia un acantilado desde donde se veía una cascada de agua. Pensó que tal vez Caonabó tuviese razón y él era en realidad un idiota, siempre lo había sido. No importa que tan pomposa sea la leyenda del fulano Maichak, todo era una farsa.

Zuh se acercó lentamente, sin embargo, Jacob pudo percibir la presencia de la muchacha detrás de él.

—*¿Por qué me acechas tanto? ¡Quiero estar solo Zuh! ¡Vete!*

—*¡Mi señor Maichak! Por favor no te sientas mal los guerreros están exhaustos y no saben lo que dicen ni hacen.*

—*¡No entiendes cuando alguien te pide que lo dejes solo… no quiero saber nada…! ¡Estoy harto! ¡De ti y de todo! ¡Lárgate!*

—*Quiero que sepas mi señor que eres especial para mí, el mejor hombre que he conocido en mi vida… siempre te estaré agradecida y daré mi vida por ti si es necesario… Maichak, Jacob, mi señor.*

Sus bellos ojos explotaron, contuvo el llanto y enjugó su rostro, sin hacer ruido se marchó. Jacob se arrepintió de haber tratado tan mal a la noble Zuh, volteó, pero ya no se encontraba, ella no tenía la culpa de lo que había sucedido.

No obstante; ahora había algo más importante que atender, debía resolver el misterio del cambio repentino de carácter de sus guerreros.

Luego de comer y de abastecerse de provisiones emprendieron el viaje a Tiahuanaco. Todo estaba en calma parecía que las cosas volverían a la normalidad. Iwarka le dijo a Jacob

—*Creo que debemos estar vigilantes.*

—*Si, debes vigilarlos… a los tres. No sé qué ha sucedido con ellos, pero todo esto me parece muy extraño.*

—*Así será Maichak; Iwarka estará vigilante.*

—*¡Yo también estaré cuidándolos!* —agregó Macao revoloteando como de costumbre. Kuwi se batuqueó en el hombro de Jacob como señal de que el también colaboraría.

—*Gracias mis compinches... que sería de mi sin ustedes.*

El sol seguía reinando y sus potentes rayos hacían menos perceptible el intenso frio. Al llegar a un estrecho Cañón desde donde se divisaba la entrada a una cueva, los sacerdotes se detuvieron levantando sus brazos en señal de que todos debían parar. Mboiresai observó alrededor y extrajo algunas hierbas de su bolsa; volteó y gritó:

—*¡Debemos pedir permiso a los* ***Yatiris****!*

Encendió las hierbas y recitó una frase ritual con solemnidad:

ichhaxa jumankiwa, manqhi chuymamata
mayt'asipxama, jumaw taqi chuyma amuyumarjama
mayt'asita, jumankiwa kullaka...

En el imponente callejón de piedra reinó un profundo silencio, luego de unos instantes emergió de la cueva una anciana de complexión fuerte, que portaba un cayado, le seguían dos hombres. La mujer vestía una manta rectangular estampada con figuras zoomórficas y ceñida por una faja en la cintura, sus blancos cabellos trenzados a cada lado le daban un aire de dulzura. Los hombres Vestían ropajes típicos de la región andina con sus tocados rematados con orejeras de las cuales colgaban cintas con borlas multicolores. Se aproximó a los sacerdotes y les dijo:

—*¡Bienvenidos! Uno de ustedes tiene una deuda pendiente en este* ***Kay Pacha*** [143]

[143] La pacha a menudo traducido como "mundo", "tierra") es un concepto inca para dividir las diferentes esferas del cosmos en la mitología Había tres niveles diferentes de pacha: hana pacha, hanan pacha o hanaq pacha (quechua, que significa "mundo de arriba"), ukhu pacha ("mundo de abajo") y kay pacha ("este mundo"). Estos "mundos" no son únicamente espaciales, sino que son simultáneamente espaciales y temporales. Aunque el universo se consideraba un sistema unificado dentro de la cosmología inca, la división entre los mundos era parte del dualismo prominente en las creencias incas, conocido como Yanantin. Este dualismo dice que todo lo que existe tiene las dos características de cualquier característica (tanto caliente como fría, positiva y negativa, oscura y clara, etc.).

Los sacerdotes y guerreros reverenciaron a la Yatiri, impactaba el hecho de que el chaman principal no era un hombre, si no una mujer; y es que en la sociedad Aymara el universo es dual, todo confluye en una eterna armonía. Una suerte de Yin y Yang, luz y oscuridad, bien y mal, macho y hembra; pero el concepto de las antípodas para los Aymara era mucho más complejo, estas no luchan entre sí por alcanzar el control o supremacía, son parte de un todo, se complementan y sin uno no hay otro. Estas antípodas forman así una asociación permutante: el macho, la hembra y el macho con la hembra. La anciana avanzó entre los sacerdotes y dijo:

—*El* ***Ispa***[144] *ha regresado, y debe rescatar a su hermano enfrentándose a los jaguares que una vez de pequeños les criaron.*

—*¿Ispa?* — susurró Jacob a Iwarka.

—*Si, Ispa. Significa Gemelo.*

Jacob recordó que él había tenido un hermano gemelo, aquel que murió. Un hermano que, según le repitieron miles de veces, era más fuerte y grande que él, pero que por extrañas razones murió antes de nacer. Vivió toda su vida cargando con esa culpa, pues su padre siempre le achacó la muerte diciendo que su hermano no pudo nacer y respirar a tiempo, porque Jacob había sido holgazán y había demorado en nacer. Suspiró y supo que era obvio que él era el mentado Ispa

—*¡No lo puedo creer! ¿El Ispa eres tú Maichak?* —vociferó Iwarka

—*¡Creo que sí! Yo tuve un hermano gemelo.*

La anciana se desplazó entre los sacerdotes hacia Jacob, y al llegar frente a él declaró:

—*Traes contigo una maldición y una bendición. Tienes que redimirte. Lo lamento, pero ellos están hambrientos de venganza. ¡Defiéndanse como puedan y que Inti los proteja!*

Habiendo dicho esto, un sin número de entidades mitad humano mitad jaguares saltaron de los acantilados desde donde se escondían desde hace días. La anciana desapareció con los otros chamanes, los sacerdotes se enfrentaban cuerpo a cuerpo con las bestias, del mismo

---

[144] - Gemelo

modo los guerreros que sobrevivieron a los socavones eran aniquilados por los feroces hombres jaguares.

Canoabo extrañamente había huido, al ver a los felinos recordó que estos habían secuestrado a Anacaona. Sabía que si estaba viva estaría en la cueva; mientras Zion y Tamanaco luchaban por sobrevivir. Yara envió a Zuh sobre Lionza hacia un recoveco del acantilado. Pero al llegar corrió de regreso hacia el combate, su intención era encontrar a Jacob.

El guerrero se dispuso a entrar en la cueva; un hombre jaguar le sujetó por el cuello y le marcó sus filosas garras en el rostro, la sangre brotó copiosamente, pero él torció su puño hacia atrás y le incrustó su potente daga en el corazón, justo a tiempo porque ya la bestia le iba a clavar los colmillos en la yugular. Otro jaguar estaba al frente, pero con gran habilidad Caonabó cogió impulso y le lanzó el cuerpo inerte al otro engendro encima. Al caer lo remató, y prosiguió su entrada a la cueva.

La colosal caverna tenía varios túneles, en su interior reinaba la más absoluta oscuridad, Canoabo no tenía antorcha ni podía ver absolutamente nada, solo caminada tocando las irregulares paredes de la cueva. Luego de un largo trecho, divisó unas antorchas y vio algunos centinelas. En este tramo, la cueva se abría como un embudo invertido. Decidió avanzar sobre los riscos más altos donde nadie lo pudiese divisar.

Mientras tanto afuera de la cueva, seguía la batalla entre los feroces felinos y los guerreros aimaras. Odo Sha tomaba a las bestias y se las llevaba volando a un despeñadero cercano donde las soltaba; por su parte, el sabio dios mono Iwarka peleaba con gran agilidad, Macao atacaba a los jaguares picoteándole los ojos y Kuwi les roía las patas, por otra parte, el valiente Zion se destacaba por su gran agilidad para dar impresionantes saltos que le servían, no solo para esquivar a las fieras, sino también para aniquilarles. Jacob seguía luchando, usando el báculo. Pero de manera sorpresiva el báculo le fue arrebatado por una inmensa entidad cuyo porte le hacía quizás el líder de todos los hombres jaguares, y le presionaba el cuello con el báculo por la espalda, sin embargo, Jacob ahora contaba con una fuerza extraordinaria y frenaba la presión que le asfixiaba.

—Con que acá estas. Creíste que no te toparías conmigo de nuevo. Tu mataste a mi madre; ella que te crio a ti y a tu hermano, tú con tu arrogancia —Gritó enfurecido el Líder Jaguar.

—¡No sé qué hablas, pero cualquier delito que se haya cometido acá, de seguro fui yo! Siempre soy yo —dijo con aire de resignación.

—No hay tiempo para tus juegos y trucos… ahora vas a morir. El propio báculo de Viracocha te aniquilará.

Iwarka se sorprendió de que el líder de los hombres jaguares le pudo quitar el báculo de Bochica a Maichak. Realmente Jacob estaba en peligro. Yara se percató y le gritó a Odo Sha:

—¡Odo vamos! Maichak está en peligro.

—¡Bien, Alla Vamos! —Odo Sha voló y muy hábilmente sujetó a Yara entre sus brazos.

Todos estaban en guardia tratando de repeler al inmenso jaguar, pero este tenía un poder superior incluso Odo Sha no podía ni siquiera tocarle, pues una suerte de escudo invisible le protegía. Iwarka distinguió a Zuh en medio de la batalla, tenía la mirada perdida y se acercaba con paso decisivo, en medio del combate.

—¿Qué le sucede a esa muchacha? ¿Se volvió loca acaso?

—Loca de amor —respondió Macao— *no hay nada más sublime y peligroso que una mujer enamorada.*

Yara salió corriendo al encuentro de Zuh, a su paso enfrentaba con su lanza a los jaguares que se le abalanzaban. Odo Sha se fue adelante, limpiando el camino para que no la atacasen.

—¡Yara! ¿qué haces? —inquirió al dios pájaro con indignación.

—¿No ves? Zuh está en peligro.

—Ponte a salvo yo me encargo de ella.

Odo Sha se elevó a toda velocidad y tomó a Zuh en sus brazos

—¿Qué haces muchacha?

—Voy a salvar a Maichak

—No puedes, ni tu ni nadie, Maichak es el único que puede vencer a ese demonio jaguar

—¡Yo lo haré! … Tengo el poder de la diosa arácnida

¿Qué dices?

—Si, acá está el huevo, y me lo comeré para salvar a mi señor Maichak

Zion observó que su amiga actuaba erráticamente, corrió entre la sangrienta contienda y se aproximó a la muchacha:

—*¿Está loca?*

—*No, solo que hoy decidiré por mí misma ¿Recuerdas mi sueño?*

—*Que tiene que ver tu sueno con esto; por favor suelta eso* —suplicó el muchacho—*¡Odo haz algo por favor!*

—*Adiós, amigo. Llegó la hora. Prométeme que lograrás tu sueno de llegar a Machu Pichu la ciudad mágica.*

—*¡Dijiste que lo lograríamos juntos! ¡eres una mentirosa!* — el muchacho se abalanzó sobre ella, pero Odo lo impidió — *no tengo a nadie Zuh ¡A nadie!*

—*Me tendrás a mí siempre en tu corazón.*

Zuh tomó el huevo y rápidamente lo lanzó en su boca; Odo Sha sabía que sucedería, y le dijo

—*No sabes lo que has hecho muchacha… ¡Maichak cargará esta culpa! no se lo perdonará jamás.*

Odo Sha decidió virar hacia Jacob quien seguían luchando con el líder jaguar. Al llegar Jacob se sorprendió de que Odo expusiera a Zuh en un momento tan peligroso.

—*¿Qué haces Odo? ¡llévatela! … ¡ponla a salvo!*

—*No, ya es muy tarde* — Respondió Odo con voz triste.

—*¡Zuh! ¿Zuh que haces?… tú no puedes ayudarme*— gritó mientras seguían deteniendo al fiero engendro.

—*¡Mi señor Maichak! no me desprecies más. Yo salvare tu vida. Recuerdas lo que te dije… en Bacatá que yo daría mi vida por ti…* —su voz se iba desvaneciendo y convirtiéndose en un chillido espantoso.

—*¡Nooooo!* —gritó Jacob

—*No hay nada que puedas hacer por Zuh ¡recobra el báculo!*—le gritó Iwarka que seguía luchando contra los jaguares.

Jacob impulsó al Monstruo y lo arrojó al suelo, encaramándose sobre el sosteniendo el báculo de manera vertical sobre su cuello. La fiera le propinaba heridas a Jacob que cicatrizaban de inmediato debido al Ormus. Los compinches Kiwi y Macao llegaron a consolar a Zion que estaba destruido por el triste desenlace de su querida amiga.

En frente de Odo e Iwarka, Zuh sufrió una Metamorfosis, de su bello y lozano rostro empezaron a salir gruesos vellos, sus ojos se agrandaron de manera exorbitante, un par de colmillos afloraron y sus brazos se ramificaron en múltiples patas peludas y horripilantes. De inmediato de su cola empezaron a salir miles de minúsculas arañas que se agrandaban vertiginosamente. Kiwi brincó sobre Odo, estaba aterrorizado. Las arañas se diseminaron por todo el acantilado y empezaron a atacar a los hombres jaguares. Los guerreros aimaras salían ilesos y pronto empezaron a tomar el control de la batalla. Yara se devolvió a la colina donde Jacob luchaba por retomar el báculo.

Zuh convertida ahora en una araña, se encaramó sobre la cúpula que protegía al hombre jaguar, y fue excretando su seda desde el abdomen, primero liquida y luego iba formando la red sobre la cúpula; rápidamente logro cubrir todo el escudo protector y empezó a encoger la telaraña, de este modo logró romper la cúpula. Arrojó una red sobre el jaguar inmovilizándolo. Jacob observó que el jaguar podía tocar el báculo porque tenía guantes de escamas de pescado. Para los aimaras Viracocha o Bochica era un dios pez, el dios que vino del agua, es por lo que las escamas protegían al Jaguar de ser exterminado por el poder del báculo. Jacob de inmediato le arrancó la piel de pescado con escamas de las garras. Apuntó el báculo y un enceguecedor rayo fulminó a la demoniaca bestia, pero a la vez alcanzó Zuh convertida en araña.

—*¡Tu hermano…!* —balbuceó el líder jaguar, pero no alcanzó a decir la frase completa.

—*Zuh!* —Jacob gritó desgarradoramente.

Iwarka observaba a su amigo desde lejos, lamentaba el triste destino que la bella muchacha tuvo que afrontar y a la vez el dolor que su amigo Maichak sentía en este momento. Jacob observó con compasión a la gigantesca araña que una vez fue la hermosa y tierna Zuh. De sus protuberantes ojos de la araña salieron dos lágrimas. Los jaguares habían sido aniquilados y unos pocos huyeron, los guerreros se aglomeraron alrededor de Jacob, curiosamente desde el firmamento todos hacían la figura de una telaraña, en cuyo centro se encontraba Zuh. Las minúsculas arañas regresaron al cuerpo de la araña madre; esta se echó en el suelo, Jacob se arrodilló a su lado, sostenía el báculo con las dos manos, lloró sin control. Mágicamente la araña se desvaneció y la hermosa Zuh apareció ante los ojos atónitos de todos.

—*¡Zuh! Regresa...* —intentó salvarla con el báculo, pero fue inútil, no funcionó.

—*¡Maichak!... ¿estas bien?* —susurró casi imperceptiblemente acariciándole los húmedos cabellos de Jacob— *... te cuidé como te lo prometí*—Jacob le limpiaba el rostro.

—*¡Zuh, perdóname!... perdona que no ...!Zuh!*

—*¡Adiós Maichak nos volveremos a ver más allá de las estrellas!*

En ese momento la muchacha cerró sus ojos y respiró fuerte muriendo en los brazos de Jacob quien la aferró contra su pecho. Lloró como nunca había llorado, la última vez que habló con ella, la ignoró, su arrebato de vanidad pudo más que el amor y la humildad. Jacob sentía que no había nada bueno en él, que era un ser despiadado un miserable egoísta. Nunca reconoció el amor que tuvo ante sus ojos. Y cuando entendía que eso que le prodigaban era amor verdadero, ya era muy tarde. Sosteniendo el cuerpo sin vida de Zuh entendió por primera vez que estaba maldito, que el mendigo loco en la calle y el viejo chaman de la bodega tenían razón.

Zion lloraba sin control, al igual que Yara que abrazaba le abrazaba fuertemente. Tamanaco se desplomó en una roca, Iwarka avanzó hacia Jacob y se quedó a su lado, de igual manera Kiwi y Macao se aproximaron, pero respetando el espacio de su adolorido amigo. El único que no estaba allí era Caonabó y nadie lo había echado de menos aún.

Zuh había sido una esclava, pero gracias a Yara, pudo conocer la libertad, entendió que había algo más, que esa vida oscura y servil que había vivido, que vivir era un viaje, donde ella tenía el derecho de dirigir, y finalmente lo hizo; logró ser libre y decidir por sí misma. Zuh no se inmoló por el amor a Jacob, su sacrificio fue un acto de autosuficiencia, de redención y de liberación.

De la nada apareció un mirlo, un pajarillo negro el cual revoloteó alrededor de Jacob y de los conmovidos presentes; luego se posó en una roca aledaña. Cantó frenéticamente una sublime melodía que llenó a todos los presentes de la más profunda nostalgia. Las lágrimas se desparramaron como vidriosas cascaditas que iluminaron de una

plateada escarcha sus cansados rostros. Luego el solitario pajarillo se desvaneció misteriosamente con el viento. Los aimaras empezaron a entonar una hermosa canción, mientras que los sacerdotes caminaron entre los guerreros que continuaban coreando. Mboiresai se aproximó a Jacob que aún estaba sujetando el cuerpo de Zuh y con voz grave le dijo:

—Lamento tu luto Maichak, pero debes entender que no existe antagonismo alguno entre la vida y la muerte, ambas son complementarias. La muchacha está cumpliendo su destino porque la muerte es concebida como la continuación del viaje de la vida. La vida es el transporte y la muerte es el viaje. Zuh ha cumplido parte de las tres dimensiones básicas en las que se dividió su Pacha o existencia, su tiempo y su época y su Alax el espacio eterno o cielo.

Ch'uya tomó la palabra y dijo:

—Entra a la cueva, Maichak. En ella está un cofre con los pedazos de tu hermano. Debes revivirle y así completar el mito.

—¿Cómo sabre donde está el cofre?

—El cofre esta custodiado por un engendro maligno. Las circunstancias te conducirán a ese lugar.

Mientras en la oscura caverna Caonabó seguía avanzando por los altos riscos del techo. Se detuvo al llegar a un templo iluminado por numerosas antorchas. En el centro estaba la vieja Yatir con los otros chamanes. Caonabó se movió y una roca se desprendió. La vieja les hizo señas a los guardias y estos se desplegaron en tropel a capturar al intruso. Los guardianes lo capturaron sin mayor dificultad, lo trajeron ante los chamanes y la vieja le pregunto:

—¿Qué haces acá?

—Buscó a mi mujer que fue secuestrada por los hombres jaguares

—Tu conexión con tu mujer es infalible, ella esta acá, pero ya no es más la mujer que conociste. Ella tiene ***Oboish*** *el mal de ojo o mal puesto.*

—¿Está viva? ¿puedo verla? ¿Dónde está?

Muchas preguntas. Solo sé que ella permanece en el umbral de Mankkipacha. Si lo deseas invocare a ***Aukka Supaya*** *para que te de las respuestas a tus preguntas. Puedes hacer tratos con él y si le agradas puedes salir ileso. ¿Aceptas?*

—*¡Si acepto!*

—*Corta tu dedo con tu cuchillo y arroja la sangre al suelo para sellar tu trato y pedir permiso a la madre Pachamama. Quedarás sin su protección.*

Caonabó hirió su dedo y dispersó algunas gotas de sangre sobre el suelo de la caverna. Los sacerdotes estaban parados allí sin moverse. Algunos guerreros jaguares portando afiladas lanzas acechaban alrededor. La misteriosa anciana empezó el ritual de invocación, una suerte de conjuro. Las antorchas que iluminaban el templo subterráneo se apagaron y la cueva se cubrió de un densa neblina verde e impregnada de una sulfúrica fetidez.

Las rocosas paredes de la cordillera temblaron, y un alarido espectral ensordecedor se escuchó incluso hasta afuera de la caverna. Todos los que estaban en el cañón se paralizaron al escuchar la maléfica resonancia. Jacob decidió que debía entrar de inmediato a la cueva. Se acercó a Odo, Zion y Yara y les dijo:

—*Encárguense del cuerpo de Zuh, ya regreso.*

Ambos asintieron sin decir palabra alguna.

—*Iré contigo* —dijo Iwarka

—*No, quédate debes cuidar a los demás.*

—*No, basta de prepotencia* — dijo el Iwarka sujetándole por el hombro— *Necesitaras de mi ayuda.*

—*Está bien, ven conmigo*— Jacob le frotó la cabeza y corrió hacia la cueva.

Mientras tanto dentro de la cueva una llamarada resplandeció iluminando todo el recinto, y apareció un espectro de unos tres metros de altos, formido, con colosales garras y con tres retorcidos cuernos.

—*¿Quién me han llamado?* —su vozarrón era tan potente que la cueva se estremeció de nuevo y hubo deslizamientos de tierra.

—*Este hombre quiero un trato contigo señor de la oscuridad* —dijo la mujer.

—*¿Qué deseas?* —retumbó de nuevo el lugar, y los deslizamientos de roca y tierra fueron más intensos.

—*Deseo liberar a mi mujer que es prisionera de los Hombres Jaguares en esta cueva, me dicen que tiene Oboish o mal de ojo.*

—Vienes de otro Pacha y llevas el influjo del mal sobre ti. Yo, te daré el poder de liberar a tu mujer, pero tu alma será mía —se carcajeó y nuevamente se desprendieron. peñascos de las paredes y techo de la cueva— *Me gustan los tratos, y haré un trato contigo porque me agradas. Te daré la oportunidad de librarte, tan solo debes escoger si me das tu alma y vivirás por siempre como una entidad maligna a mi servicio, o prefieres espiar tu culpa regresar a tu Pacha y disfrutar de tu mujer, pero tendrás una muerte espantosa que te liberará de este pacto por la eternidad.*

—Obedeceré; haré lo que sea por liberar y sanar a Anacaona. Prefiero regresar a mi época, quiero liberar a mi pueblo del yugo de los hombres barbudos que vienen del otro mundo.

—¡Tú eres un valiente guerrero Caonabó! ¡Así se cumplirá!... Ella se encuentra en la ciudad debajo del lago, debes seguir esa galería y la encontrarás en una jaula de oro, es prisionera del ***Muki***[145]***,*** *tienes que luchar contra él y someterlo; frotar el huevo sobre el cuerpo de tu mujer, una vez hecho esto arrojárselo al Muki* — Aukka después de dar tan detallada instrucción, le entregó un huevo dorado, que resplandecía intensamente.

El impresionado Canoabo recibió el huevo de las horripilantes garras del ***Aukka Supaya*** y lo guardó en una pequeña bolsa que llevaba colgada a la cintura. No medio palabras con él monstruo; pero este le gritó:

—¡Canoabo! tu mujer también tendrá tú mismo final, una muerte ¡horripilante!

La bestia se carcajeó, su maldad era infinita, sabia que el guerrero no podría ser completamente feliz sabiendo lo que les ocurriría a ambos. Su convulsiva risa provocó más derrumbes en la cueva.

Suspiró e inmediatamente salió disparado, tomó una antorcha que estaba colgada en una columna y se perdió en la oscura galería dejando a su paso un inconsistente resplandor. La cueva se erguía abrumadora, afloraba como una inmensa abertura rodeada de rocas rojizas que se

---

[145] - Mulki es un duende andino que habita en cavernas subterráneas se desempeñan como mineros. Mukis, del vocablo quechua murik, que significa "el que asfixia" o muriska "el que es asfixiado". La creencia en la existencia del Muki surgiría tanto de las antiguas tradiciones andinas sobre los demonios y pequeños seres que pueblan el "Uku Pacha.

adentraba en el inmenso cañón, grandes acantilados se divisaban en el horizonte. Mientras ambos decididos se adentraban en la oscura caverna, Iwarka le advirtió a Jacob:

—*Antes de entrar a esa cueva debes saber Maichak que nos enfrentamos a criaturas malignas. Pero también debes saber que con ellos se puede pactar. No hagas pacto alguno con el Aukka Supaya, él es muy hábil e interfiere en el destino de quien se le atraviese. Los restos de tu hermano gemelo están en poder del Muki*

—*¿Restos?* — dijo Jacob sorprendido.

—*En realidad pedazos, tú tienes que soplar la flauta y tu hermano regresara a la vida.*

— *¿Flauta? ¡Oh no! Walichú tiene la flauta mágica en su poder.*

—*Invócalo* — dijo Iwarka

—*¿Lo dices en serio?*

—*Si, claro él es quien tiene la flauta ¿lo olvidas?*

—*¡Walichú! ¡Walichú! ¡Walichú!*

Walichú no apareció, pero de la nada brotó una estampida de cientos de repulsivas ratas que se trepaban por las paredes de la cueva. Un sonido misterioso y dulce a la vez se escuchó; Walichú venia lentamente oscilando al ritmo de la música mientras las ratas embobadas le seguían. Al llegar frente a Jacob empezó a danzar alrededor de él, al ritmo de la flauta; la misma flauta que una vez fuese de Coñori.

—*Walichú no pierdes la maña ¡siempre tan dramático!* —dijo Iwarka.

—*Querrás decir tan payaso… y ahora ¿quién diantres eres?*

—Guten Tag! Sprechen Sie Deutsch? Ich bin der Rattenfänger von Hameln.

Walichú venia ataviado con mallas, botines de tacón con inmensas hebillas doradas, pantalones bombachos, chaquetilla de cuero con mangas multicolores, un sombrero de paje con una pluma de lado y por supuesto su procesión de ratas.

—*Ok, ok, ¡Ya basta! no hablo alemán Walichú; y no tenemos tiempo para tus excentricidades.*

El inestable dios desapareció a las ratas, y con voz burlesca y con ritmo musical le dijo:

Acá tienes la flautita; ahora tendrás que
dominar tus propias ratitas...
Al salir ileso de la cuevita, buscare de nuevo mi flautita...
Espero poder ver tu hermosa carita ...

—*Bien, Walichú, ahora dame la flautita y cierra tu boquita...*— dijo sarcásticamente Jacob mientras extendía la mano.

—*Cuando estés frente al cofre donde están los pedazos de tu hermano sopla con fuerza... Te llevaras una gran sorpresa* —Habiendo dicho esto desapareció de inmediato y con él la camada de roedores.

Mboiresai, Ndaivi y Ch'uya llegaron a la entrada de la cueva, llevaban yerbas y un cuenco de arcilla llamado kero o qiro que contenía un líquido amarillo. Ch'uya arrojo un poco del líquido al suelo y recito un canto:

—*Es chicha Maichak, bébela y tendrás el entendimiento para vencer a Zupay*— decretó Ch'uya

Jacob bebió del cuenco y sintió que la bebida era poderosa y sabrosa al mismo tiempo. Saboreo el líquido y bebió el ultimo sorbo. Luego Mboiresai agarró las hierbas e hizo un pequeño paquete, mientras los otros dos encendían una improvisada fogata. El sacerdote doblo el paquete con las hierbas sagradas, seguidamente lo puso en su frente mirando hacia la cueva incrustada en la montaña declaró:

—*¡Oh, sagrada Pachamama!, ¡madre de todo lo creado! Te pedimos que acompañes a Maichak al encuentro de los Apus invita a tus benefactores a unirse. ¡Oh* ***anchanchu!*** señor de los lugares inhabitados; ¡*Oh poderoso* ***Kunturi Mamani!*** *padre protector del cielo, Poderoso espíritu tutelar* ***luriya. chullpa, acha-chi/a*** *y Wak'a ni en conjunción con todas las entidades sagradas de la corte del bien guíen al guerrero Maichak hacia* ***yayi apu.*** *Entonces entonaron este canto dando gracias a la Pachamama y los espíritus protectores*

Habiendo terminado le prendió fuego a la papeleta con las hierbas, simultáneamente Ndaivi le dio un puñado de hojas de coca machacadas al Jacob murmurando un cantico para sí mismo. La papeleta de hierbas soltaba un fragante humo, Mboiresai movió la cabeza de Jacob con sus dos manos hacia la montaña en la cual se encontraba enclavada la cueva, luego colocó la papeleta en la frente de Jacob.

Terminado el ritual, los sacerdotes se despidieron:

—*Maichak tu autodeterminación y discernimiento serán definitivos para enfrentar a Zupay. ¡Hasta pronto queridos guerreros! que Pachamama y Anchanchu los acompañen.*

Iwarka le dijo a Jacob:

—*¡Algo más...!*

—*¿Qué pasa?* —dijo Jacob con tono de hastió— *en serio ¿crees que después de ese rimbombante ritual hace falta algo más?*

—*Necesitaremos a los Anchimallenes* —Expuso Iwarka siempre planificador.

—*¡Acá los tengo!*

—*Bien muchacho. Ellos nos iluminarán y guiarán dentro de la caverna.*

Se internaron en la cueva y siguieron la misma ruta que siguió Caonabó. Luego de caminar un buen trecho llegaron al mismo templo, y allí estaba la misma anciana. Iwarka le advirtió a Jacob nuevamente:

—*Ya nos han visto. Si aparece Aukka Supaya no trances ni pactes nada con el recuerda que tú eres un semidios como el… y él no tiene control sobre ti. ¿Entendido?*

—*Ni yo mismo puedo creerlo: yo un semidios …*

—*¿Entendido?*

—*Si Iwarka, entendido.*

Los guardianes jaguares se lanzaron sobre los dos, pero la anciana les gritó;

—*¡Suéltenlos! Acérquense no teman* —dijo la vieja con voz apacible— *¿Qué hacen acá?*

—*Buscó a mi hermano gemelo.*

—*Tu conexión con tu hermano gemelo es infalible, el esta acá, pero ya no es más un hombre, es tan solo un despojo.*

—*Vengo a devolverle la vida… ¿Sabe en dónde está? ¿Podre revivirle?*

—*Muchas preguntas. Solo sé que el permanece en el umbral de Mankkipacha. Si lo deseas invocare a* **Aukka Supaya** *para que te de las respuestas a tus preguntas. Puedes hacer tratos con él y si le agradas puedes salir ileso. ¿Aceptas?*

—*No, no acepto.*

Habiendo dicho esto la mujer se convirtió en un inmenso sapo y gritó:

—*¡Noooo! ¡Malditoooooo! en mil millones de años nadie había dejado de pactar con Aukka.*

De inmediato la tierra tembló y Aukka Supaya apareció con su espeluznante aspecto. Y con una voz espectral preguntó:

—*¿Quién ha osado no pactar con Aukka?*

—*Yo…* —Dijo Jacob con aire prepotente.

—*¿Y quién eras tu? Si, así es: eras, tiempo pasado… Porque pronto dejaras de ser…*

—*¡Soy y seguiré siendo Maichak!*

Aukka despidió una bocanada de fuego y Jacob la esquivó. Se impulsó y saltó encaramándose en el lomo del inmenso engendro. Y lo sujetó por los cuernos laterales. La anciana, ahora convertida en el inmenso sapo extendió su pegajosa lengua hacia Iwarka que muy hábilmente logró esquivar, Los dos guardianes intentaron atacar a Iwarka, quien se metamorfoseó en un inmenso Puma. Iwarka se enfrentó a los dos hombres jaguares y con facilidad pudo aniquilarlos a ambos, aunque el sapo seguía aun en posición de ataque. La atención de Iwarka estaba dirigida hacia Jacob, temía que pudiese pactar con el hábil engendro; aparentemente Jacob mantenía dominada a la enorme entidad sujetándole por los cuernos.

—*Sabes que te puedo aniquilar con el báculo sagrado de Viracocha* —gritó Jacob

—*Pero no lo puedes hacer porque el bien no puede existir sin el mal Déjanos ir ...*

El monstruo meneó su cabeza negativamente con fuerza y sus cuernos quebraron el sólido techo de la caverna. Grandes peñascos rodaron y

repentinamente un gran deslizamiento de tierra empezó a bloquear y tapiar toda la cueva. Iwarka había logrado sujetar al sapo con su propia lengua y le gritó a Jacob:

—*Maichak, pacta conmigo... De nada sirve que revivas a tu hermano, el no será el mismo de antes. Los enviados de Arajpacha, el reino de arriba no lograran llegar a tiempo y este plano quedar sumido en el caos eterno, y eso afectara a tu pacha, a ese mundo simulado del cual vienes.*

—*No te creo tío, que eres traicionero.*

Hábilmente logró arrinconar al engendro en una cueva esculpida en las paredes de la caverna y con el báculo lo inmóvilizó cubriéndolo de un escudo protector.

La bestia gritaba frenética dentro. Jacob miró a su alrededor, solo había tres guardias dispuestos en posición de ataque. Con voz amigable les gritó:

—*Márchense no deseo hacerles daño* —Jacob dando unos golpes en la palma de su mano con el báculo.

Los guardianes gritaron al unisonó:

— *¡No, nos marcharemos, no te tenemos miedo!*

—*Pues bien, ustedes así lo quisieron muchachos.*

Jacob lanzó un rayo del báculo que pulverizo a la roca que estaba frente a ellos. Los hombres se miraron con espanto y salieron en estampida sin mediar palabra. Se aproximó a Iwarka que aún estaba forcejeando con el colosal sapo atado con su propia lengua.

—*Tiene la lengua larga esta vieja ¿no, Iwarka?*

—*Si Maichak, muy larga.*

—*Pues, su misma lengua sirvió para detenerla.*

—*¿Qué hacemos con ella?*

—*¡Suéltala!*

—*Podría ser peligrosa* — increpó Iwarka

—*No, no creo*— aseguró Jacob—*Es solo una vieja infeliz sentenciada servir y a adular a Aukka capturando incautos que* pactasen con él.

Iwarka la soltó, moviendo la cabeza en señal de desaprobación, y ambos emprendieron la ruta a través de la intricada red de cavernas que los llevarían hacia el fondo del lago donde estaba el cofre, intempestivamente algo sujeto los pies de Jacob que cayó al suelo. Su cuerpo era arrastrado por el empedrado suelo. Había sido la mujer sapo que se soltó y buscaba revancha. Iwarka corrió transmutándose en un inmenso cóndor, logró alcanzar a Jacob, pero sus garras no eran lo suficientemente fuertes para poder detenerle. El sapo había enrollado a Jacob y le estaba ahorcando, y desafortunadamente cuando cayó al piso perdió el báculo. Iwarka no sabía cómo enfrentar al sapo de nuevo, pues su lengua era potente. Una voz femenina retumbó en la caverna

—*Maichak... ¿A que sabe el beso de un sapo?*

Jacob no podía dar crédito a lo que sus oídos escuchaban era la voz de Kori Ocllo

—*A algo repulsivo y asqueroso* —giró abruptamente su cuerpo buscando esa dulce e inigualable voz; no podía creer que ella estuviese allí y emocionado gritó:

— *¿Kori? ¿Qué haces acá?*

La bella Kori estaba en un risco de la cueva acompañada de otros guerreros.

—*Vinimos a ayudarles a proteger a Puma Punku.*

Kori lanzó un portentoso rayo azul violáceo y la rana quedó paralizada, pero aun mantenía a Jacob enredado en su lengua. Los guerreros descendieron intrépidamente por entre los riscos. Cortaron el largo y pastoso cuero con el que Jacob se había inmovilizado, logro liberarse y corrió sin mediar palabra a recuperar el báculo. Iwarka estaba enfrente cuidando que el báculo fuese recuperado por su protector.

Los guerreros se aproximaron a Jacob e hicieron una reverencia.

—*Tus guerreros te saludan Gran Maichak; nosotros somos:* ***Habaguanex y Jumaca***

Jacob recogió el báculo del piso, y de inmediato viro de nuevo la mirada hacia Kori, pero ella ya no estaba en el montículo de rocas donde segundos antes la había visto.

—*Veo que lograste rescatar el báculo de Viracocha. Has superado las expectativas que Odo Sha y yo teníamos sobre ti.*

—*¿Kori?* —se sorprendió por la velocidad con la diosa reapareció a su lado —*No, no* — dijo con desaliento y profunda tristeza— *tú no sabes cuantos cayeron para que yo lograra recuperar el báculo.*

—*¡Oh Maichak! Los que se inmolaron por mantener el equilibrio del Reino Verde, vivirán por siempre en el verdor de la jungla, en el perenne cantar de los arroyos en el viento que eleva al cóndor. Ahora debes ser más fuerte, y dejar atrás los errores; el mayor error es no intentarlo de nuevo. Ahora debes encontrar el cofre, ve con Habaguanex y Jumaca, ellos te serán de gran ayuda* —dijo apuntándoles, mientras ambos caciques asintieron con la cabeza— *yo regresaré al acantilado; las tropas deben avanzar a Puma Punku.*

Jacob la contempló intensamente como si jamás la hubiese visto; había cambiado. Era tan hermosa y etérea, tan salvaje y apacible; que, en ese preciso instante era una Kori inalcanzable y poderosa, una que él no había conocido; o quizás quien había cambiado era Jacob Miranda, el Maichak. La diosa, sin mediar palabra se escabulló con los otros guerreros por entre las cavernas. Mientras Jacob, Iwarka y los demás guerreros se abrían camino por entre los intricando laberintos subterráneos. Luego de un largo trayecto Iwarka divisó una abertura hacia el exterior, hizo una seña de alto a Jacob, Habaguanex y Jumaca:

—*Habaguanex y Jumaca, deben ir y notificar a Odo Sha y Yara que Maichak les alcanzara en Puma Punku. ¿Entendido?*

—*Si entendido mi señor* — respondieron al unísono.

Los guerreros sin chistar siguieron las instrucciones. Hicieron un gesto de reverencia y de inmediato se treparon sobre los peñascos que daban hacia la salida.

—*No entiendo Iwarka ¿por qué te deshiciste de ellos?*

—*No me deshice de ellos. Tuve una premonición, Caonabó está en esta cueva y necesita nuestra ayuda; además las tropas no se pueden detener. Odo, Yara y los demás guerreros deben seguir, Puma Punku está en peligro.*

Mientras, Iwarka trataba de explicar a Jacob lo que sucedía, afuera de la caverna las tropas se habían unificado, todos los guerreros se habían desplazado en apoyo de los grupos del altiplano aimara. Yara miraba la majestuosidad de la multitud junto a ella se encontraban Julián y Bartolina formados hombro a hombro en frente a las tropas donde se encontraban los más destacados guerreros: Guamá, Chacao, ana, Sorocaima, Hatuey, Cunhambebe. Súbitamente Odo Sha descendió entre la muchedumbre y con potente voz se dirigió a todos:

—*Llegó el momento de avanzar hacia Puma Punku. ¡No hay marcha atrás!* —Remontó vuelo y gritó desde lo alto:

— *¡Veloces como el viento!¡implacables como el fuego! ¡fuertes como el agua! y ¡firmes como la tierra! ...*

—*¡Viva Puma Punku!* — gritó Julián.

—*¡Viva el Reino Verde!* Le secundó Bartolina quien estaba al lado de Yara.

Odo Sha se volvió de nuevo a la multitud, señalando a Bartolina

—*Bartolina es el símbolo de la fidelidad y del matriarcado* —Se plantó en frente de la joven y agregó— *Mujer ... tu entregarás la vida a cambio de tus sueños de libertad, pero ahora; dirigirás un ejército, tu nombre será bendecido por generaciones que habrán de venir.*

Odo revoloteó sobre la tropa de los Pacajes, y con voz de trueno dijo:

— *Valientes Pacajes esta es Bartolina, es la guerrera elegida para guiarlos, Ustedes poderosos caciques: Chacao Y Hatuey serán dirigidos por una mujer*

—Todos vitorearon a la hermosa muchacha, quien aún no podía creer la gran responsabilidad que se le había encomendado.

Luego voló alrededor de Yara y finalmente parándose en frente de ella gritó orgullosamente:

—La poderosa Yara, comandará a los bravos ***Ayahuiris*** *de la tribu* ***Collas.*** Aguerrida *y vigorosa su nombre se recordará en los siglos venideros como la diosa de la naturaleza y la paz.*

De nuevo retumbó el valle con su voz de trueno:

—¡Guamá, Sorocaima! Ustedes son grandes guerreros, pero ahora será guiados Maria Lionza, Yara de Yaracuy. Ustedes valerosos guerreros demostraran que los hombres también pueden ser liderados por mujeres, que no hay superioridad entre los seres de este plano.

Yara miró a Odo Sha con seguridad; al fin reconocía que ella era una guerrera como cualquier hombre.

— *¡Julián!* —dijo Odo— *Estas destinado para hacer historia; imprimirás tu huella en el pueblo Aymara, y serás recordado por generaciones. Los invasores blancos derramarán tu sangre, pero tu sangre vengada será. Una abominación se cernirá sobre las generaciones futuras en el otro plano; la hierba sagrada* ***kuka*** *se transformará en un polvo blanco que destruirá vidas, y dejará sin futuro a su estirpe. Ese maléfico polvo será la perdición de quienes osaron derramar tu sangre. Te llamaras* ***Tupac Katari*** *que significa serpiente resplandeciente, porque llevas la señal de la serpiente sobre ti desde el nacimiento.*

—¡Tupac Katari dirigirá las tropas de Los Soras! Junto con los valeroso Jumaca y Cunhambebe.

Todos los guerreros apoyaron a sus líderes y levantaban sus lanzas, hachas y flechas en señal de victoria.

—Y acá están los Indetenibles y audaces Mapuches.

De inmediato los guerreros mapuches empezaron a gritar con emoción:

— Acá está el gran Toqui Lautaro, líder de los pueblos primigenios de la comarca austral, quien al igual que los demás lideres será admirado y recordado por entregar su vida en pro de la libertad de su pueblo, Tu valiente, el líder supremo de los Mapuches estarás a la cabeza de los ***weichafes.*** *A tu lado luchará el gran guerrero Caupolicán a quien generaciones reconocerán como uno de los más importantes Toquis del sur del Reino Verde.*

Odo Sha levantó las manos, y sacudiendo sus alas hizo una señal para que todos guardarán silencio.

—¡Tamanaco! — Gritó Odo Sha.

El joven guerrero estaba oculto entre la muchedumbre. No podía creer que su nombre se había mencionado de nuevo, pero esta vez decidido y presuroso, se abrió paso entre los guerreros que se apartaban respetuosamente. Con la mirada erguida se dirigió hacia Odo Sha.

—*Acá estoy mi señor* —respondió incrédulo y con tono humilde.

—*Tu comandarás a los guerreros que se unirán desde ahora hasta la llegada a Tiahuanaco, aquellos que vienen desde distintos lugares del Reino Verde y que no tiene líder.*

—*Mi señor, ¿Por qué me elige a mí, si cuentan con los más poderosos guerreros? ¿dónde se encuentran los demás caciques arawak?*

—*El cacique Guaicaipuro junto a Paramacay se han unido al ejército del Inca en la ciudad sagrada de Machu Pichu.*

— *¡Gracias por confiar en mí! no lo defraudaré.*

—*Lo harás bien muchacho, confío en ti. Esperaremos a que regresen Maichak y Caonabó*— dijo Odo Sha— *Ahora descansen, coman y beban, porque la jornada será ardua.*

Kori apareció de repente en medio de un halo de luz, todos se detuvo ante el bello espectáculo.

—*Maichak permanece aún en la caverna, pero pronto se unirá a nosotros. Caonabó ha ido a la montaña a rescatar a su amada Anacaona.*

En ese momento Yara, Macao y Zion se percataron de que Caonabó hacía mucho tiempo que había desaparecido.

—*¡Ay, ay, ay! Canoabo se escapó*— dijo Macao

—*Ese infeliz es un cobarde, quizás tuvo miedo* —aseguró con un extraño enfado Zion.

—*No, no lo creo* —refutó Yara pensativa— *Iwarka ya lo había advertido y no le creímos, algo extraño sucede con Caonabó.*

Kiwi estaba en los hombros de Zion y sostenía el misterioso collar que portaba; el mismo que Walichú le había entregado a Yara, el pequeño roedor intentaba quitárselo. Zion de un manotón arrojo a Kuwi al suelo. De inmediato Yara le sujeto por el cuello con su daga y le dijo:

—*No te atrevas a tocar a Kuwi, o a alguno de nuestros compañeros una vez más; porque no te daré otra oportunidad* — presionando el afilado filo sobre el frágil y Era ya de tarde, el sol estaba tan cansado como los ojos de los dolientes; todas las mujeres se habían preparado, Coñori y

Sachi traslucido cuello del muchacho agregó— *hablo en serio mocoso, no lo repetiré; ¿entendiste?* —le sujeto por el cabello— *¡responde! ¿entendiste?*

—*Si, entendí...*

El muchacho se apartó del grupo; Macao recogió a Kuwi del suelo y Yara le abrazó tiernamente. Kuwi sabía que el collar producía ese comportamiento agresivo y errático; pero nadie parecía captar su mensaje, esa era su maldición nadie le entendía.

Tamanaco se aproximó a Zion que se había sentado en una roca solo, con la mirada perdida entre la multitud.

—*¿Qué te pasa muchacho?* —inquirió Tamanaco.

—*Nada, ¿qué te puede interesar lo que me pasa?* — dijo el muchacho levantándose abruptamente.

Tamanaco lo detuvo sujetándolo por el hombro y sentenció

— *¿Acaso sientes un gran peso? ¿una especie de desasosiego?... Yo mismo siento eso, lo he controlado, pero es más fuerte que yo. Es una sombra en mi alma que me está matando... ¿Es acaso eso lo que sientes?*

—*No, no lo sé, Suéltame* —El chiquillo empezó a llorar y con voz entrecortada gritó— *¡Déjame solo! ¡Vete!*

Intentó zafarse, pero Tamanaco lo sujetó con más fuerza. En medio del forcejeo el collar de Zion se rompió y los huesos y dientes se esparcieron por el suelo. De inmediato el rostro del joven se transfiguró, sus ojos recobraron ese brillo juvenil e inocente que le caracterizaba, parecía sorprendido con todo lo que estaba sucediendo. Su cuerpo ya no se resistía más.

—*¿Qué sucede? ¿Tamanaco? ¿por qué me sujetas así?*

— *Porque estabas fuera de control, hasta que ese collar se rompió y súbitamente volviste a ser el mismo Zion de siempre.*

— *¿Soy el mismo? No entiendo. ¿había cambiado?*

—*De verdad no recuerdas nada*

—*Recuerdo cuando Yara me dio el collar. Recuerdo la muerte de Zuh, pero hay vacíos. Como si una oscura niebla cubrió mi memoria.*

—*Pues, muchas cosas han sucedido desde que ella te dio ese maldito collar.*

Tamanaco apretó con fuerza su propio collar lo haló con ira gritando;

— *¡Aaaah! Maldito collar.*

— *¿Qué sucede? Inquirió Zion totalmente confundido*

—*Los collares que nos dio Yara, están malditos, pero ¿Por qué Yara nos haría algo así?*

Tamanaco decepcionado y confundido recogió los pedazos de los collares y corrió a buscar a Yara:

—*Espera Tami, donde esta Caonabó ... Oye ¿A dónde vas?*

—*Voy a buscar respuestas, Yara me tiene que explicar.*

Tamanaco corrió hacia Yara quien estaba conversando con otros guerreros; Tamanaco se plantó al frente y con extrema ira gritó:

—*Tú de que vas Yara. ¿Por qué nos hiciste esto?* —le lanzó los huesos y colmillos en el pecho

Los guerreros se pusieron en guardia y sujetaron a Tamanaco, mientras seguía recriminando y cuestionando a Yara.

—*Tamanaco ¿Qué sucede?* —exclamó separando a los guerreros— *¡suéltenlo!*

—*Eres una falsa, no te hagas la inocente... querías que nos peleáramos entre nosotros y nos diste esos collares malditos. Por eso Zion y Caonabó actuaron tan extrañamente; aún no sé cómo yo pude resistir.*

—*¿Los collares?* —Yara sabia ahora que Walichú le había tendido una trampa. Ella no había usado el collar, pues cada vez que intento usarlo algo sucedía y no podía colocárselo.

Odo Sha llegó con Bartolina, Julián y Hatuey

—*Yara ¿qué tramabas con esos collares?* —preguntó Odo con voz grave

—*¿No sé qué sucede?*

—*Yara ... debemos aprenderte hasta que se aclare lo sucedido con esos collares. amárrenla y vigílenla* —ordenó Odo Sha.

—*¿Amarrar a mi Señora Yara?* —replicó Hatuey esgrimiendo una mueca de desaprobación.

—*No es necesario, no creo que vaya a huir*— dijo Bartolina —*¡señora por favor diga que ha sucedido!*

—*Necesito hablar con ustedes, a solas.*

Odo Sha y Julián hicieron señas a los guerreros para que la soltaran y estos se apartaron. Se agruparon en unos matorrales, Odo no podía mirar a Yara estaba decepcionado, al parecer no era la mujer que el admiraba. Julián miró a Odo, sabía que esto sería difícil para él, por lo que decidió confrontar a Yara el mismo.

—*Mi señora Yara, esto no es fácil para mí, pero ¿qué es lo que tiene que decir?*

—*Sabes algo Odo Sha, jamás te perdonaré que me hayas acusado sin dar una explicación. Fue Walichú quien me dio esos Collares, me dijo que eran para ayudar a los guerreros, que les daría un poder místico.*

—*¿A quién más le dio uno de esos collares?* — preguntó Julián

— *A Caonabó y a Maichak*

— *Esto explica la actitud de Caonabó* —replicó Julián— *Caonabó se internó en las cuevas algunos guerreros nos informaron, pero Maichak no ha usado ese collar; yo no se lo he visto.*

—*No, Maichak no lo ha usado.*

—*Yo le creo Mi señora* — sentenció Bartolina con un tono triste— *no creo que usted hubiese querido causar algún daño.*

—*Pero si lo he causado, Caonabó ha sido el más afectado, y no sé qué estará sucediendo dentro de esa cueva. Debo ir a ayudarle… debo decirle que se quite ese maldito collar.*

—*Tu no vas a ninguna parte* —dijo Odo Sha

—*Tu no me das ordenes* —Respondió enfurecida Yara

—*No es una orden; es un deber, tú tienes una misión y debes cumplirla* — decretó Odo — *no puedes abandonar todo por Caonabó. El estará bien; quizás ya él y Maichak estén juntos.*

—*Mi señora debe seguir dirigiendo sus tropas* —agregó Bartolina con voz dulce y pausada y posando su mano en el hombro de Yara— *¡Vamos mi Señora!, Errar es parte de la vida, la existencia se enriquece y perfecciona cada vez que caemos y aprendemos a levantarnos una y otra vez.*

Kori apareció de repente en medio de un halo de luz, todos se detuvo ante el bello espectáculo.

—*¿Por qué pelean entre ustedes?*

Odo Sha exclamó con gran emoción:

—*¡Kori Ocllo!*

—*He venido con las tropas del sur. Nuestro enemigo es la Corte del mal enfoquémonos en eso.*

—*Walichú me engaño Kori* —se defendió Yara.

—*Walichú es un dios impredecible que representa el bien y el mal; él es Lucifer y Loki, pero también es Hermes, Pan y Baco en otros planos. Es el sí y el no. Fuiste muy ingenua al creer en él. Maichak no tiene collar alguno; está aún en la caverna, pero pronto se unirá a nosotros. Caonabó está en la caverna también buscando a su amada Anacaona.*

Odo Sha si media palabra se fue del lugar, Yara quedó estática y con la mirada perdida. Kori estaba a su lado tratando de consolarla.

—*Walichú es nuestro enemigo* —Decretó Julián —*y la va a pagar.*

—*Walichú es un poderoso dios* —aclaró Kori—*¡Ten cuidado Julián!*

—*Podrá ser un dios, pero no podrá con nosotros* —Respondió de inmediato Julián—*Odo Sha estaba confundido Yara* —dijo Kori— *él no quería atacarle ...*

—*Él es un necio que nunca ha creído en mi... ¡Nunca! ¡Maldita sea!*

Bartolina sentenció de nuevo un sentido aforismo:

—*¡Oh! mi señora Yara no olvide jamás que a quien cuesta querer más es a aquel que necesita más amor...*

Yara salió corriendo, no podía entender por qué tenía que amar a un imposible. En lo alto de una colina Odo Sha la observaba y pensaba exactamente lo mismo: ¿Por qué?

En la perpetua oscuridad de la caverna Canoabo había avanzado hacia el fondo del lago, y lo sabía porque sentía la húmeda en las paredes. La caverna estaba oscura y se alumbraba con la antorcha cuya débil luz serpenteaba agonizante. No tenía la menor idea de donde estaría el Muki, ni que efecto generaría en Anacaona el huevo que le había entregado Aukka Supaya; solo sabía que debía liberar a su mujer y frotar su cuerpo con ese huevo dorado. No podía dejar de pensar en lo que había pactado, y en lo que el maléfico Aukka había decretado sobre la muerte de ambos. Quería tener a Anacaona de nuevo en sus brazos, después lidiaría con el maléfico destino al cual serian sometidos al regresar a su plano original.

Se desplazó con paso cauteloso; luego de unos cuantos metros se percató que la llama de la antorcha se movía por una corriente de aire que provenía del techo de la caverna. Súbitamente escuchó algo en una galería cercana y decidió encontrar el origen del extraño sonido; continúo avanzando, en eso distinguió una luz a la distancia, decidió apagar su antorcha y dirigirse hacia la extraña y potente luz. Se escondió entre las filosas estalagmitas que brotaban desde el suelo de la caverna; podía observar como una criatura espeluznante con una cabeza desproporcionada contaba diamantes que tomaba de una gigantesca pila y los lanzaba a otra, no menos grande, alrededor de este se encontraban cientos de entidades espectrales, se podía distinguir a pesar de su traslucido aspecto que habían sido mujeres, a diferencia del Muki estas emanaban una extraña belleza. Caonabó pensó que este podía ser el Muki o Muqui; el duende de los andes, conocido entre los lugareños como "el que asfixia"; pero no podía divisar la jaula de oro y mucho menos a Anacaona. Todo el suelo a su alrededor estaba cubierto con un polvo blanco. Canoabo decidió subirse a un risco para poder divisar mejor que había detrás de las pilas de diamantes. Desde lo alto logró al fin ver la jaula de oro y dentro de ella, estaba Anacaona, parecía una estatua viviente, no se movía ni parecía tener vida.

Deseaba ir y matar al Muki y liberar de una vez a su amada, pero se contuvo, primero debía organizar sus ideas. Debía Someter al Muki y luego podría liberar a Anacaona. ¿Pero cómo podría atrapar al Muki? No iba a ser nada fácil; suspiró mirando fijamente a la inmóvil Anacaona que aun así lucia regia. Una mano se posó en su hombro y le apretó; Caonabó volteó de inmediato y lanzó un zarpazo con su daga, pero de inmediato fue detenido; era Jacob que lo había encontrado.

—*¡Vamos hombre que casi me matas!* —dijo Jacob deteniendo a Caonabó por el pecho, el collar se desprendió con el brusco movimiento cayendo una lluvia de cuentas, dientes y huesos que rodaron por el irregular suelo de la caverna.

De inmediato Caonabó se sintió liberado, era como si un espíritu maligno lo hubiese estado oprimiendo. Iwarka observó lo que sucedía, y como ese semblante duro y cruel cambiaba al sereno y franco rostro del Caonabó de siempre

— *¿Maichak? ¿Iwarka? ¡Qué extraño! ¿Dónde estamos?*

— *Muchacho ¿Estas bien?* —dijo sorprendido Iwarka — *¿Quién te dio ese collar?*

—*Si, estoy bien, pero es extraño siento como si hubiese estado dormido. ¿El collar? ¿cuál collar?*

—Ahora que recuerdo Yara me dio un collar similar a mí, pero jamás lo use. — respondió Jacob

— *¿Por qué ella les daría esos collares a ustedes?* — inquirió Iwarka con preocupación.

—No lo sé; pero debemos preguntarle cuando regresemos; es obvio que ese collar afectó a Canoabo.

—Maichak, Iwarka ... ¿Qué hacen acá?

—Busco a mi hermano gemelo, o mejor dicho lo que queda de él. Y ¿tú que buscas en esta cueva?

Caonabó estaba confundido, y no podía recordar donde se encontraba, pero una fuerza interior le presionaba a recordar.

—No sé; realmente no lo sé... pero siento que debo recordar, es preciso recordar.

Iwarka contempló los pedazos de huesos del collar, él había intuido que algo extraño le pasaba a Caonabó y a Zion. El dios mono puso su mano en la frente de Canoabo y de este modo pudo ver como si fuese una película los pensamientos de Canoabo, esos pensamientos estaban ocultos para su conciencia, pero Iwarka pudo proyectar esos pensamientos

—Caonabó busca a Anacaona, le dijeron que es la prisionera del Muki —Iwarka observó, con detenimiento, a la jaula que se encontraba debajo de ellos y murmuró a Jacob *—Esa es la mujer de Canoabo, ¡Mírala!*

—Si es ella ... ¿Cuál es el plan? — inquirió Jacob

—Veamos —El dios mono continuaba con su mano sobre la frente del joven guerrero— *Maichak debemos capturar a la criatura, y de este modo poder quitarle la llave que abre la jaula de oro, luego quitar el maleficio de Anacaona con el huevo; y al final tirarle el huevo al Maqui, esto lo neutralizará.*

Iwarka quitó su mano de la cabeza de Canoabo y este regresó instantáneamente del estado de inconciencia.

— *Muchacho; ya sabemos porque estas acá. Viniste a liberar a Anacaona; debemos vencer al Muki quitarle la llave que abre la jaula donde ella se encuentra.*

—¿Anacaona está aquí?

—Sí, ella está en una jaula, para ser más exactos— Jacob sonrío y apuntó con el dedo — *¡en la jaula que está allí abajo!*

—*Yo entretendré al Muki mientras Iwarka le quita la llave* — Jacob instruyó con ánimo— *El té la arrojará; luego abres la jaula, haces el ritual del huevo y le arrojas el huevo al Muki ¿Qué te parece?*

—*Es un buen plan, llegaron en el momento justo* — dijo Canoabo, el mismo Canoabo de siempre

—*Bueno, ¡que comience la fiesta!* —Dijo con entusiasmo Jacob Vamos— *Iwarka.*

Jacob se aproximó sigilosamente al centro de la Caverna donde se encontraba el Muki, contando sus diamantes. El Muki escuchó algo y se puso en guardia, Jacob serpenteó la galería y apareció detrás del Muki.

—*¡Hola! ¿Macho, no te cansas de contar tus piedritas?...*

El Muki no tenía voz solo emitía sonidos inteligibles, gruñía como una bestia y sus movimientos eran torpes y lentos, pero poseía una fuerza extraordinaria. Jacob aprovechó la lentitud del engendro para distraerlo, tomó uno de sus diamantes y se lo mostró retándole.

—*¿Me regalas este diamantito?*

Jacob corrió alrededor del Muki que desesperado buscaba recuperar el diamante. Tras la torpe criatura iban las entidades incorpóreas que desesperadas le seguía, Iwarka sabía que pertenecían a las mujeres que había secuestrado y luego despojado de su alma. Ellas se convertían en entidades energéticas. El piso de la caverna estaba lleno de brillantes piedras. Cada diamante del Muki era una lágrima de una mujer secuestrada por él.

Iwarka decidió transformarse en un inmenso armadillo, parecía un triceratops. El cuerpo del casi prehistórico animal estaba compuesto de un resistente caparazón; o más bien una armadura que se enrolló y formó en una bola gigantesca y se abalanzó sobre el Muki que seguía persiguiendo a Jacob, quien le gritó a Iwarka

—*¿Qué haces? ¿Qué animal es ese?*

—*Un armadillo* —le respondió Caonabó

—*¡Es horrible!* —exclamó con cara de repulsión Jacob

El armadillo tumbó al Muki y lo sujeto con la potente cola contra el piso; de este modo quedó inmovilizado por el abdomen, en eso Canoabo y Jacob se echaron sobre el monstruo que continuaba emitiendo extraños ruidos y tratando de liberarse. Los espíritus de las mujeres se detuvieron;

extrañamente se apartaron del Muki. Jacob observó al inmenso y torpe Muki, casi indefenso, pero aun tratando de liberarse. Canoabo y Jacob buscaban la llave en la ropa del engendro, pero no era fácil, el Muki desprendía un olor nauseabundo.

—*¡Joder! ¿Qué has comido Iwarka?* —dijo Jacob apretando con sus dedos su nariz.

—*¡Qué no soy yo, es el Muki!* —Aclaró Iwarka

—*Vamos a encontrar esa llave o moriremos asfixiados* —sentenció desesperado Caonabó.

Caonabó pensó que quizás la llave podía estar en las partes nobles del monstruo y gritó a Jacob

—*¡Maichak! Haré esto por Anacaona.*

De inmediato Caonabó metió su brazo en el pestilente pantalón del Muki, mientras el engendro escupía una saliva de color verde se enfurecía más y mostraba sus afilados colmillos. El guerrero continúo buscando en la verija. De inmediato el Muki empezó a reírse incontrolablemente, tanto que parecía sentir dolor de tanto que se reía, en medio del bizarro momento, Caonabó sintió que la llave estaba allí, la agarró con fuerza sacándola de dentro de la bragueta. Contemplo la llave que no parecía de oro sino de barro, pero no había ninguna duda que era una llave. Levanto su mano muy alto y mostrando la llave gritó:

—*¡La encontré! Maichak, ¡La encontré!*

—*¿Estás seguro de que eso es una llave de oro?* —Dijo Jacob con tono de desencanto — *¡Qué asquerosidad!*

—*Si, es una llave.*

El Muki colapsó, al parecer se había desmayado, aun así, Iwarka seguía sujetándolo. Caonabó corrió con Jacob hacia la jaula donde se encontraba Anacaona en suspensión inanimada, era hermosa estatua viviente. Cuando Caonabó intentó abrir la jaula, los espíritus de las mujeres se abalanzaron sobre él.

—*¿Qué sucede?* — preguntó Caonabó.

—*Las animas quieren entrar al cuerpo de Anacaona, se están peleando por quedarse con su cuerpo* —Respondió Jacob tratando de apartar a las fantasmagóricas figuras de la jaula, pero sin embargo estas, por alguna razón no podían acceder a la jaula.

—¿Cómo podrá el espíritu de Ana entrar en su cuerpo?

—No lo sé, corre pregúntale a Iwarka.

Canoabo nervioso le preguntó al armadillo que aun sostenía al inmóvil Muki.

— Iwarka ¿Qué pasa con las animas? Se quieren apoderar del cuerpo de Anacaona.

—Sigue el plan muchacho frota su cuerpo con el huevo de oro. ¡Hazlo! ¡Ya!

El joven salió disparado hacia la jaula, Jacob seguían en guardia protegiendo la puerta de la jaula. Canoabo abrió la jaula con la llave que ya empezaba a lucir de oro, las animas aún estaban fuera de la jaula, había una fuerza invisible que les impedía entrar. Canoabo sentía como su fogoso corazón latía sin control, contempló a su amada Anacaona, jamás la había visto más vulnerable que en ese momento, era irónico ver a la bravía mujer, la guerrera incansable reducida a solo una indefensa muñeca exhibida en una vitrina de oro. Procedió a frotar el magnífico cuerpo de Anacaona con el huevo de oro que le había sido entregado por el abominable y tramposo Aukka Supaya. Lo repitió dos veces, pero observaba con preocupación que ella no se movía, no había ningún cambio.

—Maichak, el ritual no está funcionando — Aun tenía el huevo entre sus manos — *¿Qué debo hacer?*

—Ve y arrójale el huevo al Muki, para que Iwarka pueda ayudarte, el huevo neutralizara al Muki.

Canoabo corrió y disparó el huevo al Muki quien aún yacía inconsciente. Cuando el diminuto huevo impacto sobre el cuerpo nauseabundo del Muki. La criatura empezó a gritar, las animas se aglomeraron alrededor de él, lanzándoles diamantes que se fundían con la sustancia negra que parecía asfalto y poco a poco lo que antes había sido el Muki o duende de los andes, no era más que una roca cubierta de diamantes.

De inmediato Anacaona empezó a moverse, abrió sus ojos y vio a Jacob que estaba sosteniendo el báculo frente a ella.

—Anacaona ¿estas bien?

—¿Maichak? ¿Dónde está Caonabó?

—*Tratando de liberarte. ¡Sígueme!*

Anacaona no podía contener la emoción, al llegar donde se encontraba Canoabo, se detuvo y lo contempló. El guerrero volteó y allí estaba a solo unos pasos, no podía creer que su amada estuviese frente a él. Ella se lanzó en sus brazos y le plantó un beso largo y apasionado. Caonabó no recordaba lo que Aukka le había pronosticado, el recuerdo de la maldición que recaería sobre ellos se había dispersado con cada cuenta del collar roto, desvaneciéndose de su memoria. Todo el terror de ese sangriento futuro había quedado en el olvido. Iwarka lo había visto, sabia de ese trágico final, pero no dijo una sola palabra, estaba convencido que cuando los infortunados amantes regresaran a su plano temporal, deberían vivir su vida de la manera que se había destinado, desconociendo su triste final, y desconociendo que serían los héroes que se opondrían a los invasores de otras tierras.

La sustancia negra cubrió al Muki por completo, Iwarka ya lo había soltado pues el monstruo se había reducido a un amasijo negro forrado de diamantes sus gritos se fueron ahogando. El Muki había sido tapiado por completo.

Iwarka se aproximó a Jacob y le dijo:

—*Las animas ahora podrán descansar en paz.*

Esas infortunadas mujeres cuyos cuerpos y almas habían sido prisioneras del Muki por siglos habían encontrado el camino hacia la luz. La oscuridad y desesperación que emanaban se había desvanecido y ahora eran brillantes y resplandecientes, sus fantasmagóricos rostros habían cambiado, ahora eran sonrientes y angelicales. Anacaona y Caonabó se acercaron; no podían evitar sentir pena por el triste destino de esas mujeres que se arrancaron de su vida ordinaria, pero al menos ahora su calvario había terminado.

—*Yo aún tengo algo que hacer: encontrar a mi hermano.*

—*Veo que recuperaste el báculo* —dijo Anacaona observando el báculo con ganas de tocarle.

—*¡Cuidado muchacha!* — advirtió Iwarka deteniéndola

—*Si, recuperamos el báculo juntos; en realidad solo jamás lo hubiese logrado, trabajamos en equipo.*

—*¿Tienes un hermano Maichak?* — curioseó Anacaona.

—lo del hermano, ni yo mismo lo entiendo, solo sé que debo encontrarlo.

Iwarka interrumpió, y con hastió sentenció:

—Pues dejemos de hablar y vamos hay mucho que hacer.

Afuera de la cueva; ya el sol se desvanecía entre las rocosas montañas, el viento inclemente empezaba a golpear con fuerza generando un sonido místico que retumbaba entre las grietas de los y abruptos surcos de las montañas. Las tropas rompieron filas y los guerreros fueron apertrechándose en cuevas que brotaban desde el interior de las paredes montañosas; esperarían la llegada de Maichak e Iwarka para emprender el viaje a Tiahuanaco.

Yara observó todo a su alrededor, era increíble como se habían unido todos los pueblos primigenios para proteger el balance del Reino Verde; ella era parte de esta lucha y no dejaría de hacer su trabajo y mucho menos porque Odo Sha no creyese en ella.

—Disculpe mi señora … Yo sí creo en usted.

Dijo un joven guerrero de largos cabellos de color azabache que sigiloso estaba detrás de ella. Yara se impresionó porque estaba pensando exactamente en eso.

—¿Cuál es tu nombre?

—Hatuey

—¿Leíste mis pensamientos?

—No mi señora, la vi ensimismada y quise acompañarla. ¿Sabe? A veces; en la noche nuestra alma entra en desespero, la soledad algunas veces es buena, pero en la mayoría de los casos es nuestra enemiga. Somos realmente nosotros mismos cuando estamos en soledad. Cuando creemos que todo se oscurece y no encontramos la salida, en secreto podemos ver la luz de nuestros pensamientos, y los pensamientos son sublimes cuando son guiados por esa luz. Yo esta noche pude ver su luz.

—Tienes el arte de la palabra Hua …

—¡Hatuey! Gracias por estar acá.

—Es mi deber. Como todos vine a esta dimensión a librar la batalla final.

Me siento tan confundida

—Usted está en una batalla consigo misma. Lo mejor y lo peor de usted se están enfrentando en su interior, deje que lo mejor triunfe. Ahora debo irme mi señora…

—No, ¡no te vayas por favor! si no te molesta, por favor siéntate acá a mi lado.

El guerrero se sentó a su lado sin decir una palabra. Mientras Odo Sha observaba a lo lejos. Sabía que había sido rudo e injusto con Yara; pero Yara no confió en él, no le mencionó nada sobre los collares; sintió rabia y decepción; en el fondo había sido mejor este final; esto los mantendría separados, para Odo era menos doloroso.

—¡*Oh! Odo Sha* —era Kori— *deja de luchar contra tus sentimientos, se quiere más algo cuando no lo podemos tener...Y tú has decretado que Yara es un imposible.*

—*¿Sabes? Debieron aniquilarme en lugar de convertirme en este despreciable engendro.*

—*Cuanto lamento que sufras de esta manera; quisiera poder ayudarte; pero yo misma cargo mi propia maldición.*

—*Si Kori, pero tú no eres despreciable, no comes carroñas, no transpiras hedor...*

—*¡Basta! No puedes continuar compadeciéndote de ti mismo. Yo no puedo entregarme al amor físicamente, esa fue mi maldición; moriré antes de consumar el amor carnal... No hay nada que podamos hacer para remediarlo, o ¿quizás sí? Pero lamentándonos y huyendo no lograremos enfrentar nuestros demonios.*

—*Ya no me interesa que este maleficio cese; ahora solo quiero retornar a la luz, queda algo bueno dentro de mí, algo que me ha empujado a amar, aun siendo esta entidad oscura y patética, siento que aun puedo ser bueno.*

—*Yo creo que el peor maleficio que llevas contigo es el ser tan testarudo* —dijo Kori abrazando al musculoso Odo Sha— *Vamos parajillo, ¡vuela alto y se libre! Mañana saldremos a Tiahuanaco al despuntar el alba.*

—*¿Qué pasará con Maichak y Caonabó?*

—*Ellos se reunirán con nosotros allá* — Respondió Kori

—*Ya encontró a su gemelo* —sentenció Odo y Kori asintiendo con la cabeza.

Odo Sha divisó a dos hombres caminando por la escarpada colina; se incorporó y advirtió:

—*Esos hombres de allá abajo no los había visto antes*

—Son *Habaguanex y Jumaca ellos son de los nuestros... ¡Vamos!*

Habaguanex y Jumaca se dirigían al campamento cuando Kori y Odo Sha los interceptaron:

—*¿Están bien? ¿Qué sucedió? ¿Dónde dejaron a Maichak e Iwarka?* —Preguntó Kori

Estamos bien, mi señora Kori. El dios mono Iwarka nos pidió que les informáramos que ellos los encontraran en Tiahuanaco, ellos están bien mi señora. —Respondió Jumaca

—*¿Ellos están con Caonabó?* — Indagó Odo Sha

—*¿Caonabó? No, quedaron solos, y están ya debajo del lago muy cerca de donde se encuentra el cofre* —dijo Habaguanex.

—*Pues hay que alistarse; salimos antes del amanecer. Únanse a las tropas de Tamanaco y ayúdenle en todo lo que puedan.* —Añadió Odo.

—*¡Si señor!* —ambos respondieron

Seguidamente Odo buscó con la mirada y divisó que alguien le estaba espiando, hizo la señal de silencio con la mano a Kori y caminó sigiloso hacia una piedra. Escondido se encontraba Zion. Odo se sorprendió al verle tan solo.

—*¿Y tú qué haces aquí? ¿Nos estas espiando acaso?*

—*No, claro que no mi señor Odo. Solo que nadie me toma en cuenta.*

—*Eres muy valiente y serás muy útil. Cuando Maichak te envió a Cuchaviva hiciste un buen trabajo, protegiste a tu compañera y entregaste el mensaje exitosamente. Únete con Tamanaco dile que te envié y que tu estarás a cargo del grupo de Chasquis.*

—*¿Los chasquis?*

Zion no podía creer que estaría a cargo de los chasquis, quienes admiraba y quienes a su vez habían sido el mayor entretenimiento de su infancia. Los chasquis habían alimentado su imaginación, fueron la conexión con un mundo lleno de aventura.

—*Si, muchacho. Estas a cargo de los Chasquis.*

—*¿Sabes cómo manejar la información de los Quipus?* —preguntó Kori

—*Si mi señora, Yo lo aprendí desde muy pequeño. Mi padre fue un* ***Quipucamayoc'***[146] ***y*** *me otorgó el conocimiento de decodificación de los nudos de colores, cada nudo tiene un significado propio dependiendo de los colores y los espacios entre ellos.*

—*Veo que estas listo para tu misión* —dijo Kori regalándole una dulce sonrisa al emocionado muchacho.

—*¿Puedo ir a buscar a Tamanaco?*

---

[146] Un quipucamayoc era un funcionario dentro de la administración y burocracia del Tahuantinsuyo, que tenía como principal función la interpretación y manejo de los quipus. Son los equivalentes a los contadores o tesoreros

—*Si, por supuesto* — respondió Odo — *¡Qué viracocha te acompañe!*

El muchacho salió disparado a buscar a su amigo Tamanaco, quería contarle de inmediato que ahora era parte de la tropa, y que tendría un gran rol en la batalla. Kori se despidió de Odo, debía ir a Puma Punku antes de las tropas, pues había que reunir a los chamanes de la región.

—*Debo salir a Puma Punku de inmediato. Iré con un contingente de cincuenta guerreros.*

—*Bien, nosotros te alcanzaremos pronto.*

—*Espero que Maichak cumpla con su misión y llegue a salvo.*

—*Así será* —respondió el grandulón— *¡así será!*

Mientras tanto dentro de la cueva Jacob debido al poder del ormus, que aun surtía efecto no sentía fatiga ni hambre alguna. La travesía se había extendido por más de trece horas durante las cuales no había consumido ni bebido nada. Anacaona y Caonabó continuaban con ellos, los Anchimallenes iluminaban la cueva con eficiencia. Los niveles de humedad se incrementaban a medida que avanzaban, como también el frio. Las piedras de la caverna cambiaron de color ahora eran rosa intenso.

Jacob estaba muy ansioso por terminar este reto; y quizás este sería uno de los más fantásticos, resucitar a una persona fallecida, y mucha más extraño su propio hermano gemelo. Su cabeza giraba como un trompo, brincando de un pensamiento a otro. Recordó que tuvo un hermano gemelo a quien nunca conoció, pues murió al nacer; su padre se había encargado de grabar en su memoria la tragedia, cantaleteando constantemente que el mejor gemelo había fallecido por su culpa. Para Jacob el tema del gemelo muerto era un eterno llover entre mojado, un melodramático dejavu al cual se había sometido toda su vida e incluso. Al parecer el seguía siendo el villano incluso en este fantástico mundo. Intempestivamente rompió el silencio:

—*Iwarka ¿sabes que nos espera?*

—*No, muchacho; lamentablemente se lo mismo que tú sabes... ¡nada!*

—*¿Debemos seguir esta ruta?* — preguntó Jacob

—*Si* — respondió Iwarka — *sigue tu destino muchacho.*

Llegaron a una gran galería y de repente los Anchimallenes se apagaron, todos se quedaron quietos y en silencio. Algo había producido que las criaturas energéticas cesaran de irradiar su luz. Jacob apretó el báculo y este iluminó el área, Anacaona estaba arrecostada a la pared de la cueva mientras que Iwarka y Caonabó estaba algo distanciados, Jacob le hizo señas a sus compañeros que se encontraban en frente de él; podía divisar gracias a la luz el horrendo escenario que se presentaba detrás de Anacaona, quien no se había percatado de lo que detrás de ella se encontraba. Canoabo horrorizado le dijo a su mujer con voz quebrada:

—Anacaona aléjate de la pared … y no veas hacia atrás.

Fue muy tarde, pues la muchacha volteó y logró percatarse de la dantesca escena que había detrás. Cientos de horripilantes rostros casi humanos, deformados intentaban salir de las paredes de la caverna, parecía como si se hubiesen fundido en las lajas rosadas de las paredes de la cueva.

Anacaona no pudo contenerse y gritó despavorido. De inmediato las paredes de la cueva empezaron a moverse lentamente, se iban juntando Jacob y los demás decidieron correr, pero el espacio se estaba reduciendo y los rostros gritaban y hacían muecas espeluznantes. Continuaron corriendo unos cuantos metros, pero ya el espacio de la caverna era un poco menos que un pasillo.

—Vamos a morir tapeados y quizás nuestros rostros queden estampados en ese mármol rosado de las paredes —dijo Jacob con cierta ironía

—Debemos hacer algo ¿cómo podremos parar esto?

—¡Maichak! ¡pronto! ¡usa el báculo! —dijo Iwarka

El báculo irradiaba una intensa luz azulada; Jacob colocó el báculo de manera vertical entre ambas paredes y de este modo detuvo que estas los aplastasen. Los cuatro quedaron muy cerca y cara a cara con los horrendos rostros, que seguían aullando y gimiendo tétricamente.

—¿Y ahora qué? — preguntó Caonabó

—¡No lo sé! — reconoció Jacob

—¿Qué puedes hacer con ese bastón Maichak? —Indagó Anacaona

La pregunta encendió una luz; Jacob recordó lo que Bochica le había dicho sobre el Báculo. El mágico bastón sería una extensión de él mismo, y lo podría emplear en todo lo que el deseará. Habiendo recordado los consejos de Bochica; Jacob se concentró, respiró fuerte y oprimió el báculo con determinación. De inmediato el báculo expulsó una enceguecedora luz roja la cual produjo una explosión en las paredes del corredor que segundos antes los estaba aprisionando. Todo fue confusión, el sonido del estallido los había dejado sordos y aturdidos, pero poco a poco se pudo visualizar el dantesco escenario, la caverna se explayó y Jacob y sus compañeros se habían arrojado alrededor. Pero no estaban solos, ahora los horribles rostros tenían cuerpo.

—*¿Es esto mejor?*— reprochó Caonabó

—*¡No lo sé!*— respondió Jacob.

Las criaturas se levantaron y se dirigían hacia Maichak quien había perdido el báculo durante la explosión.

—*¡Maichak!* —gritó Iwarka que había caído a unos diez metros de Jacob — *¡el báculo cayó cerca de la gran roca a tu derecha!*

Jacob captó la información y vio el báculo, pero Anacaona estaba más cerca, no sabía que solo los elegidos podían tocar el báculo de Bochica- Viracocha. Caonabó estaba mucho más lejos, pero le gritó con fuerza:

—*¡Ana! ¡Cuidado no toques ese báculo!*

Anacaona seguía avanzando hacia donde estaba el báculo parecía no escuchar. Iwarka se transformó en un venado y se abalanzó sobre Anacaona empujándola justo antes que esta agarrase el báculo.

—*¡Quieta muchacha! no podemos tocar el cayado. Solo los elegidos pueden hacerlo y salir ilesos.*

—*¡Oh solo quería devolverlo a Maichak!* —respondió con aire de culpabilidad.

—*Lo sé, pero tu muerte hubiese sido inmediata.*

—*¡Gracias, Mi señor Iwarka!* —Anacaona hizo una reverencia— *me ha salvado la vida.*

—*No he sido yo, Caonabó te advirtió, pero no podías escucharle.*

El cayado aún seguía desprotegido y los seres se estaban levantando del piso. Jacob intento recuperar el báculo, pero era interceptados y atacados por estos. Iwarka Caonabó y Anacaona decidieron contratacar luchando contra las extrañas entidades con la habilidad de siempre, al igual Iwarka que se había transmutado en un gran puma. Intentaban de este modo ayudar a Jacob despejándole el camino. Jacob logró avanzar hacia donde se encontraba el báculo.

—*¡Ya lo tengo!* —Jacob sintió como algo inmenso pisaba su mano antes de que esta apretara el báculo. Irguió la mirada y encaró a uno de los extraños seres frente a frente, el rostro era deforme y su piel era de color gris oscuro; este le impedía asir el báculo.

—*¡Libéranos Maichak!* —suplicó la entidad con una voz sepulcral. ¡solo tú puedes liberarnos!

—*¿Liberarlos? ¿De qué?*

—*¡Liberarnos de Supay! Te lo suplicamos.*

—*Te equivocas ... ¿cómo puedo hacer eso? no soy yo quien puede ayudarte.*

—*Si, Maichak eres tú. Hemos esperado por ti largo tiempo.*

—*Disculpa, pero debo encontrar el cofre.*

La fantasmagórica entidad impedía que Jacob pudiese tomar el báculo entre sus manos. Mientras los demás atacaban a los demás. Esto irritó a Jacob y le gritó:

—*Entonces, si quieres que te ayude diles a tus colegas que dejen de atacarnos.*

—*¿Nos ayudaras? Maichak*

—*Si, vale que si... que, si te ayudaré a lo que sea que necesites, pero detenlos y dame el báculo.*

La entidad levantó las manos y emitió un sonido perturbador, todos los espectros quedaron paralizados. Iwarka aun convertido en puma se aproximó:

—*¿Quiénes son y qué buscan?*

—*Somos los* ***Apus***

—*¿Apus?* — preguntó Jacob

—*Si, Maichak ellos son los espíritus de la montaña.*

—*Hemos sido prisioneros de Supay.*

Una vez más resonaba el nombre del maléfico **Supay o Zupay.** Este emergía como una entidad poderosa, impregnada por una incompresible dicotomía, una suerte de balance entre el bien y el mal. Zupay, dios malvado, amo del inframundo andino; admirado y adorado por algunos lugareños que creían en su poder para otorgarles favores a través de ofrendas y rituales; muchos hacían tratos con él; muy a pesar de su influjo negativo. En medio de su malignidad también había un rasgo benigno y es que para los pobladores de los andes Zupay custodiaba el sendero de los muertos. Los incas creían que la muerte era otra etapa de la vida. Caonabó y Anacaona se aproximaron a Iwarka, Anacaona no dejaba de observar a las espectrales figuras. El Apu levantó el báculo y se lo extendió a Jacob.

—*¡Acá tiene el báculo de Viracocha! pero no le servirá, necesitará más que un báculo para vencer al señor del inframundo, solo tu astucia. Debes seguir por esa galería* —dijo apuntando en dirección al norte— *y encontrarás una escalera que desciende hacia su trono.*

Jacob guardó silencio miró a Iwarka, y este le asintió con la mirada, rápidamente ubicó a Caonabó y Anacaona, quería cerciorarse de que estuvieran bien. Recordó que el báculo no serviría de nada en esta misión y que la flauta mágica de las Mundurucu sería el arma definitiva, también recordó que Walichú le habló de una sorpresa; así que debía ser cauteloso.

—*¿Astucia?* — Jacob dudó

—*Si, astucia. Vamos muchacho, ya Supay sabe que estamos acá.*

Iwarka le dijo a Anacaona y Caonabó:

—*La entrada es allí* — Iwarka señaló a una inmensa roca de cristal.

—*¿Allí? Esa es la entrada*

—*Si, Maichak esa es* —Iwarka miró a los otros dos y les advirtió —*Ustedes no descenderán al inframundo, solo un semidios puede hacerlo.*

Ambos asintieron con la cabeza y con mirada de preocupación. Todas las entidades se apartaron y abrieron paso a Jacob, en el centro de la galería había un montículo de rocas translucidas, que asemejaban diamante o cristal. Jacob se agachó y tocó el cristal y para su asombro no era cristal, era hielo. Le gritó a Iwarka:

—*Esto es hielo, ¿Estás seguro de que es la entrada?*

—*Si Maichak esa es la entrada* — aseguró Iwarka

—*¿Qué debo hacer?*

—*Una vez más debes seguir tus instintos.*

Jacob levantó el báculo y lo clavó con fuerza en la inmensa roca de hielo. El cristalino peñasco se abrió como si fuese una compuerta, una potente luz alumbró la caverna. Unas escaleras de hielo se divisaban hacia el interior del túnel, escaleras en forma de caracol que no tenían final. Jacob se asomó y pudo ver las infinitas gradas translucidas que se prolongaban en forma de cono invertido, Jacob miró a Iwarka quien le hizo señas para que descendiera, respiró profundo, revisó que tuviese la flauta aun con él, apretó el báculo y empezó a bajar las escaleras.

Hacia tanto frio que su cuerpo se congeló por completo; hasta sus pestañas se habían congelado, así como el báculo y la flauta. Sin embargo, a cada paso que daba rompía el hielo que recubría su cuerpo, no sentía frio alguno, quizás porque era un semidios, por el efecto del ormus o por ambos. Llegó a un nivel donde se apreciaban diversos pasillos que no tenían final, en sus paredes se distinguían algunas infelices almas incrustados en el hielo. Jacob siempre pensó que el infierno era de fuego, pero al parecer el hielo era más infernal, pues quemaba más que el fuego mismo.

De pronto apareció un hombre que gritaba de manera espeluznante, vestía con una armadura renacentista, de sus ojos salían y entraban afiladas estacas de hielo como si estuvieses activadas por un mecanismo automático.

—*¿Eres acaso el gemelo?*

—*¡Oh!... eso debe doler mogoñón* — dijo susurrando para sí mismo Jacob no daba crédito al martirio que ese condenado debía enfrentar, respiró profundo y le respondió —*¡ah que sí! eso dicen que soy el gemelo.*

— *Debéis seguir bajando Zupay os espera allá abajo en su trono.*

—*Si, pero tardaré mucho en llegar, esto parece no tener fin.*

—*Tenéis el poder de llegar a Zupay de inmediato*

—*¿y tú como lo sabes? ¿quién eres?*

—*¡Soy Francisco Pizarro! ¡conquistador de las indias!* —el hombre seguía quejándose y gritando con profundo dolor.

—*Fuiste tu quien destruyó el imperio Inca* —Jacob sonrió con sarcasmo— *¡Vaya joyita!*

—*¿Qué decís?! ¡Qué no os he escuchado!*

—*No nada; decía que será muy difícil bajar ahorita.*

—*¡Tenéis el poder!... ¡tenéis el poder!...* —repetía el infeliz.

La espectral figura continúo su perenne recorrido a ciegas y soltando los honrosos alaridos, se perdió entre las frías galerías. Jacob sabía que no avanzaba, que cada paso que daba lo dejaba en el mismo lugar. De esta forma sostuvo el báculo y golpeó las gradas con fuerza, el hielo se derritió y las escaleras se transformaron en un tobogán, De inmediato se deslizó por la rampa que recién había creado y fue descendiendo rápidamente, en su recorrido podía ver los diferentes niveles de torturas. Jacob no podía dar crédito a lo que veían sus ojos, debía mover extremidades frecuentemente para evitar que estas se congelaran. Llegó, a lo que supuestamente era la base de ese cono o cuerno invertido, allí se encontraba lo que podría ser un sillón o trono, en realidad era un árbol cuyo tronco tenía horrendos ojos incrustados que miraban desaforadamente, del tronco también se extendían ramificaciones que asemejaban brazos, en el centro de este se apreciaba una silla labrada, pero extrañamente no había nadie en él, ese lugar estaba completamente vacío. Intentó ver debajo del trono, pero dos inmensos y asquerosos gusanos con cuernos salieron de abajo le rugieron y arrojaron una babaza verde que le impedía moverse. Trataba de liberarse de la gelatinosa resina que le envolvía, pero era imposible.

Todo se oscureció, y de la nada apareció una mujer hermosa de rubios cabellos y ojos azules como el lapislázuli, La mujer tenía alas como un ángel y vestía ropajes tan resplandecientes que enceguecían a Jacob. Flotaba alrededor de el que estaba aún maniatado con la sustancia que habían expelido los gusanos.

—¡Maichak … te estaba esperando!

Jacob no podía dar crédito a lo que escuchaba.

—Tú me esperabas, creo que te has equivocado de lugar, no deberías estar en el cielo, por casualidad.

—Yo soy el lucero de la mañana, la más hermosa estrella y estoy donde quiero estar, soy lo que quiero ser y ¡tengo lo que quiero tener!

—Pues yo ando buscando a Zupay, pero veo que no está acá.

—Zupay no está, pero estoy yo.

—Lo lamento, mi lindo angelito, pero yo busco a Zupay.

—Yo puedo hacer que el venga si me respondes acertadamente un acertijo

Jacob pensó que esta era la destreza en donde debía utilizar su *astucia.*

—Pero primero libérame de esta asquerosidad.

—Solo si respondes al acertijo.

— *¿Qué sucederá si la respuesta no es correcta?*

—*¡No podrás salir de acá jamás!*

—*Así de simple. Bueno ¿y si respondo correctamente que pasará?*

—*Te concederé un deseo, solo uno. Tu decidirás si te liberó, o si necesitas algo más…*

—*¿Qué es lo más importante para ti en este momento?*

—*Uno solo, ¿no son acaso tres los deseos?*

El ángel se carcajeó de una manera macabra que no combinaba para nada con la ternura y candor de su apariencia.

—*¿Tres? No, estas equivocado. El reino de Zupay no es tan generoso. Un solo deseo se concede. Tienes la eternidad para responder, pero una vez que respondas no hay marcha atrás. Tendrás que decir: La respuesta es… sino dices eso antes, entenderé que no has respondido aún.*

Jacob pensó que esto sería más difícil de lo que esperaba; debía analizar la propuesta del extraño ángel. ¿Qué era lo esencial? Liberarse de la babaza o que le entregarán el cofre con su hermano. Recapacitó, si pedía el cofre, estaría aun atado, y no podría tocar la flauta y resucitar a su hermano; así que definitivamente: librarse de la babaza era una prioridad:

—*Bueno, liberarme de esto. ¡Acepto el reto!*

El pseudo ángel empezó a recitar:

Kunas umamp jan ch'arant'ayasiri,
ninamp jan nakhantiri, wayramp jan apayasiripacha

Jacob recordó esas palabras, palabras que permanecieron en su memoria, eran las palabras del sacerdote cuando en las colinas los viajantes habían visto al espectro de ***Brocken*** la sombra de Viracocha. La sombra era lo que no se moja con agua, no se quema con el fuego y que no se deja llevar del viento. Así que, respiró fuerte, ya tenía la respuesta al acertijo. Estaba dispuesto a responder, pero recordó que Iwarka le advirtió que no sería tan fácil. Reflexionó, no podía decir: la sombra, el acertijo se dijo en Aymara, así que la respuesta debería ser dicha en Aymara. Trató de recordar la palabra, Jacob había pronunciado esa palabra muchas veces, era una palabra graciosa, e incluso había comentado que quería componer una canción sobre el Brocken o sombra de Viracocha, pero ¿cuál era la palabra? Trato de serenarse y retomó la calma, reflexionó sobre todo lo que había sucedido desde que llegó al trono de Zupay. Primero Zupay no estaba, los gusanos con cuernos le vomitan la babaza que lo inmovilizó, el ángel raro aparece; y es aquí donde Jacob se detuvo y reconsideró el grave error que estaba a punto de cometer. El ángel le dijo: *Yo puedo hacer que Zupay venga si me respondes el acertijo;* he aquí la trampa pensó Jacob el ángel era el mismísimo Zupay, y no le concedería el deseo que pidiese porque el primer trato fue traer a Zupay, pero el ángel era el dios del inframundo.

—*Tú eres Zupay! Trataste de confundirme, pero no te equivoques no soy tan tonto como crees* —sentenció Jacob soltando una irónica sonrisa.

Súbitamente el ángel giró a una velocidad sorprendente formando un remolino, y haciendo las veces de un torno se enterró en el frio hielo del suelo de la caverna. Todo se volvió silencio de nuevo y Jacob estaba confundido, no esperaba quedarse solo de nuevo, fue muy breve la calma pues del mismo agujero que abrió el ángel en el suelo, empezó a salir una figura cabeza de jaguar, barba negra con trenzas, cuernos largos, ojos de fuego, dientes afilados su cuerpo era de escamas y tenía una cola de reptil, sus garras tenían largas uña que parecían navajas. Zupay era un dios ambiguo que podía sorprender tomando la forma de una mujer o un hombre así que también podía transformarse en cualquier animal que quisiera.

—*Eres más listo de lo que creía Maichak, por eso Viracocha te escogió* —Dijo con una voz cálida que no correspondía con su espeluznante y zoomórfica figura —*Se que buscas, pero debes responder el acertijo; acertadamente claro está.*

—*No, solo responderé al acertijo si pactamos de nuevo*

— *¿Qué deseas Maichak?*

— *Pediré un solo deseo, pero lo diré solo si acierto.*

—*¡Ja! ¡Ja! ¡ja!* —se carcajeó Zupay— *¿crees que eso funciona así?*

—*Pero puedes hacer una excepción ¿no?*

—*¡Mereces la excepción Maichak! porque lograste descubrir que si respondías el acertijo Zupay aparecería y perderías tu verdadero deseo, pues eso fue lo que se pactó.*

Zupay deambulo alrededor de Jacob observándole con incredulidad y luego sentenció con una voz sepulcral nada parecida a la cálida voz de antes:

—*Concederé cualquier cosa que me pidas, pero ha de ser solo un deseo, nada más que uno. No juegues conmigo Maichak, porque te puedes arrepentir.*

Kunas umamp jan ch'arant'ayasiri, ninamp jan nakhantiri, wayramp jan apayasiripacha

Jacob cerró sus ojos, debía volver el tiempo y pensar en el momento en el que Zion contempló la sombra de ***Bochica-Viracocha***, Iwarka tradujo el mantra del Aymara al español y luego, se repitió la palabra que significaba sombra, pero no podía recordar la palabra en aimara. Intentó combinado sonidos en su mente:

—*Pi ki … ti ki … si ki* —recordó que sonaba chi, pero chi ¿qué? —*Chiki … Chisi* —y finalmente recordó a Chewey de Star wars cerró los ojos, estaba emocionado ya tenía la palabra y gritó con fuerza —*¡Ch'iwi!*

—*¿Qué has dicho?* — dijo Zupay.

— *Ch'iwi* —Jacob tuvo precaución de no decir no emitir otro sonido o palabra, pues Zupay podía alegar que la respuesta no era correcta—*¡Maldita sea! Has ganado, ahora puedes decirme cuál es tu deseo.*

—*Muy simple, deseo tocar la flauta que traigo conmigo.*

—*¡Infeliz! Has osado burlarte de Zupay* —estaba tan histérico que brotaba fuego de sus ojos, fosas nasales y orejas

Jacob había alcanzado el máximo nivel de perfección, había utilizado la sabiduría para vencer al artífice de la manipulación. De ese rockero egoísta y ególatra iba quedando poco, a través de la travesía su espíritu se fue nutriendo de las simples enseñanzas de la vida, el paisaje, el camino, las añoranzas, los arraigos con sus desarraigos. La vida minimalista y lo bucólico del paisaje fueron cincelando al nuevo Jacob, quien ahora se inscribía en esta historia como un benefactor, un guerrero y sobre todo un líder.

Zupay movió sus garras generando una fuerte nevada en toda la amplia galería. Súbitamente Jacob había sido, no solo liberado de la babaza de los gusanos, sino que asimismo tenía la flauta ya lista para tocarse. Había sido una jugada magistral y bien planeada la estratagema de Jacob.

—*Debo reconocer que me has ganado Maichak, y no ha sido solo hoy. Tu osaste escapar del Okinuiema* —el cofre con los restos del gemelo esta debajo del trono.

—*Lo supuse, pero tus gusanos me babearon.*

—*Son mis dulces* ***Laqu,*** *Mis mascotas* —Los repulsivos gusanos se revolcaban como un perrito rendido ante su amo.

Sin mediar más palabra Jacob tocó la flauta de las Mundurucu, un sonido apacible y dulce retumbó en la fría caverna, pero nada sucedió.

—*¡Si algo respeto es a un ganador! he hecho tratos desde el principio de los tiempos, desde que los hombres me crearon como una tulpa a quien culpar de sus miserias y mezquindades. Los humanos, necesitan un icono para representar su propia maldad, ese lado oscuro que vive dentro de ellos y que forma parte de la dicotomía misma en la que la vida se divide. ¡Que siniestra sería una noche eterna sin los cálidos rayos del sol en la alborada! ¡Que desasosiego sentiría el amante si no tuviese el poder de aflorar sus carnales deseos! La vida no es nada sin la muerte, pues la muerte es la meta, el objetivo, el premio. La vida es un juego virtual donde se alcanzan niveles y para alcanzarlos se debe fallar y empezar de nuevo. Si no hay mal no hay bien, ambos cohabitan, coexisten y se devoran así mismos infinitamente, como la serpiente que muerde su cola hasta el final de los tiempos.*

Caminó con paso lento como si estuviese cansado y continuó:

— *Tu, Maichak; al vencerme venciste al mal que vive en ti. Nos volveremos a ver. Ganaste solo una batalla, pero no la guerra.*

Zupay desapareció de inmediato junto con sus asquerosas mascotas. Jacob estaba consternado, no había sucedido nada extraordinario, nada paso. El creyó que algo dramático o una catástrofe sucedería. El lugar era simplemente inhóspito, Jacob tenía que moverse para que su cuerpo no se congelara. Sentía gran frustración, pues estaba literalmente encerrado, intentó treparse por la inclinada rampa, para ello utilizo el báculo, el cual clavó en el hielo, pero era imposible romperle. Paró por un rato, los ojos que sobresalían del trono seguían observándole de manera amenazante.

De pronto un fuerte terremoto se sintió en el fondo de la caverna, y lo extraordinario finalmente apareció. Los inmensos bloques de hielo se cuartearon y de entre las grietas emanó agua, y el hielo empezó a derretirse, Jacob aseguró el báculo y la flauta fuertemente a un cinturón que tenía en el brazo izquierdo el cual tenía una suerte de vaina donde los preciados objetos estaban seguros. El fondo de la fosa donde estaba se estaba derritiendo, así como las paredes de las cavernas contiguas, se escuchaban lamentos y gritos espantosos. Jacob sabía que esto no iba a ser fácil. Al parecer se estaba descongelando el infierno invernal. Una inmensa catarata de agua se hizo paso por entre el hielo fracturado. Debía buscar la manera de salir de allí, sentía que había fracasado, no había sido capaz de encontrar el cofre que contenía los restos de su gemelo. Lo más importante era regresar cuanto antes con las tropas y emprender el viaje hacia Puma Punku. El agua invadió el cono invertido y Jacob se enfrentó a la fuerza del agua que implacable lo hacía sumergirse; el Ormus había sido un gran recurso, pues gracias a sus efectos mágicos podía sobreponerse a los embates de las calamidades que había enfrentado durante toda su travesía. Jacob vio como las almas condenadas seguían enclaustradas esta vez en la roca de la caverna, solo él era impulsado por la corriente del agua como si hubiese sido echado de ese lugar.

La corriente lo estaba expulsando fuera de la caverna y en cierto punto ya no pudo batallar, solo cedió y se rindió a la fuerza incontenible del agua. Jacob estaba desolado, de nada sirvió acertar la adivinanza. Todo había sido en vano, regresaba a la superficie, sin cofre y sin hermano. El agua siguió llevándole afuera de la caverna y logró ver que estaba en un rio, en medio de la oscuridad vislumbraba unas montañas carcomidas posiblemente por un terremoto, o por la acción humana que otrora las había explotado como canteras. Jacob alcanzó a salir a flote, estaba tan decepcionado que flotaba boca arriba y contemplaba las estrellas, De repente escuchó gritos a lo lejos.

—*¡Maichak!*

Eran Caonabó y Anacaona que iban encaramados en Iwarka convertido en un inmenso cóndor.

—*¡Lo lograste Maichak!* —Gritaba con emoción Anacaona

Jacob no entendía lo que la muchacha decía, ¿lograr? Todo había sido un gran desastre, al menos el báculo y la flauta aún estaban a salvo. Iwarka remontó el vuelo y se acercó al agua, Caonabó lanzó una soga a Jacob, este se sujetó y empezó a treparse, pero Caonabó vociferó nuevamente esta vez advirtiendo a Jacob:

—*¡Maichak! No olvides el cofre* —Caonabó señalaba a la derecha de Jacob

—*¿Cofre?* —Jacob respondió con enfado— *¿cuál cofre?* ...

—*El cofre que rescataste Maichak* — refutó Caonabó algo confundido— *el que está a tu derecha.*

Jacob pudo ver algo que flotaba a su lado, un cofre de madera negra pulida que brillaba con la luz de la luna. No podía dar crédito a lo que estaba presenciando, el cofre que pensó jamás tendría en su poder había llegado a el de manera casual, o quizás causal. Jacob chapaleteó un poco hasta alcanzar el cofre y lo ató con la soga. Caonabó hábilmente subió el cofre y lo entregó a Anacaona. Seguidamente Jacob trepó por la soga y en silencio contemplo el preciado cofre. Era imposible que ese cofre llegase a él en medio de la inundación, sin embargo, por experiencia sabía que en ese plano irreal lo imposible era posible. Iwarka voló rápidamente atravesando las montañas coronadas de nieve, era preciso encontrar a las tropas antes que llegaran a Puma Punku.

El sol se erigía con todo su esplendor irradiando sus rayos que traviesos danzaban al compás del viento y a través de toda la abrupta cordillera andina. Escenario invernal del cual brotaba una extraña melancolía y recogimiento, los espíritus de los Andes se habían liberado cuando Jacob acertó la adivinanza, y había vuelto a proteger las montañas y a sus pobladores.

Iwarka decidió detener la travesía por un rato. Bajo lentamente por un hermoso valle, donde se apreciaban algunas casas hechas de paja. Decidió descender en una aparatada colina.

—*¿Estas cansado Iwarka?* — preguntó Jacob

—*No, no lo estoy. Maichak es necesario que resucites a tu hermano gemelo antes de encontrarnos con las tropas* —dijo Iwarka, más que una sugerencia, era una orden.

—*¿Ahora?*

—*Si, ahora. ¡Ya!*

Jacob sentía un cierto recelo de resucitar a su hermano, ya había cargado con el estigma de ser el gemelo siniestro; y no era nada grato tener que desenterrar ese doloroso pasado.

Anacaona y Caonabó se apartaron, junto con Iwarka hacia un risco. Jacob se movía con lentitud como si presintiese que algo no andaba bien.

—*¡Iwarka!* — exclamó Jacob

—*¿Qué quieres?*

—*¿Para qué debo hacer esto?*

—*Es parte de tu misión* — Respondió dándole la espalda y manoteando— *Todo tiene un significado muchacho, el cual se revelará en el momento justo* —enfurecido y bamboleando sus manos en señal de desaprobación, gritó— *¡Vamos! te comportas como un niño. ¿Acaso Tienes miedo?*

Jacob odiaba que le dijeran que tenía miedo, así que se decidió terminar con la engorrosa misión. Sostuvo la flauta entre sus manos y la tocó. Esta vez el sonido era alegre y cadencioso. El cofre estaba en el suelo, luego de unos instantes, la tierra parecía que se estaba tragando al cofre. Jacob sentía que tenía que detener al cofre y se arrojó sobre él, por uno de los aros decorativos que tenía a los lados. Lo sostenía con todas sus fuerzas, pero su brazo estaba casi enterrado bajo tierra, por un momento la fuerza subterránea que se estaba tragando al cofre cesó. Jacob sintió que algo había cambiado dentro de la tierra y de que ya no sostenía un aro, sostenía algo que al tacto parecía una mano humana, o quizás de alguna criatura con morfología humana. Sintió grima, debido a que la misteriosa mano se sujetaba de la suya también. Era una mano suave y cálida. Recapacitó y pensó que quizás esa era la mano de su hermano gemelo, y por ende continúo halando.

Caonabó se aproximó y sostuvo el brazo de Jacob, pensó que de este modo aplicaría más fuerza para extraer el cofre o lo que fuese que venía de allí adentro.

La tierra se ablando, parecía una suerte de plastilina, Caonabó paró de halar. Ahora Jacob era empujado hacia el hoyo.

—*¿Qué sucede Maichak?*

—*¡Me está tragando!*

Anacaona e Iwarka veían a lo lejos lo que sucedía. Caonabó lo sostuvo con fuerza. Jacob decidió continuar halando con todas sus fuerzas. De repente algo inmenso salió del hoyo, era un cuerpo que asemejaba a un cuerpo humano. Caonabó se apartó para poder ver mejor lo que estaba sucediendo. Lo que estaba dentro del hoyo fue expulsado, era una persona; Jacob rodó por la colina y un cuerpo rodó tras de él. Quedó inmóvil, boca arriba tenia los brazos abiertos en posición de ángel, deseaba quedarse así, en meditación. Exhaló fuerte expulsando más que aire toda su tensión; al fin encontró a su hermano había saltado de ese hoyo en la tierra.

Tenía sentimientos encontrados, no recordaba a este hermano, ni al otro a su gemelo Elisau, mejor dicho, no recordaba a hermano alguno, estaba hastiado y se quería desconectar de todo. Respiró intensamente de nuevo, alzó la mirada y contempló los cúmulos de nubes que se apilonaban como esponjosos algodones de azúcar entre los picos de las montañas. De pequeño siempre le gustaron los algodones de azúcar. Cada año, durante la Feria de La Virgen de la Paloma su padre le compraba una inmensa bola de algodón de azúcar *"Blanca por que sois varón, la rosada es para niñas"* decía con una amplia sonrisa. La vida era dulce cuando había algodón de azúcar. Incluso su padre era feliz. Definitivamente las nubes siempre le parecieron inmensos algodones de azúcar; de pequeño, durante sus paseos a la sierra de Guadarrama, solía contemplar las nubes, y recordaba el algodón de azúcar, ese algodón de azúcar que se deshacía en su boca tan rápido como se desvanecían los momentos felices al lado de su padre, y como se esfumaba este breve paseo entre sus efímeros recuerdos, sus dulces memorias del algodón de azúcar.

Jacob sabía que no podía escapar de su misión, era consciente de que sucediera lo que sucediera siempre debía seguir al siguiente nivel, como un video juego el cual no tiene final; debía incorporarse y ver quién o que diantres había salido del hueco. Miró de reojo las nubes, una vez más suspiró quería que estas nubes de algodón quedaran grabadas como un momento perfecto, tan perfecto como ***un momento Kodak***

[147], un momento que solo la gente de antes podía entender, pues la generación del nuevo milenio solo supo de "***Memes***" "**selfies**" y de "***Trending Topics***" y cualquier otro neologismo[148] relacionado con las redes sociales. Los momentos no se grababan en la memoria sino en los álbumes y aplicaciones de los computadores y teléfonos celulares. Las fotografías ya no fueron inéditas, no captaban instantes mágicos ahora eran ficticias llenas de filtros y poses que tamizaban la esencia y la ingenuidad.

Se incorporó lentamente y a la izquierda a unos pocos pasos de donde él se encontraba divisó un cuerpo boca abajo; distinguió que era muy delgado y que además llevaba larga cabellera. Súbitamente; se aproximó, pero no sintió confianza en tocarle, no quería verle el rostro, no así sus amigos, quienes se acercaron. Iwarka se inclinó y con delicadeza volteó el cuerpo colocándole boca arriba. El largo cabello cubría su rostro, Iwarka apartó los cabellos del rostro delicadamente, poco a poco empezaba a notarse el rostro humano. Iwarka despejó el rostro totalmente y luego movido por la impresión dio un paso atrás y exclamó notablemente liado:

—*¡Es una mujer!* —exclamó— *¿está viva?*

Caonabó buscó una pluma de halcón que tenía siempre con él y se la puso en la nariz; y efectivamente esta se movió al ritmo de una respiración leve pero constante.

—*Si, está vivo o viva ¿Tienes un hermano o una hermana Maichak?* —Preguntó Caonabó

—*Que yo sepa, yo tenía un hermano, nunca tuve una hermana... bueno hasta ahora.*

---

[147] - Kodak fue fundada por George Eastman y Henry A. Strong el 23 de mayo de 1892. Durante la mayor parte del siglo 20, Kodak mantuvo una posición dominante en la película fotográfica. La ubicuidad de la compañía era tal que su lema **"momento Kodak"** entró en el léxico común para describir un evento personal que merecía registrarse para la posteridad.

[148] - El término neologismo viene del griego y significa vocablo, acepción o giro nuevo en una lengua. Puede surgir como consecuencia de la aparición de un objeto, actividad, sentimiento que antes no existía y necesita ser nombrado o por la evolución de la lengua —de la mano de la de la sociedad— que descarta un término y lo sustituye por otro.

—*¡Es dos espíritus!* — declaró Iwarka

—*¿Dos espíritus?* —replicó Anacaona

—*Si, dentro de este cuerpo viven dos espíritus, el de un hombre y el de una mujer* —Explicó Iwarka —*Se ha bendecido con la dualidad sexual.*

—*Bien, pero ¿cuál es el más fuerte?* — indagó Jacob

—*El de la mujer en apariencia, por lo que puedo ver. Esta inconsciente hay que cuidarle hasta poder llevarle con un chaman, debemos encontrar a los demás* —mirando a Anacaona le pidió— *Hazte cargo del dos espíritus, por favor mantennos informados de todo cuanto suceda con él.*

—*¡Entendido mi señor!* — asintió Anacaona.

—*¡Muchachos debemos irnos! ¡ya!*

Emprendieron el vuelo en dirección a la locación donde habían dejado a los guerreros, y desde allí seguirían su rastro hasta Puma Punku. Jacob pensaba en Kori. Tenía que reconocer que había sentido algo especial al verla de nuevo. Pero como todo en su vida, en este mundo y en cualquier otro, el amor estaba prohibido para Jacob Miranda.

La vegetación se iba haciendo escasa a medida que ascendían a la cordillera; el cielo estaba diáfano y despejado aun cuando la temperatura descendía a medida que el sol iba cayendo. El dos espíritus permanecía inconsciente; Anacaona le mantenía cubierto con mantas y todos mantenían altas expectativas con respecto al encuentro con las tropas de la Corte del Bien y la defensa de Puma Punku. Por otro lado, todos los hombres ya habían emprendido el viaje a Tiahuanaco, Los caminos estaban interconectados, y a pesar del intricado relieve eran transitables, Todos estos abruptos senderos formaban parte de la red vial del ***Tahuantinsuyo*** [149] conocida también como ***Inka Naani*** o ***Qhapaq Ñan*** el recorrido del poderoso, de esta manera todas las regiones estaban conectada de manera eficiente.

Cada comandante encabezaba la marcha de sus guerreros. Odo Sha desde el aire vigilaba la enorme caravana, junto a él volaban sus fieles Suamos, aun no podía sacar de su mente lo que había sucedido

---

[149] Tahuantinsuyo termino quechua formado por dos palabras: tahua, que significa «cuatro», y suyo que significa «área». Comprende la división del imperio Inca en cuatro regiones. El noroeste es Chinchaysuyo, el noreste es Antisuyo, el suroeste es Contisuyo y el sureste es Collasuyo.

con Yara, todo con ella era imposible. Sabía que no le había dado el beneficio de la duda y que le había fallado como amigo y como líder; pero. aunque trataba de entender por qué Yara accedió a darle los collares a los guerreros, no alcanzaba a entender por qué confió en ese truhan. Walichú era muy convincente, era el maestro del engaño, quizás ella creyó en él, o él la había hechizado. Como podría remediar el daño hecho; como haría para hacer que Yara fuese la misma de siempre.

Mientras que el enigmático dios pájaro meditaba sobre su devenir sentimental, divisó a lo lejos a un grupo de viajeros que iban por una ruta contigua pero dividida por una inmensa montaña nevada. Decidió apartarse de sus compañeros y averiguar quiénes eran los viajantes que recorrían esos intrincados caminos, que, si bien era el de más rápido acceso a Tiahuanaco, también era cierto que no era el más accesible o fácil, pensó que quizás eran guerreros de la Corte del Mal. Descendió y pudo percatarse de que eran cinco viajeros, quizás lugareños, un grupo de Suamos estaban alerta y preparados en caso de que fuese necesario intervenir. Odo planeó con singular gracia y se aproximó a ellos, notó que aparentemente eran mujeres, y que deberían estar extenuadas por el frio y la altitud. Odo Sha aterrizó frente a los viajeros y les dijo:

—*¿Qué hacen ustedes por este camino tan peligroso? ¿A dónde se dirigen?*

—*¿Odo? ¿No me reconoces?*

—*¿Los conozco acaso?*

—*Si, ¡claro que sí! Yo soy Coñori líder de las Mundurucu. Venimos desde Yvy Tenonde.*

—*¡Coñori!*—exclamó con emoción Odo Sha

—*Si, soy yo*—dijo retirándose la manta que cubría su cabeza y de su rostro—*he rescatado a Amaya,*

—*¡Esto es maravilloso! ¿Yvy Tenonde?*

—*Ha sido una gran travesía y una larga historia. Estos son mis compañeros*—presentó a quienes la acompañaban— *¡estas son las gemelas Paki y Sachi!*

Odo inclinó la cabeza a manera de saludo, y no pudo evitar preguntar por el quinto acompañante:

—*¿Y este quién es?* —sintió una extraña vibración, percibió algo negativo, estaba seguro de que ese hombre no era un mortal.

—Soy Billy, un amigo.

El dios pájaro movió la cabeza sin pronunciar una sola palabra. Ignoró a Billy se dirigió de nuevo a Coñori:

—Vamos rumbo a defender a Puma Punku, las tropas se han unificado con los guerreros más intrépidos de todo el Reino Verde. Maichak, Iwarka, Caonabó, Anacaona y el gemelo de Maichak quienes se reunirán con las demás tropas a las afueras de Tiahuanaco.

—Venimos a unirnos en esta lucha ¡claro! si así ustedes lo desean—dijo Coñori con aire de humildad, pero con decisión.

—¡Si, por supuesto!

Odo emitió un sonido agudo e intenso y cuatro Suamos bajaron de inmediato. Organizó a las viajeras que hicieran el viaje sobre los Suamos, él se encargó de Coñori y los demás pajarracos del resto de las viajeras. Coñori y las demás pudieron percibir la tensión reinante. Odo Sha prodigó una contundente mirada a Billy quien también le miró fijamente retándole. Odo captaba la oscura energía que emanaba de él; podía ser un ***Abchanchu*** [150], una casta de vampiros, derivada de los Jenchams procedentes de los andes, que tienen la capacidad de metamorfosearse en múltiples personajes, pero en especial en un dulce anciano, el cual solía captar la confianza de sus víctimas para luego beber su sangre. Este Abchanchu pernocta en las infranqueables cavernas del altiplano. Sin embargo, había un detalle que hacía dudar a Odo sobre si Billy era realmente un vampiro, estaba fresco y campante expuesto a la luz del sol y los Abchanchu e incluso los Jenchams no podían sobrevivir a la luz solar.

Todos los Suamos llegaron primero a la entrada de Tiahuanaco, pues obviamente iban volando. Desde arriba el valle era único e impresionante, las montañas coronadas con un eterno glaseado blanquecino contrastaban con los fantásticos surcos ondulados en las

---

[150] En los altiplanos y cuevas de Bolivia es donde acecha el Abchanchu. A principios del siglo XVIII, Abchanchu estaba confinado solo a regiones montañosas en su mayoría inaccesibles. Después de un siglo, sus relatos comenzaron a extenderse a pueblos y distritos de Bolivia. Pero todavía eran indiferentes a los mitos de los vampiros orientales. Como era el Abchanchu ha sido más que un vampiro a veces. A veces era solo un espíritu malévolo que destruía los cultivos.

laderas los cuales emanaban complejos diseños cinéticos cuyos colores terrosos se degradaban desde el negro hasta el más brillante dorado. Al llegar a la primera parada que hicieron las tropas Coñori de dijo a Odo Sha:

—*Es necesario encontrar a Tamanaco, me gustaría estar presente cuando se reúna con su Amaya.*

—*Así será, has hecho algo portentoso. Unir a esos muchachos es un acto de amor.*

Al descender Coñori se reunió con Amaya y las gemelas, Billy se había apartado por la notable incomodidad que producía en Odo y los Suamos quienes no deseaban a Billy cerca de ellos.

—*¿Estas emocionada Amaya?*— inquirió Coñori.

—*Si, lo estoy. Solo deseo que este encuentro sea el último y que jamás nos volvamos a separar.*

—*Serán felices, de eso estoy segura* —dijo Coñori.

Acamparon a las afueras de Tiahuanaco, Odo Sha mantenía su ruda actitud hacia Billy y vigilaba a las mujeres quienes decidieron descansar, obviamente estaban exhaustas por el largo viaje. La neblina se esparció místicamente y cubría todo el valle; el frio era intenso, afortunadamente sin viento. En esa región no había cuevas donde se pudieran refugiar, así que utilizaron cueros de llama para hacer tiendas de acampar. Encendieron una enorme fogata y prepararon infusiones calientes. Odo observó que Billy no había bebido ni comido nada desde que llegaron, además parecía que la inclemencia del clima no le afectaba, variables que acentuaban su presunción de que el intruso no era lo que aparentaba.

La neblina se cernía acariciando el rígido paisaje, mientras los Suamos parecían estatuas alineadas perfectamente alrededor del campamento, eran sumamente fieles a su señor Odo Sha y muy a pesar de ser entes oscuros, se habían aliado a la Corte del Bien y representaban un importante recurso en la defensa del Reino Verde y protegerían los cielos durante la batalla de Puma Punku. La noche transcurrió rauda y pacífica; una extraña quietud anunciaba los duros momentos que se avecinaban; Coñori estaba profundamente dormida, había alcanzado su objetivo, por ende, sentía una liberación; por otro lado, Amaya no podía dormir, sus emociones estaban a flor de piel, lo que había vivido en Yvy Tenonde no sería fácil de superar, pero la esperanza de reencontrarse con su amado Tamanaco le fortalecía y le llenaba de profunda alegría.

Billy estaba arrecostado sobre un cuero de llama con sus manos tras su cuello y sus ojos fijos en el firmamento, las estrellas, aunque hermosas no eran lo que le motivaba a estar en esa posición; esperaba el amanecer, no podía resistirse a ese instante, desde que tenía la facultad de ver la luz del sol, no había dejado de esperar la aurora cada mañana. Pensaba en que pasaría con el después de Puma Punku, cuál sería su destino. Estaba prisionero en esa dimensión entre el exótico e inexpugnable amazonas y los imponentes andes.

De repente se escuchó el ruido de tropas marchando y voces a lo lejos, Billy se levantó y en medio de la neblina pudo vislumbrar cientos de guerreros caminando, portando antorchas, las cuales zigzagueaban por la ladera rumbo a donde ellos se encontraban. Amaya ya se había puesto de pie, seguidamente Coñori se despertó, Billy se dirigió a Amaya y le dijo:

—*¿Nerviosa?*

—*Emocionada* — Respondió Amaya con mirada triste.

—*Deben estar por llegar*— dijo – *¿Por qué estas tan triste?*

—*No Coñori, estoy muy bien. Solo …*—titubeó la muchacha— solo un poco ansiosa deseo verlo cuanto antes.

—*¡Pues ya lo veras!* —aseguró con entusiasmo Billy.

El impaciente sol se trepó en el horizonte; sus rayos mancillaron al roció matutino que cubría las escasas plantas del paraje andino. Coñori y las gemelas estaban junto a Odo Sha recibiendo a las muchas tropas que iban arribando al asentamiento. Odo Sha presidia el recibimiento; Las primeras tropas en llegar fueron las de Bartolina, seguida de inmediato por Julián y sus guerreros y luego llegó Yara con Hatuey y su regimiento era evidente que entre los dos había florecido una maravillosa amistad. Odo Sha no vio con buenos ojos la manera en la que el apuesto guerrero trataba a Yara y solo les saludo de manera distante, Yara por su parte, aún estaba molesta con Odo por haber desconfiado de ella, al parecer ninguno de los dos rompería con el estúpido juego del falso orgullo.

Desde la colina se podía divisar a las tropas avanzando, por tal razón Amaya y Billy habían decidido vigilar el avance hasta poder distinguir a Tamanaco. Billy no medio palabra con la muchacha pues podía intuir en que laberinto de emociones en el cual se encontraba perdida. En medio del alboroto, las tropas se hacían de un espacio para descansar y armar un improvisado campamento; después de un par de horas Odo Sha pudo distinguir a Jacob y los demás; quienes venían descendiendo. Llegaron a un descampado donde Odo Sha los recibió junto con Yara, Bartolina y Julián.

—*¡Anacaona!* —Yara exclamó abrazándola fuertemente— *¡Bienvenida, te hemos extrañado!*

Anacaona la abrazó con igual emoción y le dijo:

—¡Qué *valiente has sido! Caonabó me contó todo lo que hiciste en la tierra del Dorado.* Jacob contemplaba escéptico el emotivo encuentro; estaba molesto con Yara por haberles dado los maléficos collares

—*¡Vaya! ¡Vaya! Yara, tú y yo tenemos que hablar sobre los misteriosos collares.*

—*Maichak déjame explicarte* —Dijo Yara, pero fue interrumpida por Odo Sha quien con voz potente aclaró:

—*Yara no tuvo nada que ver con esos collares ella fue timada por el truhan de Walichú quien le engañó y le hizo creer que esos amuletos les daría más fuerza.*

—*¿Walichú?* — Inquirió Jacob— *estas seguro que fue Walichú*

—*Si fue el*— aseguró Yara.

—*Walichú no haría algo así* —negó con la cabeza Jacob— *esto es un error.*

De inmediato apareció una hermosa mujer ataviada con una batola blanca y con flores incrustadas en su rubia cabellera llena de salvajes bucles. Todos retrocedieron y la dejaron en el centro. Se trataba de Walichú, ya que habían pronunciado su nombre tres veces y esta era la forma de hacerle aparecer:

—*¿Quién eres?* —dijo Odo Sha

—*¡Soy **Harmonía!*** —Exclamó el polifacético Dios.

—*¿Harmonía?*

—*Mentiroso ¡Eres Walichú!* —Gritó Jacob— *vamos viejo, hasta cuando estarás con tu espectáculo de segunda*

—Súbitamente Walichú se transfiguró en sí mismo de nuevo. Walichú disfrutaba de hacer sus dramáticas apariciones relacionando los eventos con personajes que tenían cierto vínculo con lo que eventualmente sucedía.

—*Si, soy real; soy la* ***armonía*** *de este grupo, sin mi ustedes no tendrían la sensibilidad para seguir adelante.*

—*¡Deja ya de fingir!* —vociferó Odo Sha indignado— *No deseas ayudarnos. Tu solo eres un enviado de la corte del mal.*

—*¡Ah! y tú quién eres, una dulce abejita, no eres Odo el odioso, ¡dios del caos y la inmundicia!*

—*¿Por qué le pediste a Yara que nos diera los collares?* —Preguntó Jacob.

—*Los collares son buenos, solo que funcionan en la persona apropiada, quería saber que tan fieles y fuertes eran; solo tu Maichak y el muchacho guerrero ... ¿Cuál es su nombre? Tamineco ...*

—*Tamanaco* — respondió Caonabó.

—*¡Oh! si el, Tamanaco; él fue muy fuerte y continúo siendo el mismo. Pero tu querido Caonabó al igual que el chiquillo Zion, son débiles de espíritu; no lograron mantener la armonía.*

—*¿Por qué debemos probar a nuestros guerreros? ¿Cuál es el propósito de todo esto Walichú?* — Jacob inquirió enardecido.

—*Porque así podíamos saber si son confiables o no* — respondió Walichú

—*Todos llegamos a esta dimensión porque somos los elegidos* — dijo Yara

—*Quien no es confiable aquí eres tú truhan* —dijo Odo Sha lanzándose sobre Walichú —*¡Ya me harté de ti y tus locuras!*

Walichú se transformó en un joven boxeador con sus pantalones cortos de color blanco, guantes y un cinto con dos listones azules y en el centro uno blanco.

—*Aquí vamos de nuevo, hasta cuando debemos soportar tus locuras ¡Walichú!* —Jacob identificó inmediatamente al boxeador era ***Carlos Monzón*** y gritó —*Monzón era casi sobrehumano, pero no creo que le gane a Odo Sha.*

El metamórfico dios convertido en uno de los más importantes boxeadores de la historia gritó:

—*¡Con tal de boxear lo hago de cualquier manera y con quien me pongan al frente!*

Odo lo envistió, pero el hábil boxeador logró evadir su ataque y este cayó de plano en el suelo; todos los guerreros que estaban cerca gritaron "Pelea" muchos se aproximaron a ver la contienda y hacían apuestas; como era obvio la mayoría apoyaba al joven peleador, pues no sabían que ese en realidad era Walichú y se identificaban con el aspecto humano y falible del joven luchador.

Odo se levantó, y pensó en ser más estratégico, esta vez lo enfrentaría a puñetazos. Se impulsó plantándose frente a su oponente mientras que este daba brincos alrededor y movía los brazos con grácil habilidad. Odo disparó por fin un puñetazo el cual aventó a su adversario unos dos metros, mientras que el dios pájaro caminaba para rematarle este se rápidamente se levantó y se limpió la sangre del rostro con el antebrazo.

—*¡Buen derechazo! pájaro picón-picón.*

—*¡No soy tu pájaro picón! te voy a enseñar a respetar rufián.*

Odo se volvió contra el boxeador, quien lo esperaba en guardia, de inmediato le zampó una ráfaga de puñetazos en la cabeza del gigantón que le impidieron siquiera protegerse, aun así, seguía en pie, pero sus movimientos de defensa eran erráticos; finalmente Odo consiguió zafarse y lo empujó con una patada, su contrincante rodó por una loma y cayó a los pies de algunos guerreros que le auparon a seguir y le echaron agua en la cara. El boxeador se incorporó de nuevo abalanzándose sobre Odo quien esta vez fue más rápido y le propinó un golpe con su gigantesco puño y le ladeo la cara, seguidamente le dio otro puntapié que lo arrojo de nuevo colina abajo donde le esperaban los mismos guerreros, pero esta vez desilusionados por la evidente paliza que estaba recibiendo.

Jacob y Yara se lanzaron sobre Odo Sha tratando de detenerle; era casi imposible pues el dios pájaro estaba fuera de control.

—*Odo, ¡Ya! ¡Basta!* —gritó Yara— *No tiene caso, podría seguir así por toda la eternidad y ninguno ganaría.*

Odo ignoró rotundamente a Yara y dijo mirando a Jacob:

—*¡Qué no se me acerque de nuevo!, porque juro que lo destruiré* —Odo desapareció de inmediato.

Walichú regresó aun convertido en el gran Monzón. Jacob estaba molesto porque ahora sabía que Walichú no era de fiar.

—*No sé si pueda volver a creer en ti viejo.*

—*Tendrás que hacerlo no tienes otra alternativa mi Querido Maichak. Crees que eres infalible. Crees que eres más poderoso ahora porque tienes el juguetito de Bochica. Nos vemos pronto mi querido Jacob Miranda ¡Adiós boludo!* —habiendo dicho esto desaprecio

Jacob le ignoró. Manoteó en señal de despedida y se dirigió a Yara:

—*Ahora entiendo que eres inocente, tu fuiste víctima de Walichú, pero debes confiar en mí de ahora en adelante. ¿Entendido?*

—*¡Entendido Maichak!*

En ese preciso instante venían avanzando las tropas de Tamanaco. Amaya pudo distinguirlo en medio de la muchedumbre. Billy le dijo:

—*Viene tu guerrero*

—*Si Billy allí viene.*

—*¿Por qué no estas feliz?*

—*Si lo estoy … solo que …*

—*Mentirosa. Hay algo que no se y que debo saber para ayudarte Amaya*

—*No, es mejor así.*

Coñori subió a la colina junto a Bartolina y Julián para informarle a Amaya que Tamanaco ya había llegado, las gemelas se habían quedado conversando con Anacaona y otras mujeres guerreras:

—*Amaya, Ven conmigo quiero ser yo; quien te liberó, la que te entregue a tu futuro esposo.*

La muchacha estaba callada y su mirada triste. Coñori ya percibió que algo no andaba bien con ella.

—*¿Algún problema?*

—*No, Coñori todo está bien. Quiero verlo ya…*

—*Vamos*— le extendió la mano

Coñori apretó su mano y la levantó en señal de triunfo. Y dirigiéndose a todos los guerreros dijo con voz enérgica y altiva:

—¡Guerreros de los andes y de todo el Reino Verde! ¡Esta es Amaya quien fue secuestrada y separada de su gran amor Tamanaco! he aquí el momento en el que estos dos amantes se encuentran de nuevo para poder continuar hilvanando el intricado tejido que une sus vidas.

Todos los guerreros les abrieron paso con respeto a las mujeres quienes caminaron juntas, mientras cada guerrero le susurraba al otro lo que estaba por suceder, que dos amantes separados se encontrarían en la cumbre andina y que jamás se separarían de nuevo. Amaya vestía un ligero traje de color beige, hecho de hilo de alpaca, decorado con hermosas flores, su cabello estaba suelto y su rostro seguía siendo hermoso, mientras que Yara solo llevaba puesta un poncho pantalones ceñidos y su cabello suelto. Avanzaron hasta llegar muy cerca de Tamanaco quien ignoraba lo que sucedía y prefirió continuar conversando con los demás guerreros. Un silencio solemne reino en todo el valle, las tropas sabían que algo relevante sucedía. El musculoso muchacho estaba de espaldas cuando Coñori le apretó el hombro, el volteó y se percató que era la guerrera amazona, su amiga. Sorprendido exclamó:

—*¡Coñori!*—la abrazó fuertemente levantándola del suelo —*¿Qué haces aquí? ¿Te uniste a las tropas?*

—Si me uniré a las tropas, pero no olvides mi querido Tamanaco que un día te prometí que lucharía por encontrar a la mujer que amas y no te defraudé.

Amaya salió de entre la multitud y se quedó inmóvil frente a Tamanaco, él no podía dar crédito a lo que sus ojos veían. Los dos transcendieron a lo tangible e intangible; todo se desaceleró alrededor de ellos; sus cuerpos se disolvieron y evaporaron para fundirse en un solo aliento, ese embriagador aliento que aún retenía el sabor del último beso que se prodigaron. Ambos amantes se desdoblaron en entes inmaterial y se desvanecieron en el estupor de sus mentes; inevitablemente, los pasajes más sublimes y dolorosos de su historia emergieron uno a uno; desde que el la salvó en aquel paso de rio, hasta el nefasto día en el que los horrorosos engendros la secuestraron.

Los presentes, patidifusos y sumergidos en un cierto encantamiento que los embadurnó uno a uno de una profunda nostalgia; se abstrajeron y elevaron a un nivel insospechado donde sus potenciados sentidos percibieron todo el amor del mundo en un solo instante, y el amor se desbordó de tal manera que los presentes lloraron incontrolablemente, tanto que hasta el cielo sollozó con una garua de plata que los cubrió a todos y al valle entero con polvo de estrellas.

Ese instante fue el flashback de sus vidas, uno que les recargó de todas las querencias. Pues el amor de Tamanaco y Amaya era tan generoso que esparcía una intensa paz que inundó los corazones de todos los presentes. Finalmente, el encantamiento cesó cuando ambos amantes se abrazaron. Amaya se poetizó en Tamanaco y Tamanaco se idealizó en Amaya.

—*¿Amaya?*— dijo Tamanaco tocando su rostro con ambas manos.

—*Si soy yo Amaya.*

La muchedumbre empezó a vitorearlos y auparlos. Coñori entendía que su misión ya había terminado, caminó entre las tropas discretamente; cuando repentinamente Billy la sostuvo por el brazo.

—*Tu lograste que el amor triunfara.*

—*Hice lo que te prometí a ti y a mí misma hacer, siempre cumplo lo que prometo.*

Coñori se percató que los guerreros estaban aterrorizados por la presencia de Billy y susurrándole al oído le dijo:

—*Billy debes cambiar tu nombre y tu apariencia, no puedes seguir vistiendo como los dioses de más allá del mar.*

—*¿Por qué?*

—*Porque luces como un Jencham, por eso.*

—*Es que lo soy*

—*Si, pero entiende que los demás no pueden saber que eres un no muerto, y mucho menos que puedes sobrevivir a la luz del sol.*

Billy dio la vuelta y la dejo sin decir una sola palabra. Coñori le gritó:

—*¿Qué es lo que quieres? Que todos te vean como una abominación y se espanten de ti, es eso lo que quieres.*

—*Nada, honestamente no deseo nada.*

Esa noche habían decidido que descansarían; el abrupto sendero de la cordillera andina y los bajos niveles de oxigenación hacían que fuese imperioso el reposo. Jacob extrañaba a Kori, quien no había llegado con las tropas, siempre había sido así ella por su lado el por el de él; era una suerte de maldición. Se recogió el cabello y avanzo hacia donde se encontraban Iwarka, Kuwi y Macao quienes yacían ante la luz del fuego. Desde la colina contemplaban los cientos de fogatas alrededor de las cuales los guerreros cantaban y tocaban música, las mujeres cocinaban deliciosos platillos, esencialmente con tubérculos autóctonos de la región andina: Papa, camote, olluco, yuca. Vegetales tales como: Maca, Quinua, cañihua, achita, maíz, hojas de coca, caigua, algas marinas y de las lagunas, además algunas proteínas de animales entre las más preciadas se encuentran: carne de llama, vicuña, taruca, perdices, palomas. Iguanas y tortugas.

—*Tengo Hambre Maichak, desde luego tu no, pues el Ormus aún está en tu cuerpo* — dijo Macao revoloteando alrededor.

—*Si, así es* —respondió Jacob

—*Las tropas trajeron todo tipo de alimentos* —aseguró Iwarka— *No es gentil que se comiera cui*— Iwarka acaricio a Kiwi.

El pequeñín sentía profundo pesar por que sus pequeños congéneres quienes eran apreciados en las mesas de los pobladores de la altiplanicie.

—*Tranquilo Kuwi, ya Iwarka ordenó Odo Sha que ordenara a las tropas que no se comiera carne de cuy* — Jacob afirmó solidariamente.

El pequeñín abrazó a Jacob y luego brincó a abrazar a Iwarka. El dios mono, preocupado se dirigió a Jacob:

—*¿Qué te pasa muchacho?*

—*¿A mí?*

—*¿Si a quien más? ¿Es por Kori Ocllo?* —inquirió Iwarka.

—*Si, mejor no hablemos de lo imposible* — sentenció Jacob.

—*¿Imposible Muchacho?*— Iwarka se plantó en frente de Jacob y con voz contundente continuó —*¡Tú has logrado lo imposible! llegaste a este mundo donde todos estábamos esperándote, con grandes expectativas. Súbitamente, nos percatamos que, en lugar de un héroe cultural, quien vino a defender al Reino Verde era una estrella de Rock en otro espaciotemporal, majadero y egoísta, un hombre vanidoso, lleno de resentimiento y sin confianza en sí mismo, pero poco a poco aprendiste que la fuerza de un guerrero depende del tamaño de su corazón, dentro de esa fría coraza del Jacob Miranda habitaba un héroe, un hombre de gran nobleza y dispuesto al sacrificio. Hablas de imposibles, esa palabra ahora no existe en* *ti; al alcanzar todas tus metas, tu mi querido Maichak has hecho posible lo imposible. Pero, es que no hay nada imposible, esa es la palabra que solo aquel que tenga una vida absurda puede invocar. Lo imposible surge cuando no se es capaz de arriesgarlo todo por obtener ese ideal. Arriesgarse significa superar los límites de la racionalidad y hacer lo que nadie cree que tú eres capaz. Maichak no arriesgarse es perderte tú mismo.*

—*Creo que tienes razón, quizás yo tenga una lección que aprender*— Respondió con honestidad Jacob.

—*Tú tienes que reconocer al verdadero Maichak dentro de Jacob, cuando ambos vivan armoniosos, solo cuando reconozcas que eres los dos en uno solo podrás entender y aceptar, y entonces tendrás el conocimiento para entender el metaverso.*

Todos los lideres conversaban frente a una gran hoguera cuyas flamas bailoteaban al ritmo del inclemente y frio viento andino. Las mujeres se arrinconaron en una enorme piedra de granito desde donde habían improvisado una pequeña tienda, el cielo estaba despejado. Anacaona y Yara acababan de atender al hermano de Jacob quien yacía aun inconsciente en la camilla que le habían construido. Tenía un rostro hermoso y lozano, sus cabellos era finos y de color de miel. Lucia como si estuviese dormido. Luego de verificar que todo estuviese bien Yara y Anacaona se unieron a Bartolina, Coñori y las gemelas quienes estaban tendidas alrededor, exceptuando Amaya quien estaba con Tamanaco. Todas conversaban amenamente y la ruidosa tertulia era la comidilla de los demás que envidiaban el entusiasmo y alegría de las mujeres; todas ataviadas con hermosos y coloridos ponchos. Anacaona decidió hacerle unas trenzas a Coñori usando cintas de colores, mientras le tejía ágilmente su cabello Coñori le preguntó:

—*Todos creímos que Maichak tenía un hermano, pero al parecer es unos dos espíritus ¿Se recuperará?*

—*No lo sé, a momentos pareciera que está muerta, pero respira. No hay duda de que está viva.* — respondió Anacaona.

Yara preparó un té de coca para todas, los sirvió en unos cuencos de arcilla roja. La hoja de coca es un alimento sagrado que proporcionaba fuerza extra a los habitantes de la altiplanicie. Las mujeres bebían la infusión, sujetando con ambas manos las tazas que desprendían una ondulante

—Si, les has regalado un final feliz —dijo Anacaona quien continuaba trenzado el cabello de Coñori

Yara se levantó y en base a su experiencia con Odo Sha interrumpió diciendo:

—Chicas, los finales felices son historias inacabadas, historias a las que les falta el final. Aun Tamanaco y Amaya necesitan construir más pasajes de su vida juntos.

Cuando Yara terminó de hablar todas guardaron silencio el aforismo había sido contundente, todas contemplaron el fuego cuando sorpresivamente apareció Zion muy emocionado:

—¡Saludos! ¿saben que están frente al jefe de los chasquis?

—¿jefe de los chasquis? ¡Hum! —dudó *Yara— ¿Quién lo decidió?*

—Lo decidió Odo Sha. Tengo experiencia Mi padre fue un ***Quipucamayoc*** [151] *¿Y ustedes quiénes son?* —preguntó dirigiéndose a las gemelas Paki y Sachi

151 - Quipucamayoc (del quechua khipu kamayuq, «responsable del quipu», plural: khipu kamayuqkuna) era un funcionario dentro de la administración y burocracia del Tahuantinsuyo, que tenía como principal función la interpretación y manejo de los quipus. Se les ha equiparado a los contadores o tesoreros occidentales.

—¿Qué hacen dos niñas en un campo de batalla? este no es lugar para niñas como ustedes.

—¡Qué idiota eres niñito! —dijo Sachi.

—Somos más fuertes que tu niñito —agregó Paki levantándose automáticamente junto a su hermana blandeando hábilmente sus dagas en contra de Zion.

—¡Vamos chicos! No somos nosotros los enemigos —los regaño Bartolina— *en realidad actúan como ¡niñitos! Esto no es un juego, Puma Punku puede ser destruida y con ella todo el equilibrio del Reino Verde, mientras que ustedes niños malcriados pelean por tonterías.*

Todos guardaron silencio y entendieron que en realidad los eventos que acontecerían serian decisivos y que la desunión traería la debilidad de las fuerzas de la Corte del Bien. Todos se despidieron y se marcharon a descansar; aún faltaba un largo trecho para arribar a Tiahuanaco.

Desde un acantilado; Billy observaba a los dos enamorados, de cierto modo, él había sido artífice de ese encuentro, pues su ayuda fue esencial durante el rescate. Sin embargo, podía percibir que algo no andaba bien con la muchacha. Los amantes estaban sentados detrás de unos matorrales que colindaban con un inmenso árbol de ***Molle.*** Tamanaco nunca había intentado tocar a Amaya más allá de tiernas caricias y besos incendiarios. El esperaba a desposarla para poder hacerla su mujer, pues para las costumbres de su tribu, era sumamente importante que la doncella llegase virgen al matrimonio. Habían hablado poco, ella reposaba en el pecho de él, mientras él le acariciaba el cabello, sentían una paz indescriptible.

—Nos casaremos al llegar a Puma Punku —aseguró con beneplácito el muchacho.

Amaya se había abstraído en sus pensamientos y no respondió, siguió con la mirada perdida; Tamanaco preocupado le dijo:

—¿Qué sucede? no te veo feliz, es que ya no me amas

—¡Si!, sí, ¡claro! —Respondió *nerviosa Amaya.*

—Dices: "¡Si, sí, claro! "y ni siquiera sabes que te he propuesto— Tamanaco cambió el tono de su voz ahora sonaba preocupado —*Amaya te noto diferente, ¿qué te pasa? Hay algo que deba saber…*

—No, nada solo que estoy agotada y deseo descansar. Te amo nunca lo olvides. Te he amado desde el día que te conocí cuando era solo una niña y me salvaste de ser arrastrada por el rio.

Tamanaco se inmutó, no quería hablar más. Amaya se despidió de el con un beso y subió rumbo al asentamiento donde estaba acampando con las demás. Billy la interceptó y le dijo:

—Tarde o temprano tendrás que decir que te sucede, cada día se hace más evidente que algo te sucedió en Yvy Tenonde. Algo muy oscuro.

—Nada me sucede. Hasta mañana Billy — alegó Amaya sin dejar de caminar.

—¡Hasta mañana! — respondió el vampiro.

Esa Mañana las tropas se prepararon para empezar el viaje en el último tramo rumbo a Puma Punku. Jacob se había despertado muy temprano para ver como seguía su hermana, esta se encontraba en un cómodo catre bien protegida del inclemente clima, muy cerca de ella estaba Anacaona quien seguía cuidándole, pero no mostraba señales de recuperación. En apariencia lucia como si estuviese dormida.

Iwarka dio orden de que se trasladará al "Dos Espíritus" a Puma Punku, pues esa era parte de la profecía. Jacob desde la alborada pasó revista a todos los regimientos, les advirtió que las tropas se desunirían en una ladera que fungía de campamento base antes de entrar a la ciudad sagrada; y desde allí las tropas mapuches de Lautaro, Los aguerridos y hábiles aimaras y los contingentes mixtos de Tamanaco y Caonabó girarían para entrar por el lado norte de la ciudad y allí se estacionarían hasta recibir nuevas instrucciones. El regimiento de Bartolina y su tropa de Pacajes, secundada por los guerreros Chacao y Hatuey entrarían por el oeste seguidos de Yara acompañada de los caciques Guama y Sorocaima y su tropa de Ayahuiris de la tribu Collas.

Igualmente, Jacob ordenó a Julián, llamado ahora Tupac Katari y sus lugartenientes Jumaca y Cunhambebe que dirigieran a ***Los Soras*** hacia el este.

Todos los lideres junto con Odo Sha había acordado que los Suamos sobrevolarían vigilando la avanzada desde el aire. Todos los guerreros se agruparon con sus jefes, y las mujeres se dispersaron con las tropas para estar bajo su protección. Amaya decidió marchar con Coñori, Las gemelas y Billy quienes se habían agrupado con Yara que ofreció a Lionza a las mujeres para mitigar el cansancio causado por la caminata. El clima era agradable y el cielo jamás estuvo más despejado, las nubes estaban dispersas formando cúmulos alrededor de las montañas. Todos iban callados, no se sabía exactamente qué sucedería en Puma Punku, pero lo que si era inevitable que se enfrentarían con fuerzas extremadamente poderosas. Las utilitarias llamas y alpacas contribuían al traslado de los alimentos y provisiones. Habían alcanzado unos 3900 metros, y la altura producía un cansancio y fatiga intenso, así como mareos y los llamados ***Soroches*** que se genera por la falta de oxígeno, no obstante, todos habían masticado hojas de coca o bebido su infusión.

La tropa de Tamanaco avanzaba entusiasta, estaba formada mayormente por jóvenes que voluntariamente se habían unido a la causa. Todos usaban ponchos y gorros de lana de alpaca, aunque el día era adorable el frio seguía siendo inclemente. Zion pensaba en las dos hermanas, había sido rudo con ellas, pero él no entendía como dos niñas se habían unido a un ejército. Avanzó hacia Tamanaco y dos Chasquis, quería preguntar, pero tenía vergüenza, hasta que al fin Tamanaco le dijo:

—¿Qué sucede? ¿Deseas algo amigo?

—¿Has visto a las dos niñas que andan con Coñori y Amaya? — Le preguntó a Tamanaco.

—¿Hablas de las gemelas? — Preguntó Tamanaco.

—Si, de las dos niñitas — dijo con tono despreciativo.

—¡Ja! ¡ja! ¡ja! —se carcajeó Tamanaco.

—¿Por qué te ríes? No tiene nada de gracioso.

—Me rio de ti muchacho porque ellas son guerreras Munducuru, además son una leyenda desde muy niñas han peleado en batallas y sobrevivido. Amaya me contó que ellas junto a Coñori le salvaron la vida — Aclaró Tamanaco.

—¡Increíble! ¿Estás seguro? — Zion incrédulo inquirió.

—Si muchacho— Reafirmó Tamanaco

—Si, por supuesto. Todos los guerreros conocen sus proezas— intervino el Chasquis.

—*Yo creo que te has conectado con las gemelas* —dijo pícaramente Tamanaco— *¡te gustan!*

—*¿Qué me gustan?* —dijo sorprendido Zion— *son insoportables. Además, ¿por qué dices que me gustaron?... ¡son dos!*

—*Bueno digo te gustaron porque son iguales si te gustó una, te gustó su reflejo, eso quiere decir la otra o ¿no?*

—*Olvídalo, amigo* — refutó el muchacho derrotado— *¡estas equivocado!*

Por su parte Jacob avanzaba en el primer grupo, el "dos espíritus" viajaba con Anacaona en el alicanto. Iwarka, Macao y Kuwi se trasladaban en el lomo de una llama blanca que más parecía una oveja gigante. El trayecto se hizo corto quizás por los deseos que tenían de llegar. Todos tenían grandes expectativas con respecto a Tiahuanaco y en especial Puma Punku, llamada la puerta de los dioses.

Tiahuanaco, ciudad misteriosa y mística, era una urbe amurallada poblada por más de cincuenta mil personas, considerada el epicentro de todo el conglomerado del altiplano andino y la ciudad más antigua de América de Sur. La cultura Tiwanaku tenía un nivel tecnológico sin parangón. Conocían el bronce y sabían cómo trabajarlo, este sería el metal que utilizarían en sus edificios, no solo como ornamento o en la elaboración de armas, sino también como material de construcción dentro de las columnas y las bases de las edificaciones. Tiahuanaco se encuentra a tres mil ochocientos metros sobre el nivel del mar y a unos dieciséis kilómetros del lago Titicaca; lo que la hace también una de las ciudades más altas del mundo. Los Tiwanaku contaban con extraordinarios ingenieros y artesanos quienes crearon templos de gran valor arquitectónico y de extraordinaria durabilidad, además diseñar estructuras técnicamente duraderas; sin embargo, los lugareños contaban misteriosas historias sobre la construcción de Tiahuanaco y decían que los dioses construyeron Puma Punku como un portal multidimensional. Según estas leyendas, los mismísimos dioses les habían enseñado a moldear la piedra, y a construir monumentos cuyos gigantescos ladrillos engranaran de manera perfecta como un imposible rompecabezas. Es por ello por lo que era de vital importancia el proteger ese portal no solo para preservar la conexión entre los hombres y los dioses y visitantes interestelares, sino para salvaguardar al multiverso cosmogónico de su desaparición.

Odo Sha remontó el vuelo en la intrincada ***Meseta del Collao*** [152], sus Suamos le acompañaban; en el horizonte divisó las impresionantes zonas de cultivo de Tiahuanaco, colorido espectáculo de plantaciones creadas en inmensas bateas rectangulares apiladas como escaleras que se desprenden a lo largo de las laderas montañosas, y en las llanuras se veían un sofisticado sistema de riego, las inmensas líneas rectas de los cultivos eran zanjas o camellones llamados ***Suka Kollus*** [153] o ***Waru***, cerca de la ciudad se apreciaban andenes enmarcados por terrazas de piedra que servían de protección y delimitación para los cultivos. Los aimaras eran grandes agricultores y su técnica era efectiva tanto para las estaciones secas y de lluvia. Odo supo que ya estaban a solo unos pocos kilómetros de Tiahuanaco y que era mejor avisar a las tropas para que se desplegaran, siguiendo la estrategia de Maichak. De este modo envió a algunos Suamos a notificar que ya era hora de avanzar a sus diferentes destinos. Odo descendió sobre la caravana de Jacob, y aterrizando frente a él le dijo:

—Tiahuanaco esta frente nosotros. Le he informado a los demás que tomen sus posiciones. Anacaona sigue cuidando a tu hermano el dos espíritus; ellos llegaran a Tiahuanaco primero que nosotros. Los sacerdotes los acompañaran.

—Muy bien Odo, el resto entrará a la ciudad con nosotros, nos deben estar esperando —Confirmó Jacob

—Si, el pueblo está celebrando la fiesta del solsticio de invierno —dijo Iwarka.

---

[152] - El Altiplano andino, altiplano sudamericano, meseta del Collao o meseta del Titicaca, es una extensa planicie de altura o altiplano de América del Sur ubicada a una altitud media de 3800 msnm que abarca parte del noroeste de Argentina, el occidente de Bolivia, parte del norte de Chile y parte del sur del Perú.

[153] - Uno de los antiguos sistemas de agricultura se llamaba "Suka Kollus", a veces también llamado "Camellones" o "Waru". Se crearon plataformas elevadas y se rodearon de canales de agua. El agua acumulaba calor durante el día y lo desprendía durante la noche, elevando así la temperatura local. Los canales de agua se dragaron regularmente y el lodo se esparció sobre la plataforma aumentando los nutrientes..

—*Bueno, no hay más que esperar. Ingresemos a Tiahuanaco* —aseguró entusiasta Jacob, pero se dirigió a Iwarka al ver su cara de preocupación — *¿Sucede algo?*

—*¡Si Maichak! Tamanaco ha pedido permiso para entrar a Tiahuanaco, desea casarse con Amaya antes de la batalla, mientras que Lautaro se quedará con las tropas por petición propia, dice que no se pueden quedar sin un líder.*

—*Si, comunícale a Tamanaco que puede hacerlo; en cuanto a Lautaro es una excelente idea, dile que se haga cargo de las tropas vecinas mientras regresan sus lideres.*

—*¡Entendido Maichak!*

Un exasperado y atormentado Odo Sha decidió abordar a Billy quien iba en la caravana de Coñori. Descendió y le interceptó amenazándolo:

—*Tu no podrás entrar a Tiahuanaco y menos a Puma Punku* — advirtió Odo.

—*¿Quién lo dice?* —replicó Billy.

—*Yo lo digo, no está permitido que un no-muerto, un Jencham pise suelo sagrado.*

Billy se inmutó, no tuvo más argumento; ya sabía la verdad.

—*Si, lo soy, pero te demostrare que soy leal a la causa y que …*

—*No se trata de lealtad* —le interrumpió— *se trata de identidad.*

—*Entiendo* —bajo la mirada y le dio la espalda.

—*Te quiero lejos de Coñori y las chicas* —dijo en tono amenazante

—*Lo lamento, tú decides sobre Tiahuanaco, pero Coñori decidirá si no me quiere a su lado, No serás tú quien le diga a ella que hacer.*

Odo Sha despegó dejando a Billy notablemente alterado, por su parte Coñori apareció cuando ya Odo se había ido.

—*¿Qué sucede?* —Preguntó Coñori mientras tomaba una lanza

—*No puedo entrar a Tiahuanaco*

—*Nos esperaras aquí, ¿Cierto?* —Volvió a inquirir.

—*Si eso es lo que deseas, estaré aquí esperando*— Respondió Billy con una entusiasta sonrisa

—*Es lo que deseo* —dijo Coñori regalándole otra vehemente sonrisa— *¡ahora me marcho; he quedado atrás!*

La altiplanicie majestuosa con su arquetípico relieve se abría paso proyectándose a la distancia, los organizados caseríos incrustados en las colinas cuyas terrazas agrícolas decoraban de verde eran el terruño de gente trabajadora y sencilla, guardianes de los portales, dispuestos a sacrificarlo todo por mantener el balance de la Pachamama. Los mensajeros avanzaron por las hermosas colinas y finalmente arribaron al campamento de los Weifaches Mapuches. Rápidamente entregaron la misiva al Toqui Lautaro, nadie era más experto y tenía más conocimiento de las ciencias y artes de la guerra que el bravío guerrero.

Lautaro traspasó el portar multidimensional en el momento en el que su pueblo emprendía la batalla decisiva. Él junto a Caupolicán pasarían a la historia de Chile como héroes históricos quienes por sus proezas transgredieron los límites de la historia alcanzando noveles míticos, aunque cada uno de ellos perteneció a espacios temporales disimiles los dos eran reconocidos y honrados en todos los rincones del reino verde y más allá.

Desde pequeño Lautaro figuró como uno de los más inteligentes de su tribu y por tal motivo fue secuestrado y esclavizado por un invasor de nombre Pedro Valdivia, quien le enseñó el idioma español y le confió tareas complejas, como entrenar caballos y llevar las cuentas de las cosechas. Pacientemente, Lautaro aprendió sobre las fortalezas y debilidades de sus enemigos y de este modo, planificó su huida para reencontrarse con los suyos.

Luego de su regreso a la tribu Lautaro, en poco tiempo se le designó toqui; una de las más altas posiciones que un guerrero puede ostentar. Su sabiduría y gran conocimiento de las costumbres y tácticas bélicas de sus adversarios llevó a los guerreros mapuche a una serie de victorias. Pues con su gran talante de estratega logró crear maniobras militares que le sirvieron al pueblo mapuche en futuras batallas. Muchas fueron las victorias consecutivas que Lautaro proveyó a su gente hasta que la funesta sombra de la plaga del tifus aunada a una serie de eventos desafortunados frenó el avance de los guerreros mapuches hacia la capital Santiago. Según se contaba entre los mapuches Lautaro fue un elegido divino, justo al nacer fue nombrado “halcón veloz” que en lengua Mapudungun es **Lef-Traru**, pues se dice que un halcón voló alrededor del lugar donde su madre afrontaba el trabajo de parto, anunciando de esta manera de que sería un hombre importante para su tribu. La preponderancia de Lautaro como líder no tenía discusión, con su astucia y estratagema era uno de los más preciados recursos con los que las fuerzas de la resistencia contaban para proteger Tiahuanaco y Puma Punku. El jefe mapuche aceptó con beneplácito el mensaje de Maichak; para él era un orgullo el hacerse cargo de las tropas mientras se celebraba la boda de Tamanaco y Amaya; y con la misma envió la confirmación con los chasquis.

El sol apenas estaba iluminando el firmamento; a lo largo del trayecto se advertía a los aldeanos lidiando con sus cotidianas labores, entre los cuales se encontraban numerosos grupos de alfareros y jornaleros cerca de las pequeñas colinas; mientras que en las faldas de los riachuelos afluentes del Titicaca se apreciaban a las lavanderas y trabajadores en los canales, y algunos otros elaborando caballitos ***de totora***, con hermosos diseños, decorados con picos arabescos en sus puntas y dos plataformas: una descubierta y debajo de esta se encuentra la otra. En las adyacencias del complejo religioso, cultural y político de Tiahuanaco la vida era dinámica y ajetreada. Un mercado público se levantaba en las afueras de la ciudad, en el ciento de personas ofrecían los productos que cultivaban. También se podía distinguir a un grupo de hilanderas trabajando bajo una sincronizada coreografía de palos, cuyos movimientos casi perfectos entraman un arcoíris de hilos.

La majestuosidad del lugar era indudable, como también era indudable que los tiahuanacotas conformaban una de las civilizaciones más desarrolladas de todo el Reino verde. Los visitantes no podían dar crédito al esplendor que literalmente contemplaban sus ojos, ya que los edificios y templos estaban literalmente enchapados en láminas resplandecientes de oro, cobre y plata. Los Tiahuanacotas dominan el arte de la orfebrería en su más alto nivel y esto se evidenciaba en los exquisitos bajos relieves iconográficos que representaban las entidades más importantes de su cosmogonía. El despliegue de los militares tiahuanacotas era excepcional estaban ubicados en las afueras de la ciudad, pero por las celebraciones tendrían permiso para participar en los rituales y ceremonias. La caravana de Jacob se estacionó en un descampado contiguo a un canal de agua salubre, de este modo los guerreros podrían abastecerse del vital líquido. Tanto Lionza como el Alicanto se quedarían a las orillas del arroyo, era un lugar estratégico en caso de que fuese requerido un traslado intempestivo y rápido. Los lugareños les bridaron frutas y comida todos los guerreros quienes se devoraron todo. Jacob, junto a Iwarka, Macao y el pequeñín Kuwi, esperaron a los demás lideres para entrar a la ciudad, luego de un par de horas todos estaban listos; excepto Julián ahora llamado Tupac Katari, quien aún no había llegado. Jacob le pidió a Odo que enviará a sus Suamos a buscarle; sin embargo, todos los lideres acordaron ir al encuentro de las autoridades Tiahuanacotas sin la presencia de Lautaro quien quedó a cargo de los regimientos mientras los demás entraban a Tiahuanaco y por supuesto Tupac Katari. Bartolina estaba sumamente preocupada,

presentía que algo ocurrió a Julián, solo esperaría un par de días y si no daba señales de vida ella iría en su búsqueda.

Todos estaba listos para avanzar a la ciudad cuando en medio de la multitud un vendaval se precipitó sobre ellos, la velocidad del viento que generaba era tal que casi eleva a los presentes, Macao por ser el dios del viento sobrevoló transformándose en un gran tornado que a manera de escudo protector retuvo el ímpetu del extraño ventarrón. Ante los atónitos ojos de los presentes un ente incorpóreo con cara de felino se presentó ante los guerreros:

—*Yo soy …*

Fue interrumpido por Jacob quien de manera descortés le dijo:

—*Ya cierra tu bocaza, sabemos quién eres, no aceptaremos tu manipulación y mentira de nuevo.*

Iwarka y los demás estaban sorprendidos con la actitud de Jacob

—*¿A qué has venido? ¿A asegurarte que todo salga mal? Ya no caemos en tu trampa* Walichú

—*¿Walichú? Yo no soy* Walichú

—*Claro que si lo eres* — Jacob se aproximó y le arrancó un bigote al felino — *estos bigotitos son de utilería ¿No?*

El dios profundamente sorprendido ante el irrespetuoso recibimiento; se puso en guardia y expulsó a Jacob con un rayo, de inmediato Jacob se abalanzó sobre él y empezaron una feroz contienda.

Iwarka tuvo que intervenir, dándole un puntapié a Jacob y sujetándole con fuerza? en el piso.

— *¿Qué sucede te has vuelto loco Maichak?*

—*¿Es que no vez que* Walichú *ha llegado a boicotear la resistencia?*

—*Definitivamente tienes* ***soroche*** [154] *¡ese es el dios Kon hijo de Inti! Dios de la Lluvia y el viento del sur.*

—*¡No me digas!*— dijo Jacob ahora avergonzado.

Iwarka avanzó hacia el dios Kon y haciendo una reverencia le dijo:

—*¡Oh Poderoso señor Kon! tus siervos te pedimos que disculpes a Maichak quien te confundió con el mañoso* Walichú.

—*¿Y en manos de este infeliz Wiracocha ha dejado la protección de los portales multidimensionales?*

—*Si mi señor él no es tan estúpido como parece, te rogamos que aceptes la disculpa y le prodigues perdón.*

Kon gritó como un trueno:

—*¡Wiracocha! ¿Qué estás haciendo?*

Un rayo cayó sobre una roca aledaña y un estruendo se escuchó en todo el Altiplano

—*¡Él es el elegido!*

Kon se aproximó a Iwarka y le dijo:

—*He venido solo a decirles que permaneceré a su lado y que les apoyaré; con la misma se acercó a Jacob y le dijo con brusquedad:*

—*No contradeciré de los designios de Wiracocha, más te vale que logres proteger los portales. Y si tú eres el elegido yo estaré a tus órdenes. ¡Ahora vayan la hora está por llegar!*

Kon desapareció en medio de otra fuerte ventisca que dejo ciegos a los presentes.

---

[154] - El mal agudo de montaña (MAM), conocido como mal de altura, soroche o apunamiento, lo causa la falta de oxígeno. A mayor altitud, menor es la concentración de oxígeno en el aire, y si no se adapta o aclimata el organismo a dichas circunstancias, aparece el mal de altura. Las personas que corren mayor riesgo de sufrir mal de altura son los montañeros y los turistas que visitan regiones montañosas o altiplánicas por encima de los 2.500 metros de altitud; Perú, Bolivia, Colombia, México, India, Nepal, Tíbet, etc. La gravedad del soroche dependerá de la velocidad de ascenso y la altitud alcanzada.

Iwarka se plantó en frente de todos y le dijo a Jacob:

—*Maichak dirígete a tus hombres; la hora del avance ha llegado*

Después de oír estas palabras Jacob se dirigió a todos los lideres guerreros:

—*No esperábamos estar en este lugar ajeno e inverosímil, muchos de ustedes pensaran que es nuestro destino; el destino es algo más que una caprichosa historia escrita por los dioses, el destino es más que conformarnos con lo que pudo ser, pero jamás será. He pensado mucho sobre eso, y creo que todos nosotros estamos forjando nuestro destino ahora mismo. El destino es una excusa creada por nuestra debilidad y cobardía. Si nuestro destino es perder esta batalla entonces ¡cambiaremos ese destino! Y... venceremos.*

La satisfacción engulló a Iwarka, sabía que no por capricho Maichak había sido el elegido; seguidamente complementó las palabras de Jacob:

—*Guerreros, ha llegado el momento de defender el balance, de bloquear las fuerzas de la Corte Del Mal. Cada plano debe mantenerse en armonía con respecto al otro, pero el caos genera el no espacio y el no tiempo, y es allí cuando la realidad espacio temporal de los diversos planos se destruye, proteger Puma Punku y Tiahuanaco mantendrá el equilibrio de esta simulación y por ende la continuidad de los otros mundos paralelos a este.*

Habiendo dicho esto, se inició la procesión, presidida por Iwarka seguido de Jacob con kiwi en su hombro y el inquieto Macao revoloteando a su alrededor, Mboiresai, Ndaivi y Ch'uya y atrás de ellos: Odo Sha, Caonabó, Zion, Huatey y el resto de los guerreros, exceptuando a Julián ahora llamado Tupac Katari, quien extrañamente se había retrasado. El sendero hacia el atrio de la ciudad era geométricamente perfecto, las lajas eran de un tono rojo borgoña se habían entramado cuidadosamente entre sí y estaban tan pulidas que no presentaban ninguna irregularidad, a lo largo de la caminería se encontraban espectaculares estatuas de entidades zoomórficas hombres con cabeza de puma o de reptil, y eventualmente algunos monolitos exquisitamente labrados y decorados con láminas de metal que esparcían luz durante el día. Todos marchaban a paso decidido y cada uno de esos pasos asentaba una promesa, un motivo, un ideal. Esos guerreros que confluyeron en este metaverso habían sido rebeldes en sus recónditos universos, un puñado de soñadores que contrariaron a los imperios invasores y sistemas establecidos por elites egoístas. Ellos, en distintos modos; habían enarbolado ideales supeditados a la libertad, a la igualdad, al respeto, a la diversidad cultural y étnica, por ello llevaban sus cabezas en alto, este era el momento de la redención.

Llegaron a una gran entrada en la cual se apertrechaban un puñado de chamanes y sacerdotes quienes participaban en un ritual ceremonial. Mboiresai, Ndaivi y Ch'uya se separaron del grupo y se unieron al resto del cortejo ritual. A un costado despuntaba imponente un extraño bloque de piedra cuadrangular, denominada la **Kantatallita** "Luz del amanecer". El monumento era en realidad una escultura geométrica con un diseño romboidal y cruciforme, con escaleras labradas dentro del rombo, el espectacular bloque estaba cubierto con planchas de oro y diamantes incrustados, se distinguía que era una suerte de templo a escala esculpido por tal motivo se le denominó ***"piedra maqueta".***

Jacob pensó en los ***Legos***[155] que usaba para armas figuras cuando pequeño, el parecido era sorprendente, solo que estos bloques eran mucho más grandes. Continuaron el recorrido y llegaron a la Puerta del Sol, impresionante pórtico tallado en uso bloque de piedra de más de diez toneladas de peso. Este umbral era más que la puerta de entrada al complejo religioso, era un portón multidimensional. En la parte centro superior del quicio se erigía un grabado de *Bochica-Viracocha*, o como era conocido en el altiplano andino; ***Apu Qun Tiqsi Wraqutra*** y algunas veces reconocido como: ***Kon-Tiki.*** Jacob observó que la iconografía de Bochica lo representaba sosteniendo dos cayados o báculos, en realidad tenía mucha curiosidad porque si Bochica tenía dos báculos donde estaba el otro:

—*Iwarka ¿Cuántos báculos tiene Bochica?*

—*Dos* — respondió el sabio Iwarka.

—*¡Dos! Vamos viejo ¿por qué no me lo habías dicho antes?* — Inquirió Jacob con tono de molestia.

—*Porque no me lo habías preguntado* —Refutó nuevamente Iwarka

—*¿Dónde está el otro?* — preguntó Jacob

---

[155] - LEGO son piezas de plástico o acrilico interconectables fabricadas por el Grupo Lego, Billund, Dinamarca. Su nombre proviene de las palabras danesas, leg goda (jugar bien Lego es considerada como una de las compañías de juguetes más grande del mundo.

emanación Anacaona vio hacia el grupo donde se encontraba Caonabó y los demás guerreros. No pudo evitar pensaren lo difícil que era ser mujer; reflexionó sobre la dualidad mujer-hombre. Anacaona rompió el silencio:

—*El estilo de vida de las Mundurucu es el ideal de cualquier mujer* —continúo hablando mientras acomodaba la leña en el fuego— *ustedes Coñori sí que supieron dominar a los bravucones hombres. Los hombres se creen superiores, ellos solo cazan, pescan y quieren un rato de diversión. Mientras que nosotras somos las verdaderas matriarcas, cuidamos los animales, atendemos la cosecha, llevamos en nuestro vientre a los hijos que harán más fuerte y prospera nuestra comunidad, es decir chicas, velamos por hacerlos felices a todos* —concluyó Anacaona con tono de ironía.

—*No sobrevalores a las Mundurucu; las mujeres no necesitan a los hombres, necesitan a alguien para amar; todos necesitamos amor. Los hombres no son menos ni más que las mujeres son un complemento. ¿Sabían que a las Mundurucu nos conocen como Amazonas?*

—*No, en verdad ¿Amazonas?* —dijo Yara

—*Si, y también que el gran rio Marañón tiene ese nombre; Amazonas*

Increíble, entonces eres una guerrera amazona Coñori.

—*Si, según Billy lo soy. El me relató sobre un pueblo de mujeres guerreras, en un mundo fantástico y distante; quizás es solo fruto de su imaginación.*

—*Coñori ¡Eres extraordinaria mujer! Lograste reunir a Amaya y Tamanaco.*

—*No, soy solo una guerrera más*—respondió Coñori con humildad — *ellos tenían que unirse de nuevo yo solo fui un instrumento. Las gemelas son grandes guerreras sin ellas no hubiese podido lograr rescatar a Amaya.*

—*Si, claro que ustedes son unas mujeres únicas* — Aseguró Yara— *no muchas se atreven a hacer lo que ustedes con valentía y coraje han hecho: viajar Yvy Tenonde y regresar sanas y salvas.*

—*¡Somos una leyenda!* — Dijeron las gemelas a la vez.

—*En una leyenda se convertirá mi pueblo algún día, quizás ya nadie sepa que existimos. Cuando mi pueblo fue aniquilado y mi ciudad devastada entendí cuan efímeros somos. Tanto orgullo, tanta superioridad de las Mundurucu y fuimos arrasadas. El amor de esos dos es único, difícil de destruir. Nadie me ha amado como Tamanaco ama a Amaya.*

—Lo tiene el ...

Iwarka lo ignoró, mantuvo silencio y continúo caminado, Jacob se quedó contemplando el grabado; el tema de los dos báculos sagrados lo había dejado pensativo. Odo Sha le hizo señas para que avanzaran. Jacob mantuvo silencio y continúo contemplando la imponente Puerta del Sol. En medio de la delegación de recibimiento se encontraba Kori Ocllo, la acompañaban lideres religiosos políticos y militares de la confederación Tiahuanacota. Jacob la alcanzó a ver; sintió una gran emoción, pero a la vez una gran inquietud, pues estaba aburrido de ese juego del escondite; le había costado entender por qué Kori deseaba mantenerse alejado de él, y lo averiguaría muy pronto. Dos hombres salieron de entre la comisión, uno era alto, corpulento, de tez blanca, usaba una batola de hilo de alpaca con bordes de oro, portaba dos inmensos brazaletes dorados, un imponente tocado de plumas multicolores incrustadas en una diadema de oro y piedras, calzaba sandalias trenzadas; por su parte el otro hombre era de mediana estatura de piel bronceada y largos cabellos negro con destellos azulados, tenía un cuerpo musculoso y aire de altivez, ataviado con una suerte de toga o manto estampado abrochado en el pecho, tenía un tocado con hermosas plumas unidas entre sí por un broche de oro adherido a una diadema que se sujetaba perfectamente a su cabeza, calzaba unas zapatillas ligeras las cuales evidentemente no ajustaban con el esplendor de la joyería que colgaba de su cuello.

—Bienvenidos a la piedra del medio, Tiahuanaco les estábamos esperando, soy ***Javilla*** [156] *rey del Collao y esta es mi esposa* ***Q'alta*** —apuntó a una hermosa mujer de prominente estatura, esbelta, su piel brillaba como si hubiese sido rociada por oro, sus ojos negros encrespados y elocuentes cautivaban a quien la mirase. Vestía un traje inmaculadamente blanco con bordes de oro, llevaba un tocado del mismo estilo que su esposo; y seguidamente señaló a Kori y dijo— *y la benevolente Kori Ocllo.*

Todos hicieron una reverencia, Iwarka y Odo Sha dieron un paso adelante, pero fue el Dios Mono quien habló:

---

[156] - Martín de Murúa (1): Murúa escribió en 1590 sobre las costumbres Incas. J.H. Rowe estima que Murúa es importante en la historia de las costumbres incas. Murua reseñó "a un Rey, en el Collao de nombre Javilla, y que fue señor desde Vilcanota hasta Chile y aún más adelante"

—Venimos en nombre de Viracocha, estamos a sus servicios.

—Los esperábamos con ansias. Este será un momento decisivo para las cuatro regiones del altiplano andino Muchos peregrinos vendrán a Tiwanaku en los próximos días, estamos en la celebración de fin de año.

—¿Las tropas se pueden quedar en las afueras? —inquirió Odo Sha

—Si. Nos encargaremos de proveer alimentos y tiendas para todos, ya el dos espíritus y su acompáñate, Anacaona, están seguros en el palacio —haciendo señas con su mano agregó— *Por favor sígannos.*

—¿Es posible celebrar una boda? —dijo Jacob, quien recordó lo que Odo le había dicho

—Si, por supuesto —respondió algo sorprendido Javilla—*¿quiénes son los contrayentes?*

—Tamanaco y Amaya —informó Jacob

—Pues esta noche se hará el ritual matrimonial allí en el templo de ***Kalasasaya***— apuntó a una formidable edificación dispuesta frente a ellos.

El hombre esperó a que los demás le siguieran, Jacob caminó muy cerca de Kori y le susurró:

—¿Por qué huyes?

Kuwi brincó del hombro de Jacob hacia los brazos de Kori y más atrás Macao revoloteó a su alrededor, estaban felices de verla. Sin embargo, Kori ignoró a Jacob y continúo caminando, Jacob observó Q'alta quien a su vez le aventó una mirada poco amigable y eso le pareció curioso. Continuaron avanzando, en el cortejo también se encontraban: Yara, Bartolina, Coñori, las gemelas, Amaya, Caonabó, Tamanaco, Zion seguidos de Habaguanex, Hatuey y Jumaca. Se adentraron en el templo de Kalasasaya en una suerte de pasadizo que dividía al templo en dos secciones, las paredes estaban revestida de oro labrado con iconografías y símbolos. Avanzaron hacia un enorme patio cubierto con piedra, alrededor del monumental escenario los tiwanacotos se preparaban con extrema agitación para la conmemoración del fin de año. Era evidente que en ese complejo religioso solo accedía la clase más alta de la sociedad: sacerdotes, guerreros y toda clase de lideres políticos. Los visitantes se sentían abrumados ante tan gran despliegue de solemnidad y perfección. Una colosal pirámide escalonada se erguía a la derecha, era ***Akapana***

[157]. Estructurada en tres secciones engranadas perfectamente con un intricando diseño. Las escalinatas de las pirámides se conectaban entre si conformando una totalidad. Cada lado de la pirámide tenía siete escaleras en cada uno se sus lados, además contaba con siete grandes terrazas escalonadas y siete filas de bloques en los muros. Era obvio que la numerología poseía gran importancia para los Aymaras y los Tiwanacotos. Por doquier se podía apreciar que el número siete regia la estructura.

El siete, número mágico y plagado de misterios; presente en las fases lunares; compuesto de dos guarismos esenciales: el tres que simboliza el cielo y lo divino, en sí mismo un número sagrado; y el cuatro que representa la terredad, los cuatro puntos cardinales. El siete representaba para los Aymaras la totalidad del universo. La extraordinaria pirámide Akapana; no solo se había edificado para celebraciones y rituales religiosos, sino que también estaba conectada con la astrología y la astronomía.

Jacob no dio crédito a lo que vio; y aunque nunca fue un amante de la historia, recordó que jamás escuchó de una ciudad llamada Tiahuanaco, ni en sus libros de historia, ni en documentales de viaje; entonces pensó que esta civilización fue aniquiló, o quizás una catástrofe natural los desapareció de la faz de la tierra. Algo tan fastuoso e increíblemente perfecto como Tiahuanaco era comparable solo con las pirámides y templos egipcios o Teotitlán, pero entonces ¿Qué sucedió? No contuvo la duda y le preguntó a Macao:

—*¿Este lugar aún existe en mi mundo?* —susurró Jacob

—*Si* — respondió

—*¿De verdad?* — levantó la voz y todos le miraron con reproche.

—*¡Qué sí! ¡Qué aún existe!* —gritó Macao

—*¡Shi!* —Jacob disimuló llevando su dedo índice a la boca.

---

[157] -Akapana (más correcto Akkapana, pronunciado Ak-kapana) es un montículo artificial con forma de plataforma que se encuentra en el sitio arqueológico de Tiwanaku en Bolivia, ubicada en el departamento de La Paz al oeste del país.

Continuaron caminando hasta llegar a unas escaleras que daban a una especie de desnivel donde también se encontraban siete escalones que descendían a una estructura rectangular. Esta estructura se incrustaba en la tierra como si fuese una pileta o estanque, pero contener agua no había sido el propósito de su construcción, sino más bien era un templo ceremonial dedicado al mundo de abajo, es decir al Manque Pachá, el infierno donde habitaban los espíritus oscuros y las almas en pena, pero a su vez allí también se encontraban los espíritus que no habían nacido. Este templete ceremonial subterráneo en honor del inframundo cuenta con **742. 7** metros cuadrados; de la suma de estos dígitos se desprenden los guarismos:

7+4+2=13

La medida no logró ser más simbólica; no es casualidad que el número trece que designa la muerte, la mala suerte y la desgracia este unido al número siete el cual representa el balance integral del universo. Alrededor del terraplén subterráneo se podía apreciar cuatro postes o columnas, a las cuales se conectaban unos acueductos por los cuales se recolectaba el agua durante el invierno, para utilizarse en la época de sequía. De las cuatro fachadas o frontones se podía apreciar piedras monolíticas escupidas con iconografías, estos pilares se agrupan en función de los cuatro puntos cardinales:

Norte: 14 pilares = 4 + 1 = 5

Este: 11 pilares = 1 + 1 = 2

Oeste: 15 pilares = 1 + 5 = 6

Sur: 9 pilares = 9 9 = 9

5+ 2 + 6 + 9 = 21

2+ 1 = 3

El número tres representa los tres mundos Aymara, además significa el pasado, el presente y el futuro. La numerología esta implícita en la idealización y construcción de sus monumentos arquitectónicos. Incluso el uso de la triada se fundamenta en los preceptos pitagóricos como eje de equilibrio de las unidades. Decorando las esplendidas paredes sobresalían **175** cabezas disimiles entre sí, esculpidas en piedra blanca, estas daban la sensación de asomarse desde el interior de los muros, curiosamente muchas de estas no solo representaban a la raza humana, sino también se distinguían cabezas reptilianas y felinas. Una vez más la numerología estaba presente, pues la suma de los dígitos del total de cabezas daba como resultado el número trece:

$$1 + 7 + 5 = 13$$

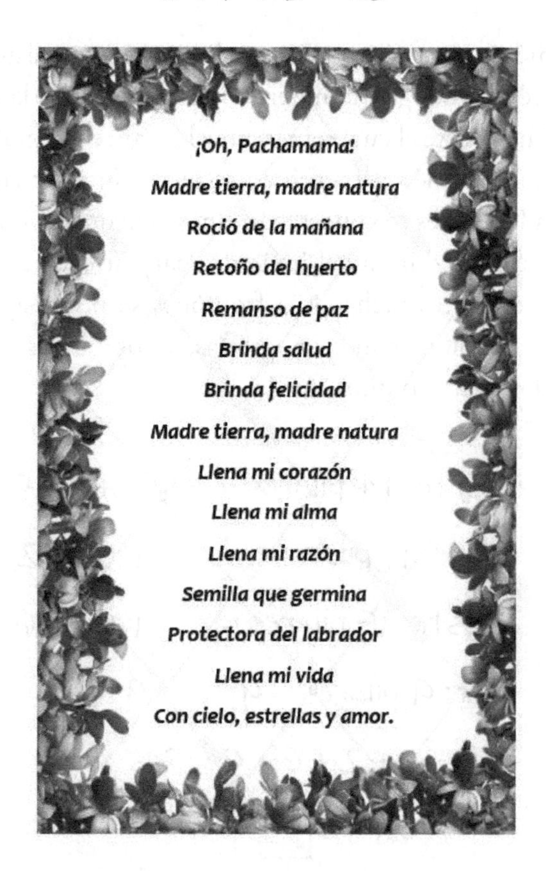

Una vez en el centro del templete o templo donde se encontraban una estatua de Pachamama y tres monolitos, los cuales representaban los tres mundos. Javilla se aproximó al monolito y los chamanes y sacerdotes iniciaron un ritual con hierbas de coca y entonaron icaros en honor a **Pachamama**:

Increíblemente una compuerta en el piso se deslizó automáticamente abriendo una cámara subterránea a suerte de bunker en pleno centro del templete, una vez que se abrió el pasadizo completamente de él salieron tres hombres, vestidos con pantalones y camisetas ceñidos al cuerpo de color negro, calzaban unas botas que más que zapatos eran unos dispositivos que les permitían levitar en incluso elevarse varios metros del suelo. Sus rostros eran hermosos con inmensos ojos almendrados, cabellos brillantes, lisos y largos hasta los hombros; el primero de ellos poseía tez rubia con ojos claros, el otro era de tez morena de un hermoso color canela y el último tenía rasgos asiáticos. Su porte era esbelto y saludable, además eran muy jóvenes, pues aparentaban no tener más de veinticinco años. Subieron por una escalera iluminada que nada tenía que ver con las piedras y el estilo arquitectónico de Tiahuanaco, parecía más una escalera eléctrica de un centro comercial. Se pararon frente a Javilla y el hombre de rasgos asiáticos dijo:

—*¿Quién es Maichak?*

Todo estaba completamente en silencio los chamanes y los sacerdotes se habían apartado a una esquina del terraplén. Iwarka asintió con la cabeza mirando a Jacob quien estaba totalmente impactado y algo desconfiado. Tardó en identificarse, pero finalmente lo hizo:

—*Yo soy Maichak.*

—*Te estábamos esperando* — respondió el hombre moreno

—*Ven con nosotros* —ordenó el rubio

Javilla hizo señas de alto a los demás para que no avanzasen. Jacob volteó y miró a Iwarka este volvió a asentir con la cabeza. Jacob siguió al hombre moreno y los demás siguieron a Jacob en fila hasta que todos se perdieron en la profundidad de la misteriosa y anacrónica escalera. Todos los espectadores estaban sumamente impactados. Pero Javilla rompió el silencio y les dijo:

—*Maichak estará bien, ellos son aliados. Son los dioses de las estrellas.*

—*No sabíamos de este encuentro* —respondió Iwarka

—*Ahora vamos a mi palacio, donde se quedarán mientras regresa Maichak—Gracias su alteza, pero no creo que sea necesario* —dijo Yara—*Nosotros regresaremos a nuestros campamentos.*

Odo Sha miró a Yara y agregó:

—Esta noche es la ceremonia de matrimonio de Tamanaco y Amaya, debemos prepararnos, luego de la ceremonia podremos regresar con nuestras tropas.

—Entiendo —respondió Yara.

—Vamos a prepararnos —Sentenció Iwarka.

Todos los presentes empezaron a caminar, en medio de la muchedumbre Iwarka se perdió con Odo Sha. Todos los demás se condujeron a unos tres kilómetros de allí al colosal palacio de Javilla. Se les ubicó por grupos en distintas habitaciones. A las mujeres se les asignó una inmensa recamara con camas y fuentes de agua para asearse, además de una mesa llena de frutas y comida: quinua, papas de todos los colores, carne de llama y vainas. Yara, Bartolina, Coñori, Amaya y las gemelas se sintieron cómodas en la suntuosa recamara, aun la luz del sol iluminaba el recinto, aunque no podían evitar sentirse culpables porque sus tropas estaban a las afueras de Tiahuanaco en inclementes condiciones.

—¡Uff! ¡este lugar es increíble! — exclamaron las gemelas.

—Si, muy increíble —agregó Amaya.

—¿Qué habrá pasado con Julián? ¿Estará bien? —dijo Bartolina muy preocupada.

—¡Un momento! —gritó Yara y de inmediato colocó sus dedos índices en las sienes y cerró sus ojos a manera de concentración.

—Deberíamos estar con nuestros guerreros —recomendó Coñori.

Yara permaneció unos segundos en silencio; luego declaró:

—Julián están sobre un inmenso espejo.

—¿Un inmenso espejo? — Preguntó Bartolina.

—Si, él está bien. Pero esta en un lugar especial, donde hay un gran espejo —respondió Yara con seriedad.

—Está bien, ¿está segura? —dudó de nuevo Bartolina

—¡Si! —respondió Yara con tono huraño.

—Disculpa mi señora, no dudó *de su poder; estoy preocupada.*

—Yo puedo saber dónde se encuentra con exactitud. Mi mapa mágico tiene el poder de ubicar a personas desparecidas.

—¡Excelente! Después de la ceremonia lo localizaremos. Todo estará bien —dijo Yara mientras se dirigía a abrazar Amaya *—Ahora vamos*

a arreglar y acicalar a la novia—Todas sonrieron y se dispusieron a organizar el su atuendo y la toilette. Solo Coñori observó que Amaya quien lucía sospechosamente triste. Sin embargo, ya había intentado indagar sobre su extraño comportamiento y todo había sido infructuoso.

Mientras todos se organizaban para la ceremonia matrimonial, Jacob seguía descendiendo por la escalera; ni él, ni los extraños individuos habían pronunciado palabra alguna. La escalera daba a varios pisos o niveles perfectamente iluminados y aclimatados, Jacob no sentía ni calor, ni frio y respiraba con completa normalidad. Al llegar al final de la escalera observó una larga galería que daba aun gran salón donde estaban otros dos individuos con las mismas características de los primeros. Jacob en este punto sentía que estaba en los pasillos de un aeropuerto; todo era aerodinámico, Los otros dos seres estaban sentados frente a unas consolas que parecían ser hologramas, uno de ellos era una mujer de negros cabellos, delgada y de una estatura impresionante. Uno de ellos rompió el silencio:

—*Jacob Miranda, mejor conocido como el gran Maichak. ¿Impresionado?* — dijo el joven de tez morena.

—*Si, para ser honesto.*

—*Mi nombre es Orionis y estos son: Alnilam, Alnitak* — ambos movieron sus manos en señal de saludo y apuntando a sus otros compañeros los presentó— *Estos son Mintaka* —señaló al hombre— *y Hatysa*— señaló a la mujer.

Jacob estaba desconcertado, como había llegado este tipo de tecnología, avanzada incluso para su propio plano, Tenía muchas preguntas, pero quizás las respuestas jamás las obtendría. La mujer se levantó y le sirvió una bebida en un jarro azul, se acercó a Jacob y extendiéndole el jarro le dijo:

—*Llegamos aquí al igual que tú.*

—*No gracias* —rechazó contundente Jacob.

—*Es algo que te dará mucho poder durante la batalla. ¡Insisto!* —la mujer volvió a alargar el jarro azul.

Jacob ignoró a la mujer una vez más, sentía vergüenza por tener que despreciar el ofrecimiento, pero no deseaba probar su extraña bebida.

—*Sabemos de dónde vienes hemos estado en tu tiempo* —aseguró Alnilam obviando el desprecio de Jacob hacia la bebida.

—*¿Ustedes son extraterrestres?* — indagó Jacob

—*Si*—dijo Orionis — *pero estamos en el mismo metaverso que ustedes, en un plano distinto, existimos en una proyección que ustedes llama espacio o cosmos.*

—*Necesitamos proteger el portal antes de que el caos se filtre y destruya el espacio y el tiempo* —Aseguró Mintaka.

—*Es decir que esto no es un sueño o la dimensión desconocida* —alegó con ironía Jacob

—*No exactamente. Es mucho más complicado que eso* — dijo la mujer.

—*Hemos de impedir que se destruya Puma Punku. Durante siglos, este lugar ha sido el portal interestelar que conecta los múltiples universos.*

—*¿Como podemos evitar eso?* —volvió a preguntar Jacob

—*Tú tienes la llave para hacerlo* —aseguró Alnilam

—*¿Yo?* —Jacob respondió con una pregunta.

—*Si, solo tu podrás ayudarnos* — Dijo Orionis

—*Necesitamos el báculo*—replicó Alnilam

—*¿El báculo?* —Jacob empezó a desconfiar.

—*Si, lo necesitamos para abrir el portal en nuestro espacio.* —Sentenció Mintaka—*y el báculo es la llave.*

—*El báculo no es mío; yo solo lo cuido. No sé si podré hacer lo que me piden* — dijo Jacob moviendo la cabeza tratando de ubicar la salida.

—*¡Vamos Maichak! solo tu podrás salvar a nuestra constelación* —dijo con gran seguridad Orionis

—*¿Cuál es la salida?*—Jacob estaba afectado— *Me debo ir, disculpen.*

Por aquí— le dijo Orionis

Jacob se percató que no se devolvían por el mismo camino por el cual entraron. Se dirigían hacia otra área. No quiso indagar, pero era obvio que tenía que estar en guardia. Orionis literalmente volaba con sus zapatos, mientras Jacob mantuvo el paso acelerado para alcanzarle. Así permanecieron durante varios minutos, no había ventanas ni más desniveles. Arribaron a un espacio donde ya no había luz, sin embargo, Orionis encendió un dispositivo que llevaba en su cinturón el cual proyectaba una potente luz azulada que iluminó el estrecho corredor.

Al llegar a un salón donde había más instrumentos y artefactos que parecían sacados de una película de ciencia ficción se encontraba una nave espacial en forma de triangulo y frente a esta se encontraba la salida de la cueva. Jacob respiró fuerte no sabía que iba a suceder.

—*Ahora Maichak deberás viajar a Orión.*

—*No, eso no está en mis planes viejo.*

—*¡No lo podrás evitar!*

—*Entonces tendrás que llevarme por la fuerza.*

—*¡Así será!*

Sorpresivamente salieron unas extrañas criatura con el cuerpo de hombres y cabeza de Puma, tenían colmillos y largos bigotes, su rostro era completamente gris del cual brotaban feroces y grandes ojos, usaban los mismos pantalones que los oriones, pero sin camisa. Bloquearon la salida de la cueva, Jacob pensó en lo que le dijo Iwarka que siguiera sus instintos, y eso haría. Avanzó entre ellos, y los pumas grises se arrojaron sobre él; saco el báculo que cargaba atado a su espalda en una vaina de cuero, con suma destreza Jacob se impulsó con el báculo y lo utilizó como eje para hacer un giro de 360 grados mientras golpeaba a los pumas grises que seguían tratando de literalmente de devorarle. Recordó a los Anchimallen, y los sacó de la bolsa que tenía cruzada en su pecho. Los pumas grises habían sido neutralizados por las potentes luces de los Anchimallen. Orionis contemplaba todo a cierta distancia, por alguna razón él no podía atacar a Jacob.

—*Es mejor que detengas a tus gatitos*

—*No son mis gatitos son **Chachapumas,** los guardianes.*

—*¿Qué es lo que quieres de mí?*

—*Mi universo necesita del báculo y solo tú puedes tocarlo.*

—*No, el báculo es de Viracocha. No puedo entregártelo. Tendrás que aniquilarme.*

Jacob forcejeó con las bestias y alcanzó a salir del túnel; se percató que la salida no estaba enfrente, sino arriba de él; estaba a unos treinta metros de profundidad, pero pudo contemplar claramente el cielo despejado, entendió que la nave despegaba de manera vertical desde el fondo de la caverna. Orionis le siguió, no obstante, se ocultó en una roca, desde allí le lanzó un rayo a Jacob el cual por suerte esquivó; en ese momento Jacob respondió lanzándole un rayo con el báculo, este rayo si impactó contra Orionis fulminándolo de inmediato. Un felino se zafó de los Anchimallen y contratacó a Jacob; lucharon cuerpo a cuerpo; finalmente la bestia logró herirle en el brazo izquierdo, la herida sangraba copiosamente, fue en este momento cuando se dio cuenta que el efecto del Ormus había desaparecido. Jacob hizo una pirueta con el báculo y empujó a la criatura al suelo de inmediato le remató con un potente rayo.

Entonces corrió buscando la manera de trepar hasta la salida, pero las paredes del socavón eran de piedra muy lisa, no había escaleras ni manera de subir. En eso llegaron los demás compañeros de Orionis. Alnilam y Alnitak, con un rayo paralizaron al Puma, avanzaron unos pasos y se detuvieron frente al cuerpo de Orionis; Alnilam se arrodilló y le destapó la sien apartando su hermoso cabello hacia detrás de la oreja; seguidamente le conectó un enigmático dispositivo a la sien, el artefacto tenía luces de colores, de inmediato salió del conector una intensa luz, un holograma del mismísimo Orionis se reflejó en frente de ellos. Portentosamente; conversaba como si no hubiese muerto, parecía como si su espíritu se hubiese escapado del cuerpo y se proyectara cual espectro en frente de sus compañeros.

Hablaban una lengua que no podía ser entendida por Jacob, era sumamente inusual porque al llegar a esta dimensión Jacob comprendió y habló todas las lenguas, sin embargo, este idioma no podía ser decodificado por él:

— ***Ĉu vi restos en hologramo en ĉi tiu multverso?***

— ***Jes, mi restos, eble mi povas helpi la sciencistojn. Ili kredas, ke ni estas spiritoj nomataj anĝeloj aŭ mesaĝistoj.***

— ***ĝi ŝajnas al ni tre bona***

— ***Kio okazos kun la personaro kaj Maichak?***

— ***Ĉi tiu militisto estas tre potenca kaj li povas detrui ĉion. vi, uloj***

— ***Fratoj devas foriri ĉi-nokte, la portalo Puma Punku estos detruita.***

— ***Ĝis eterne***

— ***Ĝis eterne***

Era esperanto, una lengua creada por un hombre, en una suerte de experimento lingüístico; por tanto, no podía decodificarse en el Reino Verde. Las demás lenguas primigenias, eran puras, se originaron de manera espontánea debido al pragmatismo e interacción social de los pueblos desde sus origines, por tal motivo podían ser entendidas y habladas por todos los elegidos. El esperanto no podía ser descifrado por Jacob. Los oriones sabían que él no entendería.

¡Ey! ¡estoy hablando contigo! Soy el narrador … Ahora tú, el lector, el artífice que recrea estos textos sagrados, tú que has abierto el manuscrito, solo Tú tienes el poder de entender las palabras de Alnilam y Orionis:

—¿Te quedarás en holograma en este multiverso?

—Si, yo me quedaré, quizás pueda yo ayudar a los sabios y científicos a solucionar y crear tecnología. Ellos creen que somos espíritus llamados, espectros, ángeles o mensajeros.

—A nosotros nos parece muy bien.

—¿Qué sucederá con el báculo y Maichak?

—Este guerrero es muy poderoso y él puede destruirlo todo. Ustedes hermanos deben marcharse esta noche, el portal de Puma Punku se destruirá.

—Hasta siempre

—¡Hasta siempre!

El holograma de Orionis continúo parado frente a sus compañeros, mientras que su cuerpo inerte tumbado en suelo se desmaterializaba; Jacob observaba pasmado lo que sucedía, el traje y sus portentosas botas voladoras no se desintegraban, quedaron intactos en el piso, mientras que lo que una vez fue Orionis se había desvanecido sin dejar una sola molécula de su cuerpo.

—Orionis no quería hacerte daño, Necesitamos el báculo porque posee un rayo muy poderoso necesario para destruir un agujero negro que desintegrara toda nuestra constelación.

—Pero el báculo no me pertenece, y ustedes lo saben. Jure defenderlo y eso he hecho.

—Sabíamos que los terrestres no nos ayudarían, por eso decidimos secuestrarte para obtener el báculo.

—¿Por qué esos pumas me atacaron? ¡No entiendo se supone! que ustedes eran aliados.

—Los pumas querían neutralizarte nada más.

—Si como no. Mira lo que me han hecho —Jacob mostró la herida que le cruzaba en el antebrazo.

—Lo lamentamos; pensamos que eras invencible.

—Pues no lo soy, pero si se me defender.

—Maichak entiende; somos pacíficos, El agujero de gusano está destruyendo el balance de todos los planos y multiversos. Tu plano al igual que el mío está en peligro porque entes de otra dimensión vendrán por medio de ese agujero a devastar el balance. Grandes catástrofes están destruyendo el plano o dimensión de dónde venimos.

—¡Todo esto es desquiciado!... decidí hace mucho vivir la realidad, dejé las drogas tiempo atrás. Soy un tipo practico y realista; me pregunté por qué me sucede esto a mí, muchas veces, pero ya no más —dijo Jacob mientras se sentaba en una piedra—*se me exige ser perfecto, ser alguien que jamás he sido. Yo jamás hice nada por nadie, ni siquiera por mí mismo. Ahora debo ser el héroe. Esto es surreal, solo sé que estoy acá porque es mi misión, la misión del gran Maichak. Me costó mucho entender el por qué, ahora me cuesta mucho entender el cómo... ¿cómo podré mantener el balance?*

En eso un inmenso cóndor y Odo Sha descendieron en la cueva subterránea. Los oriones se quedaron perplejos, no esperaban que alguien viniera a ayudar a Maichak. Alnilam descongeló a los pumas grises de nuevo y estos se abalanzaron sobre Jacob, quien entusiasta supo que sus compañeros le ayudarían a salir de ese lugar. Jacob manipuló el cayado con gran destreza, y logró repeler el ataque de los salvajes pumas, Iwarka tomó uno con sus garras y lo elevó fuera de la cueva subterránea, llevándolo a un despeñadero y arrojándolo allá, mientras Odo se enfrentaba a otro puma el cual le había herido en una de sus alas. Jacob también estaba herido y su brazo empezó a sangrar, sin embargo, alcanzó a liberar a Odo del fiero chachapuma. Mas pumas salieron al ataque, mientras los oriones contemplaban la encarnizada contienda, relajados y sin mostrar ningún tipo de emoción. Un gran chachapuma se lanzó sobre el pobre Odo quien ya estaba enfrentando a otro. Iwarka descendió rápidamente y liberó a Odo de una de la bestia agarrándola, pero esta se balanceó con extrema furia haciéndole descender; Jacob intentó neutralizar al chachapuma que estaba derribando a Iwarka, pero el movimiento hacia peligroso disparar el rayo mortal pues podía herir a Iwarka en lugar de su atacante. Muy rápidamente Iwarka estaba a solo tres metros del suelo de la caverna, no quedaba tiempo y Jacob decidió apuntar a el puma, con suerte logró acertar y el puma cayó vencido al suelo. Iwarka retomó altura y se dirigió hacia donde estaban los oriones. Se transformó en sí mismo y les dijo con voz enérgica:

—*¿Por qué son nuestros enemigos?*

—*No; te equivocas, solo queremos salvar una galaxia de la aniquilación.*

—*Pero, no pueden salvar su plano destruyendo el nuestro.*

—*El báculo es un arma potente, lo necesitamos para poder detener el agujero de gusano que se devorara muestra galaxia.*

—*Pero tendrán que esperar a que Viracocha retorne y decida qué hacer.*

—*No tenemos otra salida ¿Cierto?*

—*Lo sabes mejor que yo. Esperarlo aferrándote a la posibilidad de poder salvar tu galaxia, o aniquilarse ahora y no haber siquiera intentarlo.*

—*¿Nos aniquilarías?*

—*Sin dudarlo, se trata de ustedes y su galaxia o nuestro Reino Verde. Pero si esperan con paciencia, estoy seguro de que encontraremos una solución.*

—*Los oriones somos una civilización pacifica, retomaremos nuestros preceptos de equilibrio y justicia y esperaremos a tu señor Viracocha.*

—*Él es sabio y grande de corazón. Él es un gran benefactor.*

Jacob y Odo Sha yacían en el suelo, habían exterminado a los Chachapumas; Jacob se sentía extraño, el efecto del Ormus había desaparecido y con el ormus se desvaneció la mágica resistencia y auto renovación de su cuerpo; aun así, ahora era seguía siendo poderoso, aunque ya no era inmortal. Jacob se percató de que Iwarka mantenía un civilizado coloquio con sus atacantes y le gritó;

—*No confió en estos mequetrefes extraterrestres; me quieren secuestrar y llevarme a su planeta.*

—*No lo creo, han claudicado.*

—*Bueno, si tú lo dices. Estos tíos son muy extraños* —dijo Jacob levantándose del suelo —*pero yo que tú, no me fiaba.*

—*Ellos regresaran con nosotros* — dijo Iwarka— *al templo.*

—*¿Cómo prisioneros?* —preguntó Jacob.

—*No*— Respondió Iwarka mirando al orión a los ojos — como invitados.

Los oriones hicieron una reverencia a Iwarka:

—*No hace falta. Tu sabiduría y gentileza son infinitas, no tienes las fibras de los humanos en ti* —sentenció Alnilam mirando fijamente a Jacob a los ojos.

Iwarka asintió con la cabeza, mientras los oriones se dirigieron a la nave, entraron por una compuerta transparente que se encontraba en el techo de esta, los cuatro entraron fácilmente en la estrecha nave espacial. El artefacto generaba una especie de energía lumínica e insonora que esparcía una gran fuerza, se elevó a escasos centímetros del suelo desapareciendo de la caverna de manera instantánea. Odo Sha, revisaba a los Chachapumas, fantásticamente ya sus heridas se habían cicatrizado, pues él era una deidad. Un profundo silencio se adueñó de la cueva; Jacob se aproximó a Iwarka quien perplejo aun observaba los destellos que dejo el portentoso vehículo volador.

—*Iwarka.*

—*Si.*

— *No confío en ellos* —aseguró Jacob.

Iwarka le revisó el brazo a Jacob

—*Ellos tampoco creen en ti. Vamos muchacho; tenemos que curarte.*

Jacob no prestó atención a Iwarka; se acercó al amasijo en que se había transformado el traje y este de manera autónoma se le fue adhiriendo a su cuerpo, Iwarka veía impresionado lo que sucedía;

—*¿Qué hiciste?*

—*No lo sé, solo me acerque y empezó a subirse a mi cuerpo.*

El traje era una masa inteligente, capaz de moldearse a su morfología. No sintió dolor alguno, al contrario, una extraña sensación de protección le invadió, Ahora su piel estaba recubierta por esa misteriosa capa orgánica que se había fusionado con las moléculas de su propia piel. Jacob intentó quitárselo, pero era imposible. Iwarka le dijo:

— *Ahora tienes un escudo corporal.*

—*No, lo sé. Para ser honesto, no es muy efectivo, pues no le protegió del rayo del báculo.*

—¿Qué dices? El báculo es tan potente que no hay nada que no pueda destruir o neutralizarse con él. Posee una energía única. La materia puede ser alterada y transformada por el Báculo.

— ¡Ooops!, si tú lo dices…

Jacob tomó su daga y decidió cortar su muslo.

—¿Qué haces?

—Pruebo la efectividad del traje.

Jacob hizo una leve incisión en su muslo izquierdo, pero la daga no pudo penetrar el intrincado tejido del traje. Al ver que nada sucedió, empuñó el arma con más fuerza. Pensó que quizás la daga estaba amellada, he intentó probar cuan afilada estaba cortando un grueso cordón de cuero que colgaba de su bolsa. Grande fue su impresión cuando la daga se deslizó potente y acuciosa cortando de un solo tajo el duro y grueso cordón de cuero. Luego, decidió probar de nuevo; en el mismo muslo, pero esta vez aplicando mayor fuerza. El cuchillo no penetró ni el material, y mucho menos su piel. Le gritó Odo:

—Odo, ¡ven!

—¡Olvídalo! No voy a puñalearte Maichak

—Vamos, tienes miedo.

—Bueno ya que insistes, pero Iwarka es testigo — mirándole a los ojos agregó—*¿Seguro?*

—Si – dijo Jacob— *¡segurísimo!*

Odo tomó la daga con su inmensa mano y repitió:

—¿Seguro?

—Vamos viejo, clávala sin piedad

Odo Sha levantó la daga sobre su hombro apuntando al muslo de Jacob quien estaba con la cabeza ladeada, y con los ojos apretados para no ver lo iba a suceder, mientras que Odo, sin mediar palabras asestó la puñalada en el mismo muslo que Jacob se utilizó segundos antes.

—*¡Increíble!* —dijo Iwarka

—Bueno ahora eres invencible de nuevo, como en los tiempos del ormus — dijo Odo clavando la daga en el borde del pie de Jacob.

—¡Cuidado! Mis pies no tienen protección — Advirtió Jacob.

—Allí está la protección — aseguró Odo señalando las botas que a Jacob tanto le gustaron— *¡úsalas!*

—*No sé si son de mi talla.*

—*Intenta* — sugirió Iwarka

Jacob introdujo su pie en el tecnológico calzado, y este se adaptó al tamaño de su pie, luego de calzar ambas botas se levantó y notó que levitaba como los oriones.

—*No funcionan.*

—*Piensa en lo que deseas hacer.*

—*Quiero salir de este hoyo.*

Lentamente Jacob empezó a levitar, se elevó y elevó hasta alcanzar la salida de la cueva. Odo Sha e Iwarka lo observaban, cuando llegó al borde ellos remontaron vuelo saliendo de la cueva.

No muy lejos de allí, en el palacio del rey Javilla, los invitados a la boda se acicalaban y ornamentaban para la celebración de la tan esperada boda. Yara lucia hermosa con un vestido ceremonial bordado con iconografías, muy al estilo andino, llevaba el cabello trenzado y un tocado a manera de diadema hecho de piel de alpaca pintada, piedras de colores y oro. Bartolina había decidido no dedicar mucho tiempo a su arreglo, estaba preocupada por Julián. Las gemelas salieron emocionadas vestían trajes diferentes, Paki un hermoso vestido turquesa y Sachi un vestido magenta, ambos estaban finamente bordados con hilos multicolores también llevaban tocados en la cabeza. Increíblemente, las aguerridas mujeres mostraban otra faceta de su femineidad, resplandecían con el singular fulgor que solo una mujer puede irradiar. Hermosas tan solo por el hecho de ser mujeres.

—*Nunca había usado un vestido como este*—dijo Paki acariciando su traje.

—*Ni un tocado como este* —agregó Sachi moviendo la cabeza.

—*¿Y la novia?* —preguntó Bartolina.

— ¡*Ya está lista!* —dijo Yara.

Amaya salió detrás del biombo en donde había sido emperifollada por Yara y Coñori quienes con especial esmero la ataviaron. El espectacular atuendo estaba conformado por una rebosada falda o pollera rosa, sus hombros cubiertos por un espectacular ***awayu*** matizado, su cintura estaba ceñida por una ***Almilla*** blanca de paño; su cabeza estaba coronada por un tocado rojo prendido de flores, y su negra cabellera se desparramaba en dos trenzas entretejidas con cintas de oro; además de sus orejas colgaban unos resplandecientes aretes. Calzaba unas ligeras ***abarcas*** blancas bordadas en oro. Las demás se quedaron sin palabras ante la esplendorosa novia.

Asimismo, Coñori, ya estaba lista, su atavío era simple, no obstante, resaltaba su hermosa figura, un vestido blanco, de amplias mangas bordado con maestría, una gran crizneja con coloridas trenzas colgaba desde la cabeza hasta su hombro. La preocupación no la dejaba disfrutar el momento; sintió que debía conversar con la novia, pues estaba segura de que algo sucedía con la muchacha; quizás un secreto que estaba arruinando su felicidad. Había luchado mucho por reunirles; era esencial que la muchacha fuese al final feliz. esperaría el momento oportuno para poder abordarla y preguntarle sobre su extraña actitud.

—*¡Estas preciosa Amaya!* —dijeron unánimemente las gemelas

—*¡Amaya eres la novia más hermosa!* —exclamó Bartolina— *¿Emocionada?*

—*Si, mucho. Gracias por sus palabras.*

—*¿Y ahora qué hacemos?* — preguntó Yara.

—*Bueno, esperemos las órdenes del anfitrión.*

—*Disculpen, pueden dejarnos solas* —dijo Coñori.

Afloraron miradas conspirativas de esas miradas que revelan pensamientos oprimidos.

—*Bien ¡Vamos muchachas!* —Yara entendió rápidamente y propicio la necesaria conversación.

Todas salieron de la recamara hacia un jardín donde dos monolitos se erigían solemnes. Adentro, Amaya Sospechaba cual sería el tema de conversación, pero también sabía que había llegado el momento de decir la verdad.

—*Querida Amaya cuando decidí rescatarte, lo hice porque vi en los ojos de Tamanaco algo que jamás había visto en hombre alguno. Para las mujeres de mi pueblo los hombres siempre fueron un objeto, un recurso, los proveedores de placer y procreación. Pero ese hombre aguerrido y juvenil Tamanaco, ese hombre sí que sufrió por ti, jamás se dio por vencido.*

—*El me abandonó, tu fuiste quien me rescató. ¿Si me amaba cómo dices por qué no fue a liberarme?*

—Porque él tenía que cumplir su misión, Él iba de inmediato a rescatarte, pero no le dejaron. Era imperante cumplir la misión para la cual se escogió.

En eso apareció Billy como una ráfaga en la habitación.

—Billy ¿Qué haces aquí?

—Tenía que hablar con ustedes.

—Odo Sha te dijo …—refunfuñó Coñori.

—No importa que haya dicho ese pajarraco —respondió— *esta noche atacaran Tiahuanaco*

—¿Quiénes? ¿Cómo lo sabes?

—Recuerdas que soy un vampiro o Jencham; pues estuve buscando animales para alimentarme y descubrí una cueva; entre en ella por un pequeño hueco; cuando me disponía a degustar algunos roedores; súbitamente escuché voces. Preste atención y pude ver que en esa cueva viven una raza de reptiles.

— ¿Reptiles?

—Si, y escuche que esta noche atacaran Tiahuanaco.

—Hablaré con Maichak, ¡ahora vete! ¡vete! — susurró Coñori verificando que nadie los estuviese observando.

—Al menos esperaba alguna palabra de agradecimiento. Adiós – dijo Billy desvaneciéndose.

—Ahora que harás Amaya, ¿seguirás con tu resentimiento hacia Tamanaco?

—No es resentimiento; tú no sabes qué sucedió en Yvy Tenonde.

—No lo sabré nunca sino me lo cuentas.

Amaya estalló ya no podía contener más el terrible secreto que le envenenaba el alma; no podía callar más lo que le había sucedido.

—Cuando fui raptada por los siete hijos de Tau y Kerana; durante el exterminio de tu pueblo; y de toda Mundurukania; yo caí en manos del maldito Kurupi, también conocido como Príapo. Un monstruo maléfico…

En ese momento Amaya empezó a llorar incontrolablemente. Coñori no sabía que hacer la abrazo fuertemente y le musitó al oído;

—¡Ya está bien!; ¡para! no es necesario que cuentes lo que paso.

Amaya la empujó y gimió histéricamente:

—Si, si es necesario, quiero liberarme. Ese monstruo me…

Coñori le interrumpió:

—*¡Basta!*

—*¡Abusó! ¿Entiendes? Ese repugnante monstruo abusó de mi mil veces…*

—*¡Qué pares ya!*

Ya era muy tarde, todas estaban allí, atónitas y profundamente compungidas escuchando la dolorosa confesión. Habían entrado al oír los gritos. Amaya les apuntó con la mirada más triste y desolada, que alguna de ellas hubiese visto jamás.

—*¡Qué lo sepan todas!, ya no soy digna de la honra de mi amado. No soy pura…*

Yara se abalanzó hacia la pobre chica quien se había tirado al piso y lloraba desconsoladamente.

—*Tu eres digna de su amor porque eres la mujer que el escogió para completar la historia de su vida* — Dijo Bartolina

—*No creo que Tamanaco deje de amarte porque algo así sucedió* — dijo Coñori con determinación.

Las gemelas sujetaron a Amaya por los brazos y la incorporaron de nuevo, arreglándole el traje y secando sus lágrimas.

Bueno, es mejor que Amaya y Tami conversen, ¿no lo creen chicas? — enunció sabiamente Yara.

—*Sachi y Paki busquen a Tamanaco, díganle que Amaya desea hablar con el* — ordenó Coñori.

Todas permanecieron en silencio, no había palabras suficientemente poderosas para sanar el dolor que sentía Amaya. No habían transcurrido más que unos pocos minutos cuando las gemelas entraron de nuevo en la recámara esta vez Tamanaco, quien venia tras de ellas. Vestía totalmente de blanco llevaba un poncho rojo. Su mirada era de profunda preocupación; miles de inciertos pensamientos se cruzaban en su mente.

—*Vamos chicas dejémoslos solos* — indicó Coñori

Todas salieron de la habitación, Las gemelas le lanzaron una mirada de aprobación a Amaya, diciéndole con la mirada "*Tranquila, todo estará bien*".

—*Amaya, mi amor, ¿por qué estas llorando?*

—*No soy tu amor, he dejado de ser tu amor Tamanaco.*

—¿Por qué dices eso? ¿Me has dejado de amar?

—No.

—Entonces no entiendo, ¿me amas?

—¡Pero no soy digna de ti!

—¿Qué te han hecho Amaya?

—El monstruo Kurupi, abusó de mí.

Tamanaco cerró los ojos y apretó el puño de su mano derecha, y con fuerza le propinó un golpe a la pared de piedra que estaba al lado de él.

—¡Eso no es cierto Amaya! solo dices eso porque no quieres casarte.

—Es cierto, mi dignidad fue ultrajada por ese engendro muchas veces. Esa es la razón por lo que me has notado ausente, porque no sabía cómo confesarte lo que me había sucedido.

—¡Calla!

—No, me tienes que oír —alzó la voz y sostuvo su rostro con ambas manos; centrando sus ojos en los de el— *No podemos casarnos; porque yo he sido deshonrada, no soy la esposa pura y virginal que esperas. Ni siquiera sé si podre dejar que tú me ames de la manera que un hombre debe amar a una mujer. No sé si podre ser capaz de dejarme tocar por un hombre algún día.*

—¡Amaya! —Tamanaco rompió en llanto— *¡Qué calles te digo!*

—No, ¡tengo que hablar y me debes escuchar!

—Te he amado desde el primer día que vi tus ojos sobre los míos. Pero no mereces una mujer como yo.

—Tu eres mi grandeza, eres mi alborada y mi atardecer, eres mi canto y mi silencio, sin ti mi existencia no tendría sentido. Amaya entiende que ¡No importa! Nada podrá mancillar tu nobleza y quebrantar tu espíritu... Te amo. Para mí siempre serás la mujer más pura. ¡La mujer que merezco!

—No sé si te podre amar como una mujer debe amar a un hombre

—Yo te respetaré, y estaré a tu lado para cuidarte y protegerte. Te juro por Amalivaca, señor creador del Orinoco y del viento, que jamás te molestaré, ni tocaré, esperaré pacientemente a que tu algún día me lo pidas y te entregues a mí, como la virgen que eres y siempre serás, pues nadie mancilló tu pureza; tu virginidad sigue intacta en tu carne y en tu alma.

Ambos amantes se abrazaron, su amor emergió triunfador, ningún secreto por más abominable que fuese podría enturbiar el amor genuino y sincero que ambos se habían prometido.

—*¿Te casas conmigo Amaya de Yagua?*

—*Si, me caso contigo Tamanaco de los Mariches y los Quiriquires.*

La ceremonia prosiguió como se había acordado; una gran emoción embargó a todos de nuevo, habían sido testigo de la aciaga travesía que ese amor había transitado, y el que la boda se realizase era motivo de alegría para los guerreros, en especial Coñori, quien más que una celestina había sido el artífice del reencuentro de los dos amantes. No había sido fácil, pero al final Amaya encontró el valor para liberar esa sombra negra que se cernía sobre ella. Ahora contaba con la protección y el apoyo del hombre que amaba.

Los guardianes del palacio de Javilla los escoltaron a la ceremonia que se realizaría en el templo de Kalasasaya. Los callejones y adyacencias del complejo religioso de Tiwanaku estaban repletos de visitantes, quienes habían venido a celebrar el año nuevo. En la ciudad propiamente dicha la gente se había lanzado a las calles, en cada rincón se apreciaban grupos ofrendando a los dioses, o músicos tocando música tradicional de la época. En el templo de Kalasasaya se encontraba Anacaona, quien aún cuidaba al gemelo de Jacob; Se encontraba acompañada de los sacerdotes Mboiresai, Ndaivi y Ch'uya quienes habían estado invocando icaros y rociando sahumerio, algunos chamanes habían estado visitando el recinto; además dos doncellas ampliamente capacitadas en las ciencias y artes de la herbolaria estaban a la completa disposición de Anacaona y de los sacerdotes. Aún no había señal de recuperación; los sacerdotes pensaron en que quizás nunca recobraría la conciencia.

Jacob, Iwarka y Odo Sha visitaron todas las escuadras, para inspeccionar como se preparaban. Se percataron que todas las tropas estaban en buenas condiciones, les habían proporcionado comida y tiendas de piel de alpaca y llama; sus lideres regresarían antes del amanecer, pues todos asistirían a la ceremonia matrimonial, mientras sus subalternos estaban a la cabeza; obviamente siguiendo estrictas instrucciones de sus superiores. En la mañana solo tres tropas avanzaran a Puma Punku, las demás se mantendrán en la retaguardia y de este

modo ahorrarían fuerzas por si ocurría algún ataque inesperado. Los guerreros comentaban sobre las portentosas botas voladoras Era imposible no poder admirarlas, pues hacían lucir como una deidad a Jacob, el gran Maichak.

Estaban organizando al último regimiento que les faltaba, mientras Iwarka se dirigió a dar algunas instrucciones a Lautaro y sus guerreros mapuches quienes debían proteger Tiahuanaco. Odo y Jacob afinaban detalles, cuando súbitamente apareció Billy y se dirigió a Jacob; ignorando muy al propósito a Odo Sha:

—*Necesito hablar contigo Maichak*

—*¿Te conozco?* —dijo Jacob impresionado por su extraño atuendo estilo victoriano

—*Soy Billy Shears, estoy con Coñori.*

—*¡Ah si! Ya recuerdo. dime ¿de qué se trata?*

—*Una raza de reptiles nos atacara esta noche*

—*¡Eso es mentira! el único reptil acá eres tú* —dijo Odo Sha— *¡Maichak él es un Jencham!*

—*¿Y qué?*

—*¡Es un no muerto!* —vociferó Odo.

—*Eso no me dice nada, tú eres un dios de la corte del mal, quien se ha redimido. ¿Crees que un vampiro no puede ser nuestro aliado?*

Odo Sha avergonzado guardó silencio.

—*Billy ahora eres parte del ejército. Confiaré en ti.*

—*Gracias Maichak* —dijo con gesto sincero— *Estos seres viven en un mundo subterráneo, son reptiles y su aspecto es feroz.*

—*¿Son muchos?*

—*No tengo idea, pero debe haber cientos de ellos.*

—*¿Qué debemos hacer?* —dijo Odo Sha.

No vamos a esperar que nos ataquen. Tu información ha sido valiosa Billy. Nosotros atacaremos primero. Mi padre decía que quien pega primero pega dos veces, y créanme él sabía lo que decía. ¿Esa cueva está muy lejos?

—*No, se encuentra a no más de siete kilómetros de aquí. Ellos atacaran después de la medianoche* —luego agregó— *Maichak, malas noticias estos lagartos también se convierten en humanos.*

El plan seria mover dos regimientos hacia las cuevas, Billy sería el guía pues sabia con precisión las coordenadas. Odo Sha guiaría a sus Suamos quienes apoyarían a las tropas por vía aérea. Iwarka avisó a Lautaro que estaba al mando de las tropas a las afueras de la ciudad. Era evidente que Jacob no esperaría a los demás guerreros para atacar, todo debía hacerse lo más rápido posible, un ataque que fuese no solo sorpresivo para los Reptiles, sino también para cualquier espía que pudiesen haberse infiltrado en el entorno de Javilla rey de Tiahuanaco, la información que Billy había proporcionado era relevante, los hombres lagartos se transformaban en humanos también. Se organizaron en poco tiempo. Odo Sha en persona informó a los dos regimientos que Billy ahora era un comandante y que debían seguir sus instrucciones, estaría a cargo del primer regimiento acompañado de Iwarka y Jacob asumiría el segundo; por su parte Lautaro seguiría custodiando la ciudad. La primera tropa atacaría por la entrada que descubrió Billy, y Jacob y sus guerreros entraría luego del caos por el acceso principal.

Mientras Jacob emprendían el viaje hacia las cuevas de los hombres lagartos, la boda se celebraba con total normalidad. Javilla y su esposa presidian la ceremonia, también Kori Oclo estaba presente. Todos los demás guerreros y las mujeres estaban apostados de lado a lado; la dramática solemnidad de la atmosfera se reflejaba en los impávidos semblantes de los concurrentes. Los sacerdotes **Amautas** [158], chamanes y Yatiris se reunieron frente a los consortes, hacia la derecha se encontraba una orquesta de músicos, la mayoría tenían instrumentos de viento y tambores. La música sobresalía como elemento esencial en la vida andina, no podía faltar en ningún evento; el ritmo tradicional para la ocasión era la ***pinquillada*** [159]. En un recodo decorado con hermosas

[158] - Amauta, una palabra quechua que designa a un antiguo consejero de la nobleza inca; Un hombre sabio y noble, intérprete del firmamento y de las cuestiones religiosas, guardián del conocimiento.

[159] - La danza Pinquillada es conocida como la música de las flores y de los nuevos frutos, se baila en época de lluvia (Jallupacha) y del florecimiento de los nuevos productos, los habitantes quechuas del norte Potosí agradecen a la Madre Tierra (Pachamama) con sus danza y música interpretada con pinquillos hechos de madera y cañahueca. La danza Pinquillada fue declarada por Ley 780, del 24 de enero de 2016

plantas ornamentales estaba dispuesto el banquete nupcial, colocado en una suerte de mesa incrustada en el piso bordeada de zanjas que fungían de sillas. El mesón estaba forrado con una especie de tapete de paja donde se había organizado la **manq'ana** o comida, la cual estaba compuesta de cordero, alpaca. En el centro del salón se encontraba la qarasiñ o awch'ichatsiñ. la mesa de los novios y de sus testigos o padrinos. El agasajo contaba con una extensa variedad de especialidades tales como: motes hechos de maíz, chuño, tortillas de quinua, así como preparados a base de papas, tunta, y todo tipo vegetales y frutas típicas del altiplano. Hacia la derecha de la estancia se apreciaban inmensos cantaros de arcilla con chicha: la bebida sagrada y sobre un mesón estaban dispuestos los keros para servirla.

El líder amauta se dirigió a los novios quienes estaban uno al lado del otro. Dio unos pasos y levantando sus brazos sentenció mientras los miraba fijamente:

—*¡Oh sagrada **Irpaqa!**[160] nada somos cuando estamos solos, solo el equilibrio vital entre **chachawarmi** [161] y **panipacha** [162] puede hacernos gente. Solo a través de la Irpaqa se consolida la dualidad o **jaqichasiri,** en esa fusión confluyen **la chacha** y **el warmi en** conjunción de **la paní** y de **la pacha** con igualdad de derechos y deberes.*

El amauta retrocedió y dio paso a un Yatir quien se acercó a los novios:

—*¡Tamanaco-Amaya! ¡Amaya-Tamanaco! ahora son uno solo. Ninguno es mejor ni más fuerte; ambos son jaqichasiri. Irpaqa es el pacto*

Patrimonio Cultural Inmaterial del Estado Plurinacional por la Cámara de Senadores y la normativa fue promulgada por la presidencia de la república.

[160] El ritual de paso de la irpaqa, matrimonio andino

[161] El **chacha-warmi** (hombre-mujer) es un neologismo en lengua quechua utilizado para referirse a un código de conducta basado en el principio de dualidad y de lo complementario en los sexos, sería equivalente a equidad de género.

[162] Panipacha es la interacción congruente con el sentido de solidaridad, reciprocidad e igualdad de condiciones de los hombres y las mujeres, De acuerdo con estas reglas, cada miembro de la sociedad es claramente consciente de su identidad, de su singularidad, de sus posibilidades y de los roles que se espera que desempeñe dentro de la sociedad aymara. En esta interacción dual y colectiva, las mujeres Aymaras cumplen funciones orientadas a esta concepción dual.

más importante que dos seres puede celebrar, para la nación aymara y tiwanacoto simboliza el renacer. Ahora son gente

—Según la tradición aymara los padres deben perdonarles y darles su bendición, pero los progenitores de chacha warmi no se encuentran con nosotros; por tanto, los padrinos les darán la bendición y las debidas amonestaciones.

Los acompañantes o suerte de padrinos de Amaya eran: Coñori y Caonabó, mientras que los de Tamanaco eran Yara y Huatey. La celebración de la tan esperada boda les había hecho olvidar el propósito de su llegada a Tiahuanaco; todos los lideres guerreros participaron en la ceremonia plena de simbolismo y ritualidad con especial afecto, pues habían sido testigos de su amor. Este matrimonio era considerado como una irpaqa especial, ya que los contrayentes no pertenecían a la comunidad, no se habían hecho los preparativos pertinentes; y finalmente, por el hecho de que sus padres y familiares no estuviesen presentes. Era obvio que se habían hecho una excepción, pues la boda aymara era un elaborado ritual y un proceso de varios días. La Irpaqa se erigía como un acontecimiento cívico-religioso y moral transcendental; por tal motivo los **Yatiris** [163] llamaron a esta boda una akatjamak chikt'apiña.

Era excepcional la connotación social, económica y espiritual de la boda para este pueblo, pero más allá del simbolismo implícito en la unión de dos seres, para los Aymaras el matrimonio comprendía más que un enlace, implicaba la realización de la identidad humana, solo con la irpaqa se alcanzaba el máximo estadio de la evolución ontológica: la *jaqichasiri*, de esta manera en la tradición aymara un individuo antes de la irpaqa era un ser incompleto, bien fuese mujer o hombre, a excepción de las personas con doble sexualidad o transgénero a quienes se les consideraba seres especiales, sabios y nutridos de una profunda espiritualidad e incluso con poderes mágicos. Las comunidades les respetaban y celebraban su presencia, se les denominaba Los

[163] - Los Yatiri son médicos y curanderos comunitarios entre los aymaras de Bolivia, Chile y Perú, que utilizan en su práctica tanto símbolos como materiales como hojas de coca. Yatiri es una subclase especial de la categoría más genérica Qulliri, un término utilizado para cualquier curandero tradicional en la sociedad aymara.

Chuqi-Chinchay vestían atuendos andrógenos y eran adorados por chamanes y Yatiris.

Reinaba un sepulcral silencio, en la amplia recamara alumbrada por antorchas Anacaona intentaba conciliar el sueño, había sido una larga jornada. Los Sacerdotes estaban en la boda y las dos siervas estaban allí con ella velando al gemelo quien aún permanecía inconsciente en el catre, su cuerpo estaba cubierto por mantas de piel de alpaca y la única señal de vida era la contracción de su diafragma al ritmo de su apacible respiración. No se habían evidenciado cambios en el, por tanto, aprovecharon para descansar. Se encontraban en un ala desocupada del templo bastante alejada del lugar donde se celebraba la boda. Se escucharon pasos por el corredor adyacente, y Anacaona se incorporó empuñando su daga; avanzó hacia una columna que daba a la entrada del recinto y allí se escondió. Observó a dos hombres que caminaban hacia el centro de la habitación sus pasos despertaron a las dos siervas quienes rápidamente se levantaron y preguntaron:

—*¿Quiénes son? ¿Qué desean?*

—*Soy* ***Mallku*** *y este es Tupac Katari* —respondió un hombre de hermoso rostro, fuerte y de largos cabellos negros.

Anacaona salió con la daga en mano, obviamente no conocía a Julián y mucho menos a su compañero. Con voz potente les preguntó:

—*¿Qué quieren?*

—*Yo soy Julián Tupac Katari, guerrero del Reino Verde, servidor del Gran Maichak ¿y tú?*

—*Anacaona.*

—*¡Ah!, Anacaona la esposa de Caonabó.*

—*No, solo Anacaona no pertenezco a nadie.*

—*Soy Mallku y he venido a ayudar a Chuqi-Chinchay*

—*¿Chuqi-Chinchay?*

—*Señaló a los dos espíritus que yacía en el catre.*

—*Podemos revivirle*

—*No tengo autoridad para permitir que ustedes le toquen. Lo lamento*

En ese momento entraban al recinto Mboiresai, Ndaivi y Ch'uya; dieron unos pasos y luego se detuvieron frente a los dos hombres, levantaron los brazos en señal de alegría y de manera coreográfica se arrodillaron frente Mallku.

Anacaona y las dos siervas intercambiaron miradas de asombro.

—*¡Alabado seas Mallku señor de las alturas!* — fijo Mboiresai

—*Tus siervos te saludos o señor alado* —completó Ch'uya

—*¿En qué te podemos servir?*

—*He pedido ayuda a Tupac Katari, para encontrar el espejo de dios que se encontraba en* ***Uyuni*** [164] *A través de ese espejo de sal, el gemelo regresará a la vida. ¿Dónde se encuentra su hermano?*

—*No sabemos señor* —respondió Ndaivi— *Tupac Katari todos están preocupados por ti, ¿qué sucedió? ¿por qué te ausentaste sin avisar?*

—*Yo solo fui contactado por Mallku a la vera del camino, el me pidió acompañarle a la región donde el cielo se confunde con el suelo. Hemos traído el amuleto para recuperar a los dos espíritus, pero para ello Debemos encontrar a Maichak cuanto antes* —dijo Julián

—*Así ha sido. Guarden y protejan el espejo* —ordenó Mallku— *Nadie debe reflejarse en él, todo aquel que se contemple en este espejo será cautivo de su propio reflejo su alma vivirá del otro lado*— extrajo un envoltorio de forma triangular de un saco que colgaba en su espalda.

Julián y el portentoso Mallku salieron de la recamara, y se perdieron entre el bullicio de la multitud que estaba celebrando la fiesta de año nuevo. Al llegar a un descampado donde ya el bullicio de la gente se había desvanecido, Mallku dijo:

—*Maichak debe estar con las tropas, vamos a buscarle allá.*

—*Si, pero debo avisar a mis guerreros que deben moverse al este.*

En el acto, Mallku se transformó en un gigantesco cóndor con alas de más de tres metros, su cuerpo era tan grande que Julián podía encaramarse en él y volar cómodamente, Sobrevolaron la región donde se encontraban Jumaca y Cunhambebe con las tropas que aguardaban por su líder. El firmamento estaba totalmente despejado, las estrellas irradiaban un peculiar fulgor, las nubes se habían dispersado y se

---

[164] - -Salar de Uyuni (o "Salar de Tunupa") es el salar o playa más grande del mundo, con más de 10.000 kilómetros cuadrados (3.900 millas cuadradas) de superficie Está en la provincia de Daniel Campos en Potosí en el suroeste de Bolivia, cerca de la cresta de los Andes a una altura de 3656 m (11 995 pies) sobre el nivel del mar.

podía observar todas las constelaciones del sur las pléyades o quollqa y el cazador, mientras que la resplandeciente cruz del sur presidia el firmamento. Tupac Katari informó que debía avanzar al este y esperarle allí, mientras que el terminaba la búsqueda de Maichak, Jumaca le refirió que Maichak junto a Odo Sha e Iwarka estuvieron con ellos un par de horas atrás, además agregaron que probablemente se encontraron con las otras tropas a las afueras de Tiahuanaco. La información les brindó una nueva pista del paradero de Maichak. Emprendieron vuelo hacia las tropas que permanecían a las afueras de Tiahuanaco dispersadas estratégicamente. Al llegar al primer regimiento, Julián advirtió que faltaba un contingente. Todos los guerreros mapuches se aglomeraron a admirar a Julián montado en el inmenso cóndor. Dos hombres corrieron a informar a Lautaro. El jefe mapuche le refirió a Mallku y Julián que ahora Billy fue nombrado líder de las tropas y que marcharon a las cuevas de las montañas del norte en busca de los supuestos hombres lagartos que atacarían a Tiahuanaco antes del amanecer. Lautaro explicó:

—*Esperare que los demás lideres regresen con sus guerreros, para organizar la defensa. —Los hombres reptiles atacaran en cualquier momento, hay algo que deba saber sobre esas criaturas.*

—*Si* —respondió Mallku— *ellos cambian de forma*

—*Eso quiere decir que pueden estar entre nosotros ¿Cómo los puedo reconocer?* — indagó Lautaro

—*Sus ojos, aunque parecen ojos humanos, cambian de cuando en cuando, se convierten en ojos ofídicos; su lengua también suelen sacarla y es larga y bífida.*

—*Y lo más importante cuando le preguntas si es un reptil nunca podrá negarlo. Responderá sí; o se quedará callado; pero jamás dirá: no. Los conozco perfectamente he luchado contra ellos por mucho tiempo, pero ahora se peleará la batalla final.*

—*Nosotros debemos encontrar a Maichak cuanto antes* — dijo Julián— *mis tropas están al este.*

—*Enviaré chasquis a Tiahuanaco a informar a los nuestros sobre los hombres lagartos. Muy bien*

—*Adiós, Mi señor **Manke*** — Lautaro hizo una reverencia.

—*Adiós, valiente Lautaro* —respondió la deidad con humildad y tono de afecto.

Presurosos emprendieron vuelo en dirección a la montaña donde Mallku sabía que se encontraban los hombres lagartos. Una intensa neblina invadió el altiplano, el fulgor de las estrellas se empañó con el denso manto de la misteriosa bruma. Mallku sobrevoló Tiahuanaco, Julián no entendía porque se habían desviado. Descendieron en un parador donde se encontraba mucha gente celebrando y colocando ofrendas, Mallku tenía el poder de detener el tiempo, y así lo hizo, con solo emitir un intenso sonido la muchedumbre quedó estática. Habiendo hecho esto se dispuso a aterrizar mientras. Julián no pronunció palabra alguna, con paciencia esperaba ver el porqué del imprevisto desvió. El musculoso Mallku se dirigió a una gran viga de piedra, mientras caminaba se transformó en un ente zoomórfico con alas de cóndor y cuerpo de hombre; mientras que su cabeza también era una fusión entre un rostro humano y el de un pájaro, asimilaba a Odo Sha, pues el cóndor es el buitre de los andes. Imponente se encumbraba a la derecha un monolito en el cual resaltaban dos iconografías una era un cóndor, obviamente personificaba a Mallku y la otra a una suerte de entidad multi mórfica; se trataba de una serpiente alada, con rostro de llama, era el dios ***Amaru,*** hermano de Mallku. Mallku le quitó de a mano unas hojas de coca a un hombre que estaba allí paralizado. Levantó las hojas sagradas de coca e invocó:

—*¡Amaru! tú que todo lo sabes y todo lo ve, tú que una vez dominaste todas las ciencias y misterios de este plano; tu comunicador del cielo y la tierra ¡ven a mí! necesito de tu ayuda.*

Un potente rayo impactó sobre el monolito dispersando una ráfaga azul que envolvió a la inmensa roca; en medio del estruendo salió una criatura envuelta en un celaje, su increíble cuerpo era el mismo que estaba representado en el relieve. Amaru apareció raudo al llamado de su hermano

—*Acá, estoy, ¿En qué te puedo servir hermano mío?* — dijo mientras su cuerpo de serpiente alada con cabeza de llama se metamorfoseaba en un atlético hombre joven.

—*Los **jajarankhu chachanaja** han regresado a Tiahuanaco, y esta vez van a destruirlo. Están en la caverna en la montaña de los espíritus. Este es Tupac Katari* — dijo Mallku —*es el elegido.*

—*Si lo sé* —respondió; luego clavó sus ojos transparentes en los de Julián y con profundidad le dijo— *desde antes de nacer estabas marcado por la señal de la serpiente. Por eso serás conocido por generaciones como Tupac Katari. Pronto retornaras a tu dimensión allí serás el líder, el guía y el pilar de toda una nación. ¿Estas preparado?* — preguntó Amaru:

—*Si, lo estoy.*

—*Ahora vamos a defender el portal, la energía y el balance de todos los planos* —Sentenció Mallku.

—*Vamos* – exclamó Amaru mientras que se volvía a metamorfosear en el ofidio alado. Se elevó primero y luego salió Mallku y sobre el Julián. Cuando alcanzaron cierta altitud Mallku repitió el intenso chillido el cual activó al gentío que continuó moviéndose, hablando y riendo como si nunca el tiempo se había detenido para ellos.

Siguieron la travesía rumbo a las cuevas, sobrevolaron el altiplano a gran velocidad debían encontrar a Maichak y a las tropas y apoyarlas. Luego de unos minutos divisaron movimiento en unos peligrosos y estrechos acantilados por los cuales solo se podía pasar a pie, y para ser más exactos con un solo pie a la vez. Los dos se acercaron a la larga fila, pero fue Mallku quien preguntó:

—*¿Dónde está Maichak?*

Un guerrero que trataba de avanzar por el estrecho sendero le respondió agarrándose de unas afiladas rocas:

—*Está transportando guerreros con Odo Sha al otro lado de la colina.*

Mallku voló a toda velocidad, dejó a Julián en el otro extremo del acantilado, inmediatamente regresó y dos guerreros se treparon en su lomo, por su parte Amaru hacia lo mismo. Llegaron al otro extremo donde estaba Iwarka dando instrucciones a los hombres que se iban apertrechando en las rocas de la cueva en completo silencio. Mallku lo observó y ofreciéndole una reverencia dijo:

—*Iwarka, el sabio. ¡Cuánto tiempo!*

—Si, el tiempo es inconmensurable e inclemente. El tiempo ese que está en la vida y el tiempo que la vida es. Nos separa y nos acerca. Que buscas por aquí Mallku señor de las alturas.

— Busco a Maichak ¿Dónde se encuentra? —dijo Mallku

—Acaba de salir volando gracias a un par de zapatos que les robó a los oriones— respondió Iwarka

—¿Los Oriones? ¿regresaron?—inquirió el dios Condor.

—Si, regresaron— confirmó Iwarka.

Buscaré a Maichak, nos vemos pronto Iwarka.

—¡Mallku! Llegó el momento.

—Así es el momento de la verdad.

Mallku iba de regresó cuando se encontró con el hombre con los zapatos voladores, inmediatamente lo interceptó suspendiéndose en el aire y le preguntó:

—¿Maichak?

—Si, yo soy Maichak —respondió mientras el viento batía su larga cabellera

—Debes regresar a Kalasasaya.

—Imposible debemos atacar a los reptilianos o lagartos.

—Hay que revivir a tu gemelo.

—Bueno, para ser honesto contigo no sé si se pueda revivir y lo de gemelo es discutible. Ahora mismo hay unos lagartos que desean destruir Tiahuanaco y Puma Punku. Si lo logran; no habrá nadie a quien revivir, pues todos desaparecerán. Así que cualquier cosa que se deba hacer será después de aniquilar a esos escamosos.

En medio del ajetreado avance por el abrupto sendero Billy apareció, pero no volando sino escalando la roca con sus manos y cargando en su espalda a un guerrero

—¿Qué sucede Maichak? ¿Todo bien?

—Si este es… — Jacob miró a Mallku esperando completar la presentación.

—Yo soy Mallku, he venido con Tupac Katari y mi hermano Amaru Estamos acá para ayudarles

Jacob contempló a detalle a Amaru porque era su imagen la que había llevado por años en su tatuaje, Amaru era el mismo ***Quetzalcóatl.***

—Mallku, dios cóndor; señor de las alturas, soy tu siervo —respondió con intensa emoción Odo Sha quien pertenecía a la misma estirpe. Regresaba con dos guerreros en su espalda.

Después de unos minutos ya habían trasladado a toda la tropa al otro lado. Después de que todos los guerreros se ubicaron cerca de la entrada secreta que Billy había encontrado. Jacob se dirigió a los presentes:

—Estas criaturas son poderosas, tenemos el poder del báculo de Viracocha y el apoyo de Odo Sha, Mallku, Amaru, Billy el Jencham y todos ustedes.

Mallku agregó:

—Deben saber que estas criaturas no pueden negar su estirpe, al preguntarles si son reptiles o lagartos ellos responderán que sí, o sencillamente se quedarán paralizados, no emitirán deberán aniquilarles. Julián y yo entraremos con el Jencham por este pasadizo. Maichak e Iwarka atacaran por el acceso que da hacia la falda de la colina.

—Nuestros guerreros deben estar marcados —dijo inteligentemente Iwarka tomando la cantimplora de un guerrero derramó agua en la arcilla rojiza e hizo una pasta, mientras todos lo observaban sin entender que estaba haciendo el pequeño mono—*¡Listo! Ahora deben marcarse el rostro con esta cataplasma.*

—Tu sabiduría transciende a nuestro torpe entendimiento, esto permitirá que nos identifiquemos.

Todos los guerreros tomaron del barro rojizo y obedientes se marcaron. Iwarka, Jacob y Amaru se marcharon rumbo al otro acceso de la caverna, donde el otro grupo de guerreros les esperaban. Mientras que Billy, Mallku y Odo Sha se escabullían furtivamente por el incomodo túnel que irrumpía en una galería de la oscura caverna. Billy había entrado anteriormente, y sabía que debían ser muy cautelosos, pues cualquier sonido podía alertar a las criaturas. Descendieron con sigilo, Billy esperó a que llegara Mallku y que los guerreros avanzaran escondiéndose en las grietas de la galería, todo estaba oscuro allí, pero se escuchaba la respiración de los guerreros quienes hacían un gran esfuerzo arrastrándose en el irregular piso de la gruta. De ultimo arribó Odo, quien permaneció en la retaguardia. Billy participó a Mallku que avanzaría con dos guerreros para inspeccionar el área, y este le dijo que podía conectarse con él telepáticamente y que vería lo mismo que el estuviese viendo, solo debería enfocarse en la conexión. De esta manera los tres, se adentraron en el lóbrego pasadizo.

Al llegar a una enmarañada encrucijada de angostos pasillos notaron que desde uno de ellos se proyectaba una luz de color rojo; Billy hizo señas a los guerreros para que se detuvieran; él sigilosamente continúo avanzando y no daba crédito a lo que veía. Lo que se apreciaba en esa caverna, no tenía ningún punto de referencia con algo que Billy hubiese conocido en su época victoriana, esa área era un avanzado laboratorio, para Billy quien venia del siglo XIX, toda esta tecnología era surreal. En grandes reservorios de cristal en forma de huevo se encontraban cuerpos en posición fetal en estado de hibernación o animación suspendida; de inmediato pensó en ***"El Prometeo Moderno"*** un extraño escrito de una compatriota suya llamada **Mary Shelley** [165] Esta novela fue la sensación en Londres. Mary, casada con el conocido poeta Percy Shelley, frecuentaban el círculo de amigos de Lord Byron, quien fuese su amigo de la infancia. No podía dar crédito a la gran cantidad de aparatos y artilugios que se desplegaban alrededor. Súbitamente un hombre lagarto se le abalanzó en la espalda, pero Billy reaccionó con gran habilidad, revolcándole en el suelo, la criatura tomó impulso y respondió desfigurado su rostro el cual emanaba un chorro de sangre, pero de color negro. El lagarto corrió hacia una consola y cuando casi oprimía un botón azul Billy se le guindó del cuello neutralizándole a mordiscos con sus afilados colmillos. Mallku ya había visto suficiente como para ordenar el avance; Llegó al laboratorio y se adentró entre los inmensos huevos de cristal con cuerpos flotando, sujetos por una especie de cordón umbilical.

—*Aquí es donde ellos crean sus híbridos* —Aseguró Mallku

---

[165] — Mary Wollstonecraft Shelley (Reino Unido: 30 de agosto de 1797 - 1 de febrero de 1851) fue una novelista inglesa que escribió la novela gótica Frankenstein; o The Modern Prometheus (1818), que se considera un ejemplo temprano de ciencia ficción. También editó y promocionó las obras de su marido, el poeta y filósofo romántico Percy Bysshe Shelley. Su padre fue el filósofo político William Godwin y su madre fue la filósofa y defensora de los derechos de la mujer Mary Wollstonecraft.

—*¿Y para que hacen eso?* —preguntó Billy intentando secarse la sangre desparramada en su rostro usando su brazo.

—*Para infiltrarse entre los humanos de las diferentes dimensiones. Ellos han hecho un pacto de no agresión con los demás hermanos mayores. Ellos conforman la elite, los que dirigen los destinos de sus siervos.*

—*Pero cual es el pacto entonces ... si ellos son los que gobiernan*

—*No gobiernan todo; hay un balance, algunos sectores están regidos por entidades superiores que no desean esclavizar a los seres menores. Estos maestros mantienen cierto control sobre los draconianos, quienes son entidades oscuras que se nutren de sustancias que son expelidas de la sangre y fluidos de los seres vivos, es por ello por lo que piden sacrificios de sangre, su poder proviene de la aglomeración de energía, y esta energía la roban de los humanos en estados de agonía, tortura, dolor, excitación sexual y explosión de instintos básicos.*

—*¡Uff! Ahora vamos a lo que venimos, ya es hora de atacarles* —dijo Billy, su rostro se había regenerado y ya no tenía ni una sola cicatriz.

—*Amaru está viendo lo que acá sucede, ellos entraran cuando estemos luchando con los lagartos.*

—*Esas criaturas pueden leer y controlar los pensamientos* —afirmó Odo Sha —*estoy seguro de que esto no será fácil. ¡Qué Inti nos acompañe!*

Billy, Odo Sha y Mallku se dividieron en tres grupos cada uno se llevó treinta y tres guerreros y dejarían treinta y tres en el túnel por donde habían entrado para evitar la fuga de lagartos por ese sector. Cada uno avanzó con sus hombres. Billy llegó a una gran galería donde había más de doscientos lagartos. Estaban en mini cuevas incrustadas en la pared, algunos lagartos parecían hembras tenían pequeñas crías con ellas. Billy entró con sus hombres, hizo señas para que depusieran sus armas y se detuvieran:

—*Somos los protectores de Tiahuanaco y no queremos hacerles daño. Solo esperamos que se rindan y se marchen al lugar de donde vinieron.*

Una lagarto, que aparentaba ser hembra se dirigió por telepatía a Billy:

—*No seguimos órdenes y menos de seres inferiores y carentes de tecnotrónica como tú.*

Manoteó con una descomunal fuerza a Billy arrojándole por el aire, él logró hacer una pirueta y aterrizó de pie y contratacó como un torbellino cortándole la garganta. Otros lagartos advirtieron el ataque; era obvio que ya en este punto la toma de la cueva era un hecho. Billy salió del laboratorio y fue interceptado por un grupo de criaturas que se abalanzaron contra él, mientras esto sucedía los demás guerreros luchaban contra los fornidos reptiles. La agilidad del Jencham era extraordinaria y su rapidez era tal que sus adversarios no podían siquiera percibir su ataque.

No obstante Billy observó algo abominable, los guerreros se estaban quitando la vida ellos mismos, los reptiles podían dirigir su mente y ordenarles que se infringieran daño ellos mismos. La cantidad de guerreros caídos era considerable; aun así, la habilidad y audacia de Billy era tan descomunal que logró diezmar a los reptiles que duplicaban en cantidad a los guerreros. Mallku y sus hombres avanzaron combatiendo ferozmente a todos los reptiles, sin embargo, sucedió lo mismo; algunos guerreros se quitaban la vida, Mallku profirió un sonido imperceptible cuyas ondas neutralizaba el control que los reptiles ejercían.

No muy lejos de allí; el otro contingente a cargo de Jacob, Iwarka y Odo había accedido a la caverna a través de la entrada que daba hacia el valle; Jacob estaba impresionado porque no encontraron nada; era solo una cueva ordinaria, sin nada especial, ni señal de reptiles extraterrestres. Continuaron avanzando durante varios minutos cuando de repente encontraron un muro el cual bloqueaba el acceso la caverna terminaba allí.

—*¡Oh no! Esto está mal Iwarka* —exclamó con frustración Jacob.

El imponente Amaru guardaba silencio, mientras observaba la inoperatividad del supuesto héroe.

—*Es extraño* —dijo Odo Sha— *no hay ningún acceso.*

—*No lo hay, pero lo podemos hacer* —dijo Iwarka acariciando la pared de piedra —*Usa el Báculo. Recuerda debes concentrarte el hará lo que deseas. Enfócate en abrir un portal.*

Jacob no dudó ni un instante el seguir las sabias palabras de Iwarka. Levantó el bastón mágico con solemnidad y apuntó al muro, de inmediato un rayo poderoso perforó la roca viva, con cierta delicadeza dibujo un rectángulo y de inmediato este se abrió como si fuese una puerta corrediza. Entraron en la caverna y era una especie de almacén donde había toda clase de objetos de diferentes épocas de la historia de la humanidad, una clase de cueva de Ali Baba. Se internaron en el inmenso deposito, y luego cada uno de los lideres se dispersó con sus hombres en diferentes áreas del complejo subterráneo. Jacob se dirigió hacia un amplio espacio que estaba en un nivel superior desde el cual podía ver que los lagartos, quienes desde ese Angulo parecían solo una camada de indefensos lagartos pasándola bien. Esto era perfecto; todavía no se habían alertado, lo que significaba que Billy y Mallku habían hecho un buen trabajo allá adentro. Jacob se suspendió sobre los lagartos, gracias a las botas y les dijo:

—Lamento arruinar sus planes para esta noche, pero Tiahuanaco no se destruirá.

Ninguno respondió; un lagarto se levantó, movía sus manos como si estuviese hablando, pero sus labios no producían ningún sonido, al menos perceptible para Jacob. Súbitamente vio como sus guerreros se estaba quitando la vida ellos mismos; así que ya no había marcha atrás, ni tiempo para el parloteo diplomático; debía una vez más seguir sus instintos y actuar, de esta manera utilizó el rayo para fulminar a los reptiles que estaban enfrentándose a los guerreros, curiosamente algunos guerreros no atentaban contra su propia vida, al parecer eran lo suficientemente fuertes como para repeler el ataque mental. La batalla fue sangrienta; Amaru botaba fuego por su boca y lograba aniquilar a los reptiles muy fácilmente; por su parte Iwarka y Odo Sha se enfrentaron exitosamente a los atroces reptiles, mientras estos intentaron cambiar de forma, pero eran reconocibles porque no llevaban la masilla roja en su rostro. La contienda no duro más que unos minutos; había sido una verdadera masacre, guerreros y lagartos yacían sin vida por doquier. Jacob ordenó a sus hombres que verificaran que nadie quedará alrededor y si alguien hubiese sobrevivido y no oponía resistencia se debía respetar su vida y aprehenderle.

Jacob se internó en una galería donde aparentemente nadie había sobrevivido, contempló a algunos guerreros jóvenes sin vida, todo esto era intrigante, en realidad valía la pena tanta muerte, quizás sí, y de esta manera se podría salvar el balance de los universos existentes, deseaba que esto fuese cierto y más aún que pudieran alcanzar el éxito final. Descendió un nivel y pudo ver que la escena se repetía más cadáveres tapizaban el suelo, visiblemente se apreciaban las crías de los reptiles, muy pequeños. Al ver horrorizado a los pequeños lagartos se hizo inevitable recordar a su fiel amigo Stranger, su lagartijo. En ese instante algo le apretó la pierna derecha, y cuando iba a desenfundar el báculo se percató que era un pequeño lagartijo del tamaño de un niño de no más de cinco años. El infante tenía inmensos ojos con las pupilas alargadas, y un semblante triste enmarcado en largos cabellos negros; Jacob percibió una voz interior que le decía:

—*Nadie me responde, estoy solo, todos se han dormido ¿Puedes ayudarme?* — la criatura temblaba de miedo y horror

—*Creo que no puedo ayudarte* — respondió con palabras— *lo lamento.*

Algunos guerreros continuaban con la revisión del lugar, entonces Jacob les ordenó:

—*Este pequeño debe ser llevado como prisionero.*

—*Así será señor* —respondió uno de los guerreros.

Increíblemente el pequeño lagarto se conectó de nuevo con Jacob:

—*¡No me dejes solo! Quiero estar contigo.*

Jacob cambio de parecer y le dijo al guerrero que el mismo se haría cargo del crio, lo tomó de la mano escamosa mientras que el pequeño le apretaba la suya con desesperación. Inspeccionaron todo y al parecer no había nadie más con vida. Los guerreros salieron de la cueva por la supuesta entrada principal, muchos habían sido los caídos en batalla; Amaru salió con un guerrero en su espalda, Odo e Iwarka salieron cada uno ayudando a algunos guerreros que se habían lesionado. Aun no aparecía Billy, Mallku y Julián con los demás; así es que decidieron darse un tiempo para asimilar lo que había sucedido.

Jacob sentía cierto sosiego ante tamaña carnicería pues los lagartos sí que eran violentos y si no hubiesen contratacado seguramente ya estuvieran muertos. Billy y Mallku salieron de la caverna, sin embargo, Julián no aparecía.

—*Fue un enfrentamiento sumamente atroz* —dijo Iwarka—*ahora tenemos que proteger Tiahuanaco.*

—Odo Sha observó al pequeño reptil y le dijo a Jacob con tono incriminante:

—*¿Qué haces? ¿No estarás pensando en llevarte a ese pequeño engendro?*

—*Si; es el único sobreviviente; no es peligroso, lo llevaré a Tiahuanaco, allá sabrán que harán con él.*

Todos guardaron silencio; podía ser un grave error llevar a ese pequeño lagarto con ellos; no tenían conocimiento de sus costumbres, deseos, instintos y si tenían sentimientos que tipo de afectos eran capaces de expresar. Los guerreros yacían extenuados, trémulos y con la respiración aun agitada. Ya había transcurrido tiempo suficiente para que Julián hubiese regresado.

—*Es lamentable, pero debemos continuar rumbo a Tiahuanaco* —dijo Mallku—*Queda poco tiempo, debemos organizarnos para proteger Puma Punku.*

Un guerrero joven gritó:

—*¡Falta Tupac Katari no nos iremos sin el!*

—*¡Si, lo esperaremos!* —los demás declararon con fuerza.

—*¡Vamos a buscarle! aunque este muerto hay que recuperar su cuerpo* —repitió otro guerrero.

—*¡No podemos frenarles! están en su derecho de buscar a su líder* —dijo con respeto Iwarka.

Cuando los guerreros se estaban preparando a salir en búsqueda de Julián, una sombra se observó en un pequeño risco en lo alto de la cueva y luego se escuchó una voz:

—*Aquí estoy hermanos; aquí estoy. Vamos; a aun hay mucho por hacer.*

Todos gritaron;

—¡Vamos!

Todos los hombres auparon a Julián, el representaba los más altos valores del guerrero aymara; además su sencillez y don de gente habían sido reconocido por todos, Julián era uno más de ellos, un muchacho del pueblo. De esta manera emprendieron el viaje de vuelta a Tiahuanaco.

Marcharon rumbo a Tiahuanaco con un escandaloso entusiasmo, ya falta poco para el amanecer, había sido una jornada difícil, pero aun el espíritu de lucha se mantenía incólume. Iwarka transfigurado en una inmensa águila estaba transportando al pequeño reptil profundamente dormido sobre su lomo. En solitario Billy se desplazaba con una rapidez sobrenatural, tenía la capacidad de dar descomunales saltos impulsándose a intervalos; mientras se desplazaba pensó en que quizás este era el motivo por el cual llegó a este mundo, ayudar a la protección del umbral multidimensional, pero también sentía que había conocido el amor en una guerrera aborigen de una dimensión muy alejada de la suya. Ahora que podía ver el amanecer lo único que le mantenía alejado de su sueño era el amor.

Mientras tanto en Tiahuanaco, La intempestiva boda había terminado y el banquete nupcial estaba llegando a su fin. Todos estaban disfrutando de la chicha. Tamanaco no había tenido tiempo de conversar en privado con quien ahora era su esposa; en medio del algarabío aprovecho para decirle al oído:

—*Soy el hombre más feliz Amaya. Eres todo lo que siempre soné.*

—*¡Tamanaco!* —dos lágrimas furtivas destilaron de sus crespas pestañas —*perdóname por no poder amarte como tú te lo mereces.*

—*Lo importante es que estamos juntos, te cuidaré con mi vida. Esta noche iras con las demás mujeres; yo debo regresar al campamento.*

Amaya bajo la cabeza y asintió mientras que Tamanaco se contuvo apretando su mano, evitando tocarla, no quería romper su promesa de respetarle, esperaría pacientemente el día en el que Amaya por propia voluntad deseara entregarse de manera carnal, porque definitivamente ya estaban unidos en mente y alma.

Javilla, su esposa y Kori estaban sentados en la misma mesa. Kori sabía que algo le había sucedido a Maichak; pues no había portado cara desde la mañana, pero de lo que si estaba segura era de que Iwarka y Odo Sha estaban con él. Los músicos continuaban tocando melodías rítmicas y alegres, ya los contrayentes e invitados habían realizado diversos bailes rituales; según el protocolo aymara la celebración debía extenderse y no estaba bien visto el abandonar el lugar hasta que las autoridades se marchasen.

Zion se encontraba conversando con Hatuey, Caonabó y los demás guerreros.

—*Presiento que nos estamos perdiendo de algo importante*—sentenció Caonabó

—*Es muy extraño que Maichak no hubiese llegado aún* —dijo Zion con tono de preocupación

—*Si; tampoco he visto a Iwarka* —agregó Hatuey— le hizo un gesto con la mano y caminó lentamente hacia el otro lado del concurrido salón donde Yara permanecía inmóvil y abstraída tenía un kero de chicha en su mano y con mirada nostálgica contemplaba a los novios. Sabía que Hatuey venia hacia ella, pero quería disimular.

—*¡Hermosa boda!* —Exclamó el.

—*Si, así es* — Respondió ella mientras tomaba un sorbo de chicha.

—*¿Preocupada?* —Intuyó Huatey.

—Si, es extraño. No sabemos nada de Maichak desde que entró a ese templo subterráneo. Además, Iwarka ha estado ausente.

Hatuey agregó:

—¿Y qué de Odo Sha?

—¿Odo Sha?

—Si, que pasa con el — asintió el guerrero.

—No entiendo — expresó confusión

—El señor Odo Sha preguntó si mi señora sabe si él se encuentra con Maichak e Iwarka.

—No, no lo sé.

La actitud defensiva y la molestia de la mujer eran evidente; Huatey entendió que ella evitaba hablar de Odo Sha, por lo que; muy audazmente empezó a conversar sobre la arquitectura de Tiahuanaco y al parecer el cambio de tema fue efectivo y de inmediato se envolvió en un animado coloquio.

En el otro extremo del gran salón; Zion se aproximó a las gemelas quienes estaban conversando con Bartolina y Coñori. Caminó con seguridad, no pronunció una sola palabra solo sonrió y se plantó en medio de ellas. Las mujeres se percataron de las intenciones del muchacho, y seguidamente cada un abandonó el recinto hasta dejarlos solos a los tres. Las gemelas no le dirigieron la mirada, continuaban conversando entre ellas, sin embargo, el muchacho con tono altanero dijo:

—No es nada amable ignorar al jefe de los chasquis

—¿Y dónde está? — preguntó Sachi.

—porque nosotras no lo hemos visto por aquí— complementó Paki

—Ustedes saben que soy yo.

—¿Tu? —preguntaron ambas al unísono

—¿Les gustara salir al jardín a tomar aire?

Las gemelas respondieron al unisonó, pero contradiciéndose entre sí:

—Si — Dijo Paki

—No — Dijo Sachi

Un terremoto de emociones conmocionó sus fraternos cimientos, pues jamás en su corta existencia habían dejado de estar sincronizadas. Cada gesto y palabra, cada gusto y disgusto, cada querencia y animadversión, cada emoción y dolor que experimentaron en su vida consistía en una armoniosa dualidad. Incluso, su entrenamiento como guerreras Munduruku las había formado como un binomio perfecto. Jamás habían sido separadas, hasta hoy. Sachi soltó una mirada de reproche y con la misma Paki le dio la espalda y se marchó.

—*Lamento que se hayan enfadado.*

La gemela le pidió que la siguiera con su mano mientras dijo:

—*Ya era hora de que entendiera que cada una tiene su propia vida.*

Caminaron por el extenso jardín que tenía un inmenso **árbol de quina**[166], debajo del mismo había una hermosa piedra chispeada con puntos dorados. Zion se paró frente a la roca y Paki se sentó en ella. Estuvieron en silenció hasta que el muchacho subió la mirada y alcanzó a distinguir numerosas luces multicolores en el cielo.

—*Puedes ver esas estrellas. Jamás había visto estrellas tan cercanas.*

—*Parecen bolas de fuego ¿Qué será?*

—*No lo sé, pero son hermosas.*

—*Como llegaste hasta aquí ¿de qué región vienes?*

—*Vengo de Bacatá.*

—*¿Y es hermosa la ciudad?*

—*Si, sí que lo es. Tenemos saltos de agua, lagunas, ríos, montanas. Y muchas flores; lo que me gusta son las flores de Bacatá. Y cuéntame de tu tierra.*

—*Nuestra tierra no existe.*

—*¿Cómo?*— inquirió el muchacho aprovechando el momento para sentarse muy cerca de ella.

—*Nuestro pueblo es ahora una leyenda. Quizás nadie pueda creer que alguna vez existió una civilización de mujeres guerreras. La ciudad sagrada Mundurukania fue destruida por los siete engendros en una batalla.*

—*Lo lamento. ¿Y su familia?*— Inquirió con cierto tono emotivo.

—*Las Munduruku somos una gran familia, las chicas crecíamos juntas, si teníamos una madre, pero infortunadamente nuestra madre murió en batalla…*—dijo Paki

---

166 - **La quina es originaria de los países andinos desde Venezuela a Bolivia**, pero casi ha desaparecido de la región. Posee un compuesto químico llamado quinina que es capaz de acortar el ciclo del parasito de la malaria.

—Y en su lecho de muerte le pidió a Coñori que se hiciera cargo de nosotras. Coñori ha sido nuestra mentora; desde los ocho años aprendimos a vivir, a cazar y a pelear con ella — complementó con sentida emoción Sachi.

—¿Qué paso con tu familia Zion?

—¡Increíble! Sus vidas han sido sencillamente increíbles. Yo, bueno yo crecí con mi familia, éramos muy felices. Mi padre era el cacique de la comunidad se llamaba Ubaque, teníamos un taller de orfebrería donde trabajamos el oro. Mi madre, era la mujer más bondadosa y buena de todas se llamaba Guachata.

—¿Murieron?

—Si, al morir mi padre de una extraña enfermedad, mi madre debía acompañarle al otro mundo, y yo también.

—¿Como sobreviviste?

—Se me obligo a romper con la tradición de mi pueblo—suspiró intensamente y una lágrima aprisionada se liberó, pero rápidamente la enjugó—*debí acompañar a mis padres al mundo de los espíritus, pero Maichak y los guerreros me rescataron. Yo elegí vivir.*

—Nos alegramos de que estes acá. —lo miró intensamente tratando de descifrar que era lo que pasaba entre ellos en ese momento, jamás había sentido algo así. Se levantó de la piedra— *Me debo ir; mi hermana debe estar esperándome.*

—¿Por qué hablas como si tú y tu hermana estuvieran acá juntas ahora mismo? estas sola podrías hablar por ti misma — Zion le recrimino el uso de la tercera persona a Paki.

—Siempre hablamos de las dos somos una sola.

—Pues no; no lo son. Son dos seres diferentes.

—Si tú lo dices…

—No eran estrellas —dijo levantando la mirada al aterciopelado firmamento ahora sin los refulgentes discos—*Son los dioses que quieren decirnos algo, o quizás ya ha llegado el momento de la batalla.*

—Si, quizás sean los dioses de las estrellas que al fin regresaron.

—Me debo. Adiós Paki.

—Soy Sachi…nos vemos pronto.

Zion sonrió encogiendo los hombros; había sido la primera vez que intentaba nombrarlas y confundió sus nombres, y no sería la última. La muchacha caminó sin voltear, y una traviesa sonrisa se esbozó en su rostro de bebe, había intentado confundir al muchacho y lo consiguió. Zion se enrumbó a los dormitorios, pensando aun sobre quien era quien, pudo jurar que era Paki, avanzó unos cuantos metros, no obstante, fue interceptado por Tamanaco, Caonabó, Huatey, los demás guerreros e incluso la recién casada y las mujeres venían en el cortejo. Le informaron que no regresarían al palacio de Javilla, sino que cada uno regresaría a su campamento. Pues habían recibido información de primera mano de que Maichak y los demás estaban defendiendo Tiahuanaco de una invasión. Al salir de la ciudadela, quedaban aun vestigios de la resonante fiesta, algunos focos del holgorio diseminados alrededor de la calzada. En la ladera cerca del arroyo estaban el alicanto y Lionza apostados, tal como se les había dejado.

Amaya y Bartolina se treparon en alicanto; por su parte Yara se fue con su querida Lionza. los hombres, Coñori y las gemelas caminaron a paso moderado unos cuatro kilómetros; a lo largo del trayecto nadie pronunció una sola palabra; el frio era inclemente y se acentuaba gracias al viento. Las gemelas no cruzaron ni siquiera una mirada, lo que acababa de suceder había sido por mucho inusual e insólito en su relación. Jamás habían discutido o contradicho su accionar.

Contradictoriamente; Coñori pensaba en Billy no sabía nada de él, pero sospechaba que en cualquier momento aparecería por allí. Yara iba a medio galope para no dejar a sus compañeros atrás. El sendero que seguirían estaba en dirección al este; el transito se hacía expedito debido a la prolija construcción de los caminos; después de casi treinta minutos llegaron al campamento; a lo lejos se podía divisar una inmensa hoguera; mientras avanzaban por el estrecho sendero fueron interceptados por dos hombres justo en medio de dos enormes riscos. Los centinelas les reconocieron e informaron que el líder mapuche les estaba esperando en el campamento. Dispuestos en circulo se encontraban Lautaro con otros guerreros, al divisar a sus compañeros se puso de pie y avanzó a su encuentro.

—*Los estaba esperando*— dijo extendiendo su mano a Caonabó quien fue el primero en aproximarse —*Tenemos infusiones calientes y un fuego confortable. Por favor compartan con nosotros.*

—*¡Gracias Lautaro! nos informaron que Maichak refrenó una posible invasión; lo presentí. Sabía que algo grande estaba sucediendo* — sentenció Caonabó

—El Jencham avisó a Maichak — respondió el joven guerrero mapuche.

—*¿El Jencham?* —Preguntó Coñori

—Si, mi señora, el Jencham brindó información sobre los hombres lagartos; Maichak creyó en él; lo designó líder.

Coñori guardó silencio, sin embargo, sus ojos relampaguearon de alegría, sabía que Billy era bueno, bueno dentro de los estándares de un Jencham o vampiro. Ahora demostraría que en realidad si apoyaba la causa del Reino Verde. Las mujeres se despidieron y se dirigieron a sus refugios, debían descansar faltaba muy poco para que saliera el sol y no se sabía que sucedería en las próximas horas.

Los demás decidieron pernoctar alrededor de la fogata por un rato más, querían dar tiempo a ver si regresaban Maichak y los demás compañeros. Tamanaco estaba totalmente ausente como si sus pensamientos hubiesen desertado de su mente.

—*¡Tamanaco!*— exclamó Zion agitando su mano en frente de los ojos del guerrero—*¡Yuju!*

—Su mente está en otro sitio — dijo Caonabó.

—Con Amaya — agregó Zion riéndose.

En eso Tamanaco reaccionó:

—*¿Qué haces?* —detuvo la juguetona mano de Zion con un apretón.

—Estabas dormido con los ojos abiertos—aseguró Hatuey.

—Estaba despierto solo que pensaba

—¿Por qué no te has ido con tu mujer? ¡Vamos que esta preciosa hombre! —curioseó Lautaro.

—Decidimos esperar —dijo en tono cortante.

—*¡Ya déjenlo en paz!* —reclamó Caonabó a los demás—*Está bien amigo; no hay problema*— agregó dándole una palmadita en la espalda.

Algunos guerreros distinguieron en el cielo unas figuras que parecían dirigirse hacia ellos. De inmediato notificaron a los lideres que estaban compartiendo frente a la luz de la vigorosa fogata. Estos se pusieron en guardia, no obstante Zion advirtió que venían bajando las tropas por la escabrosa colina; era evidente que eran sus compañeros que regresaban. El primero en llegar fue Odo Sha, luego Mallku, Billy, Iwarka y Jacob descendieron casi al mismo tiempo Amaru se separó del grupo mucho antes de llegar a Tiahuanaco. La presencia del pequeño reptil era evidente para todos. Inmóvil e indefenso, permanecía dormido, por lo que Jacob lo bajó del lomo de Iwarka antes de que este retomara su forma original, el pequeño abrió sus inmensos ojos globosos y saltones, disparó una mirada intimidante a todos, pero en realidad él era quien estaba más atemorizado, abrió la boca de manera extraña; al parecer estaba bostezando, súbitamente sacó su dilatada lengua y se rascó la nariz. Todos estaban boquiabiertos, pues no entendían que hacia una cría reptiliana con Maichak, se suponía que él había ido a aniquilarles.

—*Bueno explícales tu Maichak*— dijo Iwarka señalando al pequeñín

—*Bueno, este e eees ...*— tartamudeó pues no sabía cómo llamarle de inmediato pensó en su amigo de la infancia: *¡Stranger!...es Stranger.*

Los presentes no podían dar crédito, estaban ante la presencia de un reptiliano indefenso. Largaron miradas entre si mientras que sus rostros palidecían al ver al pequeño engendro, con su cuerpecito lleno de escamas y sus inmensos ojos con esas horripilantes e intimidantes pupilas que parecían ranuras verticales.

—*¡No me llamo Stranger mi nombre es Chaban Ar'jan*! —dijo telepáticamente el pequeñín.

Jacob le respondió en voz alta:

—*Ahora eres Stranger.*

—*¿Debo defenderme? ¿Me quieren atacar?*

Jacob volvió a hablar al chico, mientras los demás no entendían lo que sucedía:

—*Ellos son mis amigos y ahora son tus amigos.*

—*¿Amigos?* —preguntó Stranger.

—*Si, amigos. Gente que se quiere y protege entre sí.*

—*Ellos no quieren ser mis amigos. Puedo oler su temor. Ellos me temen; pero yo sí puedo aprender a ser un amigo. ¿Me enseñas?*

Tamanaco se aproximó a Jacob y le dijo:

—*¿Amigos? Quien nos garantiza que este tierno lagartijo no nos aniquilará cuando estemos durmiendo.*

Odo Sha miró a Billy que estaba aislado de todos y sentenció:

—*Creo que todos merecemos una segunda oportunidad; dejemos que Maichak haga su trabajo con el crio.*

—*Stranger estará conmigo y me hago responsable de él.* —Jacob sintió una extraña conexión con el pequeñín, tenía una corazonada de que no lo defraudaría.

Iwarka trató de alivianar la pesada atmosfera, caminó unos pasos y se plantó en medio de Jacob y Tamanaco. Observó a todos con una mirada de cansancio y con tono enérgico dijo clavando sus ojos en Tamanaco:

—¡*Se juzga más fácilmente usando los ojos que usando la mente!* —Iwarka sentenció un acertado aforismo— *todos tenemos ojos para ver las diferencias, pero solo quien es puro de corazón comprenderá y entenderá lo que ve.*

Luego dando unos pasos al frente se dirigió a todos:

—*Muchos guerreros perdieron la vida en esa cueva. Nuestra primera misión en Tiahuanaco ha sido exitosa, logramos diezmar a nuestros enemigos*— miró de reojo al pequeño Stranger— *lo importante es que gracias a Billy la ciudad sagrada sigue en pie. Falta poco para que amanezca, y debemos descansar. mañana la mitad de las tropas avanzara a Puma Punku. ¡Guerreros estoy orgulloso de ustedes!*

Billy sintió una paz interior que no había sentido en mucho tiempo; ser reconocido por Iwarka como un guerrero fiel a la causa le llenaba de energía positiva. Todos los presentes se fueron dispersando poco a poco muchos felicitaron a Billy que aún permanecía allí estático arrinconado en unos arbustos. Julián se aproximó a Billy:

—*¡Gracias Billy!* —Julián chocó la palma de su mano contra la palma de Billy— con la misma se retiró

Billy sonrió de satisfacción; ya se asomaban los primeros destellos de la alborada, vería el amanecer una vez más hoy tenía más razones para hacerlo. Mientras Jacob estaba parado al lado de Iwarka. Tamanaco miró al pequeño Stranger con desconfianza, entonces supo que Iwarka lo estaba viendo y con la misma se marchó.

Mallku se dirigió a Jacob:

—*Maichak debemos recuperar al Chuqi-Chinchay.*

—*Deberán esperar hasta mañana* —interrumpió Iwarka, Jacob respetuosamente guardó silencio

—*¡Está bien!, mañana nos veremos en el templo*— Y sin mediar palabra se elevó raudo y veloz.

Iwarka suspiró y le dio una palmadita a Jacob en el hombro.

—*¿Crees que hice mal en traer a este pequeño conmigo?*

—*¿Qué sientes Maichak? Lo importante son tus sentimientos* —un largo silencio surgió, Jacob no pudo responder —*Vamos muchacho debemos descansar.*

Jacob cargó al pequeño Stranger en sus brazos y se perdió en la niebla de la alborada. La mañana prometía ser cálida y soleada, la brisa era moderada y todos los guerreros se habían levantado algo más tarde de lo acostumbrado. Jacob se había refugiado en una carpa muy cerca de la muralla de la ciudad. Al abrir sus ojos percibió un extraño sonido, una especie de ronquido mezclado con un gracioso chifle, era Stranger. Jacob le viró logrando silenciarlo, pensó en que quizás tenía frio. Tomó una manta y cubrió su enigmático cuerpo forrado de escamas. Se sentó recogiendo sus salvajes cabellos castaños, que asombrosamente no mostraban aun una sola cana. Salió de la tienda y se encontró con Iwarka, Caonabó, Odo Sha y Kori conversando muy amenamente; Kuwi y Macao estaba con Kori, pero al ver a su compañero se alegraron y saltaron hacia él. Kori no pudo disimular su alegría al verle.

—*¿Qué sucedió?* — Dijo Kori

—*¡Nada casi* tomó *un vuelo a Orión con los gastos pagos!* —*dijo Jacob aun con flojera en el rostro.*

—*¿Orión?* — inquirió Kori

—*Si, tu amiguito Javilla debió saber cuál era las intenciones de los oriones* —acusó Jacob

—*¿Qué paso con ellos?* —preguntó Caonabó.

—*Viejo, esos tipos no son lo que aparentan. Querían el báculo, les importaba m… el portal y el equilibrio.* — respondió Jacob

—*¿Quiénes saldrán a Puma Punku?* — Indagó Kori.

—*Lautaro y yo estamos dispuestos a defender Puma Punku* — propuso Caonabó— *estás de acuerdo Maichak.*

—*Si, está bien* —respondió Jacob contemplando a Kori quien lucía ausente

Iwarka guardaba silencio los observaba a todos, como un padre que contempla a sus hijos discutiendo los planes del fin de semana.

—*Creo que Yara y Bartolina deberían quedarse en Tiahuanaco.*

— *Debemos agregar dos contingentes más. Así que Tamanaco y Tupac Katari también marcharan de inmediato a Puma Punku. Los demás se quedarán en sus posiciones actuales protegiendo Tiahuanaco* — Agregó Jacob.

—*Yo iré contigo Maichak* —dijo Kori

—*Tú tienes tu lugar, y es obvio que no es a mi lado* —respondió Jacob como siempre obstinado.

Mientras planeaban la defensa de Puma Punku, distinguieron a Mallku y Amaru. Descendieron entre todos ambos con aspecto humano.

—*Amaru y Mallku les estábamos esperando* — dijo Odo Sha.

Mallku sentenció:

—*Antes que los guerreros marchen a Puma Punku deben obtener una protección.*

Habiendo dicho esto Amaru se transformó en la gigantesca serpiente con cuerpo de ave y cabeza de llama, todos se apartaron; La inmensa serpiente de más de diez metros de largo, desde la cola hasta la cabeza misma; tenía patas de ave y avanzaba de manera grotesca por la colina hasta llegar a una pequeña montaña. Al llegar emitió un chillido penetrante que los perturbó a todos, logró avanzar hasta el pie de la colina y al llegar allí, sacudió su inmenso trasero, e impulsándose con todas sus fuerzas batuqueó su cola fracturando así la roca maciza de la montaña, un desplome de descomunal de rocas permitió ver una grieta en la montaña tras esta fisura apareció una gigantesca roca de intenso color negro. Mallku levitó a unos metros del suelo, para poder difundir su mensaje.

—*¡Guerreros, deben excavar en esa grieta y obtener la piedra negra llamada* ***azabache*** [167]*; la cual tiene el poder de proteger a quien la porta,*

---

[167] -El azabache o gagates1 es un mineraloide de color negro brillante. Es una escasa variedad de carbón húmico formado en los periodos jurásico y cretácico,2 por lo que se utiliza como piedra semipreciosa. Se originó a partir de troncos de árboles de las familias araucaráceas y protopináceas enterrados y sometidos a altas presiones.

¡con ese material deben moldear dagas para los guerreros! Todos deben usar esas dagas, pues neutralizaran a sus enemigos.

—*Así se hará Mallku* — señaló Jacob

—*La piedra azabache es un amuleto poderoso, deben empezar ya mismo con la extracción* — declaró Mallku —*Cada guerrero que marche a Puma Punku debe llevar su trozo de azabache consigo.*

Todos los hombres hicieron largas filas y tomaron un pedazo del mineraloide color negro mate antes de marchar a su misión. Odo Sha estuvo a cargo junto a Tamanaco y Julián de la distribución del azabache, y convocó a artesanos para que les instruyesen en el arte de trabajar el delicado mineral. Jacob acordó con Mallku salir de inmediato a auxiliar su gemelo en el templo de Kalasasaya, para ello debía prepararse, se dirigió a su tienda y detrás de él iba Kori, él sabía que ella le seguía. Al llegar a la entrada de la improvisada tienda Kori le gritó:

—*¡Ey! Necesito hablar contigo*

—*Ah, no te había visto*

—*Maichak ¿Por qué estas molesto?*

—*No estoy molesto, solo que no tengo tiempo para tus juegos; debo salir de inmediato al templo* —Jacob abrió la cortina y Kori pudo ver a Stranger.

—*¿Quién es él?* — preguntó Kori señalando al pequeño.

—*Él es ... Stranger.*

—*Es un reptiliano, querrá beber sangre muy pronto. ¿sabías eso?*

—*No lo sabía, pero yo le enseñaré a no beberla.*

—*No puedes jugar con él, al final sus instintos básicos afloraran.*

—*Macao y Kiwi llegaron a la tienda.*

—*¡Qué bueno que hayan llegado! necesito que cuiden a Stranger* — sentenció Jacob colocándose un poncho y organizándose el cabello.

—*¿Y quién es Stranger?*

—*El* — dijo Jacob mostrándole el pequeño lagartijo a Macao.

—*¿Qué?* —Macao revoloteó muy alto y gritó— *quieres que me devore.*

Stranger se despertó debido al chillido del pajarraco, Kuwi se trepó al hombro de Kori, sin duda alguna estaba horrorizado.

—*¡Es una orden!*

Stranger se conectó con Jacob.

—*¿Quiénes son ellos?*

—*Son amigos, ¿recuerdas a los amigos?*

—*Si, Gente que se quiere y protege entre sí.*

—*¡Correcto! Y eso significa que no se comen entre ellos, ni se derrama su sangre. Si tienes hambre debes pedir comida. Debes aprender a comer la comida nuestra. ¿entiendes?*

Kori, Macao y Kiwi no entendía porque Jacob hablaba solo, pues no escuchaban la voz del pequeño.

—*Pequeño ¿Puedes hablar moviendo los labios? ¿usando tus cuerdas vocales?*

—*Si* —dijo de manera audible para todos

—*Debes ser gentil con Macao y Kuwi, no debes hacerles daño*— Kori recomendó terminando con su hermosa sonrisa.

—*¡No nunca les hare daño! Ellos son mis amigos* —dijo Stranger con una dulce vocecita que no concordaba con su aspecto feroz.

—*¡Maichak! ¿Por qué nos haces esto?* —protestó Macao

—*Vamos que es solo un pequeñín*— respondió Jacob

—*Es un pequeño depredador* — Sentenció Iwarka de mal humor

—*¡Yo puedo ser como ustedes! tener piel lisa y ojos pequeños ¿Quieren verlo?*

—*Si* —dijo Macao; mientras Kuwi cerraba sus ojos usando sus patitas.

En frente de ellos Stranger se transformó en un niño, de no más de cuatro años, ahora sus ojos desorbitados se dibujaban almendrados y del color de la miel, cabello castaño, y sus duras escamas se habían convertido en una piel tersa y clara. Kuwi a pesar del cambio, se mostraba aún más asustado; no así Macao que de inmediato se aproximó a Jacob y le dijo:

—*Ok; Maichak yo cuidaré al pequeño*

—*Recuerda comer lo que coman Kuwi y Macao ¿Entendido?*

—*Si, yo haré lo que mis amigos me ordenen —respondio Stranger sonriendo emocionado.*

— *¿Somos amigos entonces?* —preguntó a Macao.

—*Si, si claro*

—Pequeñín confiare en ti— Macao se posó en su brazo *— ¡Somos Amigos!*

—Si, Mi Maichak me dijo que amigos son gente que se quiere y protege entre sí.

Kuwi se acercó a Stranger, pudo sentir que había mucha inocencia y bondad en el feroz reptiliano. Jacob miró al pequeño Stranger y le dio un pulgar arriba acompañado de una sonrisa y sin mediar más palabra salió disparado de la pequeña tienda. Kori decidió seguir a Jacob, este bajó al rio y se dio un improvisado baño tras una piedra que le cubría solo de la cintura hacia abajo, luego se enfundó la ropa **orionita** con tecnología retráctil la cual parecía tener vida; en realidad era una masa de un extraño mineral o compuesto orgánico que tenía la capacidad de cubrir su cuerpo y protegerle como un escudo incluso del calor más extremo. Ella aguardaba en silencio, tenía que decirle cual era el motivo por el cual era mejor estar separados, pero el gran Maichak era un hombre difícil, debía esperar el momento oportuno para poder revelarle su verdad, el caminó frente a ella.

—¿Vas seguirme todo el día?

—Si, estaré contigo. Es una orden.

—¿De quién?

—De entidades superiores a nosotros.

—¡Bueno!

Subió la colina, y pudo ver a los guerreros extrayendo con piquetas el preciado azabache. Afinó algunos detalles con los lideres y dejo a cargo de Billy todo durante su ausencia, Aunque estaba usando las botas voladoras decidió volar sobre el alicanto, pensó que quizás lo necesitaría. Luego, se encontró con Mallku en el mismo lugar donde se habían encontrado antes, y de allí salieron disparados hacia el templo de Kalasasaya. Kori tenía la capacidad de desmaterializarse así que podía estar allá primero que ellos. El día no podía ser más hermoso, las espumosas nubes parecía más que nunca esos algodones de azúcar de la feria, la brisa era fría pero agradable, pues el sol refulgía con toda su magnificencia. Tiahuanaco estaba abarrotada de gente; a pesar de que los lugareños festejaron toda la noche se podía distinguir a muchos de ellos ejecutando sus cotidianas labores.

Llegaron al templo de Kalasasaya; caminaron por sus estrechos pasillos forrados de láminas de oro. Mallku sabía perfectamente a donde dirigirse pues ya había estado allí cientos de veces. Al llegar a la recamara donde se encontraba su gemelo; salió Anacaona a recibirles, seguía acompañada de la dos jóvenes y los sacerdotes estaban con ellas; sorprendentemente ya Kori se encontraba allí arrinconada y en estado de meditación. Mallku dirigiría el ritual. Los sacerdotes prepararon los elementos que serían empleados, mientras que Anacaona acicalaba y peinaba al Dos Espíritus, para que estuviese listo antes de dar inicio al ritual, luego busco los cristales que Mallku le había entregado y se los devolvió. Jacob no podía evitar contemplar a Kori, había algo en ella que le parecía familiar; como si la hubiese conocido desde antes del tiempo mismo.

Los sacerdotes cargaron al gemelo con sumo cuidado, colocándolo dentro de un círculo hecho con hojas de coca, en el centro de este había una hoguera. Bien distribuidos, cinco cuencos bordeaban el redondel, estos expelían una olorosa humarada que imprimía un rasgo de misterio al recinto de piedra. Los cinco cuencos simbolizaban las cinco almas que con fluían en interior de la identidad corpórea; las cinco almas estaban armonizadas entre sí, cada una ejecutaba un rol en la vida misma, pero la vital se llamaba el ajayu, sin la cual era imposible seguir viviendo. El gemelo Chuqi-Chinchay perdió cuatro de sus animas o almas, estas se habían desconectado de su cuerpo, pero su ajayu; quizás el más importante seguía aun conectado a su cuerpo. Un individuo podía vivir aun si perdiese cuatro de sus animas, más seria imposible que lo hiciera sin el ajayu, este era la esencia de la vida, la fuerza primigenia, el soplo de dios. Sobrevivir tan solo con el ajayu, significaba estar inconsciente o perdido en un limbo. Por ello debía encontrar las cuatro animas de nuevo; y para poder hacerlo Jacob las guiaría hacia su propio reflejo usando el cristal de sal el llamado espejo de dios.

Mallku estaba meditando, la habitación se volvió misteriosamente oscura; Jacob se había colocado de pie al lado de los sacerdotes quienes le había dado una bebida; Ndaivi tocaba un pequeño tambor de manera lenta y rítmica, mientras sus otros dos compañeros murmuraban cantos o icaros imperceptibles para los presentes. El líquido hizo efecto muy rápidamente, Jacob recibió y aplicó todo el poder del cosmos para abrir sobre su conciencia. Y como si practicase un increíble ejercicio de una metafísica ancestral pudo ver y percibir hasta lo más minúsculo e ínfimo a su alrededor; desde las hormigas que iban en fila en una diminuta rendija del piso empedrado, hasta los murmullos de los sacerdotes que estaban en los templos a kilómetros de allí. Gravitó en un universo en el que iban y venían recuerdos, y en el que el tiempo ya no tenía sentido. Tanto el tiempo como el espacio se permeaban uno en el otro y a su vez se volvían elásticos. Un torbellino le elevó y pudo viajar de manera vertiginosa apareciendo en un misterioso lugar, una suerte de nicho, el cual estaba inundado de un líquido denso y amarillento, nunca estuvo más cómodo en su vida, ningún lugar podía ser más confortable que este, sentía un extraño placer, pues el viscoso liquido era suave y cálido. Súbitamente, la presencia de alguien a su lado le intranquilizó, pero era imposible ver quien estaba allí, no podía abrir sus ojos, estaban sellados por algo pegajoso, intentó abrirlos con fuerza. Luego de varios intentos alcanzó a abrir solo un ojo. Había un feto frente a él, el feto nadaba en el líquido viscoso y también tenía los ojos cerrados. Nuevamente se vio inmerso en el torbellino y retornó al recinto donde estaban Mallku, los sacerdotes y su gemelo.

El dormitorio estaba envuelto por el denso humo que desprendía un grato olor que los había relajado a todos, las mujeres estaban sentadas en posición de flor de loto en completo silencio al lado de Kori, mientras que los sacerdotes continuaban recitando sus plegarias sin parar. Mallku tomó el cristal y explicó a Jacob lo que haría:

—*Ha llegado el momento en el que las cuatro almas de Chuqi-Chinchay regresen a su cuerpo. Ha logrado sobrevivir, por ser un elegido, pero no ha sido fácil. Las cuatro almas perdidas, no querrán entrar nuevamente a ese cuerpo que ellas consideran impuro. Por ser un Chuqi-Chinchay tiene dos ajayus, estos siguen allí dentro, esperando. De este modo engañaras a las cuatro animas, invocaremos a las cuatro y al llegar le colocaras el espejo de dios a tu hermano para reflejar tu rostro en él, y de este modo las almas entren de nuevo a su cuerpo. ¿Has entendido cual será tu misión en este ritual?*

—*Si* —respondió Jacob.

—*Harás lo que te indique.*

Los sacerdotes no paraban los cantos rituales, simultáneamente Mallku agarró un kero de oro y bebió, escupió a un lado, y luego le alargó a Jacob el kero y le hizo señas que escupiera en la lumbre con fuerza. Jacob expulsó el líquido con potencia atizando el fuego. Bruscamente, la llamarada tomó vida, sus fulgores parecían cabriolear al compás del tambor, miles de chispas volaron formando un espiral con dos hélices. En ese momento, Mallku pronunció una invocación y de inmediato le dio el fragmento de cristal de sal de Uyuni; Jacob lo tomó con delicadeza y caminó hacia el cuerpo que yacía en el piso con los largos cabellos esparcidos alrededor de su cabeza. Los sacerdotes seguían con los cantos y el sonido del tambor retumbaba sincronizadamente con cada paso de Jacob, como una especie de primitiva coreografía. Al llegar frente a su hermano las llamaradas tomaron vida y se transmutaron en entidades que se acercaron a él. Mallku le hizo señas de que era el momento de colocar el cristal en su rostro, y así lo hizo. Jacob se arrodilló lentamente y contempló su propia imagen en el rostro de ese ser que yacía ante él, no había detallado su fisonomía, pero eran idénticos. Con sumo cuidado se enlazó sobre su cuerpo, recordó la visión en la que estaba en el líquido con el feto, percibió la misma sensación de seguridad y agrado; le colocó el espejo como una máscara, de esta manera Jacob podía ver su propio reflejo en la cara de su hermano; intempestivamente una tiniebla cubrió el recinto, pero el espejo resplandeció con una potente luz blanca. La hélice que formaba la llama se filtró entre el rostro de Jacob y el de su hermano mientras las animas merodeaban como llamarada alrededor de ambos, buscaban desesperadamente entrar al cristal, cada una fue entrando al espejo hasta que la última se escabulló perdiéndose en el infinito. En ese momento la sala se iluminó de nuevo y Mallku se plantó frente a ellos, le dio la mano a Jacob y le ayudó a incorporarse. El Chuqi-Chinchay seguía lánguido en el suelo. Jacob pensó que el ritual no había tenido éxito. La música cesó y los sacerdotes, así como las mujeres se pusieron de pie; Mallku aún seguía allí contemplando al gemelo que continuaba inerte y sin ninguna señal de vida. Jacob consideró preguntar que sucedía, pero se debatía en que era lo políticamente correcto en casos de rituales fallidos, cuando ya casi se había propuesto a romper el embarazoso silencio, sucedió algo portentoso, Una niebla ingresó por la puerta de la recamara, una niebla que parecía tener movimiento propio y que se desplazó hasta frente de Jacob, envolviéndolo por completo, entonces Jacob con el corazón a punto de explotar retrocedió y desenfundó el báculo. De en medio de la bruma, apareció Bochica, el viejo sabio de noble mirada.

Los presentes no podían creer lo que sus ojos veían, el mismísimo maestro el benefactor quien instruyó al hombre para vivir en armonía con la naturaleza con valores y principios estaba allí frente a ellos. Para los sacerdotes este era un momento sublime, pues muy pocos tenían el privilegio de ser escogidos por las entidades mayores. Jacob enfundó el báculo de nuevo y observó que Bochica portaba otro báculo. Mallku se dirigió a Bochica:

—*¡Bienvenido Viracocha! ¡maestro de maestros!*

Bochica inclinó la cabeza en señal de saludo, dio unos pasos y se acercó al gemelo que yacía tendido y poniendo su boca frente a la suya, sopló con fuerza, increíblemente el cuerpo empezó a tambalearse con movimientos convulsivos. Jacob retrocedió unos pasos.

—*¡Mallku! ¡Cuánto tiempo!* —dijo Bochica

—*Si, Viracocha; ¡así es!* — replicó

—*Has hecho un buen trabajo Maichak*

Jacob asintió con gratitud. Las convulsiones habían parado, ahora sus movimientos eran menos agresivos. Bochica se dirigió a Jacob con una sonrisa de satisfacción

—*Veo que has utilizado el báculo sabiamente y que lo has defendido férreamente. Es imperioso que sepas que los hermanos de orión son aliados, no así los Draconianos, quienes son nuestros enemigos, solo quieren dominar y esclavizar. Se alimentan del sufrimiento y de las emociones de los humanos. Ellos solo han venido por un corto tiempo, pero el tiempo de las estrellas no es el mismo tiempo de los metaversos, ese tiempo corto para los viajeros de las estrellas significa miles de años correspondientes a la medida creada por el hombre de la tercera dimensión.*

—*Los de Orión querían el báculo y yo …*— Bochica interrumpió a Jacob

—*¡Hiciste lo correcto!*

El gemelo abrió sus ojos y se sentó, con cierta dificultad colocó sus brazos detrás para sostenerse, miró a todos los que estaban alrededor con unos impresionantes ojos azules, era una réplica exacta del rostro de Jacob, a excepción de los ojos todo lo demás en ambos era igual. Se levantó de inmediato como si jamás hubiese estado inconsciente.

—*!Oh tú debes ser Maichak! mi hermano* —musitó con una fingida vocecita femenina, que en el fondo dejaba filtrar un tono áspero y masculino— *¡gracias por rescatarme! ¡Gracias Mallku por traer el cristal hasta mi… estoy emocionado! ¡No tengo palabras! ¡Maestro Bochica!*

Jacob estaba impresionado de ver a un clon suyo deambulando y parloteado, no obstante, su aspecto era totalmente femenino. Las emociones se encontraban perdidas en una encrucijada, pues no había tenido un hermano jamás, el único recuerdo anterior de un hermano consistía en ese revelador viaje al útero de su madre donde sintió la redención de no tener nada en su mente, ni en su corazón.

—*Son el mitema de generaciones enteras que esperaron este momento* —dijo Bochica entregándole el Báculo al gemelo —*Juntos deberán enfrentar la batalla final, pero esta no se librará en Puma Punku. Aquí tienen el segundo Báculo. Nadie más puede tocarle sin ser destruido solo ustedes por ser avatares de aquellas entidades que señorearon los multiversos.*

—*Las dos varas tienen el poder de abrir portales dimensionales*— sentenció Mallku — *solo ustedes pueden tocar los báculos.*

—*Se que debes estar pensando ¿por qué?* —dijo Bochica— *La respuesta la tendrás pronto, por ahora solo puedo decir que los báculos juntos son mucho más poderosos. —Esperen la luna de sangre, y entonces llegará el momento. Los hermanos mayores te contactaran.*

—*¿Hermanos mayores?* —inquirió Jacob— *¿cómo los reconoceré?*

—*Deberás seguir tus sentidos* — respondió Bochica,

Bochica repetía el mismo aforismo de Iwarka, pero con distintas palabras. Jacob tragó saliva quiso cambiar el tema por eso dijo:

—*He enviado tropas a Puma Punku…*

—*Sigue con tus planes* —Dijo cortante Bochica

Luego se dirigió a Kori:

—*¡Oh amadísima! Kori tu tiempo está por llegar prepárate.*

Bochica se esfumó envuelto en la misma neblina en la cual había llegado y tras el Mallku se marchó sin mediar palabra. Todos estaban extenuados el ritual había sido intenso Kori se acercó al gemelo y le preguntó:

—*¿Cuál es tu nombre?*

—*Jilani, llámame Jilani.*

Los sacerdotes dieron por concluido el ritual, permanecerían en el templo, mientras que Jacob y su andrógino gemelo debían unirse a las tropas y con ellos Kori y Anacaona. Todos salieron del imponente templo y se dirigieron a las afueras de Tiahuanaco. Kori siguió a Jacob a su campamento, ubicándose entre los demás guerreros, mientras que Anacaona se unió a las tropas de su marido Caonabó, muy cerca se encontraba Bartolina quien era la comandante. secundada por Chacao y Huatey quienes le apoyaban con la tropa de Pacajes, Por otro lado, Yara ya se había unido a Guamá y Sorocaima quienes junto a ella dirigían a los **Ayahuiris** de la tribu **Collas.** Tupac Katari logró reunificar sus tropas de nuevo las cuales estuvieron a cargo de Jumaca y Cunhambebe. Coñori y Billy estarían a cargo de los nuevos guerreros enlistados, se había regado la voz de que habían perdido guerreros en el enfrentamiento con los reptiles.

Jacob notificó a los lideres que el mismo Bochica-Viracocha le reveló que deberían estar en guardia durante la primera noche de luna roja. Durante los días sucesivos a la resurrección de Jilani, Jacob no sostuvo una conversación consistente con su hermano; se dirigía a él solo para temas relacionados con acciones cotidianas, era como si Jacob evadiese estar a solas y aceptarle como su verdadero hermano, la situación del gemelo resucitado había sido insufrible y él quería evitar enfrentarse a ese intruso que entraba en su vida sin permiso.

Por su parte Jilani, parecía ser divertido y alegre; logró integrarse a las tropas siendo su trato jovial y esgrimiendo un temperamento dulce y un gran sentido del humor, también había desarrollado una gran amistad con Kori y los compinches: Iwarka, Kuwi, Macao y el pequeño Stranger. Jacob se sentía frustrado y desplazado, esto a acrecentaba su disconformidad con la presencia del recién llegado.

Stranger progresó a pasos agigantados, el esfuerzo de Jacob había dado sus frutos, ya casi no se recordaba que era un niño reptil, mantenía su apariencia corpórea humana, todos le tomaron cariño por ser un infante gentil y ocurrente; ya ninguno temía que podía alimentarse de su sangre. Todas las noches se sentaban alrededor de las hogueras y relataban historias de los lugares de donde provenían, así mismo miraban a las estrellas intentando encontrar rastros de esos antepasados que deberían regresar para ayudarles a mantener el balance.

Esa noche en particular tenía un toque diferente, el cielo estaba plagado de estrellas se podía distinguir la imponente cruz del sur y las demás constelaciones. Jacob yacía acostado sobre una suerte de tapete de piel de alpaca, contemplaba el firmamento con especial interés; Bochica le advirtió sobre los visitantes de las estrellas los célebres hermanos mayores, no había duda de que los oriones eran parte de ese grupo de protectores, pero cuando llegarían de nuevo; eso era lo más importante.

Estaba ensimismado con las hermosas estrellas cuando escuchó una voz familiar:

—*¿Hasta cuándo me vas a ignorar?* — preguntó con el rostro compungido.

—*¿Ignorar? Es imposible ignorarte con las risas y cháchara que tú y tu amigo Jilani hacen cada noche.*

—*¿Estas celoso?*

—*No, no hay razón para estarlo.*

—*¡Quiero decirte porque huyo de ti!*

—*Ya no me interesa saberlo* —dijo Jacob levantándose bruscamente— *debo irme ya. Feliz noche Kori Oclo.*

—*¡Adiós Maichak!* —Kori se despidió con la voz quebrada.

Sintió un gran vacío, se había enamorado de Jacob, pero él era tan egoísta y presumido que no lograba ver más allá de su prepotencia. Se largo impotente y desolada.

—*Kori eres una semi divinidad ¿por qué sufres por un mortal como Jacob? Era Jilani quien se sentó a su lado en suelo.*

—*Porque estoy enamorada de él.*

—*¡Ay! querida, los hombres son unos egoístas. Ignóralo y veras como regresa a ti*

—No funcionará.

—¿Cómo lo sabes?

—Intente alejarme de él porque su amor me destruirá. Quise explicarle y él no … —Kori rompió en llanto.

—No entiendo, ¿por qué su amor te destruirá?

—Es una larga historia.

—¡Ah querida! tenemos toda la eternidad —dijo Jilani apretándole la punta de la nariz con gentileza.

Se sentó al lado de Jilani y empezó su historia:

—Yo y mi hermano **Manco Capac** [168] *llegamos por el portal dimensional al lago Titicaca; allí tuvimos la misión de levantar la civilización primigenia. Los primeros pobladores vivían una vida primitiva y no conocían el valor de la agricultura; por ello les enseñamos al pueblo tiahuanacota a desarrollar una vida prospera, Manco les enseñó las leyes y preceptos de nuestro padre Inti, conocieron sobre astrología, geometría, arquitectura y yo, por mi parte instruí a las mujeres en el arte del tejido e hilado. De esta manera alcanzaron un elevado nivel, logrando desarrollar una civilización conocedora de las estrellas, los astros, así como expertos en el cultivo de la tierra. Pero un día se abrió el portal y fuimos transportados al futuro, a un tiempo diferente donde ya los hombres habían adquirido conciencia del sí mismo y de su potencial, entonces Manco tomó el mando y organizó todas las regiones del altiplano. Bajo el reinado del Inca las regiones se unieron y conformaron un poderoso imperio, el cual emergería como el imperio Inca. Así fue como Manco fundó una basta civilización avanzada, con una estructura político social sin parangón en todo el reino verde. Se nos encomendó preservar el linaje de nuestros ancestros, de donde venimos los hermanos pueden desposarse entre sí; de este modo Manco y yo nos desposamos para acrecentar la estirpe de Inti nuestro padre en este*

[168] - Manco Cápac (quechua: Manqu Qhapaq, "el real fundador") conocido como Manco Inca y Ayar Manco. Fundador de la civilización inca en el Cusco. También es una figura principal de la mitología Inca, siendo el protagonista de las dos leyendas más conocidas sobre el origen del Inca, ambas relacionándolo con la fundación del Cusco. Su principal esposa fue su hermana mayor, Mama Uqllu, también madre de su hijo y sucesor Sinchi Ruq'a. Aunque su figura se menciona en varias crónicas, su existencia real sigue siendo incierta.

plano. Pronto llegaron los hombres blancos y sometieron a nuestro pueblo a la ignominia, abominaciones y abusos. Estos hombres a quienes primero consideramos nuestros hermanos mayores resultaron ser en muy poco tiempo nuestros enemigos y cometieron grandes aberraciones. Su siniestro líder Francisco Pizarro, junto con su hermano del más férreo enemigo del imperio Gonzalo Pizarro, saquearon nuestras arcas, robaron nuestros templos, nos despojaron de nuestro oro, fundiendo nuestros ídolos, iconografías y relieves, desapareciendo todo vestigio de nuestras obras religiosas y artísticas. Abusaron de nuestras mujeres, ancianos y niños, nos esclavizaron y todo por su maldita ambición y desenfreno. Nos trataban como animales, nos decían los salvajes; cuando en realidad los salvajes eran ellos. No nos superaban en número, pero si eran más fuertes porque contaban con unos mágicos artilugios, largas varas que expulsaban fuego y humo que podían matar a varios de nuestros hombres en solo instantes.

En este momento el bravío pueblo inca se levantó en contra de los invasores quienes al verse acorralados decidieron pactar con mi hermano. Fue entonces cuando el Inca cayó en la trampa de Gonzalo Pizarro quien fingió ser su aliado y lo coronó Inca dándole un falso poder. En ese momento conocí a este engendro del mal, quien se enamoró de mí y me quería como su mujer. Manco le dijo que le entregaría otras mujeres, pero el maligno hombre estaba tentado de mí, viendo que nada haría cambiar de parecer a este detestable hombre, Manco decidido vestir a una doncella con mis ropajes y joyas, sin embargo, todo fue en vano, era tanta la fijación y apego que este hombre tenía conmigo que alcanzó a identificar que la doncella, aunque muy parecida a mí, no era en realidad yo. Así que la devolvió diciendo que iban a pagar muy caro la burla, que esa mujer no era Cura Ocllo así me llaman en el otro plano. Yo intenté escapar con la ayuda de unas doncellas hacia la ***montaña del Viejo Sabio****, el territorio sagrado donde se encuentran los sacerdotes, pero fui interceptada por los hombres de Pizarro. El intentó seducirme, pero me resistí, por eso me encerró en una celda. Estando en esa celda apareció un mensajero el cual me dijo que tenía que cumplir una misión proteger el portal que comunica todos los multiversos cuando accedí me advirtió que no podía tener contacto carnal con varón, pues si esto ocurriese yo desaparecería de los multiversos para siempre, yo acepté y se abrió un pórtico multidimensional el cual me permitió regresar* *a este plano retomando mi identidad y mis poderes ancestrales. Al llegar a este multiverso conocí a Maichak, llamado Jacob Miranda en el otro plano, y desde el mismo momento que lo vi mi corazón* quedó *prendado de él.*

—*Increíble historia* — dijo Jilani —*¡qué contradicción! sin su amor te mueres y con su amor ¡también!*

—*Si, así es.*

—*¿Amaste a tu hermano Manco?*

—*Lo amé, siempre estuvimos juntos y juntos cumplimos una misión. Él tiene más esposas y yo era una más de ellas.*

—*Déjate guiar por el destino, si Maichak se aleja, déjalo no insistas más. Será una señal, un designio y es mejor separarte de él, acepta ese destino. Pero si el regresa, y decides vivir ese amor entonces desaparecerás de todos los planos como se ha profetizado.*

—*No tengo otra solución. ¿Cierto?*

—*Creo que no querida, ¡creo que no!*

En los días sucesivos todos estuvieron aprendiendo más sobre las costumbres del pueblo Tiwanaku, así como de su hermosa ciudad. En el templo de Kalasasaya se celebraban grandes rituales y ofrendas. Mientras tanto la vida transcurría tan apacible, que todos habían casi olvidado que Puma Punku corría gran peligro. Los guerreros ya habían fabricado los cuchillos del mágico azabache y se habían preparado para un eventual ataque, por su parte las mujeres guerreras habían aprendido de Coñori y las gemelas mucho más de las artes bélicas, Las hábiles amazonas les habían instruido en el arte del combate cuerpo a cuerpo.

Por su parte Zion se había encontrado con Paki un par de veces y también con su hermana Sachi. Un día Sachi interceptó a su hermana cuando iba rumbo al encuentro con Zion y luego de discutir acaloradamente decidieron que ambas continuarían encontrándose con el incauto muchacho, hasta que él se percatara de lo que sucedía. De esta manera se probarían a sí mismas que tan diferentes eran y si un hombre era capaz de descubrir cuan disímiles en el fondo podrían llegar a ser las dos. Estaba claro que Zion se sentía atraído por Paki, pues fue a ella a quien invitó a caminar la noche de la boda de Tamanaco y Amaya, además el la nombró "Paki" el primer día. Luego de una ardua deliberación ambas concluyeron que Zion estaba enamorado de

Paki el experimento consistiría en que Sachi se haría pasar por Paki. El maniqueo plan de las gemelas se había diseñado para que ambas contaran cada detalle de la cita, así podrían dilucidar si el muchacho realmente lograba intuir que estaba con dos personas distintas.

Esa tarde se había acordado encontrarse en el rio y seria Paki quien iría al encuentro; se trenzó el cabello y se colocó una flor amarilla en la oreja. Salió de su regimiento feliz, porque sería ella misma. El agua del arroyo sonaba intensamente, parecía que el sonido se proyectaba en las montañas y retumbaba por el inmenso valle. Maravilloso espectáculo de verde humedad que tapizaba las lajas y piedras, en el centro se desprendía una cascada que decoraba cual cortina de cristal las musgosas paredes del risco dándole un toque místico al paisaje. La naturaleza nunca había sido tan perfectamente simple, este era el mejor lugar para el encuentro entre Zion y la verdadera Paki.

Paki llegó al lugar, pero no había rastro de él, se sentó en una piedra, solo esperaría un rato más y luego se marcharía. Desde una pequeña loma salto el muchacho juguetón tratando de asustar a la gemela quien casi lo impala antes de que aterrizase:

—¿Qué haces? no deberías hacer esto conmigo, pude aniquilarte en un abrir y cerrar de ojos.

—Ya veo, eres muy intrépida a ver... a ver ¿Paki?

—¿Lo dudas? si soy Paki

—Un momento siento una gran diferencia, creo que tú eres Sachi. ¿Me estas mintiendo? — Zion era más astuto de lo que ellas pensaban y sabía que esta era Paki; no obstante, tejía un ardid.

—No te miento ¡soy Paki! Lo prometo —dijo la chica con un tono de decepción al saber que para Zion ella no era tan única y especial como ella pensaba.

— Dudó que seas Paki, notó algo diferente; hoy te siento como Sachi...

—Pues bien, si soy Sachi. ¿Como va tu misión con los chasquis? —Paki intentó cambiar el tema, le molestó que la percibiera como Sachi.

—Toda marcha muy bien, ya hemos enviado mensajes importantes — Zion retomó el tema *—¿Sabes? En realidad, tú eres con quien siempre quise estar.*

—¡No entiendo! — Esta vez su voz se quebró — *¡de veras soy Paki!*

—*Pues, me gusta más Sachi*— repitió con malicia el muchacho queriendo molestar a Paki.

—*¡Basta! Soy Paki ¿no lo notas?*

—*Hoy no siento lo mismo Sachi*—Zion la besó, con un beso travieso de esos delicados y veloces.

—*¡No! estas confundido, yo soy Paki* —la muchacha confundida le apartó con violencia— *Ahora me marcho, te dejo en paz para que te encuentres con tu Sachi.*

—*Lo sé, jamás estuve más seguro. Tu eres Paki*—el muchacho la volvió a besar, pero esta vez el beso fue intenso.

Paki le dio la vuelta y él se rindió dejándose tumbar al suelo y ella se encaramó sobre su abdomen haciendo una tenaza con sus piernas.

—*¿Estás seguro de que soy Paki?*

—*¡Mas que nada en este mundo!*

Se entregaron en un beso insondable; sus pensamientos se diluyeron en el ímpetu de sus novicios cuerpos; al fondo la cascada murmuradora esparcía agua bendita para aplacar el fuego de juventud que les incendiaba, miles de chispas peregrinas desaparecían al contacto con la volcánica atmosfera. Gemidos reprimidos de mujer debutante que se desvanecían con el canto de un pajarillo que curioso presenciaba. Luego; un silencio perfecto gobernó el escenario, la cascada pareció detenerse y ambos amantes apoyaron sus rostros uno sobre el otro. Ella fue quien se atrevió a romper con el nirvana y dijo:

—*¿Y cómo van tus lecciones de combate?* — preguntó Zion acariciándole el cabello

—*Muy bien; todas las guerreras han aprendido como usar la lanza, la daga, incluso los machetes.*

—*¡Uff! eres una chica de armas tomar.*

—*Te regalo este caracol, es mi caracol de la buena suerte, quiero que lo cuelgues en tu pecho. Dicen las sabias de mi tribu Mundurucu que ese caracol es la perfección.*

—*¿Perfección?* —Respondió henchido de amor por la chica — *Si la perfección existe eso eres tú.* — De nuevo el muchacho la besó con intensa ternura

En lo alto de la colina Coñori recién había llegado vigilaba a Paki, pues se había percatado del floreciente romance y solo quería cerciorarse que todo saliera bien. Detrás de ella se encontraba Billy y ella lo sabía, ya estaba acostumbrada al sonido que hacía cuando se desplazaba a gran velocidad.

—*Billy sé que estas detrás de mi*

—*¿Sentiste mi respiración?*

—*¡Bromeas tu no respiras eres un vampiro!*

—*Si, es cierto no respiro, pero si suspiro. Y suspiró por ti*

—*¡No empieces Billy Shears!*

—*¡Si!*

—*¿A que temes? ¿A ser vampira?*

—*No creo en enamoramientos, una vez creí en un hombre y ese hombre me engaño.*

—*¿Maichak o hubo otro?* —Sentía curiosidad por saber quién había sido el afortunado

—*Maichak, ya te lo había dicho*

—*¿Maichak? En realidad, tienes mal gusto.*

—*Que bien se ven esos dos mocosos* — cambio el tema Coñori.

—*No quiso hacerme daño, pero destruyó mi Mundurukania. Todo lo hizo por el balance del Reino Verde.*

—*Bueno, para mí no hay reino más importante que tú.*

Coñori se marchó sin decir una palabra

—*Adiós Coñori, reina amazona* — Dijo el vampiro mientras la veía bajar de la colina.

Paki escuchó las voces entre los matorrales, se levantó de inmediato y advirtió a Zion, le hizo señas con las manos y ambos se pusieron en guardia.

—*¡Alguien nos ha seguido!* —dijo ella.

—*No hacemos nada malo, somos libres de encontrarnos* —respondió el hablando en voz alta con la finalidad de que lo escuchasen.

—*Es mejor que nos marchemos* —sentenció Paki

—*¿Cuánto nos veremos?*

— *Mañana acá igual que hoy, cuando el sol haga sombra a las tres.*

Zion la besó de nuevo y ella correspondió, se abrazaron y antes de marcharse él le dijo:

—Eres Paki… ¡puedo sentirlo!

La muchacha guardó silencio, se había avergonzado del plan. Era evidente que Zion sabía quién era ella, y que él podía percibir la diferencia entre las dos hermanas. Por primera vez en su vida había sido ella misma.

Al regresar se percató que su hermana estaba aislada. La contempló a lo lejos y no pudo evitar sentir una extraña sensación de desolación era como si le hubiesen quitado la mitad de sí misma. Jamás habían estado tan distanciadas, cada una sabia lo que la otra pensaba e incluso hablaban alternando el discurso de manera simultánea. Nunca se consideraron dos eran una sola; pero ahora sentía todo el dolor de su hermana como una carga sobre su pecho. Decidió abordarla; entonces caminó hasta donde se encontraba arrinconada y meditabunda.

—Estuve con Zion.

—¿Te reconoció?

—Si

—No quiero ser parte del juego — gritó—*Quiero que vayas mañana, y que tanto tu como el definan esta situación.*

— él sabe quién soy yo; se acabó la mentira.

—Ahora tú y yo somos enemigas —Retumbó Sachi— *¡me utilizaste!*

La muchacha salió corriendo, mientras Paki entendía que ya no serían las dos hermanas unidas, que todo había cambiado y que quizás ella yo no estaría más al lado de su hermana. Algo le decía que la separación seria larga y dolorosa.

Esa noche estaban todos particularmente entusiastas quizás era el agradable clima o tal vez el olvido del motivo que realmente los había llevado hasta el altiplano andino; pero algo si era verdaderamente cierto; todos habían logrado integrarse como si fuesen una gran familia. Cada noche se sentaban a la luz de las fogatas y contaban historias disimiles de los recónditos lugares de donde venían. Jacob no extrañaba el mal llamado tercer milenio, ni a sus niños "índigos" "Milenios" o la llamada "generación de cristal", tampoco echaba de menos a sus virus y mucho menos a la vida convulsionada de la ciudad, podía vivir perfectamente sin los políticos indolentes y las redes sociales, sin los retos virales, los suicidios por un "no me gusta" y sin los "haters". Consciente estaba de que él había sido uno más de aquellos que tuvo fama y reconocimiento, alguien que pudo marcar la diferencia, pero sencillamente nunca hizo nada por el bien de la humanidad; Todo en su mundo había sido un desastre, se repetía el acertado aforismo, el hombre había construido para destruir y cada día una tendencia opacaba a la normalidad. Entre más estrafalario y destructivo fueses más recocido serias; es más, podrías ser considerado un "influenciador" [169] y la gente te seguiría solo por vender una falsa imagen.

Alrededor de la refulgente fogata y muy protegidos del frio se encontraban Tamanaco, Amaya, Bartolina, Tupac Katari, Yara, Huatey, Kuwi, Macao, Jacob e Iwarka quien, como todas las noches estaba contado leyendas del Reino Verde, historias de como los viajeros de las estrellas vagan por los diferentes multiversos.

—*Estos viajeros o Dioses son nuestros enemigos* —preguntó Tamanaco

—*Algunos de ellos sí, pueden llegar a ser totalmente malignos; pero algunos vienen a extraer minerales, como el oro. Ese mineral es importante para sus naves y otros recursos que ellos no tienen en su plano. Otros solo quieren alimentarse de nosotros, o se nutren del dolor, por eso los sacrificios, pero la mayoría ven a los humanos como seres inferiores, inocentes y autodestructivos, solo quieren vigilar y proteger.*

— *¿Quieres decir, maestro Iwarka, que los dioses que piden sacrificio de sangre son enemigos?* — inquirió Huatey.

—*No, a veces los humanos que otorgan sacrificios como ofrendas creen que todos los maestros o seres superiores necesitan sangre y dolor para nutrirse, pero no es así.*

—*¿Quiénes son ellos y por qué quieren controlarnos?* —preguntó Jacob

Ellos son piratas astrales, espíritus malignos, son una suerte de parias que viajan entre los diferentes universos para nutrirse, Los reptiles están entre nosotros desde siempre, ellos tienen mucho poder ellos pertenecen a ***Dracon****, el enemigo. En una de las simulaciones de los multiversos los*

---

[169] - del término en inglés: influencer quiere decir influenciador, y se refiere a todo aquel que tiene la capacidad de influir en decisiones o en comportamientos de personas.

reptiles por error crearon con cadena genética reptiles gigantes, pero fueron aniquilados por un cataclismo.

—Yo he visto huesos de caimanes, tortugas y reptiles gigantes —dijo Tamanaco

—Si, son vestigios de ese mundo que se destruyó.

—¿Por qué nosotros fuimos seleccionados para esta misión?

—Porque ustedes descienden de los maestros primigenios. El día de la contienda está cerca, todos los guerreros deberán iniciarse, por este motivo antes de la luna de sangre deberán recibir el poder para enfrentar lo que se avecina.

—Iwarka, ¿Dios existe? … quiero decir Yahvé, Jehová, Jesús … ¿dónde queda Dios en todo esto? he creído toda mi vida en él, Mi madre me inculcó temor de Dios. No he sido el más ferviente siervo lo reconozco, pero creo en él.

—Ese dios del cual hablas existe y es una energía vital, el arquitecto de todo, creador del cielo, las estrellas y de todos los multiversos. El mundo de donde tu vienes pertenece al señor de la oscuridad, se expulsó de la luz y es el quien desea gobernar sobre el sistema de cosas de ese mundo tuyo hasta que llegue la batalla final y de esa manera adueñarse de los portales. Esos portales están situados en los diversos multiversos, y los maestros o hermanos mayores son mensajeros o enviados del ente, energía vital o dios supremo Yahvé - Jehová o como los humanos le quieran llamar. Los portales son conexiones entre diferentes universos.

—¿Y por qué los científicos de mi mundo no han descubierto estos portales? Jacob, ansioso sentía que este era el momento para esclarecerlo todo.

—¡Querido Maichak! Ellos saben de su existencia y los han usado. Los mensajeros de los que te he hablado se han encargado de compartir sabiduría con los seres especiales de tu mundo. Grandes científicos y hombre dedicados a la investigación se han contactado; algunos en sueños, otros durante la vigilia y muchos otros con premoniciones o directamente. Muchos se han infiltrado como científicos como los cinco sabios del proyecto Manhattan y el mismísimo genio incomprendido Nikola Tesla.

Los presentes estaban estupefactos con las revelaciones que el sabio Iwarka y seguían atentos a cada palabra de su discurso. Luego de observarlos a todos con detenimiento prosiguió:

—Los pueblos, civilizaciones y culturas les dan diferentes nombres a los maestros o enviados: ***ángeles*** [170]*,* ***genios*** [171]*, extraterrestres,* ***orishas*** [172]*,* ***Lammasu*** [173]*,* ***Nike*** [174]*,* ***Eros*** [175]*,* ***bodhisattvasm*** [176]*,* ***Garuda*** [177]*,* ***elohims*** [178]*, fantasmas, espectros,* ***anamchara*** [179]*. Ellos utilizan las figuras representativas de sus creencias y apegos para hacerse notar y conectarse con los humanos. Yo soy un dios mono en el reino verde, pero puedo transfigurarme en cualquier criatura, en realidad soy un ente espiritual solo energía. Todos somos avatares, y he aquí lo más complicado de todo, pues no solo son entes espirituales o energéticos los enviados del Dios verdadero puede que los espíritus malignos también lo sean y se transfiguren en figuras arquetípicas de la religión, creencia y devoción de los contactados.*

—¿Y los extraterrestres fueron creados por el Dios todopoderoso?

Bueno es que no hay extraterrestre a entidades de diferentes planos de existencia o universos, matrices que están en mundo paralelos. Pero ese arquitecto o Dios como lo prefieres llamar si creo el cielo y la tierra, las estrellas y el cosmos y todo, incluso vida animal, inteligente o vegetal, y por ende todo lo que por su acción creadora se desarrolle será por consecuencia de su obra.

—¿Es como un gran video juego? —Preguntó Jacob

—Mucho más complejo que eso, pero ese es concepto básico.

---

[170] -En las religiones abrahámicas son mensajeros celestiales benévolos entre Dios y la humanidad protectores y guías,

[171] Ser fabuloso con figura humana, que interviene en cuentos y leyendas orientales. El genio de la lámpara de Aladino.

[172] Espíritus que juegan un rol esencial en la religión yoruba de África Occidental y varias religiones de la diáspora africana

[173] Deidad protectora asiria. Inicialmente representado como una diosa. Lama presenta forma de ángel.

[174] Diosa que personificaba la victoria en cualquier campo. Entidad alada.

[175] Dios alado del amor en la mitología griega.

[176] Entidad espiritual que está en camino hacia el 'Buda', o sea, hacia la total iluminación.

[177] Deidad alada hinduista, protector y mensajero.

[178] Religion Henbrea Entidades aladas, en singular se refiere a Dios.

[179] Entidad de la mitología Celta (Irlanda) Anam Cara; amigo del alma, guardián.

—*Es terrible que toda esta maravilla sea destruida* — declaró con tristeza Yara.

—*Para eso estamos acá, para proteger este espacio y los demás* — argumentó Huatey.

—*¡Es Tarde ya!* — sentenció Iwarka —*deben descansar.*

Todos se retiraron y Jacob echó de menos a Kori; transitó por la ladera que daba a su campamento y divisó a unos metros a Jilani emocionado conversando amenamente con Macao, Stranger y ella estaba allí, mientras Kuwi yacía en su hombro izquierdo. Las efervescentes risas se podían escuchar a la distancia y agitaban los celos de Jacob quien no podía soportar que los suyos estuviesen tan felices con ese recién llegado.

Jacob se acercó en silencio.

—*¡Oh acá esta Maichak!* —dijo Jilani metiendo sus dedos a manera de peine dentro de su larga melena —*¡Te extrañábamos Machi!*

—*No me llamo Machi.*

—*Pero suena bien* —declaró mirando a sus ahora compinches— *¿No lo creen chicos?*

Kuwi brincaba apoyando el mote, Macao revoloteaba alrededor de Jacob y Kori cambió de ánimo, ahora estaba seria y algo incomoda. Jacob siguió caminando y se extrañó que Kuwi no brincará a saludarle. Los miró a todos con ojos de reproche y se internó en la tienda, sorprendentemente Stranger sintió que Jacob no estaba bien y entró buscándole:

—*Maichak ¿estas triste?*

—*No* — respondió tajante.

—*¿Enojado? ¿Qué te pasa? Jilani no es amigo ¿Cierto?*

—*No, por supuesto que no Stranger. Él es nuestro amigo.*

—*No parece, él te hace enojar.*

—*A veces los amigos nos hacen enojar y está bien. Luego se contentan y todo sigue igual ¿entiendes?*

Stranger no respondió, Jacob se acostó en su catre y junto a él se recostó Stranger. Kori se retiró a su tienda y Jilani se fue a la suya, Macao y Kiwi entraron a la tienda y Jacob vociferó:

—*¿Qué quieren?* — les arrojó una vasija la cual esquivaron.

—*Venimos a dormir.*

—Acá no, vayan donde su amigo o amiga Jilani.

—¡Maichak estas celoso!

—¡No!

—¡Qué si! —dijo Macao— *¡estas celoso!* —Kuwi brincó hacia Jacob, pero este le ignoró.

En medio de la serena noche los guardias que vigilaban los distintos campamentos tocaron sus pututus, esa caracola de los chasquis la cual también se ejecutaba solo si algo grave sucediese. En efecto, esa noche algo excepcional estaba sucediendo en la altiplanicie, todos se pusieron en guardia; el campamento explotó en un intenso barullo. Jacob se enfundó en su traje de orión, en un instante estaba listo con el Báculo en la mano, dio orden a Macao que protegiera a Kuwi y Stranger, indicándole que tomara al alicanto y se refugiara en el templo Kalasasaya. Al poner pie fuera de la tienda, tanto Kori como Jilani estaba preparados. Jacob cruzó miradas con Jilani y distinguió que su gemelo tenía el otro báculo en su poder, esto significaba solo una cosa: ambos eran igual de poderosos.

Iwarka se apareció y se ofreció para transportar a Jilani, Jacob tenia los zapatos propulsores, los cuales se habían transformado en parte esencial de su equipo. Emprendieron vuelo, no así Kori que tenía el poder de teletransportarse y aparecer en diversos escenarios de manera instantánea. Odo Sha y sus Suamos sobrevolaron la zona, y verificó lo que sucedía, no había la menor duda de que eran visitantes de las estrellas. El dios pájaro pudo interceptar a dos chasquis que llevaban el mensaje de lo que ocurría, de este modo podría acelerar la difusión de la información.

Mientras esto sucedía; los anillos de fuego seguían suspendidos en el cielo, no hubo ninguna señal de hostilidad, las naves solo se encontraban suspendidas y aun ningún tripulante había contactado con los lideres Aymaras ni de las tropas los cuales se encontraban esperando en las adyacencias de Tiahuanaco, muy cerca del campamento de Lautaro y sus guerreros Mapuches. Después de que Odo verificó que en efecto eran naves, explicó a los chasquis lo que sucedía ordenó a los chasquis que continuaran propagando la noticia y retumbando sus pututus la noticia debía llegar hasta Puma Punku y de allí debería informarse a Bacatá y hasta el mismo Cuzco.

Jacob arribó al campamento de los Mapuches y pudo observar el impresionante espectáculo de luces que provenían de unos grandes círculos, una vez más; evocó las naves espaciales que había visto en la famosa película ***El Dia de la Independencia*** [180] en 1996.

Jilani, Kori e Iwarka llegaron al campamento de Lautaro quien, aunque estaba alerta no parecía afectado por el avistamiento, pues al sur del reino verde, en la hermosa comarca de Chiloé los avistamientos de entidades celestiales se dan con tanta frecuencia que los mapuches hacían vida en común con ellos. Jacob luego de volar muy cerca de la nave se reunió con sus compañeros, no podían hacer más que esperar.

—*Maichak, crees que debemos atacar primero.*

—*¿Atacar?* — preguntó, pero de inmediato Respondió — *No, no sabemos con qué tecnología nos enfrentamos, aunque tenemos los báculos, debemos esperar, Parecen amistosos, pero quien sabe...*

—*Son amigos* —dijo Iwarka

—*¿Y cómo lo sabe?* —dijo Lautaro—*algunos de ellos son hostiles.*

—*Por qué ellos están acá para apoyarnos* —respondió el sabio

—*Bueno, ¿por qué no lo dijiste antes?* —refutó Jacob.

—*Acabamos de llegar y nadie lo había preguntado* —respondió Jilani con voz enérgica.

—*Disculpa, creo que no te he preguntado a ti, hablo con Iwarka.*

—*¡Para!* —dijo supremamente enojado Iwarka— *no aceptaré más rencillas internas, estamos acá por un propósito común, no para lidiar contra nuestros egos.*

—*Maichak, esta guerra no es en tu contra* —dijo Kori

Jacob guardó silencio estaba profundamente avergonzado, Su mentor tenía toda la razón, estaba actuando como un niño de escuela, celoso y malcriado. Los demás guerreros podrían llegar a perderle el respeto y evidentemente esto podría afectar el éxito de la misión. Estratégicamente, las

---

[180] - Película de ciencia ficción dirigida por Roland Emmerich escrita por Dean Devlin, Roland Emmerich Y protagonizada por Will Smith, Bill Pullman, Jeff Goldblum.

demás tropas se habían quedado en sus posiciones, pues era imprescindible que todos los territorios estuviesen custodiados, era evidente que todos esperaban con preocupación que los inesperados visitantes contactaran a los lideres o que, en el peor de los escenarios se iniciase el ataque.

Amaneció y con el sol, las luces incandescentes de la nave se mitigaron, haciéndose más leves, todos seguían apostados en el campamento Mapuche esperando el contacto. Las tropas estaban algo más relajadas, sin embargo, aun seguían esperando el desenlace de la extraña visita intergaláctica. Dos Chasquis traían una importante noticia, llegaron hasta Jacob, traían importantes noticias.

—*Mi Señor Maichak* —dijo el chasqui lidiando con su agitada respiración— *Han llegado unos seres desde Puma Punku. Dicen ser amigos y...*

Jacob lo interrumpió —*¿Dónde están ahora?*

—*No sabemos, se fueron en unos carruajes que rugían como fieras.*

—*Entregaron esto para usted*— agregó el otro mensajero entregándole a Jacob un dispositivo.

El chasqui le entregó a Jacob un dispositivo que no correspondía con el plano dimensional donde se encontraba. Jacob sostuvo el artefacto con incredulidad, no podía entender cómo llegó esto a Tiahuanaco. Parecía un teléfono celular pero no podía serlo, puesto que no había señal satelital y mucho menos antenas en esa dimensión, este aparato no se parecía a los celulares del tiempo de Jacob; esto venia de otro espacio tiempo diferente.

—*¿Quién te dio esto?* —Preguntó Jacob

—*Uno de los visitantes, mi señor.*

—*¿Qué te dijo?*

—*Me dijo que ellos se contactarían con usted mi señor.*

—*Y así lo harán* —dijo Iwarka— *ahora debes esperar*

—*¿Qué sabes tú de esto?*

—*Ellos vienen unos años más delante de tu tiempo, y vienen a apoyarnos. Pertenecen al "NO"*

—*¡Pertenecen al NO! pues "No" me queda nada claro* —dijo Jacob marcando las comillas con sus dedos enfatizando la palabra no— *¡vaya explicación la tuya Iwarka!*

Tomó el aparato en sus manos y lo visualizó con incredulidad, luego lo introdujo en su zurrón; pudo sentir los Anchimallenes dentro, así como la misteriosa bolsa con los cristales; no obstante, en el mismo momento en el que iba a sacar su mano del bolso, el dispositivo produjo un sonido extraño. Jacob lo sacó de nuevo, mientras irradiaba una luz azul.

Jacob colocó el aparato frente a su rostro tratando de buscar la manera de silenciar el atormentante sonido; pues el extraño aparato no tenía botones ni un menú, no obstante, el dispositivo poseía el poder de leer el rostro de las personas, casi al igual que los teléfonos celulares de la dimensión de Jacob, de esta manera se respondió la llamada automáticamente.

—*"¿Jacob Miranda?"* —se escuchó en el auricular o parlante del dispositivo.

—*Si* —Respondió con cierta reserva

—*Somos enviados del NO.*

—*Eso NO me dice nada, ¿quién o que es NO?*

—*"Somos aliados, necesitamos preservar el balance de este plano para garantizar la existencia de los demás planos o espacios temporales. Debe esperar un nuevo contacto. No intente llamarnos."*

La llamada se interrumpió abruptamente; Jacob Guardó Silencio, mientras que todos los presentes le miraban esperando una explicación para lo que había sucedido, pero no había explicación alguna para ciertas situaciones anacrónicamente ambiguas, situaciones que solo podían suceder en el reino verde. Mientras tanto todos aguardaban a que los visitantes descendiesen de sus naves.

El día transcurrió lentamente, cada uno de los lideres guerreros permaneció con sus tropas, los Suamos sobrevolaban monitoreando el espacio aéreo, pero en lo que todos coincidían era en observar a las naves, esperando que algo sucediese allá arriba, una señal, o quizás que de una vez por todas aterrizasen. Llegó la noche, jamás una noche en el altiplano había sido tan tensa, oscura y helada. Las fogatas refulgían a lo largo del valle como luciérnagas gigantes mientras en el firmamento los aros luminiscentes de los vehículos suspendidos en el cielo seguían encendidos. Huatey se acercó a Yara quien estaba apartada detrás de unos arbustos sentada con su cabeza reclinada en una roca

—*Son los dioses ¿cierto?*

—*No, lo sé. ¡Quizás!*

—*Todas las estrellas se apagaron para dejar ver las luces de los dioses.*

—*Si esta terriblemente oscuro allá arriba*—dijo Yara incorporándose—*parece que los círculos de fuego les robaron la luz a las estrellas.*

—*¡Señora Yara! usted sabe que puede contar conmigo …*

—*¡Gracias Huatey!*

Huatey se inclinó y besó a Yara, ella no se resistió. Se entregó al beso con pasión, esa pasión que tenía reprimida, a pesar de ser una entidad poderosa y una guerrera enérgica no había perdido su femineidad y mucho menos el deseo de entregar amor. En lo alto de la colina Odo Sha contemplaba la romántica escena, pero sorprendentemente, su amor no era egoísta, sentía que esto era lo mejor para ambos, que ella lograse olvidar la loca idea de tener un romance con él. El dios que se negó a la oscuridad finalmente estaba encontrando la luz; suspiró, derrotado pero abnegado a la vez se sentó en una roca y por primera vez en su eterna existencia sintió paz.

—*Lucha por ella* — Billy le aconsejó.

—*No, no se dé qué hablas Jencham* — Billy estaba detrás y él le reconoció la voz

—*Hablo de mí mismo, curiosamente, aunque somos distintos enfrentamos algo semejante: un amor lleno de temor. No debemos tener miedo al amor, debemos entender el verdadero significado de amar; Odo este es el momento de entender más y de temer menos.*

—*Yo no le temo al amor, me temo a mí mismo.*

Habiendo dicho esto Odo sin mediar palabra agitó sus alas enérgicamente y levantó vuelo; Billy permaneció en la colina viendo el espectáculo de luces, era imposible no recordar lo que vio la noche del primero de agosto de 1831 el día de la apertura oficial del puente de Londres, siendo de familia noble había sido invitado al suntuoso banquete que la reina Adelaida ofreció en un improvisado salón, a manera de tienda dispuesto en las inmediaciones del puente, para ese entonces no se había iniciado como vampiro, su existencia estaba plena de lujos y placeres, era solo un excéntrico aristócrata, dado a las artes y asiduo a la corte.

Para ese tiempo aún no había conocido a Brunilda, la mujer que cambio su vida drásticamente. Luego del banquete, el con otros jóvenes de la corte decidieron prolongar la juerga, y se internaron en un bar cercano, un sitio de mala reputación, al salir de allí muy entrada la noche Billy se dirigía a su casa la cual quedaba muy cerca de allí. Caminaba con una botella de vino a medio terminar en su mano, en medio de la oscuridad de las calles londinenses tapiadas de una densa neblina, precariamente iluminadas por algunos candeleros. Se detuvo en una esquina, pues algo inusual sucedía, parecía que estaba amaneciendo, se restregó los ojos con la manga de su saco, de la nada aparecieron unos rayos enceguecedores, las estrechas calles de piedra ahora estaba salpicadas de los destellos multicolores. Obviamente, Billy no pudo evitar sentir pánico ante el portento que sus ojos veían, los demás borrachos y trabajadoras de la noche que merodeaban por allí gritaban alterados, apuntando al extraño fenómeno. En ese momento no era un Jencham, ni un no muerto, era solo un caprichoso joven de la aristocracia inglesa que nada sabia sobre los enigmas y aristas de la existencia, así que corrió como jamás lo había hecho en su vida y trató de olvidar esa increíble y aterradora experiencia. Ahora contemplaba estos artefactos voladores y no había duda de que era similares, solo que ahora para él estas manifestaciones sobrenaturales ya no le causaban pánico, eran simplemente parte de su cotidianidad.

En el altiplano andino todo alrededor se cubrió de una densa niebla tinturada de colores debido al intermitente resplandor de las luces. Los Suamos revolotearon alrededor de los campamentos parecía que habían sentido algo imperceptible para los demás. Volaban en círculos alrededor del lugar, Jacob e Iwarka estaba atentos a lo que ocurría, se mantenían exactamente debajo del gran disco; repentinamente se abrió una gran compuerta del inmenso aparato, era circular y de ella emanaba una luz azul intensa. Luego descendieron dos seres extraños de gran estatura, aunque uno era algo más alto que el otro sus semblantes eran muy parecidos, ambos levitaban como suspendidos por una fuerza invisible que provenía del rayo de luz. Jacob e Iwarka estaban dentro del rango de proyección de dicho rayo. Odo Sha junto a Mallku aterrizaron al lado de Jacob, mientras que Lautaro, Jilani y Kori se mantenían fuera de circulo lumínico. Los dos seres flotaron desplazándose hacia el encuentro con Jacob:

—*Somos visitantes interestelares o "Amigos" como ustedes nombran a los aliados—* dijo uno de ellos quien tenía un traje plateado con unos extraños símbolos en la manga de su camisa, su rostro parecía humanoide, pero tenía diferencias muy acentuadas, como sobresalientes globos oculares, piel extremadamente blanca boca muy pequeña y no tenían orejas, sus cabellos eran tan rubios que casi lucían como albinos.

—*¿De dónde vienen?* —preguntó Jacob.

—*No importa de dónde venimos, lo importante es por qué venimos* —sentenció el alto— *yo soy **Bel** y ella es **Ishtar***

— *¡Bienvenidos!* —dijo Iwarka.

—*La poderosa corte del mal quiere eliminar los portales* multidimensionales *que conectan los diversos espacios—* dijo Bel— *Debemos proteger la puerta del sol y la puerta del puma. No pueden destruirse, porque gracias a estos portales nosotros podemos ayudar a los habitantes del planeta azul.*

—*¿Ayudarles o vigilarles?* — insistió Jacob.

—*Ambas, quizás. Porque los llamados humanos, no respetan ni cuidan al maravilloso planeta que fue diseñado por el ente supremo para que fuese habitado; destruyen los recursos por ambición, hablan de la ciencia y en su nombre contaminan el agua y el aire, justifican su destrucción enarbolando el estandarte de la ciencia, cuando en realidad los rige la inconciencia. Una vez se aniquile ese plano dimensional, todos los universos desaparecerán con ella y no podrán reconstruirse, ese será el fin* —argumentó Bell.

—*¿Qué debemos hacer? ¿Cuál es el plan?* —Inquirió Jacob.

—*El plan es proporcionarles poderosas armas* —dijo Ishtar

—*¿Qué tipo de armas?* —Insistió.

—*Armas que harán más eficientes a sus guerreros, nosotros nos encargaremos del espacio aéreo, y acuático* —complementó Bel

—*Ustedes tendrán la función de proteger el complejo interestelar de Puma Punku, un báculo ha de estar en Tiahuanaco y el otro deberá estar en Puma Punku. Los demás guerreros y sus tropas se enfrentarán a los ejércitos que ellos tienen dentro de este plano. Hay que esperar la luna roja, esa es la señal* —detalló Ishtar.

—*Una última pregunta* —insistió Jacob, quien por demás estaba lleno de interrogantes.

Los extraños seres levitaron y de sus cuerpos emanó un aurea; El valle estaba sumido en un expectante silencio, el encuentro estaba envuelto más que por la densa neblina por un aire de misterio. Alrededor del iluminado círculo estaban los demás guerreros atentos.

—*Adelante, puedes preguntar todo lo que desees* —dijo asintiendo con el rostro en señal de respeto.

—*¿Qué es la NO?* — Jacob demandó una respuesta.

—*La "NO" es una organización o alianza global que busca instaurar un nuevo orden en el plano de dónde vienes* —respondió con voz pausada— *Tu plano o mundo se ha convertido en una amenaza para todos los multiversos; porque constantemente juegan con armas nucleares que están destruyendo la estructura geológica y el eje del planeta, además los humanos aniquilan a otras criaturas esenciales para mantener el equilibrio del ecosistema. Contaminan el aire y las aguas. Esta coalición busca minimizar el impacto de la acción humana, controlando los abusos y atropellos de los habitantes poderosos del planeta azul.*

—*¿Esto quiere decir que el Nuevo Orden Mundial en realidad existe?*

—*Si* — Respondieron al unísono.

—*Ellos están conscientes de que en cualquier momento los lideres y poderosos de tu multiverso destruirán todo y quieren evitarlo.*

En ese momento, Ishtar le colocó la mano a Jacob en la frente y expelió un rayo sobre su cabeza. Jacob seguía de pie al lado de Iwarka, pero su energía vital y conciencia habían viajado muy lejos, se visualizó así mismo en un paraje plagado de un hermoso pasto verde, era una suerte de zona rural, donde a lo lejos se dejaban distinguían algunos silos, alrededor, frondosos árboles y arbustos que no correspondían con la vegetación andina se erigían magnánimos a manera de cerca natural. Jacob observó todo minuciosamente mientras el potente viento batía su cabello, y producía una tormentosa resonancia en sus oídos.

El cielo estaba despejado, solo escasas nubes rasgadas y difuminadas se podían apreciar; era todo tan real, que incluso sentía el cálido abrazo de los rayos del sol veraniego. Una cerca de malla metálica, de esas que se usan en los parques delimitaba el espacio y a solo unos metros se apreciaba un pequeño estacionamiento. Jacob viró su cabeza y se percató que a cada lado se encontraban los seres de las estrellas, y que al frente de ellos se erigía imponente una construcción de piedra, una colosal obra escultórica, que merecía estar en la más concurrida avenida de una moderna ciudad como atracción turística, pero sin explicación aparente estaba plantada allí en medio de aquella bucólica colina. El monumento consistía en cuatro grandiosas pilastras de granito de cinco metros con ochenta y siete centímetros de alto por un metro y noventa y ocho de ancho, dispuestas a manera de estrella o cruz inclinada en un ángulo, en el centro de los cuatro pilares se encuentra un monolito o pilar de cinco metros con ochenta y siete centímetros de alto por un metro de ancho y de un grosor de unos cuarenta y ocho centímetros. Tanto Ishtar como Bel permanecían uno a cada lado de Jacob. Bel se dirigió a Jacob:

—*¡Acá están los ordenamientos!*

—*Están redactados en ocho lenguas, entre las cuales esta tu lengua original: español. Lee lo que allí se inscribe* —agregó Ishtar

Jacob no medio palabra, solo caminó alrededor contemplando los misteriosos paredones, se percató que cada sección tenía grabado un mensaje en diferentes lenguas incluso inglés, avanzó lentamente mientras seguía escoltado por ambos seres. De este modo llegó a la sección donde se desplegaba el mensaje en español:

MANTENER LA HUMANIDAD A MENOS DE 500.000.000 EN EQUILIBRIO PERPETUO CON LA NATURALEZA

GUIAR SABIAMENTE A LA REPRODUCCIÓN MEJORANDO LA CONDICIÓN Y DIVERSIDAD DE LA HUMANIDAD

UNIR LA HUMANIDAD CON UNA NUEVA LENGUA VIVIENTE

GOBERNAR LA PASIÓN – LA FE – LA TRADICIÓN – Y TODAS LAS COSAS CON EL TEMPERAMENTO DE LA RAZÓN

PROTEGER A LOS PUEBLOS Y NACIONES CON LEYES IMPARCIALES Y TRIBUNALES JUSTOS

PERMITIR A TODAS LAS NACIONES QUE SE GOBIERNEN INTERNAMENTE RESOLVIENDO LAS DISPUTAS EXTERNAS EN UN TRIBUNAL MUNDIAL

EVITAR LEYES MEZQUINAS Y FUNCIONARIOS INÚTILES

BALANCEAR LOS DERECHOS PERSONALES CON LAS OBLIGACIONES SOCIALES

VALORAR LA VERDAD – LA BELLEZA – EL AMOR BUSCANDO LA ARMONIA CON EL INFINITO

NO SER UN CANCER EN LA TIERRA – DEJARLE ESPACIO A LA NATURALEZA [181]

Jacob estaba supremamente impresionado por lo que había leído, era casi como el testamento de la humanidad entera, reflejado en inmensas rocas de granito, allí en una recóndita colina. Jamás escuchó sobre estos monolitos, de hecho, el jamás fue fanático de las conspiraciones, y mucho menos de las teorías del fin del mundo. Lo que había en esas lozas no era fácil de digerir, el mismo no estaba de acuerdo con lo que allí se exponía. Ahora estaba en una remota zona rural con dos seres interestelares leyendo una piedra grabada con los diez mandamientos del fin del mundo, o quizás de un reinicio.

—*¡Jacob Maichak!* —dijo Ishtar quien apuntó a una caja plateada de aproximadamente un metro de largo por cincuenta centímetros de ancho que se encontraban cerca de una plancha de granito! —*Ha llegado el momento de guardar la capsula del tiempo.*

---

[181] - Las Piedras Guía de Georgia fue un monumento de granito erigido en 1980 en Elbert, Georgia, Estados Unidos. Su construcción fue ordenada por R.C. Christian en 1979, quien financió su construcción, así como el terreno que ocupaban antes de su demolición, tras lo cual no se ha vuelto a saber nada más de él. Hoy en día no se sabe nada de su paradero.

Ishtar se desplazó a unos cuatro metros de allí, donde se encontraba la plancha que también tenía inscrito un mensaje en inglés. Abrió la caja tan solo con el movimiento de sus refulgentes manos, de esta se filtró un humo blanco. Dentro de la misteriosa caja había compartimientos, en el más amplio había bolsas con todo tipo de semillas, a la izquierda estaba otro compartimiento con tubos de vidrio con lo que parecía ser sangre, también se podían distinguir unos sofisticados dispositivos que parecían ser unidades de almacenamiento, dispuestos había tubos con sustancias, algunos aparatos que irradiaban luces y también una especie de tableta. En fin, dentro se hallaban toda clase de artilugios pertenecientes a diferentes vestigios de la vida humana y de la inteligencia artificial.

—*Debes abrir la puerta subterránea con el báculo* — indicó Bel

Jacob recordó las palabras del sabio Iwarka: "Sigue tus instintos" y así lo hizo. Levantó el báculo y de él se proyectó una luz intensa, casi enceguecedora. Jacob fue cortando la piedra guía con extraordinaria facilidad, el poder del báculo consistía entre muchas otras cosas en un potente láser; cuando finalizó de seccionar la piedra se abrió como si fuese una gran compuerta. Un nítido holograma apareció frente a ellos, era un hombre de escaso cabello canoso, usaba un traje blanco que refulgía intermitentemente. Ishtar y Bel continuaban al lado de Jacob.

—*Soy R. C Christian. Y si usted esta acá en el monolito de la piedra Guía, es porque usted es el elegido para recobrar las fuerzas vitales que rigen al mundo, la restauración de los estados de la mente, la unificación de las ciencias ancestrales, la fuerza vital en concordancia con la estructura atómica de la materia, la humanidad debe regresar a sus orígenes a la sublime simpleza con la cual fue diseñada por el arquitecto de todas las cosas. Muchos creyeron que nuestro movimiento es maligno, pero no es así. Ya llegó el momento de grabar la fecha en que la capsula del tiempo será abierta. Este portal será sellado en el otro plano. Parecerá que fue destruido, pero no será así.*

El hombre del holograma levantó los brazos y exclamó con voz emocionada— *¡Marca con el báculo la fecha!*

—*¿Cuál fecha?*

El holograma se conectó telepáticamente con Jacob proveyéndole la información; tragó saliva, no podía creer que esa fuera la fecha, acto seguido contempló a las dos entidades a su lado tratando de buscar una explicación, pero prefirió guardar silencio. Sostuvo el báculo y grabó la inscripción sobre el granito, el tipo de letra coincidía con la que estaba previamente grabada en la roca. Habiendo terminado de grabar el último número, el holograma de RC Christian se desvaneció, la caja se deslizó dentro y el bloque de granito se cerró como si fuese una ligera puertecilla.

De inmediato una gran explosión desintegró los monolitos de piedra; como si una fuerza invisible los hubiese pulverizado. Los gigantescos bloques que conformaban el polémico monumento se habían desvanecido; asombrosamente no había escombros, pero en la colina no se apreciaban más; el estacionamiento que Jacob había avistado tiempo ya no existía.

Jacob espabiló y se vio de nuevo en la altiplanicie con las naves espaciales sobre su cabeza, Iwarka a su lado y de nuevo Ishtar y Bel frente a él. Los dos visitantes se elevaron en completo silencio, sin embargo, antes de entrar a la compuerta de la nave se conectaron nuevamente con Jacob, en este mensaje le informaron que la luna roja sucedería pronto y que deberían prepararse. Los guerreros se dispersaron, cada uno regresó a su campamento, exceptuando Lautaro, Jilani, Kori, Mallku y Odo Sha quienes decidieron permanecer al lado de Iwarka. Jacob se sentía confundido, pues ese insólito viaje inundó su mente de interrogantes.

—*Debemos esperar* — dijo Iwarka — *Son de los nuestros.*

—*Si, lo son* —asintió Lautaro— *Mi nación ha tenido contacto con los maestros de las estrellas, desde tiempos inmemorables, al sur en la región sagrada de Chiloé. Allí hay islas donde pernoctan y conviven con los lugareños, estas islas mágicamente aparecen y desaparecen.*

—*Si, ellos siempre han estado entre nosotros*— Aclaró Mallku— *Odo y yo estaremos a cargo de la entrega de las armas a los guerreros, así como el entrenamiento. ¿Estás de acuerdo Maichak?*

Jacob no reaccionaba su mente se quedó en aquella colina de verde pasto.

—*¡Maichak!*

—*Si, si … claro* — mintió Jacob, pues aún había un torrente de

Muchacho despierta —dijo Iwarka— *Mallku y Odo se encargarán de recibir y distribuir las armas.*

—*¿Estas bien Maichak?* — preguntó Kori acerándose.

—*Estoy bien, disculpen ... Si, me parece bien.*

—*Ahora esperaremos a la luna de sangre*—Aseguró Mallku

—*Es hora de volver a los campamentos* — dijo Odo

Se dirigieron a sus respectivos campamentos, Maichak fue al templo a buscar a Macao, Kiwi y Stranger quienes estuvieron bajo la custodia de Mboiresai y los demás sacerdotes. Aparentemente no notaron que Stranger era un reptiliano, el pequeño representó bien su papel metamorfoseándose en un niño. Al llegar al campamento. Jacob decidió sentarse en la colina, quería olvidarse de todo este embrollo del monolito y la destrucción de los portales dimensionales. observó que Kori se acercaba, se levantó rápidamente, pero fue en vano porque Kori apareció a su lado repentinamente.

—*¿Por qué huyes de mí? ¿Me vas a dejar explicarte?*

—*Mira quien habla de huir. No necesito tu explicación*

—*Eres importante para mí* —dijo Kori

Jacob guardó silencio

—*No espero nada de ti* —insistió ella con tono triste.

Kori desapareció, él había sido rudo con ella una vez más, pero debía reconocer que toda su vida había sido un truhan con las féminas, de una u otra forma siempre se había endurecido ante las manifestaciones de afecto. Incluso llegó a fallarle a su propia madre, a quien no volvió a ver, ni siquiera cuando supo que estaba gravemente enferma. Le había dolido, pero no tuvo alternativa, se juró así mismo no regresar nunca más a Lavapiés y mucho menos encarar a su peor enemigo: su propio padre.

Mientras los guerreros esperaban la luna roja, la existencia en el altiplano continuaba con las limitaciones implícitas a la vida en un campamento de guerra. Durante el día se podía distinguir las fumarolas de los fogones de las improvisadas cocinas, los guerreros terminaron de fabricar sus dagas y flechas con el azabache mágico, además Odo Sha y Mallku recibieron sofisticadas armas e instruyeron a los guerreros en su uso los visitantes interestelares contactaron a los lideres en muchas ocasiones.

Transcurrieron muy pocos días en medio de la supuesta apacibilidad a la espera del día cero; El altiplano parecía seguir el cotidiano quehacer durante el tenso interludio. La heroína Bartolina y el aguerrido Julián consolidaron su relación, ambos estaban a cargo de sus tropas, pero eventualmente se visitaban y compartían sus sueños de un futuro juntos, muy lejos quedaron las advertencias de Odo Sha; para ellos su vida apenas empezaba y la querían vivir juntos. Mientras, Billy insistía en mantener una relación con la férrea Coñori, esta se dedicaba en cuerpo y alma a enseñar a los guerreros en el arte de la lucha. Asimismo, Yara continuaba instruyendo a las demás mujeres en el uso de las armas, pero a diferencia de Coñori ella no se resistió al amor de Huatey e inicio una relación con el joven guerrero, a pesar de amar a Odo no estaba dispuesta a inmolarse por él, fue un testarudo y no aceptó su amor, ahora no había marcha atrás.

Paki siguió viendo a Zion casi todas las tardes, en el mismo secreto recodo frente al riachuelo. Su relación se acrecentó fortaleciéndose cada vez más. Su amor era cándido y pleno de alegría los dos jóvenes se habían jurado amor eterno. En medio del floreciente romance, la rivalidad entre las hermanas se incrementó. Esta tarde era distinta a las demás, se perfilaba animosa y hasta cálida, los rayos del sol se proyectaban impetuosos y el viento se había aquietado. En el campamento de Coñori todas las mujeres estaban ansiosas por sus prácticas de combate cuerpo a cuerpo, incluso Amaya se había perfilado como una gran guerrera, el ejercicio cotidiano y los deseos de autosuperación habían generado cambios en su carácter, ahora era más extrovertida y sentía que podía salir del oscuro abismo a donde se había arrojado durante su cautividad, y aunque no se había entregado aun a su esposo Tamanaco lo solía visitar todas las tardes después de las practicas.

Esa tarde ya estaba todo listo para empezar, solo una de las instructoras no aparecía y esta era Paki.

—*¿Sabes en donde puede estar tu hermana Paki?* —Preguntó Coñori

—*No* —Negó Sachi con molestia.

—*¿No sabes o no quieres decirme?*

—*Ambas*

—*Entonces empezaremos sin ella* —sentenció Coñori defraudada

—*Como quieras*— dijo la muchacha con mal talante.

Mientras esto pasaba Zion se encontraba en su campamento con Tamanaco, quien le había encomendado realizar varios quipus, así como seleccionar y enviar chasquis a Puma Punku para vigilar el territorio. Él sabía que ya Paki debería estar esperando por él, pero no podía desobedecer las ordenes de Tamanaco. No quería dejarla esperando, tenía que solucionar esto, respiró profundamente tomó las cuerdas para hacer el quipu y de repente divisó a un chasqui con el cual había entablado una amistad, su nombre Khunu y más que un camarada era alguien con quien podía contar.

—¡Khunu! —Gritó Zion

El muchacho de larga cabellera negra se acercó presuroso con una espléndida sonrisa

—*Pensé que estarías en el arroyo.*

—*No puedo, debo terminar de hacer estos quipus y de organizar a los emisarios de Puma Punku. ¿Podrías ir al arroyo y decirle a Paki que no podré verle hoy? No deseo que siga esperando por mí, probablemente esperara por mí y pronto va a oscurecer.*

—*Si, por supuesto. ¿Qué más quieres que le diga?*

—*Entrégale esta flor* — le extendió una flor de **atapilla** amarilla.

—*Así lo haré, Correré lo más rápido que pueda, para eso soy un chasqui.*

—*Gracias, amigo, ¡eres el mejor!*

Khunu corrió como nunca, sentía que debía llegar rápido para que la amada de su amigo no esperará más. Al salir del campamento se internó en un pequeño bosque de arbustos, corría bordeando el arroyo. Cuando tenía un rato corriendo observó que alguien le seguía. Decidió parar para poder cerciorarse de que no fuese su imaginación.

—*¿Quién vive?*

—*¡Soy solo un viejo aldeano! Un cansado viajante* — masculló un pequeño hombre entrado en años, de caminar irregular y que vestía un poncho limpio de color negro, por demás algo inusual.

—*¿Qué hace por esta área?, está muy alejado de la aldea*

—Andaba buscando unas hierbas que necesito para sanar a mi mujer.

—¿Las has encontrado?

—Si

—Debe volver por este camino, ya va a anochecer y puede ser peligroso patrón.

Gracias mijo, ya lo sé, hay mucha maldad en estas montañas — el viejo avanzó unos pasos y luego se detuvo y le gritó al muchacho —*¡Oh Eres un buen chico! Y por ser tan bueno te obsequiaré esta piedra que brilla y puede curar el mal de ojo y otras enfermedades* —el anciano tomó un diamante de su zurrón y se lo entregó a Khunu. El muchacho no quiso recibirle la piedra.

—No, no debe darme su piedra, yo estoy más que feliz en ayudarle.

—¡Oh muchacho! Insisto que tomes la piedra, te la doy con buena voluntad.

Khunu respetuoso y obediente aceptaron la piedra y la colocó en un bolsillo de su pantalón. Luego cuando levantó el rostro para agradecer al anciano ya este no encontraba allí, había desparecido. Adentrado en la maleza el viejecillo se transformó en una horrenda criatura de no más de un metro con ojos de fuego y orejas puntiagudas, era el ***Chullachaqui*** o ***shapishico*** una entidad oscura que, si bien era un feroz depredador de los caminos, también solía ser muy gentil y ofrecer fortunas a quienes le tratasen bien. Este había sido el caso de Khunu quien afortunadamente le orientó y auxilio.

Cuando el muchacho arribó a las orillas del riachuelo observó que los ruidos de la naturaleza se habían apaciguado, que el canto de las aves se había disipado, y la atmosfera estaba plagada de un oscuro influjo, esto le hizo entender de que alguna entidad oscura estaba merodeando la zona. empezó a gritar:

—¡Paki! ¡Paki!

Mientras tanto en el campamento Zion había culminado con sus tareas, el tiempo transcurrió vertiginosamente y tenia largo rato sin tener noticias de Khunu y si había por fin logrado encontrar a la muchacha. Tamanaco se aproximó y le dio una palmada al muchacho:

—Has hecho un buen trabajo, pero te noto preocupado; nada pasa si no la ves un día— dijo sonriente el fortachón.

—No es eso Tami. Envié a Khunu a avisarle y aun no sé de él ni mucho menos de ella.

—¡Hum! Ya está muy oscuro Zion. En qué zona se suelen encontrar ustedes.

—Nos encontramos en el recodo del arroyo muy cerca de la catarata.

—¡Se donde es! hay una cueva allí. ¡Vamos! Conformaremos un grupo, saldremos de inmediato.

Zion estaba nervioso, presentía que algo no estaba bien. Buscó sus armas y se las terció. En solo unos instantes Tamanaco estaba listo con un contingente de hombres, le hizo señas a Zion y emprendieron la travesia. Aún no habían salido del campamento cuando Coñori y la gemela los interceptaron. Se aproximaron retando al muchacho; Coñori con su lanza detuvo el avance y desafiante se acercó a Zion:

—¿Y Paki? ¿dónde está? — dijo Coñori con voz quebrada.

—¡No lo sé!

—Estaba contigo ¿cierto?

—No, yo nunca llegue a su encuentro. Envié a un amigo, un Chasqui…

Coñori lo ignoró y se dirigió a Tamanaco, mientras Sachi miró con profundo odio al pobre muchacho.

—Vamos a buscarla —dijo Tamanaco.

—Voy con ustedes —replicó decidida la guerrera.

Avanzaron en medio de la oscuridad y al llegar al campamento de Jacob este preocupado se aproximó a ellos:

—¿Ha pasado algo?

—Si, es la gemela, Paki. No hay rastro de ella; su última locación fue el arroyo — informó Tamanaco.

—Zion, ¿Qué sabes tú de la chica? — preguntó Jacob.

—Nada Maichak, nada yo estaba trabajando y no fui a su encuentro. Fue mi culpa debí avisarle con tiempo que no iría a su encuentro.

—¿Kori sabes dónde puede estar? — inquirió Jacob

Algo está muy mal no puedo conectarme con ella —sentenció la diosa.

—No tenemos tiempo que perder, allí este alicanto —apuntó a la inmensa criatura— *Tamanaco y Zion vayan en él, Coñori y Sachi vendrán conmigo. Kori nos vemos allá.*

La luna y estrellas no podían verse debido a las nubes que siniestramente oscurecieron la altiplanicie andina. Los guerreros irían a pie por el sendero rumbo al arroyo. Kori ya había llegado al lugar y podía percibir que algo muy malo había ocurrido. No había rastro de la chica, sin embargo, encontró algunos arbustos quebrados y ramas regadas por doquier. Jacob, Coñori y Sachi arribaron y empezaron a buscar. Zion y Tamanaco descendieron con el alicanto en el lugar donde solían encontrarse, pero no había rastro de Paki y Khunu.

—*¿Se encontraban en la cueva?* — le preguntó Tamanaco

—*No, jamás entramos a esa cueva* — respondió el patidifuso muchacho.

—*Debemos entrar. Necesitamos fuego* —Tamanaco encendió una improvisada antorcha y le hizo señas al muchacho para avanzar.

Los guerreros iban llegando y dispersándose en las calladas y recovecos del arroyo, a solo unos instantes de llegar se alcanzó a oír unos horripilantes gritos que se desvanecían muy rápidamente en la oscuridad. Kori se puso en guardia al percibir el crujir de unas ramas muy cerca de ella.

—*¡Tranquila! Somos nosotros* —dijo Jacob.

—*Nada* —respondió Kori— *no hay rastro de ellos; tan solo esas ramas rotas.*

De nuevo se escucharon los aterradores gritos, y fue allí cuando un espeluznante espectro se abalanzó sobre Coñori, no dio tiempo de que ningunos de sus compañeros la auxiliara, Billy se lanzó sobre la oscura entidad y se revolcó en el piso luchando cuerpo a cuerpo. Seguidamente otros engendros similares aparecieron y atacaron a los demás. Jacob con extrema destreza los aniquilaba utilizando el báculo. Eran los ***saxras,*** seres maléficos y voraces que pululan por parajes solitarios, se les llama los devoradores de almas y nunca logran saciar su sed de sangre.

La única forma de que el saxra pueda robar completamente un ajayu o alma, es estando solo con la víctima; no obstante, cuando no pueden matar a alguien y robar su **ajayu**, solo le envenenan el espíritu y esta persona enferma gravemente muriendo días después. Evidentemente los guerreros no estaban solos, por tanto, sus almas al menos estaban seguras por unos días más.

La lucha era encarnizada, solo Kori y Jacob tenían ventaja sobre las alimañas, era oscuras quimeras que esparcían un fétido olor, su cuerpo era huesudo, y blandían garras afiladas como cuchillos, además poseían una inmensa boca de la cual afloraban tres inmensos colmillos. La pelea continuó, nuevos guerreros llegaron en apoyo, mientras que los cuerpos inmovilizados de sus compañeros estaban tirados en el suelo, al parecer se habían despojado de sus ajayus. Todo era un caos, pues no hubo una noche más oscura que esa desde que llegaron a los andes.

Khunu apareció con su rostro gravemente herido, asimismo su cuerpo también tenía profundas heridas de las cuales brotaba sangre a borbotones, pero aun así caminaba con temple sostuvo el diamante que el viejo le había obsequiado. Al levantar la brillante piedra los entes malignos que estaban atacando a los guerreros se desvanecieron tan instantáneamente como habían llegado, sin embargo, muchos era los combatientes que yacían inertes en el suelo, con sus caras mutiladas, los que lograron sobrevivir estaban muy débiles. Khunu no aguantó más y cayó ante Jacob, el diamante rodó hasta llegar a los pies de Sachi quien estaban llena de sudor y sangre, ella se agachó y tomó la hermosa piedra entre sus manos y la empuño con fuerza, debía encontrar a su hermana, estaba segura que llegaría en cualquier momento; quizás con algunos rasguños, ella siempre había sido la más La confundida muchacha escuchaba murmullos y lamentos, que venían desde no muy lejos eran los Guerreros que habían sobrevivido, los murmullos se intensificaban, luego se convirtieron en voces alteradas, algunos decían: *"¡No puede ser! ¡Qué desgracia! "corrió* a toda prisa y llegó hasta un gran circulo de hombres, todos lentamente se fueron separando para darle paso.

Los dos últimos guerreros enfrentaron a Sachi, erguidos usaban sus musculosos cuerpos como un muro que le impedía a la chica ver el sangriento suceso. Ella en vano intentaba hacerse paso, entonces los guerreros supieron que esas pequeñas y frías manos querían descubrir un trágico y triste escenario, resistieron; pero ella, con más fuerza les empujó gritando:

—¡Déjenme ver! ¡Soy una guerrera! ¿Entienden? ¡Soy mujer! pero también soy una guerrera

No había terminado la palabra cuando sus ojos vieron lo que jamás hubiese deseado ver a su hermana, a su reflejo, a su complemento con el rostro lleno de arañazos, su cuerpo lleno de vida sucumbía a las heridas y maltrato propinado. Coñori la arrullaba en sus brazos, luego la colocó en el suelo sobre el poncho de un guerrero y le apartó el cabello de su rostro. Sachi petrificada pensaba que era solo una pesadilla, no era cierto que tanta juventud y belleza se hubiese desvanecido. Su cuerpo de encrespó era como ver su propio cadáver lánguido e inerte. Coñori se apartó, estaba profundamente afectada, no le importó que sus compañeros guerreros la viesen llorar, incluso se abrazó muy fuerte a Billy quien estaba allí para resguardarla y apoyarla en el duro trance. Por otro lado, la muchacha no profirió palabra alguna, caminó lentamente hasta su alter ego y se sentó a su lado, no lloró solo le abrazo fuertemente. Zion y Tamanaco llegaron al lugar en ese momento un asolador silencio se apoderó de todos los presentes; los atónitos guerreros no podían fingir el estar afectados por lo que le había sucedido a la dulce Paki, y todos los presentes sabían de la relación que existía entre ella y el chico. Jacob había dejado a Khunu con Kori, aún estaba con vida, sin embargo, se encontraba sumamente débil, avanzó unos pasos y se detuvo detrás de Zion y Tamanaco, pues no podía entender que sucedía. El incrédulo muchacho movía su cabeza en señal de negación, Tamanaco le intentó frenar abrazándole; no obstante, este le golpeó con fuerza y salió corriendo. Al llegar frente al cuerpo de Paki se tiró, lloraba inconsolablemente. Todos alrededor guardar silencio, Sachi seguía al otro lado y lo miraba con rencor. Decidió no decir nada, era mejor irse de allí, no era el mejor momento para expresar lo que sentía. La culpa había sido de Zion, las separó de todas las maneras posibles, las hizo rivales, pues ambas se habían enamorado de él, las había empujado a un abismo que las separó para siempre.

La infortunada noche estaba envuelta con una energía maligna, y una oscuridad implacable y dolorosa jamás vista en la altiplanicie. Jacob ordenó que se enterraran a los guerreros muertos en un terreno adyacente a la cueva. También resolvió que trasladaran a Khunu y a todos los guerreros heridos y al campamento principal, Coñori quiso trasladar a Paki al campamento, pensó que quizás con la ayuda de las tropas se podía realizar un monumento funerario para Paki, entonces se dirigió a los presentes y dijo con solemnidad:

—La llevaremos con nosotros. Ella merece tener una Kallka digna, que todos sepan que allí yace la amada Paki, la guerrera Munducuru, la mejor hermana y amiga.

Los guerreros guardaban silencio, era como si las palabras se hubiesen extraviado y no hubiese una razón para encontrarlas de nuevo; Los que conocían a Coñori no podían creer que la líder y guerrera Mundurucu, la implacable, se había derrumbado. Ella quien había nacido, crecido, sufrido y vivido, como guerrera había sido sobreviviente que jamás permitió que los sentimientos la debilitaran. Sin embargo, esta noche era una excepción, no podía aceptar que esa muchacha, su amiga, dulce y tan llena de vitalidad se hubiese marchado para siempre.

Al llegar al campamento todos los demás estaban esperando, ya Kori había avisado lo que sucedió e Iwarka hizo llamar a los sacerdotes, para iniciar el ritual funerario de Paki y el de purificación de los guerreros que sobrevivieron al ataque de los Saxras mediante la llamada ***mesa negra*** [182]

---

182 - La ch'iyara misa o "mesa negra" es el plato predilecto de los ñanqas, saxras, anchanchus, y, en ciertas ocasiones, según el criterio del especialista, de las chullpas. Son seres demoníacos, hambrientos, voraces que acostumbran a fastidiar y molestar a los solitarios y flojos de ánimo, robándoles el ajayu y haciéndoles enfermar gravemente.

Desafortunadamente, los saxras devoraron las almas o ajayus de más de la mitad de los guerreros, solo algunos de ellos sobrevivieron, pero su alma se iría secando lentamente. Los encargados en realizar este ritual eran la ***ch' amakani***[183] quienes organizan los más ingredientes especiales, que formaran parte del banquete que pacificara a las oscuras entidades.

Mediante esta milenaria ofrenda se acallan los espíritus que se están devorando la paz, armonía o hasta incluso el alma del afectado es por ello, que de una u otra forma se trata de hacer un pacto con estos entes malignos. La celebración de la "mesa negra" ***ch'iyara misa*** se debía realizar de inmediato pues no había tiempo que perder, los guerreros podían morir en cualquier momento.

No muy lejos de allí Zion no se había separado del cuerpo de Paki, mientras que Coñori, Billy y Sachi trataban de organizar la construcción de la tumba o ***chullpa*** donde se depositaria el cuerpo de la joven guerrera. Muchos guerreros se fueron uniendo. Sachi se aproximó a Zion y le recriminó

—*¡Aléjate de ella! no entiendes que no puedo honrar a mi hermana porque tu estas allí todo el tiempo.*

—*No fue mi intención* —Zion se apartó a un lado del lugar. Mientras Sachi, acariciaba el cabello de su hermana.

—*Si tu no hubieras aparecido en nuestras vidas aun ella estaría acá. Eres una maldición. Debiste morir con tu familia allá lejos en tu pueblo.*

Zion bajo la cabeza y de sus cansados ojos, y de sus secos de tanto llorar se desprendieron dos furtivas lágrimas.

Alrededor en el campamento se estaba organizando la búsqueda de rocas en las canteras periféricas, cuando de repente aparecieron los Oriones: Alnilam y Alnitak.

Estos seres curiosos y molestones gustan de la ch'iyara misa y se afirma que liberan (desamparan) el ajayu del doliente, si son complacidos con este plato.

[183] - El Ch' amakani es el "dueño de la oscuridad", según recoge Berg (1985:49), derivado de la traducción literal del término. Este especialista tiene la capacidad de comunicarse y hablar directamente con los distintos seres tutelares, amparándose en las sombras. Esta cualidad ya fue rigurosamente recogida por los cronistas de la Colonia al referirse a los "hechiceros", que hablaban en la oscuridad con sus "demonios" (Guamán Poma 1987:270).

—Podemos ayudarles con la construcción del monumento funerario — dijo Alnilam.

—Gracias, necesitaremos ayuda —respondió Billy—*cortar las rocas y trasladarlas tardara mucho tiempo.*

—Las inmensas piedras pueden cortarse con facilidad con algunas herramientas que tenemos —agregó Alnitak.

—¿Sera más rápido de esa forma? —preguntó Coñori.

—Si, el mausoleo estará listo muy pronto.

—¿Qué necesitaran? — indagó Paki.

—Solo un par de trabajadores—respondió Alnitak

—¿Quiénes cargaran los pesados bloques de piedra a la colina? — Dijo Billy

—Lo moveremos mediante un dispositivo anti gravitatorio, que por medio del campo magnético de la tierra hará levitar toda la roca, sin contactarla, no habrá fuerza, ni fricción, ni arrastre, solo se trasladará de la cantera hasta la colina.

—¡Esto es genial! — exclamó Billy *—¿Cómo lo inventaron?*

—No, lo hemos inventado, ni siquiera en nuestro planeta poseemos un campo magnético tan sofisticado y eficiente como el terrestre. Nosotros solo usamos los recursos que hay en este multiverso y el magnetismo es uno más.

Impresionantemente el mausoleo, **chullpa** [184] o también conocido como ***Kallka*** se construyó en tiempo récord. Sería una construcción que permanecería en las montañas como un tributo a la guerrera. Coñori y sus compañeros solo querían que Paki fuese recordada por siempre. Había llegado el momento de preservar el cadáver, no obstante, la labor sería difícil, pues Zion no se despegaba ni un segundo del lugar donde había colocado su cuerpo. Estaba decorada con flores sus cabellos extendidos y su rostro lucia tan pálido y transparente que parecía de cristal.

---

[184] Una chullpa es una antigua torre funeraria aymara construida originalmente para una persona o una familia nobles. Las chullpas se encuentran en todo el Altiplano de Perú y Bolivia. Los más altos miden unos 12 metros (39 pies) de altura.
Las tumbas de Sillustani son las más famosas. Investigaciones recientes se han centrado en la conexión entre las chullpas y los senderos rituales grabados en el paisaje alrededor del Nevado Sajama, así como los posibles patrones dentro del sitio de las chullpas.

El muchacho se había desvanecido con el último suspiro de Paki, ya no era el mismo dicharachero y juguetón, durante horas no se había separado de ella y no había probado bocado ni bebido agua, todos sus compañeros intentaron separarle del cuerpo inerte, pero había sido inútil, era evidente que estaba dispuesto a morir por amor. Iwarka mandó a llamar a los sacerdotes y embalsamadores quienes se disponían a embalsamar el cadáver de Paki, esto se haría con una sofisticada técnica ancestral que utiliza alquitrán y resinas naturales entres otros menjurjes balsámicos de carácter estrictamente secreto. Jacob y Tamanaco abordaron a Zion, quien tenía el rostro enrojecido.

—*Vamos*— le apretó del brazo tratando de empujarle y levantarle— *debemos salir de acá* —dijo Jacob

El muchacho no respondió; continúo mirando a Paki

—*¿Tú crees que esto la haría feliz? Verte así destruido, entregado*

—*Todo fue mi culpa; yo debí estar con ella y morir con ella.*

—*Pero, no fue así. Y no fue tu culpa. Esto pudo ocurrir en el campo de batalla.*

—*¿Por qué me salvaste Maichak?* —replicó el muchacho con tono de decepción.

—*Te salvé porque era tu destino, tenías que vivir y ayudarnos en Bacatá, tenías que hacer tantas cosas Zion. Organizar a los Chasquis conocer a Paki, aprender a amar a la vida, a una mujer y ahora te corresponde aprender a aceptar. La vida esta inevitablemente unida a la muerte, no podemos escapar de esa dualidad* — dijo Jacob.

—*¡Paki fue lo mejor que me sucedió! jamás volveré a amar como la amé a ella. ¡Jamás!*

Sachi vigilaba oculta y logró escuchar la conversación, en realidad él había amado a su hermana; y estaba consciente que ella había sido muy dura.

—*Ahora debes salir de acá y seguir viviendo*—dijo Tamanaco

—*No, ya nadie más decidirá por mi*

—*¿A qué te refieres?* — preguntó Jacob

—*A que me iré con ella, deseo morir emparedado en su Chullpa.*

—*¿Estás loco?* —dijeron sincronizadamente.

—No, estoy más cuerdo que nunca. Es mi decisión.

Kori estaba detrás de la muchacha y le dijo:

—¡Sachi! Tú puedes salvar al muchacho, solo tú que amaste a tu hermana tanto como el, podrás hacerle entender que inmolarse no será digno para la memoria de Paki. Ella jamás se dio por vencida, fue una gran guerrera, ella hubiese deseado que el siguiera luchando, y que no se diera por vencido.

—Tienes razón Kori Ocllo. Debo hablar con él.

En medio de los preparativos del funeral se realizó la mesa negra plena de extraños "manjares" que consistían en bayas, hierbas, semillas, chamizos y árboles espinosos, tales como: cactus y cujíes, musgos hongos y residuos orgánicos; nada de azúcar o dulce podía ser ofrecido en dicho festín, pues eran detestados por los saxras. El ofrecimiento de la ch'iyara misa es la recompensa que se ha de pagar por el retorno del ajayu que los espectros maléficos han secuestrado y debía hacerse con gran solemnidad y apego a la tradición ancestral. Los sacerdotes, Yatiris y algunos ***layqas*** o brujos encendieron el incienso negro junto con la ***q' ili q' uwa***, y los tubérculos del copal los cuales desprendían un extraño olor; Los sacerdotes hicieron invocaciones levantando keros repletos de "***puritu***" la bebida favorita de los saxras a manera de brindis y antes de pasar las ofrendas por la pira. Al finalizar el enrevesado ritual todos los guerreros que estaban al borde de la muerte mejoraron casi de manera inmediata. El maltrecho Khunu se recuperó y de inmediato recordó todo lo que sucedió en la ladera del rio. Después de la mesa negra había retomado de nuevo su fortaleza de

Entonces, decidió buscar a Zion. Preguntó por Zion y le indicaron que se encontraba en el campamento de Coñori; Se dirigió allá, al entrar a la tienda vio la triste escena, Zion recostado a un lado de su amada Paki.

—Amigo; no sabes cuanto lo siento. Al llegar ya ella estaba sin Ajayu.

—No, Khunu, perdóname tu a mí; no debí enviarte. Ella era mi responsabilidad y le fallé. Murió por mi culpa.

—¡Amigo no digas eso! ¡ella no ha muerto ella está en Alax Pacha, desde allá te está cuidando!

—Ella se fue, ¡se fue! ¡entiendes!

Era evidente que Zion estaba muy afectado por la muerte de Paki, abrazó al muchacho y se liberó de toda la carga. Cuando su padre murió el ni siquiera lloró, tampoco cuando su madre se sacrificó. En ese momento no expresó sentimiento de perdida, no tuvo esta inefable sensación de soledad que ahora le abrumaba. Ahora; sin Paki sentía que se le acabaron las razones para existir.

—*Debes salir de aquí*— Khunu le extendió la mano a su amigo— *¡Vamos!*

—*¡Khunu me iré con ella!*

—*Vamos hermano, no te dejes vencer por la oscuridad, recuerda a Paki como ella era con alegría.*

—*Gracias, pero no será posible. Déjame solo, amigo.*

—*Te estaré esperando Zion*

— *¡Adiós!*

Llegaron los sacerdotes, Yatirirs y embalsamadores. Entraron en la tienda colocando múltiples cuencos, hiervas y resinas en una mesa desplegaron incienso alrededor, mientras uno de los embalsamadores se dirigió a Zion:

—*Debes salir, procederemos a preservar el cuerpo.*

—*No, ¡nadie tocará a Paki!*

—*Lo lamento, pero recibimos órdenes.*

—*Ella no se profanará.*

Uno de los sacerdotes salió de la tienda y entró con unos guardias, que intentaban sacar a Zion, pero este de un tirón se levantó blandiendo su daga a manera defensiva. Los sacerdotes llamaron a Iwarka. Luego de un rato en el que todo estaba tenso; entró Iwarka al recinto acompañado de Jacob.

—*¿Qué sucede?* — indagó el dios mono

—*¡No quiero que toquen ni profanen su cuerpo!*

— *Es el ritual funerario de rigor, también practicado por tu tribu.*

—*No me importa, yo no dejaré que la toquen. Deben matarme primero.*

—*¡Déjenlo en paz!* —Gritó Jacob con autoridad

—*¿Cómo*? —inquirió Iwarka decepcionado.

— ¡Ya está bueno de lo políticamente correcto! A este muchacho le han arrebatado el amor en el momento en el que lo acababa de encontrar. Creo que el merece decidir. Ella lo amó también y estoy seguro de que estaría de acuerdo con esta decisión. Su cuerpo se depositará en su mausoleo intacto, sin embalsamar. Procedan al rito funerario.

—Así se hará Señor — dijo el embalsamador inclinando la cabeza en señal de reverencia.

Era ya de tarde, el sol estaba tan cansado como los ojos de los dolientes; todas las mujeres se habían preparado, Coñori y Sachi presidian el cortejo se guidas de Iwarka, Tamanaco, Amaya, Caonabó, Anacaona y Jacob. La litera consistía en una plancha de oro donde estaba colocado el cuerpo; hacia los pies se apreciaba una placa con una inscripción que decía:

Todas las mujeres colaboraron con el ornato de la litera funeraria, con especial esmero se vistió a Paki con una batola de lana de alpaca blanca, coronaba su cabeza un cintillo de flores andinas y entres sus manos tenía un hermoso ramo de ***atapilla*** *amarilla.* El muchacho, ahora más tranquilo permaneció a su lado con un aire de orgullo, sostenía el caracol que ella le obsequio, el amor perfecto e infinito que ella le prodigo se representaba en ese diminuto caracolito. Los orionitas estaban presentes, así como Ishtar y Bel. Javilla había llegado con todo su cortejo y se encontraba esperando en el cerro, desde el cual se veía la concurrida procesión.

El sol encalló sobre la cima de la colina donde regia el funesto mausoleo, las antorchas se veían serpentear por la ladera de la inclinada pendiente, la cual hizo más difícil la subida de los dolientes. El silbido del viento que se colaba entre las grietas de los acantilados hacía gemir con una profunda tristeza a las montañas, quienes parecían unirse al llanto de los concurrentes. Los sacerdotes y los yatires estaban ya apertrechados en la puerta de la chullpa. Todos estaban impresionados pues Zion no se había separado del cuerpo ni un instante. Cada uno de sus amigos se fue despidiendo de la bella Paki, algunos prodigaban palabras enérgicas sobre lo valiente que había sido, y otros sobre cuanto la extrañarían. Llegó el momento de Coñori:

—*Fuiste para mi más que una amiga, una hija. Debí protegerte, ¡te fallé! Espero que me perdones, porque yo jamás lo hare.*

Seguidamente Sachi dio unos pasos dijo:

—*Tu sigues viva hermana, estas dentro de mí, pero yo jamás seré la misma. Contigo se ha ido la mejor mitad de mí.*

Habiendo dicho estas sentidas palabras; los sacerdotes procedieron a entrar al mausoleo con el cuerpo. Zion entró y los hombres le ordenaron que saliera:

—*Debe salir esta Chullpa se sellará después del ritual.*

—*No, yo me quedaré acá con ella*

—*¡Morirás!*

—*Si, lo que se es mi decisión.*

En eso entraron Iwarka y Jacob.

—*El muchacho ha tomado una decisión y desea terminar su ciclo vital junto con la mujer que amó.* —Sentenció Jacob

Mientras se discutía la salida de Zion; Sachi entró al recinto de piedra que ya se tornaba oscuro, pues el sol moribundo lanzaba sus últimos destellos.

—*¡Zion!*— la muchacha se adentró en el salón circular de piedra— Debes *salir de aquí cuando acabe el funeral. Tienes muchos motivos para vivir.*

—*No, mi vida acabó. Este cuerpo ahora es solo un despojo, mi alma se fue con Paki.*

—*No, entiende de una vez que ella así lo hubiese querido.*

—*No lo sé, siento que ella quiere que estemos unidos en la otra vida.*

—*¡Salgan!*—era Jilani—*Salgan todos de aquí, solo ¡Maichak y Sachi deben quedarse!*

El líder de los sacerdotes hizo una caravana de respeto y dijo:

—*Tus palabras son ordenes mi señor Chuqi-Chinchay*

—*¡Hum! Así que ahora das ordenes* —dijo Jacob

—*¡No tengo tiempo para tus sandeces Maichak! Espera, ya entenderás el por qué y para qué.*

Sachi respiraba fuertemente entendía que la vida de Zion dependía de este momento. Lo que fuese que Jilani hiciese, seria sin duda mejor que cruzarse de brazos y ver como se enterraba en vida al joven enamorado. Jilani pidió a Jacob y Sachi que salieran de la chullpa. Afuera les especificó en qué consistía el plan; mientras que el resto de los presentes se sorprendían de lo que allí acontecía.

—*Con mi Báculo haré regresar el ajayu de Paki, y tu Maichak con el tuyo la harás regresar*—enseguida se dirigió a la hermana de la difunta—*¡Sachi! ¿Estás lista?*

—Si —respondió ella

—*Debes estar dispuesta a prestar tu cuerpo a tu hermana.*

—*Si, estoy dispuesta.*

—*¡Vamos!*— Dijo Jilani

—*¿Y cómo devolveré el espíritu de Paki?*— preguntó Jacob aterrorizado

—*¡Sigue tus instintos!*

Presenciaban un portentoso evento; de repente la energía vital de Paki, su propio ajayu empezó a salir lentamente de su lánguido e inactivo cuerpo.

Primero salió la silueta iluminada de lo que parecía ser su cabeza, sus brazos, sus piernas empezaron a reflejarse y finalmente se levantó, caminó hasta Zion quien no podía dar crédito a lo que sus ojos veían. La bella Paki translucida, etérea e incorpórea estaba allí frente a él. No pronunció palabra alguna, se quedó allí frente a su amado. Jilani dominaba la situación y dijo con voz grave:

—*¡Ajayu de Paki! tendrás la oportunidad de despedirte de Zion. ¡Entra al cuerpo que tu hermana te ha prestado!*

El espíritu de Paki movió la cabeza de manera afirmativa. De inmediato Jilani lanzó otro rayo. La oscura cámara mortuoria se iluminó y el alma de Paki entró en el cuerpo de su hermana.

Jacob. Por ser un cinéfilo empedernido, no podía evitar el recordar pasajes de películas memorables. En este momento llegó a su memoria la gloriosa escena de **Ghost** [185], en la cual el espíritu de Sam se ha encarnado en el cuerpo de la graciosa vidente para despedirse de su amada Molly; no obstante, la versión andina trasciende al epitome de lo inimaginable pues, el cuerpo disponible para el ritual de usurpación espiritual consistía en el clon de la fallecida.

Zion no podía creer lo que sus ojos veían, su corazón estaba a punto de explotar de la emoción al ver a su amada Paki entrando al cuerpo de su hermana. Sachi, sumergida en un profundo trance fue arropada por un aurea azul que refulgía intensamente. Sachi caminó hacia Zion con el espíritu de su hermana Paki dentro.

—*¡Sigues tan testarudo como siempre! Déjame ir tranquila, estaré bien.*

---

[185] - Ghost es una película estadounidense de 1990 dirigida por Jerry Zucker a partir de un guion de Bruce Joel Rubin y protagonizada por Patrick Swayze, Demi Moore, Whoopi Goldberg, Ghost se estrenó en cines el 13 de julio de 1990, la película recibió críticas positivas de los críticos. Obtuvo cinco nominaciones en la 63ª edición de los Premios de la Academia: Mejor Película, Mejor Banda Sonora Original, Mejor Edición de Película y ganar Mejor Actriz de Reparto para Goldberg y Mejor Guión Original para Rubin.

—*¡Paki!* —Zion abrazó a Sachi la cual tenía el espíritu de su hermana adentro —*perdóname, mi amor, no debí dejarte sola. ¡No debí!*

—*Tú no tienes la culpa, por favor basta ya. Mi destino era terminar mi existencia en este plano allí en ese riachuelo. Tu no tuviste control sobre eso. Tu misión es vivir, y hacerlo intensamente y en cada logro, en cada meta superada pensar en mí, dedícame tus victorias, que yo estaré contigo cuando estes solo, cuando no tengas a nadie alrededor mi recuerdo te confortará. Y cuando encuentres a alguien y la ames, yo celebraré ese amor como una proyección de mi amor infinito.*

—*¡Paki amada mía!*

—*No llores, por favor. Sal de aquí y cumple con tu misión. Hazlo por mí y cuando todo esto acabe podrás seguir tu vida. ¿Me prometes que lucharás por vivir cada día intensamente? ¿Me prometes que trataras de ser feliz?*

Zion la abrazó, en realidad abrazaba a Sachi, pero sentía la energía de Paki; y luego la miró intensamente, sabía que ya no la vería jamás. Ella lo tomó por sus cabellos castaños y le estampó el ultimó beso.

—Te amo, y sé que tu amor es grande porque aún puedo sentirlo. Gracias por regalarme esas tardes de caricias, por enseñarme el significado de ser mujer. Gracias por haber entrado en mi vida. La paz de tu amor me hace irme sin ataduras, tú me has hecho libre. ¡Ahora debes seguir!... ¡debes luchar!... ¡debes vivir!...

En ese momento Paki se despegó del cuerpo de su hermana, y se fue evaporando en miles de pétalos de atapillas amarillas que como traviesas mariposas jugueteaban alrededor de los presentes.

Jacob intuyó que ya debía enviar el ajayu de Paki al lugar de donde había venido, y una vez más cumplió el adagio y siguió sus instintos. Roció los pétalos con un rayo tenue color magenta, súbitamente los pétalos se difuminaron en escarcha, una lluvia de escarcha que los cubrió a todos y el espíritu de la muchacha se elevó hasta desaparecer. Sachi colapsó en los brazos de Jilani, quien la sostuvo antes de que cayera al piso. Jacob se aproximó al chico y le abrazó:

—*Ella te lo ha pedido* —Dijo Jacob.

—*Si, lo sé. Lo haré por ella* —respondió el muchacho secando las lágrimas de su amelcochado y demacrado rostro.

—¡*Gracias Jilani! fue un gran plan* —dijo Jacob satisfecho por el resultado.

—Juntos funcionamos mejor que separados ¿No lo crees Maichak?

—¿*Y la chica?* —dijo Jacob refiriéndose a Sachi.

—Estará bien, debe descansar.

Jacob asintió con una sincera sonrisa. Cargaron a Sachi y salieron del mausoleo con Zion al lado. Ya el sol se había ocultado y fuera estaban todos aglomerados con antorchas, Javilla aún permanecía allí. Los sacerdotes entraron y terminaron la ceremonia. Coñori caminó colina abajo y Billy la interceptó:

—¡*Debes superarlo!* — le aconsejó

—*Si. lo sé* —Respondió ella— ¡*desearía ser más fuerte pero no puedo!*

—¡Eres fuerte! No pasa nada si deseas expresar tus sentimientos. Podemos controlar nuestras acciones, pero jamás nuestros sentimientos.

—Debo ser fuerte; aún tengo a Sachi y no dejaré que nada le suceda.

No puedes culparte por lo que no puedes controlar. ¡Deja que te ame, deja que entre a tu vida!

—No, ¡por favor no insistas! nunca más seré débil. No quiero amar y luego sacrificarse como un cordero. No quiero sufrir.

La guerrera corrió perdiéndose en la oscuridad. Billy sabía que este era un amor imposible, debía parar de expresar su amor, o ella huiría de su lado. Era mejor ser su protector y amigo que perderla para siempre.

La majestuosa construcción de piedra se divisaba en la colina debido a las antorchas que habían clavado alrededor, estaba allí como recordatorio de lo efímero de la vida y de cuan perdurable puede llegar a ser el amor. Había sido una jornada llena de emociones y despedidas, fue inevitable para las tropas no compartir el dolor de los que lloran su perdida. Para Coñori, Sachi y Zion la vida jamás sería igual; el dolor por la repentina partida de Paki no sanaría, inesperadamente se adentraron en el profundo mar de la vulnerabilidad de la existencia humana.

Al día siguiente, los campamentos estaban animados, casi como si nada hubiese ocurrido. El día transcurrió raudo y veloz, todos los guerreros se preparaban como de costumbre esperando la luna de sangre. Jacob fue a buscar a Stranger, Kuwi y Macao en el templo; por suerte nadie se había percatado que el pequeñín en realidad era un reptil e incluso los sacerdotes refirieron cuan gentil y disciplinado había sido Stranger. Las fuerzas orionitas entregaron las armas a los guerreros y además los entrenaron en su uso. Jacob se había encariñado con Stranger estaba claro que se había convertido en una preocupación para Jacob, era obvio que surgió un apego, una suerte de inexplicable arraigo entre los dos.

CAPITULO IX

Puma Punku Y El Arcano De La Puerta Del Puma

"La imaginación es infinita, no tiene límites,
y hay que romper donde se cierra el círculo; hay una puerta, puede haber una puerta de escape, y por esa puerta hay que desembocar"
Juan Rulfo

Esa noche, las estrellas estaban más brillantes que nunca; Jacob caminó hacia la colina del mausoleo, notó que todo estaba iluminado había sido Zion quien se encargó de prender más antorchas para iluminar la Chullpa. Se sentó en una roca plana y alargada, tan perfecta, que seguramente había sido modificada por la mano humana. Observó la luna repleta, refulgente y tan grande que casi parecía que estaba a pocos metros de él. Pensó en lo inconsistente que era la vida, y en el tiempo que había perdido, era un idiota; no tenía la menor duda. Había estado en este mundo, universo, multiverso, plano, dimensión o como quiera que se llamase, sin lujos, sin celular, sin computadora y sin su banalidad, y había sobrevivido ¡vamos que si había sobrevivido! Kori apareció sorpresivamente, el viento enarbolaba su negra cabellera e intensificaba su dulce voz:

—*Esperas la luna de sangre ¿Cierto?*

—*Si.*

—*Gracias por ayudar a Jilani.*

—*Lo hice porque el muchacho merecía vivir. La muerte lo ronda. Lo hemos rescatado de sus garras en dos oportunidades. No sé si una tercera oportunidad será tan exitosa.*

El vivirá muchos años. Lo puedo percibir.

—*Ojalá y así sea* —Jacob se incorporó y se dispuso a marcharse cuando Kori lo abrazó:

—*¡Maichak!*

—*No me dejes, por favor*— dijo el acariciándole el cabello— *no sé porque siento esto... es una extraña sensación, como si te conociera toda la vida... no sé qué hice con mi vida...*

—*Ya me lo habías dicho. ¡Quizás es que estamos destinados ...! ¡Vida! La vida no se trata de hallar motivos y razones para vivir sino sobre creer en uno mismo.*

Jacob irguió su rostro y curioso contempló de nuevo la luna, pero ya no era la misma luna hermosa que había contemplado minutos atrás, era roja, tan intensa como la sangre.

—*Llegó el momento* —sentenció Jacob

—*Así parece* — dijo Kori mirando a la luna enrojecida.

—*Voy a avisar a los chasquis y a los suamos. Por favor cuídate* — Sentenció Jacob.

—*Estaré a salvo; no olvides quien soy*

—*Jamás lo podría olvidar, ¡jamás!*

—*¡Nos vemos en Puma Punku!* —exclamó Jacob—*Jilani ha de quedarse acá en Tiwanaku.*

Espero que todo salga bien, ¿quién te dirigirá en la batalla?

Iwarka estará conmigo, pero cuando no este ... ¡solo seguiré mis instintos! Hasta pronto Kori Oclo

—*¡Hasta pronto Maichak!*

Las tropas se organizaron de manera inmediata, habían apagado las fogatas, y recogido las tiendas, todas las posesiones las habían almacenado en cuevas subterráneas donde las mujeres que venían con ellos pernoctarían cuidando los alimentos. No había señal alguna de improvisación o anarquía todos estaban sincronizados y trabajando armoniosamente. Jacob llegó al campamento y ordenó a Macao que llevará a Stranger y Kuwi al templo una vez más. Luego calzó sus botas orionitas y se dispuso a sobrevolar el valle para organizar la avanzada hacia las ciudades sagradas de Tiwanaku y Puma Punku. Odo Sha y sus Suamos se incorporaron al ejército de Jacob y Mallku juntos con otro contingente de Suamos apoyaría aéreamente al ejército de Jilani, quien debería quedarse a defender Tiwanaku.

Jilani junto con Kori hábilmente organizaron sus tropas de la siguiente manera: Los intrépidos weifaches mapuches comandados por Caupolicán junto a Coñori bloquearían el avance protegiendo la entrada norte de Tiwanaku, la guerrera amazona comandaría la tropa de mujeres que había creado y entrenado recientemente, entre sus tropas se hallaba Amaya, ahora era toda una guerrera, su miedo se extinguió lentamente y sentía que era capaz de ser ella misma. El valiente Tupac Katari apoyado por los guerreros Jumaca y Cunhambebe protegerían ***Kherikala***, por su parte Bartolina y los Pacajes dirigidos por los caciques Chacao y Huatey vigilarían el templo de ***Kalasasaya***. Tamanaco Protegería la pirámide de ***Akapana y*** estaría acompañado de Zion, mientras que Canoabo resguardaría el templo de ***Kantatallita*** un monumento decorado en bajo relieve con figuras cruciformes y romboidales. los caciques Guama y Sorocaima liderando a los **Ayahuiris** de la tribu Collas se apertrecharían en las colinas. Finalmente, Kori, Yara y Jilani protegerían las puertas del Sol y la Luna.

Por su parte Jacob, antes de avanzar a Puma Punku se dirigió al templo de Kalasasaya, era imprescindible dar las ultimas instrucciones a Macao. Le pidió proteger a Kiwi y al pequeño Stranger, a este le explicó que no debía cambiar su forma humana en ninguna circunstancia, les entregó el Alicanto y les encomendó usarlo solo si algo muy grave sucediese. Iwarka, a su vez advirtió de que al final de la batalla todos se dirigirían rumbo al océano, específicamente a un lugar llamado El Brujo donde se encontraban tres huacas: La Huaca Cortada, Huaca Cao y Huaca Prieta. En ese lugar les estarían esperando, y allí debían aguardar a la reagrupación,

Odo Sha se encargó de llevar este importante mensaje a todos los lideres. Después de esto se desplazaría hacia Puma Punku con Iwarka, Billy y Lautaro. Realmente; Puma Punku estaba a solo unos pocos kilómetros y pertenecía a la ciudad de Tiwanaco, pero era tanta la envergadura del portal que allí se encontraba que se le había otorgado el título de ciudadela.

El regimiento de Jacob empezó el avance, en realidad ambos lugares se encontraban relativamente cerca. Aún era de noche cuando llegaron a Puma Punku; Muchos lugareños se unieron no había distinción entre mujeres y hombres todos se habían recibido, sabían que nada sería igual después de este ataque. Jacob, Iwarka y Odo Sha habían llegado en muy poco tiempo a Puma Punku, el terraplén estaba iluminado por inmensas lámparas, Jacob no podía determinar si esas lámparas reflejaban luz por fuego o por otra clase energía, lo que si era cierto es que este lugar era fascinante, no había parangón para lo que sus ojos veían. Odo Sha, se separó de sus compañeros, como siempre se replegó con sus suamos, los cuales se habían dividido en dos grupos, la mitad estaban bajo el mando de Mallku y la otra mitad con él. El dios pájaro sentía gran desolación y rabia por haber perdido a Yara, pero pensó que realmente no se podía perder lo que nunca se había tenido y Yara tenía derecho a ser feliz.

Puma Punku más allá de ser un centro astronómico y religioso era una pista de aterrizaje, detrás del colosal terraplén se levantaba una ciudad cosmopolita llena de templos menores y viviendas que circundaban. La majestuosa construcción emergía de una colina de tierra rojiza, estructurada en forma escalonada, en las cuales se podía divisar vehículos espaciales al parecer pertenecientes a los orionitas y otras civilizaciones amigas. El complejo de Puma Punku o Pumapunku, era una un montículo de tierra dispuesta a manera de graderías que se apoyaban con bloques de piedra de colosal tamaño. La terraza media en los bordes norte y sur media ciento sesenta y siete metros con treinta y seis centímetros; y contaba con una longitud de ciento dieciséis metros con siete centímetros tanto en el área este, como en el área oeste. Las esquinas de la estructura tenían veinte metros, esta estructura se ensanchaba a unos veintisiete metros con seis centímetros al norte y al sur del montículo esta se destacaba por su forma rectangular. La plataforma lítica se erigía al oriente consistía en un patio de piedra andesita de seis metros con setenta y cinco centímetros. La hermosa terraza se extendía en la cima, construida por enormes lozas de piedras, entre estas rocas entramadas magistralmente destacaba una lápida colosal de más de cien toneladas, la cual media casi ocho metros de largo por cinco metros de ancho, con un diámetro de cinco metros.

Los guerreros se dispersaron, distribuyéndose según lo planeado alrededor de la ciudad, dos tropas resguardarían la puerta del Puma;

Lautaro, Caupolicán y Los Mapuches estarían alrededor de la colina. Mientras que Mallku y Odo, vigilarían el espacio aéreo. Por otro lado, Jacob, Iwarka, Billy y Lautaro se adentraron en la fortaleza; Increíblemente, las paredes estaban forradas de oro, había cortinas de hermosos tejidos multicolores, los muros estaban perfectamente labrados con iconografías e imágenes simbólicas. En la entrada estaban Ishtar y Bel junto con los orionitas, también se encontraban unos sacerdotes, ataviados con ropajes manufacturados con los más suntuosos textiles jamás vistos, las mangas de los trajes mostraban bordados de oro con incrustaciones de piedras preciosas, los tocados eran sombreros de cuero forrados con láminas de oro y plumas de los más hermosos colores. El suntuoso cortejo los esperaba junto con los orionitas.

—*¡Maichak y sus aliados! la luna roja indica el inicio de la gran batalla. Nos encontraremos luego en el carril de despegue y aterrizaje, ahora hay algo importante que deben saber y que les será útil durante la resistencia. Síganme*— dijo uno de los sacerdotes.

La pulcra perfección y esplendor de la arquitectura de Pumapunku eran comparables al fastuoso Egipto y en algunos aspectos hasta le superaba. Jacob, estaba deslumbrado pensó que la cultura tiahuanacota tenía una similitud con las más antiguas y bastas civilizaciones; todas poseían un lugar común y surgían siempre las mismas interrogantes: ¿Cómo habían podido construir estructuras de piedra tan perfectamente cortadas? ¿Cómo habían logrado trasladar esas pesadas rocas a los lugares más inaccesibles? Y quizás lo más importante ¿Para qué o quienes construían esas monumentales construcciones? Al final todo había sido un misterio, pero ahora Jacob creía tener algunas respuestas a esas interrogantes.

Avanzaron con paso decidió adentrándose en medio de los pasadizos y caminerías del inverosímil lugar. Todos tenían la boca abierta, era increíble el nivel de perfección ante lo simétrico de los cortes de los bloques, por otra parte, el diseño de la construcción era de una extraordinaria perfección. Había bloques de piedra engranados entre sí, los cuales le recordaban a Jacob nuevamente las piezas de Lego. Cientos de cabezas de pumas esculpidas en piedra se desplegaban por las paredes de las terrazas. Jamás había visto una construcción que tuviera bloques intercalados a manera de puzle como los que aquí se encontraban.

Guiados por el sacerdote caminaron por los pasillos y llegaron a una suerte de salón que le recordaba a Jacob una sala de control aeroespacial. Al entrar se percató de que había inmensas pantallas en las que se veían los diferentes multiversos, las imágenes eran tan nítidas que parecía más una ventana o balcón que una pantalla; lo increíble era que lo que allí se proyectaba era en tiempo real. Sentados frente a las pantallas se encontraban contemplando una docena de seres de morfología diferente a la humana. Estas entidades según los estándares de Jacob parecían ser de otros planetas. Caminaron entre ellos, se podía distinguir algunos más altos que otros, unos con ojos inmensos, con diferentes colores de piel. Todos enganchados con las pantallas como si de ellos dependiese lo que sucedía en esos recónditos lugares.

—*¡Han llegado Puma Punku! a la Puerta del Puma: El Portal interestelar y La base intergaláctica de este Universo.*

—*¡Increíble!* —dijo Billy mirando a Lautaro quien no lucia impresionado con todo lo que veía.

—*Si, es increíble* —dijo el Yatir— *desde acá se interconectan las civilizaciones para intercambiar conocimiento.*

—*¿Y esas pantallas?* —preguntó Jacob.

—*Son monitores intergalácticos formados por partículas aceleradas que permiten visualizar lo que sucede en cualquier punto de las líneas temporales, pero ¡hay que ser cuidadosos! no se debe interferir en ellas.*

—*¿De qué están hechas? Parece cristal* — dijo Billy

—*Es cristal de obsidiana, el mismo material empleado en el espejo humeante de los aztecas, el espejo de John Deer.*

—*¿John Deer?* — Preguntó Billy— *¿El matemático?*

—*Si, el conector* — Respondió el Yatir.

—*¿Conector?* — replicó Billy de nuevo.

—*Los conectores son seres que tienen el poder de enlazarse con distintos portales. Y es, porque su* ***éter*** *permanece en distintos planos o dimensiones.*

Avanzó unos pasos y señaló un inmenso cilindro o túnel que asemejaba un caracol con cuatro tubos que estaban incrustados en el suelo a manera de un poso.

—*Este acelerador de partículas produce la energía necesaria para poder vigilar las líneas temporales.* —Dijo uno de los Sacerdotes.

—Es decir que desde acá pueden ver el pasado.

—Bueno, el concepto de tiempo que manejan en algunos planos dimensionales difiere del concepto primigenio. Al principio no existió el tiempo, no era necesario. El tiempo es una creación de la mente, el tiempo no existe de manera independiente, siempre estará conectado a la percepción. Lo que llaman pasado o futuro depende de la velocidad de cómo se mueven en el espacio el espectador. Tiempo y espacio son conceptos complejos.

Iwarka quien había estado terriblemente silencioso sentenció:

*—El pasado, está siempre unido a el presente y al futuro. Los tres suceden simultáneamente. Este **cronovisor** debe protegerse, si llegase a caer en manos inescrupulosas, sería el fin del orden del sistema de cosas y los multiversos.*

El Yatir se comunicó telepáticamente con uno de los seres que estaban frente la sofisticada máquina. De inmediato el ser se volteó y mirando a Jacob con sus enormes ojos ovalados le preguntó:

—¿Cuál ha sido el momento más memorable de tu vida Jacob Miranda?

Jacob pensó en el día en que su banda Los Profetas se había introducido al Salón de la Fama, no hubo otro momento en su vida en el cual se hubiese sentido más pleno y lleno de satisfacción.

El enigmático y poderoso ente pudo leer los pensamientos de Jacob y con una vocecilla casi imperceptible le dijo:

—El cronovisor ya está listo —oprimió un botón verde fluorescente y agregó—*Maichak acá esta tu momento.*

De sus ojos claros afloraron dos lágrimas, no podía creer que ese grato recuerdo se repitiese eternamente y menos aún que estuviese sucediendo en ese momento.

—¿Es una grabación? —dudó Jacob

—No, eso está sucediendo ahora mismo — dijo el sacerdote

—¿Puedo cambiar algo? —preguntó Jacob

—No puedes interferir

— *¡Es que ese día olvidé agradecer a mis compañeros de banda!* — Jacob echó un vistazo a sus compañeros: Steve, Iris, Pedro y Paul. Todos lucían radiantes, emocionados y felices. Sus atuendos eran formales, sin embargo, la sensación de la gala había sido Iris, quien llevaba un hermoso vestido de diseñador negro que forraba su exuberante cuerpo, mientras que Jacob siempre irreverente vestía un pantalón de cuero que le había irritado la entrepierna y una camisa tejana. ¡Cuántos recuerdos! No pudo evitar pensar en donde estarían, ¿Qué sucedió con ellos? Suspiró, sentía tanto que Steve ya no estuviese vivo. El hombrecillo grisáceo y cabezón, fijó sus ojos sobre Jacob, e inmediatamente manipuló algunos botones y de manera intempestiva Jacob pudo contemplar cómo el pasado, su pasado se había modificado. Allí mismo ante sus ojos, se contempló. No había duda ¡era el mismo!, no había truco ¡era su voz!, su forma de hablar pausada, el Jacob Miranda el arrogante le agradecía a su banda:

"Quiero agradecer a estos cuatro pilares, a mis amigos quienes con su talento, ingenio y capacidad de reinvención han hecho posible que Los Profetas puedan dejar un legado musical, Gracias Pedro, hermano mío tu eres la alegría, Steve tu eres la perfección… tu, Paul siempre tan soñador eres la fantasía y la hermosa Iris que esta noche esta más bella que nunca… tu eres el corazón de la banda"

contempló con complicidad al amigable pequeñín que le había dado la oportunidad de reivindicarse con los mejores amigos de toda su vida. Ninguno profirió una sola palabra sobre el hecho; hasta que el yatir se aproximó a Jacob y dijo con voz contundente

—*¡Se mantiene el balance!*

—*Me dijiste que no se podía cambiar el pasado* — recriminó extrañamente Jacob.

—*Esas palabras no cambiaron nada en la vida de tus amigos. Ellos siempre te aceptaron como eres. Palabras más o palabras menos no cambiaran el curso de sus vidas.*

—*Así es muchacho, ¡Nada cambió!*—dijo enérgico Iwarka caminando hacia el—*ellos, tus amigos nunca prestaron atención a ese agradecimiento. Siempre supieron que tú eras un egoísta y te amaron tal como eras con tus defectos y virtudes, también entendieron que tu vida no había sido fácil y que solo fuiste insensible para protegerte. Ese momento que para ti significó algo, para ellos no significó nada; nada cambiaria en la vida de tus amigos. Por eso no importa cambiar unas palabras, ellos siempre seguirán atados a ti.*

—*¿Atados a mí? Increpó Jacob*

—*Están más cerca de ti de lo que crees* —dijo el sacerdote

—*¿Dónde?* — Indagó Jacob.

—*Algún día no muy lejano lo sabrás. Ahora sígueme hay alguien y algo que debes ver.*

Recorrieron las amplias caminerías, Jacob e Iwarka seguían al sacerdote, secundados por Lautaro y Billy quienes permanecían en silencio. Llegaron a un inmenso edificio de unos treinta pisos de altura, dispuesto en el ala este del terraplén. Entraron por un portón iluminado por una extraña energía cuyo fulgor asemejaba al neón. Subieron por las escaleras en espiral desde cuyas ventanas se podía observar la ciudadela y los complejos habitacionales construidos en las colinas y desde los cuales centelleaban pequeñas luces que simulaban constelaciones. Al llegar a la azotea cubierta por una impresionante cúpula de cristal la cual permitía ver la bóveda celeste, la noche derrochaba un espectáculo de estrellas fulgurantes que contrataba con el rojo sangre del disco lunar. Hacia el este, presidia el espectáculo la inmensa cruz del sur. Lautaro y Billy pudieron contemplar la luna más grande que jamás hubiesen visto y además teñida de un maléfico rojo, tan intenso como la sangre. La luna brillaba oscureciendo de malva el altiplano; quizás era una premonición de la sangre que se derramaría en las siguientes horas.

Jacob centró su atención en el enorme telescopio que se encontraba en un en el centro del observatorio. Se apreciaban desperdigadas por doquier una suerte de consolas iluminadas y algunos seres sentados, en lo que simulaba ser una torre de control. El sacerdote se acercó hasta el telescopio en donde se encontraban tres Yatiris y detrás de un hombre fornido y de gran tamaño ocultaba su cara tras el telescopio.

Era evidente que para los Aymaras al igual que otras ancestrales civilizaciones el cosmos representaba el origen de todo, la energía sempiterna que regía el tránsito por los diferentes mundos; y ahora Jacob conocía el porqué de esto, los Aymaras a través de los sabios amautas o yatires, desarrollaron una rigurosa cosmovisión, basada en una detallada observación del firmamento relacionaron el cosmos con su historia, este devenir constante de información los impulsó a profundizar su conocimiento. Conocían el arte de la astronomía porque sabían que el origen de la vida provenía de las estrellas, sabían que un ente creador venido desde lo más alto les había traído hasta el altiplano y les encomendó vivir en armonía con el ciclo de la naturaleza, de esta manera elaboraron un sistema de observación del firmamento; logrando calibrar de manera exacta los ciclos lunares; además de detectar las anomalías solares. Utilizaron un sofisticado calendario sustentado en el año solar, el cual regia la vida en todas sus facetas, desde la agricultura hasta la procreación.

El polémico ***big bang*** se posicionaba en un lugar privilegiado dentro de la cosmogonía aymara, pues las galaxias y constelaciones emergieron del caos producido por el huracán divino llamado ***huayra-thaki*** [186] o camino de los vientos, el apego insaciable por dilucidar el origen del firmamento y sus astros había sido el legado de los entes superiores, esos visitantes que ellos llamaron dioses y de quienes heredaron la sapiencia interestelar; de esta manera los yatires y amautas escrudiñaron antes

[186] - Vía láctea para los Aymaras.

que Einstein las entrañas de la física cuántica, pues lograron conocer y definir los movimientos de los planetas y el dinamismo de la dupla espacio-tiempo

Los demás yatires proseguían con lo que fuese que hacían enfrente de lo que simulaban ser computadoras. Jacob ya no tenía espacio para el asombro, sin embargo, era extremadamente increíble que esos artefactos tan sofisticados estuviesen allí en la cima del altiplano andino. El sacerdote avanzó hasta el musculoso hombre semi oculto tras el inmenso telescopio y le dijo:

—*¡He aquí Maichak!*

—*Te estaba esperando*—dijo el hombre, pero sin mostrar su rostro—*no solo a ti, también a tus guerreros y aliados.*

—*¡Pues acá estamos!*

—*Debemos proteger los portales esa es la misión.*

—*¿Los portales y al pueblo aymara?* — Preguntó Jacob con aire enfático.

—*El objetivo será preservar los portales, de esta manera se mantendrá el balance. Si los portales se destruyen o desaparecen, no solo morirá toda la nación aymara y la cultura Tiwanaco desaparecerá, sino que también los demás multiversos serán tragados por el* ***túnel de la oscuridad.***

Jacob guardó silencio, estaba aburrido de lo "políticamente correcto", de hacer algo muy malo para alcanzar una meta u objetivo aparentemente bueno, y sobre todo de tener que ser siempre quien definiera las situaciones utilizando juicios de valor distantes a los suyos. Respiró y dijo:

—*¡Haré lo que tenga que hacer! ¿Tengo otra opción?*

—*Si, siempre has tenido más opciones.*

—*No lo creo, pues cuando fui obligado a llegar a este plano, se me atacó con una lluvia de púas afiladas que destruían mi cuerpo.*

—*Pudiste morir allá en el Kerepakupai y sin embargo tu decisión fue el salto del lugar más profundo.*

—*Jacob guardó silencio, en cierta forma el misterioso hombre tenía razón; el decidió saltar, el no hacerlo hubiese significado la muerte. El hombre dejo ver su rostro e intempestivamente se levantó de su asiento. El rostro de Jacob se congeló como si un nimbo glaciar lo hubiese cubierto.*

—*¿Impresionado?*

—*Mucho* — respondió Jacob

De un peludo rostro ocre saltaban unos ojos gatunos los cuales retozaban detrás de espejuelos. El felino semblante estaba bordeado por un par de erectas orejas que asimilaban puntas de lanzas y bonachones bigotes, la imagen del musculoso hombre se perdió en la indefinición de "hombre", en realidad era un ser zoomórfico, cuyo cuerpo era en apariencia totalmente humano, no así su semblante. Ataviado con una camiseta de Einstein y jeans que le hacían lucir como todo un ***nerdo*** [187]. era evidente que quería aparentar ser un humano; pero este no ayudaba mucho pues Jacob había tenido una relación de amor y odio con los felinos y no sabía cuál sería la reacción de este. En el pasado se enfrentó pumas buenos y malos, jaguares amigos y enemigos; la situación era por demás confusa.

—*Entiendo que estes nervioso. No hay nada que temer. Los Chachapumas con los que te enfrentaste son una variación hibrida. Ellos son el resultado de una mutación genética entre los reptiles y los primeros. Son seres irracionales, faltos de entendimiento. En realidad, soy el hijo de Chavín, ya le conociste hace algún tiempo.*

—*Es bueno saber que estamos en el mismo bando* —dijo Jacob con una fingida sonrisa.

—*Así es, Maichak; veo que el sabio Iwarka ha estado a tu lado; hay un Jencham con ustedes, y el valiente Lautaro. Sin lugar a duda; se convocaron a los mejores.* —seguidamente miró a Jacob y le preguntó— *Sabes qué es esto. ¿Cierto?*

—*Si, desde luego un telescopio.*

—*Si es el más poderoso telescopio, incluso mucho más potente que los que existen en los observatorios de tu mundo en China y Chile. ¿Quieres ver?*

Jacob asintió; el musculoso hombre-puma le cedió su espacio para que pudiera ver a través de la pantalla, sin embargo, se quedó a su lado y le explicó:

---

187 - **RAE m.** y f. despect. Col., Cuba, Méx. **y** P. Rico.
Persona estudiosa e inteligente que suele mostrar un carácter abstraído y poco sociable.

—Mi nombre es Kay, y mi misión en este multiverso es preservar la conexión de los tres espacios: la dimensión del cosmos, o como la llaman muchos de los dioses o viajeros de las estrellas, la dimensión de los vivos y la dimensión de los muertos.

—¿Seguro que eres de los nuestros?

—Seguro —le miró con esos ojazos felinos y le explayó una *sonrisa— Soy el Arcano de la puerta del puma—* luego apuntó algo en la pantalla y dijo con emoción— *Esa estrella roja que ves allí es la estrella de Aldebarán, también llamada "**a tauri**"*

Kai maniobró el telescopio oprimiendo algunas teclas, que eran en realidad solo halos de luz superpuestos sobre un tablero plano y reflectante.

Los cuatro junto a Kai se transportaron de manera incorpórea a un lugar donde las estrellas parpadeaban y refulgían como luciérnagas en una noche de verano. Se elevaron a un estado de conciencia donde se fundieron al cosmos, las constelaciones y las estrellas estaban allí tan pequeñas que ellos podían tocarlas.

—¡Guau! ¡Es increíble la forma que tiene! Mi madre solía decirme los nombres de las constelaciones, su padre se las enseñó, él fue pescador en Mallorca y conocía las estrellas. Creo que esa es la constelación *de* Taurus *"el Toro"* — explicó *Jacob emocionado.*

Kai explicó:

—Así la llamaron los griegos. El toro fue la forma que adoptó Zeus para *seducir a Europa. Tanto* la constelación *del Toro como la estrella Aldebarán conforman el* ***"Kotu sankha"***

—¿Y qué significa Kotu Sankha? —preguntó Billy

—Significa gran puñado de *brasas.*

—Vaya que sí parece un puñado de brasas —dijo Billy— *y esta constelación de aquí ¿cómo se llama?*

—Esa es Orión *o* ***Warawar Kjahua*** —Respondió Kai.

—En cada una de estas constelaciones hay multiversos que se interconectan entre sí por *medio de los portales y los agujeros negros controlados. Hay* muchos *portales inestables que se pueden abrir intempestivamente y cuando esto sucede, no solo humanos, sino también barcos y aviones pueden ser irremediablemente abducido o atrapado por estos agujeros.*

—*¿Cómo el famoso triángulo de las Bermudas?* —dijo Jacob sorprendido

—*¡Ja! ¡ja! ¡ja!* —se carcajeó Kai—*Si, hay muchos vórtices, los más famosos son: el legendario* ***Stonehenge, Hanging Rock, San Borondon,*** *el llamado triángulo, es en realidad un portal Inter dimensional, pero uno muy inestable, varía de ubicación, alrededor de quinientos mil kilómetros cuadrados.*

Kai era el hijo de Chavín, recientemente se había incorporado a los comandos de protección de los portales; desde muy pequeño había amado la ciencia; para él era la explicación de todo lo inexplicable. Era un hibrido entre jaguar y puma, además su madre fue una princesa indígena; por tal motivo poseía morfología humana. Su sapiencia era legendaria en el reino Verde, pero también era reconocido como uno de los maestros alquimistas y discípulo de la sociedad de los nueve sabios.

Mientras Kai los instruía sobre los misteriosos portales. Jacob no sabía que sucedería, pero si podía intuir que algo definitivo acontecería esa noche. Muchas cosas estaban timando sentido y por ello, el gran Maichak había finalmente entendido su misión.

En Tiahuanaco, la noche estaba cálida a pesar de la tensión reinante. Cada ápice del paisaje se hacía especialmente tenso, como si después de esta noche el escenario del altiplano cambiaria por completo y nunca más seria el mismo lugar. Los guerreros estaban preparados; las tropas de Coñori se habían dispuesto a proteger la puerta del sol. Era sumamente importante resguardar la zona, por su parte las demás mujeres se habían preparado para luchar como los hombres; no era momento para temer, debían vencer el mayor temor que reinaba en sus vidas; el temor de ser mujer. Las demás tropas estaban dispuestas según lo acordado y listas para defender la ciudad de Tiwanaku.

Bartolina permanecía en Kalasasaya, Macao, Kuwi y Stranger estaban bajo su protección. Desde la llegada del pequeño al templo, uno de los Yatires, llamado ***Aruni*** sospechó que algo extraño e inusual sucedía con el peculiar niño, pues había visto algo anormal en sus ojos. El acucioso Yatir estaba a cargo de vigilarles día y noche, por eso había percibido un influjo o energía y de inmediato se lo comunicó al sacerdote supremo, quien interrogó a Mboiresai, Ndaivi y Ch'uya increpándolos sobre el extraño influjo que desplegaba el pequeñín. Todos negaron que el niño escondiese algo maligno. No conforme con la respuesta el Yatir supremo ordenó a todos los Karais y chamanes que vigilaran de cerca al extraño niño, e incluso ordenó un examen exhaustivo durante el cual, se hizo un ritual; y no lograron encontrar vestigios de algo inusual o diferente en él. Bartolina, Huatey y Chacao conocían el secreto, pero obviamente sus vidas y la del crio dependían de mantener ese secreto a salvo. Impresionantemente Stranger obedeció a Jacob y no se metamorfoseó en ningún momento, era casi como si hubiese olvidado su condición de reptil.

No muy lejos de allí, en Kherikala, Tupac Katari, Julián pensaba en Bartolina, y que sucedería con ellos cuando regresaran de nuevo a su vida de siempre en sicasica, ¿Sería posible que ella le recordara? ¿Qué se volvieran a encontrar? Conocer a Bartolina representaba lo más hermoso que le había sucedido en su vida, jamás conoció a una mujer con tantos atributos y tan valiente como ella.

Mientras tanto, en Puma Punku el felino, decidió llevar a Jacob y los demás al gran portal de Puma Punku; allí les impartiría las ultimas instrucciones, al parecer no le había agradado la presencia del Jencham. Iwarka le había advertido a Jacob que el báculo sagrado seria definitorio y definitivo para la resistencia y protección del portal, pero no le había explicado como seria esa protección y en que consistiría. En estos aciagos momentos Jacob pensaba en los "porques" porque tenía que ser el quien estuviera a cargo de salvar el balance, porque debía sacrificarse gente en pro de un objetivo; era absurdo, pero no dudaba ni por un solo instante de que era solo un peón en un juego de ajedrez, en el cual ambos bandos dirigidos por el mismo jugador.

Caminaron por el inmenso terraplén, era increíble la perfección arquitectónica que ese lugar derrochaba. Alrededor se podían apreciar las cabezas de pumas talladas en piedra. Subieron por unas escaleras que daban a un gran riel, donde gigantescas piedras en forma de "H" formaban lo que parecía ser la base de un transbordador. Esas misteriosas piedras talladas en forma H y forradas en láminas de oro estaban esparcidas por doquier, Jacob pensó que esas rocas perfectamente talladas en forma de "H" tendrían una razón de ser, un símbolo estaba inmerso en ese diseño y él lo descubriría.

Al llegar a la parte más alta donde había un inmenso circulo de energía que irradiaba destellos, se acercaron lentamente. El sacerdote continuaba allí junto Kai detrás le seguían Iwarka y Jacob, los demás estaban detrás. De manera intempestiva el gigantesco aro de luz se elevó y giro de manera vertiginosa, formando un torbellino que generaba gran potencia. Todo se tornó oscuro y solo se podía contemplar el fascinante espectáculo de la ráfaga de luces.

—Así funciona este vórtice, no es como los demás, este fue construido por un gobierno de tu mundo, mediante esta tecnología se pueden comunicar con nosotros, e incluso han venido hasta acá a ayudar a proteger el vórtice de Puma Punku y el de Tiahuanaco — explicó Kai.

Solo unos segundos después, el aro lumínico parecía fuera de control, Kai ordeno que se alejaran de allí, y de inmediato llegaron los guardias que custodiaban el lugar.

Una gran espiral los atraía hacia el circulo como si fuese un tornado. Jacob, Iwarka y los demás se aparataron y sujetaron de unos aros que guindaban de las paredes los cuales parecían haber sido hechos para ese fin, o quizás era solo coincidencia. Kai gritó:

—*¡Tengan cuidado! ¡Sosténganse! el agujero los puede atraer y llevarlos a otro lugar o quizás destruirlos.*

Había sido demasiado tarde, dos guardias habían sido atrapados por el vendaval, y desaparecieron. El circulo les había tragado, mientras seguía generando una poderosa energía. Jacob se suspendía prácticamente estaba elevado del suelo solo su mano derecha le unía al aro. Iwarka hábilmente permanecía sujeto al aro. Billy y Lautaro, estaban bien asegurados. El potente torbellino azul fue disminuyendo y de repente desde el centro de este, aparecieron tres figuras; las siluetas se perdían entre el intenso parpadear de las luces que enceguecía a todos los presentes.

Jacob siguió sosteniéndose al aro, pero no perdió de vista el centro del vórtice, hizo un gran esfuerzo para poder distinguir, las tres esbeltas siluetas y de porte aguerrido. Iwarka gritó a Jacob:

—*¡Lo que viene no es bueno!*

—*Si, lo sé* — respondió Jacob

—*¿De que hablan? ¿Qué está sucediendo?* — Gritó Billy

—*¡Ni nosotros mismo sabemos que está sucediendo! ¡Pero ahora viene lo bueno!*

Kai fue el primero en soltarse y avanzar hacia las figuras que emergían decididas desde el centro del vórtice y que ahora si se distinguían. Jacob no pudo contenerse y gritó:

—*¡Iwarka! ¡Es el Zipa y con el viene la Huitaca!*

—*¡Esto no está nada bien!* — vociferó Iwarka con fuerza— *¡Prepárense!*

—*Me dirán que diantres sucede ¿o no?*

—*Son nuestros enemigos y vienen por revancha*

—

—*Gracias — respondió Jencham con tono irónico*

Kai, desconociendo los antecedentes, se adelantó a recibirles y haciendo una reverencia les dijo:

—*¡Oh, Mi **Mama Killa!** ¡señora Huitaca! ¿A qué se debe que estes entre nosotros?*

—*He venido a buscar a mis enemigos, vengarme y a destruir este portal*

—*Mi señora este vórtice mantiene el balance*

—*¡Cállate!*— *profirió un alarido que ensordeció a todos*— *¡Yo también mantengo el balance sin mí, las cosas en este plano serian distintas! todo sería un caos, sin embargo, todos adoran a Viracocha Bochica, Inti o como sea que se llame. Dime que sería de este y los otros planos sin la luna. He venido a vengarme de ti Maichak y de la insolente Yara. Y creo que no estoy sola* —dijo señalando a Saguamanchica. Y detrás de esta venia un contingente de guerreros.

—*Te lo dije infeliz que nos volveríamos a ver y he cumplido acá estoy. Tu y la mentirosa de Yara pagaron bien caro su traición* — vociferó con gran enojo el Zipa.

De inmediato Huitaca se tornó completamente roja, y se abalanzó sobre Kai, quien perplejo no quería enfrentarse a La venerada Mama Killa la diosa de la luna; sin embargo, esta le manoteó impulsándolo unos cuantos metros. Los guerreros salían de la espiral lumínica atacando a todos los que se encontraban operando el túnel de aceleración. El sacerdote hábilmente tomó el control y manipulando la portentosa maquina alcanzó a detener el halo de luz y con esto la entrada de más guerreros; que al parecer Guechas, quienes habían viajado a través de algún portal de la región de Bacatá. Saguamanchica se enfrentó a Jacob, mientras que Iwarka combatía con Mama Killa, Billy y Lautaro lidiaban con un grupo de guerreros. Iwarka empujó a Huitaca hacia una roca y allí frente a frente le dijo:

—Tú Selena, Ixchel, ***Mani, Jonsu*** *o Mama Quilla… Tú que desde el principio de los tiempos has sido proveedora de estabilidad y armonía ahora apuestas al caos*

Ella le sujeto su peluda mano, detuvo el ataque y le respondió:

—Así lo han querido. Prefieren a Bochica el egoísta y celoso dios.

—No, tú eres tan importante como lo es el. ¡Todo este sistema está diseñado para que se mantenga el balance! Tu riges los ciclos de la vida, el rige los preceptos de cómo vivir la vida. Ambos tienen igualdad de rango. Así lo decidió el arquitecto supremo hacedor de todos los multiversos.

—Pronto vendrán las tropas a arrasar Puma Punku y los portales se cerrarán para siempre para ustedes; La Corte del Mal controlará todo. Bochica jamás podrá regresar.

—Destruirá todos los multiversos. Solo la corte del mal sobrevivirá; Sera una aniquilación del espacio el tiempo. ¿De que servirá tanta destrucción?

—Viviremos solo los seres superiores ¡No tengo tiempo que perder hablando idioteces contigo! — Dijo mientras se alejaba, el sacerdote la interceptó y le dijo:

—¡Oh, venerable Mama Quilla!, por favor únete a nosotros para proteger los portales de Puma Punku y Tiahuanaco.

Lo miró con displicencia y de un manotón lo arrojó a unos cuantos metros de distancia. Iwarka corrió hacia donde estaba, pero ya era tarde se había partido la cabeza al impactar contra una afilada roca. Todo alrededor era caos, muchos Guechas se habían retenido en el túnel de aceleración, quizás se enviaron a otro multiverso, pero muchos alcanzaron a traspasar y seguían fervorosamente las órdenes del Zipa. Mientras tanto, algo muy extraño sucedía con Saguamanchica, desplegaba un sorprendente poder que le hacía casi invencible, Jacob intentó utilizar su báculo, pero le fue imposible, una fuerza muy poderosa le protegía; así que decidió hacer uso de la energía que le había sido otorgada por Bochica, y enfrentarse cuerpo a cuerpo con el fiero e implacable Zipa. Huitaca avanzó rápidamente lanzando por el aire a todo aquel se interponía en su camino; era evidente que iba en busca de Yara, el odio y aversión que sentía por ella era tan intenso como el rojizo esplendor que esparcía a su paso.

En medio de la densa neblina de Puma Punku, un sangriento combate cuerpo a cuerpo se llevaba a cabo, ninguna de las dos partes cedía un ápice. Saguamanchica le gritó a Jacob:

—*¡Veo que has mejorado!*

—*Tú también has mejorado* —Vociferó Jacob mientras trataba de detener la afilada daga que casi le atraviesa el cuello.

—*¡Ahora soy más poderoso!*

—*Esta pelea no tiene sentido y tú lo sabes podemos estar luchando eternamente, sin que ninguno de los dos ganase.*

—*¿Dónde están?*— inquirió el Zipa

—*¿De quiénes hablas?*— Preguntó Jacob propinándole una patada en el pecho

—*De los traidores: Sagipa y Majori*

—*¿Entonces no lo sabes?*

—*¿No sé qué?* —Gritó arremetiendo violentamente; impulsándose a sí mismo sobre Jacob quien intrépidamente rodó a su derecha esquivándolo y dejándole un espacio rocoso para el impacto.

—*¡Tus Guechas los asesinaron! En el fondo de Guatavita.*

Saguamanchica se detuvo, había sido como si toda la furia interior se hubiese desvanecido instantáneamente. Quedó tendido sobre las rugosas y frías piedras. Detrás de la fachada de recio e implacable líder, muy adentro de ese amasijo musculoso había un corazón que palpitaba al compás de los recuerdos, esas memorias de felices tiempos que furtivos se desvanecían entre la niebla de la venganza.

—*¿Qué sucede Gran Zipa de Bacatá? ¿No era eso lo que deseabas? Exterminarles...*

Sagipa guardó silencio, se levantó y le dijo con voz entrecortada:

—Yo, jamás desee su muerte... No podía permitir esa traición.

—¿Y a que has venido?

—A buscar a Yara

—Te conozco bien, y aun no has aprendido tu lección. No puedes someter y mucho menos retener a una mujer en contra de su voluntad. Tarde o temprano, encontrará el amor y reclamará su libertad; sin importar que precio tenga que pagar, como lo hizo Majori.

—No, con Yara será diferente. La aislaré de todo, será solo mía. Ni tu ni nadie me lo impedirá; me la llevaré a Bacatá en cuanto la encuentre, con respecto a ti nos encontraremos de nuevo.

—Sabes que estas derrotado, y huyes como el cobarde que siempre fuiste. ¡Qué más se puede esperar de un niño mimado y egoísta como tú!! No tienes idea de lo que acá sucederá. Espero que cuando regreses sea para unirte a nosotros. Aun estas a tiempo...

Las tropas de Guechas estaban maltrechas y casi neutralizadas, se hacía evidente la superioridad cuantitativa y estratégica de los guerreros de Puma Punku. Saguamanchica gritó a sus Guechas que se replegaran y con la misma se alejó. No sin antes decir:

—Tu ni nadie sabe nada sobre mi... ¡nada!

—Billy se aproximó a Jacob y le dijo:

—¿Y ahora que haremos?

— Lo que sea esta máquina hay que cuidarla, esto es el secreto de existencia,

Billy guardó silencio y asintió con su cabeza, caminaron sorteando los cuerpos en medio del sangriento escenario. Iwarka, con la respiración entre cortada les esperaba en un recodo, por su lado Lautaro se les unió con el rostro sudado y lleno de sangre. Avanzaron y después de unos cuantos metros Kai los interceptó:

—El túnel de aceleración está protegido, los intrusos están neutralizados —asintió con la cabeza y dijo— *ahora vamos a buscar el cristal.*

Continuaron caminando por unas estrechas escaleras que bordeaban la terraza, al llegar a una suerte de galería decoradas con cruces lo cual impactó particularmente a Jacob, se encontraron con unos hombres vestidos con uniformes militares de campana con camuflaje gris y beige, el estampado usado para clima desértico, cascos con visores infrarrojos y chalecos tácticos. Sus armas no correspondían a las convencionales de la época de Jacob, o al menos él no los reconocía.

—*¿Quién es Jacob Miranda, Alias Maichak?*

Jacob no vaciló en identificarse, si había algo que había aprendido en esta aventura era que tenía que dar la cara. Dio un paso adelante y con voz firme dijo:

—*Yo soy.*

—*Venga con nosotros* —dijo el soldado de tes morena, seguido de otro joven con tes clara quien guardó silencio y movió vigilante su cabeza.

—*Nosotros iremos con él* —dijo Iwarka.

—*Si, no hay problema* —respondió el soldado avanzando.

Caminaron por el terraplén donde se encontraban rieles en forma de H que se perdían en el inmenso terreno, donde había automóviles y naves estacionados en orden. Muchos guardias y personal circundaban el área, en lo que parecía ser una base militar. Luego de un par de minutos entraron a un laberinto inundado de neblina cuyas paredes rojas emanaban una particular energía, una suerte de estática que le paraban los vellos y cabellos a todos. Extraordinariamente, y muy a pesar de lo intrincado de ese laberinto, el soldado estaba seguro de que dirección seguir y no titubeaba ni un solo instante en avanzar. Bajaron por unas estrechas escaleras internándose en lo que parecía ser una edificación subterránea. En la puerta se encontraban más soldados que usando un láser escanearon el iris de ambos compañeros.

Continuaron el recorrido y en breve se adentraron en una sala con docenas de militares operando computadoras apostadas por doquier. Por detrás de ellos se escuchó una voz:

—*¡Jacob, al fin lo encontramos!*

Intempestivamente apareció un hombre maduro de unos 60 años, vistiendo el mismo uniforme que los soldados, de cabellos platinados al ras, dos botones lapislázuli resplandecían en su rostro, avanzó sosteniendo un kero y al parecer era su jefe. Jacob guardó silencio, no sabía que decir, ni siquiera sabía si eran aliados o enemigos.

—*No tenga cuidado, estamos del mismo bando. Soy el comandante H.G. Vernel de la Coalición Multidimensional.*

—Es bueno saber que alguien está de nuestro lado acabamos de ser atacados por los Guechas de Saguamanchica.

—Se escabulleron por el túnel de aceleración —Dijo Vernel— *Ha sido ayudados por un éter. Falta muy poco para la batalla definitiva, debemos proteger las puertas de la luna, del sol, del Puma y el riel multidimensional. Mis soldados deberán frenar la contratacada, pero llegará un momento en el que el bastón protegerá los portales.*

El comandante Vernel caminó hacia otra sala y les indicó con señas que lo siguieran. Caminaron por la sala subterránea repleta de computadoras y artilugios tecnológicos que no tenían paragón con lo que Jacob conocía en su tiempo. Allí estaban los orionitas: Alnilam y Alnitak acompañados de Ishtar y Bel. El comandante se acercó a ellos y expuso:

—Acá esta Jacob.

—Los esperábamos —respondió Alnitak sostuvo una roca de cristal con su mano y se la alargó a Jacob. Esta tenía grabado un círculo dentro de un cuadrado y este cuadrado estaba dentro de un triángulo que finalmente estaba dentro de un círculo —*¡Esta piedra es la conexión del báculo con el portal!*

—Interesante — mascculló Jacob algo hastiado— *pero no tenemos mucho tiempo.*

—Jilani será quien proteja con su báculo los portales del sol y la luna, yo protegeré la puerta del Puma.

—Si, él ya tiene en su poder el cristal— informó Alnilam haciendo un saludo y despareciendo al instante.

—*¡Vengan con nosotros!* —dijo Vernel quien continuaba sorbiendo lo que probablemente era chicha.

Iwarka caminaba al lado del comandante, mientras que Lautaro y Billy retrasaban el paso, abriendo el paso para Ishtar, Bel y los dos orionitas; mientras Jacob fruncia el ceño y encogía los hombros a sus dos compañeros quienes le soltaron miradas de complicidad.

Ascendieron por una escalera que daban a otro terraplén bordeado de iconografías enchapadas en oro y plata, alternadas con rostros de puma esculpidos en la roca. El lugar era fascinante, como ningún otro, el diseño geométrico y los bloques proyectaban una imagen futurística y aerodinámica. En Puma Punku la arquitectura se envestía de un aire novedoso, enigmático y sobre todo mágico.

Ni siquiera ***Vitruvio***[188] pensó en el refinado nivel y los atributos estéticos de esta ciudadela. Puma Punku representaba un antes y un después en la arquitectura y la construcción. Descomunales cimientos difuminados entre la niebla de los andes, en medio de la nada y en el ombligo del todo; emplazamiento monumental que se erigía en un perfecto entramado de bloques, donde cada piedra cortada se transforma en una inverosímil pieza de precisión milimétrica que forma parte de una totalidad indivisible.

El comandante se situó en un monolito, y seguidamente manipuló un aparato que llevaba en su mano, e ipso facto, los transportó a una inmensa meseta, en cuyo fondo se encontraba un gran arco hecho en una sola pieza de unos tres metros de alto por cuatro metros de ancho, se trataba de una gigantesca piedra andesita, que al igual que los otros portales de Tiahuanaco se había trabajado directamente sobre el bloque en bruto. En el frontón de este se apreciaba un relieve que mostraba a un Puma antropomorfo, el cual estaba dentro de lo que parecía ser un cometa o más bien una nave espacial, El militar extrajo un láser de su cinto, y con este apuntó al centro:

—En ese círculo deberá colocar el cristal y luego lanzar el rayo sobre él, de esta manera el escudo protector impedirá que el agujero negro destruya todo a su paso.

Jacob ya no poseía más capacidad para el asombro, cualquier cosa que apareciera en este lugar sería más inverosímil que lo anterior. Observó con detenimiento el portal, y pensó que los zapatos orionitas serian de gran ayuda llegado el momento. El comandante utilizó un dispositivo ultramoderno, el cual poseía la capacidad de proyectar hologramas. Cliqueó en algunas funciones, e instantáneamente se disparó una luz desde la cual se proyectó una imagen, era el campamento de Tiahuanaco

[188] - fue un arquitecto e ingeniero romano durante el siglo 1 AC, autor de la obra "De arquitectura". Estableció que todos los edificios deberían tener tres cualidades "fuerza", "utilidad" y "belleza". Sus estudios sobre la proporción perfecta dieron origen al famoso dibujo renacentista del Hombre de Vitruvio de Leonardo da Vinci.

y Jilani junto a Cori Oclo se encontraban allí. El comandante Vernel se dirigió al hombre que se encontraba en la proyección:

—*Saludos comandante Popov, ¿Han entregado el cristal conector a Jilani?*

—*Positivo* — dijo el hombre con acento ruso.

—*Acá estamos preparados.*

Jacob se dirigió a Vernel y le dijo susurrándole:

—*Necesito advertir a Yara que Huitaca la busca.*

Vernel de inmediato respondió:

—*¡Adelante!* —Vernel le entregó el dispositivo a Jacob.

—*¡Yara! Huiii…*

La transmisión se interrumpió abruptamente, desvaneciéndose el holograma. Todos regresaron nuevamente a la terraza donde estuvieron unos instantes atrás. Las entrañas de Puma Punku crujieron, a los lejos se percibieron algunos gritos de quienes, sorprendidos, no daban crédito al poder desatado. Un terremoto estaba en proceso; el altiplano se reveló sacudiéndose estrepitosamente desde sus cimientos. La tierra se agrietó en frente a todos. Jacob levitó, para no caer gracias a sus super zapatos orionitas se mantuvo al borde, pero no así Lautaro quien se tambaleó y cayó por la estrecha raja; Jacob intrépidamente descendió rápidamente de manera vertical ofreciéndole su pie para sujetarse. Lautaro logró sujetarse y con la misma Jacob se elevó de nuevo entre el deslizamiento de piedras y arena que le cubrían. Sin embargo, el dispositivo que antes le fue entregado por Vernel se escabulló de la mano de Jacob y cayó por el estrecho espacio de la hendidura. El estruendo subterráneo se disipó acompañado de los temblores. Jacob continúo elevándose miró tratando de buscar el teléfono que se perdió en la oscuridad del profundo surco.

—*Lo lamento* — dijo Jacob

—*Tranquilo, ese* ***holotel*** *será un* ***oopart*** [189]

---

[189] - Un artefacto fuera de lugar (OOPArt u oopart) es un artefacto de interés histórico, arqueológico o paleontológico que se encuentra en un contexto inusual y que desafía (o puede parecer o suponer que desafía) la cronología histórica convencional por su presencia en ese contexto. Dichos artefactos pueden parecer demasiado avanzados para la tecnología que se sabe que existió en ese momento, o

—*¿Oopart?*— inquirió Jacob

—*Si, un oopart. Es objeto que no corresponde con su tiempo histórico, o línea del tiempo.*

—*Es decir que si algún día algún lugareño lo encontrase no entendería cómo pudo este extraño objeto llegar hasta aquí* —Explicó Iwarka.

—*El* ***Mecanismo de Anticitera*** [190] *o el* ***lente de Nimrud*** [191] *son ejemplos de esto.* —Agregó Vernel entregándole a Jacob otro dispositivo— *Acá tienes otro holotel, lo necesitaras para comunicarte con Jilani durante la conexión final.*

Todos permanecieron en silencio; la explicación sobre el oopart les había confundido más.

—*¡El temblor anuncia que la hora ha llegado!* —dijo Ishtar desapareciendo de inmediato en compañía de Bel.

Y así fue, una vez más se escuchó el estruendo y la tierra se movió esta vez con mayor fuerza. Iwarka, Billy y Lautaro corrieron tratando de alejarse lo más posible de los grandes bloques de piedra que se desmantelaban de los monolitos y demás estructuras, mientras que Jacob permanecía en guardia confundido por la serie de eventos que acontecían vertiginosamente. El comandante le gritó a Jacob:

—*Es tiempo de buscar el portal y protegerlo.*

—*¿En dónde está el portal?*

---

pueden sugerir la presencia humana en un momento anterior a la existencia de los humanos. Otros ejemplos pueden sugerir un contacto entre diferentes culturas que es difícil de explicar con la comprensión histórica convencional

[190] - El mecanismo de Anticitera es una computadora analógica1234 (o mecánica) de la antigüedad. Supuestamente construido por científicos griegos, el instrumento se data entre los años 150 a. C. y 100 a. C.,5 o, según una observación reciente, hacia el año 200 a. C.67 El componente se recuperó en el mar Egeo, entre los años 1900 y 1901, de un antiguo naufragio cercano a la isla griega de Anticitera.8 Este artefacto aparentemente se diseñó para predecir posiciones astronómicas y los eclipses de hasta diecinueve años con propósitos astrológicos y calendárico.

[191] - La lente de Nimrud es una pieza de cristal de roca de 3000 años de antigüedad que fue tallada en época del imperio asirio, que se extendió por Mesopotamia en la zona de los ríos Tigris y Éufrates. Su diámetro es de 38 mm y su espesor alcanza los 6 mm. Actualmente se exhibe en el Museo Británico.

—*¡Tú lo sabrás, sigue tus instintos! Debes hacer esto por ti mismo*

Billy, Lautaro e Iwarka habían desaparecido, huyeron de los bloques que se demolían tan fácilmente como un castillo de naipes. Jacob se sintió inútil y confundido, estaba ya harto de seguir sus instintos. Era irónico, pero no podía hacer más que menguados instintos; no tenía otra solución. Se elevó a una distancia considerable del suelo y empezó su búsqueda de la Puerta de Puma, al menos la había visto y sabia como debía incrustar el cristal. Desde su privilegiada ubicación pudo contemplar como en el cielo se formaron unos círculos luminosos; mientras que abajo, la gente huía desesperada por el terremoto que aún estaba en desarrollo. No sabía hacía que dirección estaba el portal, miró a su alrededor y pudo divisar a los Suamos que venían volando hacia Puma Punku. Entre el grupo de Suamos distinguió a Odo Sha. Voló hacia su encuentro y le dijo:

—*Odo, ¿sabes dónde está el Portal de Puma Punku?*

—*No estoy seguro; pero si la puerta del sol y la luna están al este, la del puma debería estar al oeste, muy cerca de las canteras.*

—*¡Gracias, colega! Debes advertir a Yara que Huitaca y Saguamanchica la están buscando*

—*¿Por qué debo ser yo?*

—*Creí que ...*

—*Perdóname Maichak; no tengo nada que ver con ella.*

—*¿Ni por su bien?*

—*¡Ni por su bien, ni por su mal!*

—*Buena suerte* — dijo Jacob confundido.

Cesó de temblar, una tensa calma inundo Puma Punku, acompañada de un delirante frio que se desbandó impetuoso sobre el altiplano y a su paso generaba junto con el silencio perturbador una tensa atmosfera. Al norte de Tiahuanaco Coñori con sus guerreras aguardaban la hora cero. La amazona contemplaba el delirante resplandor bermellón de la luna, cuando unas espeluznantes criaturas aparecieron de la nada. Eran los Saxras de nuevo, pero en esta oportunidad no venían solos los abominables ***kharisiri, lik'ichiri, kharir,*** conocidos como "Los Comegente"

Las aberraciones atacaron ferozmente, no hubo tiempo para prepararse. Las aguerridas féminas se enfrentaban con altruismo, sin embargo, no fue hasta que se habían perdido muchas vidas que Coñori observó a Sachi blandiendo su daga de azabache y notó que ninguna de las entidades maléficas osaba atacarla. Se percató de que algunas mujeres parecían ser inmunes al ataque, mientras que otras eran aniquiladas irremediablemente, entendió que el cuchillo de azabache era la gran diferencia. Corrió a toda velocidad gritando a sus guerreras:

—*¡Usen el Cuchillo de azabache!*

Amaya repitió el mensaje a las demás:

—*El cuchillo de azabache los neutraliza ¡Úsenlo Ya!*

Los suamos llegaron en apoyo de las mujeres y estas le advirtieron sobre el poder de los cuchillos de azabache, de esta manera se propagó la información a todas las tropas. La pérdida de vidas fue cuantiosa. Otro terremoto se inició; esta vez mucho más intenso y de más larga duración. Las construcciones de piedra de la ciudad empezaron a colapsar.

Los Saxras se dispersaron, eran miles de ellos, Los suamos eran inmunes al ataque de estas entidades, por proceder de la misma casta maligna; la gran diferencia era que los entes voladores habían desertado de la corte del mal.

El ataque fue brutal, el exterminio se elevó a más de la mitad de los hombres de la resistencia ubicados a las afueras de Tiahuanaco; incluyendo entre las bajas a una considerable cantidad de las mujeres de Coñori. Definitivamente, las tropas conocieron muy tarde el verdadero poder que las dagas de azabache poseían. En la periferia de los portales del sol y la luna todo estaba impresionantemente tranquilo. Mallku sobrevoló el área y constató que los saxras no habían llegado aún allí. Envió a los suamos con la advertencia de que las dagas de azabache eran en realidad repelentes de Saxras. Aterrizó y se dirigió a Jilani, Yara y Kori que estaban enfrente del portal del sol esperando:

—*Veo que el movimiento de la tierra no logro derribar las puertas*

—*¡Así, es!* —aseguro Jilani— *estamos esperando para bloquear el portal con el cristal*

—*No estoy seguro de que los Saxras estén solos en esto.*

—*Estoy de acuerdo, algo más poderoso está por venir*— agregó Jilani —¿las armas que nos dieron los dioses del cielo? ¿Será que las usamos?

—*Si, debemos advertir a todos los nuestros. Te dejaré a un Suamo que será de ayuda cuando necesites conectar las dos puertas con tu báculo. Solo será posible si vuelas con él*—señalando aun Suamo con cuerpo musculoso y grandes alas grisáceas se lo presentó a Jilani—*Este es Tima, desde ahora será tus alas Chuqi-Chinchay.*

Jilani lo miró con curiosidad y con aire de agradecimiento dijo:

—*Se ve muy fuerte y hábil, buena elección querido Mallku.*

—*Me alegro de que ahora tengas medio de transporte* —dijo en tono irónico Kori —*Yara cuenta con su Lionza, ahora si estamos listos.*

—*¡Bienvenido Tima!* —dijo Yara— *¡Suerte!*

Huitaca apareció en ese preciso momento, se posó delante de Yara y gritando dijo:

—*¡Así, que acá estas! ¿Creíste que me olvidaría de ti?*

—*¿Tu?* — increpó Yara sorprendida.

—*Si, yo.*

—*¿Mama Quilla?* —Preguntó Mallku.

—*Si Mallku soy yo, y te advierto que no te metas en esto. La blasfema Yara tiene una deuda conmigo*

— *Mi señora Mama Quilla, todo lo que se conoce en este plano está a punto de desaparecer.*

—*Lo sé, Mallku. ¡Eso lo sé!* —repitió y créeme que me alegra que toda esta farsa desaparezca.

De golpe llegaron los saxras, y empezó el enfrentamiento. Huitaca se abalanzó sobre Yara y empezaron a luchar. Ambas poseían igual destreza, pero Yara sabía que Huitaca le llevaba una gran ventaja, aunque en realidad no era así, el haber sido expuesta al túnel de aceleración le había restado poder, así que la poderosa Huitaca era una rival más.

—*¿Qué pasa lunita? Tus ansias de sangre te han debilitado* —dijo prepotente Yara.

—*¡Bromeas! ¡Ahora tengo más fuerza para aniquilarte!* —Replicó Huitaca.

—*Pues bien. Demuéstralo* —La desafío Yara.

La batalla era espeluznante, las entidades oscuras revoloteando alrededor de los guerreros que ya sabían de la protección de las dagas negras. Kori refrenaba el avance de los Saxras con su energía, por su parte Jilani les repelía utilizando su báculo. En medio del enfrentamiento Apareció Saguamanchica, quien le gritó con gran enfado a Huitaca:

—*Eres una traidora, estos espectros están diezmando a mis hombres. Eso no fue lo que pactamos.*

—*El pacto fue venir acá a buscar venganza, ¡Nada más!*

Yara advirtió a Saguamanchica:

—*¡Los Saxras le temen al azabache!*

Habiendo dicho esto le arrojó a Saguamanchica una bolsa con piedras de azabache. Con gran rapidez el Zipa le lanzó piedras a su hombre, lo cual hacía que los abominables entes huyeran despavoridos. Empezó de nuevo a temblar y esta vez no cesó. Las construcciones de Tiahuanaco empezaron a colapsar y a caer como un efecto domino. Mientras esto sucedía Caonabó, Anacaona, Caupolicán y Tamanaco, junto a sus hombres se enfrentaban igualmente a los Saxras, pero afortunadamente las bajas eran casi nulas; pues se había advertido a tiempo el ataque.

En medio del temblor que sacudía implacablemente la tierra, se empezó a escuchar como unas trompetas poderosas sonaban en el cielo, era un sonido inusual, una suerte de zumbido que provenía desde lo alto del firmamento. Este perturbador sonido, era algo antes jamás percibido en el altiplano, los pobladores de Tiahuanaco y Puma Punku quienes hasta ahora habían permanecido en sus casas salieron buscando protección, despavoridos ante la magnitud devastadora del terremoto. De inmediato las nubes se disiparon y en medio de la noche plagada de refulgentes estrellas se pudo divisar un gran circulo resplandeciente que iluminó el cielo como si fuese de día. De dicho circulo empezaron a salir pequeñas naves que de inmediato atacaron a los lugareños quienes eran arrasados mientras los demás que habían sobrevivido corrían despavoridos tratando de encontrar un lugar donde protegerse.

Los guerreros ayudaron a los pobladores, así como también los fieles e intrépidos suamos quienes trasladaban a los sobrevivientes a un lugar seguro, no obstante, estas acciones no eran suficiente, tanto los guerreros como los suamos, utilizaban las armas que los orionitas les habían entregado, y lograron aniquilar un considerable número de atacantes aéreos. Por otra parte, las refinadas estructuras arquitectónicas de Puma Punku caían una tras otra, y sus colosales piedras aniquilaban a aquellos que tuvieron la mala suerte de atravesarse en su camino.

Tamanaco lideraba la protección de los portales, había hecho un buen trabajo. Mallku sobrevoló hasta donde se encontraba y le advirtió que ahora avanzaban hacia Tiahuanaco tropas vestidas con uniformes negros, las cuales lanzaban rayos que literalmente evaporaban a su objetivo. La aniquilación se empezaba a notar, y desmoralizaba a los demás guerreros, quienes se preguntaban si realmente servía de algo la defensa de las ciudades. Por su parte; Zion enérgico, se llenó de la promesa hecha al espíritu de Paki; estaba más que nunca unido a su destino, y su destino era vivir intensamente y sobrevivir a esta aventura. Así que con entusiasmo y gran destreza comandaba un pequeño escuadrón de jóvenes guerreros los cuales lograron neutralizar a muchos atacantes del bando contrario.

Caupolicán, y sus weifaches, invocaron a ***Epunamun,*** el dios de la guerra. Una poderosa entidad considerada un espíritu burlesco que proveía consejos a los guerreros, además de garantizar la victoria en el combate y que podía entregar el poder del rayo quien lo invocara. Nadie más que Caupolicán podía recibir favores del gran dios de la guerra Mapuche, ese honor solo otorgado a los más bravíos guerreros del Mapu.

La presencia de Caupolicán en esta batalla era esencial, ya que los Mapuches se consideraban grandes estrategas militares y siendo este guerrero uno de los Toquis más importante de las tropas mapuches se hacía imperiosa su presencia en la defensa de los portales, además El toqui Caupolicán estaba dotado de una poderosa fuerza y una valentía sin igual en la batalla, tal era su notoriedad que su sola presencia podría definir la victoria a semblanza del Cid Campeador sus enemigos le temían al extremo de huir despavoridos del combate. El liderazgo de la resistencia recayó sobre Caupolicán quien reunificó a los caciques, muchos de ellos confiaban en su diligente trabajo, no obstante, otros envidiosos se apartaron de su jurisdicción, el malestar se acrecentó de tal manera que Caupolicán atacó a algunos guerreros de su propia tribu, esto generó más asperezas, motivo por el cual sus propios compañeros le traicionaron informando a sus enemigos donde apresarle. Finalmente, el guerrero fue capturado y ejecutado en la plaza central de la ciudad; un malvado hombre llamado Alonso de Reinoso le sentenció a morir empalado. La muerte de Caupolicán no sirvió sino para avivar más todavía el espíritu indomable de los araucanos.

Los guerreros empezaron a sentenciar en lengua mapudungun:

Afmatufaln Epunamun wicham
Ingkan Ingkañpen

El machi empezó a sonar el tambor enérgicamente, luego de las invocaciones Los Mapuches empezaron un baile, en el cual daban saltos con ambos pies. Era algo realmente contradictorio que se decidiera bailar en ese momento en el que el caos reinaba por doquier, solo bastaría unos instantes para comprobar que la danza, no solo estaba justificada, sino que era totalmente efectiva un colosal ser, de unos tres metros de alto, de rostro temible y ojos de fuego blandiendo sus largos brazos entorchados de músculos, había aparecido y destruía con llamaradas de fuego a todos los Saxras y demás enemigos que encontró a su paso. Los Mapuches se abrieron paso y avanzaron hacia los portales, en donde Yara Jilani y Kori estaban combatiendo a Huitaca, después de la demostración de solidaridad de Yara para con el Zipa, este se les unió junto con sus hombres en contra de los atacantes.

Caupolicán en medio de la batalla se acercó a Epunamun y le dijo con tono de respeto:

—*¡Señor de la guerra! ¡Protector de los weifaches! ¡Estratega de la batalla! Por favor dile a tu siervo Caupolicán que debe hacer.*

Una voz grave y estruendosa se escuchó en el altiplano:

—*¡Debes frenar el acceso de las tropas de la Corte del Mal a los portales!, ellos quieren viajar a otro espacio temporal y destruir todo a su paso. No basta solo proteger el portal de su destrucción, sino también se debe impedir que viajen a otro plano. ¡Bloqueen la entrada a los portales!*

—*Entendido mi señor.*

El guerrero se apresuró a decirle a un Suamo que corriera la voz de que había que cercar los portales para impedir el acceso de las tropas enemigas. Los Suamos volaron raudos y veloces hacia las tropas de Tamanaco y Caonabó, para avisarles que debían proteger la entrada noreste que daba al portal del sol; por su parte Caupolicán protegería el área sureste que daba hacia la Puerta de la Luna.

Tamanaco enfrentaba a los guerreros vestidos de negro quienes usaban una poderosa arma de desmaterialización, sin embargo, sus guerreros estaban haciendo uso de las armas que Ishtar. Bel y los orionitas le entregaron, las cuales también cumplían semejante función. En el firmamento se podía distinguir ráfagas, más naves orionitas habían llegado como refuerzo para proteger el espacio aéreo del altiplano. Por su parte

Yara continuaba combatiendo con Huitaca, la cruenta lucha no parecía tener fin, sin embargo, Huitaca mostraba señales de cansancio. Todos los demás guerreros habían acabado con los enemigos, Jilani esperaba el momento preciso para generar el escudo protector de las puertas.

El Epunamun había contribuido al triunfo de los weifaches sobre los Saxras y los demás enemigos, contenía en sí mismo la fuerza de mil hombres. Su colosal cuerpo de más de seis metros esbozado de músculos que asemejaban rocas aterrorizaba a quien se atravesara en su camino, tenía el poder de calcinar con su mirada y conocía las debilidades y fortalezas de sus contendientes, en definitiva, era una máquina infalible, el epitome de la perfección bélica, no en vano era el dios de la guerra Mapuche.

La destrucción continuaba, los temblores no cesaban y lo que se evidenciaba era una catástrofe sin precedente. Los grandes monumentos, templos y monolitos sucumbían ante él convulsivo desenfado de la tierra dolida; si, la otrora bondadosa Pachamama, se había revelado, pues había sido violentada por aquellos que no pertenecían a este espaciotemporal.

Todo era destrucción ya nada quedaba de aquella Tiahuanaco la ciudad cosmopolita, centro económico y religioso, epicentro de las redes de camino del imperio incaico y de todo el altiplano, ciudad construida por los astronautas ancestrales, aquellos que en su buena fe querían dejar vestigios de su visita a este plano, respetuosos de las tradiciones y de la civilización entregaron a los Aymaras el secreto de las ciencias, las artes y la conexión espiritual.

Coñori junto Amaya y Sachi habían sobrevivido milagrosamente junto a una docena de guerreras, no tuvieron la misma suerte, sus compañeras alrededor de unas cien, las cuales no lo habían logrado. La líder amazona ordenó a las sobrevivientes que avanzaran para unirse con la tropa que primero encontrasen. Iniciaron la avanzada, a intervalos debían detenerse debido a los movimientos de tierra que se hacían cada vez más prolongados. Habían distinguido los centellantes rayos en el firmamento, y la destrucción esparcida alrededor, los cadáveres de los guerreros Aymaras y de todas las tropas aliadas cubiertos por polvo, sudor y sangre. En medio de las ruinas Amaya escuchó un lamento que se filtraba debajo de un montículo de rocas.

—*¡Coñori! ¿escuchaste eso?*

—*No* —respondió tratando de prestar atención.

—*Hay alguien debajo de esas rocas* —replicó Amaya acercándose y arrodillándose para poder escuchar.

—*¡Imposible!* — exclamó Sachi.

—*¡Un momento!* —dijo Coñori haciendo señas a Sachi de que bajara la voz—*¡Si!, he escuchado algo, ¡Vamos! Ayúdenme hay que quitar esas lajas de esa zanja.*

Las guerreras quitaron las piedras con sumo cuidado, y poco a poco escuchaban más claro los gritos de auxilio. Al quitar una gran columna pudieron visualizar la figura de una persona, pero no distinguieron si era hombre o mujer porque su rostro estaba cubierto por sangre amelcochada con polvo y su cuerpo atrincherado entre escombros estaba semi enterrado.

—*Tenemos que ser cuidadosas porque ese muro reposa sobre la columna, si la quitamos bruscamente se puede derrumbar todo el muro sobre su cuerpo y tapiarlo de nuevo*— Sugirió Coñori.

Continuaron su labor hasta que pudieron ver el cuerpo de un hombre joven. Estaba consciente, pero no pronunció ni una palabra. Seis mujeres estaba sosteniendo el pilar para que las demás ayudaran a sacarlo de la zanja. Sachi estaba de pie contemplando lo que sucedía y vigilando que no las atacaran de improviso; cuando los soldados con uniformes negros irrumpieron desvaneciendo a dos de las guerreras que estaban al lado de ella. Uno de los soldados apuntó sobre Sachi, pero alguien se abalanzó con gran destreza sobre ella protegiendo su cuerpo del impacto y disparando su arma sobre el atacante que se desvaneció instantáneamente. Era Zion quien junto con los demás jóvenes chasquis habían llegado justo a tiempo para proteger a las mujeres. Los chicos repelieron el ataque con gran facilidad, y los soldados de negro se exterminaron en su totalidad, mientras que ninguno de ellos fue siquiera lastimado. Curiosamente las armas de los atacantes quedaron en el piso intactas.

—*¿Estas bien Sachi?*

—*Si, gracias a ti; estoy bien.*

El muchacho se levantó rápidamente, no pudo evitar el contemplar aquel hermoso rostro que le traía tan bellos y tristes recuerdos. Su rostro se sonrojó y disimulando su vergüenza dijo:

—*Estas armas de los dioses son lo mejor. No necesitas mucha agilidad para operarlas. ¿Tienen de estas?* —dijo moviendo el arma de un lado al otro.

Sachi miró a Zion con admiración, ahora entendía porque su hermana le amo. No era el mojigato majadero que ella creyó.

—*No, nosotras no tenemos esas armas.*

—*¡Vamos! ¡recojamos las armas de los de negro!* — propuso Zion

Sachi asintió con la cabeza, mientras que el muchacho avanzó dejándola detrás; Ella al verlo a medio trecho le gritó:

—*¡Gracias!*

Zion viró, le sonrió y continuó caminando; ella le siguió con la mirada y él lo sabía se detuvo a recoger las armas que estaban esparcidas en el suelo. Las guerreras lograron sacar al hombre de la zanja, armaron una improvisada camilla con los ponchos de algunos lugareños que yacían tendidos en el lugar. El hombre dio las gracias y se desmayó, su cuerpo había sucumbido, pero aun presentaba señales de vida. Se desplazaron al encuentro de las tropas, pero de nuevo empezó a temblar y se escuchó el extraño sonido vibrante y estridente que los desesperaba aún más que el mismo temblor. Era evidente que debían bordear Tiahuanaco, no podían entrar a la ciudadela pues todo era un caos allí adentro.

No muy lejos de allí, Yara seguían en su lucha encarnizada con Huitaca el odio que ésta sentía por ella era infinito. Jilani y los demás estaban en plena contienda y no daban abasto para ayudar a Yara, habían visto lo rudo del combate y sabían que Yara no aguantaría mucho más, cada vez que Jilani intentaba auxiliarle, alguien se interponía en su camino. La diosa lunar desplegó un rayo plateado que arrojó a Yara hacia una colina, cayó justo al borde de una gran grieta subterránea en cuyo interior emanaba leguas de lava ardiente.

Huitaca se lanzó sobre Yara quien aturdida aún no se recuperaba del impacto y yacía a unos cuantos centímetros del borde.

—*Tu temeraria Yara, Me ridiculizaste en Guatavita, nadie había osado enfrentarme y tú lo hiciste personal.*

Yara, aturdida y derrotada; a duras penas entendía que estaba sucediendo, cerró sus ojos y respiró profundo presintió que este sería su fin. Pues, el rayo la dejo sin alentó; no poseía la fuerza suficiente para enfrentar a Huitaca. Al final había ganado, en fin, era una deidad y mientras que ella era solo una guerrera.

—¡Hasta siempre Yara de Yaracuy!

Huitaca levantó su esbelta pierna y cuando fue a empujar el cuerpo de Yara para que cayera en la grieta de lava hirviente, Saguamanchica la abrazó con una fuerza descomunal inmovilizándola totalmente, seguidamente le gritó a Yara:

—Toda mi vida busque el amor equivocadamente, pero alguien me dijo "No puedes someter y mucho menos retener a una mujer en contra de su voluntad" Se feliz Yara ... Busca el verdadero amor...

En el acto se arrojó con Huitaca al foso. Ambos cayeron en la infernal grieta, mientras que Huitaca se sacudía con fuerza tratando se separarse del potente abrazo de Zipa, quien se inmoló en nombre del amor, ese amor que persiguió vilmente y al cual destruyó sin piedad. Muy tarde había comprendido que el amor de Sagipa y Majori no murió en Guatavita seguirá hasta el fin de los tiempos; porque un amor genuino es más poderoso que la fuerza y la violencia.

Yara yacía aun al borde del inmenso agujero, y la lava empezaba a salpicar afuera. Odo Sha había llegado justo a tiempo la tomó entre sus brazos, miró sus ojos cerrados y emprendió el vuelo; en el centelleante firmamento, segundos antes Odo divisó al Zipa lanzarse junto con Huitaca allí abajo en la tierra fracturada y llena de roca derretida. De las entrañas de la colina afloraba el infierno mismo. Ese infierno de llamas había sido el horripilante final del gran Zipa, pero al menos hizo honor a su casta divina y se reivindicó haciendo lo correcto.

Muy en el fondo de las grietas emergieron a gran velocidad inmensas rocas rojas que dejaron un rastro de fuego tras de sí, estas rocas se dispararon a una increíble velocidad hacia el cielo, mientras que la tierra alrededor se desplomó por un gran socavón que se llevó todo a su paso. Después de un rato las rocas se perdieron de vista, pero dejaron la estela de fuego y humo en su trayectoria; se dirigían al espacio, eran los pedazos de Huitaca que se reconstruirían en la luna misma. Odo se apresuró a buscar un lugar seguro para dejar a Yara, instruyó a un Suamo para que se hiciera cargo del traslado de Yara; en un paraje divisó a Coñori y Amaya quienes desanimadas avanzaban con un puñado de mujeres, muy cerca de la puerta del Sol, donde todas las tropas se habían aglomerado para bloquear el paso de las fuerzas enemigas y proteger los portales; allí descendió y entregó el cuerpo de Yara a Coñori, quien ordenó algunas mujeres que allí estaban que se hicieran cargo de ella.

—*¿Dónde están las demás?* —Preguntó consternado Odo

—*Las aniquilaron* — Respondió Coñori— *nosotras no teníamos las armas orionitas.*

—*¡Los siento! Deben salir de inmediato al lugar llamado El Brujo, acá no hay más que hacer* —Dijo con voz grave Odo Sha.

—*No podemos huir de la batalla.*

—*¿Cuál batalla? Todo acabo… ya los portales están protegidos, es hora de abandonar Tiahuanaco. No hay nada más que hacer acá. Tendrás varios suamos a tu disposición para trasladar a los heridos. El lugar se llama El Brujo. ¿Podrás llegar?*

—*Yo tengo mi mapa mágico, no hay lugar que no sea capaz de encontrar.*

—*Nos veremos pronto.*

—*¡Odo!* —exclamó Coñori— *¿Qué sabes de Billy?*

—*Billy… Billy está bien… él es inmortal* —le dio una palmada en el hombro— *está en Puma Punku con Maichak. ¡Por favor preocúpate por ti! Busca un lugar donde tus mujeres estén a salvo. ¿Me prometes que te marcharás ya mismo?*

—*¡Si, lo prometo!*

El templo de Kalasasaya debía desalojarse, aunque sus cimientos habían soportado los temblores previos, algunas paredes se estaban cuarteando. El Gran Sacerdote se adentró junto a un sequito de Yatires en el ala este del templo, específicamente en el área donde Macao se encontraba con los demás. En el preciso momento en el que entraron en el corredor que daba hacia la habitación empezó a temblar, y las paredes y el techo del templo crujieron. El sacerdote salió corriendo despavorido, así como el resto, mientras parte de la estructura del edificio colapsaban. Paradójicamente, Bartolina junto a Huatey corrieron en dirección a la habitación valientemente, sorteando toda clase de escombros que brotaban del colosal edificio, lograron llegar a las inmediaciones en donde se encontraban Macao, Kuwi y Stranger, no obstante, era imposible acceder pues se había derribado varias columnas y una pared. En ese momento el temblor cesó y todo regresó, aparentemente a la calma. El bravío guerrero decidió avanzar unos metros caminando sobre un montículo de piedras que alcanzaban más de tres metros de alto. Huatey le gritó a Bartolina:

—*¡Es seguro caminar encima!*

—*¡Ya voy!* —respondió la valiente Bartolina

Por el lado oeste, un grupo de weifaches secundados por un Yatir lograron entrar al recinto donde pernoctaban los tres huéspedes. Las paredes estaban cuarteadas, mas no había señales de que alguna estructura hubiese colapsado. Decidieron avanzar, y llegaron a una gran estancia donde había una fuente con una iconografía de Viracocha, la cual sorprendentemente seguía aun en pie y expulsaba agua. Se escuchaba una voz cantarina a lo lejos, una voz que susurraba algo. Decidieron acercarse, pero en esta área el derrumbe había sido significativo, grandes lozas se habían desplomado, e impedían visualizar de donde provenían los murmullos.

El guerrero le hizo señas al Yatir de que iba a avanzar por sobre los bloques fracturados y este asintió con la cabeza moviendo el inmenso tocado con plumas que chistosamente, muy a pesar del terremoto aún seguía prolijo coronando su negra cabellera. Se escabulló lentamente por entre las piedras y logró ver a Macao junto con un asustado Kuwi musitando a un pequeño y horroroso reptil:

—*Suéltalo Stranger, ¡Vamos! Tenemos que irnos de aquí*

—*¡No! Aruni es mi Amigo* —decía el crio totalmente transformado en reptil, mientras que de manera repulsiva lamia su cabeza que sangraba cuantiosamente.

Durante su estadía en el templo, el inocente Stranger se encariñó con el sacerdote a pesar de que este siempre fue abusivo y poco compasivo con el pequeño. Mboiresai, Ndaivi y Ch'uya se habían enviado a la pirámide, era obvio que no confiaban en ellos.

En medio de los temblores, Aruni no había dejado a sus huéspedes salir a resguardarse a tiempo, a pesar de las suplicas de Macao, este aseguró que el templo era un lugar seguro e infranqueable. Finalmente sucedió lo que tanto se temía, las paredes habían colapsado, en medio del caos una roca golpeó la cabeza del Yatir, quien murió instantáneamente. Desde que cayó al suelo el pequeño reptil corrió a auxiliarle, profería lo que semejaban lamentos Macao insistió en que debían huir, pero él estaba fuera de sí, mostraba su forma reptiliana y notablemente afectado y desconsolado lamia La cabeza del infortunado.

El guerrero patidifuso observó el sangriento panorama, con rapidez bajo del montículo de piedras y escombros y dijo:

—*¡Oh piadoso Inti Protégenos de este engendro!* —y empezó a gritar— *¡Ayuda! ¡Ayuda!'*

Macao ya no sabía qué hacer y se quedó impávido al lado de Kuwi; el guardia continuaba gritando mientras los demás se aproximaban. El Yatir logró treparse entre los escombros y al ver lo que sucedía exclamó con sumo dramatismo:

—*Esto era lo que Aruni tanto temía, estaba en lo cierto. Ustedes son una maldición, son engendros enviados por la corte del mal.*

Stranger mantenía su forma reptiliana, soltó a Aruni con delicadeza, se limpió la sangre de la boca con su escamoso brazo. Y Gritó:

—*Aruni es mi amigo, el estará bien.*

—*¡Mientes criatura maldita! Nadie puede sobrevivir con un cuerpo masacrado. ¡Tú lo asesinaste!* —Mirando a Macao y Kuwi les dijo— *¡No disimulen más! ustedes dos son sus cómplices.*

—*Stranger no le hizo daño, el solo quería ayudarle.*

—*¡Silencio!* —gritó el Yatir— *¡Atrápenlos!*

Oportunamente, llegaron los demás junto con Bartolina. Todos estaban impactados a ver el rostro de Aruni destruido y a Stranger con el rostro ensangrentado.

—*¡Hay que aniquilar a esa abominación reptiliana!* — vociferó el gran sacerdote

—*Maichak capturó a ese crio en las cavernas, y le dio la oportunidad de adaptarse a nosotros. ¡Él no ha hecho nada!, esto tiene que ser una confusión* —refutó Bartolina con arrojo.

—*¡Silencio! No hay confusión, este engendro asesinó a Aruni. Se estaba bebiendo su sangre. Y si tú lo defiendes compartirás su mismo destino.*

—*Pues compartiré su destino, pero estoy segura de que el no atentó contra Aruni* —sentenció extendiendo sus brazos para dejarse apresar— *Ellos son mis compañeros y no los dejaré atrás.*

—*¡Testaruda! Llévenlos al vestíbulo del templo se hará un sacrificio a Inti con estos profanos.*

—*¿Qué haremos con el cuerpo de Aruni?* — preguntó el guardia al gran sacerdote

—*¡Tráiganlo! Hay que hacer el ritual funerario.*

Los cuatro fueron apresados; sorprendentemente Stranger no opuso resistencia, le amordazaron, por temor a que mordiera con sus afilados colmillos, sus manos con largas garras arqueadas fueron colocadas a su espalda y luego atadas fuertemente; no había cambiado su forma reptiliana en ningún momento, por su parte un fornido guerrero sujetaba a Macao y Kuwi. Bartolina observó que Huatey se había escondido detrás de unas inmensas columnas, tenía que organizar un plan para liberar a sus amigos, sabía que contaba con refuerzos y aun Chacao y los demás pernoctaban afuera del templo aguardando por ellos.

En medio del infranqueable escenario los guerreros trataban de hacerse paso mientras trasladaban el cadáver de Aruni, le habían colocado una manta en el rostro e iban recitando icaros funerarios. Un nuevo temblor sacudió los cimientos del templo de Kalasasaya, las rocas más imponentes seguían erguidas no así los relieves e iconografías que iban desapareciendo, sin dejar vestigio de su grandeza artística. Llegaron al vestíbulo y allí colocaron el cuerpo en una suerte de altar de piedra. Mientras los guerreros se disponían a organizar la ejecución. El sacerdote encendió un cuenco con hierbas y masticó hojas de coca en lo que parecía ser un ritual de sacrificio; luego de algunas invocaciones dijo:

—*¡El oráculo ha decidido que el único que debe sacrificarse es el engendro!*

Mientras, el temblor cesó nuevamente, todos se preparaban para la ejecución. Bartolina continuaba atada, mientras que Macao y Kuwi eran sometidos por el guardia fortachón. Huatey permanecía aun oculto detrás de los escombros esperando el momento preciso para actuar.

Macao no sabía que hacer, no podía permitir que asesinaran al chico, él le dio su palabra a Maichak, le prometió que lo protegería; aunque al comienzo no estuvo de acuerdo con retener al pequeño reptil, luego de convivir con el entendió que, sin importar su naturaleza, los seres pueden moldearse con amor y disciplina, Macao entendió que quizás, no se podía cambiar el destino, pero lucharía con todas sus fuerzas para cambiar el de Stranger.

Los Yatires tomaron al pequeño del brazo en ese momento se transformó en el dulce niño de largos cabellos negros. El inocente dijo con voz dulce y apacible:

—*Ustedes son mis amigos.*

—*¡Jajaja! ¿Amigos?* — se carcajeó el gran sacerdote.

—*Si, gente que se quiere y protege entre si* — respondió el inocente.

Seguidamente, se colocó en una gran roca que servía de altar diagonal al otro bloque donde se encontraba el cuerpo inerte de Aruni.

—*¡Es un ardid!, cambias de forma para engañarnos, pero no hay marcha atrás* —gritó el Yatir que dirigía la ceremonia.

—*¡Yo soy amigo! ¡Yo soy amigo! ¡Maichak!* —Exclamó el crio temeroso.

El Yatir le dio a tomar un bebedizo, que al parecer le haría quedar inconsciente. El guardia tenía una daga afilada avanzó unos pasos y se situó frente al sentenciado, Stranger no entendía que sucedía, pero podía sentir el miedo. Se comunicó mentalmente con Bartolina y Macao, quienes le pidieron que mantuviera la calma. Huatey permanecía escondido, cuando el guerrero fuese a clavar la daga el tomaría al gran sacerdote como rehén y canjearía al muchacho por él, mientras pediría a Bartolina que escapara con los tres cautivos. A las afueras de Kalasasaya el férreo guerrero Chacao sospechó que algo no estaba bien con Bartolina y Huatey, y entonces preparó el rescate.

Un nuevo sacudón estremeció el templo de Kalasasaya, esta vez más intenso, sin embargo, no se inmutaron, la ceremonia continua igual de solemne, Uno de los Yatires que estaba frente al cuerpo de Aruni, notó algo inusual, la sábana se ensanchaba como si de las fosas nasales se expulsara aire, de inmediato hizo señas con la cabeza a su compañero para que observase lo que allí sucedía; y lo que pudo observar fue mucho más impresionante, Aruni movía sus manos; en ese momento los guardias empezaron a gritar:

—*¡Aruni está vivo! ¡Regresó de* ***Manqhapacha!***

El gran sacerdote observó que en realidad el cuerpo se movía lentamente, las manos se levantaron. Todos se arrodillaron impresionados, pues jamás habían visto a nadie regresar de la muerte. No había la menor duda de que ese hombre murió de un brutal impacto en el cráneo; ¿Cómo podía ser posible que estuviese vivo?

—*¿Quítenle la sábana?*— ordenó el Gran Sacerdote.

Los hombres se miraron con temor, ninguno de los dos quería ser el primero, así que decidieron tomar cada uno una punta de la sábana; mientras que ya se podía escuchar unos quejidos y el movimiento errático de las manos se había intensificado. Apartaron el lienzo y lo que observaron fue prodigioso, Aruni no mostraba ni una sola lesión en su cráneo y rostro. Las heridas se habían regenerado como por arte de magia. El sacerdote junto a los demás se acercaron a Aruni quien ya tenía los ojos abiertos, y estaba en una especie de letargo, parecía que se estaba levantando con una gran resaca.

—*¡Esto es increíble! Un milagro. ¡Oh, poderoso Viracocha! ¡Oh, temible Supay! Han ofrendado el don de la vida una vez más a su siervo Aruni.*

Aruni logró incorporarse, parecía incluso hasta rejuvenecido como si se hubiese regenerado cada célula de su cuerpo. Con mínimo esfuerzo se sentó, su rostro estaba intacto, ni una sola cicatriz podía distinguirse.

—*¡Alabado sea Inti! ¡Qué en este momento de tribulación nos envía una señal de esperanza! Luego del ataque del reptil te ha permitido regresar a* ***Akapacha*** *¿Qué ha sucedido Aruni?*

—*El reptil no me atacó. Una columna me golpeó. Recuerdo todo después de eso. Fue como si me hubiese desdoblado y mi otro yo saliera de mi ser. ¡Podía distinguir todo!, mi ajayu salió de mi ser y ¡podía verlo todo! Contemplé como Macao, Stranger junto a Kuwi me sacaron de debajo de los escombros y pude ver como el crio me devolvió la vida, conectándome a la energía vital de nuevo.*

Se puso de pie y avanzó hacia donde yacía el niño maniatado.

—*¡Cuan equivocado he estado!* —transitó entre los rostros atónitos de todos los presentes; y allí mismo, ante sus incrédulos ojos desató al indefenso que yacía semi adormitado por efecto de la pócima— *con que facilidad despreciamos y destruimos aquello que no es ajeno y distinto. No nos damos cuenta de que nosotros también somos diferentes, no nos damos cuenta de lo pequeño que somos a veces ante la grandeza de los demás, pero sobre todo tampoco nos damos cuenta de que no nos damos cuenta. ¡Yo hoy me he dado cuenta! ¡sí! Me he dado cuenta de que los prejuicios nos hacen prisioneros de la oscuridad más abominable y destructiva: la ignorancia. El pequeño reptil me enseñó que somos producto de nuestro entorno, su* *aspecto es distinto, pero llegó hacer lo que somos nosotros, porque está con nosotros; no importa su apariencia, él es uno de nosotros, porque él nos ha hecho suyos.*

—*¡Libérenlos!* —dijo el gran sacerdote— *y que se marchen cuanto antes del templo.*

Habiendo dicho esto; los guardias procedieron a liberar a Bartolina, Macao y Kuwi. Aruni tomó a Stranger en sus brazos y caminó hacia Bartolina y le entregó al pequeñín.

—*Cuídenlo él es aún muy frágil.*

Desde luego que lo cuidaremos —dijo con voz alegre Macao—*no lo olvides: los amigos se quieren y protegen.*

La tierra empezó a crujir y esta vez parecía que la destrucción del templo seria definitiva, había que salir de allí cuanto antes. En medio del desconcierto, Huatey colocó a Stranger en su hombro y guio al grupo tratando de esquivar los escombros que se desprendían de los bajo relieves e iconografías; esos hermosos y significativos ornatos que una vez fueron obras de arte y ahora se habían reducido a polvo.

Luego de sortear todos los obstáculos lograron salir a salvo del templo todo se fue desplomando, las colosales paredes, las columnas y piedras con simbología geométrica todo se derribó. Bartolina pudo ver que Aruni salió con vida del templo, no así los demás; todos habían quedado tapiados en Kalasasaya. Chacao les interceptó y emprendió el avance junto con sus compañeros, le informo a Bartolina que los guerreros se habían desplegado debido al temblor, algunos de ellos habían sido literalmente tragados por la tierra. Ahora solo podían huir y reunirse con las tropas sobrevivientes en la puerta del sol, pero esto comprendería una tarea titánica, pues lo que sucedía era más que un simple temblor, era un verdadero cataclismo. Miró al pequeño Stranger con ternura, y limpió su rostro el cual estaba lleno de polvo, su cabello negro ahora lucia rucio y desarreglado. Huatey estaba a su lado, ambos se miraron, no podían creer que lograran salir con vida del total colapso del que fuese uno de los más colosales edificios construido por civilización alguna, y mucho menos podían dar crédito de que Stranger se salvó del sacrificio por haber resucitado al Yatir. Por suerte cesó de temblar y pudieron descansar, pues sus corazones latían estrepitosamente luego de haber corrido sorteando los escombros. Huatey recordó que el Alicanto estaba en un jardín aledaño al

templo y de inmediato fueron a buscarle, les sería de gran ayuda sobre todo para transportar a Kuwi, Macao y Stranger a un lugar seguro. Luego de caminar un rato más, Ambos guerreros no podían dar crédito a la belleza de la enorme criatura de grandes alas de un fulgurante color dorado, Bartolina, sostuvo a Stranger en sus brazos y le abrazo, el pequeño abrió sus enigmáticos ojos y le envió un mensaje telepático, Bartolina quería detener lo que sucedía, pues las imágenes que llegaban a su mente eran espantosas, reventó en llanto e intento apartarse del pequeño, pero no pudo. Macao revoloteaba tratando de detener lo que fuese que sucedía:

—*Stranger basta ya muchacho, ¡no hagas más esas cosas raras*! —vociferaba Macao, sin obtener ningunas respuestas del pequeño.

Huatey preocupado, intento separarlos y tomándola de los hombros le gritó:

—*Bartolina ¿Qué sucede?*

Luego de un segundo se zafó del poderoso abrazo de Stranger, era increíble como siendo tan pequeño tenía tanta fuerza. Huatey estaba preocupado, pues la mujer no reaccionaba se había quedado petrificada como si hubiese visto al mismo demonio.

—*¡Bartolina, reacciona!*—Huatey movió la palma de la mano antes los ojos de la guerrera; finalmente reaccionó

—*Estoy bien Huatey, es solo que...*—Bartolina sostuvo su cabeza con ambas manos y secó con ambas manos las lágrimas que se desbordaban de sus cansados ojos y que se amelcochaban con el polvo y el sudor—*Stranger me otorgó una visión de mi futuro. Y es una muy dolorosa. Cuando llegue a este lugar me negaba a aceptar que yo era una elegida, pero ahora sé que si lo soy. Yo, lucharé por mi pueblo aymara, humillado y maltratado; lideraré una lucha desigual, y mi final será sangriento. El destino no está allá arriba en las estrellas, está muy adentro de nosotros. Y aunque sea muy cruel no lo podremos evitar.*

—*¡Bartolina! No entiendo*

—*Es mejor así compañero, ni yo misma lo puedo entender, ahora debo buscar a Julián.*

Huatey envió a los tres pequeños sobre el poderoso alicanto a un lugar seguro, dándole instrucciones a Macao de buscar a Maichak o a su defecto Iwarka. Huatey Y Chacao decidieron reagrupar a sus hombres y Bartolina continuó con ellos. Durante su andar ayudaron a los lugareños, muchos de ellos heridos, Bartolina era por demás una mujer de valores y principios firmes, una líder innata, con un corazón bravío e indómito. Cuando, finalmente encontraron a su tropa, ella se separó de sus compañeros; había decidido buscar a Julián, debía encontrarle, pues Stranger le reveló que Julián era parte esencial de su futuro. En ese momento, Bartolina se separó de Huatey y se marchó con cinco guerreros a buscar a Julián.

—*Al menos iras con estos cinco guerreros que te ayudaran a encontrar a Tupac Katari* —dijo Huatey haciendo una reverencia— ha *sido un placer el haber estado a sus servicios mi comandante Bartolina.*

—*¡Gracias!* —respondió con una hermosa y diáfana sonrisa— *Ahora hay que encontrar nuestro destino. ¡Hasta siempre gran guerrero!*

Muy cerca de allí; la batalla continuó sin cuartel, la otrora majestuosa y organizada Tiahuanaco estaba siendo exterminada. Inertes cuerpos yacían por las calles empedradas; el ataque continuaba sin cuartel, era evidente que el enemigo: la Corte del Mal estaba muy bien apoyado, ya que contaba con los más temibles y feroces engendros los ***kharisiri*** o comegentes, los saxras y los enigmáticos sodados de negro. Lamentablemente, muchos guerreros del Reino Verde entregaron su vida por proteger el balance; pero afortunadamente muchos más siguieron resguardando los portales de las tropas enemigas que intentaban avanzar a Tiahuanaco y Puma Punku. En una pequeña colina de tierra roja, se pudo divisar las ráfagas lumínicas que centelleaban, allí se ubicaba el majestuoso templo de Kantatallita lugar donde Caonabó y Anacaona, junto a sus hombres habían hecho un eficiente trabajo consiguiendo obstaculizar el paso de tropas enemigas, luego marcharon a la Puerta del Sol. Así mismo, Tamanaco emprendió la avanzada rumbo al norte donde se unió a Caupolicán en la batalla; allí vencieron gracias a la intervención del poderoso Epunamun y de los intrépidos weifaches mapuches.

En el constelado cielo se libró una batalla como nunca se vio en la cordillera andina, el despliegue de las naves transcendía a la razón; además el derroche de luz era por demás impresionante; algunos de estos aparatos esparcían un resplandor azul; mientras que otros exhibían rayos multicolores; luego de un intenso contrataque, el cielo regreso a la calma, sin embargo, no mucho después algo le empezó a suceder a la luna roja. Cientos de gigantescas piedras, semejantes a meteoritos impactaban con su superficie causando múltiples explosiones; estas eran las mismas rocas que salieron del agujero en el cual Huitaca había sido empujada por Saguamanchica. Al parecer la diosa lunar había regresado a su lugar, cada impacto de las rocas generaba un cráter, de esta manera se originaron los cráteres lunares.

Durante la batalla aérea los orionitas demostraron su superioridad, debido a que utilizaron las naves que ocultaron estratégicamente tras las mesetas contiguas a la ciudad, estas flotas se enfrentaron con éxito a los invasores, la llegada de los orionitas a los andes tenía una razón muy fuerte, proteger los portales multidimensionales. Era paradójico que durante siglos para los lugareños esos artefactos habían sido llamados carruajes de los dioses y eran vistos con frecuencia en el altiplano andino, los pueblos ancestrales respetaban y adoraban a esos visitantes inesperados que venían de las estrellas, no obstante, también les llegaron a temer; esa noche había mucho más que temor, un pánico que se esparció entre los pobladores de Tiahuanaco, pues estaban presenciando su evidente destrucción, los sobrevivientes a los terremotos decidieron emigrar algunos al sur.

El sentimiento de decepción era infinito, los Aymaras, gente sencilla, sabia y de buen proceder, perdieron la esperanza, sintieron que los dioses los habían abandonado, ya no los querían sobre esa tierra. Los orionitas, gracias a su efectiva estratagema habían obtenido una victoria contundente, había detenido la avanzada y el control del túnel de aceleración.

Odo Sha, el dios buitre se dirigió a Puma Punku donde Iwarka, Lautaro y Billy protegieron bravíamente a Puma Punku en un encarnizado enfrentamiento entre sus tropas y las de la Corte del Mal, las cuales estuvieron apostadas en el riel de despegue y aterrizaje de Puma Punku, un lugar sin dudas de vital importancia para el control del túnel acelerador de partículas. Los tres valientes guerreros respaldaron al escuadrón del comandante Verne y el comandante Popov quienes debían marcharse a través del túnel de aceleración de partículas, el cual era un portal artificial fabricado por los gobiernos pertenecientes al "NO".

El despliegue de tecnología era asíncrono con los bucólicos parajes y las construcciones de piedra de Puma Punku. Las luces y pantallas con el sistema holográfico no tenían ningún punto de referencia con la tecnología del nuevo milenio; definitivamente, los dispositivos no eran compatibles con ningún desarrollo científico visto por el ojo humano hasta ese momento. Vernel organizaba el regreso de su escuadrón a través del túnel de aceleración, minutos antes el comandante Popov lo había hecho con éxito, afortunadamente, ninguna baja se reportó entonces; y por tanto no hubo ninguna arruga temporal o posible variación que afectara la línea del tiempo de todos los involucrados en ese proyecto. Los intrépidos hombres del comandante Vernel ya estaban entrando al túnel de aceleración en grupos de dos, traían grandes mochilas en sus espaldas, y toda la parafernalia tecnológica, y quizás lo más importante: su armamento.

Vernel esgrimía orgullo al contemplar la exhibición de jóvenes y lozanos rostros, rostros que reflejaban un cierto aire de satisfacción y júbilo ya que regresaban a casa después de participar en tan arriesgada y exitosa misión.

No muy lejos Iwarka junto con los demás protegían el área del acelerador secundados por sus tropas, observaron a lo lejos que ya los hombres de Popov se habían marchado, ya era el turno de la avanzada de los demás, cuando intempestivamente tres soldados de negros se internaron en el túnel, disparando contra los hombres de Vernel, tristemente lograron herir a dos hombres de Vernel; se trataba de dos jóvenes, a quienes se les acababa de cambiar su destino, fueron enviados de vuelta a su realidad gravemente heridos o quizás muertos, los dos soldados enemigos también fueron enviados a el otro multiverso a través del túnel de aceleración, sin embargo estos habían salido ilesos. Vernel entró en pánico, pues esto significaba que el equipo técnico del otro lado del túnel, en el otro plano; tendrían graves problemas. Se adentro en el corredor que lanzaba potentes luces y advirtió a los soldados:

—¡Avisen que se han escabullido tropas enemigas! Que deben redoblar el patrullaje en la zona aledaña al túnel de aceleración.

Los soldados asintieron con un gesto de subordinación. Mientras Iwarka y sus hombres llegaron al lugar donde Vernel combatía ferozmente con los soldados de negro. Después de la gran batalla consiguieron detener la avanzada de los enemigos dentro del túnel, su objetivo era llegar a la central del túnel de aceleración el cual se encontraba en Meyrin Suiza, para destruirlo definitivamente.

Vernel caminó hacia Iwarka y Lautaro quienes bravíamente habían cubierto a sus hombres las cuales ya habían sido transportados por el túnel; El maduro hombre tenía su rostro sudoroso, se quitó la boina y le sacudió el polvo, suspiró y luego los miró con orgullo:

—*Gracias Iwarka y Lautaro* —los saludó militarmente colocando con respeto su mano sobre su frente —*¡sin ustedes hubiese sido imposible!*

—*Lamentable llegamos tarde. Dos soldados de negro lograron marcharse por ese túnel* —dijo Iwarka.

—Si, esos dos soldados que se escabulleron por el acelerador de partículas representaran un gran problema; así como la muerte de esos dos soldados, quienes ahora no existen y por ende sus hijos y todo lo que de ellos emanó o trascendió en aquel plano se desvanecerá. —Respondió Vernel

—Es el riesgo de los viajes entre universos paralelos —Agregó Iwarka

—Si, pero estos soldados de negros pertenecen al escuadrón de protección de la cronología, ellos quieren acabar con el túnel, para proteger otros espacios temporales de posibles intrusos o turistas del futuro.

—¿Por qué es importante el túnel? — preguntó Lautaro.

—Porque este túnel o portal multidimensional y temporal permite solucionar cualquier problema con los demás portales que pueden ser alterados o mal utilizados por seres de otros multiversos — Explicó Vernel

—No entiendo, y ¿por qué los hombres de negro quieren destruirlo? — de nuevo inquirió Lautaro.

—*Porque al destruir este portal y el portal de Machu Pichu La corte del mal tendrá el poder absoluto de los portales. Maichak debe proteger el portal del Puma y Jilani los del sol y la luna. ¡El momento ha llegado!*

—*Adiós* — dijo Iwarka.

El comandante Vernel levantó su brazo en señal de despedida, afloró una sonrisa lánguida y entró al túnel desapareciendo entre la ráfaga intermitente de luces. Si la batalla en la colina del riel y el túnel de aceleración había sido intensa y sangrienta; para Jacob tampoco había sido fácil; mientras buscaba el portal del puma había sido interceptado en dos oportunidades por escuadrones de atacantes de la corte del mal; afortunadamente los venció con relativa facilidad utilizando el potente báculo. Era evidente que este mágico bastón parecía ir evolucionando con él, o quizás era el mismísimo Maichak quien estaba a cargo de producir esos cambios en el misterioso instrumento ritual.

Sobrevoló el área, llegando a estar a unos pocos metros del suelo del acantilado, las piedras estaban dispuestas de manera que asemejaban descomunales muros de piedra maciza, Jacob se dio cuenta de que había una cueva, cuya entrada resultaba ser una suerte de arco muy perfecto para ser una cueva natural a la izquierda de esa entrada, vio una formación rocosa, que para nada parecía haber sido hecha por mano de la naturaleza. Al acercarse Jacob confirmó que no era una estructura hecha por el capricho la naturaleza; era un monolito, de formas simétricas y perfectas. Pensó entonces que el portal podía estar por allí. Descendió por el angosto acantilado; era increíble cuan útiles habían resultado los zapatos voladores de los orionitas. Llegó y todo estaba embadurnado por una luz rojiza, la luna emanaba intensos rayos que enrojecían todo el altiplano.

Caminó por el pequeño cañón, y se plantó en frente del arco, no veía el relieve iconográfico que Vernel le mostró, la figura del cometa con el puma; así que decidió adentrarse en la cueva. Contrariamente a lo que pensaba las galerías estaban extrañamente iluminadas. Avanzó volando lentamente y luego, después de un par de minutos, llegó a una galería que se alzaba a unos 30 metros de altura, y cuyo techo estaba incrustado de diamantes los cuales destellaban luces que iluminaban totalmente el recinto, buscó desesperadamente el portal del puma, pero era obvio que allí no se encontraba. De este modo, siguió avanzando y se percató que la galería se ensanchaba mucho más. Arribó a una gigantesca sala en cuyo centro se encontraba un monolito en el cual pudo distinguir el Puma dentro del cometa. Tomó el diamante e intentó colocarlo en el centro y encajo de manera perfecta. Enseguida, una fuerza invisible le arrastró, aventando su cuerpo contra las paredes de la caverna, la energía que emanó del monolito parecía un campo magnético. Jacob extrajo el báculo y neutralizó la fuerza que le sujetaba contra la pared. Mantuvo el Báculo frente a si sujeto con ambas manos repeliendo la atracción que ejercía el misterioso rayo que generaba el monolito, luego de esto, caminó unos pasos y de repente la caverna crujió y se deslizaron dos semicírculos de piedra que habían estado ocultos dentro de las paredes de la cueva, ambos semicírculos encajaron de manera automática uno con el otro. Jacob vio con asombro como la iconografía del puma y el cometa coronaban el frontón del inmenso arco. Pensó que era hora de conectarse con Jilani; Así que llamó usando el Holotel, el cual reflectó las imágenes de Kori y Jilani en tiempo real del otro lado ellos también podían visualizar la caverna como si estuviesen en frente de Jacob. Jilani dijo con enérgica voz:

—*¡Llegó el momento! Ya estamos listos* —Kori estaba con él y participaría en la desactivación del portal de la luna —*Veo que encontraste La Puerta del Puma.*

—¡Si, finalmente la encontré! Debemos conectar los cristales al mismo tiempo — respondió Jacob

—Si, Lo sé. Colocaré el cristal aquí en el portal del sol y Kori lo hará allá en el portal de la luna.

—¡Entendido!

La tierra empezó a temblar nuevamente, esta vez parecía que se hubiesen fracturado los cimientos mismos de los andes, como si las entrañas de la sagrada Pachamama se retorcieran y su espíritu convulsionara. Una lluvia torrencial inundó casi de inmediato Tiahuanaco y Puma Punku; ahora la madre tierra no era gentil, ni mucho menos benevolente con los pobladores del sempiterno altiplano. Se había profanado la inocencia, y se debía depurar. Había llegado el momento de iniciar un nuevo ciclo, un renacer donde ya los dioses no intervendrán en el destino del hombre, un nuevo tiempo en el que resurgiría la vida y en el que el hombre se enfrentaría a sí mismo y decidiría su futuro.

En medio del intenso temblor; Jacob con dificultad se elevó al centro del portal, Jilani también lo había hecho con la ayuda de Tima y Kori lo hizo por sí misma, pues ella tenía el poder de volar. Mientras el caos se apoderaba de todo los Andes, los tres seguían reflejando sus imágenes en un magnífico holograma, todos se habían percatado de que el temblor era intenso y debían darse prisa, antes de que la destrucción fuese mayor. Tanto Jilani como Kori habían colocado con éxito los cristales, solo esperaban que Jacob hiciera lo mismo, pero cuando ya estaba a punto de incrustar el cristal aparecieron de nuevo una docena de Chachapumas. Sorprendentemente estos se elevaban con gran facilidad, dando poderosos saltos intentaban alcanzar Jacob, mientras que el los repudiaba con el báculo, pero conforme unos caían otros aparecían de inmediato, y esto impedía que pudiese colocar la roca de cristal en la iconografía. Jilani y Kori veían impacientes como el plan maestro se venía abajo, mientras todo alrededor era caos, la batalla continuaba tanto en la sagrada ciudad de Tiahuanaco como en el riel de aceleración de Puma Punku.

De Tiahuanaco, aquella esplendorosa ciudad repleta de templos y edificios colosales, tan solo quedaban ruinas, piedras dispersas por doquier, las cuales perdurarían a través de los siglos como testigos silenciosos que no podrían contar la verdadera historia de lo que allí en realidad sucedió ¿o quizás sí?

Jacob continuaba enfrentando a los feroces Chachapumas, cuando de repente escuchó unos aguerridos gritos que se hacían cada vez más intensos. Jacob continuaba lidiando con los engendros. Al fin alcanzó a distinguir que eran las tropas del Reino Verde las cuales llegaron a respaldarle lideradas por Tupac Katari, Julián. Jacob gritó:

—*¡Tupac, necesito librarme de estos gatitos!, ¡debo conectar los portales!*

—*¡Entendido Maichak! ¡nos encargaremos de los gatos! ¡Apresúrate!*

—*¿Y eso ahora vuelas?* — Indagó Jacob al ver que Tupac tenía botas orionitas,

—*Si me las dieron los oriones. Soy una serpiente voladora.*

Tupac Katari junto a sus guerreros lograron enfrentar a los Chachapumas, pero en medio del enfrentamiento surgió algo inesperado, que cambiaba todo. Kai apareció y se abalanzó sobre Jacob, este confundido y sin saber que ocurría le dijo:

—*¡Uff! ¡Qué bien que hayas venido!, necesito ayuda debo conectar el cristal para proteger el portal.*

—*¡Iluso! ¿Aun crees que estoy de tu lado?* — Gritó.

—*Lo sabía. ¡Siempre supe que los gatos son traicioneros!*

—*Este es el portal del puma, si no te has dado cuenta es mi portal, y ni tu ni nadie me impedirá tener el control de lo que por ley me pertenece.*

—*El portal debe ser sellado y protegido.*

—*No me vengas con tu discurso rebuscado sobre restablecer el balance, porque he venido a destruir los demás multiversos, y crear uno nuevo donde yo sea quien gobierne.*

—*Bueno, lindo gatito, primero deberás aniquilarme* —sentenció Jacob con hastió.

Desde Tiahuanaco, tanto Kori como Jilani observaban lo que sucedía en la cueva, no obstante, para ellos el escenario no era menos alentador, los saxras habían regresado y esta vez con un deslave de lodo. La diluviana lluvia no cesaba y los guerreros trataban de frenar el avance de los espíritus oscuros, que querían controlar ambos portales. En medio del feroz ataque Julián mantenía a los chachapuma controlados, pero había tenido grandes bajas, más de la mitad de sus hombres habían sido abatidos. No había duda de que estos fantásticos felinos tenían un poder superior. El guerrero se aproximó a Jacob esquivando el ataque, y le gritó a Jacob:

—*Maichak lánzame el cristal yo lo colocaré.*

—*No olvídalo* —respondió Jacob que continuaba el combate cuerpo a cuerpo con el invencible Kai.

—*¿Qué pasa si lo hago?* —preguntó Tupac

Jacob no le prestó atención, pues evitaba que Kai le atacase clavándole los afilados colmillos que sobresalían de su epicúrea boca. Súbitamente un chachapuma se lanzó sobre Tupac, pero oportunamente otro guerrero lo aniquiló con un rayo fulminante en la espalda. Tupac confundido se quitó al felino muerto de encima de su pecho, observó que la herida era de portentosas pistolas que les dieron Ishtar y Bel hace días en el campamento. Luego de desprenderse del amasijo de músculos Julián escuchó una voz dulce y cálida; era su Bartolina.

—*¡Tupac! Si tocas esa piedra morirás en esta dimensión y quizás mueras en todas las bifurcaciones del tiempo* —Dijo Bartolina demostrando entendimiento.

—*¿Bartolina?* —Julián estaba tan feliz como impresionado— *¿Qué haces acá?*

—*Te he estado buscando llegue acá con Iwarka, Billy y Lautaro, además de otros guerreros que me acompañaron.*

—*¿Cómo sabes que no debo tocar el cristal?*

—*¡Tupac!¡Cuidado!* —ella le gritó para que reaccionara, porque aún no salía de la sorpresa y continuaba muy embobado por su presencia.

Un inmenso Chachapuma se había arrojado sobre el nuevamente, Julián contra atacó, revolcándose en el piso con el felino, mientras sostenía con fuerza su amenazante hocico pespunteado con grandes colmillos. Bartolina nuevamente neutralizó al felino, utilizando la potente e infalible arma.

—*Hay que ayudar a Maichak* —dijo desesperado Julián

—*Si, pero no puedes tocar ese cristal. ¡Entiéndelo!*

—*¿Como podrá incrustarla en el sello de piedra? ¡es imposible! ese Hombre-Puma no le deja* —respondió Julián.

Iwarka se hizo presente y le gritó a Julián:

—*¡Muchacho lo que dice Bartolina es cierto!*

—*¡El comandante Vernel lo dijo!* — vociferó Billy.

Los refuerzos lograron neutralizar a todos los Chachapumas de la cueva, sus enormes cuerpos yacían por doquier. Era indudable que la actuación de los guerreros fue determinante en la defensa de los portales, porque como se dijo, no se estaba protegiendo ni a la ciudad sagrada de Tiahuanaco, ni a Puma Punku, el objetivo fundamental era salvaguardar los portales multidimensionales.

Desde el reflejo holográfico se podía contemplar que Tiahuanaco estaba quedando sumergida bajo metros de agua; del Portal del Sol y la Luna solo se apreciaba el arco desde la imposta hasta la clave en donde se encontraba la iconografía de Viracocha, lo demás estaba bajo las aguas que desmandadas afluían de las colinas aledañas y riachuelos desbordados. Aun el aluvión no había llegado a la caverna donde se encontraba el portal del Puma, pues esta se alzaba en un macizo montañoso elevado, era evidente que esto favorecía a Jacob, quien aún seguía en combate con Kai. Julián se aproximó a Iwarka y le dijo:

—*Yo conectaré el cristal al portal, es necesario que Maichak sepa que debe arrojarme el cristal yo lo conectare y él se encargará de lanzar el rayo y conectar los portales.*

—*¡No Tupac! No permitiré que hagas eso, es una locura* —sentenció el dios mono con autoridad

—*¡Pues alguien tiene que hacerlo!* —dijo decidido.

—*¡Pero no serás tú!* —respondió con enfado Bartolina.

—*Tiahuanaco se está sumergiendo, no hay tiempo que perder. Si no es ahora todo el esfuerzo de los Aymaras y de los guerreros del reino verde serán en vano.* — Iwarka entendió que lo que decía el muchacho era verdad; miró a Bartolina con una mirada de aceptación. Lautaro se aproximó y con gran arrojo dijo:

—*¡El muchacho no debe inmolarse lo haré yo!*

—*¡Silencio!* —Iwarka levantó sus brazos y mascullo unas palabras, imperceptibles para los demás.

Lautaro, Billy, Julián y Bartolina se miraron con extrañeza, no entendían que hacia Iwarka, mientras que paralelamente Jacob seguía batallando con el invencible Kai; en medio de todo esto, desde el arco del Puma emanaron unos intensos rayos de color naranja en forma de espiral. Jacob se sorprendió porque el habilidoso Kai se quedó suspendido con su musculoso brazo alzado y sus poderosas garras apuntando amenazantemente e inerte, como si fuese una estatua.

Una figura imponente, de unos tres metros de altura se hizo paso de entre el espiral de luces, era Chavín, si el padre de Kai, quien había sido invocado por Iwarka. Salió rápidamente del torbellino, echo una mirada de desprecio a su hijo que permanecía petrificado y dijo con voz potente:

—*¡Maichak! Has demostrado tu valentía; tienes el báculo y has defendido los portales. Ahora necesitas de la ayuda del elegido: Tupac Katari. Solo sangre aymara puede conectar el cristal del portal del Puma.*

—*¿Qué sucederá con Tupac después?*—preguntó con tono de angustia Bartolina.

—*¿Y Kai?*— inquirió Jacob

—*Ese insensato, deberá pagar por su osadía. Ahora debo marcharme* —clavó su férrea mirada sobre Julián— *Tienes poco tiempo para hacer esto antes de volver a tu espacio. Al regresar no recordarás nada de lo que acá sucedió, tu destino este trazado.*

Dos peregrinas lágrimas rodaron por el cansado rostro de la muchacha, corrió hacia Julián y le abrazó.

—*¡No puedo decir que nunca te olvidaré! porque ahora sabemos que nos olvidaremos* — dijo Julián.

—*Te amo, y yo sé que, si te volverás a cruzar en mi camino, porque tu vida esta tejida a la mía con la urdimbre del destino* —se quitó el poncho y lo sostuvo en sus manos— *como los hilos de este aguayo, entrelazado a mis recuerdos. Por siempre estarás hilvanado a cada fibra de mi piel.*

—*No puedo aceptarlo* —reviró Julián— *si algún día te encuentro este hermoso aguayo con la bandera aymara será la señal. ¡Guárdalo! Amada Bartolina yo te reconoceré por él, y entonces juntos lucharemos contra nuestro destino.*

Bartolina se alejó sosteniendo el poncho a su pecho y largando la mirada más triste y profunda que ojos jamás prodigaron. Guardaba para si la imagen de aquel muchacho de negros y largos cabellos, el de perlados dientes y explayada sorisa . El, por su parte, apretó un suspiro el cual le lleno del coraje necesario para enfrentar su destino; no era momento para debilidades, el valor que albergaba en un recóndito escondrijo de su espíritu, se liberó, pues para esto había llegado a este plano. Jacob, sabía mucho de despedidas y de amores fallidos, cabizbajo y sentido avanzó unos pasos y le entregó el cristal.

Mientras se desarrollaba el trágico final de los dos inmortales amantes andinos; la ciudad estaba siendo aniquilada. No solo sería destruida, sino que permanecería sumergida bajo metros de agua, las sagradas aguas del lago Titicaca que impetuosas rebosaban sus márgenes e implacables se apoderaban de todo a su alrededor.

En la puerta del sol Jilani aguardaba junto a Tima mientras que en la puerta de la luna se encontraba solo Kori. Alrededor reinaba una tensión; todos permanecían silentes y expectantes en medio del diluvial espectáculo.

En el acto Chavín con aire compasivo volteó su rostro hacia a su hijo Kai, como si fuese la última vez, luego se desvaneció haciendo una reverencia a Iwarka y los demás y lo que había sido calma se convirtió automáticamente en un caos de nuevo. Jacob desprevenido recibió un zarpazo de Kai, el cual no notó el intermezzo. Iwarka le hizo señas a Julián y este se elevó con el cristal en la mano. En la puerta del Sol; Tima desplegó sus inmensas alas negras y se elevó, sosteniendo a Jilani en su espalda. Jilani apretaba el cristal con ambas manos, Kori por su parte ya estaba en posición lista para colocar el cristal en la puerta de la luna y Julián utilizando los zapatos orionitas estaba próximo al portal del Puma. Kai se percató de lo que en estaba sucediendo y se arrojó sobre Julián, sin embargo, Iwarka logró bloquear el ataque, pero en el acto aparecieron una docena de Chachapumas, arremetiendo contra todos. Un inmenso felino empujó a Julián quien impactó contra una roca, el cristal se zafó de su puño y rodó por el suelo más resplandeciente que nunca. Bartolina consiguió un par de zapatos orionitas y logró liberar a Julián del ataque de un chachapuma, sin embargo, el cristal estaba vulnerable. Jacob, Iwarka, Billy y Lautaro estaban batallando cuerpo a cuerpo con las feroces alimañas, por su parte Kai echó un vistazo y divisó la preciada roca y dando un salto acrobático, aterrizó con su abdomen contra el piso y su brazo extendido, con sus afiladas garras a solo centímetros del cristal, algo así como un jugador de beisbol quien arrastrándose quiere tocar la base; pero súbitamente un pie que calzaba unas botas de cuero de alpaca la arrastró alejándola de él; era Zion.

—*¡Ooops! ¿Buscabas esta piedrita? pues yo la encontré primero*

—*¡Dame el cristal o te arrepentirás!*

—*¡Ven por ella!* — Zion tomó el cristal con cuidado sosteniéndolo con una funda de cuero la cual utilizó como guante y luego con gran habilidad la volteo dejando el cristal dentro, de este modo no lo tocó en ningún momento.

Zion lanzó el bolsito con el cristal a uno de los muchachos que conformaban su tropa de chasquis, y este a su vez lo arrojó hábilmente a otro compañero, Kai le propinó un zarpazo al chico, matándolo en el acto, sin embargo, los chiquillos eran demasiado rápidos y Kai estaba frustrado ante tamaña agilidad. Bartolina intentó hacer reaccionar a Julián, y luego de insistir varias veces el muchacho logró incorporarse.

—*¿Qué sucede?* —Gritó Jilani desesperado a través del holograma — *¡Vamos! debemos colocarlo a la vez.*

—*Yo ya estoy lista* —dijo Kori— *pero hay problemas en el portal del Puma. ¿Maichak escuchas?*

—*¡Si, si! Ya lo haremos acá la situación se ha tornado difícil* — respondió Jacob.

Jacob observaba lo que sucedía y temía que ya fuese demasiado tarde, pues el agua ya casi estaba ocultando las iconografías sobre las cuales había que incrustar el cristal. Bartolina se elevó junto a Julián y lo sostuvo con fuerza, pues el evidentemente aún permanecía aturdido. Las turbulentas aguas empezaron a inundar la caverna; mientras los muchachos seguían arrojándose el cristal para impedir que Kai, lo alcanzase; más de seis chicos habían sido aniquilados por el abominable felino. Iwarka y Lautaro había vencido a los Chachapumas, al igual que Jacob. Nuevamente el cristal paró en manos de Zion.

De nuevo, un intenso temblor sacudió la caverna y parte del techo de la galería se estaba desprendiendo. Bartolina había logrado alcanzar la iconografía y gritó con fuerza a Zion:

—*¡Arrójame el cristal!*

—*¡Alla va!* —habiendo dicho esto, el muchacho aventó el cristal a Bartolina.

Kai se Abalanzó sobre Bartolina y de un zarpazo la hirió gravemente en el pecho, esta le disparó con el arma laser, y con gran pericia sostuvo el cristal y se lo entregó a Julián quien ahora la sostenía a ella, Jacob remontó vuelo y preparó el báculo.

—*¿Listos todos?* —gritó Jacob

—*¡Listos!*

—*Lista* —Respondió Kori.

—*¡Uno, dos y tres!* —contó para sí mismo— *¡Ya!* —confirmó Jacob gritando con fuerza.

Julián colocó el cristal, sincronizadamente con los demás, aun sostenía fuertemente a Bartolina con su brazo izquierdo, de inmediato un mecanismo se activó y varias luces azules emanaban del portal, la caverna ahora una gran espiral que giraba vertiginosamente. Jacob, rápidamente manipuló el poderoso báculo y disparó un rayo enceguecedor; simultáneamente Jilani hizo lo propio y ambos fulgores se alinearon en un triángulo isósceles, el cual conectaba los tres portales. De inmediato, los portales generaron un campo magnético que atraía todo hacía si, era como si un tornado se remolinara absorbiendo todo hacia el centro. Inevitablemente, los cuerpos de Bartolina y Julián se desvanecían como granos de arena llevados por el viento del desierto. No alcanzaron a proferir una sola palabra, solo pudieron contemplar sus ojos por última vez. Sus jóvenes y fuertes cuerpos sucumbieron al poder del portal, pero no así su amor. Su legendario amor sería el vínculo que les volvería a unir, pues tanto Julián como Bartolina, estarían destinados a ser los defensores de la libertad y los derechos de los Aymaras, y ese colorido aguayo con la bandera aymara sería la clave del reencuentro de ambos amantes en otro espacio y en otro tiempo, donde el destino tal vez les diera la oportunidad de alcanzar la felicidad.

La caverna estaba ahora bajo el agua, Iwarka y Lautaro lograron salir a pesar de la enérgica corriente, sin embargo, Jacob seguía peleando dentro del agua con Kai. Una descomunal ola, se vino con fuerza contra Kai empujándolo hacia dentro de la caverna, mientras que Jacob se repelió hacia afuera. Diestramente sostuvo el báculo con fuerza y salió flotando. A poca distancia logró distinguir a un inmenso delfín plateado que llevaba en su lomo a Billy y Lautaro; era Iwarka, Jacob nadó en dirección al cetáceo, pero a su vez este se acercaba a él.

—*¿Qué sucedió con Zion y los demás?* —Preguntó Billy

—*Pensábamos que estaba a salvo, pero no hay rastro de el* —Recalcó Lautaro

—*No yo no le vi más. Pensé que quizás estaba con ustedes* —respondió Jacob con tono de preocupación —*Debemos ingresar de nuevo. Iwarka ven conmigo.*

—*Billy lleva a Lautaro hacia esa colina, allí nos encontraremos.*

Billy afirmó moviendo su cabeza, por ser un vampiro-Jencham tenía la capacidad de volar y desmaterializarse. Mientras que Lautaro conservaba su esencia humana.

Iwarka y Jacob se zambulleron en la cueva, ahora sumergida vamos metros de agua. Allí abajo había aun espacios no inundados en algunas galerías, lo que les hacía pensar que tendrían la posibilidad de encontrar con vida a Zion y al resto de los chicos.

Avanzaron por la gran galería en la cual se encontraba la puerta del Puma, curiosamente el portal aun emanaba la luz, prosiguieron a través de las frías aguas y encontraron una cámara que no se había inundado.

—*Sabía que regresarías Maichak esos estúpidos e innecesarios sentimientos humanos te hacen cometer errores* —Kai sujetaba a Zion y sus afiladas garras apuntaban hacia su yugular.

—*¡Suéltalo!* —ordenó Jacob.

—*No estás en posición de exigir nada, tu amigo va a morir si no haces lo que te ordené*

—*Maichak no le hagas caso. ¡Yo resistiré!*

—*No te salve en Bacatá para dejarte morir acá... No permitiré que tu vida se pierda por el capricho de un lindo gatito*

—*¡Insolente!* — rugió Kai abriendo su boca plena de desafiantes colmillos.

Jacob apuntó el báculo y de inmediato lanzó un rayo de color rojo sobre Kai, este salió disparado hacia el techo de la caverna.

—*¡Zion ahora vete con Iwarka!*

—*¡No me iré como un cobarde y te dejaré solo Maichak!*

—*¡No tengo tiempo para insubordinaciones!* —gritó con ímpetu— *haz lo que te ordené ¡Ya!*

—*¡Vamos muchacho!* —Dijo Iwarka convertido en pez—*¡Obedecer es también de valientes!*

El muchacho limpió su cara, apartó de sus ojos los largos cabellos castaños húmedos y ensortijados que le impedían ver con claridad, pero al virar para subirse al lomo del pez, deseo jamás haber visto semejante horror, esparcidos entre las rocas se hallaban los cuerpos mutilados de sus amigos. Kai se recuperó e intento atacar al muchacho de nuevo; no obstante Jacob con gran pericia le empujó al agua y de inmediato se subió al lomo del inmenso pez y se perdió de vista entre las oscuras aguas que inundaban la caverna.

—*¡Pelea conmigo Gatito!*

—*¡Te aniquilaré Maichak!*

—*¡Buena suerte!* — vociferó Jacob con una sonrisa Lucharon cuerpo a cuerpo, era evidente que ambos contendientes esgrimían el mismo poder. Una vez más la lucha era pareja. Sin embargo, en medio del enfrentamiento, Jacob se deslizó y cayó abruptamente y el preciado báculo rodó hacia los pies del malévolo Kai quien lo tomó con sus garras, Jacob no podía dar crédito, ¿Cómo era posible que pudiese agarrar el báculo de Viracocha? Golpeó la roca con su puño, y tragó saliva, luego de todo lo que había logrado se sintió vulnerable y confundido. En el acto se incorporó y se aventó con todas sus fuerzas en contra del felino quien sin mediar le disparó un rayo paralizándolo. Jacob permanecía consciente, aun así, no podía mover ni un solo musculo de su cuerpo.

—*Tienes mucha suerte Maichak, no puedo aniquilarte eres un Éter.*

Jacob escuchaba; más no podía responder, sabía que este quizás era su fin; quedaría paralizado en esa oscura y húmeda caverna hasta que su cuerpo colapsara. En vano, intentó comunicarse con Yara, ella podía recibir mensajes telepáticos, no obstante, esto no sería posibles, pues ella permanecía inconsciente en algún lugar del altiplano.

—*¡Ja! ¡ja! ¡ja!*—se carcajeó incontrolablemente aflorando los afilados colmillos— *¿Intentas pedir ayuda? Nadie te vendrá a ayudar.*

Kai estaba totalmente equivocado; de hecho, si existía alguien que mantenía una conexión con Jacob, alguien que podía inmiscuirse en lo más recóndito de sus pensamientos, alguien que compartía más que una fisonomía, su mismísimo código genético, y ese alguien era su gemelo el dos espíritus, quien en medio de la inclemente tormenta volaba con Tima rumbo al Brujo; le había perdido el rastro a Kori, quien se había marchado un poco antes. Los mensajes de Jacob llegaban con gran nitidez, por tanto, él sabía que algo le ocurría a su hermano, incluso pudo divisar el lugar preciso en el cual se encontraba; de inmediato le ordenó a Tima descender y en un escarpado ejecutó un ritual de invocación al mismísimo Viracocha, en el acto un desmandado vendaval los envolvió, los largos y húmedos cabellos de Jilani se elevaron cual enlutado papagayo, mientras que las alas de Tima parecían desprenderse de su espalda. Revoloteando graciosamente en medio de la intensa lluvia apareció un pájaro, era un solitario andino, cuyo grisáceo cuerpo de unos veinte centímetros se suspendió en frente de Jilani, este dudoso preguntó:

—¿*Viracocha?*

—*Si Jilani, soy yo, ¡Tu hermano estará a salvo! Continua tu travesía a El Brujo.*

—¡*Entendido mi señor!*

El hermoso pájaro dio varias vueltas alrededor de los dos y luego se desvaneció entre las densas gotas de lluvia. Mientras; en la caverna reinaba una tensa calma, sin embargo y a pesar de esa aparente serenidad de entre las frías rocas se filtraba una lúgubre desolación un sentimiento desesperado, esas rocas serian la última morada de los juveniles cuerpos que momento atrás pululaban gráciles y atléticos y ahora yacían esparcidos en esa caverna que fungiría como su perpetuo y macabro mausoleo. Kai contempló por última vez a Jacob y ya se disponía a marcharse, sujetaba el cayado con fuerza cuando un nuevo temblor sacudió las paredes de la galería, en el agua se formaron olas que se bamboleaban frenéticamente y del techo se desprendieron rocas que chapaleteaban dibujado grandes coronas

En medio del sacudón, Desde el fondo de la caverna inundada surgió una columna de agua, que emergían poderosa cual torbellino, semejante a los que brotan de los espiráculos de las ballenas. Increíblemente en el centro de la vigorosa fuente de agua una imagen enorme se vislumbraba, moldeada en el agua misma.

—¡*Kai! ¡eres la vergüenza de tu padre Chavín!*

—¿*Quién lo dice?*

—¡*Lo digo yo el dueño del báculo que has robado!* —Respondió la traslucida figura

—*Ya me lo imaginaba, que el estafador y manipulador de Viracocha o Bochica como sea que se llame, debería aparecer en cualquier momento.*

—¡*Tu insolente! Sabias que teníamos que resguardar los portales* —dijo Viracocha ahora transformándose en el viejo de larga barba blanca y ojos de agua — *sabias la importancia de cerrar los portales sin destruirlos, pues de ellos depende el balance; y aun así tu ambición pudo más. Querías tener un multiverso para ti, para hacerlo un caos.*

—*¡Ah como olvidar que tú quieres ser el amo y señor de todos los multiversos! ¡Qué eres un dios celoso, egoísta y manipulador, que no permite a sus incautos siervos elegir a quien adorar o en que creer! Eres esa inteligencia controladora que manipula los hilos del destino de tus siervos.*

—*El control no existe; se diseñaron leyes que permiten a la humanidad vivir según preceptos morales y éticos. Yo solo he sido un mentor que ofreció una enseñanza.*

—*¡Basta! Eres un charlatán; pero ya tu tiempo se acabó.*

Alzo el báculo y lo apuntó hacia Bochica arrojando un intenso rayo el cual al chocar con el cuerpo de Bochica rebotó e impacto en el musculoso Kai, quien se impulsó unos metros y quedó congelado como lo había estado Jacob minutos antes. *El extraordinario cayado salió disparado hacia Jacob, quien lo atajó con destreza.*

—*¡Sal de esta cueva cuanto antes!*

—*¡Acá esta tu báculo!* —dijo Jacob entregándole el poderoso bastón a su dueño

—*¡Esto no ha terminado Maichak!* —Bochica mostró gran malestar por el acto displicente de Jacob —*¿Te revelas cuando ya estas a punto de alcanzar la redención?*

—*No, claro que no* —yo solo deseo entregarle su báculo: *"Un gran poder requiere una gran responsabilidad"*

—*¡Insolente! Tú no eres un héroe de historietas Maichak, eres un héroe cultural; sin embargo, ese adagio es muy sabio, tu responsabilidad es tener ese gran poder contigo, aceptarlo y saber usarlo. Esta odisea está empezando; aún faltan muchos portales por proteger. El hombre de la Luna está esperando por ustedes para ir a la Sagrada* ***Cueva de los Tayos***[192]

---

192 - La Cueva de los Tayos es una cueva ubicada en la ladera oriental de la cordillera de los Andes en la provincia de Morona-Santiago de Ecuador. A veces se llama Cueva de los Tayos de Coangos (el Río Coangos está cerca). La expedición a la cueva se describe en el libro de Pino Turolla de 1970 Más allá de los Andes. Erich von Däniken escribió en su libro de 1973 El oro de los dioses que János Juan Móricz (1923-1991) afirmó haber explorado la Cueva de los Tayos en 1969 y descubrió montículos de oro, esculturas inusuales y una biblioteca metálica. Se decía que estos artículos

deberás defender el báculo por sobre todo y no cederlo a fuerzas enemigas ¡jamás! Y en ninguna circunstancia.

Jacob comprendió que no podía escapar de su destino, y que cualquier idea que resurgiera desde su agotada conciencia seria debatida. El tan mentado libre albedrio, retumbaba salvajemente recordándole que, lo que finalmente decidiera era solo una falacia y por ende no tenía escapatoria.

Bajo la mirada nuevamente, se sintió indigno de ser el líder del Reino Verde y de portar el Báculo Sagrado, después de todas las bajas, de tanta lucha y entrega, aun después de saber que lo que sucedía era definitivo y real. Que todo lo que había vivido en este inverosímil viaje superaba con creces su vida cotidiana como estrella de rock; a pesar de todas las separaciones y ausencias, a pesar de Steve, Iris, Pedro, Paul y Atamaica, el aún se aferraba a ese egoísmo que fue, y que al parecer seguiría siendo su perdición.

—*¡Perdón señor!* —respondió con humildad Jacob

—*Ahora dirígelos a la gruta del Brujo, en su territorio aguardaran a la reagrupación. Luego se decidirá quienes seguirán a tu lado. Algunos de los guerreros regresaran a su universo. ¿Entendido Maichak?*

—*¡Entendido Señor!*

—Jacob se dispuso a abandonar la cueva que ahora si parecía sucumbir al terremoto. Por su parte Bochica, ahora llamado en estas tierras Viracocha caminó hacia el cuerpo inanimado de Kai, Chavín apareció de nuevo y con voz triste dijo:

—*Mi hijo fue un siervo fiel de Inti, hasta que llegó el traicionero Walichú y sembró en su corazón la semilla de la ambición.*

—*¡Oh, Gran Chavín! ¡Lamento tu desdicha! La reminiscencia de tu hijo Kai perdurará en el colectivo aymara. Sera el guardián perpetuo de las aguas sagradas del Titicaca, como recordatorio de su traición y de lo que aquí sucedió. Sera una estatua de piedra gris junto a sus feroces*

---

estaban en túneles artificiales que habían sido creados por una civilización perdida con la ayuda de seres extraterrestres. Von Däniken había afirmado previamente en su libro de 1968, Chariots of the Gods?, que los extraterrestres estaban involucrados en civilizaciones antiguas.

Chachapumas y cuando sea el momento y forasteros profanen el sagrado lago, el retornara aniquilando a quienes osen vulnerar este sagrado lugar.

—*¡Qué se cumpla pues lo previsto!* —dijo con lágrimas en sus ojos Chavín.

Viracocha expidió un hechizo al ya paralizado Kai, quien de manera expedita se convirtió en una estatua de Piedra gris, así como todos los Chachapumas las cuales se hundieron lentamente en el agua. Seguidamente, gritó con potente voz:

—***"Qaqa titinakawa... ... Titicaca"*** *¡Qué el poder de los pumas grises resguarde al espíritu del lago sagrado!*

Jacob aún estaba bajo las gélidas aguas, tratando de salir a flote, cuando un inmenso pez dorado le pegó con su cola por el rostro; Intentó recuperarse, pero de nuevo el pez le atacó. Jacob entendió que eso no era casualidad, un pez atacándolo con ensaña en medio de tal devastación solo podía significar un ataque de las fuerzas del mal; con dificultad logró emerger para retomar aire, y de nuevo el pez le envistió, Jacob intentó aniquilarlo con el báculo, pero en medio de la disputa lo perdió y cayó en el fondo de la cueva inundada. Luchó con todas sus fuerzas tratando de recuperar el preciado bastón el cual ya había logrado divisar debido a que expelía una luminosidad que le guiaba hacia él. Logró alcanzarlo y finalmente salió del agua. Divisó una inmensa roca y nadó hacia ella; se sujetó de un peñasco y al salir se encontró a Supay. Su espantoso semblante esgrimía una sonrisa. Jacob no tuvo tiempo de pensar, asumió la posición de combate resguardándose con el báculo.

—*Creías que te ibas a salir con la tuya ¡Iluso! ¡Mira a quien tengo acá!*

Tres detestables Chachapumas sostenían a Kori Oclo

—*¡Kori!*— Exclamó Jacob desesperado— *y tú no eres Supay eres el imbécil de Walichú.*

—*si soy Walichu ¡tu amiguito! y ella es Kori, y la enviaré a un plano dimensional en donde sufrirá atrozmente* —El malvado Walichú se carcajeaba mientras se abalanzaba sobre Jacob.

—*No, Walichú no lo hagas...*

—*¡Entonces dame el báculo ya! Ordenándole que yo Walichú seré su dueño absoluto, el báculo te escuchará.*

Kori no pudo hablar, pues estaba encapsulada en una barrera resplandeciente que la neutralizó. Jacob ahora estaba en un nuevo dilema, una disyuntiva igual de difícil que aquella que enfrentó en la celda de Docanto; aciago momento cuando pudo salvar a su mejor amigo inmolándose a sí mismo, pero no fue lo suficientemente valiente para enfrentar a la muerte de frente. Ahora debía decidir entre el amor y el deber Wiracocha había sido enfático y determinante con respecto al báculo. Jacob no respondió, en el acto se lanzó sobre el malvado dios que seguía riéndose macabramente sin parar.

—*¿Crees que podrás vencerme? Eres un inepto. ¿Y tú lo sabes?*

Walichu se transformó en su padre, vestía una bata de carnicero y le miraba con esos ojos inquisitivos y llenos de odio que difícilmente podía olvidar. Ojos que le reprocharon una y mil veces la muerte de su hermano; sin embargo, al padre le remordía que su hijo representara su propio reflejo, la proyección de sí mismo abusado por su propio padre, y por eso equivocadamente, se envistió en la piel del victimario para tener el control y encarnar al maltratador en lugar de ser el maltratado. Jacob se electrificó no pudo más que llorar como un niño. Walichú caminó en círculos mientras el rendido se arrodilló:

—*¡Siempre has sido un pusilánime!* — dijo Walichú envestido con la identidad de su padre— *¡Un inservible! Siempre supe que el mejor hijo había muerto; eres un tartamudo y flacuchento que no sabes sino estorbar.*

Jacob continúo quebrado, vulnerado y desprovisto de autocontrol, al tiempo que Walichú sacaba provecho del tremendo desbarajuste emocional.

—*¡Vamos! ¡Haz algo bien por primera vez Jilipollas! ¡Entrega ese báculo que solo te ha traído miserias y desdichas! ¿en verdad crees que eres el Gran Maichak? ¿un Odiseo más? ¿En verdad crees que podrás cumplir con esos mitos? ¡Iluso! Eres solo un greñudo un roquero con suerte. Sabes Ernestina murió con tu nombre en la boca, y tu ni siquiera te dignaste a despedirte de ella.*

—*¡Fue por ti!* — gritó Jacob levantándose del piso —*¡Por tu culpa! Por eso no regresé de nuevo a casa, por eso decidí dejarlos en paz. Fuiste una bestia, siempre la torturaste, y ella jamás tuvo el valor de sublevarse.*

Le ofrecí una mejor vida sin ti, le pedí que te abandonara; cuando al fin tuve el dinero… pero ella te prefirió a ti… ¡a ti!

—¡Ahora estas metido en esta porquería! Tratando de salvar quien sabe que cosa…de estos indígenas que a nadie les importa. ¡Por favor! ¡Es una broma! ¿Tú serás el salvador del balance? ¡Demonios!

Jacob recordó que solo hubo un momento realmente memorable entre él y su padre; pensó en ese momento que le llenaba de ilusión y fortaleza, pues en ese instante único e irrepetible entendió que incluso en medio de la oscuridad más desoladora siempre se puede tener un rayo de luz, un rayito de luz que atesorarás y te servirá de consuelo cuando la implacable oscuridad regrese. Recordó que los Aymaras sacrificaron su hermosa Tiahuanaco y Puma Punku para preservar el equilibrio de las puertas interestelares; él debía hacer lo mismo sacrificar su amor por Kori por el bien de los multiversos.

—¿Cuál fue el mejor momento entre los dos?

—¿De qué hablas?

—El mejor momento entre tú y yo papá.

—¿Bromeas? Nunca tuve un solo momento agradable contigo.

—sí que lo hubo… ¡tú no eres mi padre! pues si es cierto que él fue un monstruo; pero jamás olvidaría ese momento. ¡Eres Walichu! y puedes llevarte a Kori yo no canjearé el balance de la Pachamama, y de todo el sistema por nada ni por nadie. ¡Kori estará orgullosa de mi ¡

La confusión invadió a Walichú quien fue atacado por un rayo cayendo al agua, pero inmediatamente logró salir a flote se elevó y observó que era Pachamama.

— La traición vive en ti Walichú; Has decidido abandonar la lucha por el bien; has trazado tu destino y ya no serás más un ente ambiguo, estas destinado a vivir en la oscuridad. No hay peor destino que vivir rodeado de traidores y ellos los engendros del lado oscuro serán tu perdición ¡pero ya no más¡! Si una soga se rompe y las atas, el nudo siempre te recordará que esa soga no será lo suficientemente fuerte para sostenerte. ¡Walichú has de pagar tu traición!

De inmediato de Pachamama salieron tres plantas carnívoras que tenían espeluznantes rostros con colmillos afilados y punzantes manos, esgrimían cuerpos humanos y se dirigían hacia Los Chachapumas quienes sostenían a Kori Oclo, mientras Walichú con un rayo despareció a Kori:

—*¿Confiabas que ella al final se quedaría contigo?... ¡No!*

Jacob apretó con fuerza sus ojos; sabía que era inevitable, una vez más le falló a un ser querido; pero Bochica- Viracocha había sido muy preciso con respecto al báculo. Las plantas carnívoras se abalanzaron sobre los Chachapumas y de manera frenética y horrible se los comieron. Walichú parecía no temer en absoluto.

—*¡Ay Pacha! ¿Son esos espinosos los que te custodian? insípidos cactus comen carne. No tengo tiempo de pelear contigo; me iré con Supay, los reptilianos y draconianos están preparándose; muy pronto nos encontraremos de nuevo y espero que entonces estemos del mismo lado.*

—*¡jamás apostaré al caos y a la oscuridad!* — Respondió.

Pachamama ordenó a las plantas carnívoras regresar con ella, y se dirigió a Jacob:

—*La traición de Walichu es una oscura nube, pero una sola nube por más negra que esta sea no define la tormenta. ¡Oh Maichak! no olvides tu promesa a Bochica recuerda tu meta en cada paso de este sedero que aun debes transitar.*

—*Así lo haré mi señora* — respondió con solemne postura.

Pachamama se elevó y desde lo alto exclamó:

—*Tu eres el Gran Maichak quien convocó a los grandes héroes míticos e históricos, tú has sido el pretexto para traerlos a este plano y permitirles redimirse y poder ganar las batallas que salvaguardaran el balance. No olvides que un verdadero héroe es aquel que sacrifica sus ideales, su esencia y su vida por proteger los ideales, la esencia y la vida de los demás.*

—*No sé si merezco este honor*— replicó Jacob con la cabeza baja

—*Tu fuiste un transgresor y este es el momento de tu redención; pronto sabrás. Estas ávido de saber, pero tu tiempo llegará.* —de Pachamama salió un refulgente rayo— *¡Adiós Gran Maichak! Nos veremos en el siguiente mito tus compañeros aguardan por ti.*

Una inmensa oleada se aproximó y Jacob fue de nuevo arrasado por la corriente que le empujó, por alguna razón las botas no estaban funcionando, por tal motivo decidió no resistirse a la corriente y se dejó llevar. Luego de un rato observó una luz que se filtraba entre las cavernas, entonces decidió utilizar su portentoso báculo el cual le impulsó con fuerza, de este modo salió disparado raudamente en medio de las intrincadas galerías hacia la superficie, aun la torrencial lluvia inundaba el altiplano que ahora yacía bajo metros de gélidas aguas; luego de un rato pudo observar como algunos pobladores navegaban en caballitos de totora; mientras otros luchaban por mantenerse a flote en cayucos e improvisadas balsas hechas con planchas de paja seca. No distinguió a Iwarka y a los demás guerreros.

Con gran facilidad arribó hasta una inmensa roca, la cual en realidad no era más que la cima de montaña sumergida, pues todo el valle había sido cubierto por el diluvial aguacero. Se percató que los zapatos orionitas empezaron a funcionar, pues sus luces se activaron, entendió que adentro de las galerías se habían descargado pues funcionaban con la luz solar. Remontó vuelo y rastreó el área para encontrar a sus compañeros y aliados.

La anhelada alborada batallaba con los rayos del sol mientras que la luna agonizante se negaba a desvanecerse, pareciese que no se sació aun con la sangre derramada en la cruenta batalla, aun ansiaba más.

El cimero altiplano, comarca terrenal que ambiciosamente acaricia al mismísimo cielo, ahora había desapareció, a simple vista no había vestigios de que una cosmopolita metrópoli cuna de una civilización como ninguna otra existió en el Reino Verde permaneciese debajo de la enorme masa de agua. Las márgenes del lago se desparramaron indómitamente, desfigurando la geografía de la encumbrada comarca. El sol finalmente se liberó del influjo de la luna rebelde; potentes ráfagas aclaraban el horizonte andino, misericordiosos rayos que no solo calentaban los cansados cuerpos de los sobrevivientes si no también avivaban sus anhelos y esperanzas. Sorprendentemente lo que antes había sido la cima de las montañas; ahora emergían como islotes en medio de la inundación. Todo estaba en calma. No más temblores y la lluvia se habían desvanecido, irónicamente era un día hermoso, y hasta podría decirse que inusualmente cálido. mientras que los guerreros que habían sobrevivido intentaban salvar sus vidas, nadando hacia las orillas. Jacob decidió rescatar a todo aquel que encontraba a su paso. Un contingente de suamos se aproximó e hicieron lo mismo.

En una de estas islas se habían concentrado la mayor parte de las tropas, quienes huyendo de la inundación quedaron varados. Caonabó, Anacaona, Tamanaco, Caupolicán y los demás.

Jacob consiguió llegar hasta el islote y observó con profundo dolor como las tropas se habían mermado. A lo lejos se divisaban una flota de pintorescos e inmensos caballitos de totora, esos hermosos barcos confeccionados con la planta homónima. Jacob no supo si estos barcos venían a auxiliarles o a atacarles, esperaría a que llegasen. No perdería el tiempo especulando, así que caminó entre los guerreros que reposaban con la mirada extraviada, tratando de entender lo que había sucedido y de resignarse a la perdida de sus seres queridos y amigos. Sus compañeros estaban de pie observando la llegada de las barcas. Anacaona se acercó a Jacob y le dijo:

—*¡Maichak!* — Exclamó supremamente emocionada—*¿Están a salvo los portales?*

—*Si, el precio ha sido muy alto* —dijo Jacob

—*Logramos los objetivos Maichak* —replicó la guerrera— *entonces los daños colaterales deben ser aceptados.*

Odo Sha remontó el vuelo acercándose a Jacob:

—*¡Maichak! Los portales multidimensionales se han protegido. ¡Logramos salvar el balance, pero solo en esta comarca! Sin embargo, aún no hemos terminado. En la ciudad sagrada enclavada en la montaña del viejo sabio se encuentran los demás guerreros dirigidos por Tupac Amaru II; aún hay mucho por hacer.*

Jacob no respondió; obviamente no estaba satisfecho con solo proteger los portales, sentía un gran dolor al ver al pueblo aymara disperso y su ciudad sagrada destruida. Y desde luego la desesperación le invadió al saber que Kori había sido raptada por Walichú

—*¿Qué sabes de los demás?* — indagó Jacob.

—*Todos van rumbo a la tierra de El Brujo* — Respondió Odo.

— *¿Yara?* —inquirió Jacob

—*Yo rescaté a Yara y ahora va rumbo al lugar de reencuentro y ¿Kori Oclo? ¿Viene contigo?*

—*No, ella ha sido secuestrada por Walichú y los Chachapumas.*

—*¡Lo sabía! ¡Sabía que ese rufián nos traicionaría!*

—*Debemos rescatarla cuanto antes ¿y qué sabes de Macao, Kuwi y Stranger?*

—*No, no sé nada de ellos* —Odo movió su cabeza negativamente y en el acto se dispuso a marcharse— *¡Nos veremos en la comarca del Brujo!*

Los pintorescos barcos arribaron; y en efecto como se pensó eran aliados. Eran pobladores de la tribu Punu. Los Sacerdotes Mboiresai, Ndaivi y Ch'uya venían cargados de provisiones y ropa seca, así como hierbas medicinales y demás menjurjes para devolver el ajayu a los guerreros afectados mediante el ritual de la mesa negra. Todos los guerreros, descansaron tratando de reponer las fuerzas, para continuar con su misión. Se acordó que en la mañana saldrían rumbo a la región del Brujo, a pesar de la pesadumbre y duelo, había una tensa calma y un aire de esperanza en el improvisado campamento, Anacaona y Caonabó lideraban la distribución de los insumos; mientras que los demás trataba de reunificar a las familias.

Hacia la postrimería de la noche casi al arribó de la madrugada, la mayoría dormían pesadamente, excepto algunos guerreros. Por su parte; Jacob, no deseaba relajarse, sentía que aun podía esperar alguna sorpresa y no quería verse a merced de lo desconocido. Impávido observaba el firmamento; era muy extraño que los orionitas se habían desvanecido; por alguna razón no necesitaron el báculo, quizás la conexión de los tres portales restableció el balance de su constelación. Avanzó hacia una fogata donde se habían agrupado Caonabó, Caupolicán, y Tamanaco, bebían de una infusión para contrarrestar el frio. Se sentó, en una roca; mientras Anacaona le ofrecía una manta, Jacob la sostuvo entre sus brazos sin mediar palabras. De golpe, se escucharon estruendos continuos los cuales se percibieron voces y un rítmico ruido que parecía como si un gran maso golpeará la tierra, inmensas olas rebotaban contra el islote, mientras que tres caballos de totora atracaban en la orilla. Jacob y Caupolicán corrieron al encuentro, y contemplaron a Epunamun con el agua hasta la cintura, Jacob jamás vio algo tan amenazante como este ente de gran tamaño y de evidente fortaleza.

—*¿Qué diantres es esto?* —Inquirió extremadamente confundido Jacob.

—*Es el señor de la guerra Epunamun* —Respondió el bravío Caupolicán.

Los weifaches descendieron de los botes de totora y se dirigieron hacia Caupolicán y Jacob quienes aguardaban, mientras el Epunamun permanecía enfrente del islote, infranqueable e imponente asemejando una montaña. Anacaona junto a Caonabó y Tamanaco se aproximaron a Jacob, pues aún no sabían si necesitaría apoyo.

El enorme ser se aproximó a Jacob, quien afectado intentó no sucumbir al terror que sintió a la proximidad del coloso, viró y observó a Caupolicán quien estaba apacible y confiado: entonces entendió que el Epunamun era de los suyos.

—*¡Señor de la guerra! amo de la batalla tu siervo Caupolicán te saluda.*

—*Caupolicán, protector bravío has defendido con honor el balance. Ahora debemos salvaguardar las naciones del* ***Meli Wiltran Mapu*** *y sus cuatro Mapus.*

Epunamun se refería a los cuatro Mapus, los cuales son los cuatro territorios en los cuales se divide la tierra para los Mapuches, estos puntos cardinales o comarcas son: ***Puel Mapu, Pikun Mapu, Lafken Mapu, Willi Mapu.***

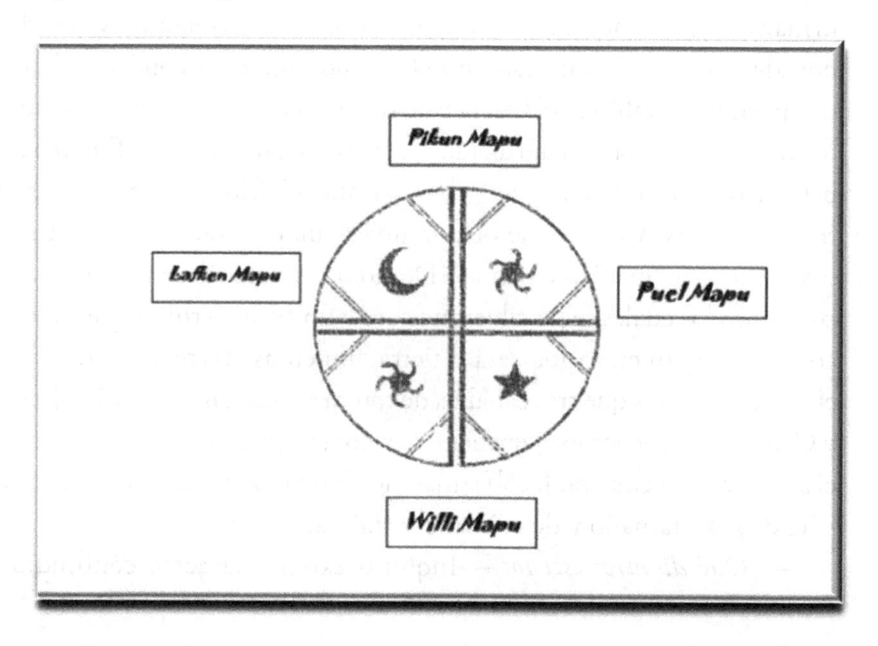

—Si mi señor nos reuniremos en la comarca del Brujo.

—¿Y este alfeñique quién es? — Dijo Epunamun apuntándole con su gigantesco brazo.

—Jacob lanzó una contundente mirada a Caupolicán con enfado y confusión.

—Este es el Gran Maichak mi señor —reconoció el guerrero.

—Así que este es el gran Maichak. Si Viracocha le ha escogido, respeto su decisión

Luego se dirigió al guerrero de nuevo:

— La victoria fue nuestra. Ahora debemos avanzar. Yo los acompañaré al ***Nometulafken****.*

—¿La tierra del fin más allá del mar?

—Si. Alla debemos librar otra batalla. Estas preparado Maichak

—Yo nací preparado grandulón —dijo Jacob dando la media vuelta abandonando el lugar.

En el acto, Epunamun agarró a Jacob por la cintura usando sus inmensos dedos y lo elevó, Caupolicán permanecía incólume. Jacob desenvainó el cayado y cuando ya casi le iba a disparar un rayo al implacable dios de la guerra; este afloró una carcajada y le dijo aproximándolo a su monstruosa boca:

—¡Ah Maichak! Hombre de mal carácter. No tienes buen humor. Eres un gran guerrero, solo quería saber si aun tenías ese falso orgullo y tu inequívoca vanidad.

—Si, aún tengo mi orgullo.

—Lo sé. El mal orgullo conlleva a la destrucción.

Epunamun devolvió con delicadeza a Jacob al suelo.

—Eres de madera fina Maichak. ¡No lo olvides! Saldremos cuanto antes a la comarca del Brujo debemos reunificar a los guerreros.

Los guerreros empezaron a abordar las barcazas separándose de los civiles; en realidad no todos los sobrevivientes marcharían a la comarca del Brujo. Los, desesperados lugareños con sus familias buscarían un territorio apto para empezar una nueva vida. Una vez más el sol se liberó de la opresión de la noche y la alborada se pantalleó en el horizonte, filtrándose testarudamente entre cortinas de niebla.

Los sacerdotes: Mboiresai, Ndaivi y Ch'uya se acercaron a los guerreros. Venían en silencio y caminaban con paso sereno. Jacob se acercó a Mboiresai y le dijo:

—¿Vendrán con nosotros?

—No, Gran Maichak nuestro viaje cesa aquí. Ustedes aún tienen mucho que recorrer. Es su destino.

—Un destino con viaje accidentado e incierto.

Mboiresai extendió sus brazos mientras que Ndaivi y Ch'uya encendían los cuencos con hierbas:

—El libro del destino ha concluido un capítulo. Han caminado por senderos desconocidos, senderos certeramente inciertos. En ese andar fortuito han descubierto el verdadero sentido de su viaje. No hay senderos errados, el problema es que desconocemos el por qué estamos destinados a transitarlos. Aún tienen mucho trecho en frente. Han exhibido la grandeza de sus espíritus; se han reinventado, ya no encarnaran más a los guerreros que se abatieron en sus batallas personales, aquellos que perdieron su libertad, pero que jamás han perdido el valor y el coraje. Ahora han encontrado el norte de su andar, el camino que les hará trascender. Todos vienen de diferentes espacios temporales, pero todos han sido defensores y transformadores. Generaciones futuras contaran sus hazañas aun cuando fueron vencidos por defender la libertad de sus pueblos oprimidos por los sanguinarios invasores de ultramar, quienes por poseer conocimiento destructivo pudieron someterles; pero jamás doblegaron su espíritu y su tradición. Su épica será contada desde el norte hasta el sur y más allá del confín de las estrellas; su sacrificio no será en vano, sus nombres se perpetuarán por milenios, porque ahora son guerreros universales.

Jacob se inclinó con humildad, esa humildad de la cual careció durante toda su vida. Este hombre, ahora renovado, renacido y reinventado, finalmente había dilucidado parte del enigma ontológico. Entendía que el ser fluía y cambiaba constantemente; y que ahora era un hombre enfrentado a sí mismo, buscando su mejor versión día a día. Contempló todo a su alrededor y entendió que muy atrás quedó el rockero insolente.

En medio de los drásticos cambios; los Aymaras empezarían de nuevo, se sobrepondrían a la tragedia y demostrarían su grandeza espiritual y cultural por generaciones venideras. En medio del aciago momento, sentía satisfacción, por cuanto finalmente logró salvar a los Aymaras damnificados y desplazados de su tierra, aunque tenía un mal sabor, pues tampoco había tenido noticias de sus compinches Macao, Kuwi y el pequeño Stranger, pero una leve luz de esperanza le hizo recapacitar sobre su paradero, solo le restaba confiar en que estuviesen bien y más aún, que pudiese reencontrarlos de nuevo. Luego de un rápido abordaje, se cercioró de que no quedase nadie rezagado en el islote. Caupolicán junto a los demás navegarían en un gigantesco caballo de totora de color azul, mientras que Jacob seguiría usando las asombrosas pero útiles botas.

Cuando ya hubo emprendido el vuelo, se apareció de nuevo Odo Sha seguido de Mallku, quienes sin cruzar palabra se incorporaron en la travesía, sin embargo, Mallku llegaría con ellos hasta cierto territorio, pues su jurisdicción eran el altiplano andino. Luego de navegar y navegar; llegaron a un lugar donde ya los botes debían atracar, pues al parecer la nueva orilla del lago había terminado. Esto significaba que los Aymaras se quedarían en esta fértil ribera, para empezar una nueva vida. Sus hermosos y bronceados rostros se transfiguraron, una luz de esperanza que potente fulminaba el oscuro sentimiento de desolación por la pérdida de sus seres queridos y su terruño, ellos habían sido grandes luchadores, desde tiempos inmemorables se habían adaptado a la rudeza del altiplano andino, se adueñaron de sus sueños y por ser dignos fueron elegidos por los seres superiores y edificaron una de las ciudades más maravillosas. Desarrollaron una sabia cultura la cual respetó los preceptos de la Pachamama, aun así y para salvaguardar el balance de este y los demás multiversos, debieron sacrificarse. No habían sido abandonados, seguían siendo los elegidos, los centinelas de los portales mágicos, de esas puertas que se abrían a los secretos de la existencia, del pasado y del futuro y de todos en uno solo.

Un silente y pensativo Jacob contemplaba la grandeza de la nación aymara, habían no solo sacrificado su paz, sino también el reconocimiento que generaciones futuras le otorgarían a su legado y sapiencia ancestral. La magnificencia de Tiahuanaco quedaría reducida a solo unos pocos bloques de piedra, pero su conocimiento infinito de las estrellas y de la tierra aun seguiría incólume; Jacob sentía que la basta sabiduría aymara lo había henchido de un estado de metacognición en donde él era el dueño de su propio conocimiento y gracias a esto ya no sería el mismo. El escenario deontológico de su vida había evolucionado, ya las quimeras de ese pasado absurdo habían quedado en cada recodo del camino transitado, camino que sorprendentemente no había terminado aun, pues la aventura se acrecentaba con cada paso. Sin embargo, había incontables lecciones que aprender de estos mundos inverosímiles y cargados de misterios, y también tenía mucho que aprender de sí mismo. Ahora podía desentrañar sus pesadillas, las imágenes se proyectaban claras y descifrables, huía de sí mismo y de sus debilidades, y este mágico mundo era la comarca abandonada e inverosímil en donde no se puede medir el tiempo y se forja la nada.

El clima era bondadoso y todo parecía fluir positivamente; sin embargo, en medio del desembarque; un resplandor se reveló como un fogonazo ante todos. Jacob, Mallku y Odo se aproximaron al fenómeno. Súbitamente aparecieron dos entidades, eran Pacha Mama e Inti. Pachamama, se materializó como una hermosa mujer de tez morena, grandes ojos y largos cabellos negros sujetos en una sencilla pero sublime corona de flores andinas portaba una cesta con papas y hojas de coca; por su parte Inti era fornido, y portaba una corona que irradiaba enceguecedores rayos, su cuerpo era dorado al igual que su larga cabellera.

En el acto Pacha Mama se dirigió a los Aymaras:

—*¡Amados hijos! Ustedes han sido y seguirán siendo los vigilantes de las cumbres sagradas. ¡No los he desamparado!*

—*Supay, Walichú y Mama Quilla se han revelado. Ella ha sido seducida por la maldad del señor de la oscuridad, ha sentido celos de Viracocha y de mí mismo, quien soy su propio hermano* — Continúo explicando Inti con voz solemne— *La destrucción del balance creará un caos, ellos pretenden reinar en ese caos. Ustedes Aymaras deben seguir resguardando los portales. Esta sagrada comarca quedara oculta por mucho tiempo, pero algún día emergerá desde sus cimientos y civilizaciones futuras trataran de desentrañar sus misterios. Los elegidos regresarán desde diferentes locaciones a buscar sanación y conexión con los entes supremos.*

—¡Enhorabuena! Ustedes son la proyección de los elementales. Son el regalo infinito: ¡La vida! son la proyección del dios supremo, el arquitecto interestelar. Ustedes son herederos de la sapiencia ancestral. Deben proteger y preservar esos conocimientos de sanación y redención que aprendieron de los espíritus superiores, esos sabios que les han guiado, en el futuro seguirán visitándolos. La misión que les encomiendo es perpetuar las enseñanzas de los icaros sagrados, de la curación del cuerpo para alcanzar la perfección de la mente y el espíritu. Solo un cuerpo desprovisto del mal puede albergar un ajayu limpio y puro.

Inti dijo con voz de trueno:

—Ahora les entregamos este valle para que se multipliquen y renazcan como nación. —En ese momento Jacob logró entender que paradójicamente la destrucción era parte de la salvación del pueblo Aymara, y que los portales seguirían por siempre incólumes e indestructibles.

—Pachamama prosiguió con su cálida voz:

—El glorioso día arribará cuando el hombre interpretará el diáfano canto del jilguero, el rugir del jaguar, el sonar de la lluvia y el viento y luego, podrá decodificar los misterios que las ciudades ancestrales albergaron tan solo con contemplar las milenarias piedras, porque cuando esas piedras hablen los hombres se estremecerán ante su grandeza. Algún día esas ruinas perdidas en ancestrales e inaccesibles comarcas resurgirán victoriosas desde las profundidades del sagrado lago Titicaca y de todas las comarcas del Reino Verde y permanecerán altivas y perennes, como sosegados testigos de los miles de batallas libradas por los pueblos originarios tanto en el otro plano para mantener sus territorios y su dignidad, como en este plano para la recuperación del balance Inter dimensional. Y cuando la paz de la región se viera amenazada y el malvado invasor derrame la sangre de las naciones originarias; las piedras de puma Punku, Tiahuanaco, Machu Pichu, Yvy Tenonde y Bacatá gritarán maldiciéndolos por su codicia y ambición. Cada roca aguardará por una nueva era donde los éteres, iluminados, elegidos y todas las almas inquietas y aventureras alcanzarán el nivel de conocimiento necesario para reconocer la grandeza de las civilizaciones que han confluido para la defensa del Reino Verde. La historia tendrá que ser reescrita y habrá de reconocer a los baluartes definitorios de la historia de

este territorio sagrado e indómito que jamás fue descubierto, pues siempre estuvo allí, ansioso de contar infinitas historias jamás escuchadas por oído humano y de colorear el paisaje de la tierra con colores jamás visto por ojo humano. Los mecenas de este sempiterno legado, tribus iluminadas por los saberes de la naturaleza: Los Pemones, Los Arawak, Los Yanomami, Los Muiscas, Los Mundurucu, Los Huitotos, Los Guaraníes, Los Aymara, Los Mapuches, Los Incas y todas las naciones primigenias que han convivido en armonía con el ambiente trascenderán como el epitome de la avenencia y armonía entre los humanos, la natura y el cosmos.

Esta historia continuará …

Antisuyu
Chinchaysuyu
Qullasuyu
Qontisuyu

MAPA DEL REINO VERDE

REFERENCIAS BIBLIOGRAFICAS

Arguedas, J.M., Carillo, F. ***Poesía y Prosa Quechua.*** Lima, Perú, Biblioteca Universitaria 1967.

Armellada, C. (1972) ***Pemonton Taremaru*** Caracas Universidad Católica Andrés Bello.

Bierhorst, J. (1988) ***The Mythology of South America.*** *Editorial William Morrow and Company, Inc. New York.*

D l Vega, Garcilaso. *(1959)* ***Comentarios Reales de las Indias Librería*** Internacional del Perú. Lima Perú.

Holt, Rinehart, and Winston (1968) ***The Mapuche Indians of Chile.***

Fernandez G, German M.A. (1982) ***The Araucanian Deluge Myths. LAIL*** Santiago, Chile.

Marzal, M (2005). ***Religiones andinas.*** Colección: Enciclopedia Iberoamericana de Religiones 4. Madrid: Editorial Trotta.

N, Fock. (1963) Waiwai: Religion and society of an Amazonian Tribe, Copenhagen National Museum.

Principal - Wikipedia, la enciclopedia libre

9781506549255